DAMIÁN

DAMIÁN

© Alex Mírez, 2022

 @alexsmrz

Editorial Déjà Vu, C.A.
J-409173496
info@edicionesdejavu.com

Dirección editorial
Nacarid Portal
www.nacaridportal.com

Diagramación
Katherine Hoyer

Ilustraciones
Luciana Bertot

Diseñador
Elias Mejía

Diseño de portada
Elias Mejía
Tyler Rood

Edición y corrección
Félix Villacís
Romina Godoy Contreras
Suhey Canosa
Verónica Verenzuela
Deilimaris Palmar
Rose Briceño
Melanie Bermúdez
Luis Riera

ISBN: 979-8830048064
Depósito legal: MI2022000136

EDICIONES DÉJÀ VU

ADVERTENCIA DE LA AUTORA:

Esta historia fue creada en el 2016 en un intento de probar algo nuevo luego de escribir ciencia ficción. Mis lectores fieles lo querían en físico y aquí lo traigo con mucho de mi esfuerzo y amor, más que nada para ellos y, claro, para cualquiera que quiera darle una pequeña oportunidad. Esta versión tiene diferencias de la versión que se puede leer en Wattpad. Las dos versiones son válidas. Todo lo descrito en esta novela es ficción y no representa a ninguna persona, lugar, creencia o hecho real. Hay violencia, temas sensibles, lenguaje inapropiado, descripción gráfica de un asesinato y referencias a temas perturbadores. Si eres menor de edad o eres sensible a esta clase de lecturas, este libro tal vez no es para ti. En ningún momento esta historia intenta reflejar la realidad ni crear algún tipo de influencia. Su único propósito es entretener. Espero que sea recreativa para quienes disfrutan de la narrativa oscura.

Finalmente, por favor, no sigas ninguna de las actitudes ni creencias aquí descritas. Me gusta escribir todo tipo de tramas, por lo que este no es mi único género. Espero que si quieres conocer más de mí y si te interesan mis otros libros, los disfrutes tanto como este. Mis lectores son mi mundo, estoy feliz y encantada de poder llegar a sus vidas. Ahora, gracias por regresar conmigo y con el universo de Damián al 2016. ¡Vamos a explotar nuestras mentes!

DEDICATORIA

Este va para mi papá, el que tiene nombre de vikingo.
Trabajaste duro toda tu vida por mi hermana y por mí.
Me hace feliz poder darte lo mismo ahora.

Este pueblo se llama Asfil.

Aquí todos esconden secretos.

Y todos esconden los secretos de este lugar.

Lo hacen parecer normal. Dicen que se celebran muchas ferias, que está rodeado por un inmenso y tranquilo bosque que conecta con un lago, que está repleto de restaurantes con estilos tradicionales, calles hermosas y asfaltadas, tiendas de algunos nombres importantes, chicos atractivos que van al instituto y chicas buenas que van por la calle sonriendo y saludando a todo el mundo.

Nadie te diría que aquí puede sucederte algo malo.

Nadie te diría que corres algún peligro.

Nadie te diría que, en realidad, en Asfil los niños se pierden en las ferias y que las abuelas siempre les dicen a sus nietos que nunca deben entrar al bosque. Nadie te diría que una vez pasó algo horrible en el lago y que eso no se volvió a mencionar jamás. Nadie te advertiría que los restaurantes preparan recetas que habría que mirar con lupa y que las calles pueden convertirse en laberintos sin salida. Y nadie revelaría que los chicos atractivos ocultan secretos espantosos, y que las chicas fabulosas que usan *shorts* tienen todo un mundo oscuro en sus cabezas.

Porque en Asfil, algo maligno late desde hace siglos. Algo influye de una forma siniestra sobre cada kilómetro. Algo se oculta entre los árboles, y acecha con hambre y sin piedad.

No es un buen lugar para visitar y menos para vivir.

Aquí no sabes si despertarás y te darás cuenta de que algo va mal, o si seguirás cegado durante toda tu vida.

No sabes qué puede pasarte si vas a esa genial fiesta.

No sabes quién lleva meses escondido mirando hacia tu casa.

No sabes quién —o qué— podría ser tu atractivo vecino.

E incluso si llegaras a descubrir el gran secreto —de alguna forma inexplicable— podrías olvidar quién eres tú…

O qué fue real.

PRIMERA PARTE

¡BIENVENIDOS A ASFIL!

1

AQUÍ TENEMOS FERIAS, WI-FI Y CHICOS CON LOS QUE TE PUEDES OBSESIONAR

—Tienes que decirnos tu secreto más oscuro.

Pudo haber sonado macabro. Pudo haber sonado amenazador. Pero, en realidad, solo fue una exigencia divertida que salió de la boca de Alicia, una de mis mejores amigas. Y aunque ella no lo notó, me hizo sentir nerviosa, porque desde su perspectiva, ¿qué secreto podía tener yo, una simple chica de dieciocho años que iba al último año del instituto?, ¿qué secreto podría tener Padme, la tranquila, la dulce, la normal?

Su respuesta probablemente habría sido: ninguno.

Pero sí había uno. Muy oscuro.

Claro que no iba a decirlo, ni siquiera porque esa tarde estábamos jugando verdad o reto en una de las mesas de nuestra cafetería favorita, Ginger Café.

—Ustedes saben todos mis secretos —dije, junto a una risa relajada—. Siempre les cuento todo.

—No, así el juego no es divertido —resopló Alicia, y me miró con los ojos entornados como a la espera de descubrir algo—. Se supone que tienes que decir algo que no esperemos de ti.

—Pero es que no hay nada —volví a reírme, ladeando la cabeza—. O no me digas que ahora crees que tengo un lado malvado.

—No malvado, pero tal vez uno reprimido.

Eso último fue dicho por Eris. Pelirroja, llena de pecas y con un aire intimidante; era la tercera en la mesa. Había estado leyendo un libro mientras Alicia y yo habíamos decidido jugar para matar el tiempo hasta que lanzaran los fuegos artificiales. Afuera, la feria de agosto en Asfil se celebraba con entusiasmo, postres, puestos de regalos y música.

—¿Reprimido? —repetí, ceñuda.

—Eres demasiado tranquila siempre, Padme —asintió sin apartar la vista de su libro—. Por ley natural, algo debes de tener escondido.

—Es cierto —dijo Alicia, y luego me dedicó una expresión de pícara complicidad—. Eres nuestra chica buena, pero tiene que haber algo que nunca nos hayas contado. Vamos, tal vez sea algo sexual...

Un secreto de ese tipo habría sido lo más lógico, claro, porque en ese momento todo era muy normal en mi vida: iba al último año del instituto, gastaba el dinero en ropa nueva, pensaba en las próximas fiestas y pasaba las tardes después de clases con mis amigas en cualquier sitio en el que pudiéramos cotillear o no hacer nada.

Pero no. No tenía nada sexual que contar, porque el secreto no era como lo que escondía cualquier chica. O, al menos, no la chica buena que Alicia decía que era. Así que solo me quedaba una opción.

—No tengo ningún secreto oscuro —mentí con cierta indiferencia—. Soy tan aburrida como parezco, y eso también lo saben.

—Ya, no debes seguir escondiéndolo. —Eris me contradijo de forma inesperada—. Sí tienes un secreto y yo sé cuál es.

Quedé con la pajilla del batido de fresa a medio camino de mi boca. Mi mirada perpleja se clavó en ella. Pareció muy segura de lo que había dicho, y eso hizo que se me acelerara el corazón. ¿Qué sabía? ¿Y cómo lo sabía?

Me torturó con la incertidumbre por casi un minuto.

—El secreto es que considera que yo soy su primera mejor amiga —soltó. Luego señaló a Alicia con su batido de chocolate en mano—. Y tú la segunda, así que confía más en mí que en ti y por esa razón no te contará nada.

En el fondo, un viento de alivio me refrescó el cuerpo.

No sabía nada. No sabía la verdad. Todo estaba bien.

Eris emitió una risa de burla. Pensé que Alicia haría un pequeño drama porque ambas solían molestarse mucho la una a la otra, así que actué rápido para cambiar el tema e hice girar la botella que estaba en el centro de la mesa. Cuando la punta se detuvo en dirección a Eris, noté que, en realidad, Alicia no había hablado porque se había quedado mirando hacia otro punto de la cafetería con una mueca de fastidio.

—No puede ser. Ahí está Beatrice otra vez —se quejó—. ¿Por qué demonios no deja de perseguirnos?

Eché un vistazo. La chica andaba en busca de una mesa vacía, lo cual parecía complicado porque todas estaban ocupadas. Por supuesto, nadie iba a cederle un lugar porque Beatrice era extraña, silenciosa y no tenía un solo amigo.

Su caso era muy raro. Siempre parecía asustada, caminaba encorvada como si quisiera hacerse muy pequeña, y usaba varias capas de ropa de colores opacos que no la favorecían en nada. Su cabello era un enredo pajizo que llevaba suelto, y sus ojos grandes y saltones miraban en todas las direcciones con una chispa de cautela, como si esperara que algo horrible sucediera.

Era cierto que solía aparecer en los sitios que nosotras frecuentábamos; a Alicia le molestaba mucho eso. Decía que nos perseguía, que lo hacía para vigilarnos, pero conocíamos a Beatrice desde siempre y yo ya estaba acostumbrada a su presencia en la mayoría de los lugares. Tan solo un par de veces había intentado hablarle, pero en ambas ocasiones ella había tartamudeado hasta salir corriendo.

—Estamos en una feria a la que puede asistir cualquiera —argumentó Eris ante la queja—. Además, ella tiene todo el derecho de estar en donde quiera. No hagas de unas simples coincidencias algo sobre ti.

—Ya vas otra vez con que es sobre mí y no porque ella está loca. —Alicia negó con la cabeza, irritada—. ¿Nunca te das cuenta? Compra las mismas cosas que nosotras, y en los pasillos se la pasa mirándonos con esos ojos de sapo. Me copia con descaro y lo sé porque tiene el mismo par de zapatos que usé el mes pasado. ¿Hola? Acosadora…

Alargó la última palabra con un tonillo de obviedad que hizo que Eris frunciera el ceño con molestia. Su rostro siempre tenía un aire severo y retador.

—Ya lo he dicho antes —le explicó Eris, hastiada—, como ella nunca ha encajado, lo intenta inspirándose en ti porque por alguna estúpida e ilógica razón te admira.

—¿Inspirarse? —Alicia resopló de manera absurda—. Esa chica me recortaría el rostro, se lo pondría de máscara y tomaría mi identidad.

Eris exhaló para no perder la paciencia y devolvió su atención a su móvil para dar por concluido el tema. En un segundo, Alicia empezó otro. Por pura curiosidad, volví a mirar hacia atrás para comprobar si Beatrice nos estaba mirando.

Pero entre dos globos rojos que estaban atados a la entrada del área de la cafetería, lo vi.

Mi mundo entero se detuvo.

Él. Otra vez.

Necesité un momento para creerlo. Una voz muy en el fondo incluso me dijo: «No, que no sea él», pero, para mí su silueta, que daba pasos como si estuviera a punto de fundirse con la oscuridad, era inconfundible. Sus principales detalles eran los mismos: la mirada apática y sombría de párpados ligeramente caídos como si tuviese mucho sueño o una gran indiferencia hacia todo lo que le rodeaba, el cabello desenfadado y azabache, los ojos negros, la odiosa inexpresión de su cara; pero otros rasgos lucían diferentes, mejores, porque, en definitiva, ya no era el mismo niño extraño y de aspecto enfermizo que había conocido. Ahora era alto, y con ese estilo enigmático de chaqueta de cuero negro, botas trenzadas y *jeans* oscuros, parecía estar a punto de hacer algo muy malo.

Un momento. Llevaba nueve meses sin verlo. Nueve meses exactos. Era, de hecho, la misma fecha en la que él no había regresado más a clases. Lo recordaba muy bien, porque al llegar a mi casa me había quedado horas en la ventana esperando que entrara o saliera de la suya, y no había sucedido ni ese día ni los días posteriores.

Las manos se me pusieron frías y mi corazón se aceleró. Sentí una mezcla de susto, emoción y confusión. Luego, la verdadera voz de Alicia que seguía hablando se enmudeció y solo sonó en mi cabeza lo dicho un momento atrás sobre contar mi secreto.

Ese era.

Era el chico que conocía y al mismo tiempo no.

Era el chico que pensé que, por mi bien, nunca debía volver a ver.

Mi obsesión infantil.

Mi misterio favorito.

Mi más oscuro secreto.

Damián.

AH, Y TAMBIÉN TENEMOS BOSQUES A LOS QUE NADIE DEBERÍA ENTRAR

En realidad, Damián y yo no teníamos nada en común. Desde nuestros estilos hasta nuestros intereses, todo era diferente. Ni siquiera éramos amigos y nunca habíamos cruzado palabra. Así que todo empezó el día en el que comencé a sospechar que ese chico que no conocía y que vivía a dos casas de la mía, ocultaba cosas, y de que algo «malo» sucedía en su vida.

Eso fue cuando tenía ocho años. Yo tenía el cabello corto, el cuerpo como un alfiler y mucha energía, algo bastante normal para mi edad, pero él, bajo un montón de cabello negro, era tan pálido y ojeroso que lucía como si padeciera una enfermedad. También tenía un aire débil y triste. Su rostro siempre lucía desanimado y cansado, como si estuviese a punto de desplomarse.

Intrigada, empecé a mirarlo durante las clases y a estudiarlo en mi tiempo libre. Me di cuenta de que mientras yo solía hacer niñadas en el vecindario, él no se asomaba ni siquiera a la ventana. En la escuela no hablaba con nadie, rechazaba todo tipo de gesto proveniente de cualquier persona, y a veces desaparecía durante un tiempo y reaparecía de repente. Era silencioso. Nunca hacía grupo para las tareas, comía en una mesa aparte sin nadie que le acompañara y, apenas sonaba la campana, se esfumaba, pero yo no lo veía volver a casa. Un día, incluso, alcancé a ver algunos moretones en sus brazos, aunque la mayoría del tiempo usaba sudaderas.

Mi mente generó cientos de preguntas ante esas señales. Por un lado, las normales: ¿cuál podía ser la causa? ¿Era víctima de algo? ¿Necesitaba ayuda? Por otro lado, las extrañas: ¿y si no se trataba de algo normal? ¿Y si a su alrededor sucedía algo peligroso? ¿Qué podía pasar si yo lo descifraba? No tener esas respuestas me quitó el sueño muchas noches, así que la incógnita, las posibilidades, todo poco a poco se convirtió en un juego mental que me entretenía y me hipnotizaba por horas.

Un juego que yo no debía jugar, porque no era sano.

De pequeña, me había obsesionado con el misterio que veía en Damián, y la parte más oscura era que nunca lo había superado del todo. A pesar de que me esforcé por sacarlo de mi mente y de concentrarme en mi vida común, a veces me ganaba la tentación y le echaba pequeños vistazos, esperando que algo cambiara en él o que algo pudiera ser descubierto.

Por supuesto, su mundo era cerrado y entender la razón de su aspecto o de su comportamiento fue imposible para mí. Además, nada cambió. Damián nunca dejó de aislarse. Nunca hizo amigos ni se relacionó con nadie. Creció como el mismo chico sombrío y misterioso que no miraba a quien pasaba junto a él. Levantó sus muros y transmitió un completo «no quiero que te me acerques», y nadie tuvo intenciones de hacerlo.

Nadie excepto yo.

—¿Y ese chico al que miras? —me preguntó Alicia de pronto.

Su voz me sacó de un tirón de mis pensamientos y me devolvió a nuestra mesa. Estaba agitada internamente, y temblorosa, y además me había quedado mirando a Damián con tanta obviedad que había llamado su atención. Ahora ella esperaba una respuesta, divertida, y yo no supe qué decirle. Me puse más nerviosa, como si fueran a descubrirlo todo en ese instante, como si fuesen a enterarse de que antes de pasar todo mi tiempo con ellas lo pasaba espiando la casa de Damián desde mi ventana.

—¿No van a decirme? —preguntó Alicia de nuevo, alternando la vista entre ambas.

—No es nadie —respondí rápido.

—Es Damián —contestó Eris al mismo tiempo que yo.

—¿Damián o nadie? —rio Alicia.

Eris me observó con rareza por la diferencia de respuestas. En ese momento, Damián avanzó. Como una tonta creí que venía hacia nuestro lugar, pero pasó junto a nuestra mesa sin prestar atención a nuestra existencia, atravesó la puerta de la cafetería y se acercó al mostrador en donde se pedían los cafés.

—Bueno, ¿y para qué quieres saber? —le preguntó Eris.

—No lo sé, es algo guapo —contestó Alicia con su típica sonrisa de «todos los chicos son un juego que yo puedo ganar»—. ¿Se acaba de mudar?

—Damián ha estado aquí toda su vida y cursó en la misma escuela que nosotras —contestó Eris, ahora concentrada en su batido.

Me extrañó un poco que supiera algo sobre él, aunque no había otras escuelas en Asfil. Todos estábamos condenados a asistir a la misma primaria, la misma secundaria y el mismo instituto.

Alicia entrecerró los ojos, de seguro sospechando que Eris le mentía solo para fastidiarla.

—¿De verdad? Pero si yo no olvido rostros, y ese no está en mis registros.

—¿Estás segura de que tus registros no están ordenados por tamaños de condones? —rebatió Eris con un falso tono amigable.

Esa flecha dio justo en la expresión de Alicia, así que Eris esbozó una sonrisa triunfal y alzó su batido como si brindara por algo.

—Cállate, no me he acostado con tantos chicos como creen —replicó Alicia, y puso los ojos en blanco—. ¿Me explicarán quién es él o lo tendré que averiguar?

Me pregunté si alguien como Alicia, que era atrevida, directa y sin filtros, lograría averiguar más de lo que yo había logrado en todos mis intentos, es decir: nada. Mis sospechas siempre fueron las mismas, pero solo quedaron en sospechas que me llevaron a rendirme.

—Bueno, Damián... —comencé a decir, algo incómoda en el fondo—. Él estuvo en nuestra misma clase hasta el año pasado que dejó de asistir al instituto. Pensé que se había mudado, pero si está aquí de nuevo supongo que no.

—O sea que lo notaste antes —replicó Alicia, frunciendo el ceño—. ¿Por qué yo no lo noté?

—Porque es muy callado y solitario.

—Y porque nunca estuvo detrás de tu vagina como el resto de los chicos —agregó Eris, muy técnica.

Alicia ignoró el burlón comentario e hizo un mohín de desagrado.

—¿Es uno de esos raritos alérgicos a la humanidad?

Iba a responder, pero Eris se me adelantó.

—Él siempre ha tenido calificaciones excelentes. —Ella notaba cuando alguien era más inteligente que otros—. Probablemente sabe más que nosotras y no le gusta perder su tiempo hablando con seres inferiores.

—Yo no soy inferior. —Alicia enarcó una ceja—. ¿A mí quién no me conoce?

—Pues, Damián —señaló Eris con obviedad. Alicia quiso replicar, pero Eris se apresuró a añadir—: Pasó a menos de un metro de esta mesa y no te miró en lo absoluto. Eso quiere decir que sí hay un chico en este mundo al que no le interesas. Acéptalo y no hagas un drama.

Alicia le dedicó a Eris una mirada de «odio que siempre hagas estas cosas», y Eris le respondió con una de «lo sé, pero me encanta fastidiarte».

Me pregunté qué habrían dicho si yo les confesaba que lo había espiado y armado un montón de teorías absurdas acerca de su vida. Posiblemente se habrían decepcionado. O me habrían juzgado.

—Es obvio que no puedes gustarle a todos —intervine, y como Alicia no dijo nada y se quedó mirando al vacío, sentí necesario agregar algo positivo—: pero alégrate, le gustas a la mayoría.

—Da igual, a mí no me gustan los raritos —soltó Alicia, y alzó la barbilla con suficiencia.

Dieron el tema por terminado y pasaron a otro: una fiesta que daría Cristian, uno de los chicos del instituto. Gracias a eso dejaron de prestarle atención a Damián. Yo fingí estar al pendiente de la conversación, pero con disimulo miré hacia el ventanal que mostraba gran parte del interior de la cafetería.

Desde nuestro lugar, se alcanzaba a ver que él seguía esperando en el mostrador. De nuevo me sorprendió su cambio. Ya no era desgarbado. Había rastros de ejercicio en su cuerpo y su mirada lucía más fría y distante. Seguía siendo algo pálido y con ese aire raro y oscuro, pero no había ni rastro del preadolescente extraño.

Recordé que, cuando tenía nueve años, en un par de ocasiones también fui a su casa para preguntarle a su madre si él podía jugar conmigo, pero su respuesta siempre fue la misma:

—Lo siento, Damián está muy enfermo como para salir.

Cuando pregunté a una fuente confiable, mi madre me contó que, en una de las reuniones del vecindario, la madre de Damián explicó que él tenía algún tipo de anemia que lo obligaba a permanecer en casa. Eso explicaba su aspecto, pero nunca lo creí. Siempre sospeché que era una mentira y que él no estaba enfermo de nada.

Le entregaron su vaso y se dirigió a la salida con la misma calma con la que entró. Alicia y Eris no volvieron a mirarlo, así que solo yo noté lo que pasó.

En el momento en que guardaba su billetera en el bolsillo trasero de su pantalón, se le cayó la identificación. No se dio cuenta y continuó caminando hacia la acera para mezclarse con la gente de la feria.

Oh, no.

Si mi fijación por Damián hubiera sido un interruptor, acababa de activarse de nuevo.

La idea me llegó de golpe, tan de repente que tal vez fue producto de mi nerviosismo y emoción. Vi aquello como la gran y primera oportunidad para acercarme a él con una razón justa. Podía decirle: «Ten, se te cayó tu identificación», y luego agregar: «Por cierto, ¿sabías que somos vecinos desde pequeños? ¿Te gustaría ir a una fiesta esta noche?», aunque no estaba segura de si a Damián le gustaban las fiestas. Pero como probablemente nadie lo había invitado a una, no perdía nada con intentar.

Si había sufrido ese cambio físico tan drástico en solo un año, quizás había cambiado de actitud. ¿Era posible?

¿Era riesgoso?

¿Por qué ahora estaba temblando, pero de ansias?

Mi piel de gallina, la diversión de las teorías, mis preguntas sin respuestas, todo otra vez…

No, Padme, no.

O sí.

Tal vez.

Sí.

Descolgué mi mochila del espaldar de la silla.

—Oigan, debo ir a casa —anuncié.

Ambas detuvieron la conversación y me miraron con extrañeza.

—Pero si vamos a ver los fuegos artificiales —me recordó Alicia.

—Sí, volveré antes de eso, lo prometo —respondí rápido para que ninguna tuviera tiempo de protestar—. Solo iré a buscar algo.

Eris alcanzó a tomar mi antebrazo para detenerme.

—¿Qué vas a buscar?

—Dinero —mentí—. Le prometí a mi madre que le compraría una de esas tartas que solo hacen durante las ferias. Le encantan, y si no la llevo va a enojarse mucho. ¡Volveré!

Salí disparada de la mesa, me agaché en el momento justo en el que una mujer con dos niños entraba al área de la cafetería, recogí la identificación con disimulo y luego seguí por la acera intentando ver por dónde se había ido Damián.

No podía mentirme, de nuevo sentía esa adrenalina que me incitaba a crear teorías y sospechar cosas absurdas. Mi corazón latía con la misma rapidez ansiosa de cuando tenía diez años. No podía dejar que desapareciera otra vez sin antes hablarle. Debía cruzar palabra con él al menos una vez para cerrar el ciclo. Debía conocerlo finalmente.

Fue complicado ubicarlo porque los puestos de comida y juegos estaban atravesados por todas partes, y la calle era un mar de gente que disfrutaban la feria. Pero esquivé a las personas y traté de no tropezar con las tiendas y los niños, hasta que logré localizar su ropa oscura y su lío de cabello negro varios metros por delante de mí, justo cuando cruzó en una esquina.

Avancé tan rápido para no perderlo de vista que no presté atención al camino que estaba siguiendo. Ni siquiera supe adónde me llevarían el par de carpas de festival armadas a medias y sin usar que atravesé...

Hasta que, al otro lado, me encontré frente a un callejón.

Había muchos callejones de ese tipo en Asfil. Eran estrechos y al final dejaban de ser asfalto para conectarse con los terrenos del enorme bosque que rodeaba al pueblo. Por un instante, no hubo ni rastro de Damián allí, por lo que creí que me había equivocado, pero cuando llegué al final pude ver su figura a lo lejos. Había seguido por la hierba y ahora cruzaba los bordes plagados de árboles que marcaban la entrada al bosque.

Me pregunté por qué. No era un secreto que el bosque era muy peligroso. Todos en Asfil habían escuchado acerca de él y le temían. De pequeños, nos habían advertido que no entráramos sin estar acompañados por alguien que lo conociera, ya que se suponía que dentro de él había un límite que nadie podía cruzar, ni siquiera los cazadores con licencia.

El punto iniciaba en un viejo y enorme roble. A partir de ahí era territorio prohibido ya que empezaban las densas, extensas y laberínticas zonas que rodeaban el lago, todavía más peligrosas por ser capaces de confundir.

«El bosque se traga a las personas», aún recordaba a mi difunta abuela decirlo.

Damián sabía la advertencia, y aun así, se había adentrado. Otra vez despertó en mí una ligera sospecha. ¿Qué podía hacer allí un chico? Supuse que dos cosas: o algo raro o tal vez reunirse con amigos. Como Damián era extraño, la segunda pareció improbable, además, estaba segura de que cualquier chico de Asfil preferiría otro lugar antes que ese. Entonces…

Era consciente de que lo que se me acababa de ocurrir estaba mal. De nuevo podía equivocarme y no encontrar nada, pero no conseguí ganarle al impulso y a las ganas de saber lo que él haría. Sin embargo, para no ser tan tonta, saqué mi celular y le escribí un mensaje a Eris; era la única de las dos que no haría un escándalo:

> Si no te envío un mensaje nuevo en veinte minutos, avisa a la policía que estoy en el bosque.

Luego avancé hacia los árboles. El atardecer estaba en su punto más hermoso con un color rojizo, brillante, ribeteado de amarillo. Aún había claridad para reconocer caras, pero igual se me ocurrieron dos cosas más: una, que no tardaría mucho y que, si no veía nada, volvería; dos, dejar un rastro que pudiera seguir de regreso. Y tenía algo perfecto en mi mochila para hacerlo: mucha goma de borrar de color blanco que Alicia solía dejar en su mesa y que yo siempre le guardaba. No las echaría de menos.

Saqué las gomas y corté trocitos que dejé atrás mientras caminaba hacia el bosque. Olía a tierra y madera. Todo era un entretejido de gruesos árboles que se alzaban a poca distancia los unos de los otros.

Pasé arbustos, muchas formaciones rocosas, ramas caídas y troncos secos. Ninguna persona a la vista. Volteé un par de veces para no perder la vía de regreso, pero tampoco vi nada extraño.

Me detuve cerca de mi último rastro de goma. De Damián no percibí ni el olor de su batido. Por donde fuera que se hubiese metido, ya no podía encontrarlo.

Sentí el fracaso, y de nuevo también me sentí algo estúpida por haber creído que daría con una respuesta. Me reclamé por estar buscándole continuación a algo que ya había terminado y me convencí de que debía volver al pueblo antes de que oscureciera, así que empecé a seguir el rastro de vuelta.

Solo que, de pronto, escuché algo extraño.

Me paré en seco y suspendí mis pensamientos. Miré hacia todos lados y agucé el oído. En lo alto, pájaros cantando. Abajo, conejos pisando las hojas. Muchos sonidos del bosque, pero lo que oía era… era… tal vez era…

¿Una voz? No entendía bien qué decía, pero estaba segura de que llegaba la pronunciación de las sílabas fuertes.

Intrigada, di pasos cautelosos por detrás de los árboles más gruesos hasta que, de repente, alcancé a ver a dos personas. Con cuidado de no hacer crujir las hojas me acerqué a uno de los troncos, me oculté detrás de él y espié la escena.

Se trataba de dos hombres, pero ninguno era Damián. Debían de tener un par de años más que yo, aunque no los conociera. El primero de ellos vestía una gabardina de color violeta, y el segundo una de cuero marrón. Por sus posturas y sus expresiones enfadadas, parecía que el primero le reclamaba algo al segundo, solo que desde mi posición no alcanzaba a escuchar con claridad las razones.

Bueno, la discusión se veía muy interesante, pero no era de mi incumbencia. Otra vez quise irme…

Pero, antes de alejarme, la situación cambió por completo. El hombre de la gabardina violeta empujó con violencia al otro hacia uno de los árboles, y para retenerlo presionó el antebrazo contra su cuello.

A partir de ahí todo sucedió a una velocidad que me dejó paralizada: con una agilidad impresionante, casi antinatural, el tipo

sacó un cuchillo del interior de su gabardina y lo clavó en el ojo derecho del otro con una fuerza sádica.

Un grupo de pájaros volaron alarmados por el grito de dolor que se expandió sobre el bosque. Al instante, los hilos de sangre se desbordaron como ramificaciones por el rostro del hombre, desde la cuenca hasta la piel del cuello. Pensé que moriría de inmediato, que la hoja había perforado su cerebro, pero intentó forcejear con su atacante para zafarse del acorralamiento. Le lanzó manotazos, rasguños, golpes que a pesar de que llevaban fuerza no le atestaron. Incluso trató de patearlo, pero nada dio resultado. El otro era más fuerte, más alto y tenía una postura más poderosa, así que retorció la hoja del cuchillo con crueldad y sin compasión.

Sentí las manos bañadas en un sudor frío y la mente bloqueada por el impacto de lo que estaba viendo. Aun así, no grité. Mi primera reacción fue pegar la espalda contra el tronco para ocultarme. ¿Sí había sido inteligente? No lo sabía, pero no quería que el atacante me pillara porque justo ahí parada era la única testigo y, por lógica, la próxima víctima.

Pensé.

Si echaba a correr, me vería.

Si hacía algún ruido también me vería.

Con la respiración acelerada, incliné la cabeza hacia un lado del tronco para analizar el perímetro. La víctima se había quedado inmóvil; su rostro, irreconocible y empapado de sangre. El asesino le arrancó el cuchillo del ojo y dejó caer el cuerpo al suelo, que produjo un sonido seco sobre la tierra. Luego, en un movimiento violento, como un animal ante un sonido casi imperceptible, se giró en mi dirección.

Me oculté de nuevo con rapidez detrás del tronco. El corazón me retumbaba en los oídos. En mi cabeza repetí: «Mierda, mierda, mierda». Me pregunté si me había visto y si en el caso de que lograra llegar a la policía y lo contara todo, me creerían. Ellos me interrogarían y querrían saber qué estaba haciendo en el bosque sin un guía o una licencia de caza, y yo tendría que responderles que lo que en realidad hacía era perseguir a mi vecino.

Y sonaría estúpido. Y descabellado.

De pronto, noté que mi último rastro de gomas no estaba. Solté un jadeo silencioso y aterrado. Ni un trocito de goma a la vista. ¿Cómo rayos...? ¿Cómo regresaría? Miré hacia todas partes. Ni siquiera la silueta de alguna estructura del pueblo en la lejanía.

Antes de planear cualquier cosa, escuché un crujir de hojas. Creí que sería breve, pero de pronto se volvió constante, como si el asesino estuviese dando pasos lentos y depredadores.

Desesperada, examiné mi entorno en busca de algo con que defenderme. No había nada lo suficientemente útil como para salvarme la vida, sin embargo, vi la pendiente que tenía a unos metros de distancia y se me ocurrió que tal vez si me agachaba y llegaba hasta ella podría deslizarme y salir del campo visual. Era muy arriesgado, pero en ese momento las opciones estaban reducidas a hacer algo o morir acuchillada al igual que el desconocido.

Los crujidos se detuvieron.

Esperé. Mi pecho subía y bajaba con fuerza.

Arriesgándome, decidí moverme.

Me encorvé un poco, todavía pegada al tronco. Cogí un gran impulso de valor y avancé en esa postura reducida. Lo hice rápido, con la intensa y aterradora sensación de que el tipo correría hacia mí y me atraparía. Cuando llegué al borde de la pendiente, di por seguro que eso no pasaría porque tal vez no ser tan alta me había ayudado a pasar desapercibida...

Pero, entonces, oí la voz:

—¡Oye, tú!

Y mi voz interna gritó: «¡Corre!».

Tras el primer paso, la velocidad del mundo aumentó de golpe para mí. Me dejé caer de culo sobre la tierra y me deslicé por la pendiente. Al llegar abajo me levanté de inmediato y eché a correr sin dirección específica. Tal vez no tenía cómo defenderme, pero intenté no ser atrapada.

Mientras corría vi puntitos blancos en el aire. Respiraba por la boca a grandes bocanadas. Los árboles pasaban a mi alrededor, todos iguales, todos potencialmente peligrosos. Intenté sacar mi celular para pedir ayuda, pero entre ver el camino y meter la mano en el interior de mi bolsillo, tropecé y caí de bruces contra el suelo.

Sentí como si me golpearan la barbilla con una piedra. La boca se me impregnó de un amargo sabor a sangre. Un ardor me avisó que también me había rasguñado la pierna. En el intento por levantarme, descubrí que mi mochila se había enganchado a una maraña de raíces rodeadas por pedazos de troncos. Tuve que forcejear, pero al no lograr liberarla decidí dejarla atrás. Cogí el celular y seguí corriendo.

No tardé en ver algo a lo lejos. A medida que me fui acercando reconocí que era una cabaña. La madera era opaca y las ventanas estaban intactas. La rodeaba una montaña de rocas y peñascos que daban la impresión de tenerla atrapada. Un letrero de madera que decía «guía de caza» colgaba junto a la puerta.

Llegué hasta ella y empecé a golpearla con fuerza. No quise gritar para que el asesino no me escuchara, así que solo di golpes sin control. Ni siquiera me di cuenta de que la madera estaba vieja y podrida hasta que mi puño la atravesó y la puerta se abrió de sopetón, liberando una nube de partículas de polvo y aserrín.

Dudé en entrar. Dudé tanto que miré hacia atrás con la intención de tomar otro camino. Entonces vi una silueta parada en lo alto de uno de los peñascos. Los rayos de sol proyectados desde atrás la hacían irreconocible y siniestra. ¿Era él? ¡¿Me veía?!

Entré a la cabaña en un impulso de supervivencia.

Y mi esperanza de encontrar ayuda se esfumó en un segundo.

No había nadie, tan solo las proyecciones de luz que entraban por las ventanas y el techo roto. Olía a moho y madera húmeda. Los muebles viejos, desgarrados y cubiertos de polvo parecían cadáveres en descomposición. Estaba abandonada.

Miré mi celular. Temblaba sobre mis manos. Marqué al 911, pero, apenas pegué el aparato a mi oído, la llamada se cortó. No había cobertura. Esperanzada, busqué respuesta al mensaje que le había enviado a Eris.

> Si no te envío un mensaje nuevo en veinte minutos, avisa a la policía que estoy en el bosque.

El envío del mensaje había fallado por falta de cobertura.

Me adentré por el pasillo con la idea de encontrar una de las ventanas traseras para salir hacia el otro lado. La madera crujió bajo mis pasos cuando entré en una de las habitaciones. La cama no tenía colchón, había telarañas por todas partes y una cortina gruesa, manchada y polvorienta cubría la única ventana. Al deslizarla lo que vi fue un sólido muro de piedra. Era imposible salir por allí.

Fui hacia la otra habitación. Apenas descorrí la cortina, encontré lo mismo. La ventana estaba bloqueada por las rocas que rodeaban la cabaña.

Intenté idear algo a pesar de que mi estado era caótico: me sentía mareada, mi respiración era jadeante, tenía la frente empapada en un sudor gélido, las manos temblando.

Respiré hondo.

Traté de calmarme.

Pero escuché el chirrido de las bisagras de la puerta. Alguien la abría.

Salí de la habitación y miré en todas las direcciones. Lo primero que entró en mi campo visual fue la puerta del sótano. Sí, el peor lugar según las películas de terror que había visto, pero el único disponible en aquel momento, así que fui en esa dirección.

Bajé los peldaños a toda velocidad. Resonaron bajo mis pasos apresurados como si fueran a desplomarse. Allí estaba muy oscuro y olía a podrido, pero lo único que necesitaba era ocultarme. O bueno, si podía encontrar algo para defenderme también me serviría. El problema era que no sabía usar nada como un arma. Podía lanzar ataques para tratar de defenderme, pero no quería tener que hacerlo...

Solo que no había armas ni objetos punzantes, ni siquiera un destornillador. Apenas encendí la linterna de mi celular, vi varias filas de estantes con algunas latas de pinturas y cajas vacías. Al fondo, una puerta vieja y solitaria. Se me ocurrió que a lo mejor era una salida a otro lado o, tal vez, un almacén sin salida. Si era lo último, me daba por muerta, pero mantuve la esperanza mientras no tuviera un cuchillo enterrado en el ojo.

Me dirigí hacia la puerta y la abrí.

Una corriente helada me erizó la piel.

Y luego solo vi oscuridad.

3

HAY UN GRAN SECRETO DETRÁS DE LA ADVERTENCIA

Lo que empezó como una pesadilla se transformó en el momento más extraño de mi vida. Tuve que encender la linterna de mi celular para ver que frente a mí solo tenía un pasillo bastante estrecho y frío. Lo único que pude hacer fue seguirlo. En tan solo algunos pasos las paredes pasaron de ser como la madera de la cabaña a una especie de piedra lisa, con un aspecto subterráneo, como un pasadizo secreto. Estuve caminando hasta que encontré una escalera al fondo. Mientras la subía, las paredes cambiaron de nuevo, pero esta vez a una pintura clara, perfecta.

Atravesé otro pasillo y, a medida que fui subiendo, un extraño y lejano zumbido fue acercándose hasta convertirse en muchas voces. Tuve un raro presentimiento, pero ¿volver a donde posiblemente estaba el loco con el cuchillo? No, gracias. Lo mejor era encontrar personas que me ayudaran.

Continué hasta que por fin todo se amplió y tuve ante mis ojos un lugar distinto a la cabaña y al bosque. Un enorme salón con el techo alto e iluminado, como el vestíbulo de un hotel, ¿o de un club? ¿O de una mezcla de ambos? Elegante, pero moderno. Las paredes estaban decoradas con algunos cuadros muy extraños que no logré detallar muy bien en ese momento, aunque me pareció ver a una especie de monstruo comiéndose a alguien. En cuanto al resto, el suelo se extendía en muchas direcciones, dando la impresión de que aquel sitio, fuera lo que fuese, era más grande de lo que mi campo visual abarcaba y que tenía más pasillos.

Y estaba lleno de gente, de caras que no conocía.

Solo salí de mi asombro porque alguien que vestía una gabardina violeta pasó junto a mí, y eso me recordó al hombre clavando el cuchillo en el ojo del otro. Entonces vi otra gabardina, y otra y otra, y, en realidad, casi todas las personas allí llevaban ese estilo. Qué raro, era algo opuesto a lo que se usaba a diario en el caluroso Asfil.

Me sentí perdida y desorientada, plantada en algún lugar del mapa que no podía identificar. Miré mi celular de nuevo. Algo más loco todavía, la pantalla estaba llena de líneas de colores. No hacía nada. ¿Se había dañado? No podía llamar.

Me atreví a dar unos cuantos pasos, dudando entre si debía preguntarle a alguien en dónde estaba o solo buscar una salida. Pero el rostro más cercano me pareció muy intimidante, así que no pude hablarle a nadie.

No entendía cómo había pasado del bosque a... eso. ¿Era un sitio secreto?

De repente, alguien me tomó del brazo y me hizo voltear:

—¿Padme? —La voz masculina llegó a mis oídos de forma irreconocible. Quizás fue por lo abrumador de la situación, pero me costó unos segundos conectarla con el rostro que tenía justo delante de mí.

Era Damián. Me miró atónito. Por unos segundos me quedé impresionada por el hecho de estar viendo los mechones de cabello azabache que caían sobre su frente, las espesas cejas fruncidas y sus ojos que parecían totalmente negros y demasiado profundos como para sostenerlos durante mucho tiempo.

¡Pero por fin! Una cara conocida, alguien que podía ayudarme.

—Damián, necesito ayuda —dije rápido y nerviosa, mirando hacia todos lados, por precaución—. Alguien me está persiguiendo y ahora estoy perdida. Necesito que me prestes tu celular para llamar a la policía o que me digas cómo volver al pueblo porque...

No me permitió decir nada más. Tiró con fuerza de mi brazo sin explicar por qué. Como yo todavía no entendía nada y seguía medio asustada e impactada, me dejé llevar por sus tirones. Esquivamos personas hasta que atravesamos una puerta corrediza y entramos a una salita separada del resto.

Ahí dentro estaba más tranquilo. No había nadie, tan solo un par de sofás, unas cuantas mesas y una mini nevera. Parecía el espacio perfecto para descansar o sentarse a hablar sin ver a toda la gente que seguía afuera. Entendí mucho menos qué se suponía que era aquel sitio.

—¿Cómo llegaste hasta aquí? —preguntó con fiereza una vez que estuvimos a solas—. ¿Alguien te trajo?

—No, te dije que...

—¿Alguien te habló de este sitio? —me interrumpió.

—¡No!

—¡¿Entonces cómo llegaste?!

De acuerdo, no lucía contento con mi presencia. Aun así, sentí que mentir no era una opción en ese momento. No estaba buscando alegría, solo ayuda.

—Te seguí para darte esto —confesé. Saqué la identificación del bolsillo trasero de mi *jean* y se la ofrecí con la mano temblorosa—. Pero no es importante ahora porque alguien me estuvo persiguiendo y solo tuve suerte de que no me atrapara, y lo que vi...

—¿Qué viste? —exigió saber, pero como era obvio que me costaba explicarlo, Damián presionó para que lo soltara—: Habla, por todos los demonios.

—Vi un asesinato.

Hubo un silencio. A una parte de mí se le hizo un poco extraño que él ni siquiera alzara las cejas en sorpresa o que no mostrara algo de horror, pero asumí que era mi miedo empezando a rozar la paranoia.

—¿También viste la cara de la persona que dices que te perseguía?

—Sí, y creo que él vio la mía —asentí, sonando más preocupada que antes—. Fui rápida, pero es posible que haya visto que llegué hasta aquí, aunque no sé cómo, solo encontré algo así como un pasadizo y... ¿Qué es este lugar? ¿Por qué estás aquí?

Damián no dijo nada por un momento. Solo me analizó con esos ojos severos y oscuros. Listo, no me creería lo del asesinato, diría que era una desquiciada por seguirlo, por inventar algo tan serio y por estar preguntándole qué hacía allí como si tuviera derecho a saberlo.

Otra vez, no fue como esperaba.

—Llévame a donde lo viste todo —me pidió.

Lo observé como si acabara de volverse loco.

—¡No! ¡¿Para qué?! ¡Ni siquiera sé si deberíamos salir de aquí con toda la gente que hay ahí afuera!

—Solo llévame.

¿Estábamos hablando el mismo idioma? No entendí por qué me pedía algo tan absurdo y, de nuevo, por qué no estaba sorprendido, sino ahí, muy quieto como si quisiera arrancarme la cabeza.

—Damián, un psicópata con un cuchillo mató a un chico y luego empezó a perseguirme —fui más específica—. ¡Quiso atraparme! ¡Tuve que huir y así fue como llegué hasta aquí! ¡Tenemos que llamar a la policía!

—Deja de comportarte como una niña asustada —me advirtió con cierta dureza y frialdad—. Y haz lo que te pido.

—¡¿Cómo no voy a estar asustada?! —solté, confundida—. ¡Tú también deberías estarlo!

De nuevo, Damián me tomó del brazo e intentó tirar de mí en dirección a la salida.

—¿Qué estás haciendo...? —me quejé. Iba a lograr sacarme porque tenía más fuerza que yo, pero, de repente, alguien deslizó la puerta y entró antes de que nosotros saliéramos.

Lo primero que vi fueron unos ojos azul cielo que me paralizaron.

—Lo siento, no sabía que estaba ocupado —se excusó la persona.

Vestía una gabardina violeta.

El recuerdo se reprodujo en mi mente: el árbol, la discusión, el cuchillo, el ataque, la sangre, la víctima con el rostro casi desfigurado y el asesino.

Era él. Estaba frente a mí. Su expresión era serena, nada amenazante. Su voz era muy clara, pero con un tono profundo. El cabello era castaño y bien peinado hacia atrás. La piel era tan impecable que incluso le daba un aire elegante y pulcro, como si en ningún momento se hubiera manchado las manos con la vida de otra persona, como si no fuera capaz de clavar cuchillos en los ojos.

Retrocedí de manera automática hasta que Damián, con disimulo, puso una mano a mitad de mi espalda para detenerme. Quise decirle que ese era el asesino, pero me dio un pequeño apretón que interpreté como una advertencia: «No lo hagas obvio». Así que no me moví a pesar de que no tenía ni idea de cuál opción era segura. ¿Obedecer o correr? ¿Dar un paso o no?

—Ya nos vamos —le informó Damián con voz indiferente y tranquila—. Así que puedes quedarte, Nicolas.

Me quedé fría al oír que lo había llamado por un nombre, que tampoco sonaba tan escalofriante como lo que le había visto hacer en el bosque un rato atrás.

—¿Estás seguro? Porque puedo ir a otra sala —dijo Nicolas, y luego agregó medio divertido—: no tienes que huir cada vez que aparezco.

—No huyo de ti cuando apareces —aclaró él, cortante—. Solo no me gusta compartir espacio contigo.

Eso lo divirtió más.

—Ah, Damián, tan cruel y enojado siempre...

Por un instante, ambos se sostuvieron la mirada, y chispeó algo parecido a la tensión entre dos depredadores listos para atacarse. No supe qué me inquietó más, si eso o el hecho de que Damián podía ser conocido de un asesino.

De pronto, la mirada de Nicolas se deslizó hacia mí.

—Lo que no pasa siempre es que estés acompañado de alguien —dijo con cierta curiosidad—. Alguien a quien no creo haber visto antes en tu manada o por los pasillos.

¿Entonces no me había visto en el bosque? No lo creía posible. Tenía que estar mintiendo. Una punzada me aseguraba que sí.

Damián me dio otro apretón con la mano que todavía tenía sobre mi espalda. Sentí eso como una segunda advertencia, como un «no digas nada», por lo que traté de mantener la calma para no delatarme.

—¿Te acuerdas de toda la gente que ves cada día? —le preguntó Damián, extrañado—. Debe de ser una buena habilidad. Te felicito, ahora quítate, que no tenemos ganas de conversar.

Pero Nicolas no se apartó. Me pregunté si estaba fingiendo no conocerme porque era inteligente y quería jugar conmigo hasta asustarme lo suficiente como para que le suplicara por mi vida. Aunque me aferré a la idea de que con otra persona presente, no podría hacer nada.

—No, no tengo esa habilidad, soy algo distraído —dijo Nicolas—. El punto es que no suelo pasar por alto caras así.

¿Caras así? Es decir: ¿asustadas, pálidas, nerviosas?

—Quizás ella tampoco se acuerda de ti. —Damián se encogió de hombros.

—¿De verdad? Eso sí es una pena. —Nicolas adoptó un aire pensativo y luego lanzó el comentario directo a mí—: Pero juraría que tu rostro me hace algo de ruido. ¿No hemos salido de cacería juntos?

¿De cacería? ¿En el bosque? La cabeza comenzó a darme vueltas, pero la mano de Damián presionó un poco mi espalda.

Debía responder.

—No —logré pronunciar.

—Ah… —asintió Nicolas. Luego entornó un poco los ojos, analizándome—. ¿Y por qué estás tan nerviosa? Yo no muerdo. Eso tal vez lo haría alguien de la manada de Damián.

¿De la qué?

—Deja de hacerle preguntas estúpidas —se quejó Damián—. Si estás aburrido, vete a hacer algo más.

—Pero si ella está agitada y un poco roja —siguió con una pequeña risa—, y no creo que eso lo hayas causado tú de buena manera. No es un secreto que te da alergia el contacto con otros.

Eso fue una clara burla. Damián se tensó un poco, lo sentí en su mano aún puesta sobre mi espalda.

—Quítate, Nicolas —le exigió, pero él solo bajó la mirada y señaló mi pierna. Justo en mi pantalón rasgado.

—¿Qué te pasó ahí? ¿Acabas de pelear con alguien?

—Ese no es asunto tuyo —soltó Damián, cada vez más harto.

—Una chica en apuros es asunto de cualquiera —replicó Nicolas al instante.

—Ella no está en apuros —Damián apretó los dientes—. ¿Por qué lo estaría? ¿O es que ahora vas por ahí acusando a cualquiera de cosas sin sentido?

Nicolas alzó las cejas con algo de sorpresa.

—No lo sé, pero solo ella puede confirmar si me equivoco o no —dijo, y otra vez se concentró en mí—. Si dices que no lo estás, con gusto me apartaré, pero si es lo contrario...

Ni siquiera entendí por qué creía que yo diría que estaba en apuros. Sospeché que buscaba quedarse a solas conmigo para matarme. Lo único que yo quería era salir corriendo de ahí, así que no tardé ni un segundo en responderle.

—No. No lo estoy.

—Bien, está dicho —concluyó Damián—. Nos vamos ya.

No permitió que la conversación se extendiera, y apenas Nicolas se movió a un lado, me dio un leve empujón para que ambos nos marcháramos. Justo antes, por alguna estúpida razón se me ocurrió voltear. Los ojos de Nicolas se encontraron con los míos mientras lo dejábamos atrás. Los percibí como una advertencia de algo, pero les tuve miedo.

Damián y yo cruzamos la puerta deslizable y pasamos la enorme sala llena de gente. Esquivamos a algunas personas y continuamos por un pasillo. Cuando ya no hubo nadie, él me soltó y empezó a caminar por delante de mí, apurado.

A partir de allí, el camino me pareció irreconocible y largo, pero unos minutos después ya estábamos fuera de aquel lugar, de nuevo en el bosque. El cielo seguía despejado. Se oían algunos pájaros y un conejo blanco estaba olisqueando unas bayas, pero sentí que algo no encajaba...

¿Eran ideas mías o el habitual calor de Asfil había disminuido? Ahora percibía algo extraño en el ambiente, como un ligero viento frío que, de repente, me erizó la piel.

—¿Fue Nicolas quien te vio? —me preguntó Damián de forma abrupta. Su voz me hizo reaccionar.

—¿Cómo es que lo conoces?

—¿Que si fue él, Padme? —afincó, con gravedad.

—¿Pero es tu amigo? ¿No se llevan bien? —me confundí.

Damián soltó aire y se pasó la mano por el cabello, molesto.

—Maldita sea, esto no debía pasar —murmuró.

No entendí nada. Mi instinto solo me decía que debía salir de ese bosque lo más rápido posible. Se sentía incómodo, siniestro. Además, la actitud de Damián era cada vez más rara y lejos de lo normal. ¿Por qué se enfadaba conmigo si el peligroso era su conocido? Eso me hizo molestarme también.

Muy bien, suficiente.

—¿Me vas a decir qué demonios está pasando y por qué ignoras lo que te estoy diciendo? —le solté a Damián en una descarga, ya harta—. Y no me vuelvas a agarrar así como lo hiciste allá adentro.

—Llévame a donde se supone que sucedió lo que viste —me pidió.

No pude creerlo. ¡¿Qué demonios pasaba con él?!

—Quiero volver al pueblo —dije, decidida.

—Padme —pronunció, como amenazando que estaba al borde de un colapso de ira—. Llévame al lugar y entonces podrás regresar.

—¡Es que no entiendo para qué quieres ir!

—¡¿Quieres volver o no?!

Dudé. Recordé que Alicia había comparado a Damián con un rarito, y por cómo se estaba comportando en ese momento, sus palabras no me parecieron tan absurdas. A lo mejor le gustaban todos esos líos sangrientos y oscuros. Quizás quería ver el lugar por puro morbo. Qué se yo. Todo en él, desde siempre, había parecido estar envuelto en ese tipo de aura inusual y tenebrosa.

Pero, de acuerdo, en ese momento era el único con el que podía compartir lo que había pasado.

—¿Me ayudarás a llegar al pueblo? —Quise asegurarme antes.

Él asintió.

—Bien —suspiré de mala gana.

Traté de recordar el camino. Era difícil, considerando que solo había corrido como una estúpida, pero Damián ayudó diciéndome que las hojas estaban más aplastadas por donde había pisado. Me dio a entender que conocía muchísimo el bosque. Debía pasarse mucho tiempo por allí. Otra cosa que aumentó el volumen de mis alarmas internas.

No tardamos en llegar al lugar de los hechos. En realidad, no había ninguna referencia que me indicara que ese era el sitio, pero lo sabía, era una inquietante e inexplicable certeza. Sin embargo, el cadáver ya no estaba. Y me sentí más loca, desorientada y confundida que nunca. Me acerqué a uno de los árboles y señalé el suelo.

—Fue ahí —indiqué.

Damián estudió el lugar como si estuviéramos en una escena de *CSI*. Se agachó, observó, esperó y luego movió algunas hojas con los dedos. Cuando las apartó, aparecieron pequeños manchones de sangre ocultos.

Al menos sí había sucedido.

—¿Ya puedo saber de qué se trata esto? —inquirí—. ¿Podemos llamar a la policía? El asesino está libre en ese... —Como no encontré palabras para definir el sitio en el que había estado, solo dije—: en ese lugar tan raro.

—No podemos. —Damián negó con la cabeza.

Lo dijo de nuevo con esa naturalidad en las palabras, con falta de preocupación o de miedo.

—Te he dicho que mataron a alguien y hasta se llevaron el cadáver —repetí, asombrada por su indiferencia ante la gravedad del asunto—. Lo lógico sería regresar al pueblo y contarle todo a la policía antes de que suceda algo peor.

—Lo lógico también habría sido que no me siguieras, pero igual lo hiciste, así que actuar lógicamente ya quedó descartado —zanjó, sin el más mínimo rastro de empatía.

—¿Entonces no debo ir a la policía? —Mi pregunta sonó incrédula.

—Ellos no resolverían nada de esto —aseguró—. Nadie lo resolvería, porque la verdad es difícil de entender.

La verdad.

Mi alarma interna sonó tan fuerte que solo pestañeé, confundida.

—¿De qué hablas? ¿Cuál verdad?

—Lo que pasó aquí fue algo normal, un ajuste de cuentas entre un Noveno y otro —dijo—. De seguro tenían algún conflicto o alguno de ellos hizo algo en contra de su manada y se enfrentaron.

De nuevo esa palabra «manada», que había usado Nicolas. Esbocé una sonrisita nerviosa.

—Ese sentido del humor oscuro va contigo, pero no me parece...

—No tengo sentido del humor, Padme —me interrumpió.

Era cierto, no había diversión en él. Lo que había era frío en sus ojos, la seriedad de una revelación importante.

Le pregunté, aunque temiendo la respuesta:

—¿Qué es un Noveno?

—Un asesino —confesó—. Lo que soy.

A pesar de que las palabras fueron claras, mi *shock* quiso buscarle una explicación normal.

—¿Es como una secta o algo religioso?

Él negó con la cabeza.

—No tenemos religión. Nacemos un nueve del noveno mes, y desde pequeños sentimos la necesidad de matar. Así que no es nada igual a ese concepto absurdo que tienes de los asesinos.

Mi reacción automática no tuvo mucho sentido. Solo di media vuelta en plan «ya me voy» y avancé con prisa con toda la intención de dejarlo ahí parado y dar la espalda a sus palabras. Pero no me lo permitió. Su mano me rodeó el brazo, me detuvo y me hizo girar para encararlo.

—Ya no puedes irte —me advirtió. Frente a frente lo vi más alto e intimidante.

—¿Por qué no? —Me sacudí, nada dispuesta a obedecerle—. ¡Dijiste que me ayudarías! ¡Y si estás jugando al bromista oscuro esto no está nada bien!

—Cállate y escúchame con atención —batalló, malhumorado, contra mi resistencia—. No vas a salir corriendo ni vas a armar un escándalo.

—¿Me estás amenazando? —Mi voz sonó más angustiada de lo que quise demostrar.

—Te estoy advirtiendo —me corrigió— porque te metiste en una cueva de destripadores, y si se enteran te van a usar como carne para filetear.

—Damián, tengo que irme, suéltame... —Forcejeé en más intentos por liberarme—. Solo estás mintiendo.

Se hartó y me tomó por los hombros para que me quedara quieta y lo entendiera de una buena vez:

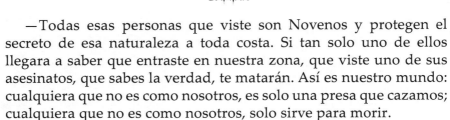

—Todas esas personas que viste son Novenos y protegen el secreto de esa naturaleza a toda costa. Si tan solo uno de ellos llegara a saber que entraste en nuestra zona, que viste uno de sus asesinatos, que sabes la verdad, te matarán. Así es nuestro mundo: cualquiera que no es como nosotros, es solo una presa que cazamos; cualquiera que no es como nosotros, solo sirve para morir.

Para morir.

Nuestro mundo.

¿A dónde iba luego de la escuela?

¿Por qué no interactuaba con nadie?

¿Por qué desaparecía por largo tiempo?

Nunca estuve equivocada. La intuición de la niña curiosa que creía que algo raro sucedía alrededor de ese niño de cabello negro y ojos hundidos, nunca falló. Y ahora, ante la revelación, tenía el corazón acelerado, cargado de una adrenalina nerviosa.

—¿También eres como Nicolas? —pregunté, en otro reflejo del *shock*.

—No. —Damián sonó serio—. Soy peor.

La cabeza empezó a darme vueltas, pero traté de mantener la calma por mi propio bien.

Buscar una salida… Buscar una salida…

—Okey, te creo, pero déjame ir —le pedí—. Me quedaré callada, no diré lo que vi. No iré a la policía, nadie se enterará.

—¿Crees que es tan fácil como solo soltarte? —replicó Damián con cierta molestia—. Solo con haberte sacado de ahí ya incumplí la primera regla, y romperlas es imperdonable.

¿Hasta tenían reglas?

—¡No debí seguirte, lo entiendo! —traté de darle la razón por si eso me daba alguna ventaja—. Pero es que mi intención no era…

—Si yo no te mato ahora que lo viste y lo sabes todo, ellos me matarán a mí —me interrumpió, a pesar de mi arrepentimiento—. ¿Entiendes eso también?

Necesitaba escapar. Estaba demasiado abrumada. Traté de pensar en algo, pero me di cuenta de que yo era débil comparada con él, y que era incapaz de soltarme a pesar de mi esfuerzo. Además, ¿qué podía hacerle si sacaba un cuchillo? ¿Arañarlo con mis uñas limadas a la perfección por Alicia? Me sentí inútil y estúpida por no saber ni siquiera dar un golpe de distracción.

Aunque no tuve tiempo de intentar nada, ni él de atacarme, porque de pronto giró la cabeza hacia otro lado del bosque como si oyera algo en algún lugar cercano. Su mirada pasó de amenazarme a inspeccionar el perímetro, alerta y defensiva.

Miró... Buscó... Esperó... Hasta que en un movimiento rápido me empujó contra uno de los árboles.

—No te muevas —me ordenó.

Traté de darle un empujón para apartarlo, pero me inmovilizó tomando mis muñecas y reteniendo mis piernas con la presión de las suyas. Visto desde lejos parecía que era para matarme, pero cuando escuché el crujir de una rama entendí que, en realidad, él nos estaba ocultando de alguien. Pero no lograba ver de quién, porque me tenía tan atrapada que no podía girar la cabeza.

—¿Es Nicolas? —pregunté, más asustada.

—Cállate.

Por alguna razón, Nicolas me parecía el doble de peligroso que Damián. Incluso teniéndome ahí acorralada, la idea de que apareciera sí era peor. Pero, demonios, ¿por qué no tenía la fuerza para patearlo entre las piernas, liberarme y correr?

Súbitamente recordé haber visto en un programa que intentar recordarle al asesino que eres una persona y tienes una identidad, puede ayudar. Sabía que me encontraba en esa situación riesgosa de que podían oírnos, pero mi instinto me impulsó a intentarlo.

—Damián, me conoces —supliqué de nuevo a pesar del peligro—. Me conoces desde que éramos pequeños. ¿Lo recuerdas? Te busqué varias veces, quise acercarme, ser tu amiga.

—Que te calles —volvió a exigir.

—Eso de los Novenos, no voy a decirlo —le aseguré con rapidez en otro intento de convencerle—. No diré ni una palabra. Me quedaré callada.

—Empieza desde ahora.

Siguió apretando mis muñecas. Un hormigueo comenzó a expandirse por mis dedos.

—Tiene que haber otra manera, otra opción como arriesgarte a confiar en mí —insistí—. Tú no me mata...

—¡Deja de hacer ruido o nos van a oír, maldita sea! —soltó antes de que yo completara la palabra—. Quizás Nicolas fingió en la conversación, sabe que no eres como nosotros y ahora nos está buscando.

Iba a suplicar otra vez, pero me fijé en un par de cosas. Uno, la forma en la que él movió nuestros cuerpos contra el árbol para ocultarnos más; dos, cómo escaneó los alrededores con su mirada depredadora; tres, que tragó saliva con tensión al mismo tiempo.

Un momento, ¿acaso él...?

—¿También te asusta porque pueden matarte? —pregunté, con incredulidad. Damián afincó su enojo por el cuestionamiento de si estaba asustado o no. Dio a entender que no, pero seguí pensando que, en ese caso, tal vez yo no estaba tanto en una posición de desventaja. Aun así, me amenazó con sus ojos negros.

—Viste lo que Nicolas hizo, ¿no? —pronunció entre dientes—. ¿Es lo que quieres que te hagan a ti?

—No, lo entiendo, fue un error —dije, sin intención de empeorarlo—. Pero si me dejas ir, si pensamos en algo...

—¡Ya deja de suplicar y de disculparte! —Se hartó.

—¡¿Y qué quieres que haga?! —Me desesperé también por la mezcla de pánico e impotencia—. ¡Solo dices que vas a matarme! ¡No lo haces nada fácil!

—¡No tengo que hacerte nada fácil porque no deberías estar aquí en primer lugar!

—¡Entonces deja de amenazarme y mátame de una vez! —lo reté.

Ni siquiera entendí de dónde salió eso, tal vez del miedo que ya era intenso o de la adrenalina. Hasta me arrepentí porque pensé que lo haría sin dudar, pero otra rama crujió y él volvió a analizar el entorno, cauteloso. Luego, cuando no encontró nada, se me quedó mirando por un momento. De un segundo a otro, su enfado disminuyó y se mezcló con una expresión curiosa, como si yo fuera algo que le causara intriga. Fue un cambio extraño que me hizo sentir el doble de nerviosa, porque por un instante no pareció capaz de matarme.

—Sé quién eres —dijo algo bajo—. Sé que vivimos en la misma calle y sé que no dañarías ni a un mosquito ni romperías ninguna regla. O eso parece. Así que, ¿por qué me seguiste en realidad? ¿Solo por la identificación?

No, pero mentí:

—Sí.

—¿Porque eres esa chica «buena» que todo el mundo ve?

Pronunció el «buena» como si fuera algo ridículo y falso.

—Lo soy —asentí—. No me meto en problemas y no voy por ahí contándole a todos las cosas que sé, por esa razón si tratas de confiar...

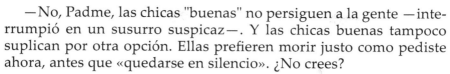

—No, Padme, las chicas "buenas" no persiguen a la gente —interrumpió en un susurro suspicaz—. Y las chicas buenas tampoco suplican por otra opción. Ellas prefieren morir justo como pediste ahora, antes que «quedarse en silencio». ¿No crees?

La fuerza se me fue. Tenía razón. Tanta razón que me asusté.

—Es cierto, pero tengo miedo y... no puedo creer lo que dices —dije, en un aliento nervioso—. No puedo creer que esto seas tú.

Que mi misterio favorito de la infancia fuera un asesino. Que ese fuera su gran secreto.

Damián entornó los ojos como si me hubiera descifrado. Todo un universo oscuro en ellos.

—No tienes tanto miedo como dices... —susurró—. No de mí.

Eso me dejó fría. ¿Podía verlo? Porque era lo que estaba sintiendo. Si el niño que tanto había intentado conocer solo había sido una idealización, se suponía que debía temerle por completo, pero en el fondo, muy en el fondo, algo me decía que no iba a lastimarme. Quizás estaba equivocada o quizás era lo que quería creer. Quizás perdería la conciencia antes de aceptar que él me mataría.

—Solo quiero irme —fue lo que salió de mi boca, casi en un aliento. Mis ojos se cerraron de forma automática, desesperada por dar con algo que lo cambiara todo—. Solo quiero que esto no sea real.

—Lo es, pero tal vez puedes irte —dijo él de forma inesperada—. Tal vez sí hay otra opción como tanto quieres.

Abrí los ojos y lo miré, sorprendida. Cada parte de mí temblaba. Estaba plantada contra el tronco, con el pecho agitado, la boca entre abierta y los pulmones trabajando atropelladamente para conseguir aire.

—¿De verdad? —pregunté—. ¿Cuál?

—Primero, ¿vas a gritar de nuevo? —Me puso a prueba.

—No —seguí mi instinto de supervivencia.

—¿Eres capaz de mantenerte quieta para no convertir esto en un "corres y te atrapo" que es obvio que yo ganaría?

Podía intentarlo...

—Sí. —Tragué saliva—. Te escucharé. ¿Cuál es la otra opción?

Damián no respondió de inmediato. Por unos segundos, solo me observó. Casi creí atisbar un dejo de duda. Un sutil destello de indecisión, ese aire que te envuelve antes de dar un paso al puente que sabes que se va a balancear de forma peligrosa cuando camines por él. Pero luego eso desapareció. Y lo dijo:

—Tendrías que convertirte en una de nosotros, para siempre.

La instrucción de Damián fue clara tras soltarme:

«Ve directo a casa sin hablar con nadie. No respondas preguntas. No te desvíes, y no intentes nada extraño».

Eso fue lo que hice. Llegué y me encerré en mi habitación. Agitada, sudorosa y con la cabeza dando vueltas, corrí hacia el baño y vomité en el retrete. Después, cuando pude levantarme, me metí en la ducha. Me recargué en la pared y con lentitud me deslicé hacia abajo hasta abrazarme las piernas. Dejé que el agua fría cayera sobre mí e hiciera desaparecer los restos de tierra en mi cuerpo.

En mi cabeza estaba Nicolas enterrando con fuerza su cuchillo en el ojo de alguien. En otra fracción de mi mente se repetía la voz de Damián que decía: «Un asesino, lo que soy».

Irónico que después de ansiar entender qué sucedía a su alrededor, estuviera tan asustada. Es decir, sí, miles de noches me había imaginado descubriendo algún secreto como en las películas. El Damián de mis historias mentales había dicho: «¡Soy un vampiro!» o «en realidad he estado muerto desde hace años y soy un fantasma» o «pertenezco a un mundo de magos y soy el elegido» o «soy un zombi con conciencia»; cosas fantasiosas y medio oscuras, pero muy románticas que nos hacían unirnos para siempre porque al final yo lo aceptaba con asombro y con tranquilidad al mismo tiempo.

¿Qué tan tonto era considerar que me había mentido y que eso de los Novenos no era real? Era lo que deseaba. Quería borrar cada escena de mi cabeza, porque había sucedido tan rápido. Pero yo había visto el asesinato... Lo había visto todo...

Eso tuve que haberle respondido a Alicia: «Siempre había sido demasiado curiosa. Siempre sentí la necesidad de descubrir qué sucedía. Siempre me sentí atraída por ese peligroso misterio llamado Damián. Ese es uno de mis secretos».

Sus palabras: «No, Padme, las chicas «buenas» no persiguen a la gente». Me asustaban, porque tenía razón. Una persona normal no habría pedido una segunda opción, y habría corrido a la policía. Pero yo había obedecido y corrido a casa. ¿Qué pasaba conmigo? ¿Otra vez *eso* me había dominado?

Mi corazón latía rápido. Se sentía como haber roto una enorme regla.

Eché la cabeza hacia atrás y la apoyé en la pared. El agua me golpeó el rostro. No me moví de allí hasta que tal vez media hora después, escuché que me llamaban desde abajo:

—¿Padme?

Mi madre.

Salí de la ducha, me vestí con un pantalón de gimnasio largo que cubriera cualquier rasguño hecho en el bosque y bajé las escaleras. En la cocina estaba ella, cortando algunos vegetales. Su cabello era castaño oscuro y lo ataba siempre en una coleta, casi igual al mío, solo que yo lo llevaba suelto y desordenado. Tenía un aire serio. Solían decir que nos parecíamos mucho, pero yo no creía que fuera cierto. Éramos muy distintas.

Me sorprendió verla antes de las nueve de la noche en casa. Su jornada de trabajo como gerente general en los correos de Asfil era larga. ¿Qué hora era? ¿Cuánto había pasado en el bosque? Mi noción del tiempo parecía una brújula descontrolada.

—Hola, amorcito —saludó, con el sereno ánimo de quien no tenía muchas preocupaciones—. ¿Qué tal el instituto hoy?

Escucharla decir «amorcito» podía hacer pensar a cualquiera que hablaba una madre dulce. Y sí, cuando quería serlo lo era en extremo, pero ese era solo uno de sus lados, por lo que su pregunta formó un nudo en mi garganta. Para decir la verdad tenía que soltar algo como: «Bueno, mamá, el instituto estuvo genial, pero ¿por casualidad sabías que Damián, el vecino, es un asesino llamado Noveno? Me enteré hoy. Ya decía yo que era raro...».

Pero con mi madre jamás debía apelar a la verdad. Era riesgoso.

—Estuvo bien —mentí con naturalidad—. ¿Y papá?

—Llamó para avisar que llegará en la noche porque tiene mucho trabajo. En cuanto a ti, ¿no se suponía que ibas a estar con Eris y Alicia en la feria?

—Es que no tenía muchas ganas de quedarme —volví a mentir—. Estaba todo muy aburrido.

Me acerqué al refrigerador para sacar una jarra de agua. Ni siquiera fui capaz de buscar un vaso. Me empiné y bebí como si hubiera pasado meses en un desierto y apenas encontrara líquido, tal vez por los nervios y el cansancio. Me refrescó tanto que cuando la solté terminé jadeando. Solo entonces, me di cuenta de que mi madre me miraba con fijeza.

—¿Hay algo molestándote? —volvió a preguntar.

—No, nada.

Le temía mucho a su intuición y a su talento casi sobrenatural para detectar mis cambios de humor o cualquier mínimo problema, porque no reaccionaba bien a ellos. No, en realidad reaccionaba muy mal. Ahí desaparecía la madre cariñosa y aparecía la que utilizaba medidas extremas para abordarlos, la que era muy capaz de armar un escándalo o, más que eso, de reventar el subsuelo si ocurría algo malo a mi alrededor.

Porque, según ella, las personas normales vivían vidas *normales*. Esa era su palabra favorita. Las chicas normales no se metían en problemas ni situaciones agitadas, y estaban en control. Nada las alteraba y sus emociones eran siempre las mismas.

Claro que no se quedó tranquila.

—¿Por qué tienes tanta sed?

—Porque soy humana y los humanos necesitan agua…

—Tú nunca encontrarías aburrida la feria.

Cada detalle lo notaba.

—Mamá… —suspiré.

—¿Pasa algo en el instituto?

—Que no… —dije, pero entonces ella frunció más el ceño y en su cara apareció ese gesto característico que avisaba lo que siempre quería evitar: el drama.

Con lentitud, dejó el cuchillo a un lado. Ver el reflejo de la hoja me hizo recordar a Nicolas. Mi cuerpo se tensó.

—¿Te hacen *bullying*? —soltó con brusquedad, como si todo se hubiera aclarado en su mundo de dudas y suposiciones.

—¿Qué? —Hice un mohín de rareza—. No, no me ha…

—Es eso, ¿cierto? —habló con tanta rapidez que no me permitió decir algo más—. ¿Se enteraron de lo que pasó y te están molestando? He visto esos programas que te enseñan a detectar las señales.

Apoyó las manos en la encimera de la cocina, muy preocupada. Me miró fijo como si sus ojos pudieran retenerme. ¿Simple preocupación maternal? No, yo lo veía diferente. Su otro lado: controladora y a veces exasperante. Me había costado mucho trabajo conseguir que confiara en que nada malo me sucedería. Si llegaba siquiera a sospechar algo sobre Damián y el peligro de los asesinos... bueno, una de las cosas seguras era que no volvería a poner un pie fuera de mi casa, tal vez ni siquiera para ir al instituto.

—Estás todo el tiempo esperando que alguien se entere y eso no ha sucedido —intenté dejar en claro, pero no funcionó.

—Primero que nada, tú no eres menos que nadie, tampoco eres rara —soltó, seria—. Eres una chica con un futuro normal y feliz. Ni por un segundo pienses en lastimarte o en hacer algo que llame la atención de todos en el pueblo.

—Mamá...

Tomó aire y negó con la cabeza. Sí, ahí estaba el drama.

—No puede ser... —se lamentó—. Lo llegué a pensar, pero dije: «No puede pasarle a Padme. Ella es muy alegre y ha cambiado».

—Mamá... —traté de nuevo, pero no se detuvo.

—No creas que porque tienes dieciocho años no puedo intervenir —expresó en un tono más firme, pasando de la preocupación al disgusto—. ¡Soy capaz de denunciar al instituto!

Le interrumpí con fuerza tan pronto como tuve oportunidad:

—¡Mamá, ya! Nadie me hace *bullying*. ¡Y deja de ver esos programas, por favor!

Su expresión de desconcierto me inquietó, pero me mantuve firme y en calma para demostrarle que no se trataba de eso. Sus ojos se suavizaron, pero no perdieron el brillo de sospecha.

—Entonces, ¿qué pasa? —preguntó, y como si no acabara de pasar tan abruptamente del drama a la normalidad, continuó cortando vegetales—. ¿Por qué luces tan pálida y cansada? ¿Estás durmiendo bien? ¿Necesitas que te compre vitaminas?

Antes de que yo inventara cualquier cosa para salir del paso, llamaron a la puerta con cuatro golpes secos que, en lugar de aliviarme por interrumpir la conversación, me sobresaltaron.

Demonios, seguía demasiado nerviosa. Debía controlar eso si no quería que notaran que algo iba mal.

Quise correr yo a la puerta, pero no habría sido algo propio de mí, por lo que dejé que sucediera con normalidad. Mi madre se limpió las manos en su delantal floreado. Cada paso que dio para salir de la cocina me dificultó la respiración. Cuando desapareció, agucé el oído, inmóvil en medio de la cocina. Escuché que abrió la puerta principal y luego se hizo un silencio que me asustó y que me llevó a pensar que Damián estaba allí, o peor todavía, que Nicolas había aparecido y le había cubierto la boca para estrangularla.

Reaccioné y avancé en dirección a la entrada de la cocina para ver de quién se trataba...

Dos cuerpos aparecieron en un salto de *¡sorpresa!*

—¡Tilín tolón, ¿quién va al fiestón?!

Eris y Alicia.

Me aguanté la exhalación de alivio. Detrás de ellas entró mi madre entre risas cómplices. Me acordé de que era algo común de Alicia entrar en silencio a propósito en un intento de sorprenderme. Nunca lo habían logrado del todo hasta ese momento.

—¡Te llamamos unas diez veces a tu celular y no atendías! —añadió Alicia—. ¿Qué sucedió? Dijiste que volverías rápido, pero pasaron dos horas. Te perdiste los fuegos artificiales.

Mi celular. Sin cobertura. No había enviado el mensaje a Eris, porque ella parecía no saber nada.

—Me quedé sin batería, lo siento —mentí.

—¿O sea que no has visto las fotos con opciones de ropa que te envié? —Alicia puso cara de indignación.

—Sí, pasamos un minuto por su casa y no sé cómo en segundos se probó todo de nuevo y se tomó fotos. —Eris giró los ojos—. Como sea, decidimos traer las cosas y arreglarnos aquí.

Dio un golpecito al enorme bolso que colgaba de su hombro. No entendí a qué se refería. Alicia, por su parte, asintió con rapidez. A ella no le preocupaban muchas cosas y lo máximo que la inquietaba era no ir a ver una película en su día de estreno. Pero como Eris era más neutra, a veces muy obstinada, y sin duda alguna más detallista y centrada, me aclaró con extrañeza:

—Arreglarnos para la fiesta de Cristian, de la cual se ha estado hablando todo el mes y hasta esta tarde en la cafetería porque es esta noche...

Lo recordé. Cristian era uno de los chicos más populares y pertenecía al equipo de natación del instituto. Según todo el mundo, la fiesta sería épica porque irían universitarios, un *DJ* muy popular de *Instagram* y porque habría todo tipo de bebidas alcohólicas. Llevábamos meses comentándolo y se me había olvidado por completo con todo el asunto de Damián.

Miré de reojo para asegurarme de que mi madre no estuviera pendiente de la conversación. Se había concentrado en mover la pasta que hervía, pero sabía que tenía un oído casi sobrenatural, así que les hice un gesto con la cabeza a las chicas para que nos moviéramos hacia la sala.

—La fiesta, sí, sobre eso... —les dije a ambas apenas estuvimos solas—. No iré.

El rostro de Alicia manifestó un horror casi exagerado como si acabara de escuchar la noticia más impactante y sin sentido del momento.

—¡¿Qué?! —chilló ella—. ¡¿Por qué?!

—Porque...

—¡¿Es por lo que dijo Eris hace un par de días de que Cristian hará una estúpida apuesta para llevarse a alguien a la cama y grabar un video?! —me interrumpió, y puso los ojos en blanco—. Vamos, si fuera por ella el mundo sería un Vaticano.

—¿Siquiera sabes en dónde queda el Vaticano? —Eris enarcó una ceja.

Alicia frunció los labios con disgusto y le dedicó a Eris una mirada asesina. Luego volvió a mí, esperando una explicación.

Sí, Eris había escuchado por ahí las intenciones de Cristian y eso ni siquiera me había sorprendido. A la gente de nuestro instituto no se le ocurrían cosas más interesantes para matar el tiempo. Eran crueles, desinteresados e idiotas la mayoría del tiempo. Solo que esa apuesta ya parecía una micro tontería comparada con la verdadera razón de mi miedo.

—No, no es por lo de la apuesta, es que estoy algo cansada —volví a mentir.

Pero eso solo acentuó la aflicción de Alicia.

—Padme, es nuestro último año en el instituto, quedamos en que aprovecharíamos cada evento y cada fiesta —me recordó con gravedad. Alternó la vista entre Eris y yo como si nos rogara con cada palabra—. ¡Prometimos disfrutarlo! No te puedes quedar en casa. Ninguna se puede quedar en casa.

—Lo sé, lo sé —suspiré. No encontraba las palabras adecuadas para una buena excusa—, pero esta no será la única fiesta y...

Cerré la boca apenas vi que Alicia se puso una mano en el pecho y ahogó un grito. Cualquiera que no escuchara nuestra conversación habría creído que yo le había dicho algo muy ofensivo.

—Que no será la única —repitió en extremo sorprendida—. ¡Pero es la primera y la primera siempre es importante! ¡Si no estamos ahí, no nos tomarán en cuenta para nada más! ¡Y recuerdo que eso fue algo que tú misma dijiste!

Demonios, sí lo había dicho yo, pero es que en ningún momento esperé que mi vida, limitada a pasarla genial en el instituto y a comprarme ropa para hacerme fotos en *Instagram* como una chica normal, diera ese giro tan brusco. Tan solo unas horas atrás, ir a una fiesta me parecía lo más importante para demostrar que tenía vida social.

Ahora eso se veía como una reverenda tontería.

—Bueno, bueno, tengo una idea para resolverlo porque nunca vamos solas a una fiesta, y si alguna no va entonces ninguna lo hará —intervino Eris al rescate como la adulta responsable del grupo—. Podemos ir un par de horas para que nos vean allí y luego volver. No tenemos que quedarnos hasta que amanezca, solo pasar un rato.

Todo el rostro de Alicia se iluminó ante esa idea.

—¡Sí! —Estuvo de acuerdo—. Saludamos, nos tomamos un par de tragos y listo. ¡Anda, Padme! Por favor, no te conviertas en una segunda Eris.

Eris giró los ojos y negó con la cabeza junto a un resoplido. Mientras, Alicia me presionó con una sonrisa amplia y los ojos bien abiertos en plan: «Por favor, por favor, por favor».

Las observé a ambas. Por un mínimo instante quise soltarlo todo, explicarles por qué no quería salir, pero Damián había sido muy específico sobre que debía quedarme callada y quedarme en casa. Sus advertencias habían sonado peligrosas. Si por poco me había dado una oportunidad a mí, no se las daría a ellas.

Así que, aunque fueran mis mejores amigas, esta era otra cosa que no podía contarles.

Pero la idea de estar afuera me asustaba...

Se me ocurrió recurrir a otra excusa más elaborada, solo que, de pronto, me di cuenta de que Eris había pasado a mirarme con una fijeza suspicaz. Como era la más observadora de las tres, supe lo que debía estar pensando: si estuvimos entusiasmadas por esa ridícula fiesta, ¿por qué ahora no quería ir?

Lo que menos me convenía era despertar sospechas en ellas y en mi madre.

Especialmente en mi madre. Si ella se convencía de que algo pasaba, podía ser peor. No, podía ser incluso más horrible...

Tal vez no alterar mi vida ante los ojos del resto era una buena idea.

—No seré una segunda Eris, tranquila —hice un esfuerzo por bromear—. Iremos.

El saltito de Alicia y su felicidad fueron chistosas. Decidimos no perder más tiempo y empezar a arreglarnos porque ella tardaba demasiado en escoger ropa.

Íbamos subiendo las escaleras hacia mi habitación cuando tocaron la puerta.

Alicia y Eris se detuvieron, pero les indiqué que siguieran mientras yo me encargaba de ver de quién se trataba. Alicia jaló a Eris, hablándole sobre una forma muy fácil de hacer ondas de agua en el cabello, y se perdieron por el pasillo.

Ya sola, un escalofrío me recorrió la espalda. Bajé los escalones y avancé hacia la puerta. Luego dudé frente a ella. Miles de posibilidades espantosas se reprodujeron en mi mente. Sin embargo, puse la mano sobre la perilla y abrí.

No había nadie, pero en el suelo, sobre el tapete de la entrada, estaba la mochila que había perdido en el bosque.

Alguien la había dejado allí.

Y solo se me ocurrieron dos personas:

Damián.

O Nicolas.

¿Y cuál era peor?

Apenas atravesamos la puerta de la asombrosa casa de cuatro pisos de la adinerada familia de Cristian, creí que se me reventaría la cabeza.

La música que salía de los enormes amplificadores ubicados en el patio trasero retumbaba en mis oídos, y no había alumno del instituto que no estuviera allí. Eran como una marea de adolescentes alcoholizados que se movía de un lado a otro. Estaban en las escaleras, en los pasillos, en las salas, y no dudé de que en el techo. Como en todo jaleo épico también había mesas repletas de botellas de cerveza y licor, vasos rojos, silbidos, risas, voces entremezcladas, movimientos de baile, lanzamientos de cosas de un extremo a otro, caos, locura, besos, manoseos, juegos y diversión desmedida.

Alicia activó su modo social y se nos adelantó para empezar a saludar con la mano agitada:

—¡Hola, Jackson! ¡Hola, Dany!

Lo único que se vio de ella antes de perderse entre el mar de gente fue su cabellera rubia cayendo como una cortina brillante y lacia. Eris y yo intercambiamos miradas de «ya no la veremos más en toda la noche», y avanzamos en busca de algún espacio para pasar el rato.

En cualquier otro momento habría logrado encajar en la fiesta, pero seguía nerviosa y alerta. Sentía la necesidad de mirar hacia todos lados para comprobar si alguno de los rostros coincidía con los que había visto en aquel extraño lugar del bosque. ¿Y si alguno de ellos también era un Noveno?

Eris se movió hacia la mesa de las bebidas. Automáticamente fui tras ella. La idea de que varios tragos podían hacerme sentir menos asustada, me tentó por un instante, pero yo no bebía. Mi madre decía que el alcohol descontrolaba a la gente. Yo no podía descontrolarme nunca, porque entonces…

—Padme, ¿qué sucede? —me preguntó Eris de repente, mirándome con ojo analítico. Se había servido cerveza.

A veces estaba muy segura de que ella me conocía más que nadie y de que nuestra conexión era más profunda.

—¿De qué? —Me hice la desentendida.

—¿Por qué miras las botellas así como cuando Alicia está estresada por culpa de algún chico? —Como no dije nada, agregó—: Cuéntame, ¿quién es?

Mejor dicho, por culpa del secreto de un chico, pero de nuevo tuve que mentir.

—No hay nadie, pero sí estoy algo estresada. —Le agregué cierta indiferencia a las palabras—. Es nuestro último año, tenemos que ver a cuál universidad asistir y todo eso...

Eris asintió lentamente. Una sonrisa suspicaz apareció en su cara. Ella era intuitiva, no podía negarlo.

—Y eso es lo que le dirías a tu madre, ahora dime la verdad.
—No hay verdad.

Aunque asintió de nuevo aceptando mi respuesta, supe que de todos modos no se lo había creído.

—¿En serio? —preguntó, tranquila pero extrañada—. Entonces, ¿por qué mientras estábamos arreglándonos recibí un mensaje tuyo diciendo que estarías en el bosque?

Claro, sí le había llegado. Había olvidado que cuando la cobertura volvía al móvil, los mensajes podían enviarse solos.

Iba a soltar alguna excusa, pero, de repente, un grito rasgado y cargado de horror se alzó por encima de las voces y la música:

—¡Ayúdenme, por favor!

¿Beatrice? Había entrado a la casa y se había detenido en medio de la sala de estar. No solo eso, en una de sus manos sostenía una garrafa de... ¿gasolina? Su grito había hecho que todos se detuvieran a verla y que, de inmediato, el volumen de la música bajara.

Primero pensé que aparecerse así era una de sus rarezas habituales, pero al instante me di cuenta de que no era un juego. Se veía aterrorizada, y su postura de piernas separadas y su brazo izquierdo medio extendido hacia el frente daba la impresión de que intentaba protegerse de algo. Unas gruesas lágrimas le corrían por las mejillas. Los ojos saltones estaban hinchados de pánico.

En verdad había algo en ella que asustaba.

—¡Ayúdenme! —repitió con la voz desesperada, cargada de miedo—. ¡Tengo que salir de aquí! ¡Tengo que irme lejos! ¡Ayúdenme, por favor!

Esperé que en esta ocasión nadie fuera tan cruel, que a alguien se le despertara un mínimo de empatía y diera un paso hacia ella para aclarar la situación. O solo que le ofrecieran la ayuda que estaba pidiendo a pesar de que no entendíamos los motivos, pero a su alrededor todos se habían quedado inmóviles y miraban a Beatrice con ojos críticos, repelentes y despectivos.

Ella avanzó unos pasos torpes y nerviosos, y un grupito retrocedió como si fuera una leprosa intentando acercárseles.

—¡Tengo que irme! ¡Tienen que sacarme de aquí! —siguió, casi como una súplica. Las notas desequilibradas en su voz no la ayudaban, todo lo contrario, le daban un aire maniático—. ¡Un auto! ¡Necesito un auto! ¡Alguien debe acompañarme! ¡No puedo ir sola!

Se acercó a varios, pero todos retrocedieron o negaron con la cabeza. Me dio tanta pena presenciar cómo la trataban, aun cuando sí existía la posibilidad de que estuviera en peligro, que consideré pedirle a Eris que interviniéramos. De hecho, casi lo hice de no ser por lo siguiente que soltó:

—¡Ellos me vieron! ¡Vieron lo que intentaba hacer!

¿Ellos? Me acababa de quedar helada porque lo único que me pasó por la mente fueron Damián y los Novenos.

De repente, muchas cosas se conectaron.

No podía ser una simple casualidad que unas horas después de haber descubierto la verdad alguien apareciera así, como si acabara de ver la muerte con sus propios ojos. Me pregunté si... ¿y si acaso ella también lo había visto?, ¿si había llegado al lugar secreto como yo?, ¿y si de lo que tenía que escapar era de esos que Damián había llamado Novenos?

Una chica de entre todas las personas, se atrevió a intervenir. Pensé que haría algo lógico, es decir, ayudar, pero fue todo lo contrario.

—¡Largo de aquí, loca! —le gritó, señalando la puerta. Sonó igual que una vieja amargada que echaba a un gato pordiosero de su porche.

—¡Deben ayudarme! —le dijo Beatrice al girarse hacia ella con los ojos abiertos hasta el límite, enrojecidos, empapados y asustados—. ¡Debo irme de aquí! ¡¿No entienden?! ¡Debo salir del pueblo!

—¡No nos intentes arruinar la fiesta con tus delirios de loca y busca ayuda en otra parte, desquiciada! —bufó la chica, y se volvió hacia toda la gente que tenía detrás—. ¡Que se vaya! ¡Que se vaya! —vociferó, con la intención de que la apoyaran.

Lo peor fue que lo hicieron. Comenzaron a decirle: «¡Largo! ¡Fuera! ¡Vete!», primero en un volumen bajo y luego más alto mientras se unían de manera progresiva.

Beatrice se giró sobre sus pies, mirándolos con pasmo. De alguna manera estuve segura de que debajo de toda esa capa de ropa temblaba, y yo en verdad quise dar un paso adelante y ayudar. En verdad quise gritar que la dejaran en paz, que tal vez había que escucharla, pero la advertencia de Damián volvió a resonar en mi cabeza junto con la imagen de Nicolas, de él mismo matándome por decirle a todos que yo también había visto algo horrible.

Además, tampoco sabía bien cuáles podían ser las consecuencias para el resto si no obedecía.

¿Y si había un Noveno entre nosotros, en esa sala?

Mi propio temor me retuvo.

Beatrice se cubrió las orejas con las manos y comenzó a negar con la cabeza. Las voces que le exigían marcharse eran incesantes.

—¡Tengo que irme! —chilló ella por encima de los gritos—. ¡Tengo que salir de aquí! ¡Debo dejar el pueblo!

Repitiendo eso corrió hacia la puerta y desapareció.

Lo que quedó en su lugar fue un silencio desconcertante. La gente se miró, perdida, pero luego eso no afectó más. Cuando los gritos de Beatrice dejaron de oírse, la música volvió a sonar y el ambiente se llenó de voces, risas, movimientos y tonterías.

—¿Qué demonios acaba de pasar? —soltó Eris a mi lado.

Ni yo estaba segura, pero otra vez un escalofrío me hizo pensar en los Novenos.

Miré hacia la puerta, había quedado abierta…

Mis manos estaban sudando ya. Que la gente regresara a su comportamiento normal me perturbó mucho más…

No, no podía quedarme ahí.

—¿Puedes buscar a Alicia? —le pedí a Eris, que miraba a nuestro alrededor con cara de desconcierto—. Seguro se lo perdió todo por estar besándose con Dany allá arriba.

Ella hundió un poco las cejas, lucía medio perdida.

—Sí, supongo… —aceptó.

Apenas se alejó, salí a toda prisa de la casa con la intención de alcanzar a Beatrice. Me detuve al final de la acera y miré hacia ambos lados. La noche estaba fría. Los autos estaban aparcados frente a las casas enormes, oscuras y silenciosas. Ningún rastro de ella.

Aun así, avancé. Miré en todas las direcciones por si la veía correr. Seguí sin encontrarla hasta que atravesé el enrejado de la entrada del conjunto residencial. Por suerte, el guardia de seguridad estaba dentro de la caseta con los audífonos puestos, muy concentrado en su *Tablet*. Toqué a la ventanilla para preguntarle si había visto a una chica extraña salir corriendo, pero me hizo un ademán con la mano para que lo dejara en paz. Era un imbécil más en ese pueblo de personas que no tenían nada de amabilidad, así que no insistí y continué caminando para buscarla por mi cuenta.

La caseta del guardia y las casas quedaron atrás. Me encontré ante el inicio de la carretera que daba al pueblo y que se alejaba hasta perderse en la oscuridad. A mi alrededor, se alzaban los árboles que pertenecían a la densidad del enorme bosque sobre el que se había construido Asfil, y no había nadie, tan solo negrura, soledad, el sonido de los grillos y la amenazadora idea de lo que podía estar escondido entre los arbustos.

Me detuve e hice un repaso panorámico.

Y entonces, vi una mancha roja y oscura en el suelo, como si la hubieran arrojado desde una altura muy elevada.

Sangre fresca.

A un lado, la espesura de los arbustos estaba sospechosamente dividida y aplastada. Conecté todo con una rapidez escalofriante y antes de dar otro paso, dudé. Andar sola era entregarme en bandeja de plata a una muerte segura. Mi sentido lógico me exigió volver a la fiesta e ignorar el tema como habían hecho los demás, pero… Beatrice… necesitaba ayuda… la ayuda que nadie me había dado…

¿Que estaba asustada? Sí. ¿Que tenía miedo de los Novenos? Sí. Pero seguí el camino con la vista fija en el suelo por si encontraba más sangre.

Intenté pisar suave para que mis pasos fueran silenciosos, y aparté arbustos con cautela. Durante un pequeñísimo trayecto no vi más que tierra, hojas, ramitas y piedras. Mis latidos se aceleraron a pesar de que no había nada extraño, y la sensación aprensiva que había encendido Beatrice al entrar con desespero a la fiesta pronto comenzó a convertirse en un pálpito de preocupación, como si ya supiera lo que encontraría, como si fuera un fin inevitable.

En cierto momento, escuché que algo se arrastraba, y me agaché entre los arbustos para ocultarme. Luego me moví en cuclillas en dirección al sonido. Lo que alcancé a ver me cortó la respiración. Fue como si me desconectaran la cabeza del resto del cuerpo, porque lo único que sentí capaz de usar fueron mis ojos, abiertos de par en par, horrorizados. Incluso tuve que presionarme la boca con fuerza para no hacer ruido.

Había un hombre agachado y frente a él estaba tendido un cuerpo.

Por un instante, pensé que era Damián, pero no. De ese desconocido se veía la espalda cubierta por una chaqueta oscura y el cabello rapado al estilo militar, teñido de un color extraño, ¿quizás azul o púrpura?

Por otra parte, del cuerpo tirado en el suelo se veía la cabeza, el cuello, los brazos extendidos y las piernas desde las rodillas hasta los pies.

Era Beatrice.

Una exhalación de horror amenazó con salir de mi boca, así que me coloqué la otra mano sobre la que ya me cubría y traté de ser invisible.

El tipo se irguió. Se vio muy alto y amenazador desde mi escondite. Sacó algo de su bolsillo, y solo cuando se encendió entendí que era un celular. La iluminación me dejó ver que sus manos estaban enguantadas por un cuero negro, brillante y sucio de sangre. Los dedos quizás mancharon la pantalla, pero escribió algo y unos segundos después lo guardó de nuevo. Después miró el cuerpo de Beatrice por un breve instante hasta que, por fin, se perdió entre la oscuridad del bosque.

Permanecí agachada durante lo que me pareció una eternidad, con las manos apretando mi boca con tanta fuerza que ya ni siquiera sentía los labios. Me costaba parpadear. El cuerpo ahí en frente...

Tuve la estúpida esperanza de que quizás no estaba muerta, de que era lo suficientemente inteligente y lo estaba fingiendo para salvarse. «Respira, Beatrice, haz algún movimiento, mueve un dedo, levántate, corre, haz algo», pensé.

Pero no sucedió.

Esperé hasta que el silencio fue tan denso que me permitió moverme. Solo entonces tuve el valor de salir de entre los arbustos. Me acerqué a ella.

Sí, era la misma que había entrado a la fiesta, la misma que nos había perseguido por años, la que había copiado el estilo de Alicia y había sido objeto de burlas. Incluso su cuerpo había quedado en un estado extraño: el cabello esparcido alrededor de su cabeza como un halo de paja, la cara hinchada por las lágrimas, los labios entreabiertos como si hubiera muerto gritando que tenía que irse, y los ojos abiertos. Ya no tenían brillo, pero el horror todavía se reflejaba en ellos. Su rigidez era tal que parecía una espeluznante muñeca que alguien había tirado allí para que quedara en el olvido. Ni rastro de la garrafa de gasolina que había llevado consigo.

De pronto, entendí que sí quedaría en el olvido. Ahí, con todos esos arbustos y árboles rodeándola, ¿quién la encontraría? Las personas normales de Asfil no exploraban los bosques ni se metían por los alrededores de la carretera. Nadie sabría que ella estaba muerta en ese sitio, y me pareció tan injusto que se me ocurrió una idea.

Con rapidez me quité la camisa de botones que llevaba puesta. Solía usarla sin abotonar con una franela debajo. La envolví en mis dos manos y tomé a Beatrice por uno de los brazos. Con toda la fuerza a la que podía recurrir, comencé a arrastrarla.

Fue demasiado difícil, pesaba un montón. Tardé más de lo que creí. Pensé incluso que el asesino volvería por el cuerpo y me encontraría a mí, pero no me rendí y con éxito logré llegar hasta el borde de la carretera.

Allí la solté. Tal vez por el movimiento, algo se deslizó fuera de un escondite en su ropa. Era un libro. Lucía viejo, la tapa era de un cuero gris plomizo y de los bordes salían retazos de hojas como si estuviera plagado de información. Lo abrí en cualquier página. Vi un montón de palabras escritas en otro idioma y solo un pequeño párrafo con palabras que sí pude entender:

«Es este lugar. Saca lo peor de nosotros, porque solo respiramos su maldad. Si sigue existiendo, seguiremos siendo monstruos».

¿Eh?

Ni tiempo tuve para intentar entender, porque de pronto escuché un ruido extraño, así que solo lo cerré, decidí llevarlo conmigo y me fui corriendo a la parada de bus más cercana sin mirar atrás.

I Asfil er ingen trygge, og alle er uitende om faren vi er i. Ingen vet hva som egentlig skjer i skogen, bare de.

Es este lugar. Saca lo peor de nosotros, porque solo respiramos su maldad. Si sigue existiendo, seguiremos siendo monstruos.

Hva skjuler
Er det en
dere som
ktig

5

CUIDADO: UNA CHICA TRATARÁ DE ADVERTIRTE

No pude dormir en toda la noche.

Apenas cerraba los ojos veía el pálido y rígido cuerpo de Beatrice con los ojos vidriosos y muchas líneas de sangre saliendo de su boca.

Luego pensaba en que así terminaría yo si decía lo que sabía.

Pero también pensaba en que debía ir a la policía, en que no podía callar que ella no había estado loca al pedir ayuda. Aun si me hacían algo, ¿no valía la pena confesar? Después de todo, eran asesinos...

Con esa batalla mental estuve dando vueltas en la cama hasta que amaneció y tuve que alistarme para ir a clases. No me entusiasmaba mucho, pero si no iba reportarían las faltas a mis padres y eso podía ponerlos en alerta.

Llegué temprano. El Instituto Central de Asfil era la principal zona educativa del pueblo. Se había construido pocos años después de la fundación, de modo que los edificios que lo conformaban seguían teniendo un aire tradicional. Los altos muros eran de color ocre y las ventanas eran tan grandes que parecían, como a Alicia le gustaba decir, tabletas de chocolate.

Entré en el aula para la clase de Geografía. Eris y Alicia ya estaban allí conversando. Nada raro, Alicia estaba sentada sobre la mesa de Eris, con las piernas cruzadas. La pelirroja, por su lado, leía una novela de ciencia ficción llamada *Asfixia*.

—... Y estuve casi quince minutos en el pasillo saludando a cada persona para que voten por mí como la presidenta del curso —le decía Alicia a Eris cuando me uní a su círculo y tomé lugar en mi asiento—. Descubrí que mi saludo influye muchísimo en su día a día y que en serio puede ayudarme a ganar.

—Oh, ¿qué sería de la vida de estas personas sin tus saludos? —le soltó Eris con sarcasmo.

—Quizás no tendrían los mismos ánimos durante las clases... —contestó Alicia, segura de sus deducciones—. Y en definitiva no votarían por mí.

Eris suspiró y tomó el libro de Geografía que estaba sobre su mesa. La tapa mostraba una imagen del planeta Tierra, así que se aseguró de ponerlo de tal modo que Alicia pudiera contemplarlo bien. Señaló la imagen.

—¿Ves esto? —le preguntó. Alicia asintió con curiosidad—. Es el mundo con tus saludos. Ahora, ¿ves esto? —Dio vuelta al libro y mostró la misma imagen del planeta Tierra que había en la contraportada—. Es el mundo sin tus saludos. ¿Notas alguna diferencia? ¿No? Por supuesto, porque no hay.

A pesar de que era una burla común por parte de Eris, a Alicia no le hizo nada de gracia. Hundió tanto las cejas y arrugó tanto la nariz en un gesto de molestia e indignación que no pude evitar soltar una risa, y sí que se sintió bien...

—¿Sabes qué? —le soltó Alicia, un tanto maliciosa—. La única diferencia entre tú y un cerdo es que el cerdo se revuelca sobre el lodo y tú te revuelcas sobre tu amargura.

Para complementar su contraataque le enseñó el dedo medio a Eris. Ella esbozó una sonrisa triunfal porque había generado algo que le gustaba: caos. Por mi parte tuve que apretar los labios para no seguir riéndome, aunque mi risa se desvaneció de repente por la pregunta que me lanzó Alicia:

—¿Por qué te fuiste tan temprano de la fiesta?

De nuevo a mentir.

—No me sentí bien —respondí—. ¿Lo de Beatrice no las dejó inquietas? A mí sí. Ya no quería estar allí.

Alicia ladeó la cabeza. La sonrisa encantadora había vuelto y estaba estampada en su cara.

—¿Lo de qué? —me preguntó.

—Bueno, tú te lo perdiste, pero... ¿no te contaron?

—¿Qué? —volvió a preguntar.

Esa vez alternó la vista entre las dos como si buscara una aclaración más precisa. Me pareció raro que no lo entendiera, así que me giré hacia Eris para pedir apoyo, pero quedé aún más extrañada cuando me topé con que ella también me observaba con algo de desconcierto, otra vez como perdida.

—Lo de Beatrice —enfaticé para ambas.

Nada.

Alicia soltó una risilla tonta.

—No sé de qué hablas, pero a veces dices cosas tan raras que ya no les presto mucha atención —contestó con simpleza.

Entonces se bajó de mi lado de la mesa y se fue hacia el otro extremo del aula donde había un grupillo de chicas dedicadas en cuerpo y alma a cotillear.

No entendí qué acababa de pasar. De hecho, en cuanto me giré sobre mi asiento para ver hacia las demás chicas del aula lo entendí menos, porque hasta allí se escuchaba que el intenso tema de conversación eran Cristian y su *sexy* hermano mayor, y ninguna parecía afligida o arrepentida. Ninguna parecía ser consciente de lo sucedido la noche anterior.

Eso no tenía sentido. Beatrice había hecho un escándalo delante de todo el mundo en la fiesta. Ese chisme tenía que haber llegado en segundos a oídos de todos los alumnos, y que Alicia no hiciera ningún comentario referente al tema fue tan extraño como que nadie estuviera hablando de ello.

Punto importante: yo me había asegurado de dejar el cadáver junto a la carretera. Por lógica ya tenían que haberlo descubierto e informado a sus familiares y al instituto, pero eran casi las siete y treinta de la mañana y el director ni siquiera había entrado para hacer el anuncio de la muerte de una compañera.

Salí de mis pensamientos. Una extraña y repentina sensación me envolvió. Fue como si una parte de mi cerebro registrara algo y me lo advirtiera de repente: alguien te está observando.

Con disimulo eché un vistazo hacia atrás, pero nadie me miraba. Después miré hacia el gran ventanal del salón. Afuera, los árboles de las áreas verdes rodeaban el instituto.

Por un instante, entre ellos, creí avistar una capucha y una sudadera negra.

¿Damián?

No, no había nadie.

La clase terminó a las doce en punto. Todos salieron disparados de sus asientos. Eris y Alicia me invitaron al centro comercial a comer algo y a rondar por las tiendas, pero como había pasado toda la clase distraída pensando en si debía confesar o no, tenía que terminar de apuntar en mi cuaderno lo que el profesor había escrito en el pizarrón, así que les aseguré que las alcanzaría luego.

El problema era que no lograba silenciar el ruido en mi mente. No lograba silenciar la voz de: «Estás haciendo algo incorrecto otra vez».

Si no habían encontrado el cuerpo de Beatrice y yo era la única que lo sabía, quizás sí tenía que hablar...

Pero... ¿cuánto tardarían en encontrarme? Bueno, podía pedir escoltas, apoyo policial, pero me inquietaba mucho que lo que Damián había llamado Novenos ni siquiera parecía encajar con el concepto que yo tenía de los asesinos, de esos que se veían en los documentales o las películas.

Tenía miedo y le había asegurado a Damián que podía confiar en mí, pero no, no podía callarme. Lo haría. Iba a ir a la oficina del director y lo soltaría todo. Era lo que mis padres me habían enseñado, que la justicia y la moral iban por delante de cualquier otra cosa.

Me levanté del asiento tras tomar aire...

Solo que cuando volteé en dirección a la puerta, me topé cara a cara con Damián.

Me sobresalté por esa sigilosa aparición. No entendí cómo era posible que estuviera frente a mí sin haberlo notado. Tampoco el porqué, si no venía a clases desde hace un año. Llevaba una sudadera, se había echado la capucha hacia atrás y tenía esa habitual mirada hostil que intimidaba e intrigaba al mismo tiempo. También lucía algo exhausto con unas tenues ojeras.

—¿A dónde vas? —preguntó, con un tono que dio la impresión de que sabía lo que pasaba por mi mente.

—A casa —contesté rápido—. ¿Qué haces aquí?

Dio un paso hacia mí. Yo retrocedí igual, pero di contra mi mesa con torpeza, por lo que casi me acorraló ahí. Me escudriñó, como si buscara algo en mi rostro, algo que me esforcé en no revelar.

—Mientes —dijo, con una seguridad que me erizó la piel. Sí, lo hacía, pero no iba a delatarme.

—Claro que no —defendí.

—Sé cuando la gente lo hace, Padme.

—¿Y también lees mentes? ¿Es algo de Novenos? —rebatí, confundida—. Además, se dice: «Hola, Padme, ¿qué tal estás después de todo lo que pasó?».

—No leemos la mente, solo eres muy obvia. —Entornó la mirada y suavizó la voz de forma intencional para repetir mis

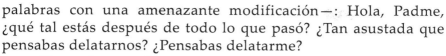

palabras con una amenazante modificación—: Hola, Padme, ¿qué tal estás después de todo lo que pasó? ¿Tan asustada que pensabas delatarnos? ¿Pensabas delatarme?

—¡Que no! —mentí otra vez.

Hizo silencio, tal vez a la espera de que alguno de mis gestos delatara que no estaba diciendo la verdad, pero no moví ni un músculo.

Pasó un momento de tensión y expectativa…

—¿Qué es esa ropa que llevas? —preguntó, en lugar de volver a acusarme.

No entendí a qué se refería. Mi ropa era simple: un overol de mezclilla y una camisa con rayas de muchos colores. Pensé que se refería al overol porque estaba raído, pero miraba con énfasis la camisa.

—¿Qué tiene mi ropa?

—Que la mayoría no nos vestimos de ese modo —zanjó—, y tampoco hacemos escándalos al reírnos para llamar la atención.

Entonces, ¿cómo se vestían? ¿Y cómo se reían? Entonces, ¿me había espiado desde la ventana del aula? Espera, ¿acaso ellos se reían? Jamás había visto a Damián sonreír o soltar una carcajada. Hasta ahora, los estados de ánimo que había mostrado eran malhumor y seriedad, así que, si todos los Novenos eran iguales a él, probablemente no se reían nunca.

—Ah, no hacen algo tan horrible como ponerse una inofensiva camisa de colores, pero asesinar les parece lo más normal del mundo. —Giré los ojos.

—Debes tener mucho cuidado —advirtió con dureza—, porque…

—Me van a matar —completé, dándome cuenta de que la palabra me asustaba—. Ya lo sé, pero no puedo hacer algo bien si no tengo ni idea de cuáles son las reglas. No me has explicado casi nada. ¿Cómo iba a saber que usar una camisa de colores y reírme sería un estúpido error?

Damián arrugó el ceño con disgusto y desconcierto. El gesto hizo que notara algo nuevo y peculiar sobre sus ojos. Eran tan oscuros que resultaba difícil diferenciar la pupila del iris. Le daba un aire sobrenatural, casi demoníaco.

—Si algún Noveno pusiera su atención sobre ti por ese «estúpido error», podría matar a todo aquel que lleve tu apellido o tenga relación contigo y, sobre todo, a mí —aclaró con la mandíbula tensa—. Y si tan poco te importa tu vida o la de tu familia, entonces puedo matarlos yo y se acabará este lío.

No sabía cómo lograba pronunciar cada frase como una fría promesa, como algo que haría sin remordimientos, pero me dejó pasmada. Casi que mi corazón se detuvo.

—¿Mi familia? —repetí.

—¿No te había dicho esa parte? No solo irían por ti, también por ellos.

No, no me lo había dicho. No me había dicho que otros podían pagar por mi entrometimiento.

Mis latidos se aceleraron. Mi respiración quiso agitarse. La imagen pasó muy rápido por mi mente: Nicolas yendo por mis padres... Por Eris... Por Alicia... Otra vez él clavando el cuchillo... La sangre, los gritos...

Lo imaginé tan posible que un impulso de valor me empujó a mirarlo directo a los ojos, sin miedo, pero temblorosa. ¿De nuevo eso mismo que me había impulsado a decirle que dejara de amenazarme y me matara?

—No vas a tocar a mi familia —le prohibí.

—Qué valiente y casi creíble suena eso, Padme. —Ni se inmutó.

Fui más específica en otro arranque:

—Nadie va a acercarse a ellos.

—Ajá, ¿y cómo lo vas a impedir? —preguntó, junto a un resoplido burlón sin despegar ni extender los labios—. ¿Con tu risa escandalosa hasta que alguien se muera o poniéndoles toda tu ropa de color en la cara para asfixiarlos?

Mi impulso de valor perdió fuerza. En eso, por desgracia, tenía toda la razón. ¿Qué podía hacer yo contra un Noveno, además de desafiarlo para no parecer tan débil? Ya sabía que podían matar en un instante. Sabía que podían perseguir. Hasta por el mismo Damián sabía que podían acorralarme contra un árbol y enterrarme algo filoso en el ojo.

Aunque pudiera decir todas las frases amenazantes que se me ocurrieran, no sería suficiente. Era una decisión horrible, pero no podía ir con el director ni con la policía. No podía decir nada. Aunque una parte de mí quisiera hacer justicia a Beatrice, tenía que callarme. Tampoco podía tener impulsos extraños si quería que mis padres estuviesen a salvo.

De repente, quise vomitar de nuevo…

—¿Te vas a desmayar o qué? —soltó él, medio extrañado—. Te voy a dejar aquí tirada si eso pasa.

—No —defendí a pesar de que de seguro me había puesto pálida.

—Ni siquiera parece que estás respirando —se quejó.

—¡Lo estoy haciendo por la boca! —me quejé también.

—¡Respira normal!

—¡¿Tampoco puedo respirar como yo quiera?! —exploté por un momento.

Damián miró hacia otro lado con molestia. Tensó la mandíbula.

—Eres ruidosa —murmuró.

Me alejé un poco por precaución y porque al parecer era bueno leyéndome, y traté de ordenar el repentino caos en mi mente.

Hasta un ligero pitido quería hacerse intenso en mi cabeza. Las manos querían temblarme más, pero las metí en el interior de mi overol.

Calma. Calma. Calma.

Las chicas normales no perdían el control. Las chicas normales trataban de pensar con inteligencia.

—No tenemos que ser enemigos —dije, dudosa, pero apelando a la lógica—. Te molesta que yo lo haya descubierto y me molesta saberlo, pero retarnos no es la mejor idea.

Damián se recargó en una de las mesas y cruzó los brazos.

—¿Y cuál es la mejor idea? —suspiró.

—Si me explicas bien las cosas sobre tu mundo, evitaré cometer errores estúpidos —propuse.

Se hizo un pequeño momento de silencio en el que él dio la impresión de estarlo pensando. De pronto, se fijó con curiosidad y algo de extrañeza en la cabeza de conejito blanco que colgaba de mi mochila. Me había ganado ese llavero de plástico en una feria del pueblo y lo había enganchado allí el año anterior. ¿Eso también era una aberración humana para los Novenos? Porque me gustaba bastante y no pensaba quitarlo.

—Pregunta —aceptó, sin lucir muy contento con la idea de explicarme algo.

—¿Por qué matarían a mi familia si ellos no saben nada? No les he contado lo que pasó. Juré que no lo haría.

—Los juramentos de las presas no significan nada para un Noveno —explicó con simpleza—. La regla de guardar el secreto es la base de nuestra existencia. Debemos proteger nuestra naturaleza a muerte porque de saberse lo que somos, el mundo se dedicaría a liquidarnos.

—¿Y por qué nos dicen presas? —pregunté—. ¿Nos odian?

—Es porque ustedes solo sirven para una cosa: matarlos —contestó con frialdad—. Te lo dije.

—O sea que sí nos odian.

—Por naturaleza ustedes son inferiores a nosotros en todos los sentidos; odiarlos sería una pérdida de tiempo.

La indiferencia de sus palabras le hizo sonar como si hablara de cerdos para el matadero, y eso me perturbó un poco. Él lo notó y volvió a dedicarme esa mirada curiosa, la misma de cuando me había acorralado en el bosque, como si yo fuera algo intrigante, una pieza en un museo para analizar. Me hizo sentir rara, nerviosa, estudiada.

—¿Qué? ¿Me dirás que tú nunca has odiado a nadie? —me preguntó, lento—. ¿Que nunca has tenido un mal pensamiento hacia alguien? ¿No te has enojado hasta tal punto que solo quisieras que esa persona desapareciera?

—Creo que...

—¿Que, de nuevo, las chicas como tú ven lo bueno de la vida? —interrumpió. Su ceja enarcada anticipaba que mi respuesta sería absurda.

—No sé por qué dices eso de «chicas como yo» —reclamé, un poco molesta—. También lo dijiste en el bosque.

Volvió a echarme un repaso que me hizo mirar a otro lado. Pasar de verlo de lejos a estar bajo su total atención aún era extraño. Era una de las tantas cosas que no terminaba de asimilar.

—Mira, esto es simple —dijo tras un momento, ignorando lo anterior—. Solo debes abrir tu mente cuadrada y...

—¿Cuadrada? —solté, en medio de sus palabras. Mi expresión era de total horror—. ¡Estoy asustada, ¿no es obvio?!

—¿Sí? ¿Cuánto?

El interés que mostró me hizo mirarlo como si estuviera demente.

—Lo dices como si lo disfrutaras.

—El miedo es agradable —admitió en un tono bajo, casi arrastrado.

Pestañeé. Mis manos se fueron a mi cabello por el *shock*. Hasta me moví sin saber a dónde.

—Oh, Dios, jamás esperé estar contigo aquí hablando de que te gusta ver a la gente asustada —dije, sin poder creerlo.

—No ver a la gente asustada, me gusta el pánico en sí.

Salí de mi propio asombro y le dediqué una mirada dura.

—¡Como sea! ¡No sé si te has dado cuenta, pero la parte de «matamos a todo el mundo y te podemos matar si notamos alguna cosa rara en ti», es horrible y no sé cómo procesarla bien!

Le pareció absurdo.

—Vamos a aceptarte entre nosotros, ya no deberías tener miedo.

—¿Quiénes? —pregunté con rapidez—. ¿El consejo de asesinos anónimos?

—Mi manada —aclaró, y como puse cara de perdida, agregó con impaciencia—: Somos un grupo, confiamos los unos en los otros y nos cuidamos las espaldas.

—¡Ah, un grupo! —exclamé, con un gesto exagerado—. De los creadores de «soy un asesino y te van a matar», llega «tengo un grupo de amigos asesinos que saben sobre ti».

Él me miró sin expresión alguna. Tampoco le hizo gracia ni le causó una pequeñita confusión. Simplemente nada.

—Supongo que eso es un chiste.

—Olvídalo —murmuré, con un giro de ojos—. ¿Cómo es eso de las manadas? Nicolas lo mencionó.

—Los Novenos suelen formar manadas entre sí. Es mejor ir en grupo. No hay mucho en ello. Una manada puede matar a otros, pero nunca a sus propios miembros.

—Así que, tus amigos no van a matarme —quise confirmar.

Damián no respondió de inmediato. Me puso los pelos de punta entender que eso no era seguro.

—Te incluiremos oficialmente —dijo, en lugar de una respuesta más específica—. Recibirás El Beso de Sangre, el juramento que identifica a nuestra manada, así que ninguno podrá hacerte daño.

Intenté imaginar cómo serían sus amigos. Debían de ser una banda igual a él, oscura y sin sentido del humor. Me aterró no saber cómo demonios iba a encajar si, al parecer, todo lo que yo decía era lo contrario al lenguaje de Damián.

—¿Qué es El Beso de Sangre? —pregunté, curiosa—. ¿Tendré que hacerme un tatuaje o cortarme con un cuchillo? Porque entonces deberá ser en un lugar que pueda ocultar de mis padres, ya sabes, para que…

—Es un beso —me interrumpió.

Lo miré con cara de póquer.

—¿Literal?

—Literal.

Quedé muda. ¿Un beso de quién? De... ¿él?

Imaginé por un pequeño momento que él me lo daba, y una mezcla de temor, nervios e intriga me hizo sentir una punzada en el vientre. No podía negar que me había sentido muy atraída hacia la idea de ese chico misterioso, pero no era la realidad. Aunque, por fuera lucía como el Damián de siempre, por dentro era un monstruo capaz de matarme si yo daba un paso en falso y lo ponía en riesgo.

No debía olvidar eso.

—Nosotros hacemos lo que nos venga en gana, matamos a quienes necesitamos matar, pero ese juramento es lo único que respetamos —me informó con un tono bastante serio, como salido de la boca de un soldado fiel a sus ideales—. Es un ritual que luego se convierte en un pacto de lealtad. Existe porque somos impulsivos, y considerando que a veces no podemos controlarnos, necesitamos algunas reglas para no cortarnos la cabeza entre nosotros.

Se me había erizado la piel.

—¿Y cómo lo hacen? —Carraspeé la garganta para recuperar firmeza—. ¿Quién da el beso?

Damián me miró con una fijeza extraña e indescifrable por unos segundos.

—Lo sabrás en ese momento —se limitó a decir, frío.

¿Acaso sí sería él?

Me aparté unos pasos, inquieta. No, tal vez no. Traté de hacerme una idea más lógica de ese ritual, pero todo lo que estaba descubriendo sobre el mundo de Damián se hacía cada vez más perturbador y no me sorprendía la posibilidad de que el beso debía venir de un cadáver o algo así. Qué siniestro.

—¿Cuántos Novenos hay en tu manada? —pregunté, para averiguar todo lo que me fuera posible.

—Somos cuatro —contestó—. Poe es el miembro más viejo, así que tuve que hablar de esto con él. Le conté cómo sucedieron las cosas y estuvo de acuerdo en que puedes tomar un lugar.

Me imaginé al tal Poe como salido de una película de fantasía oscura: un anciano con barba larga, túnica negra, dientes amarillos, aliento asqueroso y uñas larguísimas y sucias.

Suspiré, resignada.

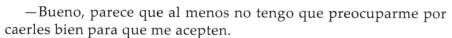

—Bueno, parece que al menos no tengo que preocuparme por caerles bien para que me acepten.

Fue sarcasmo, pero Damián no lo entendió.

—En realidad, nuestro grupo es bastante tranquilo comparado con otros —comentó con cierta indiferencia—. Nos reunimos, Archie despedaza algunas ardillas para distraerse, tomamos algo y así la pasamos.

En verdad me seguía asombrando la naturalidad con la que contaba cosas sobre los de su tipo.

—Sí, despedazar ardillas suena de lo más tranquilo —murmuré.

Alzó los hombros.

—Otras manadas hacen cosas como cazar, que es la práctica para capturar personas; rondas de vigilancia, que son prácticamente el seguimiento de posibles víctimas...

—Ya —No lo dejé seguir. Las náuseas habían vuelto—. Ya capté que no hacen nada normal y que tú definitivamente no lo eres.

—Tú tampoco —dijo, cruzándose de brazos—. Alguien que no entiende cuando le dicen que un niño no puede salir y sigue insistiendo, no debe ser muy normal.

Me dejó helada. Ni pude parpadear. ¿Se acordaba de eso? Es decir, su madre era la que solía rechazar mis invitaciones, no él. ¿Me había visto todas esas veces que había ido a su casa?

—Era una niña —defendí al instante.

—Claro. —Enarcó una ceja—. ¿Qué otra explicación habría?

Casi estuve segura de que me desafió a decir una verdad, pero evité su mirada.

—De acuerdo, necesito pensar, así que me iré y...

—¿Pensar qué? —preguntó de vuelta como si fuera lo más tonto que le hubiera dicho.

—Pues... en todo esto.

Damián hundió las espesas cejas y pasó de inmediato a verse enfadado y amenazante.

—Mira, no voy a explicártelo con esquemas o dibujos —soltó, afilado—. Descubriste la verdad, y justo en este momento tienes dos opciones: ser parte de nosotros o morir.

Abrí la boca para decir algo racional, pero lo único que pude balbucear fue:

—Es que no esperé que se tratara de algo tan peligroso.

—Pues debiste haber pensado mejor la idea de seguirme —me interrumpió.

Con esas tajantes y obstinadas palabras me dio la espalda y salió del aula.

La conversación me dejó pasmada por un rato, pero logré salir del aula. Mientras iba por el pasillo del instituto que conectaba con la salida, lo único que desvió las palabras de Damián de mis pensamientos fue darme cuenta de que no había nada sobre Beatrice. El día había terminado normal sin palabras ni anuncios sobre su muerte. Los alumnos se habían ido a sus casas, y nadie se había sentido mal por no haberla ayudado la noche anterior.

No paraba de preguntarme si la policía había encontrado el cadáver o no, de manera que me desvié al aula de informática, encendí una de las computadoras y accedí a la página del periódico local para ver las noticias del día.

Fue peor. Descubrí que no había nada sobre la muerte de una chica que asistía al Instituto Central.

Apoyé los codos sobre la mesa y me cubrí el rostro, frustrada, llena de culpa. Volví a ver el cuerpo de Beatrice en la oscuridad, tieso. Volví a escuchar sus gritos de ayuda, a la gente del instituto llamándola loca. Entonces, con todo el dolor del silencio, entendí que incluso si yo confesaba y ponía en riesgo a mi familia, existía la posibilidad de que también me tacharan de desquiciada. Hasta sabía lo que me dirían: «¿Asesinos en un pueblo tan calmado y familiar como Asfil? ¿Tomas medicinas?».

La pregunta que sabía que todos harían, despertó en mí una nueva chispa de dudas, y empecé a explorar en los artículos del día anterior, luego en los de la semana y finalmente en los de algunos meses.

Descubrí algo todavía más extraño: no había noticia alguna sobre muertes.

No había ni un solo encabezado sobre desapariciones, secuestros, accidentes fatales y asesinatos, ni siquiera algo sobre aquel

chico desconocido que Nicolas había matado en el bosque. Todo se trataba de deportes, clima y eventos poco interesantes en el pueblo.

Me recargué en la silla.

Otra pregunta: ¿por qué no había reportes de muertes si el bosque estaba repleto de Novenos?

Tal vez el mismo asesino de Beatrice había vuelto por el cuerpo para ocultarlo muy bien o deshacerse de él, pero la falta de malas noticias no tenía ningún sentido.

Antes de seguir directo a casa me desvié por el pueblo. Lucía como una tarde normal: sol alto e intenso, autos yendo de un lado a otro, algunos pájaros picoteando las viejas tejas de las casas, pero, por supuesto, nada era normal. Conocía esas calles desplegadas de forma laberíntica, esas aceras, esos edificios, esas plazas, esas tiendas, pero sentí que, a pesar de eso, nunca había conocido nada.

Mi cabeza daba vueltas.

¿Y si no era solo en el bosque? ¿Y si muchos de mis vecinos también eran Novenos? ¿Y si lo eran los profesores del instituto? ¿Y si lo era la cajera del supermercado?

Pasé por la estación de policía y me detuve a ver la cartelera de información. Había tres carteles de mascotas perdidas y unos muy viejos de ferias, convocatorias y ofertas de empleos. No había ninguno de «persona desaparecida» y tampoco de «si ves a este hombre, aléjate, es peligroso». No había nada sobre crímenes, lo cual incluso me hizo dudar de si en el interior de la estación los oficiales tenían algo de lo que ocuparse.

Miré tan fijo la estación que sentí un escalofrío y retrocedí, como si el mismo edificio me gritara un «¡lárgate!». De inmediato, sin pensarlo mucho, tomé el camino a casa.

Durante años, Alicia, Eris y yo solíamos quejarnos de que en ese aburrido, soso y caluroso pueblo de gente amargada no sucedía nada interesante o importante.

En realidad, era todo lo contrario: en Asfil sí sucedían muchas cosas malas, pero de alguna inexplicable forma siempre parecía que no.

6

LO QUE HAY EN EL VIEJO
(Y SANGRIENTO) ROBLE

A las seis de la tarde sonó el timbre de mi casa. Llevaba horas concentrada en el extraño libro que Beatrice cargaba consigo aquella noche, y no entendía nada. Todo lo que contenía eran apuntes en otros idiomas, cada uno diferente. Las hojas tenían muchos tachones, anotaciones e incluso dibujos raros a los que tampoco encontré forma. Lo único que podía leer era esa frase:

«*Es este lugar. Saca lo peor de nosotros, porque solo respiramos su maldad. Si sigue existiendo, seguiremos siendo monstruos*».

¿A qué lugar se refería?

¿Con monstruos hablaba de los Novenos?

El libro era tan extraño que no tuve ninguna duda de que era importante, por lo que no podía echarlo a la basura, pero por el momento no me quedó de otra que guardarlo en una caja dentro de lo más recóndito de mi armario. No quería que nadie lo viera.

Corrí escaleras abajo, rogando que quien estuviera en la puerta no fuera Nicolas muy dispuesto a decir: «¡Hola! Tú eres Padme, ¿no?, la chica que vio todo y sabe quién soy. Bueno, vengo a matarte, y no es por nada personal, solo tienes que morir», aunque era obvio que el asesino podía pillarme de una forma más creativa, solo que, bueno, todavía tenía una vena paranoica latiéndome en la sien.

Giré la llave para quitar el seguro. Apenas abrí la puerta, Eris y Alicia entraron muy animadas a la casa.

—¿Lista para la noche de películas? —me preguntó Alicia, ensanchando su perfecta sonrisa.

—¿Hoy? —Me sentí algo confundida.

—¿Lo olvidaste o qué? —replicó Eris, ceñuda—. Lo planeamos hace una semana. Trajimos los chocolates, las frituras, las bebidas y todas las películas de *Harry Potter* para la maratón.

Alzó un par de bolsas de supermercado repletas de esas cosas.

—¡Hasta traje mi varita! —chilló Alicia al borde de la emoción.

Pues claro que lo había olvidado, pero recurrí de nuevo a las mentiras como única opción.

—Sí, sí —resoplé y forcé una sonrisa—. Estaba ansiosa.

Pasamos directo a la cocina para sacar lo que había en las bolsas. Las maratones eran casi un ritual para nosotras. Solía emocionarme mucho cuando las organizábamos, pero esa noche no había espacio en mi mente para disfrutar del todo el momento.

Pero me esforcé en actuar normal y despreocupada.

—Actualización de chismes —comenzó a contar Alicia, emocionada, mientras abría las bolsas de frituras para echarlas dentro de un tazón—: Después de que ustedes desaparecieron de la fiesta de Cristian terminé ligando con un tipo súper guapo llamado Benjamin.

—¿Tú ligando con cualquier tipo guapo? —resopló Eris, sarcástica—. Qué novedad.

Alicia la ignoró y siguió contando:

—Tiene veinte, va a la Universidad Central de Asfil y en definitiva tiene ese aire de chico malo que me encanta. —Esbozó una sonrisa de entusiasmo y picardía—. Creo que en serio quiero comenzar algo con él. Ya saben: algo oficial y exclusivo.

—Genial, ¿tus padres ya saben tu idea? —le preguntó Eris.

—Ellos no necesitan saber nada.

Sus padres eran inversionistas que viajaban todo el tiempo e ignoraban a su hija, pero que cuando volvían a casa le exigían tomar decisiones inteligentes al escoger amigos y chicos, algo importante para su estatus. Hasta ahora no sabían que Alicia no se esmeraba en seleccionar a nadie, sino que obedecía sus impulsos. Tal vez por esa razón nosotras éramos sus mejores amigas.

Eris se movió hacia el refrigerador para poner a enfriar el *pack* de sodas de cereza que le gustaban.

—Creo que sí deberían saberlo —señaló Eris con suma objetividad—. El tipo es dos años mayor, y tú eres algo… desesperante.

Alicia giró los ojos, irritada.

—Ya tengo dieciocho, soy mayor de edad —nos recordó—. Y entérate que en este mundo existe gente más tolerante que tú. Que yo te parezca así no significa que a los demás también.

—En serio, Alicia, supongamos que, si ese hombre se pusiera violento contigo, te secuestrara o quisiera matarte, a tus padres les serviría mucho saber quién es. —Eris explicó su punto.

—¡¿Por qué la mataría?! —reaccioné de manera abrupta.

Ambas me miraron, confundidas, sin decir nada. Había estado algo distraída escuchándolas y al mismo tiempo no, pero la palabra «matarte», me había despertado con brusquedad.

Fue un gran error, así que carraspeé la garganta y procedí a abrir otra bolsa de frituras, tranquila, nada asustada.

—Me refiero a que, ¿por qué querría matarla?, ¿solo porque es mayor que ella? —añadí, para corregir mi error.

—Es un decir, Padme —me aclaró Eris, mirándome con extrañeza—. Cualquier persona nueva que conocemos es potencialmente peligrosa. Es algo que la mayoría sabe.

Alicia resopló con diversión.

—Benjamin no es peligroso —aseguró—. Solo tiene un aire de rebeldía, cosa que es común.

—¿Cómo sabes que no lo es? —preguntó Eris, como si acabara de escuchar algo muy estúpido—. Lo conociste anoche.

—Si les digo que lo sé es porque lo sé. —Alicia frunció los labios y le lanzó una mirada retadora—. Sabemos que los chicos se las dan de malos para atraer chicas, y eso les funciona.

Eris puso los ojos en blanco.

—Necesitas tener un poco más de sentido del peligro.

—¿Por qué yo? —se quejó Alicia—. ¿Por qué no Padme?

—Porque ella no anda detrás de chicos como tú.

—Que sepamos —corrigió, y luego inclinó la cabeza un poco hacia la izquierda y me miró con complicidad—. Le debe gustar alguien, pero como es ella no va a admitirlo. Espera, ¿ya hemos hablado de tu tipo de chico? Siempre he sospechado que también te gustan los malos.

Lo dijo en un tonillo divertido y juguetón, pero me hizo desviar la vista. Mis dedos jugaban con el borde de un pañuelo de la cocina con nerviosismo, porque si poníamos etiquetas yo era la más tímida y tranquila del grupo. Yo era la que casi no había tenido novios, la que seguía una rutina, la que nunca era impulsiva o hacía comentarios sarcásticos. Era la de personalidad plana, simple, correcta.

Al menos así se veía.

Porque en realidad yo sí había ido detrás de un chico, y de uno que superaba el concepto de la palabra «malo».

El estómago se me encogió otra vez. Tragué saliva.

—Me gustan los chicos buenos —dije.

—Que son malos en el fondo —contradijo Alicia en una risa. Se acercó a mí, puso una mano en mi hombro y otra en mi cabello para acariciarlo. Agregó en un secreto para chocar a Eris—: pero está bien, con esos te diviertes más.

Eris negó con la cabeza.

—Déjala, ella no es así —la hizo callar—. Igual no sé por qué hablamos de chicos como si no tuviéramos tan solo dieciocho años y realmente fuera un tema interesante.

Cerró el refrigerador de un portazo. Luego avanzó hacia uno de los estantes de la cocina para sacar otro tazón.

—Bueno, entre otras noticias... —Cambió el tema la misma Alicia—. La próxima semana habrá otra fiesta. Ustedes irán, ¿cierto?

—Tal vez me apareceré por allá —aceptó Eris, encogiéndose de hombros.

La atención recayó sobre mí.

—Pues, yo...

En realidad, no podía asegurar nada. Damián había sido específico con eso de no llamar la atención. ¿Tendría que dejar las fiestas también? Alicia era la popular. Eris y yo no éramos demasiado sociables. Eris mucho menos que yo, pero hacíamos el esfuerzo por ella y porque suponíamos que eso era lo normal.

Y siempre debía esmerarme por hacer lo normal. Aunque... admití que las fiestas no eran mi cosa favorita. Dejarlas no sonaba tan mal.

—¿Tú...? —me animó a proseguir Alicia.

—Mejor empecemos la maratón —preferí decir.

Tomé un par de tazones y salí de la cocina para que ellas me siguieran. Nos acomodamos en el suelo de mi habitación sobre un montón de almohadas y todo estuvo bien hasta que mi celular emitió el sonido de una notificación. Cuando vi que el mensaje era de Damián, cualquier asomo de relajo que pudiera haber sentido gracias a la película, desapareció:

Ven a las 12:30 a la parada de bus de la calle Graham. Es importante.

La calle Graham estaba muy cerca de las entradas al bosque...

Borré el mensaje y les eché un vistazo a Eris y Alicia. No habían notado nada porque estaban comentando algo sobre la escena de la película.

Se suponía que ambas eran mis amigas de la infancia, las personas en las que confiaba a ciegas; pero con eso que había dicho Eris «déjala, ella no es así», estaba más que segura de que ocultar la verdad era lo correcto. Primero, para no implicarlas en ese lío tan grave en el que estaba. Segundo, para que no vieran que yo no era lo que siempre habían creído.

Así que tuve que esperar a que ambas se durmieran, y eso tardó un poco. Cuando logré irme ya era la una de la madrugada, media hora más tarde de lo que Damián había indicado. Tuve que salir de la casa con máximo cuidado. Por suerte, me volví experta en escabullirme cuando mi madre no me dejaba salir de casa después de las siete, y ya tenía una ruta trazada: primero por la puerta de la cocina y después por encima del cercado que rodeaba el jardín.

Por las noches, Asfil era tan solitario y silencioso que llegaba a parecer un pueblo fantasma. La noche estaba silenciosa y el cielo parecía un oscuro y turbio mar de miedos. El viento era frío, y las posibilidades aterradoras. Todas las tiendas de la vía principal estaban cerradas. Siempre había pensado que era un lugar seguro, que las personas llegaban a salvo a sus casas; pero al conocer el secreto de Damián, cada calle me parecía más peligrosa que la anterior.

Iba tan sumida en rogar mentalmente para llegar a salvo, que no me di cuenta de que un auto se acercaba por la vía hasta que se detuvo a mi lado.

—¿Padme? —habló el conductor, observándome con extrañeza—. ¿Qué haces por aquí sola?

Era Cristian, el chico del instituto que había organizado la fiesta. Era muy popular por tener una familia con mucho dinero y parecer el clásico modelito americano: cabello rubio, ojos claros, músculos trabajados y futuro prometedor. Seguramente venía de algún jaleo.

—Una caminata nocturna, ya sabes. —Forcé una sonrisa.

Él miró hacia afuera con rareza y desconfianza. A nuestro alrededor no pasaba ni un alma. El silencio se rompía por uno que otro grillo. Ningún otro motor se escuchaba. La luz de un farol incluso fallaba. Era el peor escenario para una caminata.

—Bueno, sube y que sea un paseo nocturno en auto —me propuso—. No sabes qué puede pasar en la calle a estas horas.

No detecté nada extraño en su ofrecimiento, además, ya había pasado ratos con Cristian. Era un chico agradable, así que me subí a su auto porque, sin saberlo, él tenía mucha razón sobre el peligro de la noche.

—No voy tan lejos —dije, después de cerrar la puerta—. Debo volver caminando de todos modos.

Cristian arrancó. Lo vi fruncir ligeramente el ceño.

—Es algo terapéutico —utilicé como excusa.

—Ah, ¿como yoga y esas cosas? —Sonó tan confundido como debía estar su cerebro por el alcohol y por encontrarme allí a esas horas.

—Claro.

Él hizo como que lo entendía. De pronto, bajó un poco la velocidad. Fue entonces cuando me puse nerviosa porque percibí un ligero olor a cerveza. Me pregunté qué habría sido peor: ¿seguir caminando sola por la calle propensa a ser el blanco de un Noveno o ir en el auto con un chico medio ebrio?

—Estás diferente —mencionó él de repente.

—¿Cómo?

Alternó la mirada entre la carretera y yo. Detecté un brillo de confusión en sus ojos.

—No lo sé, hace un buen tiempo que no te veía, ¿cierto? —Pareció como si se estuviera esforzando mucho en recordar algo—. Apenas empezaron las clases, pero... —Se rindió con un gesto de poca importancia—. Da igual, ¿estás saliendo con alguien?

Tuve ganas de que mi vida se tratara solo de salir con un chico.

—La verdad es que no —confesé.

La expresión de Cristian cambió a una más animada.

—Ah, bien, entonces, ¿qué tal si mañana pasas la tarde conmigo? ¿Te gustaría?

La pregunta fue tan inesperada que no dije nada.

—Podríamos ir a Ginger Café o a cualquier otro lado —propuso, ante la falta de respuesta.

—Siempre voy a Ginger —dije, solo por decir algo.

—Ya, pero tú y yo.

—¿Solos?

—Sí, a menos que necesites chaperón.

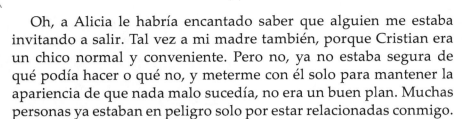

Oh, a Alicia le habría encantado saber que alguien me estaba invitando a salir. Tal vez a mi madre también, porque Cristian era un chico normal y conveniente. Pero no, ya no estaba segura de qué podía hacer o qué no, y meterme con él solo para mantener la apariencia de que nada malo sucedía, no era un buen plan. Muchas personas ya estaban en peligro solo por estar relacionadas conmigo.

—Pues, mira, es que...

Antes de poder darle una excusa, él frenó de golpe. Las llantas del auto chirriaron y casi me golpeé contra el parabrisas, pero en una reacción rápida puse las manos en los lugares correctos y logré estabilizarme.

—¡¿Pero qué carajos?! —soltó Cristian, consternado, mirando por encima del volante.

Una figura alta y oscura se había detenido de repente en medio de la carretera, a centímetros del parachoques del auto. Creí que era un Noveno que andaba con ganas de cazar a dos estúpidos, pero era nada más y nada menos que Damián. Llevaba una chaqueta negra y, a pesar de que las luces delanteras golpearan su silueta, parecía una sombra. El cabello azabache le caía sobre la frente y, peor todavía, tenía la expresión más sombría que nunca.

Rodeó el auto a paso tranquilo y golpeó con sus pálidos y violáceos nudillos la ventanilla junto a mí. Como era eléctrica, presioné el botón para bajarla y lo miré, inquieta.

—¿Qué carajos pasa contigo, amigo? —le reclamó Cristian, inclinándose un poco hacia mí para verlo mejor—. ¿Cómo te atraviesas así tan de repente? ¡Pude haberte atropellado!

Damián no se inmutó por el reclamo, solo me hizo una señal con la cabeza para que me bajara del auto. No era la mejor forma, pero igual tenía que ir con él.

Abrí la puerta.

—Espera, Padme, ¿lo conoces? —preguntó Cristian, confundido.

—Sí. Íbamos a encontrarnos por aquí. Gracias por traerme.

Puse un pie fuera del auto, pero Cristian habló aún más perdido:

—Pero ¿no estabas en una caminata nocturna?

Pensé en soltar otra excusa, pero Damián tiró de mi brazo y me sacó del auto en un segundo. Luego cerró la puerta y se inclinó hacia la ventanilla.

—Ve a casa —le dijo a Cristian en un tono tan sereno que a su vez sonó perturbador—. No se sabe qué puede pasar por las calles a estas horas.

Cristian lo observó con incredulidad, incapaz de decir algo a esos ojos oscuros y tranquilamente sombríos. Incluso yo quedé perpleja porque había repetido justo lo que él había dicho al invitarme a subir a su auto.

Damián se enderezó como si todo hubiese quedado claro y me impulsó con disimulo para que caminara. Lo hice, convencida de que aquello había sido muy raro y, al mismo tiempo, agradeciendo que Cristian tenía un ligero nivel de alcohol en su cuerpo como para notarlo por completo.

Después de unos pasos escuché por detrás de mí:

—¡Padme, ¿quedamos o no?! —Cuando me giré de nuevo vi que Cristian había sacado la cabeza y un brazo por la ventana y que me observaba con una estúpida inquietud.

—Eh, ¡ahí te aviso! —fue lo que pude decir.

Después apresuré el paso junto a Damián. Cristian arrancó su auto y por suerte cruzó en la calle siguiente.

—Dios santo, apareciste como el niño de esa vieja película *La Profecía* —le dije a Damián—. Sí que lo asustaste.

Él caminó más rápido y tuve que esforzarme por seguirlo.

—Llegas tarde —soltó, frío.

—Tuve que ocuparme de algo para poder venir.

—¿Mataste a alguien?

—¡No!

—Entonces no digas que te «ocupaste» de algo —zanjó—. Llegas tarde y punto.

—Pero, que genio… —murmuré. ¿En verdad yo le desagradaba tanto?

Al parecer me escuchó, porque dijo con cierto desdén y una nota de burla:

—¿Eso tan ridículo es tu tipo de chico?

—¿Qué? ¿Quién? —Me confundí por lo inesperado de la pregunta—. ¿Cristian?

—¿Había alguien más en el auto? —Otra vez su sarcasmo.

—Creo que solo se preocupó al verme sola a esta hora y me dio el aventón.

Damián soltó una especie de resoplido. La brisa nocturna le desordenaba los mechones de cabello.

—Si él supiera que andar sola a estas horas es el menor peligro para ti.

—¿En serio? ¿Entonces cuál es mi mayor peligro? —quise saber.

—Que yo te mate si vuelves a hacer que te espere media jodida hora —dijo, con una simpleza escalofriante.

Decidí no responder a eso porque solo se me ocurrieron frases parecidas a «eres un idiota».

Nos adentramos en el bosque en poco tiempo. Le pregunté si podía encender la linterna de mi celular para no tropezarme con algo y dijo que por supuesto, si es que quería que me vieran y me mataran. Al parecer, los Novenos no usaban linternas en su propio bosque porque lo conocían muy bien.

Solo tuve que seguirlo. El ambiente, acompañado por los sonidos de los insectos, me pareció tenebroso. En definitiva, no era una Novena porque no reconocía ni siquiera los troncos. Cada centímetro de bosque se veía igual: enorme, oscuro y siniestro.

De pronto, mientras caminábamos, escuchamos un ruido.

Estuve segura de que una rama había crujido, y si había crujido solo significaba que alguien o algo la había pisado.

Damián se detuvo, alerta, y se llevó el dedo índice a los labios para indicarme que hiciera silencio. Aunque de igual manera no habría podido emitir sonido alguno. Me atacó el mismo terror que había experimentado al ver a Nicolas matar a aquel chico, y lo único que se me ocurrió fue que podía tratarse de él.

—¿Qué pasa? —pregunté.

Damián estudió el perímetro. Yo giré sobre mis pies en un inútil intento de ver algo.

Silencio. Oscuridad.

—Quédate aquí —susurró Damián.

—¿Qué? —susurré también, horrorizada y nerviosa—. No, no me dejes aquí, ¡ni siquiera tengo algo con qué defenderme!

—Que te quedes aquí —exigió—. ¿O quieres que nos maten? Maldición.

No seguí protestando y me quedé en ese mismo sitio mientras él recorría los alrededores para averiguar de dónde había venido el ruido, porque vamos, habría sido estúpido intentar hacerme la heroína. Podía patear y atreverme a dar golpes para defenderme, pero no tenía ni la más mínima oportunidad de vencer a un asesino.

Me concentré tanto en intentar convencerme de que Damián solucionaría aquello, que para cuando noté que no lograba verlo, ya no se escuchaba ningún ruido. Era un silencio espeso y extraño, como si todos los animales del bosque se hubieran puesto de acuerdo para no emitir sonido alguno, o como si alguien con un poder sobrenatural hubiera apagado la noche.

Todavía tiesa y plantada en el mismo sitio, miré en derredor en busca de Damián, pero solo vi árboles y oscuridad. Se me ocurrió pronunciar su nombre, pero algo me insistió en que no debía abrir la boca si quería seguir viviendo.

El silencio se rompió.

Escuché otro crujido.

Empecé a retroceder hasta que mi espalda dio contra un tronco. Me mantuve un segundo ahí, quieta. Escuché, miré, aguardé. Aferré las manos al tronco y traté de controlar mi respiración. Inhalé, exhalé. Inhalé, exhalé.

No funcionó. Cada exhalación salió más agitada que la anterior, de modo que intenté cubrirme la boca con una mano para silenciarme, pero tan pronto la acerqué a mi rostro un intenso y agrio hedor me golpeó la nariz, así que la aparté con repugnancia y miré mis temblorosos dedos.

Había sangre en ellos. Estaba espesa y pegajosa, como si se hubiese mezclado con otros tipos de fluidos humanos.

Me separé con brusquedad del tronco, preguntándome en dónde demonios había puesto la mano para mancharme. Entonces noté que detrás de mí no estaba un árbol común, sino el viejo roble del bosque, el mismísimo protagonista de todas las horribles historias contadas por la gente.

Se alzaba de una manera imperiosa y siniestra. Su tronco tenía el grosor de seis arboles juntos y estaba henchido y protuberante como un órgano vivo. A su alrededor se extendían más de una docena de raíces semejantes a serpientes. Daban la impresión de haber salido de las profundidades y reventado el suelo para apoderarse de metros y metros de terreno.

Tuve que acercarme para descubrir que la sangre que había quedado en mi mano provenía del tronco. Fluía como savia por entre las líneas de la madera y algunos tajos rotos.

¿Sangraba?

¿Cómo era posible?

Justo frente a mí cayeron varias hojas oscuras y secas. Me asusté y di unos pasos atrás. Luego, con lentitud miré hacia lo alto. Las gruesas ramas del roble se alargaban en distintas direcciones como extremidades oscuras y esbeltas. Las hojas se movían y formaban acumulaciones que impedían ver el cielo.

Había algo allí. Lo supe de inmediato, pero no distinguí exactamente qué era. Tuve que entornar los ojos para lograrlo. Podía ser una rama muy grande, pero no estaba segura por la falta de luz. Di un paso adelante, como si así pudiera mejorar mi capacidad visual, y...

Era una persona.

Estaba en cuclillas sobre la rama.

Y me miraba.

Retrocedí. Tuve la intención de echar a correr, pero pisé mal, tropecé y caí al suelo. Intenté levantarme, pero solo logré sentarme porque mi pie se había quedado atascado entre un cruce de raíces.

En ese mismo instante, algo golpeó el suelo detrás de mí. Escuché el momento en el que aterrizó, en el que sus zapatos pisaron las hojas caídas. Con desesperación tiré de mi pie para poder sacarlo del zapato y así liberarme.

Pero no fui demasiado rápida.

Una figura alta y oscura me rodeó hasta que se detuvo frente a mí.

Era el asesino.

Y emitió una risilla divertida al encontrarme.

PERO HAY UN PAR DE CONDICIONES...

De alguna parte de su ropa, el asesino sacó un cuchillo. Estaba tirando tan fuerte de mi pie que ya tenía la angustiosa sensación de que se me desprendería. Cada intento fallaba, pero traté de zafarme por más que doliera. Incluso pensé que, si tenía que dejar el pie atrás, no sería tan horrible. Al mismo tiempo, la silueta comenzó a aproximarse. Parecía cada vez más alta y poderosa, más capaz de rebanarme con ese cuchillo en un microsegundo.

No había salida. O quizás sí...

En cuanto el tipo se agachó a centímetros de mí y la débil iluminación de la luna me permitió ver mejor su rostro, noté que no era Nicolas.

Nicolas tenía el cabello oscuro y la piel de un tono cálido. Este que estaba frente a mí tenía características muy diferentes. Su cabello era rubio dorado, desordenado en ondas suaves y naturales. Los rasgos faciales se delineaban finos, elegantes y armoniosos, pero el protagonismo se lo llevaba su mirada felina de un gris casi transparente. Debajo se avistaban unas tenues ojeras, y la piel era tan clara que resaltaban algunas venitas rojas en ellas.

Además, su boca estaba extendida en una expresiva y retorcida sonrisa burlona.

Me miró fijamente, y por alguna razón no pude hacer más que lo mismo. Quedé hipnotizada con cada detalle de su cara. No dijimos nada durante un instante. No supe si debía. Quien anduviera por aquel bosque a esas horas con un cuchillo en la mano debía de ser un Noveno, pero ¿qué clase de Noveno era ese y por qué no me hacía sentir del todo en peligro? Todo lo contrario, contra mi propia personalidad experimenté una sensación de intriga, como que de repente quería saber más sobre él...

Todavía agachado avanzó con cuidado y se inclinó con lentitud hasta detenerse a centímetros de mi rostro. Me llegó una especie de aroma que anuló el desagradable olor de la sangre. Sabía que provenía de él, pero no podía identificarlo. Olía a... olía a...

Su voz era suave, pero con una nota distinguida, como si hubiera hablado todos los idiomas del mundo, como si le divirtiera la vida, como si supiera cosas escandalosas y guardara secretos que nunca deben contarse...

—Y el tuyo es... —continuó e hizo un gesto muy leve con la nariz—. ¿Virginidad Nº5?

La risilla que soltó después de esa pregunta fue extraña, pero divertida. De hecho, tenía un parecido al Sombrerero Loco de *Alicia en el País de las Maravillas* con esa actitud, pero más perturbador, claro.

—¿Me estás oliendo? —pregunté, estupefacta.

—No... o sí... —Volvió a soltar la risilla, burlona.

—¡Basta! —Traté de impedirlo.

Pero tan rápido como había aparecido, la misma sonrisa se esfumó. Sus labios quedaron entreabiertos, y él permaneció entre serio, embelesado y curioso. Fue un gesto un tanto maniático. Acercó su rostro al mío unos centímetros más. Yo traté de retroceder, pero mi pie seguía atascado y no había mucho espacio para moverme.

—Es que tienes un poco de... —Elevó la mano con la que sostenía el cuchillo y con el dedo índice señaló alguna parte de mi cara.

Solo miré la filosa hoja. Tragué saliva.

—¿De qué?

—De sangre de hace cientos de años —dijo, con simpleza—. Te la quitaré.

Cogió mi rostro con la misma mano que sostenía el cuchillo. Quise apartarme, pero en realidad no fue brusco. El contacto fue cuidadoso y casi cariñoso, como si sus manos supieran con exactitud cómo tocar a otra persona. O... eso fue lo que pasó por mi mente.

Apenas me di cuenta de que su intención era pasar la lengua por mi cara, reaccioné.

—¡No me toques! —chillé.

Le propiné una bofetada. Logré detenerlo, pero aquello solo lo hizo emitir otra risilla.

—Ya déjala, Poe —intervino Damián—. Pensé que habías dejado de hacer eso de oler a la gente sin razón.

Intenté buscarlo con la mirada, pero el tipo sostenía mi barbilla, así que solo lograba ver su sonrisa burlona.

—Así que es ella —dijo el tal Poe, estudiando cada centímetro de mi expresión—. Es algo guapa, aunque no demasiado. Igual me gusta. Parece... un pastelito. ¿Te molestaría que te llamara así? ¿No? Muy bien, porque lo haré.

—No me llamarás así. —Volví a darle otro manotazo, esa vez en el brazo. Poe rio entre dientes y soltó mi rostro.

—¿Qué pasará si lo hago? —susurró, y añadió un tono juguetón, pero retador a sus palabras—. ¿Me seguirás golpeando? Porque ese no sería precisamente un castigo para mí.

Me guiñó un ojo. Luego se inclinó todavía más hacia mi rostro, hasta que las puntas de nuestras narices se separaron por milímetros. Escuché su respiración, serena, y vi con detalle la curva retorcida de su boca. De nuevo, de forma extraña y contra mis propios pensamientos, me pregunté qué pasaría si se acercaba más.

Pero sin apartar su mirada de la mía, solo utilizó el cuchillo para cortar algunas de las raíces que habían atrapado mi pie. En el instante que me sentí liberada, me levanté rápido. Quise alejarme por instinto, pero Damián se atravesó en mi camino.

—¿Por qué reaccionas así a todo? —se quejó—. No puedes huir a cada cosa que sucede. Desgraciadamente, necesitamos hablar sobre un par de cosas.

—Un tipo aparece de la nada, casi me lame y resulta que también lo conoces —señalé, molesta—. ¡Es obvio que mi primer impulso será irme!

Damián miró a Poe con reproche.

—Mantén tu lengua en tu boca —le advirtió.

—Solo quería ayudarla —dijo Poe al alzar los hombros con divertida inocencia.

Me pareció todo muy absurdo.

—¡¿Quién es él?! —exigí saber de una vez—. ¿Qué está pasando?

El rubio guardó el cuchillo en alguna parte de su ropa y se acercó.

—Pero ¡qué modales los míos! —exclamó, sonriente—. Ni siquiera me he presentado, así que permíteme hacerlo. Como ha dicho Damián, me llamo Poe Verne, y soy el miembro más viejo de esta manada.

Un momento... El nombre llegó a mis recuerdos. Poe... Entonces, ¿ese era el anciano barbudo que había imaginado cuando Damián lo mencionó? Pues no tenía nada de anciano ni de barbudo. Todo lo contrario, lucía como un veinteañero que te podías encontrar por las calles de Europa. El cabello despeinado, la altura esbelta y arrogante, el buen olor…

—Lo sé, no te lo crees —dijo Poe al notar que me le había quedado mirando—. Pero es tan cierto como que te parezco atractivo.

—No me pareces… —intenté reprochar, pero decidí no darle largas al tema y me volví hacia Damián—. De acuerdo, gracias por la presentación. Ahora, ¿de qué tenemos que hablar?

Damián miró los alrededores con desconfianza.

—Primero debemos movernos —dijo—. No es seguro.

—Oh, ¿cómo dices eso de mi sitio favorito para meditar? —reprochó Poe, juguetón.

Para meditar sobre cómo matar a alguien del susto, sí.

Los tres nos alejamos de la zona del viejo roble. En cierto punto no pude evitar mirar hacia atrás, y por un instante me pareció que había más figuras sobre las ramas, mirando, acechando, escuchando. Incluso creí avistar algunas sombras entre el árbol, riendo de forma tan perversa como Poe.

Ese sitio era escalofriante.

A medida que avanzamos el terreno cambió. El suelo se hizo más duro, los olores menos desagradables y el frío incluso ya no era tan inquietante. Por delante de mí, Poe y Damián caminaban con total tranquilidad a pesar de la oscuridad. A ratos, Poe echaba un vistazo hacia atrás y me enfocaba con esa sonrisa retorcida y sus ojos entornados como si yo fuera un buen chisme; luego se inclinaba un poco para decirle algo a Damián.

Cada vez que me veía me sentía rara, pero aún no podía definir exactamente por qué.

Caminamos durante varios minutos hasta que un enorme peñasco nos impidió continuar. Damián y Poe avanzaron por entre las rocas y se agacharon un poco para poder atravesar un agujero. Hice lo mismo. Las piedras creaban un pasillo estrecho y claustrofóbico que terminó ensanchándose hasta convertirse en un espacio amplio. Olía a humedad y a algo feo, como podrido.

Me detuve, desconfiada, pero Damián encendió una lámpara de gas y todo se iluminó.

—¿Qué es este lugar? —pregunté.

Poe se adelantó a responder, paseándose con aire divertido:

—Te presento a «la cueva que tenemos por razones absurdas».

—¿Razones absurdas? —repetí.

—Era de otra manada —explicó Poe— pero Archie se despertó un día con una crisis diciendo que la necesitaba. No había manera de calmarlo, así que peleamos por ella.

—Matamos por ella —corrigió Damián.

Poe suspiró, nostálgico.

—Ah, qué día. —Después frunció el ceño—. Tenemos a Archie demasiado consentido. —Y después lo relajó—. Bueno, es que es el menor de la manada, ya sabes, uno tiene sus debilidades.

—Tenemos la misma edad —aclaró Damián, con extrañeza.

—Bueno, pero se ve más pequeño —resopló Poe.

Pestañeé.

Habían matado por una cueva. Okey.

Miré mejor el lugar. En una esquina había un estante que tenía algunos cuchillos, frascos y otras cosas que no alcancé a distinguir. Al fondo había algunos *pufs* viejos, una mesa de madera gastada y sobre ella un animal muerto, algo como un conejo. Tenía el abdomen abierto de par en par, las vísceras fuera y el pelaje empapado de sangre. Al cadáver de la criatura le faltaban los ojos y mostraba dos cuencas negras y aterradoras.

—¿Y qué hay de la cabaña? —pregunté, desconcertada—. ¿No es esa la guarida de los Novenos?

Poe negó con la cabeza. Se giró hacia mí con una elegancia natural.

—La cabaña es el punto de encuentro legal —aclaró—. En esta guarida se habla de todo lo que no podemos hablar allá. Es un punto seguro.

Damián avanzó hacia la mesa en donde yacía el animal, tomó un cuchillo de empuñadura negra y comenzó a moverlo entre sus dedos, jugueteando.

—Me dijiste que no sabes muy bien cuáles son las reglas a seguir y qué no debes hacer para que no te descubran, así que te lo vamos a explicar mejor. Escucharás con atención, ¿no?

Fue inevitable no seguir cada movimiento del cuchillo en su mano.

—Sí —asentí.

—Tu vida como la conoces acaba de terminar —dijo, y enseguida enumeró cada cosa—. No fiestas, no relacionarte amistosamente con otras personas que no sean Novenos, no ser el centro de atención y, en definitiva, nada de vestirte con esa ropa ridícula llena de colores que siempre usas. —Me echó un vistazo de reojo—. Justo como eso que traes puesto.

Cuando miré mi ropa me di cuenta de que había salido de casa con unos *shorts* de color azul cielo y una sudadera rosada con un estampado en el centro. Entendí por qué Cristian me había visto tan raro. De seguro pensó que estaba loca.

—¡Pero si le queda exquisito! —opinó Poe. Sus perfectos dientes relucieron bajo la amplia y lasciva sonrisa—. A mí me encanta. En privado puedes usar ese pijama, pastelito, por mí no hay problema.

Yo me había quedado en un punto de lo mencionado.

—¿No debo relacionarme con otros que no sean ustedes? —inquirí e ignoré las palabras de Poe—. Seguiré hablando con mis amigas, ¿no? A los demás sí puedo ignorarlos, pero a ellas no.

Damián miró el cadáver del animal. Tocó algún punto que le dejó una mancha de sangre sobre la yema y luego la frotó con el pulgar como si le gustara la sensación, aunque su expresión no demostró más que seriedad.

—Con Alicia es riesgoso —explicó—. Eris tiene un perfil más bajo, pero debes limitarte a tener conversaciones ocasionales con ellas.

¿Conversaciones ocasionales? ¿Con las chicas con las que solía ir de un lado a otro casi a brazo enganchado? Abrí la boca para protestar, pero ¿protestar qué? No me gustaba la idea, me dolía mucho tener que separarnos, pero si iba a entrar en el peligroso mundo de los Novenos, tal vez era mejor que ellas estuvieran lejos de mí. No quería perjudicarlas.

—Pastelito... —ronroneó Poe con cierta condescendencia como si supiera que me afectaba la idea—. Tendrás amigos mejores, es decir, nos tendrás a nosotros. No quiero presumir, pero somos un buen grupo.

Me salió como un murmullo:

—No sé si podré dejarlas a un lado de un día para otro.

Poe formó una fina línea con los labios y me miró con pesar. No supe si era genuino porque él tenía un aire burlón y un tanto perverso.

—Es que no se trata de *poder hacerlo*, sino de *deber hacerlo* —aclaró con detenimiento—. Y ahora que hablamos de lo que debes dejar atrás, eso también incluye tu identidad porque el peligro no solo está en que alguien reconozca que eres normal, sino también en que noten que no apareces en los registros.

Alterné la mirada entre ambos, desconcertada.

—¿Cuáles registros?

—Los registros de nacimiento —dijo Poe.

Y, por más simple que sonó, más complejo lo sentí.

—¿También saben exactamente quiénes nacen como ustedes y quiénes no?

—Nuestro mundo tiene algunas leyes, como ya te dije —asintió Damián—. Los registros son importantes para asegurar que nadie viole la regla más importante. Tu nombre debe aparecer en ellos, si no es así, te investigarán.

Poe hundió la mano en el bolsillo de su pantalón, sacó su teléfono y me lo ofreció. Lo tomé en un gesto automático, pero no supe qué hacer con él.

—Es ahí en donde entro yo —agregó, con un aire de suficiencia—. Necesito tus datos completos para ponerlos en los registros, pastelito, y salvar el día.

—Podrás mantener tu nombre, pero te daremos otro apellido y otra identificación —añadió Damián.

—Y no habrá peligro alguno porque pasarás desapercibida.

Pestañeé como una estúpida por los bombazos de información. Como no dije nada, Poe me susurró:

—Por si no lo sabes, este es el momento en el que empiezas a adorarme.

Me sentí más liada que antes, pero una sola cosa rondó por mi mente:

—¿Y mis padres? ¿Qué pasará con ellos?

—Ante los registros no serán tus padres —me explicó Damián, como si nada—. Serás huérfana, pero nacida el nueve del nueve que es lo importante.

Me quedé rígida.

—¿También debo alejarme de mis padres? —pregunté, en un aliento de perplejidad.

—Estamos tratando de resolver esto parte por parte. Por ahora puedes quedarte con ellos, pero no sabemos si tendrás que alejarte.

Mi cabeza iba a toda máquina procesando aquello. Por alguna razón había creído que guardar el secreto y soportar el hecho de que asesinaran sería suficiente. Ahora no sabía cómo rayos iba a alejarme de mis propios padres.

No, mejor dicho: cómo demonios lograría alejarme de mi madre, la mujer que me había sobreprotegido desde mi nacimiento.

Exhalé con fuerza de nuevo, con ganas de vomitar. Empezaba a sentirme ansiosa.

—¿Quieren algo de mí? —pregunté, alternando la vista entre ambos—. Porque si entiendo bien el concepto de Novenos, entonces ustedes no son las personas más compasivas del mundo. Esta ayuda, ¿tiene algún precio?

Poe suspiró sonoramente.

—Podría hacerte una escandalosa, pero exquisita lista sobre lo que quiero de ti en este momento… —me dijo en un tonillo sugerente y aterciopelado.

Pero Damián lo interrumpió al hablarme directo:

—Ya te dije que si descubren todo querrán saber por qué o quién te lo dijo, y tarde o temprano llegarán a mí y a mi manada. Eso es lo que intentamos evitar.

Sentí que las piernas dejarían de sostenerme en cualquier momento, y por eso debía buscar en dónde apoyarme. Terminé recargada en la pared, pero al instante tuve que apartarme porque en mis manos quedaron unas manchas oscuras de algo que no supe identificar. Me las limpié rápido con mi *short*.

—Por esa razón la nueva identidad es una de las posibles soluciones —dijo Poe—. No sabemos qué sucederá luego, pero tomaremos las medidas necesarias para resolver este desastre.

No me quedó otra opción. Escribí mis datos completos en el celular. Se lo devolví.

—¿Ni siquiera hay seguridad de que no lo descubrirán todo?

—En nuestro mundo nada es seguro —replicó Damián.

—Pero mira las ventajas, pastelito —comentó Poe, entusiasmado—. Tendrás una nueva y más emocionante vida. Algo que es mejor.

—¿Mejor? —Solté una risa absurda—. Bueno, dado que lo haré solo porque no quiero que nadie muera, dime, ¿en qué aspecto sería mejor?

Poe parpadeó con asombro por mi reacción y cerró la boca. Damián dio unos pasos hacia mí. Tal vez quiso intimidarme con esos ojos enojados y esa expresión dura, pero lo desafié de la misma forma.

—Mañana por la noche nos reuniremos aquí para que recibas El Beso de Sangre —indicó, aunque sonó más como una advertencia—. Recuerda que la forma en que nosotros actuemos dependerá de tus decisiones. Si decides seguir nuestras indicaciones será más fácil, pero si no lo haces y haces cosas estúpidas, puede terminar mal. Si nos interrogaran tendríamos que delatarte. Daríamos toda la información que tengo sobre ti y tu familia, y ellos irían a buscarte. A partir de aquí, ten cuidado con lo que haces.

Tanto él como Poe me miraron como si esperaran una respuesta inmediata. Intenté dárselas, pero las emociones querían salirse de mi control, así que solo conseguí soltar:

—Necesito aire.

Y salí de la cueva a paso rápido.

No era mentira, sí necesitaba respirar mejor. Había empezado a sentir el estómago revuelto, tanto que esas insoportables ganas de vomitar por cobardía se volvieron más fuertes. Mi piel sudaba frío. En algún punto de las afueras de la cueva no fui capaz de dar otro paso y tuve que apoyarme del tronco de un árbol. Puse una mano en mi rodilla y entre arcadas dejé que saliera.

Fue patético, pero no conseguí aguantarme más. Las imágenes estaban tan fijas y vívidas en mi cabeza. Nicolas acuchillando, ese animal muerto sobre la mesa, el olor de ese lugar, Beatrice inmóvil en el suelo, la presión, lo que debía hacer para que nadie muriera, lo que implicaba callarme. Mi madre. Lo que ella podía hacer si se enterara de que yo había seguido a Damián...

¿Tal vez era eso lo que más me asustaba?

Otra vez estuve *ahí*.

Otra vez gritando que *no lo hiciera*.

Que ya sabía que *estaba mal*.

Me senté en el suelo, exhausta y temblorosa. Enterré la cabeza entre mis piernas.

Inhalé hondo, exhalé...

Ni siquiera escuché que alguien se acercaba, solo alcé la cabeza cuando la luz de una linterna me dio directo en la cara.

—¿Padme? —dijo—. Por todos los cielos, apenas te sentí salir de la casa supuse que no sería nada bueno, pero no me imaginé esto...

Sentí que dejaba de respirar por un momento.

Era Eris.

Se había cambiado el pijama por sus *jeans* y un suéter. Me miraba con mucha preocupación y consternación. Se acercó a ofrecerme la mano para levantarme. De forma automática me apoyé en ella,

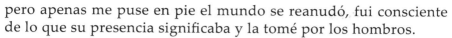

pero apenas me puse en pie el mundo se reanudó, fui consciente de lo que su presencia significaba y la tomé por los hombros.

—¿Qué haces aquí? —solté.

—Te seguí, obviamente…

Dios santo. Me había seguido como yo había seguido a Damián.

—¡Apaga eso! —Le arrebaté la linterna.

Yo misma la apagué. La luz podía delatarnos.

—¿Qué pasa? —inquirió, confundida por mi actitud.

—¿Alguien te vio? —volví a preguntarle. Al no obtener más que desconcierto de su parte, me desesperé—: ¡¿Alguien te vio?! ¡¿Te topaste a alguien?! ¡¿Escuchaste algo?!

—No, nada, ¡nada! —soltó con rapidez.

Miré hacia todos lados. El bosque seguía oscuro y silencioso, pero la cueva no estaba muy lejos.

—¡No debes estar aquí! —le reclamé con fuerza—. ¡No deben verte! ¡Tenemos que irnos!

Tiré de ella para alejarnos lo antes posible y evitar que Damián o Poe la vieran, pero Eris se resistió.

—¡Padme, tranquilízate! —me interrumpió con brusquedad.

Me detuve por el tono demandante de su voz. Tenía la respiración acelerada y ahora los nervios de punta. No pude evitar echar otro repaso a nuestro alrededor. ¿Y si estaban escondidos mirando?

—¡Tú eres la que debe responder qué sucede! —exigió, mirándome con horror—. Te seguí desde que saliste. Te vi entrar aquí con Damián. Te encuentro tirada en el suelo del bosque, de madrugada, temblando y oliendo a vómito. Dime la verdad. ¿Él te lastimó? ¿Te ha estado lastimando?

—¡No! —Sacudí la cabeza.

Eris buscó mi mirada. Me quitó la linterna de la mano, la encendió y me alumbró con ella. La luz me fastidió en los ojos, así que intenté cubrírmelos con la mano.

—¡¿Qué es eso?! —soltó con horror—. ¡¿Sangre?!

La sangre que Poe había señalado en mi rostro, y además las manchas oscuras de la pared de la cueva. Las había limpiado con la tela de mi *short*.

—Me corté con algo —mentí en busca de una excusa—. Fue un accidente. Está oscuro y no vi el camino y…

—¿Te lo hizo Damián? —rebatió ella, alterada.

—¡Que la apagues o podrían vernos! —Fue mi reacción.

Traté de quitarle la linterna, pero Eris fue más ágil y esquivó mis manos. El movimiento brusco me hizo sentir que el mundo daba vueltas a mi alrededor. Me tambaleé por un mareo, pero no caí porque ella me sostuvo. ¡¿Qué demonios me sucedía?!

—Escúchame, Padme —exigió, al tiempo que me agarraba por los hombros. No quería mirarla a la cara—. ¡Escúchame! ¿Qué demonios es lo que te hace Damián?

—¡Nada!

—¡Sé que algo está pasando! —insistió, severa—. ¡¿Por qué te juntas con él aquí?!

—Solo lo conozco, no…

—¡Sé cuando mientes! —me interrumpió, y como notó que casi todo mi rostro se iba en debilidad, añadió con suavidad—: Si pasó algo entre ustedes y él es malo contigo y tienes miedo, yo puedo ayudarte. Podemos ayudarte.

Sacudí de nuevo la cabeza.

—Él no me hace nada —aseguré—. No es lo que crees. Vámonos ya.

Intenté jalarla para que camináramos, pero volvió a negarse.

—¡Habla!

—¡No es nada! ¡Estás exagerando! —bramé—. ¡Tenemos que irnos de aquí!

Jadeó como si fuera absurdo que le estuviera mintiendo en la cara.

—¿Exagero? —repitió. Sus cejas se hundieron con molestia—. Ayer cuando terminó la mañana de clases y me devolví para buscar mi libro de Geografía que se había quedado en el cajón de la mesa, vi por la ventanilla que hablabas con él. Para no ser ni siquiera conocidos no parecían tener una buena primera conversación.

Hice otro escaneo panorámico.

¿Y si ambos estaban escuchándonos?

—Eris, por favor, tenemos que irnos —supliqué con angustia.

Ella no entendía la gravedad del momento. No entendía que, si Damián o Poe la veían, creerían que lo sabía todo y la matarían.

—¡¿Por qué?!

—¡No es seguro!

Eris dio un paso adelante y me señaló con advertencia.

—Dime qué sucede o tendré que decirle a tu madre que estás actuando muy raro —me amenazó, decidida—. Y no quiero cumplir lo que nos pidió a Alicia y a mí una vez.

—¿Qué? —Quedé atónita.

—Que le avisáramos si alguna vez sospechábamos que algo extraño te pasaba.

La miré con los ojos muy abiertos. ¿Hasta les había pedido eso?

—No le digas nada. —Negué con la cabeza muy rápido, casi rogando.

—Entonces habla, Padme —presionó—, o también iré a la policía y les diré que Damián te hace daño y no quieres delatarlo.

Respiraba por la boca, que ya tenía seca.

¿Qué debía hacer?

Ella sí era capaz de buscar ayuda si no le decía algo.

Me le acerqué para hablar más bajo:

—No puedo decírtelo por completo, pero aquí estamos en peligro y no precisamente por Damián.

—¿Peligro? —preguntó, inquieta—. ¿De qué hablas? ¡Padme, más rápido debes decirme lo que sucede!

La miré, suplicante. Estuve a punto de insistir en que nos moviéramos, pero apenas di un paso volví a tambalearme. Frente a mí, el panorama se volvió borroso. Cerré los ojos con fuerza para aclararme. Funcionó cuando los abrí, pero algo estaba a punto de tumbarme.

—Estoy mareada… —susurré, aferrada a sus hombros—. No me siento bien.

—¿Te llevo al hospital?

Me esforcé en mantenerme en pie. La miré directo a los ojos.

—No, Eris, debes prometerme que fingirás que no estuvimos aquí, por favor —musité con gravedad—. Yo jamás diré que te lo conté.

—Lo prometo —aceptó sin pensar—. Lo prometo con mi vida.

No quería…

Pero debía.

—Sé algo de Damián que me pone en peligro de muerte.

8

RECIBIRÁS EL BESO DE SANGRE

—Entonces, ¿*ellos* siempre han estado aquí?

Volver a mi casa y sentarnos en el patio trasero porque ya no podíamos dormir fue fácil. Lo difícil fue explicarle a Eris por qué me había encontrado en el bosque en tal estado. No se lo dije todo, por supuesto. Le dije que Damián pertenecía a un grupo de personas que eran peligrosas y que se encargaban de hacer cosas malas en Asfil, pero no mencioné cuán grande era ese grupo ni cuáles eran esas cosas exactamente.

Eris no me interrumpió hasta que dejé de hablar. El viento nocturno hacía que se le atravesaran en la cara unos cuantos mechones de ese salvaje cabello rojizo. Su reacción fue impecable, calmada, con tan solo un débil asomo de miedo en algún punto escandaloso de la historia. A veces admiraba su madurez y frialdad para enfrentar el mundo.

—Sí, pero nunca nos dimos cuenta.

—¿Cómo...? —dudó—. ¿Como si todo sucediera frente a nuestras narices, pero de todos modos no lo vemos?

—Justo así —asentí.

Ella devolvió la atención al libro de Beatrice que ahora reposaba sobre su regazo, repleto de hojas y anotaciones incomprensibles. Como Eris tenía una gran habilidad intelectual y sus pasatiempos eran investigar y saber más de lo necesario, pensé que lograría comprender algo.

—Está todo escrito en latín y algunas anotaciones están en ruso... —dijo, a medida que pasaba las páginas—. Puedo intentar traducirlo hoja por hoja, creo que es importante.

—Ella sabía lo mismo que yo —aseguré—. Cuando entró a la fiesta pidiendo ayuda, sabía que estaba en peligro. Es lo que ellos hacen, amenazan y vigilan a cualquiera que sepa el secreto.

Por no decir que en realidad mataban a cualquiera que lo supiera.

Eris se mantuvo pensativa.

—La pregunta es, ¿cuándo y cómo lo descubrió?

No sabía si de la misma forma que yo, pero estaba segura de que eso la había llevado a la muerte.

De pronto, recordé algo.

—Eris, ¿a cuántos funerales has ido desde que tienes memoria? ¿Has visto alguna vez algún reporte de personas desaparecidas?

Pareció extrañada por las preguntas, pero luego se dio cuenta de que era un punto intrigante.

—Creo que no he ido a ninguno y no he visto ningún reporte... nunca.

Ni siquiera habían dicho nada de la muerte de Beatrice, como si no hubiera pasado. Incluso al principio, mientras le contaba las cosas a Eris, también había pasado algo raro. Ella había tardado un poco en ubicar el nombre, como si tampoco la recordara. Al final había logrado entenderme, pero había sido extraño que no lo hiciera de inmediato.

—Una parte de mí me dice que tengo que contarle a la policía —suspiré, abrumada.

—No. —Eris reaccionó rápido—. Si es como me lo cuentas, podrían lastimarte.

—Lo sé, pero, callarme...

—Es pensar en ti también —completó, preocupada—. Es posible que, si hablas, estas personas con poder logren borrar cualquier prueba y nadie te crea. Luego te buscarían y lo que intentaste no habrá valido la pena.

Yo también sospechaba que eso sucedería, porque, además, ¿qué habían hecho con el cuerpo de Beatrice?

—Mira, debes reunirte con Damián y su grupo, y dejarles en claro que piensas guardar el secreto —añadió ella, utilizando un tono de voz muy bajo—. Suena horrible, pero tienes que asegurar tu vida.

Tampoco le había dicho sobre El Beso de Sangre. Eris pensaba que se trataba de reunirnos para que los otros Novenos creyeran que yo era confiable.

—Y la de los demás —dije—. A mis padres, a ustedes...

Sus labios formaron una fina línea en un gesto de pesar.

—Debemos separar a Alicia de esto, es demasiado inestable como para soportarlo —decidió—. Ella no lo entendería.

Estuve de acuerdo con eso. La vida de Alicia era demasiado normal. Algo así la habría hecho reaccionar sin cordura y con muchísimo más miedo que yo.

—Tú también debes alejarte —le recordé.

—Esto es muy riesgoso como para que estés sola. —Negó con la cabeza—. Podemos tratar de manejarlo con cuidado. Me encargaré de mantener a Alicia alejada de ti. Tú y yo nos mensajearemos a cada momento, pero evitaremos juntarnos en público. Ahora lo importante es que estas personas no desconfíen de ti.

Algo que me hacía sentir mejor con Eris era que siempre sacaba un plan rápido para todo.

Y si era sincera, realmente no quería estar sola.

—¿Alicia qué? —dijo una voz detrás de nosotras.

Me sobresalté. Ambas giramos la cabeza, medio nerviosas.

Alicia. Estaba de pie en la puerta trasera, somnolienta y con el cabello despeinado. Apretó con fuerza los ojos para aclararse y nos miró, ceñuda.

—Que eres fastidiosa. —Eris intentó cubrirlo.

Alicia resopló.

—¿Por qué me dejan sola? Tuve un sueño de lo más horrible —se quejó—. Que un tipo sin rostro aparecía en mi casa para decirme que las tres íbamos a morir, y moríamos. ¿Ves lo que causas con tus historias de terror, Eris?

Se sentó con nosotras en la escalerilla del patio.

—¿Yo? —replicó Eris con naturalidad—. Es tu mente que absorbe cualquier cosa y la convierte en un miedo.

—No, esa es Padme —se rio Alicia.

—Cierto, tú todo lo transformas en algo sexual —Eris también soltó una risa.

Quise reírme también como siempre lo habíamos hecho, pero no pude.

Sí, esa era yo: la que siempre se estaba muriendo de miedo.

En el fondo, ni siquiera era lo que quería ser.

Cerca de las seis de la tarde del día siguiente ya estaba lista para ir al bosque.

Como la idea era no resaltar y mezclarme entre los Novenos, justo como había dicho Damián, terminé por usar una sudadera negra y vaqueros. Vestida así, además del cabello oscuro cayéndome hasta la espalda, el rostro pálido y las ojeras profundas, podía pasar desapercibida.

OBJETIVO: Acabar completamente con mi estilo.

ESTADO: CUMPLIDO.

Bajé las escaleras con rapidez para salir sin tener que dar explicaciones, solo que apenas puse un pie en el corredor, una pregunta me detuvo:

—¿A dónde vas, cariño?

Cuando me giré, vi a mi madre. Estaba parada en la entrada de la cocina. ¿Otra vez había vuelto temprano a casa? Sin la luz del pasillo encendida, su figura era casi siniestra, y me hizo recordar a la misma de años atrás, la que se había detenido en mi puerta para decirme:

«Te irás con ellos, Padme».

¿Por qué esos recuerdos estaban volviendo con tanta intensidad? Si me había esforzado en apartarlos.

—A casa de Eris —respondí, con naturalidad.

—Tu padre está aquí —dijo—. Vamos a cenar los tres. Hice el pie de manzana que te gusta.

Mi padre solía pasar mucho tiempo fuera por su trabajo. Cuando regresaba aprovechábamos la noche para cenar juntos y ponernos al día. Me aburría un poco, pero en ese momento en verdad quise tener todo el tiempo y la libertad de sentarme en la mesa con ellos por horas como una familia normal. Pero no podía llegar tarde. No quería que creyeran que había cambiado de opinión y que vinieran a matarnos a todos por eso.

—Hay un examen muy importante de matemáticas y no entiendo nada —mentí—. Eris prometió explicarme para sacar buena calificación.

Ella me echó una mirada de extrema curiosidad. La ropa, claro.

—Estoy probando cosas nuevas —dije, ante el silencio que se extendió entre nosotras.

—Pero esa ropa es vieja y no te favorece —señaló.

—Solo estoy experimentando para cambiar de estilo —repliqué con simpleza—, así que compraré ropa pronto.

—Compraste ropa hace un mes —se quejó—. No te daré dinero para eso.

—Tengo ahorros, los usaré. —Y lo siguiente me salió sin pensarlo—. Creo que me he estado vistiendo como una niña, y ya no lo soy.

Fue inesperado para ella. La manera en la que hundió las cejas y se me quedó mirando, medio consternada, casi me intimidó. Ya ahí había desaparecido la madre cariñosa, lo cual no era buena señal, pero sentí una punzante necesidad de mostrar seguridad, tal vez porque era la primera cosa que yo misma imponía. No era muy significativa, pero hasta mi ropa siempre había tenido que pasar por su aprobación.

—La forma en la que la gente te ve es importante —contradijo—. ¿Qué crees que van a pensar si estás vestida así?

—Que voy cómoda...

—Que no estás bien.

—Lo estoy —aseguré.

—Que se note entonces.

Suspiré, frustrada porque no me entendería nunca.

—Sabes que la ropa no tiene nada que ver.

—Sabes que necesitas ser guiada, ¿no? ¿O tenemos que volver a hablar de eso?

Habría girado los ojos de no ser la mujer a la que tenía que respetar. La mujer que tenía toda la intención de empezar una riña solo por ese tema, porque la más mínima cosa que pudiera alterar mi normalidad, la alteraba a ella. Y si algo indicaba que yo no estaba bien, su instinto analítico y paranoico se despertaba.

No era buena idea despertarlo, pero...

Quise intentar imponerme.

—Nadie va a pensar nada solo por una sudadera, y hablaremos de esto luego —me atreví a decir como una decisión—. No puedo dejar el examen a la suerte, así que volveré mañana.

Volví a avanzar hacia la puerta, segura de que había sido la palabra de una chica de dieciocho años que tenía control de su vida y de sus límites.

Solo que con Grace, los límites los determinaba ella. Y el control debía ser suyo, no mío. Por esa razón, sus palabras sonaron tan suaves como imponentes justo cuando estaba girando la perilla:

—Padme, han pasado años desde que cerré la puerta, pero puedo volver a hacerlo si no subes ahora mismo y cambias tu ropa.

El impacto de esas palabras, tranquilas pero amenazantes, me dejó en el sitio.

Cerrar la puerta.

Otra vez.

Dio en mi miedo. Dio en lo que sabía que era capaz de hacer. Incluso logró que la corriente de valor que me había empujado a casi irme se apagara. Me giré hacia ella, lento.

Se me hizo difícil respirar, pero luché para mostrarme en calma.

—Mamá...

Me interrumpió e hizo énfasis en cada palabra:

—Cambia. Tu. Ropa. Ahora.

Ella aguardó, quieta, serena. Ni siquiera necesitaba alzar la voz o hablar en un tono agresivo para que yo la viera como una figura aterradora. Ni siquiera necesitaba parecerlo. Nadie tampoco lo habría sospechado. Eso era lo más escalofriante.

Logró que mis defensas bajaran. Sentí que estaba poniendo las cadenas otra vez, y que mi única opción era obedecer o las consecuencias serían peores, porque aun siendo capaz de abrir la puerta y correr, sabía que me buscaría y convencería a todos de que el problema era yo, y que había que corregirlo. Pero tenía que ir al bosque o esas consecuencias serían el doble de catastróficas...

La misma encrucijada de siempre. La misma solución.

—De acuerdo —terminé por aceptar, casi en un susurro.

Sus ojos me siguieron mientras subía cada escalón. Antes de desaparecer en el segundo piso, vi que me sonreía con calidez. No lo dijo, pero estuve segura de que lo pensaba, porque ya lo había escuchado de su parte después de cumplir sus órdenes: «esa es una buena hija», «mientras obedezcas, lo tendrás todo».

—Envíame un mensaje cuando llegues a casa de Eris —gritó, como si nada hubiera pasado cuando yo ya entraba en mi habitación—. ¡Te amo!

Cerré la puerta detrás de mí y solté todo el aire que había estado conteniendo. Cerré los ojos con fuerza. Y con rabia. Impotencia. Frustración. Estaba acostumbrada, pero cada vez que pasaba, me detestaba a mí misma por no tener la fuerza y la indiferencia suficiente para alzarme y decir que «no».

Pero igual no era el momento de llorar y culparme. Tenía que irme rápido. Como no podía llegar al bosque con uno de mis vestidos de chica normal, tomé una mochila y metí allí la ropa que ya llevaba puesta, escondida debajo de unos libros. Para poder salir de la casa, me vestí como mi madre quería, como todos me conocían.

No lo comprobé, pero tuve la impresión de que mientras iba por la acera, ella me estaba mirando por una de las ventanas.

Damián me había enviado un mensaje asegurándome que me esperarían cerca de los bordes al norte del bosque para que no me perdiera entre la oscuridad. Antes de eso, claro, me metí en una tienda y me cambié a la ropa menos llamativa. Luego dejé la mochila escondida en el callejón trasero de la tienda.

Mientras caminaba a paso apurado hundí las manos en los bolsillos de la sudadera para disimular que todavía me ponía nerviosa el andar sola. La noche estaba muy fría y un tanto siniestra. No había estrellas en el cielo, sino varios remolinos grisáceos y densos. La zona de los bordes me puso los pelos de punta hasta que alcancé a ver un par de siluetas cerca de un árbol. Sentí cierta desconfianza por un momento, pero luego reconocí que eran Poe y Damián por el cabello oscuro de uno y claro del otro.

—¡Pastelito! —exclamó Poe en saludo muy animado y divertido apenas me acerqué—. Por fin llegaste. Damián estaba nerviosísimo y no paraba de decir que te acobardarías, pero yo mantuve la fe en ti en todo momento.

Me guiñó el ojo. Entendí que era una broma por su nota dramática, pero no pude evitar mirar a Damián en busca de algún asomo de nervios. No lo había. Estaba tan serio como el buen *Príncipe de la Inexpresividad* que era.

—Me dijeron que debía seguir las indicaciones, así que estoy lista —dije, tomando valor.

—Y nos alegra mucho, en serio —asintió Poe, con entusiasmo. Luego giró en dirección a Damián—. ¿No es así, amigo?

De nuevo, ambos lo observamos en espera de algo. Damián tardó un momento en notarlo.

—Ajá —se limitó a decir con indiferencia.

—Vamos, Damián, ¿no te he enseñado modales? —se quejó Poe con las cejas hundidas de una forma desconcertada, pero divertida—. ¡Díselo!

Damián no le obedeció, así que Verne le dio un empujón entre suave y agresivo en la espalda para impulsarlo. A él le molestó, pero Poe solo le insistió con la cabeza y me señaló con la mano para que procediera.

Damián se resistió, pero al final giró los ojos como si no tuviera más remedio o Poe no lo dejaría en paz.

—Me alegra que hayas venido, Padme —suspiró de mala gana.

—Sí, ya veo que es el fiel retrato de la alegría —comenté con cierto sarcasmo.

Poe soltó una risa. Le palmeó la espalda a Damián en un gesto cariñoso y de felicitación.

—Te aseguro que por fuera parece no sentir nada, pero no te dejes engañar, en realidad hay algo de luz y también algo floreciendo dentro de ese hoyo negro en su pecho. —Le apuntó el corazón con el dedo índice y lo pinchó con cada palabra—. Algo muy, muy, muy, muy en el fondo.

Si era que existía, ese algo debía de estar acorazado en las profundidades, porque desde que habíamos empezado a interactuar solo había visto a Damián enojado, obstinado y hastiado.

Damián le apartó la mano con brusquedad y malhumor.

—Vamos —zanjó—. No hay que perder tiempo.

Y avanzó sin más en dirección al interior del bosque. Poe se mordió el labio inferior reprimiendo la risa. Luego hizo una reverencia dramática y burlona para que caminara delante de él.

Lo hice. Mientras, tomé aire y me preparé mentalmente. Me repetí que era la decisión correcta, incluso cuando consideraba que había una gran posibilidad de que algo saliera mal o de que alguien notara que yo no pertenecía a ellos. O también esa posibilidad que había estado ignorando: que el resto de los miembros de la manada me rechazaran. Aún debía conocer a dos más, ¿no?

Los imaginé tan raros como Poe, en especial a ese tal Archie que según un día se había despertado queriendo una cueva y a quien no habían podido calmar hasta conseguirla. No sonaba nada… menos anormal.

Bueno, no me equivoqué en que serían extraños. Cuando estábamos llegando de nuevo a la inquietante área del viejo roble, ellos estaban esperándonos allí. Un chico y una chica. El chico llevaba una camisa con el logo de algún superhéroe y encima un chaleco sin abotonar. Su cabello era una maraña desordenada con un corte raro, y usaba unas gruesas gafas de pasta detrás de las que se avistaban unos ojos grandes, alertas y un tanto nerviosos.

Ambos llevaban las manos cubiertas por unos guantes de cuero oscuro, y esas mismas manos estaban entrelazadas, pero lo que más llamó mi atención fue la mirada medio paranoica de él. Era todo lo contrario a la de la chica. Ella lucía tranquila y animada, y él como si algo horrible fuera a suceder a su alrededor.

—Tatiana y Archie —los señaló Damián como presentación.

Tatiana fue la primera que se acercó a mí. Su cabello era corto y teñido de verde y azul en las puntas.

—Qué nombre tan curioso —me saludó, amable—. Bienvenida, ya quería conocerte.

Quise responder, pero de un momento a otro, Archie también se aproximó. Lo hizo tan rápido que durante un segundo pensé que iba a atacarme, pero se dedicó a examinarme fija y extrañamente con esos ojos enormes.

—¿Te lavaste la cara y los dientes? —me preguntó muy rápido—. ¿A qué hora te bañaste? ¿Con qué tipo de jabón?

—¿Eh? —solté sin comprender.

—Dime la marca —insistió—. Me las sé todas.

Antes de poder emitir otro sonido de confusión por lo inesperado y fuera de lugar de esas preguntas, Tatiana se acercó y lo tomó por el brazo con afecto.

—Archie, recuerda que Damián te explicó que ella está limpia como todos nosotros —le dijo con una suavidad paciente.

—Damián puede decir muchas cosas —replicó Archie.

—Lo sé, pero esta vez no mintió —siguió Tatiana, calmada como siempre—. Mírala bien, yo la veo muy aseada.

Archie me estudió de nuevo con desconfianza y curiosidad. Sus ojos se movieron a medida que recorrió mi cara como si buscara eso que Tatiana decía ver, y luego se atrevió a rodearme para no saltarse ningún detalle. Me quedé inmóvil. No supe qué hacer. Hasta me sentí analizada, casi olfateada. ¿Debía moverme? Busqué respuestas en la cara de Damián, pero él solo observaba a Archie, atento.

¿Había algún tipo de peligro?

Pasó casi un minuto.

—Sí, creo que sí —murmuró Archie, tras el suspenso.

—Sí, sabes que sí —lo corrigió Tatiana, casi como una dulce maestra enseñando.

Archie asintió muy poco con cierta desconfianza hasta que el gesto se convirtió en uno seguro, y todo su rostro cambió. La desconfianza desapareció. Esbozó una sonrisa a medias.

—Sí, me agrada —aceptó él.

Me fue imposible no mirarlos a ambos con rareza. ¿Qué acababa de pasar? ¿Me había analizado como si fuera un enemigo?

Poe señaló a Archie.

—Pastelito, este es el loquito del grupo —me aclaró, divertido—. Ve cosas raras y peligrosas por todas partes. Por esa razón anda nervioso todo el tiempo. No te asustes; Tatiana sabe controlarlo.

Poe juntó su dedo índice de la mano derecha con el de la mano izquierda y los frotó de arriba hacia abajo. Al mismo tiempo alzó las cejas repetitivamente en un gesto de picardía y complicidad. Entendí que me quería dar a entender que Tatiana y Archie eran novios, pero me asombraba que uno fuera más raro que otro.

—¿Que soy qué? —se quejó Archie.

—Estás desquiciado, Archie, ¿para qué mentirle? —suspiró Poe.

—Ajá, ¿y ya le dijiste lo que Damián y tú son? —rebatió Archie.

Poe solo soltó una risilla pícara como si fuera un secreto que era más entretenido no revelar.

—Mejor empecemos —pidió en lugar de aclarar algo. Echó la cabeza hacia atrás, miró hacia el cielo y soltó un gran suspiro de satisfacción—. La luz de la luna suele tener ciertos efectos eróticos en mí, y son cosas que no puedo resolver estando en este lugar. Al menos no con ustedes y su mente cerrada.

Tatiana puso cara de asco ante el comentario. Archie, por el contrario, volvió a cambiar de expresión con brusquedad. La molestia por ser nombrado «el loquito» desapareció, y pasó a lucir emocionado. Incluso se removió con cierto entusiasmo.

—Me encantan los secretos —murmuró, y soltó unas pequeñas y extrañas risas que duraron hasta que Tatiana le apretó el brazo para que se calmara.

¿Qué secreto?

Bueno, supuse que se refería al ritual.

—Muy bien, Padme —volvió a intervenir Damián, ya sin mirar a Archie con cautela—. No necesitas moverte, solo quédate ahí.

Okey, todo empezaría. No tenía ni idea de cuánto duraría, pero me mantuve en mi posición, inmóvil. Creí que él haría algo, pero fue Poe quien dio unos pasos hacia no sé dónde.

Solo que antes de que cualquier cosa iniciara, de forma inesperada, Tatiana los detuvo:

—Un momento.

Al parecer eso no estaba en el plan porque Damián lució extrañado por su intervención. Ella se acercó a mí, y hubo un pequeño momento en el que tuve la impresión de que él iba a detenerla, pero solo estuvo atento a sus movimientos.

Tatiana se detuvo justo en frente y en otro acto imprevisto, tomó mis manos. Pude haber reaccionado en defensa y alejarme porque era una desconocida y una Novena, a fin de cuentas, pero en realidad sus guantes estaban cálidos y por alguna razón lo sentí como que era un gesto de apoyo. Incluso, siendo un poco más alta que yo, logró que el ambiente se percibiera menos amenazante, como si solo estuviéramos las dos y no a punto de hacer un ritual de aceptación.

—¿Estás asustada? —me sonrió, mirando con curiosidad mis expresiones.

De todas las cosas que pude haber esperado que dijera, esa jamás habría pasado por mi mente. Ni Damián ni Poe ni nadie me había preguntado eso, y era lo que más sentía. Quise mentirle, porque ahora todo se basaba en ocultar cualquier verdad, pero sus ojos eran verdes, despiertos y amigables. Me pareció curioso. Inspiraba algo muy diferente al resto. En donde Archie lucía atemorizado por sus alrededores, ella lucía en total control, como alguien con quien se podía sentir comodidad.

—Algo —confesé.

—Se nota —asintió, y balanceó nuestras manos con confianza—. Estamos rodeadas de idiotas.

Archie, Poe y Damián fruncieron el ceño. Tatiana se burló ágilmente en sus caras al haber dicho eso, y casi me hizo reír porque, sí, les había llamado así sin temor ni preocupación.

—Pero mira —continuó ella—. Esto no será nada doloroso ni peligroso. Poe va a acercarse a ti, y luego cada uno de nosotros también, y te besaremos.

—¿Besarme? —Mi boca se entreabrió del pasmo.

—No en una forma romántica ni intrusiva —se rio Tatiana—. Es para crear una conexión de lealtad como manada. Todos pasamos por el mismo ritual en su momento, así que, ahora que lo sabes, ¿estás de acuerdo con eso, Padme?

Todos me miraron a la expectativa. Sentí que esperaban que yo fuera a cambiar de opinión por la revelación de lo que en verdad era el ritual de El Beso de Sangre. ¿Tal vez por eso Damián no me lo había explicado antes? Porque sabía que, si seguía todo lo que desde mi infancia me habían inculcado, si seguía lo que moralmente era correcto, debía salir corriendo de allí en ese mismo instante.

Pero mi mente se había quedado en la parte de «Te besaremos». Y casi al mismo tiempo, también en la imagen de mi madre oyendo lo que yo acababa de oír. La imaginé alterada, gritando que jamás en mi vida iba a permitir que una chica o unos desconocidos me besaran. La imaginé diciendo: «Algo que Padme no haría ni debería hacer», y sobre todo: «Porque si lo haces, voy a cerrar la puerta otra vez».

Justo como me había amenazado un rato atrás solo por vestir diferente. Justo como me había quitado sin piedad mi arranque de valor. Justo como solía reprimirme cada vez que sospechaba que yo quería pensar por mí misma.

Había tenido que vivir con esa imposición y ese control durante toda mi vida, y siempre había logrado ocultar que me causaba mucha rabia, que lo odiaba, que quería que se detuviera. Pero en ese momento no quise contenerlo más. El enfado y mi libertad reprimida me hicieron apretar el puño de forma inconsciente, y por un segundo me idealicé siendo capaz de decirle: «Esa curiosidad que tanto odias, madre, está despierta justo ahora».

O mejor: «Haré algo que no te va a gustar».

Así que, aunque el corazón se me aceleró por unos nervios más intensos, aunque las náuseas volvieron, miré los ojos negros de Damián, a la espera, y salió de mi boca:

—Sí.

Tatiana esbozó una sonrisa media, asintió, soltó mis manos y se apartó.

Había aceptado. No había marcha atrás.

Me quedé esperando algún tipo de instrucción, pero Poe reanudó lo que Tatiana había interrumpido. Fue hacia el enorme roble que seguía de protagonista en el aterrador escenario que era el bosque a esas horas. Por la oscuridad más espesa de esa zona me fue difícil entender para qué. Después regresó y junto a Damián se situó frente a mí.

—Antes de El Beso, tenemos que encargarnos de un pequeño detalle —empezó a explicar Poe—. Los Novenos y las presas tienen un olor distinto. Es ligero, pero diferenciable si el Noveno intenta desarrollar más su sentido del olfato. No es algo fácil, claro. Sin embargo, en la cabaña hay muchos que son capaces de detectar el más sutil cambio de aroma. Así que, para evitarlo, vamos a cubrir tu olor natural con uno que ellos ya conocen.

Dicho eso, extendió una mano hacia mi rostro y sostuvo con delicadeza mi barbilla. Me hizo inclinar un poco la cabeza hacia atrás, de modo que pude ver los rostros de ambos delineados por la penumbra. Pensé que estaba preparada para lo que sea que fuera a suceder, pero quien hizo el siguiente movimiento no fue Poe, sino Damián.

Él también alzó su mano y, en lo que pudo ser el momento más hipnotizante y al mismo tiempo más retorcido de mi vida, puso su dedo índice en mis labios y lo introdujo un poco dentro de mi boca.

Mis ojos se abrieron y mis cejas se elevaron con sorpresa. Sentí la yema de su dedo deslizarse sobre mi lengua, y experimenté una sensación que habría sido capaz de enloquecer a mis padres. De hecho, ellos se fueron de mi mente, y con la piel erizada fui solo yo, y fue solo Damián, y fue su dedo, y sus ojos fijos en mí, y un súbito frío de pasmo que se desvaneció para que explotara otra súbita emoción. Una de calor, de gusto, de fascinación, de que eso que estaba pasando era incorrecto, malo, pero que me gustaba, porque era algo que Padme no debía estar viviendo.

Solo que todo eso se esfumó en el segundo en el que mis papilas gustativas detectaron que en su dedo había algo más, que lo que estaba haciendo tenía un significado.

Que, de hecho, estaba poniendo... ¿sangre en mi boca? ¿Sangre del roble? Pero era un árbol. ¿Sangre mezclada con algo?

Reaccioné en un gesto desagradable al percibir el sabor inusual, como una mezcla dulce, ácida y al mismo tiempo metálica. Quise escupir su dedo y sacar todo eso de mi lengua, pero Poe sostuvo mi barbilla con firmeza para impedirlo. Me miró con una sonrisa extasiada que dejaba en claro que estaba disfrutando mucho lo que veía.

—No puedes escupirla, pastelito —dijo, en un regaño suave—. La savia debe estar dentro de ti.

Si era savia, ¿por qué sabía a sangre? No estuve segura de cómo no escupirla si mi propia garganta quería resistirse porque era repugnante, pero me di cuenta de que sabía aún peor mientras la estaba reteniendo.

—Trágala, Padme —me dijo Damián en una orden.

Lo miré de nuevo. Estaba quieto, solo observándome. Aunque, un momento, ¿sus cejas estaban ligeramente hundidas? ¿Otra vez en ese gesto de desconcierto como si estuviera viviendo algo nuevo e incomprensible? Odié que la semioscuridad no me permitiera ver por completo sus rasgos y su expresión. La parte más curiosa de mí quiso comprobarlo, confirmar si no estaba siendo tan indiferente a que su dedo estuviera en mi boca, a que su piel estuviera en contacto con mi lengua y mi saliva.

Entonces lo hice, sin apartar mis ojos de su rostro, sintiendo toda su atención en mí. Una corriente me erizó la piel. Chupé el dedo y contra mi garganta cerrada, tragué.

Damián lo sacó de mi boca. Una arcada me hizo inclinarme y apoyar las manos encima de mis rodillas.

—No, no lo vomites —advirtió Poe también.

—¡Ah, pero es horrible! —casi sollocé cuando otra arcada me atacó.

Me esforcé en no devolver mi almuerzo y todo lo que tuviera en el estómago, aunque incluso sentí un revoltijo y un hormigueo en mis labios y encías.

—Si vomita, no la beso —escuché a Archie decir en un susurro.

Se formó un ambiente de expectativa, de si lo vomitaría o no, de si me recuperaría o no. No estaban haciendo ningún tipo de presión, pero me recordó a todas las veces que los ojos de mi madre habían aguardado a que yo decidiera rendirme, porque era demasiado débil. Así que no me lo permití. A pesar de que pensé que fallaría y que terminaría soltándolo frente a ellos, tras varias respiraciones hondas, conseguí volver a enderezarme.

Mi pecho quedó agitado.

Poe soltó una risilla, mordiéndose el labio inferior con éxtasis.

—Lo disfruté, no voy a negarlo —confesó, y luego miró a Damián a su lado con el rabillo del ojo—. Tú también, supongo.

Esperé su respuesta con un ansia que me avergonzó, pero él solo desvió la mirada y tensó la mandíbula, medio hosco. Dio un paso a un lado.

—Muy bien —suspiró Poe ante el silencio—. ¿Estás bien ya, pastelito?

Asentí. Todavía tenía el mal sabor de boca, pero mi respiración se estaba alivianando.

Con esa confirmación, Poe se ubicó en el lugar en el que Damián había estado. Esta vez me sostuvo el rostro con ambas manos. En su cara estaba estampada una sonrisa pequeña pero perversa, un tanto divertida y al mismo tiempo juguetona.

Pronunció cada palabra de memoria:

—El vínculo se ha abierto, nos uniremos en Beso de Sangre y la conexión se creará. A partir de ahora si tú sangras, yo sangraré; mi vida fluirá a través de la tuya y mi manada será tu único hogar. Amigo mío, tú no me traicionarás. Amigo mío, yo no te traicionaré. Mi lealtad siempre estará contigo, y solo la muerte la romperá.

Entonces se inclinó hacia adelante y presionó sus labios contra los míos.

Desconocí lo que pasó. Primero, mi mente se puso en blanco. Cada pensamiento, cada duda, cada pregunta, cada emoción contenida, desapareció. Fue como si la presión suave de sus labios reiniciara mi cerebro. Luego, cuando todo quedó vacío, una corriente incitadora aprovechó para tomar control y estalló en mi cuerpo. Fue como si el mismo Poe abriera las rejas de mi cárcel mental para liberar lo que fuera que estuviera encerrado. Y de un segundo a otro empecé a imaginar un montón de situaciones que normalmente no habría imaginado, casi todas… íntimas, entre él y yo.

No les encontré sentido a pesar de que pulsaron con intensidad. Tampoco esa reacción incomprensible que de pronto me hizo sentir las piernas débiles, un temblor en mi capacidad de sostenerme, una ligereza sosegada, similar a cuando te ponen anestesia y poco a poco ese poder natural que tienes sobre ti mismo comienza a dormirse.

Pero al mismo tiempo estuve segura de que no era yo quien le había ordenado a mi sistema debilitarse de esa forma, sino algo externo, algo que no me pertenecía. Una fuerza insinuante. Una fuerza seductora.

Cuando Poe se apartó, me quedó una sensación rara en el cuerpo, algo parecido a una especie de deseo vergonzoso, de apetito carnal incoherente. Él se relamió los labios en un gesto sutil. Después, todavía con la sonrisilla, dio unos pasos hacia atrás y le dio el lugar a Archie.

Me puso las manos enguantadas alrededor del rostro y pronunció con el mismo tono de seguridad las palabras que había dicho Poe. Luego presionó su boca contra la mía. Por alguna razón, esperé sentir lo mismo que con Poe, pero no fue así. No pensé nada extraño. No me sentí diferente. Todo lo contrario, el momento fue más rápido. Él se apartó y volvió a su lugar.

Tatiana se acercó. Ella dijo las palabras, después sostuvo mi rostro y me dio el beso cerca de las comisuras de mis labios en un roce que ni siquiera fue una presión. Regresó a su lugar.

Finalmente, Damián se ubicó de nuevo frente a mí.

Colocó las manos alrededor de mi rostro. Estaban frías. Mantuvo esa expresión indescifrable y comenzó a pronunciar las palabras exactas, pero dejé de escucharlo porque tal y como había pasado con su dedo en mi boca, el resto se desvaneció y para mí el momento pareció casi irreal.

Aquel al que por años había mirado desde lejos, el que había vivido en un mundo que yo no debía alcanzar, el que había idealizado, estaba a punto de darme un beso. Un beso sin significado, sí, pero que me causaba miedo y al mismo tiempo una emoción atroz. Porque estaba segura de que en el instante en el que me besara, iba a perderme y todas las voces que a diario yo misma creaba para recordarme que no podía perder el control, se apagarían.

Recordé otra vez lo que me habían dicho *aquel horrible día:*

«Hay algo mal en ti, pero lo vamos a corregir».

«No volverás a hacer eso».

Y ahí estaba cara a cara con el detonante. Admití que a pesar de que su aspecto no era muy común, eso al mismo tiempo lo convertía en el chico más atractivo que había conocido en mi vida. Aunque yo siempre había pensado eso de él, que parecía la representación más oscura de la humanidad con su cabello negro, libre de tomar la forma que quería, y esas suaves ojeras bajo sus ojos dándole un aire de agotamiento.

Era impresionante cómo me había atraído desde la primera vez que lo vi. Y lo mucho que había tratado de reprimirlo...

Lo mucho que debía reprimirlo ahora también...

Damián se inclinó hacia mí y presionó nuestros labios.

Fue directo y sin indecisión. Por más que me esforcé en suprimir cualquier sensación, no pude. Se sintió como si una chispa hubiese salido del infierno y aterrizado sobre mi boca para encender en un fuego intenso. Ardió en mis labios, y barrió la confusión que Poe había dejado en mi mente, barrió el miedo.

Y esa emoción que ya conocía, la más peligrosa y tentadora, latió con fuerza. Latió en un «deseabas esto y no puedes negarlo». No dudé de que eso sí era mío. Esa Padme fascinada con Damián, sus misterios y ahora su respiración contra mi piel, era real. Siempre lo había sido, por más que había tratado de esconderlo.

Se apartó. Lo miré en busca de algo, pero solo encontré lo mismo: frialdad. Mi cabeza había quedado aturdida, pero no quise demostrarlo. Mantuve una postura igual a la suya como si hubiese besado a una pared.

Supuse que pasaría algo más, pero todos empezaron a caminar y a alejarse del roble.

—¿A dónde van? —pregunté, desorientada.

Solo Poe, en cuanto pasó a mi lado, me dedicó una amplia y juguetona sonrisa, y susurró:

—Esto todavía no termina. Debemos ir a la cabaña, y ahora sí conocerás el mundo de los Novenos.

SEGUNDA PARTE

¡BIENVENIDOS AL MUNDO DE LOS NOVENOS!

9

La forma en la que me sentí después del ritual fue muy extraña.

Estaba totalmente consciente, podía caminar y sabía a dónde iba, pero era como si cada paso lo diera flotando. Una inexplicable calma había disminuido mis nervios habituales, esos con los que siempre vivía, y no había ninguna duda o pregunta en mi mente. Aún era algo similar a una sedación, pero ligera, confusa.

Y no solo eso, todo se percibía diferente. Los sonidos menos intensos, pero los detalles a mi alrededor más interesantes. Lo noté cuando íbamos subiendo las escaleras que daban entrada al enorme vestíbulo principal del lugar favorito de los Novenos. Al no estar asustada como la primera vez, mi visión de la zona fue otra. Noté que al fondo había una tarima, y un par de arcos a cada extremo de ella marcaban el inicio de algunos pasillos que conducían hacia quién sabe dónde.

En esa ocasión seguimos por los pasillos, y uno de ellos nos llevó a un nuevo salón. Se dividía en dos pisos repletos de mesas. El piso superior se podía ver desde que entrabas. Allí, la gente se encontraba en grupos, hablando. Unos cuantos sostenían copas bastante llamativas, hechas de algún tipo de cristal elegante, que lucían como hechas de diamantes. ¿Eso era posible?

Pero lo mejor eran las luces de esa sección, que alternaban entre colores violeta, rosa y azul. También había una larga barra al fondo. Detrás de ella se expandían filas de estantes repletos de botellas de todas las formas y tamaños. De hecho, quedé tan fascinada por la nueva y más amplia perspectiva que caminé más lento solo para admirar cada detalle. Entonces, Tatiana lo notó y entre risas me jaló para que no me quedara atrás. Entrelazó nuestros brazos como una amiga feliz.

—Esta es el área del bar —me explicó cerca del oído para que fuera confidencial—. Puedes venir, pedir una mesa y tomar cualquier cosa que se te antoje, y cuando digo cualquier cosa créeme que puede ser de todo. Hay una sección *VIP* en el piso de arriba, pero el acceso a ese privilegio te lo da el poder pagar más. Aquí todo se mueve con dinero, aunque también hay…

La explicación estaba interesante, pero de repente dejé de escucharla. El mundo entero se puso en *mute*. Mi mirada, que había estado recorriéndolo todo con asombro, se había fijado en la barra, específicamente en uno de los bármanes que la atendía, porque era la persona más hipnotizante que había visto en mi vida.

Su chaleco era de tela satinada color púrpura. El cabello largo, lacio y plateado le caía bien acomodado por detrás de las orejas. Sus rasgos faciales eran hermosos, una mezcla armónica y difícil de diferenciar entre un género en específico. Preparaba una bebida con movimientos muy ágiles y perfectos, y la forma en la que sus manos se movían... Demonios, era cautivadora. Sus delicados dedos elevaban la botella al mismo tiempo que el líquido caía en un chorro impecable.

No supe si fue porque lo contemplé demasiado, pero aún con todas las personas que había en ese lugar, por un segundo levantó la vista y me encontró solo a mí. Su mirada fue divertida y un tanto cómplice. Un destello púrpura resaltaba en ella aún con los cambios de luces.

Sentí unas impulsivas y cegadoras ganas de acercarme a él para admirarlo mejor...

—¡¿Padme?! —La voz me dio un tirón de vuelta a la realidad. Cuando me di cuenta, Tatiana me estaba sacudiendo el brazo que me había agarrado. Me miraba con preocupación y alerta. También noté que el resto de la manada no estaba cerca.

—¿Eh? —pregunté, medio perdida.

—¡¿Qué haces?! —me reclamó ella, aún más preocupada—. ¿Por qué miras al barman?

—No lo sé, estaba mirando todo...

—Espera —me interrumpió al comprender que yo no sabía muy bien por qué lo decía como algo malo—. ¿Damián no te explicó nada?

—Damián ni siquiera me dice «hola» cuando me ve —le aclaré.

Tatiana miró hacia ambos lados con precaución. Por suerte, nadie nos miraba. Todos estaban muy ocupados en sus mesas.

—No debes quedarte viendo a los bármanes —me advirtió en un tono muy bajo y confidencial—. Suelen tener efectos muy raros en la gente. Sobre todo en...

Lo capté sin que lo dijera: en la gente normal como yo.

—Los llaman Andróginos —continuó ella—. Son muy atractivos y seductores porque así embelesan a las presas para atraerlas y poder matarlas. También son capaces de hacer que la gente diga y haga cualquier cosa bajo su influencia. Ten mucho cuidado.

Me sorprendió ese nuevo concepto y que el mundo de los Novenos no solo se limitara a ellos. Sonaba peligroso, pero igual tuve una cosquillosa necesidad de volver a mirar hacia la barra.

Aunque de pronto me di cuenta de algo. Por un momento había caído hipnotizada y en realidad se sintió igual al momento en el que Poe había acercado su rostro al mío por primera vez en el bosque, e igual al momento en el que me había besado. La misma sensación de embelesamiento, de curiosidad hacia él, de admiración a los detalles de su cara, reacciones que no me pertenecían…

—¿Es una clase de poder? —le pregunté a Tatiana, intrigada—. Eso que hacen los Andróginos, porque lo sentí cuando Poe…

—¿Te besó? —completó ella, asintiendo, una muestra clara de que lo entendía muy bien—. Los Novenos nacen con ciertas habilidades, todas muy distintas, pero hay quienes se pueden considerar mejores que otros porque aprenden habilidades extra. Por ejemplo, Poe no nació Andrógino, pero tiene la capacidad de causar el mismo efecto que ellos porque lo aprendió. ¿Cómo? No lo sé, pero eso lo hace peligroso y engañoso.

Entonces… eso era lo que había sentido durante el beso, una sensación de hipnosis, de deseo. ¿Podía hacerlo a propósito?

—Supongo que Damián tampoco te explicó que no necesitas vestirte como si no tuvieras alma, ¿cierto? —añadió ella, cayendo en cuenta de la ropa gris y simple que llevaba puesta.

—Él dijo que no debo resaltar.

—Sí, pero mira a tu alrededor —replicó—. Pasar desapercibida no significa no tener estilo. Tan solo analiza a Poe, jamás lo verás mal vestido. Sus bufandas y sus zapatos son más costosos que una casa.

De acuerdo, el estilo de Poe era de modelito europeo. Damián también se veía genial con su cazadora de cuero negro y sus botas trenzadas, y toda la gente en el bar se veía elegante con sus gabardinas, sus cuellos altos y pantalones clásicos.

Tatiana volvió a jalarme para que siguiéramos caminando, pero la detuve un momento porque aun con mi mente confusa, recordé algo más.

—¿A qué se refería Archie cuando preguntó si Poe me había dicho lo que Damián y él eran también? —le pregunté.

Durante un instante percibí que la pregunta la puso incómoda. Pero encontró una respuesta.

—Tal vez se refería a que Poe tiene motivaciones y tendencias muy... retorcidas. Ya seguro te habrás dado cuenta de que todo el tiempo parece estar coqueteando. Es natural en él. Esas son sus habilidades.

—¿Y Damián?

—Damián es... —Tatiana dudó un instante como si no supiera qué palabra usar— especial.

Quise pedirle que fuera más específica como con la descripción de Poe, pero ella señaló que Archie, Damián y Poe ya se habían sentado en una de las mesas vacías más cercanas al fondo y que debíamos ir rápido. Unos pasos antes de llegar a ellos, se apegó más a mi brazo para decirme algo parecido a un secreto:

—Todo a tu alrededor es peligroso si no te mezclas con ello. Solo relájate. Después de todo, mientras más te resistas a este mundo, más rápido va a consumirte.

Esas palabras se quedaron por un momento en mi mente al igual que la belleza en los ojos violeta del peligroso Andrógino.

Llegamos hasta la mesa. Tatiana se sentó junto a Archie, cariñosa, y yo tomé la única silla que quedaba entre Damián y Poe. Seguía sintiéndome liviana, y mis manos no temblaban como normalmente lo hacían. En verdad, ¿por qué había cambiado de esa manera? ¿Era un efecto de la savia del roble? ¿Del beso de Poe? ¿Del beso de Damián?

—Damián, creo que omitiste unas cosas muy importantes que Padme debería saber —le reclamó Tatiana—. Algo como los Andróginos, por ejemplo.

—No me acordé —dijo, con cierta indiferencia.

—Sí, ya lo has dicho antes: porque las personas son tan irrelevantes para ti que terminas por olvidar su existencia —asintió Archie, como si fuera un hecho curioso sacado de una enciclopedia sobre ese Damián que estaba ahí sentado.

—Igual pudiste habérselo mencionado —insistió Tatiana a Damián—. Se quedó viendo al de la barra.

—De todas formas, el efecto de los Andróginos varía según la persona que lo experimenta —siguió Archie con un dominio del tema casi recitado de un libro—. Los que son débiles emocionalmente caen más rápido; algunos que no son tan débiles caen, pero salen de él con facilidad. Otros no sienten nada. También depende de cuánto ese Andrógino ha desarrollado su habilidad de atracción. Si no es fuerte, no estás en un grave peligro.

Mi mirada se fue de inmediato hacia Poe, que según Tatiana, tenía esas mismas habilidades, pero en ese instante, él solo tenía otros planes.

—Muy bien, ya basta de oír a Archie, la *Novenopedia* —soltó, con un golpe divertido a la mesa—. Tenemos que darle a pastelito su iniciación.

Justo después de decir lo último, una mujer con un vestido púrpura de tela satinada se acercó a nuestra mesa. Debía ser una camarera, pero sus ojos se llenaron de entusiasmo al ver a Poe. No, debía corregir: con algo parecido al hambre, y no de comida, sino uno de intimidad.

Él le dedicó una sonrisa amplia y coqueta. Por primera vez vi que sus colmillos eran perfectos y un poco más afilados de lo normal.

—Queremos una botella de Ambrosía —le ordenó a la camarera—. Ya sabes cómo, y añade también una botella de *Macallan* que me quiero llevar a casa.

—¡Y una bandeja de quesos! —exclamó Archie súbitamente—. ¡Bastantes pedazos de queso! ¡Todo limpio, por favor!

La mujer miró a Poe en busca de aprobación.

—Y una bandeja de quesos para el raro fetichista que tengo aquí al lado —asintió. Para finalizar, acompañó las palabras con un guiño—. Todo a cuenta de Poe Verne.

Ella sonrió, se mordió el labio y, sin dejar de mirar a Poe, dijo:

—Por supuesto.

Cuando se fue, Archie suspiró y le sonrió a Poe con orgullo.

—¿He dicho que lo mejor para un pobre es tener a un amigo rico?

—En realidad, lo mejor para todos es tenerme a mí de amigo —le corrigió Poe.

A mí me había quedado una duda.

—¿Qué es Ambrosía? —pregunté.

La verdad, no lograba ubicar ese nombre en lo que sabía sobre bebidas alcohólicas gracias a Alicia. Lo que bebíamos en las fiestas de las «presas» era cerveza o vodka o lo que se pudiera conseguir con identificaciones falsas.

—Es la bebida especial de los Novenos —respondió Archie, otra vez, como si recitara lo escrito en una enciclopedia—. Fue creada por ellos y para ellos con una receta ultra secreta guardada por generaciones. Jamás la encontrarás en otro lugar que no sea uno de sus puntos de encuentro. Jamás ninguna presa podría replicarla.

—Y agrega que no podrías pagarla si eres un Noveno pobre —dijo Tatiana en una risa—. Una copa cuesta seiscientos dólares, y cada litro son tres mil dólares.

—¡Antes la obtenías haciendo trueque por algo que el otro Noveno necesitara! —soltó Archie en otra explosión emocionada de información—. Cada botella está tallada en cristal y puede ser decorada con diamantes o con lo que solicites según tu presupuesto.

Oh, ¿entonces esa Ambrosía era como el caviar de los Novenos? Un lujo que solo algunos podían darse.

No solía tomar nada cuando Eris, Alicia y yo íbamos a las fiestas. En esas ocasiones, la voz de mi madre en mi cabeza siempre me recordaba que no debía, pero, y este fue otro punto importante que noté: lo que fuera que me estaba haciendo sentir menos atemorizada seguía ahí, y su voz no se oía en mi mente. No había advertencia. No resonaban ninguno de sus reclamos o amenazas.

Por primera vez en muchos años había un silencio.

Un silencio agradable.

La chica trajo todo en minutos. Delante de cada uno puso copas iguales a las que había visto al entrar y sirvió la bebida. La botella, por otra parte, tenía forma de gota de agua y parecía hecha de un tipo de vidrio de color rojizo que también reflejaba las luces del lugar.

—Dato curioso sobre La Ambrosía —soltó Archie apenas la camarera se fue, de nuevo entusiasmado por compartir sus conocimientos—. La explosión de sabores es diferente para cada persona que la toma por primera vez. Dicen que puede saber a lo que deseas en lo más profundo de tu ser en ese momento o a lo que más le temes. De cualquier forma, siempre vas a querer probarla de nuevo y cada vez será distinto.

—¿A qué te supo a ti? —le pregunté a Archie.

La expresión de satisfacción por darnos el dato, cambió de forma brusca a una de inquietud y nervios. Hasta juntó los dedos y los apretó en un gesto de intranquilidad. Me pregunté si había sido un error preguntar, pero lo había hecho más que nada por la curiosidad de la experiencia.

—A... agua salada y a pintura de mi habitación —reveló, en un tono un poco bajo.

Tatiana de inmediato le puso una de sus manos sobre los dedos que se apretujaban. Los entrelazó con los suyos, un acto de apoyo y comprensión.

—¿Y a ti? —me atreví a preguntarle también.

—A cuero y alcohol —respondió, solo mirando a Archie en un cariñoso intento de calmarlo.

Automáticamente pasé a ver a Poe. Él se dio cuenta.

—Prefiero no decirlo —sonrió, misterioso.

Por último, Damián. Ya era obvio que era el más callado de la manada.

—¿Y a ti? —le pregunté.

Él alzó un poco la comisura derecha de sus labios. Eso les dio un brillo malicioso a sus ojos. Dio la impresión de perderse por un instante en algún recuerdo.

—A muerte —dijo, simple. Y luego deslizó con sus dos dedos una de las copas ya servidas hacia mí.

Dejé a un lado esa respuesta y me fijé en el líquido en el interior. ¿Tenía sentido que pensara que visualmente era el líquido más apetecible que había visto en mi vida? Su color era transparente, pero con un ligero y distintivo brillo en la espuma que se había formado en el tope, como si cada burbuja también fueran diamantes reales.

Me tentó tanto y de una manera tan riesgosa, que esperé a que el silencio en mi interior se rompiera por la voz que ya conocía. Esperé escuchar el «no lo hagas, Padme, o cerraré la puerta».

Pero no oí nada.

De nuevo, no estaba ahí, así que al no tener esa limitación me encontré relamiéndome los labios con sutileza y dirigiendo mi mano para agarrar la copa...

—Antes de que la pruebes, debes hacer una cosa —me interrumpió Poe, y toda mi embelesada atención se fue a sus ojos grises—. Quiero que pienses en algo que siempre has querido hacer. Algo que, en lo más profundo de ti, siempre has deseado pero que creíste que no es correcto. Algo que supones que no tienes el valor de conseguir porque no debes. Algo que piensas que es imposible para una chica como tú. No lo digas, solo piénsalo.

Fue inesperado solo para mí, porque todos me miraron esperando que lo hiciera.

Pensar en algo que siempre había deseado, pero que no debía tener, en cualquier ocasión me habría hecho desviar la mirada, sentirme avergonzada y regañarme a mí misma para apartar eso de mi mente, pero la petición de Poe con esa voz tan incitadora hizo que me perdiera por un momento enumerando lo que en el fondo de mi ser quería. Y me asombré porque muchas cosas salieron a la luz desde lo más profundo de mis pensamientos.

Cosas por las que me habrían castigado.

Cosas incorrectas.

Cosas que no eran propias de una chica normal.

Una en específico más que nada…

—¿Ya lo tienes? —preguntó Poe, con una divertida expectativa.

—Creo.

—Entonces bebe un trago.

Acerqué la copa a mi boca. Una vez que el líquido tocó mis labios, me causó un ligero y cosquilloso ardor en la lengua. Ni siquiera logré identificar el sabor al principio. El primer trago fue dulce como un cóctel, pero un poco ácido. Ambas cosas en un nivel equilibrado. Luego los sabores cambiaron, y con los ojos más abiertos comprendí que ninguna de mis pocas experiencias anteriores, ninguna de las bebidas que había probado en un pequeño sorbito de curiosidad, podía acercarse en lo más mínimo a La Ambrosía.

Me supo a un buen vino, a una champaña cara y, para ser más específica, a un beso con un ligero toque de sangre mezclada con savia. La mezcla que aquel dedo había metido en mi boca. La mezcla en otros labios.

Los labios de Damián, calientes como fuego infernal…

—¿A qué te sabe? —me preguntó Archie con curiosidad.

Miré la copa durante un momento. Me relamí en un intento por reconocer el resto de los sabores. No podía decir que había pensado en los labios de Damián. Todos me estaban mirando todavía.

Pero había otro sabor, otra cosa en la que me hizo pensar, y esa sí la dije:

—Sabe a ser libre.

Porque en *aquel horrible momento* de mi vida que no paraba de recordar en esos últimos días, realmente había probado la libertad.

Poe esbozó su más amplia y retorcida sonrisa.

—Aquí lo eres —me dijo, complacido—. Este es el lugar en el que nada de lo que hagas será juzgado. Aquí las posibilidades son infinitas. Por esa razón tenemos a este amigo.

Metió la mano en el bolsillo de su elegante pantalón y sacó algo que sostuvo con su dedo índice y su pulgar para mostrarle a todos. Un pequeño y perfecto cubo de color negro y de puntas redondeadas.

—¿Un dado? —pregunté, confundida.

—No es uno normal —aclaró Archie, de nuevo entusiasmado—. Solo tiene dos opciones: trago o reto.

Al fijarme mejor, vi las palabras talladas en dorado.

—Cada uno lanzará el dado y cada uno tendrá que cumplir con lo que salga —explicó Poe.

Archie hizo un pequeño aplauso, feliz de que sería así.

Tatiana también lució emocionada por la idea.

Al mirar a Damián en busca de alguna aclaración sobre si eso era correcto o no, él solo hizo un asentimiento, algo que interpreté como que el juego en realidad ya era una costumbre.

Poe se mordió el labio inferior, extasiado.

—Pastelito, esta será la primera mejor noche de tu vida.

Así que el juego empezó. El punto de inicio fue el mismo Poe, que lanzó el dado y le salió reto. Entonces, Archie no perdió ni un segundo en exigirle que buscara en la agenda de su celular el contacto al que nunca, por ninguna razón, llamaría para invitar a acostarse con él. Lo pidió con una malicia chocante y divertida, y noté que ambos vivían cómodos molestándose de esa manera. En ese caso, fue un éxito para Archie, porque de mala gana, Poe cumplió el reto y le envió un mensaje de texto a alguien a quien yo obviamente no conocía.

El juego siguió con Tatiana. Por suerte, le tocó trago. Y pensé que era suerte porque mientras más retos salían, peores eran. Aunque el dado jugó a mi favor, porque cuando me tocó a mí, todas esas veces me tiró trago y tuve que beber.

El sabor comenzó a transformarse en felicidad. No estuve segura de si era genuina, pero empecé a reírme con facilidad de que Archie tuviera que tocar un plato ajeno que alguien ya había usado, lo cual le daba un asco atroz, y de que cuando le tocó a Damián, el reto que Poe le impuso fue nada más ni nada menos que sonriera.

—Amplio y con encanto —pidió Poe, feliz con su barbilla apoyada en su mano y el codo apoyado en la mesa.

Damián se resistió por un momento con las cejas muy fruncidas y una mirada casi asesina. Le chocó tanto como a Archie su reto. Pero lo hizo. Falso, claro. Amplió las comisuras hasta que mostró los dientes, y como a Poe no le convenció, tuvo que ladear la cabeza para añadir el supuesto «encanto».

Archie estalló en una carcajada. Tatiana tuvo que cubrirse la boca por la burla. Yo, entre fascinada y divertida por ver por primera vez una expresión así en su cara, no supe si reírme o quedármele mirando para tomar una captura mental de cada detalle.

Creí que la noche sería de esa forma, pero tras dos rondas más en las que el dado volvió a tirar trago para mí, sí que conocí el verdadero efecto de la bebida.

Mis sentidos habían estado un tanto suspendidos después del ritual. Bueno, eso cambió. El alcohol explotó en un resultado contrario. Las luces a mi alrededor se intensificaron el doble, con halos coloridos y medio borrosos. Empecé a ver los ojos de la manada chispear de ebriedad y a oír las risas con ecos satisfactorios a mis oídos. Cada vez que el líquido tocaba mi lengua, la sensación efervescente triplicaba eso.

Admití que era una cara del mundo que, sin haber probado La Ambrosía, jamás iba a ser capaz de ver. Era tan intenso, emocionante, vibraba en matices. No se parecía en nada a sentarme en la mesa de Ginger Café a jugar verdad o reto con Eris y Alicia, porque allí había tenido que ocultar cualquier respuesta, pero aquí no era necesario.

Y lo mejor seguía siendo que en mi mente estaba solo yo.

No mi madre.

No mi padre.

No mi pasado.

Tampoco *aquel día.*

A Tatiana de repente le salió reto. Archie iba a imponerlo, pero Poe se apresuró:

—Ve a bailar —y especificó—: sin Archie.

Archie quedó boquiabierto de una forma divertida, quizás porque siempre hacían todo juntos. Era demasiado obvio que, en su relación, eso era lo primordial.

Pero Tatiana en vez de descolocarse, entornó los ojos con astucia.

—De acuerdo —aceptó, solo que lanzó una movida inesperada—, iré con Padme.

Ni siquiera me dio tiempo de procesar eso, solo se levantó de la silla y me jaló del brazo. Sucedió tan rápido que mi cuerpo, ya ligero y relajado, se dejó llevar. Mientras corríamos entre risas, las caras pasaron a mi alrededor, difusas y a toda velocidad. Estaban por todas partes, crueles y divertidas, pero nada ni nadie pareció peligroso para mí. Ni siquiera el hecho de que en algún lugar de esa misma zona tal vez andaba Nicolas.

Llegamos a la pista de baile del bar. La música sonaba muy fuerte. Nos cubrió aquella parpadeante luz púrpura y azul, y más siluetas bailaron a un ritmo tecno completamente nuevo para mí que hacía retumbar cuanta cosa estuviera cerca. Vi muchos rostros llevados por el ritmo. Tatiana tomó mis manos y empezó a moverse de manera genial, divertida y embriagada. Yo nunca había bailado en las fiestas a las que había ido con Eris y Alicia, pero esa vez lo hice.

Lo hice porque mi cabeza nadaba en el fresco y delicioso mar de La Ambrosía, porque no me sentía presionada ni obligada a recordar las precauciones. De hecho, no existían en ese momento. Todo parecía posible de vivir. Y sin la voz de mi madre sobreprotegiéndome, sin tener que fingir ser normal, sin el esfuerzo de lucir como la chica buena, sentía una especie de libertad nueva.

Y la disfrutaba. Mucho. Quería que permaneciera así.

Tatiana y yo giramos tomadas de la mano. El mundo osciló de forma celestial. Sin miedos, sin preocupaciones. Hasta Poe ahora también estaba en la pista de baile con su brazo rodeando la cintura de una mujer desconocida que le pasaba la lengua por el cuello.

De pronto, Archie también apareció y en el siguiente giro tomó la mano de Tatiana, la jaló hacia él y la besó. Ella rodeó su cuello con sus brazos y entre todas esas personas se besaron con pasión, conexión y nada de vergüenza. Hasta yo percibí que el resto dejó de existir para ellos, y que se sumieron en su caótico amor.

Viendo ese beso, viéndolos ser los protagonistas, parpadeé. Y en el siguiente parpadeo me vi a mí, y a Damián, besándonos. A una yo, libre, disfrutando de él, enredando los dedos en su cabello salvaje, probando de nuevo sus labios.

Porque era él. Damián nunca había dejado de ser mi obsesión, solo lo había ocultado.

Volví a parpadear con fuerza. Volvieron a ser Tatiana y Archie. Medio aturdida y golpeada por mi propia realidad, miré hacia la mesa en la que había estado la manada. Damián seguía allí, y sus ojos estaban fijos en mí, depredadores, oscuros. Las luces alternaban sobre su atractivo peculiar. Un atractivo psicodélico en ese momento.

—Quiero que su atención esté en mí —salió de mi boca sin apartar la mirada de él—. Eso fue lo que pensé cuando Poe me lo pidió.

«¿Entonces por qué no lo consigues?», preguntó una voz en mi mente. Una que sonó a Poe, pero también a Tatiana y a mí. ¿Lo había susurrado en mi oído?

El suelo retumbó debajo de los pasos embriagados que empecé a dar hacia la mesa. Entre el mareo divertido de mi mente admití que quería hacerle pagar por haberme ignorado durante años. Admití que quería romper esa cúpula de amargura y frialdad que lo rodeaba. Quería llegar hasta donde nadie había llegado jamás.

¿Y si él podía ser mío?

¿Y si yo podía ser suya?

Parecía posible, porque La Ambrosía fluía por mi cuerpo, recorría mis venas, me activaba los sentidos. Su efecto me hacía pensar que tenía todo el poder del mundo, incluso sobre Damián...

10

AH, SÍ, TAMBIÉN HAY GENTE EXTRAÑA QUE TRATA DE DESCUBRIRNOS

Me desperté de golpe en mi cama.

Estaba asustada, sudaba frío, tenía un intenso dolor de cabeza y peor: no recordaba nada. Llevaba la misma ropa de la noche anterior, pero lo único que tenía en la mente era El Beso de Sangre y raros e incomprensibles fragmentos de lo sucedido luego de eso. También recordaba haber empezado a beber La Ambrosía, un sabor adictivo pero difuso, y por alguna razón algo como que iba a acercarme a Damián para… ¿Para qué?

De inmediato caí en otro punto: mi madre. No sabía cómo había llegado a casa. No sabía en qué momento había dejado la cabaña. ¿Significaba que me había visto? ¿Con la ropa que había desaprobado? Aunque de ser así habría estado esperándome abajo, pero cuando logré reunir fuerzas para chequear las habitaciones, no había rastro de ella. Supuse que entonces no se había dado cuenta de nada y que debía de estar en su trabajo ese sábado.

¿Qué demonios había pasado? ¿Qué había hecho? ¿Cómo había salido del bosque y entrado a mi cuarto sin hacer ruido estando ebria?

Revisé mi celular. Tenía mensajes de Eris preguntando si todo había salido bien y especificando que me esperaba en su casa para conversar sobre el libro de Beatrice. Le respondí que la manada había confiado en mí para guardar el secreto. Luego, a pesar de que solo quería tomar una pastilla para el dolor y dormir más, fui a visitarla.

Ella abrió la puerta apenas di unos toques. Llevaba el cabello recogido en un moño y tenía el aspecto desaliñado del desvelo, de una búsqueda meticulosa y concentrada.

—Vamos, sube —dijo muy rápido—. Descubrí varias cosas.

Corrimos escaleras arriba y entramos en su habitación. Siempre me había gustado el hecho de que si la comparábamos con la mía era totalmente opuesta. En donde yo tenía papel tapiz de un color vivo y normal, Eris tenía uno de simple color blanco. En donde yo tenía cortinas bonitas, Eris solo tenía cortinas oscuras. En donde yo tenía una cartelera con tareas por hacer, fotos de mis amigas y recortes de chicos, Eris no tenía nada, solo pared. Con ella todo era más simple. Le gustaba lo minimalista y detestaba los excesos.

Se sentó de golpe en la cama, sobre la que había un montón de libros de tapa dura y estilo antiguo. Tomé asiento frente a ella.

—El libro de Beatrice es una especie de registro —explicó, sin darle largas al asunto—. Habla sobre una investigación que estuvo haciendo sobre este pueblo y sobre la leyenda del *Árbol de los colgados*.

Mi cara se contrajo de confusión. ¿*Árbol de los colgados*? Jamás había escuchado sobre eso. De hecho, me sonó a algo que nombrarían en una película de Tim Burton, con ese aire oscuro y retorcido.

—Lo sé, yo tampoco tenía ni idea de qué era —asintió Eris. A veces nos entendíamos con tan solo usar gestos y miradas—. Así que fui a la biblioteca y busqué en algunos libros. Solo en uno pequeño encontré algo sobre mitos y leyendas dentro de la historia de Asfil. Al parecer, esto gira alrededor de la advertencia de no cruzar el lago ni el viejo roble, y oh, amiga, es sumamente perverso.

—Cuéntame —acepté, ya bastante intrigada.

Eris se removió sobre la cama como si necesitara acomodarse para explicar mejor el asunto. Luego lo soltó sin pausas y con mucha fluidez:

—El «*Árbol de los colgados*», en realidad es el viejo roble que conocemos. Lo llamaron así porque fue escenario de una terrible masacre. Nunca se supo cómo ni quién lo hizo, pero la tarde del nueve de septiembre de un año que no figura en ningún lado, aparecieron más de cincuenta cuerpos colgados de las ramas, todos con distintas heridas. Más allá, en el lago, también se encontraron otros veinte cadáveres totalmente desangrados flotando sobre el agua teñida de rojo. El crimen nunca fue resuelto. Al final,

se convirtió en un cuento porque la mayoría de las personas no tuvieron más que atribuírselo a espíritus malignos, brujería...

—Pero fueron los Novenos —completé.

—Sí, esa palabra está escrita aquí —confirmó Eris—. Beatrice sabía de ellos. Los define como: «Un grupo que hace cosas atroces si los descubres», aunque hasta ahora no explica cómo lo descubrió.

Pensé en que yo había estado en el roble, y varias cosas tuvieron sentido: la sensación de que me estaban mirando, el siniestro y gélido ambiente de esa zona en específico... El árbol y sus alrededores estaban marcados por ese suceso tan horrible. No le encontraba explicación a lo de la sangre en el tronco que había creído ver o lo de la savia con sabor mezclado, pero recordé que en nuestro primer encuentro, Poe había dicho algo como: «Sangre de hace cientos de años». ¿Era posible que todavía hubiera sangre de los colgados allí?

—Ya entiendo por qué nunca nos contaron la historia completa y solo se limitaron a advertirnos de no rondar por el bosque.

—En internet no hay nada de información, solo en ese libro —añadió Eris—. El incidente jamás salió en noticieros, fue olvidado. Nadie volvió a mencionarlo.

—¿Pasó algo así de nuevo?

Negó con la cabeza.

—Luego de eso no hubo más registros de crímenes de ese tipo. De hecho, después no hubo registros de ningún crimen. Ese es, en realidad, el último asesinato registrado en Asfil.

Que un lugar fuera así de seguro sonaba como una utopía.

Aquella frase «pueblo pequeño infierno grande» tuvo todo el sentido en ese momento.

—¿Cómo pudimos creer en un pueblo con una tasa de crímenes en cero? —dije, ya oyéndolo absurdo.

—Bueno, en parte eso era lo que Beatrice investigaba: la relación entre el árbol de los colgados y los crímenes invisibles de Asfil. Pero hay algo más curioso...

Eris pasó algunas hojas del libro y luego lo extendió hacia mí para que viera una página en específico. En ella, había una lista de nombres. Sobre la mayoría había rayones afincados y oscuros. Al final de la lista solo había cuatro nombres sin ningún tipo de tachadura.

Alicia
Eris
Padme
Zacarias Carson ... Kol?

Me quedé helada porque tres de ellos eran los nuestros: Alicia, Eris y Padme.

—¿Por qué Beatrice nos anotó en su libro? —pregunté.

—No tengo idea —admitió Eris—. Estuve mucho rato intentando responderme eso hasta que me di cuenta de que hay algo más importante que nuestros nombres: el último nombre y lo que está a su lado.

Al final estaba escrito: Zacarias Carson. No lo reconocí de ningún lugar, ni siquiera de las familias más sonadas del pueblo. Junto al nombre había una extraña palabra en otro idioma.

—Esta palabra significa «¿cómo?» —indicó Eris con el dedo sobre ella—. Y no entiendo qué relación puede tener con el nombre de la persona.

—¿Este Zacarias Carson es del instituto o algo? —pregunté.

—Eso creí. —La chispa analítica entornó sus ojos—. Pero lo investigué y descubrí que no. Es un astrofísico egresado de la Universidad Central de Asfil. Publicó varios artículos sobre ciencia, pero ninguno me ayudó a entender por qué Beatrice lo anotó en su lista. De hecho, él solo hablaba sobre otras dimensiones o mundos paralelos...

Intenté encontrar la conexión, pero no logré determinar nada.

—¿Y qué tendría que ver eso con Beatrice?

—No lo sé —suspiró—. Lo bueno es que di con que Zacarias vive actualmente en el asilo de Asfil. Creo que deberíamos hacerle una visita y preguntarle si Beatrice fue a verlo antes de morir. Tal vez podría decirnos qué quería saber.

Usamos su auto para ir. A mí no me habían comprado uno porque obviamente mis padres no consideraban que tuviera la responsabilidad para mantenerlo. O, mejor dicho: no consideraban que yo tuviera la responsabilidad para nada que implicara libertad o toma propia de decisiones, así que siempre debía conformarme con ser transportada por otros.

Mientras íbamos en camino aproveché para contarle lo sucedido la noche anterior. Mencioné La Ambrosía y le expliqué lo que había sentido. Era difícil no contárselo todo al pie de la letra porque Eris siempre hacía preguntas ingeniosas. Tarde o temprano llegaría hasta la verdad, pero estaba decidida a ocultar que ella lo sabía.

—¿Sentiste que te afectó más que el alcohol normal? —preguntó ella, analítica.

—De una forma muy diferente —asentí, tratando de recordar todo lo posible—. Fue como si… no existiera el miedo dentro de mi cuerpo. Sentí que era capaz de cualquier cosa.

—Todas tus inhibiciones desaparecieron —resumió.

Sonó incluso peligroso.

—Creo que sí…

—¿Tal vez hacen esa bebida con algún tipo de droga? —murmuró ella, pensativa, y luego lo dijo con preocupación—: No deberías beberlo de nuevo.

Pero la verdad era que quería hacerlo. Aunque Archie había dicho que la receta era secreta y no tenía ni idea de si llevaba algún tipo de químico ilegal, y de que sí, probarla otra vez sonaba como una mala idea porque me había sentido descontrolada y había olvidado mis límites, lo quería. Quería sentir el sabor… ver las luces intensas otra vez…

La Ambrosía me había dado aquello que no lograba conseguir: libertad. Había apagado la voz de mi madre. No recordaba qué había hecho, pero recordaba la sensación de valor, el estar sola en mi cabeza, mis manos firmes sin temblores, mi corazón calmado. Quería eso de nuevo.

No ser juzgada…

Pero no lo dije, y tener que guardarme eso me preocupó.

Eris aparcó frente al asilo. Estaba rodeado de áreas verdes y de los típicos árboles grandes y tupidos de Asfil. Entramos y nos detuvimos en la sala principal. El lugar olía a casa de abuela, como si años y años de historias y vivencias se estancaran en el aire. Algunos ancianos deambulaban por el sitio sin hacer más que mover las piernas.

Detrás del recibidor se encontraba una mujer vestida como enfermera. No se veía de muy buen humor.

—Buenas tardes —saludé—. Venimos a ver a Zacarias Carson.

—¿Ustedes son familiares? —inquirió, con actitud odiosa.

—No, somos estudiantes de la Universidad Central y estamos haciendo algunas entrevistas —dijo Eris, con mucha calma.

—Ah, pensé que finalmente aparecería alguien de su familia —suspiró como si aquello le molestara—. Me temo que no podrán verlo porque el señor Carson murió hace un par de meses.

Eris y yo evitamos mirarnos sin demostrar nuestra sorpresa.

—¿Cuántos años tenía? —pregunté—. ¿Estaba enfermo?

—Tenía setenta años, y se suicidó.

Me quedé sin palabras. En definitiva, no habíamos esperado eso.

—¿Sabe usted si el señor Carson fue visitado por alguna chica antes de morir? —preguntó Eris directamente.

La enfermera hundió un poco las cejas con cierta suspicacia.

—¿Puedo ver sus carnets de estudiantes? —nos pidió.

Nuestros carnets decían con exactitud que éramos estudiantes de último año del Instituto, no de la Universidad. No podíamos mostrárselos.

—¿Dejó aquí algunas de sus investigaciones? —Eris no se rindió—. Tengo entendido que escribía artículos, ¿habrá alguno? Nos serviría mucho para nuestra tesis.

La enfermera negó con la cabeza.

—Echamos a la basura todo lo que no era ropa y no quedó nada. —Nos miró con cierta desconfianza e insistió—: Sus carnets.

—Bueno, de ser así no nos sirve de nada estar aquí —replicó Eris.

Me puso una mano en el hombro para que caminara hacia la salida.

—Gracias por su tiempo —le dije a la enfermera con una forzada amabilidad—, y lamentamos mucho lo del señor Carson.

Avanzamos rápido sin darle tiempo a la mujer de decir más. Salimos del asilo y aminoramos el paso por el caminillo flanqueado por pasto.

—¿Por qué se suicidaría? —inquirió Eris, pensativa.

—Tal vez deberíamos venir cuando otra enfermera esté de turno, o conseguir algunos carnets de universitarios para…

Un raro siseo me interrumpió. Nos detuvimos en medio de la acera. Observamos en todas las direcciones en busca del origen, pero solo lo descubrimos cuando nos giramos. Muy cerca de la esquina de la estructura del asilo había un rostro casi oculto. Se esforzaba por emitir un sonido con la lengua y los labios para llamar nuestra atención.

Eris y yo nos miramos, desconcertadas, y luego acudimos sin pensarlo dos veces. Cuando nos acercamos lo suficiente descubrimos que era una anciana rechoncha de espeso cabello gris. Ella nos observó de pies a cabeza y luego se llevó un dedo tembloroso a los labios para que entendiéramos que no debíamos hacer mucho ruido.

—Buscaban a Zac, ¿cierto? —murmuró. Su voz era senil, casi como un trémulo chasquido.

—Eh, sí, nosotras queríamos hacerle unas preguntas —afirmé, y utilicé el mismo volumen de su voz—. ¿Usted lo conocía?

La anciana nos estudió por un momento con una mirada desconfiada hasta que asintió.

—¿Sabe por qué se suicidó? —pregunté.

Ella negó con la cabeza de una forma abrupta.

—¡No se suicidó, lo obligaron a hacerlo! —exclamó en un tono bajo—. Él no tenía razones para quitarse la vida, excepto, claro... —Se corrigió de inmediato—. Pero yo se lo expliqué a la policía y descartaron mi declaración porque creen que estoy loca.

Bueno, a simple vista no parecía muy cuerda con esos movimientos nerviosos y exagerados, pero lo que decía sonaba lógico.

—¿Cree que alguien del asilo tenía razones para matar al señor Carson? —indagó Eris, embriagada de curiosidad.

—¡No, de aquí no! —volvió a exclamar, ahora con una expresión de aflicción—. Todos lo adorábamos. Era gentil, un hombre inteligente y tenía muy buena salud...

Observé a nuestro alrededor por si alguien estaba cerca, pero no había nadie.

—¿Sabe si una chica de nuestra edad vino a visitarlo antes de que muriera? —susurré.

La anciana abrió los ojos de par en par como si se diera cuenta de algo.

—Esa chica rara... —asintió, alternando la vista entre Eris y yo—. Vino hace cuatro meses. Vino como ustedes, diciendo que era alguien más, y después todo sucedió.

Solo podía tratarse de Beatrice. La palabra que mejor la había definido era «rara».

—¿Qué quería?

De golpe, la anciana se llevó las temblorosas y manchadas manos a la boca y ahogó un grito. Su reacción fue tan repentina y fuera de lugar que no pude evitar mirarla con rareza.

—Quería el artículo especial —murmuró como si fuera algo terrible—. ¿Por eso vinieron a buscarlo también? ¿Quieren *saberlo*?

Nos miró de una forma difícil de interpretar. Podía ser sorpresa o temor.

—Sí, nosotras vinimos porque necesitamos encontrar ese artículo —le aclaró Eris, con detenimiento—. ¿Sabe en dónde podemos encontrarlo?

La anciana solo cerró con fuerza los ojos y movió la cabeza de un lado a otro.

—El... el artículo... —masculló con pánico—. Él no hablaba de eso, no con los demás, pero sí conmigo, y por esa razón lo asesinaron.

Eris no era la persona más paciente del mundo, pero se esforzó.

—¿De qué trataba el artículo especial? —volvió a preguntar.

Pero fue como si la anciana escuchara todo excepto nuestras voces, o como si se hubiera quedado estancada en un momento de espanto.

—Él decía que lo encontrarían —jadeó con la voz temblorosa y horrorizada—. Decía que de nada le había servido esconderse entre la podredumbre de la vejez. Decía que, como él lo sabía y no se les había unido, no tardarían en silenciarlo.

—¿Qué sabía? —insistí.

Y solo lo empeoré. La anciana se puso las manos en la cabeza y empezó a sacudirla en una desesperada forma de negación.

—¡Lo que ustedes saben! ¡Lo que yo sé! —exclamó en voz más alta—. ¡Como Zac me lo dijo también me matarán! ¡No he pegado un ojo en todo el mes! ¡Me sacarán la lengua! ¡Me cortarán las venas! ¡Me obligarán a ahorcarme! ¡Y todos creerán que me suicidé!

Sentí la necesidad de tranquilizarla. Lucía alterada de una manera peligrosa para alguien de su edad.

—Señora, señora —dije, sin alzar mucho la voz en un intento de calmarla—. Lo único que queremos saber es en dónde encontrar el artículo. No somos malas personas. Lo necesitamos para bien.

No funcionó. Había caído en una angustia incontrolable. Ya hasta sus manos temblaban.

—¡Dijo que lo enterrarían con su verdad porque era su mayor descubrimiento y era muy peligrosa! —vociferó en un estallido de pánico.

Supe que era momento de parar. Podía estar al borde del colapso. Sonaba asustada y todo su cuerpo temblaba. Era evidente que sabía muchas cosas, pero eso mismo la había alterado demasiado.

Eris no tuvo la misma sensibilidad que yo.

—¿Peligrosa? ¿Qué tan peligrosa? —le preguntó con rapidez—. ¿Al menos sabe qué decía el artículo? ¿Puede contarnos una parte?

La anciana lo gritó:

—¡El peligro ha estado aquí desde hace un siglo! ¡Ellos están entre nosotros!

—¿Margaret? —Una voz nueva interrumpió la conversación.

Eris y yo dimos un paso hacia atrás como si nos hubieran atrapado in fraganti, pero solo era un enfermero. Salió de la parte trasera del asilo y nos observó de una manera que nos dio a entender que no debíamos estar allí.

La anciana volteó con violencia hacia él y después volvió a mirarnos. Se fijó entonces en Eris como si apenas notara su presencia, abrió mucho los ojos y la señaló con el dedo índice.

—¡Tú lo sabes! —soltó, y en sus ojos entornados por unas firmes arrugas detecté un miedo genuino—. ¡Yo lo sé! ¡Él lo sabía! ¡Nadie debe saberlo!

—¡Margaret! —bramó el enfermero, todavía acercándose hacia nosotras—. ¡¿De nuevo estás diciéndole cosas a los visitantes?! ¡¿Ya has tomado las pastillas?!

En un acto repentino e inesperado, Margaret nos dio un empujón para apartarnos y echó a correr por el pasto a través de los árboles.

—¡No te escaparás otra vez! —le gritó el enfermero.

Era obvio que sería imposible. Enfundada en unos pantalones holgados y un suéter de flores, corría a una velocidad pobre, pero había que admitir que lo hacía con esfuerzo. Realmente quería huir, como si aquel fuera el lugar más peligroso del mundo.

El enfermero se apresuró a seguirla y, justo cuando pasó por nuestro lado, preguntó, preocupado:

—¿Las lastimó?

—Estamos bien —aseguramos.

Él negó con la cabeza.

—Cualquier cosa que Margaret les haya dicho, no es cierta —aseguró—. Padece esquizofrenia paranoide y se ha vuelto algo agresiva con cualquiera que se le acerca. Vendrán a buscarla para trasladarla al psiquiátrico, pero se esmera en escaparse. Lo lamento si les hizo pasar un mal rato. Tengan un buen día.

Las últimas palabras fueron un claro «lárguense ya». Después siguió tras la anciana que a su paso ya se había alejado lo suficiente como para cruzar la calle, pero no como para estar segura.

De toda la conversación solo me había quedado clara una cosa:

Margaret no estaba demente, solo conocía la verdad sobre los asesinos del Noveno mes.

Una vez que salimos del asilo, Eris condujo algo lento.

Era muy obvio que los Novenos habían matado a Zacarias. Margaret se había comportado igual que Beatrice antes de ser asesinada, no era simple paranoia. Para mí, no estaba nada loca. Pero volver a confirmar que nadie creería si yo me atrevía a decir la verdad, me causó mucha inquietud. Hablar nunca sería una opción. Solo podía terminar de nuevo en...

—Lo único que se me ocurre es que Beatrice quería el artículo porque decía algo sobre el árbol de los colgados y a su vez explicaba los crímenes invisibles de Asfil... —Eris me sacó de mis pensamientos, y luego golpeó con algo de frustración el volante del auto—. Esa vieja sabe qué dice el artículo, pero se la llevarán al psiquiátrico. Hacer visitas allí es más complicado.

—Igual no podemos contar con ella, aunque logremos meternos, no nos dirá —suspiré—. Y es una señora, sé respetuosa.

—Hay que seguir investigando —decidió, terca como siempre—. Puedo ir a la biblioteca y revisar los registros, y tú puedes seguir manteniéndote a salvo y ganar la confianza de la manada de Damián.

—Eris, viste el miedo que tenía Margaret, ¿no? —La miré con gravedad—. Yo también lo he sentido, porque esto no es algo tan simple como para jugar a que estamos en un capítulo de *Scooby Doo*.

Giró los ojos. Ella podía ser más seria e imponente que yo, claro.

—Mira, yo no tengo miedo —dejó en claro—. No le diré a nadie que me lo contaste, y tampoco dejaré esto a medias. Me acabo de dar cuenta de que lo que Beatrice estaba haciendo es más importante de lo que creemos. Tengo ciertas sospechas y voy a confirmarlas como sea.

Iba a preguntar qué tipo de sospechas, pero, de repente, mi teléfono vibró en una notificación. Lo saqué para mirar.

—Es Damián —avisé—. Se reunirán hoy a las siete.

—Bueno, ¿e irás así?

No entendí por qué me lo preguntaba. Llevaba unos *jeans* negros y un suéter blanco, lo menos raro que había logrado encontrar para no levantar sospechas.

—¿Así cómo?

—Me contaste que Tatiana te dijo que no era necesario que vistieras como un cuervo —dijo, alternando la vista entre la carretera y yo—. Pero pareces un espíritu que falleció trágicamente en un accidente y aún no nota que está muerto.

Demonios, ¿tan mal me veía?

—Primero que no llame la atención y luego que tampoco sea tan simple —suspiré con cansancio—. Mi armario está repleto de ropa de color con estampados, ¿de acuerdo? Y es lo que tengo que usar o de lo contrario mi madre se enojará mucho.

Nunca le había revelado a Eris que, en realidad, me podían encerrar por días si a mi madre se le antojaba. No tenía permitido decírselo a nadie nunca, y yo había cumplido esa amenaza.

Por supuesto, recuerdos de *aquel día* pasaron como ráfagas por mi mente, y volví a escuchar lo que yo había preguntado y la respuesta que había recibido:

«—*¿Por cuánto tiempo?*

—*Todo el que sea necesario para arreglarte*».

—Mira —me aconsejó Eris—. Si en verdad quieres mantener a raya a tu madre para que no sospeche que has cambiado, debes buscar un punto neutro, un equilibrio, y así ella pensará que todo está normal.

—¿Qué hago entonces?

Eris esbozó una sonrisa, de esas que reflejaba cuando se le ocurría algo genial.

—Si me dejas ayudarte, yo sé lo que hay que hacer.

Su solución era ir de compras, el único gusto que ella compartía con Alicia.

No protesté porque sí era necesario cambiar el armario. Fuimos al centro comercial y recorrimos la mayoría de las tiendas en busca de la ropa adecuada. Eris lo tenía bien claro, pero yo no, lo cual hizo que el asunto de comprar se volviera nuevo para mí, incluso cuando ya lo había hecho muchísimas veces antes. El problema era que en ese punto cualquier cosa se sentía como una nueva experiencia, como si apenas llegara al mundo y tuviera que aprender cómo caminar, hablar y comportarme.

Me encontré con muchos vestidos que habría usado sin dudar, pero los dejé atrás. Sustituimos los colores vibrantes por tonos más neutros y elegantes. Nos concentramos en ello y me distraje tanto entre comentarios y risas que perdimos la noción de tiempo. Para cuando vi la hora solo faltaban treinta minutos para ir a la cabaña.

Ir a mi casa a cambiarme era una pérdida de tiempo. No me quedó de otra que vestirme en la tienda. Además, desde allí podía llamar a mi madre, hacer que oyera a Eris y mentirle diciendo que dormiría en su casa de nuevo.

Aquello funcionó. Luego entré en el probador y me vestí con algo que ella misma había escogido.

—Creo que se parece a lo que usaban en la película *Grease*, ¿sabes? —comenté desde el interior, metiéndome en el pantalón—. Cuando ella dejó de ser una buena chica y empezó a cantar que necesitaba un hombre…

—No me digas que vas a cantar que necesitas uno —soltó ella desde afuera entre algunas risas.

—No, no necesito a nadie —sostuve con firmeza.

Pero la imagen de Damián pasó por mi mente. Sus ojos achispados y serios luego de beber La Ambrosía. Otra vez, ¿por qué tenía la sensación de que lo había visto en la mesa y había ido hacia él estando ebria? ¿Qué rayos había hecho? Por más que me esforzaba en recordar, no lograba traer nada concreto.

La idea me molestaba, porque era un asesino. Ni siquiera en una borrachera podía olvidar eso. Aunque ya estaba segura de que La Ambrosía no te causaba una borrachera normal. Sí, me había hecho sentir libre, pero eso era peligroso, incorrecto.

—Padme, ¿por qué seguiste a Damián al bosque aquella tarde? —preguntó Eris de forma inesperada.

Me quedé congelada en el interior del probador.

—No lo sé.

—Padme... —me advirtió que no mintiera.

Porque me conocía demasiado, porque ella también podía notar con facilidad si algo andaba mal en mí. Una *Sherlock Holmes* a la que había que temer.

—Estamos juntas en esto ahora —añadió—. Quiero la verdad.

—La verdad es que... —dije, y mi voz sonó medio temerosa de revelarlo—. Antes, hace mucho tiempo, me sentí atraída por lo que creí que escondía. No lo conocía ni nada, pero me llamaba mucho la atención la idea de saber más sobre su vida.

—¿Intuías que había algo raro en él?

Tragué saliva.

—Sí, con mucha fuerza.

Estuve segura de que me juzgaría. Hasta sudé un poco porque era la primera vez que le revelaba a alguien esa verdad que por tantos años había ocultado.

Pero en su lugar dijo:

—Sal, déjame mirarte.

Cuando aparté la cortina, mis ojos se encontraron primero con el gran espejo que había afuera, y la sorpresa sustituyó mi miedo. La tela del pantalón era de cuero y quedaba ceñido al cuerpo. El resto era un *body* de color negro. Con ese conjunto lejano a los estampados y a las camisas de colores pastel que representaban a la chica decente y delicada que a mi madre le gustaba, me sentí muy bien.

—Sí, en definitiva puedes ser una Novena con estilo —opinó, con una amplia sonrisa en el rostro—. Es *sexy* y moderado.

—Mis nalguitas se ven como de arcilla... —comenté. En el espejo se veían talladas y firmes por el efecto del pantalón.

—Lo cual es perfecto —asintió Eris, experta en moda oscura—. Solo falta algo.

Cogió algo que reposaba sobre la butaca de espera. No supe qué era hasta que lo extendió: una larga y elegante gabardina color vino con botones negros.

—Con esto todo combinará a la perfección —aseguró, mientras me ayudaba a ponérmela—. Si te la dejas lucirás aristocrática, pero si te da calor y te la quitas, lucirás como si pudieras patear culos en un segundo.

No pude evitar imaginarme en algo parecido a la protagonista de las películas de *Underworld*. Hasta me reí en mis pensamientos. Pero el cambio no había terminado. Eris se fue un momento y volvió con un par de botas negras trenzadas que combinaban con el resto del *outfit*. Me las calcé y al mirar mi reflejo por segunda vez, todo se vio muy diferente. Era una nueva yo, y no me desagradaba. Parecía una chica sin miedo, una chica con valor. Parecía la chica capaz de adaptarse, de mezclarse, de ser parte de la manada.

Sacudí eso último.

Corregí: estaba obligada. Solo lo hacía porque estaba obligada.

—Me gusta —admití—. ¿Te he dicho ya que eres asombrosa con esto de la ropa?

Había adoptado la pose de un pintor al mirar su obra finalizada.

—Sí, pero podrías repetirlo más a menudo —bromeó. Solo que por un momento se me quedó mirando con los ojos medio entornados en el reflejo, y con mucha curiosidad añadió—: ¿Damián también te gusta?

—No. —Salió de mi boca más rápido de lo que esperé, casi con pánico.

Eris hizo silencio un momento. En el ambiente casi flotó un «no te creo». Pero no lo dijo.

—Bueno, creo que le gustará verte así —suspiró en un último chequeo a cada detalle—. Ya no podrá quejarse de nada. Podría hasta sentir lo que nunca ha sentido por... Espera, ¿ese ser ha sentido algo por alguien?

«Tal vez por un cadáver», pensé.

—Damián es diferente —fue lo único que dije.

Por no decir amargado, frío, distante. Era solo silencio y malhumor, secretos y oscuridad. Hasta yo misma me preguntaba qué pasaba por su mente, o si era posible que detrás de todo eso hubiera... algo más.

Recordé lo que había sucedido en El Beso de Sangre. La chispa en mis labios, la sensación de que me gustaba eso que estaba mal. Y por parte de Damián solo había percibido una profunda indiferencia.

—Es humano, lo ves duro, pero alguna debilidad debe tener —replicó con poco interés. Luego miró la hora en su celular—. Ya debemos irnos, puedo dejarte cerca del bosque porque me pasaré un rato por la biblioteca. Tengo permiso para quedarme hasta tarde.

Pero la palabra «humano», por alguna razón, me hizo sentir un escalofrío.

De todas formas, me le acerqué y le froté los hombros con afecto.

—Ten mucho cuidado y no hagas preguntas ni siquiera a la bibliotecaria —le exigí—. Recuerda que la persona que menos creemos podría ser un Noveno.

Debíamos ser muy cuidadosas a partir de ahora.

11

Y ALGO MARAVILLOSO LLAMADO
LA CACERÍA

Pensé que Damián me estaría esperando en los bordes del bosque, pero no. Cuando llegué no había nadie.

No estaba segura de si debía esperar o no, pero sí estaba segura de que el bosque era muy grande y confuso y que no podría llegar yo sola a la cabaña. Saqué mi celular para enviarle un mensaje a Damián, pero la cobertura ya no funcionaba muy bien allí. Entonces, no supe qué hacer y me quedé parada en el mismo sitio, mirando en todas las direcciones.

Hasta que noté algo inusual en el suelo. Sobre lo que era solo tierra, había un pequeño puñado de semillas muy rojas. Unas cinco o seis que parecían haber sido puestas de forma intencional. Al acercarme a ellas me di cuenta de que a pocos metros de distancia también había otro puñado, y al acercarme a ese descubrí que a lo lejos había más.

Era todo un camino de semillas rojas.

Tuve mis dudas sobre si seguirlo, pero como nadie aparecía y quedarme ahí a la espera no era muy buena idea, lo hice.

Para mi sorpresa, el camino me llevó justo hasta la cabaña. Solo tuve que cruzar la puerta y seguir el acceso del sótano. En pocos minutos estuve de nuevo en ese enorme vestíbulo que otra vez estaba lleno de gente. Apenas se podían ver el escenario y las estancias laterales. Intenté encontrar a Damián entre todas las personas. Me abrí paso entre ellos mirando rostros y ropas. Como no reconocí a nadie, se me ocurrió ir hacia el bar por si estaba ahí con Archie y Tatiana.

Pero me quedé helada en cuanto alguien se atravesó frente a mí.

Aquellos ojos azules, aquel cabello peinado hacia atrás, aquel rostro...

Nicolas.

—Te encuentro sola, qué raro —me dijo—. ¿Hoy no te acompaña el espíritu del mal?

—¿Quién? —Mi voz sonó casi seca.

—Damián —aclaró con una risa serena, y luego agregó con cierta confidencialidad—: «Espíritu del mal» debería ser su verdadero nombre, y no estoy exagerando.

Solo me le quedé mirando. El condenado ni siquiera parecía capaz de enterrarle a alguien un cuchillo en el ojo, pero me ponía muy nerviosa. En parte, él había marcado el inicio de todo el caos, además de que tenía la fuerte sospecha de que sabía que yo no era una Novena y que podía tener un plan contra mí.

Esa sensación de que Nicolas también ocultaba mi secreto, era horrible.

—Quedamos en reunirnos aquí —logré reaccionar tras un momento, porque tampoco podía delatarme a mí misma con mis nervios.

Un ligero gesto de extrañeza arrugó su cejo. Me echó un repaso que me incomodó.

—Creo que la última vez que te vi, lucías muy diferente.

—Cambié de estilo —dije, en un intento por sonar tranquila, pero él fue inteligente:

—¿Por alguna razón en específico?

Me sonrió a la espera de una respuesta. Yo solo quería dar la vuelta e irme. Ya se me habían acelerado los latidos, y mis manos empezaban a sudar. Mis miedos incluso gritaban: «¿Y si tal vez solo espera a que me equivoque para matarme con buenas razones?», pero por desgracia no podía huir como cobarde con todos esos Novenos ahí.

—Solo me aburrí de mi versión anterior —aseguré.

—¿Sabes qué es curioso? —Nicolas ladeó un poco la cabeza—. Que por más que intento recordar si hemos hablado con anterioridad, no puedo. Tampoco recuerdo tu nombre…

—Es que tal vez eso fue hace mucho tiempo. —Me encogí de hombros.

Él asintió, pensativo.

—Tal vez. ¿Y entonces…?

—¿Qué?

Esbozó una sonrisa serena, como si le divirtiera mi torpeza.

—Tu nombre, ¿cuál es? —repitió con detenimiento.

—Ah, bueno, es Pad…

—¡Pastelito! —La voz llegó por detrás de nosotros e intervino en el momento perfecto. Tuve que mirar hacia atrás para ver a mi salvador acercarse a nosotros. Poe. Alto, dando cada paso con una confianza elegante y abrumadora. Caminando entre toda esa gente, resaltaba más que cualquiera.

En lo que llegó a mí, de forma inesperada rodeó mi cintura con su brazo y se situó a mi lado. Sonrió ampliamente y miró a Nicolas como si apenas notara su presencia. Frunció el ceño con diversión.

—Nicolas, ¿se te ofrece algo? —le preguntó—. ¿O es que estás soplándome el bistec?

Nicolas pareció un tanto desconcertado.

—¿Qué clase de expresión es esa?

—Es una que usas cuando alguien está intentando comerse lo que es tuyo. ¿Sabes? Soplas esa comida ajena porque la deseas —explicó Poe, pero como Nicolas siguió algo perdido, lo resumió—: Lo que pregunto es que si estás coqueteando con mi chica.

Un gesto burlón surcó la cara de Nicolas, como cuando alguien escucha algo muy absurdo.

—¿Tu chica? —repitió—. ¿Eso significa que sales con ella?

Poe me miró de la misma forma que a un exquisito platillo. No hice nada porque asumí que debía seguirle el juego justo como con Damián la primera vez que nos habíamos topado con Nicolas. Sin dudas, Verne era muy extraño. Las inusuales sensaciones y pensamientos que se despertaban dentro de mí al estar cerca de él, no me gustaban mucho porque sentía que no me pertenecían, pero con Nicolas ahí presente lo más seguro para mí era la manada y los miembros que pertenecían a ella. Eso lo incluía.

—Bueno, yo diría que es más que salir juntos —suspiró él—. No sabría cómo explicarlo, pero… no te quiero cerca de ella. Hay un límite, y espero que no te dé por intentar cruzarlo.

Nicolas soltó una risa muy tranquila. Su atención se deslizó hacia mí. Los ojos azules se afincaron con mucha curiosidad. Solo podía pensar en el sadismo que se escondía detrás de esa calma.

—¿Te di esa impresión, Padme? ¿Te pareció que intentaba algo íntimo contigo? —me preguntó directo, y añadió en un gesto caballeroso—: Si es así, me disculpo.

El recuerdo de él asesinando se lanzó como un *flash* de cámara en mi mente. Nicolas se sentía como el inicio de todo, porque de no haberlo visto, no habría corrido y no habría llegado a la cabaña...

—Está todo bien —fingí.

—Aunque por suerte todavía no hay regla que impida que hablemos con gente de otras manadas —mencionó con una sonrisa afable.

—Pero sí se aconseja no meterse en sus asuntos —replicó Poe en un ligero tono cantarín—. Lo que se hace en las otras manadas y pertenece a ellas se respeta, ¿no?

Nicolas hizo un silencio sin apartar los ojos de Poe. Por un momento, los entornó ligeramente, como si sospechara muchísimas cosas. Pero al final solo asintió.

—Está dicho —aceptó—. Los veo luego.

Sin más, dio media vuelta y desapareció entre la gente. Solo cuando me aseguré de que se había perdido de vista, miré a Poe, consternada, medio temblando. Incluso me tomó un minuto apartarme de él, pero lo hice.

—¿Qué demonios fue eso? —pregunté.

—Nicolas tiene la mala costumbre de meterse en donde no debe —explicó—. Deberías mantenerte alejada de él.

—Eso intento, pero él solo aparece y... —De repente sentí la necesidad de dejar algo en claro—. Mira, no vuelvas a tocarme así. Gracias por ayudarme, pero...

—¿Gracias por ayudarte? —me interrumpió con una risita. Luego volvió a acercarse a mí y se detuvo muy cerca—. Qué lindo suena, pero recuerda que estamos obligados a protegerte, pastelito, y el riesgo con Nicolas es grande. Aun así, no debes jugar a la damisela en peligro. Aunque... si te gusta jugar...

Dejó lo siguiente en el aire como una proposición tentadora. Miré sus labios de forma inconsciente.

Pero fui clara:

—No quiero jugar a nada contigo.

A Poe le pareció algo absurdo, por lo que se rio. Luego metió la mano en uno de los bolsillos de su elegante pantalón de lino y sacó una pequeña semilla roja. ¡Era igual a aquellas que habían formado el camino en el bosque!

Me la mostró como si fuera algo muy curioso y digno de admirar.

—¿Sabes qué es esto? —preguntó en un susurro, alternando la mirada entre su mano y yo—. Es una semilla de granada. Hades sedujo y convenció a Perséfone de comerlas, y ella quedó atrapada para siempre en su infierno. Podía volver a la tierra por un tiempo, pero aun así le pertenecía a él. ¿No quisieras... probarla?

Y me miró fijamente con esos ojos grises y gatunos. Quise responder al instante, pero descubrí que se me hizo difícil. Fue como si mi cerebro no conectara con mi boca, porque pensé las palabras, pero no me salieron a la primera ni a la segunda. O como si mi cuerpo, en contra de mi razón, no quisiera decirlas. Sabía que era de nuevo ese efecto suyo, intrusivo, incitador, debilitante.

Me esforcé en resistirme.

—No —logré decir.

Poe esbozó una sonrisa misteriosa.

—Eres más fuerte de lo que crees...

Sin dejar de mirarme comió la semilla, y por un momento se me antojó como si fuera agua para una sed mortal, pero desvié la vista.

En verdad era como si Poe hechizara a las personas. Qué peligroso...

—Por cierto —mencionó, divertido— me gustaba ese aire inocente con el que llegaste, pero debo decir que este nuevo estilo te queda... magistral. Chica buena que en el fondo es mala, me encanta.

Me hizo un gesto con los dedos para que lo siguiera.

No, no era una chica buena que en el fondo era mala. No podía.

Atravesamos uno de los pasillos laterales y subimos unas escaleras. Llegamos a un área del segundo piso parecida a un palco cerrado por completo por un ventanal que daba vista completa al vestíbulo entero y a la tarima. Había un largo sofá en forma de arco en el que si te sentabas podías observar todo. Allí estaba la manada.

—Damián, aquí está tu chica —anunció Poe—. Deberías estar más atento, por alguna razón atrae a los Nicolas.

Ambos compartieron una mirada que se me hizo rara, como cuando solo dos personas saben algo secreto.

Pero me asusté porque Archie reaccionó en un casi grito. Me señaló, asombrado:

—¡Se ve diferente! —Y lo repitió aún más sorprendido—. ¡Mucho!

—*Wow*, me encanta la gabardina —asintió Tatiana en aprobación. Hasta me guiñó el ojo en un «veo que seguiste el consejo».

Damián entonces me inspeccionó de pies a cabeza, serio. Por un momento sentí que no fui la única que esperó un comentario de su parte. Los demás lo observaron a la expectativa. Pero tras unos segundos él desvió la mirada y volvió a lucir impasible y distante.

¿Sorprendida? No.

¿Debía admitir que un poco molesta? Sí...

Busqué tomar asiento en el sofá. Solo quedaba espacio junto a él. Tuve que esquivar los pies de Tatiana y Archie de la misma forma que lo habría hecho en las filas de una sala de cine. Era obvio que iba a pasar ilesa sobre los de Poe, quién ya se había sentado, pero de un momento a otro me tropecé.

No hubo manera de estabilizarme. Perdí el equilibrio y caí sentada sobre Damián. Sus manos me tomaron por la cintura para que no cayera hacia atrás y me sostuvieron encima de su regazo.

Quedé aturdida por un instante. Miré con confusión hacia abajo. Había estado segura de que pisaría suelo, pero ahora el elegante zapato de Poe estaba en ese lugar. Lo observé a él también. Miraba hacia el ventanal, pero tenía una sonrisilla culpable y demoníaca en el rostro.

¿Me había hecho caer a propósito?

No entendí por qué razón había hecho eso hasta que pasé a ver la cara de Damián. Tenía estampada una expresión perpleja, confundida y un tanto espantada al mismo tiempo. La misma cara de alguien a quien se le aparecía algo que no comprendía. Fue tan extraño que se descolocara por tenerme encima que sospeché que eso había querido causar Poe.

Tras unos segundos, Damián me hizo a un lado y me dejó caer en el sofá. Aterricé de nalgas, pero segura. Me acomodé con rapidez para recuperar firmeza, pero volví a escudriñar su rostro.

De nuevo estaba serio, aunque sus cejas estaban un poco hundidas, tal vez con algo de molestia.

Iba a preguntarle si pasaba algo, pero se me adelantó.

—¿Ya hiciste el cambio de nombre? —le preguntó él a Poe.

Supuse que se refería a mi apellido y a todo lo relacionado con los registros que habían mencionado antes.

—Tendré todo listo mañana —aseguró Poe—. Pero te puedo adelantar que su nuevo nombre será Padme Gray.

Mi nuevo nombre... Qué raro se sentía oírlo.

—No entiendo cómo logras hacer ese tipo de cosas —comentó Archie desde su lugar.

—¿No se supone que los registros están vigilados? —preguntó Tatiana.

—Sí, los vigilan para que ningún extraño meta las narices en donde nadie los llama —aclaró Poe con suficiencia—, pero he ahí el punto: yo no soy un extraño.

—Solo se acuesta con La Dirigente —soltó Damián como si nada.

Poe giró la cabeza hacia él. Lo miró con cierta irritación. Casi se le alteraron las ondulaciones naturales de su cabello rubio.

—Pero, aunque no me acostara con ella, maldito amargado, tengo contactos e influencia —se defendió, suave—. Y pienso formar parte de Los Superiores.

Damián siguió mirando hacia el frente con indiferencia. Su forma de tratarse me recordó bastante al sarcasmo y el humor negro de Eris que a mí me divertía.

—Pero no eres familia de ellos. —Archie compartió su pensamiento, confundido—. Y para ser un Superior tienes que pertenecer a la línea hereditaria...

Creo que solo yo escuché la respuesta de Poe, que fue prácticamente un murmullo:

—Esa línea hereditaria se tiene que acabar en algún momento.

Tatiana se inclinó hacia adelante para ver a Poe.

—¿Cómo te acuestas con Gea? —le preguntó, haciendo un gesto de desagrado—. ¿No te da miedo esa mujer... en la cama? Es tan intimidante.

Poe negó fieramente con la cabeza.

—Mira, yo soy el que da miedo en la cama, ¿de acuerdo? —le soltó—. La pregunta es, ¿a ti no te da miedo Archie con todas esas alergias y esos mocos que le cuelgan de la nariz cada vez que estornuda?

—¡Ya no tengo tantas alergias! —refutó Archie, exaltado.

—Claro —resopló Poe, y en un gesto intencional se sacudió el hombro—. Cuidado me manchas la ropa, *mocoman*.

Me causó gracia la unión entre la palabra «moco» y la palabra «hombre» en inglés, pero no pude reírme porque una voz femenina se pronunció en todo el vestíbulo a través de unos altavoces. Provenía de la mujer que ahora estaba de pie en el centro de la tarima. Por un instante no hice más que admirarla. Lucía magnífica con su cabello ondulado y voluminoso de un rojo intenso. Su piel era morena con unos destellos de escarcha en los hombros desnudos. Su porte era elegante e imperioso como el de una diosa.

—¿Quién es ella? —pregunté, asombrada.

—Es Gea —contestó Tatiana—. La Dirigente.

—¿La Dirigente con la que Poe…?

—Sí, sí, es ella —me interrumpió él mismo con cierto hastío.

—¿Y qué hace La Dirigente? —pregunté.

La enciclopedia Archie salió al rescate con ansias y emoción:

—Entre Los Superiores hay un cargo llamado Dirigente. Da los anuncios, organiza eventos y si hay algún problema que no sea tan serio como para que Los Superiores lo sepan, lo resuelve. Es una figura de admiración porque representa al Noveno ideal. Este cargo se cambia cada cinco años y no cualquiera puede ocuparlo. Todos provienen de la misma familia. Es una de las pocas reglas establecidas para mantener una sólida base de liderazgo, porque quien dirige debe proteger las reglas de nuestro mundo.

La mujer volvió a hablar y el lugar se silenció por completo. Toda la atención recayó sobre ella:

—Sé que estamos acostumbrados a celebrar nuestro cumpleaños de forma independiente. Cada uno hace lo que mejor le parezca y luego presenta su comprobante de cumplimiento, pero este año me alegra anunciar que volvemos a las viejas tradiciones y nos juntaremos para disfrutar tal y como las anteriores generaciones lo hacían: con La Cacería.

Noté que Tatiana y Archie quedaron sorprendidos.

Gea siguió:

—Como saben, La Cacería no se ha realizado de nuevo desde que el riesgo de ser descubiertos se volvió más alto. Pero desde que fui nombrada Dirigente he querido retomar esta tradición sin que haya peligro para nosotros, y hoy puedo decir que lo he logrado. La convocatoria es general. El siete de septiembre viajaremos todos a la mansión Hanson, un área privada en donde el evento se llevará a cabo. Pondremos a su disposición el cronograma de viaje, los requisitos y las pautas. Verificaremos asistencia y de no ser posible su ida deberá estar bien justificada. Espero que consigan magníficas presas y que la celebración sea grata para todos ustedes.

Seguidamente, se alejó del pedestal y desapareció entre la multitud de voces que ya comenzaban a escucharse más fuertes. Eché un vistazo curioso a la gente reunida en el piso inferior. Vi caras emocionadas y bocas comentando cosas con efusividad. Al parecer había sido algo muy positivo, pero a mí se me había erizado la piel al oír: «Espero que consigan magníficas presas».

—¿De qué va La Cacería? —lancé la pregunta a la manada.

Archie, por supuesto, se apresuró a responder:

—Es un evento para celebrar que todos los Novenos nacemos el mismo día. El primero de septiembre, cada uno debe encontrar a una presa. La retenemos hasta que llega el Noveno día y la asesinamos de la forma que se nos antoje. Algunos son creativos y ponen trampas para que las presas caigan; otros las torturan; otros les hacen creer que podrán huir, pero en realidad ninguna presa se salva. Esa es La Cacería: una matanza maravillosa.

Me quedé helada.

Matar personas. Juntos. En su cumpleaños.

Lo que Eris me había contado del Árbol de los Colgados un nueve de septiembre de un año que no aparecía identificado, llegó a mi mente. Lo conecté con lo dicho por Gea, de que el riesgo de ser descubiertos se había elevado y por esa razón la habían suspendido. ¿Era algo así? ¿Era lo mismo?

—¿Cuándo fue la última vez que hicieron esa Cacería? —pregunté entre el *shock*, y esa vez miré a Archie porque sabía que él tendría la respuesta.

Pensó un momento. Sus gafas estaban torcidas.

—Creo que hace cincuenta años.

Mi boca estaba seca.

—¿Y cómo fue?

—Fue aquí en Asfil, creo —dudó Archie—. En el bosque, pero no recuerdo bien qué hicieron. Solo recuerdo que al día siguiente el lago estaba teñido de rojo por la sangre.

—Un descuido muy tonto el haber dejado los cuerpos solo como acto simbólico para bendecir el roble —aseguró Poe, aburrido—. Eso fue lo que los delató.

Entonces, eso había sucedido. Los cadáveres colgados en el árbol y la sangre en el lago habían sido una Cacería. Y pensaban hacer algo así de nuevo.

—¿Es obligatorio? —Fue lo que salió de mi boca, perpleja tras todos mis pensamientos—. ¿Ir todos?

Poe, completamente relajado en el sofá con los brazos extendidos y una pierna encima de otra en una pose elegante, se inclinó un poco hacia mí para hablar en voz baja:

—Si faltas, luego es una gran molestia tener que explicarlo. Te citan en una audiencia, te hacen un montón de preguntas e incluso te vigilan por unos días para saber si todo concuerda con tu justificativo. Sería peligroso que tengas que declarar ante Los Superiores. Hasta ahora no he comprobado si tienen registros alternos, pero estoy en ello.

—Además, no existe Noveno que no quiera celebrar La Cacería —dijo Archie, incrédulo por mis dudas—. Así que nadie lo ve como una obligación. De hecho, se siente como honrar tu naturaleza.

—Para ustedes —le corregí— yo no sentiría lo mismo porque no soy…

—Ya cállate —me interrumpió Damián antes de que terminara. Cuando lo miré tenía dos dedos puestos sobre las sienes haciendo cierta presión, como si tuviera un punzante dolor de cabeza y mi voz le afectara los oídos.

—Pero…

Volvió a interrumpirme:

—Eres tan ruidosa. Me aturdes.

—¿Hay un escándalo aquí y te aturdo yo? —solté un jadeo atónito—. Eres un imbécil.

Me levanté del sofá. Todos me observaron por lo molesta que me veía. Bajé las escaleras y traté de abrirme paso entre la gente para alejarme de la cabaña. Logré salir sin llamar la atención, tal vez porque los Novenos estaban ocupados celebrando. Ya afuera, me apoyé en el tronco de un árbol a esperar que mis ojos se acostumbraran a la oscuridad de la noche. Empezaba a escuchar mi respiración en mis oídos.

Cuerpos colgados de las ramas, cuerpos flotando en el lago...

No. Una cosa era cambiar mi ropa y guardar un secreto. Otra era ir a ver cómo mataban gente. No podía hacerlo. No iba a hacerlo.

—¿Por qué no me sorprende que te gusten las salidas dramáticas? —Escuché una voz por detrás de mí.

Me giré muy rápido porque todavía creía que alguien aparecería de repente para matarme, pero era Damián que me había seguido. Ahora, ahí parado era una figura esbelta pero un tanto aterradora, como si formara parte de la oscuridad del bosque, ese que al mismo tiempo era el principal escenario de todos los crímenes de los Novenos. El bosque cuya tierra tenía mezclados los restos de quién sabe cuántas personas. El frío y misterioso bosque que también era un cómplice.

—No puedo ir a La Cacería —le dije, abrumada—. Ni siquiera puedo hablar si Nicolas se para en frente de mí. Para ustedes matar es una necesidad natural, pero para mí no.

Damián se acercó unos cuantos pasos como si quisiera estudiarme más de cerca. De nuevo esa genuina curiosidad en su expresión, como la de alguien ante algo desconcertante. ¿Por qué solía verme así?

—Es curioso cómo valoras las vidas ajenas —murmuró—. A nosotros no nos importan.

—Son personas inocentes.

—¿Te refieres a esos mismos que crearon a los vampiros y a los hombres lobos porque se excitan con ellos, pero que si llegaran a ver a un Noveno lo tacharían de monstruo al que hay que eliminar? —preguntó con ironía.

—No me importa qué crearon, Damián. —Hundí las cejas—. No por eso deben morir.

Su mirada se ausentó por un instante. Tal vez un pensamiento confuso cruzó por su mente.

—Bueno, ¿y cómo estás tan segura de que son inocentes?

—Solo lo estoy. —Mi cabeza estaba demasiado abrumada con la idea de La Cacería como para pensar en una razón con bases.

Él siguió medio sumido en alguna idea mental.

—Creo que… —dijo, pausado— la ingenuidad es solo la falta de consciencia de algo, pero la gente piensa que «inocente» es una persona que está libre de culpa o de pecado, que no tiene malicia o mala intención. Solo que este concepto no tiene sentido, porque las personas tienen malos pensamientos. En algún momento, todo el mundo ha deseado que alguien más deje de existir, que les suceda algo, que desaparezcan… Y los pensamientos son nuestros impulsos. ¿Cómo podrían ser inocentes si a pesar de que no lo muestran, lo sienten?

—Mira, tu filosofía Novena… —traté de refutar, pero él me interrumpió:

—Nadie es inocente, Padme, ni siquiera tú con tu ingenuidad.

Ah, ahora era ingenua. Una corriente de enfado me recorrió la espalda, pero no una normal. Lo identifiqué rápido. Era ese tipo de enfado que me llegaba de golpe cuando mi madre me ponía en una situación en la que yo no podía tener ventaja. Un enfado que, si no moderaba, podía crecer de una manera incontrolable.

Porque eso era algo más de lo que tenía que controlar a fuerza: que a veces quería enfadarme por muchas cosas, pero que si lo hacía, nada de lo que saliera de mí sería normal.

—Aunque tratemos de ocultarlo, soy solo lo que tú llamas presa —dije, con los dientes apretados—. Así que no vamos a ver el mundo de la misma forma. Yo tengo sentimientos y ustedes no.

—Lamentablemente, por nuestra parte humana los tenemos —suspiró como si fuera una desgracia—. Solo que los definimos y los demostramos de forma distinta.

—¿Sienten culpa? —Quise retarlo en busca de algo que no pudiera responder—. ¿Remordimiento?

—El remordimiento viene cuando crees que hiciste algo malo. —Se encogió de hombros, indiferente—. Nosotros no consideramos que matar es un crimen, así que no sentimos eso. Igual la vida es algo que se pierde de cualquier modo, ¿no lo has pensado?

Hundió las manos en los bolsillos de su chaqueta y dio unos cuantos pasos de un lado a otro, como meditando. Mis ojos lo siguieron. En ese momento fuimos más opuestos que nunca, pero defendí mi punto con firmeza:

—Aunque todos vayamos a morir en algún momento, nadie tiene derecho a decir cuándo se acabará la vida de alguien más.

—¿Sabes? Las presas son igual de crueles que nosotros. —Damián emitió una risa baja—. Esos «humanos normales» van por ahí lastimando de muchas formas y luego se dan golpes de pecho con hipocresía. Hablan de cosas que no se deben hacer, pero que desean hacer o hacen en secreto. Ellos van por ahí intentando establecer que esta miserable existencia está dividida en dos solo porque de esa forma pueden esconder la oscuridad en la que viven.

—Otra vez hablas como si ustedes fueran mejores —me quejé.

—Somos mejores porque somos libres —corrigió, y la frase dio directo en mis frustraciones—. Somos lo que tu hipócrita humanidad no es capaz de ser con libertad, pero que sí es en el interior. Somos esa necesidad de dañar que ellos ocultan, esa voz en lo más profundo de la demencia que tratan de controlar, de la perversión que solo dejan fluir en secreto, de todo lo que dicen que les asquea pero que les encanta. Por esa razón la palabra «asesino» nos queda pequeña.

Consideré que olvidaba un punto muy importante: que debían vivir sin que los descubrieran.

—¿La libertad es tener que esconderse? —le pregunté.

—Es que nadie me controla ni me obliga a reprimirme.

Me miró de reojo. Otra vez lo sentí como una pulla a eso que me atormentaba. Y por un segundo me pregunté: ¿qué era peor? ¿El mundo de las presas o el de los Novenos?

—Mira, yo creo que las personas buenas…

—Deja de creer que hay personas buenas y malas —me interrumpió, ya tenso—. En el mundo solo hay personas, y todos pueden hacer mal y bien. Todos tienen un lado oculto. Todos son repugnantes por más que se adornen. Todos pueden cambiar. —Se acercó y se detuvo frente a mí. Luego de inclinarse un poco hacia adelante, susurró con cierta satisfacción—: Así como tú luego de que probaste La Ambrosía.

Di un paso atrás, como si de esa forma pudiera negarme a lo que acababa de oír. Hasta activé mi modo defensivo, porque una parte de mí se negó a darle sentido a sus palabras. Pero eso era una confirmación. La sensación de que me había acercado a la mesa, no había sido una confusión. Había sucedido algo que yo no recordaba.

—Estaba ebria y no acostumbro a beber —me defendí, esforzándome por disimular—. De seguro actué extraño.

—¿Solo extraño? —Ladeó la cabeza como si fuera absurdo—. Claro, no te vas a acordar porque era la primera vez que la bebías.

Me dejó fría. Apreté los labios. Mi pecho amenazó con revelar mi respiración acelerada por el miedo de haber hecho algo horrible. Hasta tuve que frotar mis dedos para no irme de la realidad.

—¿Qué hice? —pregunté con detenimiento.

—Lo suficiente para que se notara que no eres lo que aparentas, aunque eso ya lo sospechaba. —Damián entornó los ojos, otra vez interesado en algún tipo de misterio en mí—. Pero ¿por qué lo haces, Padme? ¿Por qué te esmeras en ser diferente si no es lo tuyo?

Tensé cada músculo de mi cuerpo. En mi mente, una voz dijo con severidad: «No es cierto, tú eres normal». Pero otra, por primera vez en mucho tiempo, dijo en un tono más alto: «Sabes que no es así».

Alcé la barbilla y sostuve su mirada. Volví a preguntarle con mayor énfasis:

—¿Qué fue lo que hice, Damián?

—Me reclamaste por ser frío contigo y me preguntaste por qué solo nos llevamos mal —respondió.

Oh, no.

Mi garganta casi se cerró del pasmo.

—¿Solo eso?

—Me preguntaste por qué no soy capaz de sentir nada, exigiste que te respondiera, y...

—¿Y qué?

Hizo como que pensaba. Sus ojos miraron hacia arriba, como en busca de algo lejano.

Me intrigó durante un momento. No solo porque quería saber la respuesta, sino porque estaba actuando como un Damián desafiante y cruel. No el distante, ni el amenazante. Este era nuevo, diferente. Es decir que, ¿tenía más lados? ¿Había más que el indescifrable y serio Noveno?

—Mmm, no recuerdo —terminó por decir con indiferencia.

No podía creerlo.

—Estás mintiendo.

—Tal vez. —Alzó los hombros, y luego usó mi ataque como movida—. Soy un imbécil, ¿no?

—Deja de pedirme que me calle y dejaré de llamarte así —sostuve—. Y respóndeme, ¿qué más hice?

Una sutil elevación en la comisura derecha de sus labios que acentuó sus ojeras, me tomó por sorpresa.

—¿Por qué necesitas saberlo? —susurró—. ¿No se supone que estás muy segura de lo buena chica que eres? ¿O crees que harías algo malo bajo el efecto de La Ambrosía?

Ganó lo que fuera que estábamos haciendo, porque eso me hizo alejarme de él en un intento de ocultar mis temores. Las preguntas me hicieron sentir tan bruscamente vulnerada, descubierta, que pensé que si me apartaba entre la oscuridad no sería capaz de ver cómo mis cejas se arquearon con horror. Envolví mi torso con mis brazos.

Me lo recordé a mí misma: «Había sido corregida, solo guardaba el secreto para salvar a mi familia».

—No sé por qué te empeñas en ser una maldita presa —lo escuché quejarse.

—¡¿Y tú por qué te empeñas en defender a los Novenos?! —reaccioné con enfado, ya sin poder evitarlo—. Dime, ¿alguna vez te has visto a ti mismo, Damián? Porque creo que podrías empezar con que eres un maldito asesino.

—Si crees que decirlo como una ofensa me hará sentir mal, estás equivocada. No es un insulto para nosotros.

Una onda furiosa me calentó las manos, que apreté contra mis costillas. En serio, no quería enojarme demasiado, porque era importante seguir manteniendo los límites. Sin ellos yo era… era…

No pude moderarme. Él no estaba equivocado, todos teníamos malos pensamientos, porque en ese momento lo único que quería era estampar mi cara contra un árbol, o estampar la suya mejor.

Su insensibilidad era desesperante.

¿O mi exceso de sensibilidad era el problema?

—Te es fácil imponerme cosas para cumplir porque este es tu mundo —bufé, incapaz de contenerlo—. Pero yo soy la que debe acostumbrarse a él, aunque no quiera. Yo soy la que debe dejar todo atrás de la noche a la mañana sin quejarme. Tú puedes dormir en paz mientras yo apenas puedo pegar un ojo por el miedo. ¿Has pensado en eso? ¿Has considerado que tengo miedo?

—¡¿Entonces para qué demonios me seguiste?! —soltó, en reacción a mi voz enojada y acusatoria.

—¡¿Por qué no me mataste?!

—Te di opciones y tú...

—Dos malditas opciones que eran una peor que la otra —lo interrumpí en un arranque de ira—, y lo sabrías si tuvieras al menos un mínimo nivel de empatía, pero estás tan vacío como todos los demás. —Para reafirmar dejé en claro—: No me importa si tú crees que la gente no es inocente, no pienso ir a La Cacería, así que si quieres terminar con esto saca tu cuchillo y mátame antes de que salga del bosque.

Me zumbaban los oídos, pero le di la espalda y me fui. Esa adrenalina impulsiva propia de la furia me hizo sentir que a pesar de la oscuridad podía hacerlo, que podía llegar a la carretera por mi propia cuenta. Así que, cada paso que di a través del bosque fue con temor, pero también con seguridad. No me detuve ni miré hacia atrás mientras que al mismo tiempo esperaba que Damián apareciera y me clavara el cuchillo en la espalda o me estrangulara sin compasión.

Pero llegué ilesa a los bordes del bosque, y no supe qué me sorprendió más: haber llegado sola sin conocer el camino o el hecho de que él no me asesinara.

Aunque... podía hacerlo cuando quisiera, ¿no?

12

UNOS ESTÁN MÁS LOCOS QUE OTROS

Eris y yo nos reunimos en el área del gimnasio del instituto. Estábamos sentadas en las gradas. Ella tenía el libro de Beatrice sobre su regazo. Los alumnos apenas empezaban a llegar y nadie iba por allí a las seis y treinta de la mañana, así que el sitio era el lugar perfecto para hablar del tema.

Le conté acerca del viaje y La Cacería, pero no le expliqué lo de matar en grupo ni que eso era justo lo que habían hecho en el árbol de los colgados. Le dije que se trataba de un evento sumamente importante en el que probaban la lealtad de cada Noveno con tareas extrañas que solo averiguaríamos ese día.

Seguía decidida a ocultarle el resto, porque tenía la esperanza de que, si ella no lo sabía por completo, no estaría del todo en peligro.

—Al parecer, cambiaron su manera de llevarla a cabo porque corrían un alto riesgo de ser descubiertos —añadí a mi explicación—. Tal vez alguien sí los descubrió y estuvo a punto de demostrarlo con pruebas. ¿Qué tal si sucedió algo igual con Carson y su artículo? Él lo sabía y trató de decirlo.

—Recordé que Margaret dijo: «No se les unió» —asintió ella—. Eso quizás significa que aun sabiendo el secreto logró vivir muchos años...

Se quedó pensando mientras leía y pasaba las páginas del cuaderno. Yo estaba convencida de algo más.

—No lo sé, pero no puedo ir a La Cacería —le dije, seria—. Debo encontrar una forma de faltar sin que sea sospechoso.

Eris sacó un punto importante:

—Igual tus padres no dejarán que te ausentes un fin de semana, ¿pensaste en eso?

Sí, ya lo había pensado. Incluso si quería ir, convencerlos iba a ser imposible. Solo me dejaban dormir en casa de Eris porque conocían muy bien a su madre, pero con el asunto de quedarme en donde Alicia siempre habían tenido quejas y muchas veces me lo habían prohibido, por lo que las maratones o pijamadas habían terminado por darse en mi casa.

—¿No crees que puedas convencer a Damián de que cubra tu falta? —volvió a hablar ella.

—No me ayudará —suspiré, frustrada—. Él... tiene opiniones muy diferentes sobre... todo.

—Explícate —pidió.

Dudé, estrujando mis dedos. No podía decirle todo, pero consideré que podía tratar de modificar la verdad para desahogarme.

—Tuvimos una discusión —me costó decirlo— porque él no cree en el bien o el mal y, yo creo que sí hay personas buenas.

—¿Discutieron por eso? —Eris frunció el ceño.

Hice un sonido de afirmación y ella finalmente alzó la cara y puso toda su atención en mí. Por unos segundos me miró con una expresión de desconcierto y análisis.

—Me acabo de dar cuenta de que ni siquiera me has dicho cómo es él además de que te exige que te adaptes a su mundo.

Hablar de su personalidad...

¿Cómo le explicaba que ni yo la entendía?

—Es muy extraño —murmuré tras buscar las palabras—. Es muy frío, no le gusta hablar mucho, le molesta si alguien se le acerca, y está enojado porque tuvo que ayudarme y no nos llevamos bien.

—Pero si confió en ti para que guardes el secreto, ¿no significa que de alguna forma él...?

Me pregunté qué diría después de «él», pero, de repente, ella abrió mucho los ojos como si algo grande se hubiera revelado frente a nosotras. Entonces volvió su atención al cuaderno de Beatrice, fue hasta la página que tenía escrito nuestros nombres y señaló aquella palabra en otro idioma que estaba trazada junto al nombre de Zacarias. Ante mi cara de que no entendía un rábano qué era lo que había descubierto con relación a la palabra, ella me explicó:

—¡Claro, ya tiene sentido! —exclamó, olvidando por completo el tema anterior y entrando en uno nuevo—. ¿Recuerdas que te dije que esto significa «¿cómo?» Pues ahora sé que significa «¿cómo lo hizo?». Beatrice lo marcó porque también quería saber cómo es que él logró sobrevivir por tanto tiempo. Por esa razón intentó encontrar el artículo, porque podría contener algo capaz de explicar una alternativa a meterse en el mundo de los Novenos. Pero ella no fue muy cuidadosa. Margaret dijo que después de que esa chica fue al asilo, todo sucedió. Era obvio que le estaban siguiendo la pista, así que, sin saberlo, Beatrice llevó a los Novenos hasta Carson y ellos finalmente lo mataron.

Eris me miró extasiada, porque cada punto conectaba. Como no dije nada, me sacudió el brazo.

—¿Entiendes lo que esto implica, Padme? —añadió para hacerme reaccionar—. Es posible que podamos averiguar qué hizo Carson para vivir una vida normal, y tal vez antes de que se dé La Cacería. ¡Sí podría haber una salida!

Una salida. Una forma de no tener que fingir ser una Novena.

Yo no estaba diciendo nada porque por alguna razón me había llegado a la mente los recuerdos de la noche de El Beso de Sangre. Recuerdos con culpa, porque no podía negar que me estaba costando mucho ignorar mis ganas de volver a beber La Ambrosía solo para también sentirme libre y sin miedos, para volver a estar sola en mi mente.

Y desde la noche anterior tampoco podía sacar de mi cabeza a Damián diciendo: «Pero ¿por qué lo haces, Padme? ¿Por qué te esmeras en ser diferente si no es lo tuyo?».

No. No. Él no me conocía en lo absoluto.

¿Había dicho eso para hacerme dudar de mí misma? Lo había logrado…

Una salida era lo que necesitaba. Yo no era como ellos.

—¿Qué tenemos que hacer primero? —pregunté al volver a la realidad.

—Encontrar el artículo, por supuesto, pero aún no sé por dónde podemos empezar —murmuró, ahora absorta en su móvil, buscando algo en *Google*—. Pero mira, acabo de encontrar algo sobre esa mansión Hanson a la que irán para La Cacería.

—Déjame ver. —Me acerqué más.

Una sola imagen de las áreas frontales y de la fachada ya era impresionante. La estructura, majestuosa pero moderna, con muchas ventanas de cristales oscuros. Me hizo pensar en algo que había sido construido para la realeza. También tenía un aire escondido entre los terrenos repletos de árboles, lo cual supuse era para asegurar privacidad. Un sitio perfecto para una matanza, porque sin nada alrededor, ¿quién oiría gritos?

Eris deslizó el dedo y entró a una página que proporcionaba un pequeño artículo con información:

La mansión Hanson, llamada así por el largo linaje de la familia Hanson que habitó en ella, es más que una maravilla arquitectónica. Construida desde la segunda guerra mundial, la mansión ha sido centro de admiración tanto para antiguos como para reconocidos arquitectos actuales. Cuenta con treinta habitaciones principales, diez habitaciones de huéspedes, treinta y cinco baños, dos cocinas, un sótano/mazmorra e incluso dicen que con misteriosos pasajes secretos, pero no es solo su amplia estructura la que hace de esta mansión un deleite para los amantes de la grandeza, sino su gigantesco jardín que parece infinito y en donde fue creado un laberinto cuyo artístico centro es visible desde las alturas. Su último dueño, Dioner Hanson, falleció en 2014. Hasta ahora se piensa que la mansión está deshabitada. La casa fue sellada con altos muros y se ha convertido en un espacio privado, el acceso es completamente imposible sin embargo, sin permiso de entrada a desconocidos. ¿A quién le pertenece la mansión Hanson? Hasta ahora no se sabe si el linaje murió con el famoso empresario Dioner o si, por el contrario, hay un misterio más exclusivo detrás de sus imperiosas paredes

Eris y yo nos miramos, impresionadas.

Porque ahora había una nueva pregunta:

Si el dueño estaba muerto, ¿quién recibiría a los Novenos?

Pensé que eso de la mansión sería mi única preocupación del día, pero después de que Eris y yo nos separamos porque ella tenía que ir a sus clases extra, mientras iba por el pasillo, Alicia se plantó frente a mí con los brazos cruzados.

Parecía muy enojada. Estaba maquillada a la perfección, hermosa, y sí, muy enojada.

—¿Qué pasa contigo?, ¿eh? —me reprochó.

—¿De qué? —Pestañeé, perdida.

—Ya casi no te veo, Padme —dijo con obviedad—. ¿Qué sucede? Es como si te hubieras mudado a otro país. ¿Estás bien?

Por el lado de Eris siempre había adorado su sarcasmo y sus bromas, pero por el de Alicia siempre había adorado que ella en verdad se preocupaba por los demás. A pesar de que parecía superficial porque todo el tiempo hablaba de ella misma, Alicia era capaz de tomarse un segundo para preguntarle a alguien más si se encontraba bien, y escuchaba las respuestas con atención, sin aburrirse.

Me dolió en el pecho tener que mentirle a la cara. Tal vez por esa razón había deseado tanto no topármela y que Eris le diera las excusas, porque sentía cierta debilidad.

Traté de verme lo más convincente posible.

—Sí, bueno, es que he estado muy ocupada y...

—¿Ocupada en qué? —interrumpió, mirándome con sospechosa curiosidad—. He estado a punto de llamar a tu madre, pero sé que eso podría ocasionarte un lío innecesario. —Exhaló y dejó caer los brazos—. Cada vez que le digo a Eris para reunirnos, sale con una excusa. Quiero que sean sinceras, ¿acaso me están evitando?

Jamás, en todos los años que llevábamos de amistad, nos habíamos evitado o ignorado. Por más que tuve ganas de explicarle que esa no era la razón, no podía. Ella no podía saber nada. No iba a arruinar su vida de esa manera.

—¡No, no! —le aclaré con rapidez—. Ya casi ni la veo a ella tampoco. He tenido que investigar sobre la universidad. No falta mucho para graduarnos y mi mamá me ha presionado con que envíe solicitudes. Es todo muy estresante.

Alicia no se vio nada convencida.

—¡No me lo trago! Antes, cada tarde nos reuníamos en Ginger Café y ahora apenas en clases compartimos algo —dijo, e hizo gestos exagerados mientras hablaba tan alto como de costumbre—. Sé que algo pasa y quiero que me lo digan.

Su escándalo me hizo mirar hacia los lados. Nadie nos estaba prestando atención, pero los Novenos eran más observadores que el resto, y era obvio que también podían estar en el instituto.

—No pasa nada, Alicia, en serio —intenté tranquilizarle.

Pero se puso más histérica.

—¡Hasta me han dicho que sales con ese rarito de la otra vez! ¿Cómo es que se llama? —Se lo pensó por un momento—. Dame... Dimo... ¡Dorian! Bueno, ese. El punto es que el chisme anda por allí. ¿Y me dirás que no es nada?

—Es solo un chisme, en serio es...

—¿Y qué hay con esa ropa que usas? —Me señaló con el dedo—. ¡Qué cambio tan repentino! Estás muy extraña, muy, muy extraña, Padme, ¿va a pasar como esa vez que...?

La interrumpí con fuerza al perder la paciencia por los nervios de que nos escucharan:

—¡Te digo que no pasa nada!

Ella inmediatamente cerró la boca, asombrada. Sí, no solía hablarle así, pero llamar la atención implicaba ponerla en riesgo. Además, si era suave de seguro no iba a poder despegarla de mí. Estar a mi alrededor ya no era una buena opción.

Hice lo peor para protegerla: ser cruel.

—Si digo que no, es porque no —le solté, firme—. Si Eris dice que no podemos es porque no podemos. Si aseguro que es un chisme, lo es. Las cosas no siempre serán iguales. Ya debemos madurar.

Después de eso me fui.

Al llegar a casa todavía era temprano para que mis padres salieran del trabajo, así que pensé en aprovechar la soledad para darme un baño y pensar mejor.

Las consecuencias de todo lo que había pasado estaban empezando a hacer efecto en mí, y cada vez me sentía más estresada y agobiada. Tener que evadir a Alicia y ser cruel con ella, tener que mentirle a mi madre (con lo peligrosa que era) para poder ir a la cabaña, la repetitiva imagen en mi mente de Nicolas matando a aquel chico en el bosque, la idea de ir a La Cacería, esforzarme en fingir que era Novena, intentar darle sentido a lo de Carson, tratar de alejar mi gusto culposo por La Ambrosía, contener a la Padme que no era normal… Todo eso era en extremo agotador.

No había dormido bien. Comía por obligación para que nadie notara que algo me preocupaba. Ni siquiera sabía cuánto más podría aguantar. ¿Y si explotaba? ¿Y si de nuevo, por primera vez en mucho tiempo, explotaba como…?

No. Eso no sucedería. Yo podía controlarme.

Salí de la ducha con la toalla alrededor del cuerpo. Abrí la puerta y estiré el cuello de un lado a otro. Entonces, vi que había alguien sentado en la silla giratoria frente a mi escritorio.

Mis pensamientos se esfumaron. Solo me quedé paralizada mirándolo. Tenía las piernas extendidas sobre el escritorio en donde reposaba mi *laptop*, y con las manos adornadas por un par de elegantes y masculinos anillos de plata sostenía un pequeño libro de tapa dura que leía con mucha atención.

Mi antiguo diario.

Él carraspeó la garganta, y empezó a leer una de las páginas:

—Diez de enero. Estoy frustrada. Mucho. Creí que hoy descubriría algo, pero otra vez nada. Lo seguí luego de que salimos de clases, y solo fue a una tintorería. Aunque eso estuvo un poco raro. Su saco con ropa ya estaba allí. El señor Félix, que es el dueño desde que tengo memoria, se lo entregó y luego él la lavó. Solo tiene doce años, ¿por qué va a lavar su ropa y no lo hace su madre? De todas formas, luego se fue a casa y no salió en todo el día. Esto me está afectando más de lo que creí. A veces quiero... quiero golpear algo, pero no es correcto. Debe ser por la frustración. Esta noche descansaré. ¿Qué escondes, Damián? Si supieras que muero por saberlo...

Tras la última palabra, Poe alzó la mirada hacia mí. Su expresiva boca estaba extendida en una de esas sonrisitas de *Guasón*: burlonas y retorcidas. Me vio helada en el sitio.

—Así que cuando llegaste a la cabaña, no era la primera vez que lo seguías —me dijo con voz suave, pero al mismo tiempo de «te atrapé»—. Qué sucios y oscuros secretitos tienes aquí, pastelito.

—¡¿Qué demonios haces en mi habitación?! —reaccioné.

Me sostuve bien la toalla y a zancadas me aproximé a él. Le arranqué el diario de mala gana y lo apreté contra mí para protegerlo.

Poe estalló en carcajadas ante mi actitud.

—¿Desde qué edad empezaste a obsesionarte con Damián y a escribir eso? —preguntó, mientras intentaba detener las risas—. ¡Las cosas que hay ahí ni siquiera parecen escritas por alguien como tú!

Sentí toda mi cara enrojecerse de vergüenza y rabia. Era mi bitácora cuando espiaba a Damián y jamás había esperado que alguien lo leyera. Tenía todo tipo de cosas sobre él, sobre su aspecto, sobre mis teorías de que tal vez sus padres lo encerraban de manera intencional, y además hablaba de que me sentía extraña e intensamente atraída.

—¡Lo empecé a los once años! —me defendí.

Poe soltó carcajadas sin moderación hasta que se desvanecieron y solo quedaron unas risitas pequeñas. Sus ojos se habían humedecido un poco.

—Pero es que como dije, chica buena que en el fondo es mala —canturreó en una exhalación, extasiado de diversión—. Ese lado acosador, pastelito, qué delicia...

—¡Cállate! —escupí, disgustada por su entrometimiento—. ¡Se suponía que lo tenía bien escondido!

Poe se encogió de hombros.

—Tengo un gran talento para encontrar cosas...

—¿Qué haces aquí en mi habitación? —solté—. ¿Cómo entraste?

Dejé el diario justo debajo de la almohada, y me giré para dedicarle mi mirada más dura. Él empezó a girar la silla como si quisiera entretenerse.

—¿De verdad preguntas algo tan obvio? —replicó, extrañado—. Soy un Noveno y puedo entrar a cualquier lugar sin que nadie lo note, no dejar huellas ni rastros... Todo eso.

—Pues hay asesinos que se han equivocado —contradije.

Él asintió y detuvo la silla.

—Ah, sí, pero existe una gran diferencia entre asesinos normales y Novenos. Los Novenos son mentes maestras y nunca, pero nunca, han sido atrapados; los otros son solo loquitos con fallos mentales.

Me crucé de brazos y puse una expresión severa.

—¿A qué viniste, Poe? —pregunté, afincada en cada sílaba.

Él suspiró y señaló un sobre amarillo que reposaba sobre mi escritorio. No me había fijado en eso por el susto que me dio verlo leyendo las cosas que mi antigua yo escribía sobre Damián, o, mejor dicho, sobre el Damián que creía que era interesante y enigmático.

—Te traje tus nuevos documentos —me informó con el dedo juguetón moviéndose de un lado a otro—. Está todo allí: identificación, acta de nacimiento, permiso para conducir...

—Muchas gracias —acepté de manera maquinal y seca—. Eres un gran tipo. Ahora vete.

Esperé que lo hiciera, pero no se movió. De hecho, su sonrisilla se amplió al máximo sin despegar los labios. Sus ojos representativos de un felino depredador, bordeados por unas tenues ojeras rosáceas, adquirieron una chispa de divertida malicia.

—¿Tú crees que lo soy? —inquirió en un tono lento—. Puedes agradecerme por esto como quieras.

Esbocé una sonrisa fingida y odiosa.

—Puedes arreglártelas con Damián porque fue él quien te pidió que hicieras esto del cambio de identidad —zanjé.

Emitió una de sus peculiares risillas y se levantó con suma elegancia. Sus pantalones por encima de los tobillos, ese chaleco y la bufanda alrededor de su pálido cuello lo hacían ver como un arrogante extranjero que había heredado millones de su familia y los derrochaba en cualquier antojo de chico aburrido.

Agh, ¿por qué cada vez que lo veía mi mente lo detallaba sin mi permiso?

Avanzó un par de pasos hacia mí, pero no retrocedí para no parecer asustada. Me mantuve firme, justo como había encarado a Damián en el bosque. Al parecer, eso funcionaba mejor con ellos.

—Ustedes dos se parecen tanto —murmuró—. No sé si eso me gusta o me encanta.

—Mejor vete, Poe —volví a exigir, ceñuda—. Tengo cosas que hacer.

Intenté avanzar dentro de mi propia habitación, pero él dio un paso para atravesarse. Quedó mucho más cerca. Percibí de nuevo esa fragancia que atontaba un poco. Temí que se metiera en mi cabeza por completo, porque los pensamientos extraños y lujuriosos ya estaban surgiendo en mi mente como al parecer pasaba siempre debido a sus habilidades similares a las de los Andróginos, así que intenté no caer.

—¿Acaso me tienes miedo? —me preguntó en un ronroneo.

—No —aseguré sin titubear—. Y si no te quitas, no respondo.

Sabía que en cualquier caso él resultaría ser más fuerte que yo. Sin embargo, si se trataba de gritar, patalear y golpear…

Poe alzó las cejas con cierta sorpresa y emitió una risa espontánea.

—¡Qué agresiva! —expresó, otra vez con esa fascinación perversa—. Y yo que pensé que eras bastante tranquila, casi sumisa…

—Soy tranquila y agradable, pero si te me acercas también soy capaz de defenderme —lancé.

Tuve la intención de sonar amenazante, pero aquello no lo asustó en lo absoluto. Todo lo contrario, le despertó más curiosidad.

—¿Y de qué vas a defenderte? —preguntó, intrigado, en un nivel un tanto burlón—. ¿Estoy haciendo algo indebido? Digo, lo indebido me encanta, pero no estoy haciendo ni la cuarta parte de lo que quisiera. Solo estoy aquí parado.

—Parado demasiado cerca de mi espacio personal —refuté—. Me siento invadida, y no me gusta.

Un brillo deseoso apareció en sus ojos.

—¿Y si me permites invadirte de una forma que sí te guste?

Lo susurró como si acabara de despertar en él un apetito incapaz de saciar con comida normal. Lo peor era que no podía sentirme del todo furiosa u ofendida por ello. Es decir, sentía el enfado, pero al mismo tiempo también una relajación inusual.

Debía ser su influencia, porque de un segundo a otro comenzó a ser más fuerte. Nadie me estaba tocando, pero sentía como si lo hicieran. Se sentía como cuando llevas mucho rato besándote con alguien y quieres pasar a los siguientes puntos. Era algo en la piel, un cosquilleo, una necesidad efervescente...

Desvié la mirada y la fijé en otro punto de la habitación. Sabía que eran sensaciones forzadas. Yo no me calentaba con cualquier chico.

Me lo repetí: esa no era yo, esa no era yo, esa no era yo.

Cuando me di cuenta, estaba a centímetros de mí. Se mordió el labio inferior como si fuera una situación muy tentadora.

—Pastelito, yo podría... —ronroneó con esa voz juguetona—. Sí que podría... y te encantaría que lo hiciera, ¿lo sabes? No es como estar con cualquier persona, es como probar La Ambrosía, luego querrías más y más. Tú misma me suplicarías con una deliciosa cara de dolor, de ganas...

—No estoy...

—¿Segura? —completó.

En realidad, iba a decir «interesada» para no ser tan grosera, pero de alguna forma la palabra «segura» también fue la indicada.

Le dediqué una mirada consternada.

¿Cómo demonios lo hacía?

—Se me hace muy fácil percibir los deseos de las personas —dijo en un tono de confesión, como si hubiera leído mis pensamientos—. Puedo olerlo. Puedo oler el cambio, las hormonas. Yo podría estar a metros de ti y aun así escuchar cuánto se acelera tu corazón, si se debilitan tus piernas, en qué niveles se activa tu imaginación, qué puntos se sensibilizan y saber a exactitud con qué fantaseas cuando estás sola...

Las palabras bailaron en mi mente con cierta seducción. Poe se inclinó más hacia mí y acercó su boca a mi oreja, tanto que la hipnotizadora fragancia intentó arremeter contra mi fuerza de voluntad.

Lo susurró como un hecho incuestionable:

—Damián.

—La habilidad te falla entonces —repliqué, y con toda intención le añadí una nota burlona, muy parecida a la suya.

Poe rio, encantado. Se enderezó de nuevo y se balanceó sobre sus pies con una actitud más relajada. Agradecí por la distancia, aunque no disminuía demasiado la influencia. Era difícil ignorar las raras imágenes mentales en las que él me acorralaba contra la pared, acercaba sus labios a los míos para pasar la punta de su lengua sobre el inferior y...

¡Debía concentrarme!

—Toda esta habitación casi tiene pintado su nombre de tanto que lo piensas —dijo Poe, con simpleza—. Hasta tu cuerpo emana su olor. Tus ojos reflejan sus ojos. Tu boca exige la suya. Estás marcada por él. Se pertenecen. Si no fuera de ese modo ya me habrías pedido que te usara a mi antojo, pero tu resistencia es fuerte porque no soy él. Y es... —emitió una risilla conspirativa—. Es difícil dominar una mente obsesiva.

La palabra me asustó, pero no lo demostré.

—Es normal que piense en él porque no paro de pensar en los Novenos y en que debo ser como ustedes —rebatí.

—Lo piensas de forma diferente. —Verne negó lento con la cabeza, entretenido con todo aquello—. El problema es que tratas de reprimirlo, y eso está mal porque reprimir solo sirve para intensificar.

No pude replicar algo ingenioso que dejara en claro que eso no era cierto. De hecho, me dejó absorta durante un momento. Me llevó al beso frente al roble, al sabor de la savia, al hecho de que sí, pensaba en él de forma diferente a pesar de que no era lo que yo había idealizado. Aunque de pronto también me pregunté, ¿qué había idealizado con exactitud? Un secreto, un descubrimiento. Justo lo que había pasado...

Una persona normal no se sentía atraída por un asesino. Y yo era normal. Además, Damián era un imbécil. Cada vez dejaba más claro que le molestaba mi presencia, que me odiaba por haberlo seguido. Solo sentía desprecio de su parte.

—Huele rico mientras más piensas en él. —Poe rompió el silencio, encantado.

Dios.

—¡No te metas en mi mente ni huelas lo que sea que sale de mí! —le exigí.

Él volvió a reír, burlón.

—Solo deberías dejar fluir tus deseos por más oscuros que sean, Padme, tal vez te termina gustando —dijo como una voz dispuesta a influenciar, junto a un guiño de ojo—. Y tal vez a él también.

Me puse a la defensiva otra vez, en busca de alguna salida.

—Si me dices que cumpla mis deseos, ¿por qué te me insinúas? ¿Por qué haces esto? ¿No se supone que son amigos?

—Ah, si tan solo a Damián le gustara compartir —suspiró con tristeza fingida—. Pero desde que rechazó mi propuesta de un *ménage à trois* entendí que es un poco egoísta. Igual lo somos. Soy su amigo. No, soy más que eso, soy su verdadera familia. Por esa razón me estoy controlando. —De pronto se puso serio—. Ahora voy a dejar clara una cosa. Si formas parte de nuestra manada, puedes confiar plenamente en mí. No voy a hacerte nada que no quieras. Solo no nos falles y no te fallaremos.

—Hice el ritual —le aseguré.

Pero eso no pareció influir en nada.

—Y no eres una Novena, así que no es seguro que vas a cumplirlo. Entonces, nos pones en peligro a todos. —Luego volvió a usar su voz suave—. Quisiera seguir viviendo un poco más para probar unas cuantas cosas que todavía no he tenido el placer de probar. Hoy estaremos a orillas del lago.

Sin decir más avanzó hacia la puerta y salió de la habitación llevándose su hipnotizador aroma y su peligrosa, pero ardiente influencia. Aunque descubrí que también se llevó un poco de mi calma, porque al no oír sus pasos, exhalé ruidosamente, acalorada, alterada y medio preocupada.

El muy astuto había intensificado las dudas que llevaban días pasando por mi cabeza.

Aunque solo me concentré en una. ¿Por qué me había pedido que no les fallara? ¿Acaso las habilidades de Poe eran tan grandes como para saber que yo quería encontrar una salida?

Y si lo sabía, ¿eso era peligroso?

Le dije a mis padres que iría a casa de Eris para que no se preocuparan si no volvía esa noche. Luego tomé el camino hacia el bosque. Esas vías siempre estaban solas, y me ponía los pelos de punta imaginar que alguien podía estar escondido entre la oscuridad detrás de algún árbol, pero con prisa y sin detenerme logré llegar a salvo.

En el mismo punto de los bordes del bosque por primera vez me esperaba solo Tatiana. Tenía las manos hundidas en los bolsillos de su gabardina oscura y llevaba un delicado gorro de lana que le cubría el cabello azul.

Caminamos juntas. El bosque estaba bastante oscuro, frío y los sonidos sibilantes eran un poco aterradores. Esa era una de las cosas que menos disfrutaba, el hecho de que los Novenos tuvieran que reunirse allí. A mí me parecía espeluznante, y todavía tenía la leve impresión de que varios ojos nos seguían a cada paso.

—Tatiana —le hablé de pronto, un poco dudosa pero dispuesta a averiguarlo—. ¿Sabes si hice algo... extraño la noche del ritual después de que bebí La Ambrosía? No recuerdo nada.

Ella se rio con diversión.

—Soy una Novena, Padme, define «extraño».

—Algo inusual, vergonzoso, malo...

—Ya —Me entendió a pesar de que me costaba explicarlo—. La verdad es que no lo sé. Archie y yo fuimos a lo nuestro después de bailar. Aunque recuerdo haberte visto yendo a la mesa en donde estaba Damián. Poe también se fue, así que solo Damián debe saber qué pasó.

Ni siquiera logré ocultar mi cara de frustración. Él no iba a decírmelo.

—¿Está siendo muy difícil eso de adaptarte? —preguntó ella.

No quise decir nada. Me había tratado muy bien y había respondido a mis preguntas, pero a fin de cuentas ella era parte de la manada y llevaba siendo amiga del resto mucho más tiempo. Yo era casi una desconocida a la que habían metido de golpe y sin preguntar. Mi paranoia natural me llevó a preguntarme si a lo mejor Damián le había pedido que averiguara si odiaba demasiado aquello como para planear algo peligroso...

Que sí lo estaba planeando con Eris, pero debía ser cuidadosa.

—Para mí también fue complicado —dijo, al no obtener respuesta de mi parte—. Cuando me uní, tampoco hablaba mucho con Damián o con Poe. Era todo muy raro.

—No pudo haber sido peor de lo que es para mí, esta es tu naturaleza —resoplé en una risa baja e irónica.

Aunque me escuchó, no le molestó en lo absoluto.

—Mira, solo quiero que sepas que yo te voy a entender mejor que esos tres tontos. No estás sola aquí, así que si quieres hablar sobre algunas cosas, siéntete libre de hacerlo.

Eso me dio en un punto sensible. La verdad era que, también existía otro lado de mí acostumbrado a contarle cosas a mis mejores amigas. Pero ya no podía decirle todo a Eris, y había alejado a Alicia de forma cruel. Por más duro que fuera, ya no las tenía como antes, y en el fondo extrañaba la charla de chicas.

Tal vez por esa razón lo consideré. Tatiana era la única chica de la manada. También era amigable y nada amenazadora. No se me acercaba de forma seductora como Poe ni me miraba con ojos psicóticos como Archie, ni discutía conmigo como Damián. En realidad, era la que más normal parecía.

Me pregunté si podía intentar confiar en ella…

No. No debía arriesgarme.

Cambié el tema.

—¿Cuán grande es la comunidad de los Novenos?

—Todas las personas que nacen el nueve de septiembre son Novenos, sin excepción —contestó—. Eso significa que estamos en diferentes partes del mundo.

—¿Hay sitios como la cabaña en todas partes?

—Eso creo —asintió—. Solo que antes eran muy solitarios. Asfil fue en donde se iniciaron las primeras formaciones de manadas.

—¿Todo eso son cosas que se cuentan entre Novenos? —pregunté, sorprendida por esa información tan específica, ya que había pensado que no existían datos sobre los Novenos porque en internet no aparecía nada.

—No, lo averigüé en la biblioteca —dijo, entre risas extrañas por mi duda—. No somos una raza de monstruos estúpidos que se pelean por piedras, Padme.

Quedé el doble de sorprendida.

—¿Hay una biblioteca sobre Novenos?

—Sí, en la cabaña —asintió ella con simpleza—. Cada Noveno tiene derecho a leer sobre su naturaleza. Para nosotros es muy importante conocer nuestra historia. Nos gusta saber lo que hicimos porque nos ayuda a hacer lo que todavía no.

No podía creerlo. ¡Toda una biblioteca sobre ellos!

—¿Así que puedo ir y leer un libro sobre Novenos?

—Exacto, pero no puedes llevarte ninguno porque son reliquias, algo así como material sagrado. —Tatiana le agregó una nota de seriedad—. Si alguien roba uno, lo matan. No pueden salir de la biblioteca jamás.

Anunció que ya llegábamos al lago. Lo admiré como una estúpida, porque nunca había visto esa parte de Asfil en la realidad, solo en las imágenes de los libros de la escuela. La luna llena se refleja-ba en él con un ligero ondeo, y sobre el agua aparecían pequeños destellos intermitentes. Se extendía kilómetros y kilómetros hacia el horizonte, y aunque tenía final, no fui capaz de imaginarlo.

En la orilla había una pequeña fogata, y reconocí solo a dos de las tres personas que rodeaban el fuego: Archie y Poe. El otro era un muchacho desconocido.

Al acercarnos lo suficiente, me di cuenta de que no estaba inte-grado en el grupo de manera normal. En realidad, estaba amorda-zado. Tenía las manos y los pies atados con cuerdas, y un grueso pañuelo alrededor de su boca le impedía hablar. Sus ojos eran dos círculos enmarcados en lágrimas y espanto.

—¡Pastelito! —exclamó Poe al verme. Cuando notó la mirada de desconcierto que le dediqué al muchacho, añadió—: Ah, él es un amigo. No te asustes, solo nos acompañará esta noche. Vamos, siéntate con nosotros, siéntate.

Mis pasos se hicieron más lentos, por lo que Tatiana llegó primero y se sentó junto a Archie. Él dejó a un lado un cómic que estaba leyendo y se enganchó a su brazo con las cejas arqueadas de preocupación. Se aferró a ella con necesidad.

—Tardaste mucho —le dijo, y su voz sonó asustada—. Quince minutos con treinta segundos.

—Pero no más de veinte minutos que es nuestro límite, ¿recuer-das? —le contestó ella con una sonrisa comprensiva.

—S-sí, pero creí que te había pasado algo como a... —insistió él, horrorizado.

Tatiana le puso las manos en el rostro, otra vez con esa paciencia reconfortante. Lo miró con cariño.

—Mírame, estoy perfecta —le aseguró—. Nunca me va a pasar nada como temes. Te tengo a ti para protegerme.

La expresión nerviosa de Archie se suavizó poco a poco, hasta que, al parecer, comprendió que ella estaba bien y volvió a concen-trarse en su cómic.

Poe se les había quedado mirando.

—Ya pídele a un cirujano que los haga siameses y cumples tu tóxica fantasía de que no se separe ni un segundo de ti, obsesivo sofocante —le dijo a Archie con un giro de ojos.

El chico atado se removió de nuevo en su posición, y mirándome dijo algo que no sonaron más que a balbuceos debido a la mordaza.

Parecía desesperado, así que tal vez fue un pedido de ayuda.

No pude ignorarlo. Algunas partes de su ropa estaban rasgadas, ¿quizás porque había intentado defenderse de Poe? Había perdido los zapatos, sus pies estaban sucios y sus tobillos hinchados en un nivel preocupante, tal vez rotos. Definitivamente no podría caminar. También noté que muchas gotas de sudor le corrían por la frente, y entendí que eso se debía a que estaba más cerca del fuego que cualquiera de nosotros.

Sentí una urgente necesidad de acercarme, desatarlo y ayudarlo a huir, pero sabía que eso habría sido traicionar a la manada y ganarme una muerte segura. Era obvio que, de intentar cualquier escape, no íbamos a salir vivos los dos.

—¿Por qué él está...? —intenté preguntar, dejándome llevar por la curiosidad.

—¿Llorando? —completó Poe.

Más bien «atado y en ese estado», pero la mirada de Poe me indicó que eso no era lo importante.

Asentí.

Poe volteó a mirarlo con una sonrisa de oreja a oreja, malvada, sádica.

—Porque es un cobarde, aunque esta mañana cuando se burló de mi bufanda y me dijo «marica» no parecía serlo —explicó. Luego extendió una mano pálida y elegante y la colocó en el hombro de su víctima—. Sé que le gusta mucho burlarse de los demás, golpear a los niños que según él son «afeminados», a la gente con diferente color de piel, a todo aquel que no considere «normal», pero él ya no piensa hacer eso de nuevo porque es de muy mal gusto, ¿no es así, amigo?

El desconocido asintió con insistencia y se movió como pez fuera del agua. Sin embargo, los intentos eran en vano. Esos nudos eran expertos y fuertes, y su destino ya estaba espantosamente marcado por Poe Verne, quien por muy guapo, encantador y gracioso que se viera, tal vez era un verdugo despiadado e inhumano cuando atrapaba una presa.

—Claro que sí —comentó él entre risillas y palmadas al hombro—. Todos en tu posición se arrepienten, se vuelven buenos y valoran la vida.

De pronto, una figura alta y arrogante se hizo visible entre la oscuridad. Era Damián que venía limpiando sangre de la hoja de un cuchillo. Me pregunté si habría estado haciendo algo peor que Poe, pero al mismo tiempo no quise saber los detalles.

Se sentó frente a la fogata y guardó el cuchillo con cierta habilidad en el interior de su bota trenzada. Se echó el cabello oscuro hacia atrás con los dedos, un gesto de calor. De hecho, se veía un poco cansado y con cierta falta de aire. ¿No había dormido bien? ¿Había matado a alguien y había puesto mucho esfuerzo?

—¿Qué trajiste? —le preguntó Poe.

—¿Para qué quieres algo si ahí tienes una presa? —respondió Damián, y con un movimiento de la cabeza señaló al chico.

—Esto no es una presa. —Poe soltó un resoplido de desagrado—. Es un simple bocadillo.

—Pensé que lo llevarías a La Cacería —comentó Damián.

Poe soltó una risotada que fue disminuyendo hasta que en su esculpido rostro solo quedó una sonrisa perversa.

—Quiero una presa especial, no basura común —dijo, y luego me señaló con el dedo—. Aprende eso, pastelito. Uno no lleva cualquier cosa a La Cacería. Tu presa debe tener un significado. No la matas por matar. No la atrapas por atrapar. Debes pensar en si merece que planees su muerte, en si hacerlo desaparecer valdrá algo.

En su lugar, Archie soltó una carcajada sonora que le añadió un toque escalofriante al momento, pero fue por algo que leyó en su cómic.

—¿Ya encontraste a tu presa, Padme? —me preguntó Tatiana.

Ni intenciones tenía de buscar, pero no diría la verdad.

—No. —Me aclaré la garganta y añadí en un tono firme—. Debo buscar a alguien especial, como dijo Poe. ¿Y ustedes?

—Hay un idiota intentando secuestrar gente cerca de donde vivo —dijo Tatiana encogiéndose de hombros—. Lo escogí a él. Me cae bastante mal desde que lo descubrí planeando cosas. Se cree un asesino serial o algo así.

—Todavía no elijo —confesó Archie con una ligera nota de disgusto—. Pero me gustan ágiles para que den la pelea mientras los persigo.

Hasta lo imaginé persiguiendo gente con una cara de desquiciado.

Poe se recostó en el suelo con los brazos detrás de la cabeza y exhaló un jadeo. Tatiana y Archie volvieron a concentrarse en lo suyo. El silencio reinó por un momento. Bueno, si se ignoraban los gemidos de desesperación y llanto que soltaba el chico con la boca cubierta, había silencio.

Todos parecieron muy cómodos con eso hasta que Poe volvió a hablar en otro suspiro:

—Miren la luna, ¿no provoca una buena follada a esta hora?

Tatiana soltó una pequeña risa por el comentario y compartió una mirada cómplice con Archie, que hasta se ruborizó un poco.

Eso me generó ciertas preguntas. Damián era tan distante y obstinado que daba la impresión de ser enemigo de todo lo relacionado al contacto y las relaciones, mientras que Poe parecía dispuesto a estar en cualquier situación íntima, hacía chistes y demostraba sentir atracción. Incluso Tatiana y Archie eran novios, así que esa frialdad y desinterés que Damián también demostraba, no era una característica fija de los Novenos.

¿Era solo su personalidad? Según, estando ebria le había reclamado por su insensibilidad y su malhumor, ¿y si él me había dado una respuesta? Pero en verdad no recordaba nada.

Lo miré tan fijo durante mi análisis mental que noté que sus manos temblaban de forma extraña. Incluso movió un poco el cuello como si tuviera una ligera tensión.

La voz de Poe rompió el silencio.

—Bueno, ¿alguien tiene hambre? —Se levantó con mucha agilidad y entusiasmo—. Porque yo sí, y tengo ganas de hacer algo delicioso.

Cogió una mochila oscura que estaba a su lado y procedió a abrirla. De ella empezó a sacar unas cuantas cosas, pero lo que más llamó mi atención fueron los guantes negros con los que enfundó sus manos y un destornillador que sostuvo como si fuera a hacer de todo menos darle su uso correcto.

Dejó la mochila en el suelo y desde su altura contempló al chico. El pobre lloró con desespero al ver al rubio con los guantes y la herramienta. Hasta mi piel se sintió fría. De hecho, me puse muy nerviosa porque sabía lo que vendría, así que miré hacia ambos lados como quien intenta encontrar alguna vía para huir.

Aunque antes de que sucediera cualquier cosa, Poe se enderezó sobre sus pies, carraspeó la garganta y juntó las manos como se hacía para rezar. Inclinó la cabeza hacia atrás, miró el cielo y bramó en tono de oración:

—Señor, señora o persona sin sexo definido que estás allá arriba, te pido que bendigas este miserable trozo de carne que hoy llamo presa. Asegúrate de que vaya al infierno y que arda en él como es necesario. No permitas que me den gases y continúa haciendo que me tope con más seres insignificantes como él. ¡Amén!

Por detrás, Archie exclamó a todo pulmón con una sonrisa de oreja a oreja:

—¡Amén!

Poe volvió de nuevo su atención a la víctima. Su mirada se ensombreció hasta tal punto de parecer propia de un divertido maniático, y sonrió.

Junto a mí, Tatiana aplaudió, entusiasmada por lo que sucedería.

—¿Recuerdas cuando esta mañana yo iba caminando por la acera e hiciste un análisis innecesario sobre mí? —le preguntó Poe a su presa—. Dijiste cosas como: «Esos pantalones son de millonario pasivo» o «¿en qué burdel bailas?». Ahora yo quiero analizarte a ti.

El hombre balbuceó un montón de cosas que se ahogaron por el pañuelo. Poe empezó a rodearlo con pasos lentos y un tanto depredadores. Forzó una expresión de análisis con los dedos enguantados sobre los labios, el índice dando toques consecutivos.

—No me gusta ese cabello. —Deslizó la punta del destornillador por los mechones desordenados. No fue más que eso, pero provocó que el chico soltara un chillido ahogado—. Tampoco me gustan tus ojos —señaló, y le puso la punta del destornillador sobre el puente de la nariz—. Son muy grandes, como de sapo. Me molestan.

—Feos, feos —asintió Archie en su lugar. Me di cuenta de que estaba mirando la escena con una fascinación brillante y desequilibrada.

Poe contempló a la víctima por unos segundos. Después, cuando decidió que era suficiente, acercó el destornillador al ojo derecho. El muchacho se sacudió con toda su fuerza para tratar de alejarse de la punta, pero Poe solo movió el destornillador hacia atrás como si necesitara medir la distancia entre ese ojo y el lugar perfecto para tomar impulso.

Sabía que tenía toda la intención de clavárselo. A lo mejor iba a sacárselo. Tal vez iba a torturarlo de otras maneras. Lo que fuera, me aceleró el corazón a un ritmo de pánico, trajo de vuelta el recuerdo de Nicolas matando a alguien, y eso mismo a lo que tanto le temía, activó todos mis impulsos.

Quise reaccionar dando un salto para pedirle que se detuviera. Estaba segura de que Damián se iba a enfadar, de que los demás posiblemente iban a odiarme, pero no podía ver eso de nuevo.

—¡Espera!

Aunque esa pude haber sido yo, en realidad fue Archie. Le había hablado a Poe.

—¿Qué? —preguntó Verne con el ceño fruncido.

—¿Me das el ojo cuando termines? —pidió Archie.

Poe se cruzó de brazos un momento. Miró a su amigo desde arriba.

—¿Para qué lo quieres?

—Los estoy coleccionando —dijo Archie—. Y no tengo azules. Él los tiene de ese color.

Poe lo pensó un momento.

—¿Qué me das a cambio?

—¿Qué quieres? —Archie enarcó una ceja. Aunque detecté algo nuevo en ellos, como un tipo de entusiasmo propio de alguien que ha hecho ese tipo de trueques muchas veces.

Poe volvió a pensar.

—Ropa interior de Tatiana —decidió.

Dos voces se oyeron al mismo tiempo.

La de Archie diciendo con emoción:

—¡De acuerdo!

Y la de Tatiana diciendo con horror:

—¡No!

Archie la miró, agobiado.

—¿No? —le preguntó a Tatiana—. Pero es un ojo de color azul…

—¡No me importa, no le darás eso! —se negó rotundamente.

Poe soltó una risilla, como si causar la diferencia de decisiones fuera divertido para él.

—¡Pide otra cosa! —le rogó Archie.

—Lo siento —suspiró Poe—. sin ropa interior no hay ojo.

Archie hundió las cejas, frustrado.

—¿Para qué la quieres de todas formas?

—La colecciono. —Poe se encogió de hombros.

Volví a mirar al tipo atado. Estaba empapado en sudor y su rostro estaba rojo de tanto llorar y chillar por cada cosa que oía sobre el trueque de su ojo.

Yo estaba ansiosa, pero de la peor forma posible, porque quería que siguieran hablando por si eso aumentaba la posibilidad de que Poe olvidara lo que quería hacer.

—Un momento —interrumpió ahora Tatiana—. ¿Solo vas a matarlo o…?

—¿Debería hacer algo delicioso luego? —Poe pensó.

¿Qué estaba oyendo?

—¿Delicioso? —pregunté, temerosa de lo que iba a escuchar.

—Poe es de los que aprovechan la presa al máximo, así que es posible que haga muchas cosas —dijo Tatiana—. Tal vez se lo comerá.

—El canibalismo también es normal en los Novenos —dijo Archie con naturalidad.

—A mí no me gusta —opinó Damián—. Sabe a basura.

Mis ojos nerviosos pasaron a él. Se me pudo haber caído la mandíbula de lo atónita que estaba por esa nueva información.

—¿Has probado carne humana? —quise saber.

—Le hice un platillo una vez —respondió Poe en su lugar—. Con mucho amor y esfuerzo.

—Y no me gustó —zanjó Damián.

Poe se puso una mano en el pecho en un falso gesto de dolor. Su expresión fue de sufrimiento.

—¡Cómo te gusta herir mis sentimientos, Fox!

Se rio de su propio teatro que a Damián no le hizo nada de gracia, y de inmediato volvió a lo que había dejado a medias.

—Lo siento por hacerte esperar —le dijo Poe a la víctima—. Ahora sí tienes toda mi atención. ¿En qué estaba? Ah, sí, en estos ojos que no me gustan...

Lo agarró por el cabello con una mano y le puso la punta del destornillador en el lagrimal de uno de los ojos. Se relamió los labios y luego se mordió el inferior como si le apeteciera empezar. Entonces, lo empujó con una lentitud cruel para que se introdujera poco a poco y se convirtiera en una tortura.

La víctima comenzó a sufrir bajo la satisfacción de Poe. Su grito ascendió de volumen a medida que el destornillador era empujado, y sus sacudidas se intensificaron. Pero era demasiado tarde, ya no había oportunidad de salvarse. Un grueso hilo de sangre salió para maquillar su pálido rostro, como en una película de terror.

A mí se me fue el color de la piel. La temperatura descendió a tal grado que me hizo entender que, si veía a Poe matarlo, me quedaría paralizada para siempre.

—Verne —lo llamó Damián de forma inesperada.

Poe giró la cabeza al mismo tiempo que Archie soltó con molestia por la interrupción:

—¡¿Ahora qué?!

Ambos miraron a Damián, a la espera de una explicación por haber detenido lo que ellos deseaban que ya sucediera. Pero Poe y Damián se observaron por un momento, y quizás se entendieron entre ellos porque de pronto los ojos felinos de Poe se deslizaron hacia mí. Una sonrisita condescendiente ensanchó sus labios.

Devolvió la atención a su víctima y le sacó el destornillador del ojo. Casi se le salió de los párpados y casi me dio una arcada. El agujero se veía grotesco y la sangre fluía.

—Bueno, nuestra amiga Padme todavía no tiene el estómago preparado para ver esto —le dijo con un tono divertido al hombre—. Y como somos caballeros, y los caballeros respetan a las damas, no la perturbaremos esta noche.

A Archie no le cayó bien eso.

—Agh, Padme, ¿es en serio? —hizo un berrinche—. Quería ver.

—Deja de ser don Quejón y pon el ambiente que sí tendrás algo para oír —le ordenó Poe—. Y tal vez te daré el ojo ese que quieres.

Eso cambió su ánimo de una forma brusca a uno entusiasmado. En verdad era perturbador cómo Archie pasaba de una emoción a otra. Así que se apresuró a buscar en la misma mochila de la que Poe había sacado sus herramientas y sacó un par de pequeños altavoces. Los conectó a su móvil y entonces una canción se reprodujo a través de ellos. Era *Thriller* de *Michael Jackson*.

Al mismo tiempo, Poe rodeó a su víctima y de mala gana lo cogió por el cuello de la camisa. Luego empezó a arrastrarlo en dirección a la espesura de los árboles. Mientras se lo llevaba, el muchacho se retorció en intentos desesperados que tampoco pudieron liberarlo de las cuerdas. En unos segundos, la oscuridad y un par de árboles los ocultaron.

Pensé que gracias a la música no escucharía nada, pero en realidad todo se mezcló y fue aún más horrible.

Por un lado, la música sumada a la voz de Poe diciendo:

—La verdad es que nunca me ha gustado eso de criticar a la gente, ¿qué tal si mejor jugamos a las adivinanzas? Ahora lo ves y ahora no lo ves. ¿Qué será? —Después se respondió él mismo entre carcajadas desquiciadas—: ¡Lo ciego que vas a quedar!

Por otro lado, Archie diciéndole a Tatiana con emoción:

—¡Mira cómo hago la coreografía!

Y empezó a bailar mientras reía.

Yo miraba en todas direcciones. No veía a Poe ni a su víctima. Lo único que captaba era la oscuridad espesa rodeando los árboles, pero no estaban muy lejos y el chico estaba sufriendo. ¿Poe le estaba enterrando el destornillador en la cara? Su risa era tan clara como la canción, como las risas de Archie, que se movía junto a la fogata en cada paso de la coreografía, como Tatiana aplaudiendo, como algo parecido a un chillido que provino de alguna parte.

Mi cuerpo estaba tenso, frío, nervioso. Me esforcé en pensar otras cosas para ignorarlo todo, y solo me di cuenta de que había cerrado los ojos con fuerza cuando escuché una nueva voz:

—Parece que no fue solo idea nuestra reunirnos por aquí.

Para cuando volteé, Nicolas estaba detrás de mí. Lo vi como el monstruo que aparece en una pesadilla, aunque eso no fue lo peor. Por primera vez lo acompañaban dos tipos más, y descubrí que uno de ellos era nada más y nada menos que el mismo que había visto sobre el cuerpo de Beatrice aquella noche de la fiesta.

Era su asesino. Lo reconocía por el inconfundible cabello teñido de violeta oscuro y el corte militar. De frente, sus rasgos eran duros. Un chico malo en todo su esplendor. Un chico de esos con motocicletas, cigarrillos, ideas rudas y un horrible y sangriento secreto.

Archie de repente bajó volumen a la música. Todos nos miramos.

—Siempre venimos aquí —dijo Tatiana, ahora seria.

Nicolas esbozó una sonrisa ladina e impecable. Ese aire imponente me dejó muy claro que era el cabecilla de su manada.

—¿En qué andas, Nicolas? —le preguntó Damián. Sonó tranquilo, pero tenía la mirada fija en él y no con mucho agrado.

—Estábamos en cazas de práctica —respondió—. Vimos la fogata y vinimos a echar un ojo.

—¿Por si éramos presas? —replicó Damián con esa antipatía directa y afilada—. Ya te das cuenta de que no.

—Todavía hay turistas que tienen el valor de venir a acampar —dijo uno de sus acompañantes, simple.

La mirada de Nicolas se detuvo en mí. Los temibles ojos azules se entornaron un poco. La sonrisa apareció de nuevo, cálida y serena.

—Padme, ¿te gusta practicar o eres de esas que prefieren la improvisación? —me preguntó, amigable—. Porque nosotros tenemos planeadas unas cuantas cacerías menores esta semana, y si no tienes nada que hacer podrías venir.

—¿Nos quieres robar un miembro, Nicolas? —preguntó Damián con una serenidad impecable pero peligrosa.

—En lo absoluto —soltó una risa—. Es una simple invitación que ella puede aceptar o rechazar. Tampoco hay una regla que lo impida, ¿no?

—Estos días hablas mucho de reglas —comentó Damián.

—Soy un buen chico. —Nicolas se encogió de hombros en un falso gesto de inocencia—. Solo me gusta cumplirlas.

Damián no dijo nada más. Traté de no parecer asustada cuando las miradas de la manada de Nicolas estaban fijas en mí, atentos a mi respuesta. Por nuestro lado, todos permanecían atentos como si fuera necesario estar alerta. ¿Por si las cosas se ponían feas?

Nicolas emitió una pequeña risa.

—¿Por qué cada vez que la veo está pálida y nerviosa? —preguntó ante mi falta de respuesta.

Damián se levantó. La forma en la que se acercó a Nicolas, sin prisa, pero con decisión, me tensó. Al detenerse frente a él, no hizo ningún gesto, solo lo miró, serio o medio aburrido. Luego paseó la vista por los Novenos que estaban detrás.

—¿Por qué cada vez que veo a tu manada percibo un desagradable olor a orina? —rebatió Damián, usando su misma fórmula, pero sin reírse—. Ah, es que uno de ustedes la bebe como si fuera agua, ¿no? O eso decían por ahí.

Honestamente, sentí que se entrarían a golpes. Pero Nicolas solo esbozó una sonrisa pequeña.

—Cualquiera que no entienda tu humor creería que estás intentando pelear con nosotros —le dijo.

—Sí, mi humor —repitió Damián. La comisura derecha de sus labios se elevó unos milímetros.

Aunque solo lo recordé diciéndome que él no lo tenía.

Nicolas volvió a mirarme por encima de Damián. Lo ignoró por completo.

—¿Padme? —me habló de nuevo—. Me encantaría pasar un rato contigo. Podría ser ahora.

Debía responderle, solo que los gritos de la víctima de Poe aún estaban de fondo, y el hecho de que Nicolas había dicho que siempre me encontraba pálida y asustada, me había asustado aún más. Se había sentido como una pista de que sabía que no pertenecía a ellos, y hasta el ambiente había adquirido un aire de contrarreloj, como si solo fuera cuestión de segundos o de algún error de mi parte para que todos se atacaran entre todos.

Mi mente quedó en blanco. La realidad ante mí se puso un poco borrosa. Los gritos y la risa eran más fuertes.

Quizás decir «tal vez otro día» podía funcionar, pero ¿cómo lo pronunciaba?

Estaba respirando por la boca...

—Hoy no —salió Damián al rescate, muy serio—. Ya nosotros tenemos algo que hacer. —Luego se dirigió a mí—: Ahora.

Entonces, se alejó de la fogata en dirección hacia el lago en un claro: «Sígueme». Era mentira, no había ningún plan, pero logré entender que debía seguirle la corriente, por lo que solo me levanté, aún con la mirada de las manadas sobre mí y fui tras Damián.

Di cada paso como si estuviera flotando fuera de mi espacio personal, pero ya cuando estuvimos un poco lejos, giré la cabeza y vi a Nicolas retirándose con su manada. Los tres se perdieron entre la oscuridad del bosque.

—¿A dónde vamos? —pregunté de manera automática. Damián iba por delante de mí—. Si es a la cabaña no creo que justo ahora pueda...

—No vamos a la cabaña —dejó en claro—. Tu miedo es demasiado obvio, está llegando a límites riesgosos.

—Intenté decir algo, pero me bloqueo cuando Nicolas aparece —confesé sin muchos ánimos—. ¿Por qué ambos se detestan?

—Detesto a todo el mundo —respondió, sin ganas de explicar nada.

—¿Crees que está tan interesado en mí porque sabe la verdad?

Eso sonó a una gran preocupación, pero Damián negó con la cabeza.

—Creo que si lo supiera ya lo hubiera dicho. Solo sospecha algo. Mantente alejada de él.

—Se acerca a mí cada vez que puede.

Se detuvo para mirarme, severo.

—Aléjalo —pronunció como una orden definitiva.

—Pero...

—Ser una Novena es aprender a defenderte tú misma de todo. Los miedos solo van a ponerte en peligro. —Y luego lanzó una pregunta inesperada—: ¿Tú lloras, Padme?

Me le quedé mirando en busca de algún detalle que me permitiera entender si eso había sido una burla o algo parecido, pero descubrí que era una pregunta seria. Y me tomó desprevenida y me turbó porque sí había una respuesta, y también una razón. Una razón que consideraba horrible.

¿Cómo le decía que mis padres me habían metido en la cabeza que llorar también era un error? Que muchas veces me habían repetido que las personas normales buscaban soluciones en lugar de echarse a llorar. Que tenía que contener esa debilidad y mostrarme en equilibrio, así que la idea de que me descubrieran llorando o teniendo algún tipo de crisis emocional, me había hecho obligarme a evitarlo.

—Yo... no —titubeé, y carraspeé la garganta para decir el resto—: No he llorado en mucho tiempo.

Pensé que lo encontraría estúpido, que creería que estaba mintiendo.

—Según sé, los humanos liberan el estrés llorando —dijo, un poco extrañado—. ¿Qué haces para liberar tu estrés?

También, ¿cómo le decía que mi única técnica era contenerlo?

—Nada. —Tragué saliva.

Se hizo silencio un momento, como si fuera una revelación importante. Que lo era, porque yo nunca hablaba de eso con nadie. Pero otra vez sentí la cabeza embotada, y el lago, que estaba cerca, en un parpadeo pareció rojo ante mi perspectiva, pero en otro volvió a ser pacífico y claro.

Sin agregar nada, Damián siguió caminando hasta que llegamos a una montaña de rocas que provenían de la espesura del bosque y se atravesaban en mitad de la orilla, perdiéndose hacia el lago. Conocedor experto del camino, me guio por una larga grieta que había entre las piedras, por la que un cuerpo podía atravesar con facilidad. Pronto entendí que íbamos hacia la cueva de la manada, esa por la que habían peleado para calmar a Archie.

Cuando entramos, estaba igual que la última vez, apenas iluminada por un par de lámparas. Aún olía muy raro. No me gustaba nada estar ahí.

Damián fue hasta el estante en el que tenían un montón de cosas, luego volvió con un pañuelo negro y me lo entregó.

—Cúbrete los ojos —me ordenó.

Alterné la mirada entre el pañuelo en mi mano y él.

—¿Por qué? —pregunté—. ¿Para qué?

—Vamos a jugar un juego.

—¿Qué clase de juego? —desconfié.

Damián afincó sus oscuros e intimidantes ojos en mí. Hizo las preguntas para que yo las respondiera como una buena aprendiz:

—Somos una manada, ¿no?

—Sí.

—No nos dañamos, ¿no?

—No.

—Entonces no preguntes y confía.

Un poco difícil considerando que yo no era la Novena que podía atacar con una jugada imprevista, pero tras quedarme mirando el pañuelo decidí hacerlo. Lo até alrededor de mi cabeza, cubrí mis ojos y me quedé ahí parada, quieta. A oscuras, mi oído empezó a captar con mayor necesidad cualquier sonido a mi alrededor.

Primero escuché sus pasos moviéndose por la cueva y después el ruido de algo pesado arrastrándose. Lo que fuera que había agarrado, lo dejó caer cerca de mí, tal vez justo en frente, porque el sonido fue seco contra el suelo de piedra. Después volvió a dar algunos pasos y arrastró lo que sonó como una silla de madera.

El siguiente sonido tardó unos segundos en llegar.

Y fue muy claro: cadenas.

Unas cadenas gruesas y pesadas se desplegaron de alguna parte. Me puso más nerviosa, ¿para qué las necesitaba? Quise quitarme el pañuelo y retroceder, porque una parte de mí aún estaba a la defensiva, pero antes, escuché sus pasos acercándose. Acercándose mucho.

Mis piernas se pusieron rígidas. No podía verlo, pero sentí que se detuvo delante de mí. Percibí cierto calor, el de un cuerpo alrededor de mi espacio personal.

—¿Qué hac...?

—No hables —me interrumpió, y su voz se oyó muy cerca—. Me vas a escuchar y cuando te pida algo, lo harás.

—Si no me gusta lo que me vas a pedir, no. —Fruncí el ceño.

—Tal vez esta es la razón por la que no nos llevamos bien —se quejó—. Haces todo difícil.

—No nos llevamos bien porque eres grosero y odioso —me quejé también—. E igual tú no te llevas bien con nadie.

—Escúchame, Padme, y necesitas esto por tu seguridad y la de la manada —dijo con decisión—. Y tengo la sensación de que esto sí te gustará.

Sentí algo extraño al oír eso último. Algo que no debía. Me asusté un poco, porque fue esa misma punzada de intriga, esa cosquillosa curiosidad que me había llevado a obsesionarme con él por años. Ese: «Quiero saber más», peligroso pero emocionante que, si despertaba en mí, también despertaba mis impulsos. También lo había experimentado en El Beso de Sangre, y luego con La Ambrosía. Estaba demasiado presente desde que había descubierto el secreto, al igual que los recuerdos:

«—*¿Esto es lo que en verdad eres, Padme? ¿Esto es lo que quieres ser? No, así que vamos a corregirlo y si alguna vez vuelves a sentirlo, tú misma sabrás cómo arreglarlo*».

Tenía que contenerlo más. Tenía que reprimir ese lado. Eso era lo que había aprendido.

—Sostén esto —me pidió él.

Extendí la mano para tomar lo que me ofrecería. Lo puso sobre mi palma. Una empuñadura. Estaba fría. ¿Era un cuchillo?

—¿Para qué...?

—Que no hables —repitió, esa vez algo irritado—. Haces tanto ruido siempre...

Una parte de mí quiso protestar, pero otra me impulsó a solo apretar los labios.

Escuché sus pasos rodeándome. Agudicé el oído. Se detuvo detrás de mí.

—Le tienes miedo a muchas cosas, pero justo ahora tu mayor miedo es Nicolas, ¿no es así? —me preguntó. Su voz medio apática pero profunda era el único sonido en la cueva ahora. Mi respiración calmada, expectante.

Asentí con la cabeza.

—Porque sientes que te hará daño —siguió él—. Sientes que te hará lo mismo que viste en el bosque.

Volví a asentir con la cabeza.

—Sientes que te persigue, que te mira desde cualquier parte porque sabe tu secreto.

Asentí.

—Imagina que él está justo frente a ti en este momento —me ordenó—. Imagínalo como lo viste hace un momento alrededor de la fogata.

Lo proyecté en mi mente de la forma más realista que pude. Nicolas, alto, con su cabello peinado hacia atrás y su gabardina violeta. Su expresión serena, como quien no mataba ni una mosca. Esos ojos azules, pero intimidantes. La imagen que se formó fue la misma del bosque y me erizó la piel de una forma incómoda, parecida al miedo. Me empezó a acelerar los latidos. Incluso quise dar un paso atrás.

Pero Damián habló de nuevo, aún detrás de mí, como si mis pensamientos se reflejaran en mi piel:

—Esa es la forma en la que Padme, la chica normal, reaccionaría. Con miedo, con dudas. Las palabras se irían de su mente, no sería capaz de defenderse, y se delataría. Entonces, Nicolas se daría cuenta y todo lo que Padme temió, se haría realidad. Sería torturada de formas horribles y luego, asesinada.

Tal vez fue la forma lenta y cargada de suspenso con la que narró eso, pero las escenas se tejieron en mi mente con mucha facilidad y con una realidad poderosa. ¿O quizás porque esos eran mis más grandes temores? Era tan cierto, le temía más a Nicolas que al mismo Damián o a Poe o a Archie, aun sabiendo que ellos también eran asesinos. Ni siquiera entendía por qué, pero tenía la certeza de que deseaba lastimarme.

Mis labios se entreabrieron porque mi respiración se vio afectada. Noté que sostenía el cuchillo con mano temblorosa.

—Pero eso no va a pasar —continuó Damián— porque esa ya no eres tú y no es así como vas a reaccionar. Ahora eres una Novena, y una Novena es capaz de deshacerse de cualquier miedo y estorbo en cualquier momento. Es lo que vas a hacer. En este instante, estás parada frente a Nicolas y eres Padme Gray, así que actuarás como ella lo haría.

«¿Y cómo lo haría?», me pregunté a mí misma.

Iba a enseñármelo. El contacto de la mano de Damián en el dorso de mi mano, me sobresaltó, pero al mismo tiempo me impidió alejarme. Sentí las yemas un tanto ásperas deslizarse sobre mis nudillos y luego envolver mis dedos. Un apretón firme que aplastó el temblor del miedo. Y luego, las puntas de sus zapatos chocaron con la parte trasera de los míos, porque se acercó a mí lo suficiente para que su boca quedara a centímetros de mi oreja.

Solo su aliento rozó mi piel mientras dio las instrucciones:

—Padme Gray alzaría la cara con seguridad y miraría a Nicolas a los ojos.

Me imaginé haciendo exactamente eso.

—No importaría la diferencia de estatura, ni la diferencia de fuerza, ni la diferencia de experiencia.

También imaginé que no temblaba ni temía.

—Ella daría un paso adelante...

Di un paso automático con él aún sosteniéndome.

—Y él ni siquiera notaría lo peligroso que es eso, porque estaría muy ocupado mirando lo intimidante que Padme se ve.

En mi mente, los ojos de Nicolas fijos en mí.

—Así que, teniéndolo hipnotizado, ella deslizaría su cuchillo fuera de su escondite...

Su mano guio la mía hacia adelante en un movimiento lento.

—Pensaría en lo que él quiere hacerle, en que es capaz de lastimar a su familia, en que intenta atraparla...

Puso el suspenso de una forma que hasta sentí que Nicolas quería avanzar hacia mí para matarme.

—Y luego... lo clavaría en su pecho.

El impulso fue tanto suyo como mío, y aunque yo creí que no habría nada que el cuchillo en mi mano pudiera penetrar porque solo estaba usando mi imaginación, sí lo hubo. La filosa hoja se clavó en algo, lo rasgó y el sonido fue el del cuero rompiéndose.

Me asusté.

Se sintió bien.

Volví a asustarme.

¿Debía quitarme el pañuelo?

Damián seguía sosteniendo mi mano como guía. En mi mente, Nicolas seguía ahí parado, y yo viendo todo como en un videojuego en primera persona. Él con el cuchillo en el pecho y su expresión de calma al fin desecha y sustituida por una de *shock*, dolor y horror.

Me llené de un nerviosismo impulsivo. Tenía la respiración agitada y mis latidos resonando en mis oídos.

Damián lo susurró contra mi oído:

—Porque Padme no se detendría hasta asegurarse de que él ya no sea un peligro.

De nuevo, impulsó mi mano para lanzar un segundo cuchillazo. Luego otro y luego otro más. Fue tan fuerte, que penetró aquel objeto con una facilidad mortal. Y aunque podía parecer que él me estaba obligando a hacerlo, me di cuenta de que yo también estaba acuchillando al Nicolas imaginario. Sin parar, sin preguntar, solo descargando todo aquel miedo, aquella rabia, aquella frustración que, desde el día ese en el bosque, al descubrir el secreto, había estado reprimiendo.

No, desde mucho antes. Desde *aquel día*.

Las imágenes del recuerdo pasaron por mi cabeza, más definidas:

—*Mamá, ¿quiénes son esas personas?*

—*Vienen por ti.*

—*¿Para ir a dónde? No hagas esto.*

—*¿Por qué te escapaste? ¿Esto es lo que en verdad eres, Padme? ¿Esto es lo que quieres ser? No, así que vamos a corregirlo y si alguna vez vuelves a sentirlo, tú misma sabrás cómo impedirlo.*

Mi miedo. Mi cuerpo frío. Mi inocencia. Mis lágrimas. La última vez que había llorado.

—*¿Por cuánto tiempo?*

—*Todo el que sea necesario para arreglarte.*

De alguna forma me solté del agarre de Damián. Ciega y sumida en esa realidad creada por mi mente, yo misma ataqué el objeto con el cuchillo. No conté cuantas veces. No medí la fuerza. Solo sé que enterré y saqué la filosa hoja, y con cada cuchillazo arremetí contra cada recuerdo, llena de rabia, de impotencia, de dolor y de culpa. Ataqué ese momento. Ataqué la voz de mi madre sin una nota de piedad a pesar de que supliqué que no dejara que me llevaran, a mi padre sin hacer nada, a la manera en la que después de eso había tenido que moldearme por completo a mí misma para ser una marioneta.

Incluso una parte de mí quiso…

Una parte de mí siempre había querido explotar…

Cuando por fin me detuve, mi brazo cayó lánguido y el cuchillo al suelo. Respiraba por la boca y se escuchaba, y también me temblaban los dedos y todo el cuerpo, tanto por la descarga como por la presión contra la empuñadura. Sudaba. Mi visión incluso estaba un poco borrosa y mis sentidos algo desestabilizados, como si fuera a desmayarme.

—Quítate el pañuelo —escuché a Damián ordenarme.

Lo hice, débil. Mis ojos tardaron un momento en detallar la escena. Frente a mí colgaba un saco de boxeo. Pendía de unas gruesas cadenas. Estaba rasgado por todas partes y el relleno caía al piso. No era Nicolas. No era nadie.

Miré a Damián. Estaba ahí parado, serio, a la espera. El cabello negro y los ojos se mezclaban con la débil y siniestra luz de las lámparas de gas. Aun así, tenía una nueva expresión de fascinación, de cuando tienes ante ti algo que acabas de descubrir que te gusta. ¿Era la primera vez que expresaba gusto por algo? En ese caso, combinado con la oscuridad que su rostro siempre transmitía, el resultado era desquiciadamente atractivo.

—Así es como se siente —me dijo, lento, hipnotizado—. Sin miedos. Sin límites. ¿Te gusta?

Esperó mi respuesta mientras me miraba fijo. Volví a ver el saco de boxeo acuchillado. Lo había hecho yo. Sin pensar. O, mejor dicho, pensando en todo lo que en el fondo quería destrozar. Esos recuerdos que seguían atormentándome, las reglas que tenía que seguir. Si tan solo hubiera podido acabar con ellos de esa forma, con un cuchillo mental, era tan capaz de dejarlos como el saco estaba ahora.

Porque en realidad... Sentía que...

Mi teléfono vibró con insistencia en mi bolsillo y fue como un tirón a la realidad. Al instante reconocí que era Eris, porque solo ella me insistía de esa manera si era algo importante. Pero ¿cómo es que había cobertura? Si cada vez que entraba al bosque la perdía. Qué extraño...

Aunque debía responderle a Damián, lo saqué de mi bolsillo y miré el *chat*. Había un montón de mensajes de horas atrás con la palabra «urgente», y el más importante:

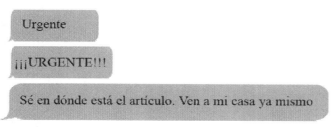

Urgente

¡¡¡URGENTE!!!

Sé en dónde está el artículo. Ven a mi casa ya mismo

—Debo irme —le dije a Damián, y mi voz sonó temblorosa.

—No hemos terminado —se opuso.

—No me importa —solté, alterada—. No quiero estar aquí. Quiero ir a casa.

Tal vez le molestó, no estuve segura. Ni siquiera esperé que me respondiera, solo avancé rumbo a la salida de la cueva.

Lo único que escuché antes de alejarme, fue su voz diciendo:

—No somos tan diferentes, Padme, y no lo ves porque solo te gusta mucho tu propio mundo en el que crees que existe la bondad y la justicia. Te gusta ese mundo que no existe, y mientras no te atrevas a salir de él, tú puedes ser el mismísimo cielo si quieres, pero yo seguiré siendo el infierno y siempre estaremos en guerra.

13

ASÍ QUE NO INTENTES DESENTERRAR NUESTROS SECRETOS

Esperamos tres días.

Y luego Eris y yo fuimos al cementerio de Asfil.

Estaba helado, desolado y lúgubre. Los árboles, que también pertenecían al bosque en cierta parte, se alzaban con ramas esqueléticas, torcidas y deshojadas. Las lápidas y mausoleos estaban rodeados por una bruma blanca y espeluznante. El ambiente ponía los pelos de punta, como si en cualquier momento pudiera convertirse en una película de terror.

La teoría de Eris era que el artículo estaba dentro del ataúd de Zacarias, enterrado con él como había gritado Margaret en el asilo: «¡Dijo que lo enterrarían con su verdad porque era su mayor descubrimiento y era muy peligrosa!». Podíamos estar equivocadas al pensar que la anciana nos había dado la respuesta de forma disimulada, pero lo intentaríamos.

Nos costó bastante dar con la tumba porque por alguna razón lo habían ubicado en la parte final del cementerio, como si no quisieran que nadie lo encontrara nunca. Ni siquiera tenía epitafio, solo su nombre y las fechas. Luego pasamos más de dos horas excavando. Fue horrible. Nada más en veinte minutos me empezaron a doler los brazos, el torso y las caderas.

Fue un gran alivio cuando las palas tocaron fondo y el ataúd quedó a la vista.

Nos pusimos los cubrebocas al igual que los guantes de látex que habíamos llevado para no contaminarnos ni dejar huellas. Jamás habíamos hecho algo así, por lo que el corazón me palpitaba denso de adrenalina.

Íbamos a abrir un ataúd.

Íbamos a profanar un cuerpo.

¡Ya lo estábamos profanando!

Retiramos la tapa y el asqueroso olor se liberó con fuerza. Eso junto a la primera impresión del cuerpo en descomposición hizo que el estómago se me revolviera del asco. Gran parte de la piel se le había desprendido y los huesos estaban a la vista. Los gusanos recorrían las extremidades a su antojo, los dedos ya no tenían carne, los ojos se habían fundido en la negrura de las cuencas.

—¡Maldición, es horrible! —gemí debajo del cubrebocas.

Me hizo recordar el cadáver de Beatrice, del que nunca supe nada más. Hasta ese día no habían avisado de ningún funeral y tampoco habían vuelto a hablar de ella, e incluso, por mi mente pasó la imagen del saco de boxeo acuchillado por mí en la cueva de la manada. Mi descarga de furia, mi fuerza de ataque, lo poco que había pensado en lo que clavar ese cuchillo significaba…

No había dormido casi nada porque me aterraba y me preocupaba algo muy importante: que otra vez, justo como con La Ambrosía, me había sentido liberada. Así que desde esa noche no había respondido a los mensajes de Damián diciendo que se reunirían en el bosque. Ya me preguntaba cuándo se hartaría y aparecería enojado a reclamarme que no me estaba comportando como una Novena.

Salí de mis pensamientos y me di cuenta de que Eris no decía nada porque se había quedado mirando fijamente el cadáver.

—¿Eris? —le llamé con un chasquido en su cara—. ¡Eris!

Su respuesta fue inmediata y automática como la de un robot:

—¿Sabías que antes hacían esto de exhumar cadáveres para estudiar la anatomía del cuerpo humano?

—¿Necesitas activar tu modo Wikipedia justo ahora? —Pestañeé con total extrañeza—. Vamos, revísalo.

Eris sacudió la cabeza en total negación.

—Tú fuiste la de la idea de abrir el ataúd, así que te concedo el honor de tocar el cuerpo del señor Carson.

—¡Pero tú planteaste la teoría y además toleras más estas cosas! —arrojé en defensa—. Ahora no te hagas la que te asusta, si solo es un cuerpecito…

Bajé la vista hacia él de nuevo con la intención de mirarlo desde una perspectiva más valiente, pero se me revolvieron mucho más las tripas con solo ver las pequeñas cositas que se movían lenta y de forma repugnante sobre la poca piel que quedaba.

Esperé que Eris tomara el valor como lo hacía siempre, pero tampoco pareció muy dispuesta. Solo observaba el cadáver con aire analítico y dudoso, como si la idea de tocarlo le causara un debate mental.

Tuve que ser la que tomara la decisión.

—Mejor hagámoslo las dos al mismo tiempo —suspiré.

Eris lo pensó por un momento más hasta que por fin aceptó. Se inclinó para comenzar a rebuscar, pero...

—Espera —la detuve.

—¿Qué? —Alzó la vista hacia mí con las cejas arrugadas.

Dudé un segundo, pero finalmente exhalé y cerré los ojos para concentrarme.

—Señor Carson, lamentamos estar haciendo esto, pero es necesario para nosotras porque... —empecé a decir en un susurro.

—¿Qué haces? —Eris me interrumpió, confundida.

—Me disculpo —respondí con obviedad—. Estamos profanando su cuerpo.

—¡¿Qué va a estar sabiendo este viejo?! —soltó, ceñuda—. ¡Solo revísalo que no podemos estar aquí por mucho tiempo!

Lo revisamos de pies a cabeza. Primero pensamos que había sido un error y que nos habíamos equivocado, hasta que Eris metió la mano en el bolsillo derecho de su pantalón y descubrió algo. Lo extrajo de la misma forma que se sacaba un objeto que podía explotar en cualquier segundo.

Era un trozo de papel doblado y arrugado.

Nos miramos la una a la otra. Margaret nos había dado la ubicación... ¿Había sido intencional? Me sentí mal ante la idea de que tal vez iban a matarla.

Bueno, aún no teníamos una idea exacta de lo que había en ese papel. Eris lo desdobló y lo apunté con la linterna. Sus ojos se movieron con rapidez sobre las letras. Yo, demasiado entusiasmada y a la expectativa, no logré conectar ninguna palabra en ese momento, así que esperé por ella.

—Es un artículo de periódico —anunció, estudiándolo—. Pero está en inglés...

Mi corazón empezó a latir más rápido. ¿Era lo que buscábamos? ¿Era la respuesta?

—¿Dice algo sobre ellos? —pregunté, ansiosa.

—Dice que...

Un ruido extraño e indeterminable interrumpió las palabras de Eris. Nos quedamos rígidas durante un segundo, preguntándonos si habíamos escuchado mal, pero cuando volvimos a oírlo dejamos la lectura como segunda prioridad y empezamos a subir la escalerilla hasta la superficie a toda velocidad.

Apagamos las linternas para que la oscuridad ocultara nuestras siluetas lo mejor posible. El raro sonido se escuchó de nuevo y esa vez fue lo suficientemente claro como para saber que una motocicleta se acercaba por la calle que teníamos a pocos metros de distancia.

—¡Rápido, hay que escondernos! —solté. Tuve que darle un empujón a Eris porque por un momento no supo hacia dónde ir y dio vueltas como un perrito confundido persiguiendo su cola—. ¡Detrás de las lápidas! —le dije, en un grito ahogado.

—¡Si me haces caer te voy a encerrar en el ataúd con Carson! —reprochó, e intentó no tropezar con el montón de tierra.

Corrimos y nos agachamos detrás de una de las paredes de un mausoleo. Confié en que la oscuridad nos ayudaría a no ser descubiertas, así que me moví con cautela y traté de echar un ojo.

El cementerio era como un laberinto, pero tenía algunas calles angostas. Por una de ellas se aproximaban los cuatro círculos de luz de dos motocicletas. Se detuvieron frente a la calle que estaba más cerca del enorme agujero que habíamos excavado. El frío recorrió mi cuerpo al pensar en que lo notarían y que por esa razón nos descubrirían, pero algo me asustó mucho más: en cuanto los conductores se bajaron y se quitaron los cascos, y los faroles con las débiles luces blancas nos permitieron verlos, reconocí que uno era Nicolas y el otro era el chico de cabello púrpura que le había acompañado en el bosque, el asesino de Beatrice.

Nicolas se acercó a la motocicleta del otro. Por un instante no supe qué estaban haciendo hasta que me di cuenta del bulto negro que estaba apoyado en la parte trasera de la moto. Era tan largo como una persona y estaba asegurado con varias cuerdas.

Debía de ser un cadáver, alguna presa.

Ambos quitaron las cuerdas y sostuvieron el bulto embolsado. Nicolas por un lado y el chico por el otro. Luego empezaron a trasladarlo en dirección a las lápidas. Me pregunté por qué rayos estaban llevando un cadáver al cementerio. Sí, era raro solo porque eran Novenos, y según los datos soltados al azar por Archie, los Novenos no valoraban para nada una presa como para enterrarla…

—Tenemos que irnos —susurró Eris apenas pudo.

—¿Dejaremos todo así? —le pregunté, con el mismo volumen de voz, todavía agachada—. Si no volvemos a cerrar el agujero, la policía podría investigar esto.

Aunque ya era obvio que la policía no servía para nada en Asfil.

—No lo creo, otras personas vienen a abrir los ataúdes todo el tiempo —dijo una voz distinta por detrás de nosotras.

Eris y yo nos sobresaltamos, asustadas. Caí de culo, y tuve que taparme la boca para que el grito no saliera de mi boca como el chillido de un alma en agonía.

Archie. El Archie de la manada de Damián. De mi manada, estaba ahí.

Parpadeé repetidamente, horrorizada por su aparición. Estaba agachado de manera similar a nosotras como si hubiese estado ayudándonos todo ese tiempo y también hubiese salido corriendo a ocultarse. Nos miró con los avispados y nerviosos ojos llenos de incredulidad. Dio la impresión de no entender nuestras reacciones, pero, si se aparecía así, ¿cómo no íbamos a asustarnos?

—¡Demonios, Archie! —solté en un susurro exasperado—. ¿Qué haces aquí?

Por el susto incluso escuchaba retumbar mi corazón en mis oídos.

Archie se reajustó las gafas. Pareció demasiado indefenso e incapaz de lastimar a alguien, pero ese aire de nerviosismo y fragilidad me resultaban bastante inquietantes...

—Vengo aquí por las noches a visitar a mi madre —respondió con una nota de aflicción—. ¿Ustedes a quién visitaban?

—A nadie —contesté, todavía afectada. Me di cuenta de que eso había sido un error, porque, ¿entonces qué hacíamos ahí?—. A mi abuela... —corregí rápido.

Archie hizo silencio un momento. Me miró con cierta preocupación. Por más que me esforcé en ocultarlo, de verdad estaba espantada.

—Uhm, ¿necesitas que llame a Damián por ti? —dijo él finalmente—. No creo que le agrade mucho que estés aquí tan tarde.

Hundió la mano en el bolsillo de su pantalón, tal vez para sacar su celular. Una alarma se encendió en mi cabeza.

—¡No! —me apresuré a pedirle—. ¡No lo llames!

—¿No? —Sacó la mano del bolsillo, dudoso.

Asentí con rapidez. Eris me echó una mirada cautelosa. Debía decir una mentira creíble.

—Nosotras estábamos... la verdad es que... —musité. La cabeza se me revolvió—. Mira, Archie, es...

—Es un secreto, ¿cierto? —completó él como si ya lo entendiera todo. Y soltó una pequeña risa cómplice que se transformó en el sonido de un puerco.

De repente recordé que la noche del Beso de Sangre había dicho que los secretos le gustaban mucho, así que se me encendió el bombillo mental.

—Sí, es un secreto —asentí, y con la voz suave que Tatiana usaría para hablarle, añadí—: me gustan mucho como a ti.

—No pensé que tuviéramos algo en común —sonrió—. Ni siquiera me agradabas al principio.

No supe si asustarme o aliviarme. Archie era demasiado raro. Llevaba solo semanas conociéndolo y sus emociones parecían una balanza desequilibrada. Daban la impresión de ser demasiado impredecibles. ¿En verdad podía confiar en él?

—Bueno, a Damián no le he dicho este secreto porque se enojaría, ya sabes cómo es, así que... —Los labios me temblaron al igual que las palabras—. ¿Tú podrías guardármelo?

Archie también asintió con lentitud por un momento. Me sentí nerviosa hasta que los ojos enormes y alertas detrás de las gafas se llenaron de comprensión.

—Claro, Padme, no pasa nada —aceptó con tranquilidad—. Tatiana dice que debo llevarme mejor contigo. Además, yo tampoco le cuento algunas cosas a ella —agregó con la extraña y perturbadora mirada fija en el vacío—. Por ejemplo, no sabe que vengo aquí a diario. Diría que no es sano, pero mi pobre madre está tan sola...

Un aire de profunda angustia surcó su cara y arqueó sus cejas.

—¿Tu madre está enterrada cerca de aquí? —le pregunté, para intentar verme amigable.

—Sí, aunque a veces me parece que flota en el lago...

Eris, todavía muy quieta, se mantenía en silencio. No hablaba porque Archie parecía no notar la completa verdad de la situación. De hecho, ni siquiera la había mirado a ella, como si no existiera. ¿Era posible que tuviera algún tipo de miopía muy fuerte o que por algún loco milagro las sombras la ocultaran y por esa razón él hablara como si solo estuviésemos los dos en ese lugar?

¿Y cómo su madre podía flotar en el lago si estaba muerta?

Archie agitó la cabeza como para sacudir algunos pensamientos problemáticos.

—Da igual —soltó, con indiferencia—. ¿No necesitas que te ayude en algo?

—Solo tengo que volver a casa —dije—. ¿Crees que habría algún problema si dejo todo esto así?

Archie echó un vistazo en dirección al agujero. Las motocicletas estaban aparcadas, pero ni Nicolas ni su amigo se veían cerca.

—Deberías echarle la tierra encima al menos —aconsejó—. Aunque te va a tomar bastante tiempo.

Sin saber si sería buena idea...

—¿Podrías ayudarme? —le pedí.

Era mejor que lo hiciera él porque si lo veía Nicolas sería un asunto de Novenos. Si me veía a mí, por el contrario, sería grave porque yo estaba con Eris y se suponía que ella era una presa.

Archie aceptó. De nuevo, ni siquiera pareció notar a Eris, solo empezó a echar la tierra mientras me hablaba de muy buen humor sobre cómo se hacía correctamente. Lo hizo con demasiada facilidad y rapidez, como si usar la pala fuera algo tan sencillo como hurgarse la nariz. De verdad había algo muy perturbador en él, incluso más que en el resto de los Novenos que había visto. Era algo en su humor tan voluble que resultaba tenebroso, y que me advertía ir con cautela al conversar.

Incluso sospeché que había pasado un buen rato viéndonos excavar la tumba. ¿Y si nos estuvo espiando?

—¿Estás segura de que no quieres que te acompañe a casa? —me preguntó Archie cuando finalizó, sacudiéndose las manos—. Hay muchos peligros a esta hora, y yo puedo cuidarte.

—No, no, está bien —respondí, restándole importancia—. Volveré sana y salva gracias a ti.

Archie asintió con una sonrisa amplia de labios pegados.

—Entonces te veo luego, Padme —se despidió. Y en ese momento sí miró a Eris como si ya hubiera dejado de ignorarla—. Adiós, Eris. Espero verte pronto. Bienvenida a la manada.

Esa noche la sentí muy surreal, otra vez como si yo lo viera todo desde fuera de mi cuerpo. ¿O el tiempo pasaba demasiado rápido? ¿O yo no era consciente del tiempo? ¿O eran mis miedos tomando poder en mi mente?

No estaba segura, pero volvimos rápido a la casa de Eris a las cuatro de la mañana y pasamos a hurtadillas para que su madre no se diera cuenta de que acabábamos de aparecer. Si se enteraba entonces llamaría a mi madre y mis salidas libres acabarían, porque sería imposible explicar una llegada a esa hora con la ropa sucia de tierra, la cara sudada, el pecho agitado y las cejas arqueadas de nervios.

Archie había dicho: «Bienvenida a la manada».

Un problema se avecinaba.

Subimos las escaleras y entramos en la habitación sanas y salvas.

—Archie se lo dirá a Damián —comenté, preocupada, mientras me quitaba los zapatos con rapidez—. Él sabía que estábamos ahí por razones extrañas, no es tonto...

Eris no parecía tan preocupada como yo. Claro, porque no sabía toda la verdad. Yo se lo había contado a medias. Así que se dejó caer en la silla frente a su escritorio, encendió la lamparilla y comenzó a extender la hoja del artículo.

—Es muy raro ese chico... ¿dijo que su madre flotaba en el lago? —comentó, ceñuda.

—¡¿Te vio y te preguntas solo lo que dijo de su madre?! —solté con cierta exasperación.

Eris se giró en la silla y me miró con esa actitud controlada y madura que la caracterizaba. Yo sentía que iba a sufrir un ataque de ansiedad de solo pensar en lo que significaba que Archie le dijera a Damián que ahora otra persona también sabía sobre los Novenos.

Aunque ella sabía controlar mejor sus emociones y en situaciones de emergencia era quien actuaba mejor.

—Arreglaremos eso —aseguró.

—¡¿Cómo?!

—Primero veamos qué dice el artículo.

Se giró de nuevo y alisó por completo la hoja. Se inclinó más para examinarla.

—Léelo ya porque tengo los ovarios en el cuello y necesito que bajen —resoplé, y me senté en la cama para calmarme un poco.

Aguardé mientras ella traducía. Sus ojos se movieron de un lado a otro a medida que pasaba las líneas. Intenté planear algunas mentiras.

Podía decirle a Damián que no le había revelado nada de los Novenos a Eris, y que le había contado las cosas de otra forma. Pero ¿me creería? No. Seguro que no.

O podía decirle que ella solo intentaba ayudarme con algo que no tenía nada que ver con los Novenos. No. Tampoco.

¿Y si Eris debía huir?

Me di cuenta de que su rostro se contrajo en un gesto de completo asombro como nunca antes había visto. Me levanté del colchón con el cuerpo tenso por la incertidumbre y continué esperando incluso cuando todo me exigía saber de inmediato de qué se trataba.

Un par de segundos después, Eris descansó en el espaldar de la silla y fijó los ojos en algún punto de la pared, entre absorta y pasmada.

—¿Qué es...? —La voz me salió con dificultad, aguda y cargada de afán.

—No me has dicho toda la verdad, ¿cierto?

El silencio que se hizo entre nosotras solo permitió que se escuchara mi respiración acelerada. Mi pecho subía y bajaba con fuerza. Sabía que ese momento llegaría, aunque había tenido la esperanza de que fuera justo antes de resolverlo todo.

—Eris...

—No me dijiste la verdad —repitió, seria.

De acuerdo, no tenía ni idea de qué decía el artículo como para que llegara a la verdad, pero ya no podía mentirle más. Creía que me desmayaría.

—Fue justo por saber todo el secreto que terminé atrapada en esto —intenté explicarle—. Pensé que, si no te lo decía todo, ellos no podrían hacerte daño. La regla aplica para quienes se enteran de... lo que son.

Eris apretó los labios, enfadada.

—Detesto cuando me tomas por tonta.

—Eris, no fue por eso...

Se giró en la silla. Lucía tan molesta que eso me hizo cerrar la boca. En verdad era muy intimidante cuando se enojaba.

—Estás metida en algo que ni siquiera ellos son capaces de entender, ¿y creíste que mintiendo ibas a encontrar una salida?

—No quería ponerte en peligro —insistí—. No has visto lo que hacen. No lo sabes como yo.

—En peligro ya estoy, así que no hay nada que puedas evitar. Me molesta mucho que no me lo hayas contado todo, pero esto por desgracia es... —Negó con la cabeza y suspiró como si no hubiera más remedio—. Lo más fascinante que he visto en mi vida.

Pestañeé.

¿Había dicho «fascinante»? ¿Por qué?

Ella entonces empezó a explicarlo:

—Carson escribió que Asfil, por razones que aún estaba estudiando, no es un pueblo normal. Sobre los kilómetros de tierra que conforman este lugar, se extiende una energía inestable producto de un fallo interdimensional que hace que cada noveno día de cada noveno mes, la conexión entre esta y otra dimensión se intensifique e influya en los nacimientos.

Pestañeé, inmóvil.

Ya va, ¿que era a causa de qué?

—No entiendo —admití, perdida.

—En un resumen sencillo: la raza llamada Novenos son el resultado del efecto de otra dimensión que está chocando con la nuestra.

—Otra... ¿dimensión?

—Padme, este artículo revela un gran descubrimiento —puntualizó Eris, medio abrumada por la información—. No solo científico, no solo anormal. Es todo lo que se ha creído imposible. Dice que no existimos solo nosotros. También existe una variación de la raza humana que vive solo para asesinar, y Damián es uno de ellos.

Algo inquieto y vibrante se activó dentro de ella tras esas palabras, y en donde un momento atrás había enfado, apareció cierta fascinación, como si mil mundos nuevos se hubieran abierto frente a nosotras. Yo, por el contrario, ni siquiera veía posible mover un músculo por el *shock*.

Relató las palabras escritas por Carson:

> Para que esto que llamo fallo interdimensional sucediera, una entrada a otra dimensión tuvo que haberse abierto alguna vez y, de alguna forma inexplicable, quedar adherida a Asfil. Puede ser una gran entrada o hasta una simple grieta, pero lo que sea que hay, colisiona con nuestra dimensión y causa un error. La energía de ese error se expande y origina fallos contra la naturaleza. Los nueve de septiembre es más intensa y produce Novenos. El resto del año tiene otros efectos que no explicaré aquí, pero los habitantes de Asfil somos prisioneros de un error en el espacio-tiempo, y en algún momento causará un estallido fatal.

Sentí la boca seca, la parálisis de estar enfrentándome a lo desconocido. Eris no paró de leer:

—¿El núcleo es la cabaña? ¿Quiere decir que hay dos Asfil, uno en donde estamos justo ahora y otro que es a donde realmente pertenecen los Novenos?

Eris asintió, aunque con un ligero desconcierto. Su rostro parecía el de los detectives más astutos de las películas.

—Pero entonces eso significa que... —murmuró, pensativa.

—¡¿Qué?! —exigí, con cierto desespero. Quería saberlo todo a pesar de ya tener un caos mental.

—¿Cómo se abrió esa entrada que según crea la colisión entre dos dimensiones? ¿Los Novenos están entrando y saliendo de ella todo el tiempo? Además, pasar de una dimensión a otra no puede ser tan fácil como parece —señaló—. Sí, has estado allí, pero también tiene que haber una consecuencia...

Eris se acercó con apuro al librero que había contra la pared y comenzó a buscar con una rapidez apasionada entre los libros algún tomo en específico.

—Pero ¿el artículo dice algo sobre cómo salir de ese mundo sin resultar muerto? —le pregunté, recordando nuestro objetivo inicial.

Ella sacó un libro y lo puso sobre su escritorio. Abrió uno de los cajones y sacó el libro de Beatrice. Lo colocó allí también. Luego miró el artículo de nuevo y leyó:

Los Novenos no son empáticos. Su naturaleza es más monstruosa de lo que podría parecer. Eso lo explico en mis otros
estudios, reservados para servir de ayuda si llegase a nacer
una guerra entre ellos y nosotros. Por ahora lo primordial
es poner en marcha una solución. Requeriremos de cientos de
especialistas, cientos de mentes brillantes. Y todavía no
sé cómo, pero sostengo que cerrar la entrada en el bosque
podría detener la inminente colisión entre dimensiones y
mantener a cada especie en su sitio. Después de hacer todos
mis viajes puedo asegurar que Asfil es el origen. Al abrirse
las brechas, la influencia se expandió como un cáncer por
el mundo. Ahora, si el centro deja de enviar energía, esta
influencia perderá fuerza y se desvanecerá.

Justo después de pronunciar la última palabra, abrió el libro de
Beatrice y empezó a pasar las páginas con efusividad, buscando
algo, tratando de encontrar algo que explicara otra cosa.

—¿Cerrar la entrada? —pregunté, confundida—. Dice que se
necesitan especialistas.

—Depende de cómo hay que cerrarla. —Ella se giró hacia
mí—. Ahora todo se ve más difícil, sí, pero no nací con este cerebro solo para soltar geniales frases sarcásticas.

—No sabemos nada de esto, aunque seas una adicta a aprender y...

—Hay que encontrar los otros estudios de Carson —me interrumpió con decisión.

De acuerdo, era una idea buena, pero había un problema.

—¿En dónde?

—Si Beatrice fue a visitar a Carson para leer el artículo y él se
lo mostró, descubrió lo mismo que nosotras y se hizo la misma
pregunta: ¿cómo se cierra la entrada? Entonces ella también tuvo
que haber buscado más.

—¿Tal vez Beatrice quiso ayudarlo a hacer el cierre? Qué
valiente era...

Eris dio unos pasos hacia mí y se agachó en frente. La mirada
que me dedicó fue de apoyo, firme y segura.

—Analizaré mejor el libro y si no encuentro más, buscaremos en
su casa. Incluso si Carson escondió el resto de los estudios en Nueva
York o en Afganistán, haré hasta lo imposible para ir allí y traerlos.

No pude procesar del todo sus palabras porque mi teléfono empezó a sonar. No fue una notificación de mensaje, sino otra y otra y otra, todas seguidas y con insistencia. Tuve un mal presentimiento. En cuanto saqué el móvil para mirar, lo confirmé.

Era una larga cadena de mensajes de un número anónimo, y todos decían lo mismo:

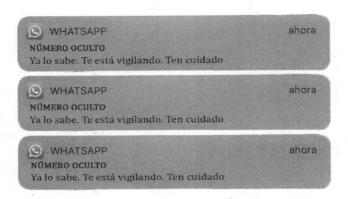

> WHATSAPP — ahora
> NÚMERO OCULTO
> Ya lo sabe. Te está vigilando. Ten cuidado
>
> WHATSAPP — ahora
> NÚMERO OCULTO
> Ya lo sabe. Te está vigilando. Ten cuidado
>
> WHATSAPP — ahora
> NÚMERO OCULTO
> Ya lo sabe. Te está vigilando. Ten cuidado

¿Quién sabía qué?

¿Nicolas?

¿Qué era esto?

Miré a Eris. De nuevo el miedo. Temor. Ansias. Frío, mucho frío. Un nudo en mi garganta. Solo pude recordarnos a Alicia a Eris y a mí de pequeñas jugando y haciendo pactos de amistad que, a pesar de ser infantiles, habían tenido peso hasta en ese instante.

Por alguna razón también recordé mi furia en la cueva…

Una furia con la que podía defender a mi familia y a mis amigas si era necesario…

—Podrían matarte por mi culpa —murmuré, pasmada—. Matar a mis padres, a Alicia…

—Nadie me hará daño —respondió ella, apretándome la mano con fuerza y consuelo—. Y esto no es tu culpa. Nunca lo será.

Recordé a Nicolas en el cementerio. ¿Nos habría visto? De ser así, ese mensaje era un aviso, pero ¿de quién?

—Vamos a resolverlo porque estamos juntas en esto —añadió Eris—. Juntas hasta el final.

14

PODRÍAMOS LLEVARNOS LO QUE MÁS QUIERES

—…y no olviden comprar sus boletos para la fiesta de otoño. Ahora, pueden salir. —El profesor terminó la clase y todos dejaron sus pupitres como si hubieran estado amarrados a ellos.

Yo parecía un zombi entre los demás. Había intentado descansar esas tres horas que restaban desde que llegamos a casa de Eris, pero no había podido dormir. Demasiado para procesar. Primero, eso de que Asfil no era un pueblo normal y que dos dimensiones colisionaban por culpa de una abertura. Segundo, ¿quién me había enviado los mensajes y quién me estaba vigilando?

Era obvio que Archie sabía sobre Eris, pero sospechaba que el mensaje no se refería a él, sino a alguien que sabía que me habían metido con mentiras a ese mundo.

Miré la mesa de Alicia. No había asistido a esa clase que compartíamos. Me pregunté por qué. En otra ocasión habría ido directo a su casa para averiguar si estaba enferma y si necesitaba helado, gomitas y vodka. Ya no podía. Lo peor era que quería verla, saber si estaba bien, porque en nuestro último encuentro yo había sido muy cruel.

Tomé la mochila para colgármela. Cuando alcé la mirada me encontré ante la alta figura de Cristian. Recordé la noche que me había encontrado caminando por el pueblo en pijama y me había dado el aventón.

—Hola, ¿todo bien? —me preguntó, con una sonrisa encantadora.

—Sí, ¿qué hay, Cristian? —saludé. Nunca me había llevado mal con él y tampoco me desagradaba, así que le devolví la sonrisa con total normalidad.

—Todo bien —asintió—. Estoy preparándome para las pruebas porque solicité entrar a una prestigiosa universidad internacional. Estoy entusiasmado y espero respuesta. ¿Tú qué solicitaste?

Las solicitudes… Hasta ahora no había enviado ni revisado nada porque me preocupaba más no morir. Después de todo, si me aceptaban en alguna, no serviría de nada si estaba pudriéndome en el bosque de Asfil.

Cristian se pasó la mano por el cabello. Eso hacía siempre frente a las chicas.

—Oye, no me avisaste nada —comentó.

Claro, él me había invitado a pasar el día juntos y yo dije que le avisaría solo para salir del paso. No supe qué responder porque le había mentido, así que él hizo un gesto de que no me preocupara.

—No pasa nada —aseguró—. Pero ¿irás con alguien a la fiesta de otoño? Porque sería genial que vinieras conmigo.

Tampoco había pensado en eso. Damián había dejado claro que no debía juntarme con gente que mantuviera muchas relaciones sociales. Pero... que Cristian me invitara se sintió como una caricia de normalidad, como si realmente no estuviera metida en un gran lío y pudiera preocuparme por ir al baile con un tipo guapo como él. Al mismo tiempo fue triste.

—Yo creo que a Alicia le gustas —dije. Algo así había mencionado ella varios meses atrás. ¿O solo quería acostarse con él? No lo recordaba bien.

Cristian se rascó la nuca, confundido.

—Pero si Alicia sale con un tipo mayor que tiene motocicleta, y ya no viene a clases por andar con él —respondió.

Me quedé paralizada. ¿Un chico con motocicleta por el que no asistía a clases? ¿Alicia perdiendo clases? Ya no sabía nada sobre su vida, pero la conocía tan bien como para estar segura de que a pesar de que no era muy aplicada, le importaba graduarse y salir de Asfil. Así que, ¿qué chico era ese capaz de desviarla de su futuro lejos de este pueblo?

—Bueno, ¿qué dices? —dijo ante mi silencio, animado—. Nos veríamos muy bien en ropa formal, ¿no crees? Prometo no emborracharme y hacerte pasar la mejor noche de tu vida.

Iba a responder que tenía que pensarlo, pero una extraña risa interrumpió la conversación. Fue una risa baja, apática y con una nota burlona. Cristian se giró y miró con la misma curiosidad que yo. No podía ser posible. Damián estaba allí en el aula con nosotros. No nos habíamos dado cuenta, pero se encontraba apoyado en el escritorio del profesor con los brazos cruzados en una postura relajada.

Observaba a Cristian con un aire vacilante, raro, escalofriante.

—La mejor noche de su vida la tendrá y no será contigo.

Quedé todavía más sorprendida.

Cristian hundió las cejas, desconcertado.

—¿Qué? —preguntó—. ¿Ustedes salen?

—Sí —respondió Damián de manera tajante.

—No —contesté al mismo tiempo.

—¿Sí o no? —Cristian alternó la mirada entre ambos.

—Que sí —sostuvo Damián en un tono irrefutable.

—¿Sí? —pregunté, estupefacta.

—Ajá —asintió Damián.

Pensé que se me iba a caer la cara de tanto asombro. ¿Acaso estaba haciendo lo que creía que estaba haciendo? ¿Damián? ¿El tipo cara de culo alias: «Yonosientonadanisiquieraunapicadurademosquito»?

No tenía ningún derecho.

—No es cierto —desmentí de golpe.

Cristian no hallaba a cuál de los dos creerle.

—De acuerdo, estoy confundido justo ahora…

—¡No salimos! —aclaré finalmente—. Somos amigos, es todo.

—Amigos con derechos —aseguró Damián, y alzó el rostro con seguridad.

—¡Tampoco!

Cristian se cruzó de brazos, ceñudo y ahora intrigado.

—¿Qué son, pues? —suspiró, esperando una respuesta clara.

Dios santo, qué situación tan ridícula.

—El punto es que no está disponible para eso de la fiesta y no hay que dar ninguna otra explicación —replicó Damián. Sus ojos manifestaron disgusto. Ante la animosa y común voz de Cristian, la suya era sombría, pausada, amenazadora.

Lo reté con la mirada. Sabía que como Novena no podía hacer ese tipo de cosas, pero en verdad quise molestarlo y quitarle la corona de ganador, aunque fuera un momento.

—Quizás sí lo esté —dije. Pasé a mirar solo a Cristian de una forma más tranquila—. Gracias por invitarme, te daré mi respuesta luego, ¿sí?

Cristian no dijo nada por un momento. Se limitó a mirar a Damián con cierta desconfianza y luego a mí. Si nos decía que estábamos locos iba a tener toda la razón.

—Bien, tienes mi número, ¿no? —asintió él—. Envíame un mensaje de texto cuando quieras…

—Claro. —No le daría ninguna respuesta, obviamente.

Cristian avanzó por el aula entre las mesas, pasó frente a Damián y salió sin decir más. Quedamos él y yo, mirándonos desde un extremo a otro como hacían dos enemigos de tiro del lejano oeste antes de sacar las armas. Estaba asombrada por su comportamiento, y también algo disgustada y confundida.

—¿En serio? —le pregunté, cruzando los brazos.

—¿Qué?

—¿Salimos? ¿Amigos con derecho? ¿No estoy disponible para la fiesta? —repetí en un tono absurdo.

—¿Y tú qué? ¿Quizás sí estás disponible? ¿Te daré mi respuesta luego? —rebatió en el mismo tono—. Sabes que eso fue estúpido.

—Sabes que ni siquiera me tratas bien como para actuar como si yo te gustara. —Usé su misma fórmula. Él giró los ojos con fastidio. Fui al punto—. Hiciste esto mismo frente a Nicolas y tuvo sentido, pero ¿con Cristian? Yo misma pude rechazarlo sin ser grosera. Además, ¿cómo te apareces así sin que te noten? ¿Es algo de Novenos?

El valor que me había impulsado a preguntar todo tan rápido se truncó porque se alejó del escritorio y a paso tranquilo avanzó por el caminillo flanqueado por mesas. Se detuvo a pocos centímetros de mí, más cerca de lo que estuvo Cristian y murmuró:

—Cristian ya es la presa de alguien para La Cacería. Si te vieran con él, ¿qué crees que dirían? Que son amigos, novios, o peor: que quieres robarle la presa a otro. Y hay una regla que lo impide porque causa grandes problemas. Así que, lo que hice fue salvarte.

—¿Él es la presa de quién? —Me helé.

—De alguien —respondió lento y de forma conclusiva, dejando en claro que no me lo diría.

Me causó una gran impotencia saber que Cristian sería una presa. Era un chico común y corriente que además había visto durante toda mi vida en la escuela y en el instituto. Quise poder hacer algo, advertírselo o enviarle alguna señal de «vete del pueblo», pero ¿y si me descubrían y más personas terminaban muertas? ¿Cómo se le advertía de algo así a alguien sin que pensaran que estaba loca?

E igual, los Novenos no eran unos simples asesinos y tampoco podía correr gritando que necesitaba ayuda para derrotar a una raza de otra dimensión. Con eso que Eris y yo habíamos descubierto, mi papel y mis opciones se reducían mucho más. Tenía que... fingir con mayor habilidad.

Ante mi silencio, Damián se dio vuelta para dirigirse a la salida, pero entonces tuve uno de los tan temidos impulsos, y no lo evité. Solo lo tomé por la muñeca y lo detuve. Sí, así de directa y arriesgada. Él llevaba una sudadera oscura, pero percibí el calor que emanaba su piel y eso me causó un escalofrío, no supe si de gusto o de nervios.

Se volvió hacia mí, desconcertado por el contacto. Puso la misma expresión que le vi aquella vez que Poe me hizo caer hacia él, la misma mirada de extrañeza, de impacto, de que no comprendía qué estaba sucediendo. Por un segundo, me arrepentí porque era impredecible, pero mantuve el agarre, dispuesta a comprobar algo por mí misma.

—No te caigo tan mal como quieres hacerme creer —le dije—. Me ayudas cada vez que puedes.

El tono de seguridad de una Padme valiente lo consternó todavía más.

—Deja de hacerte ideas y ocupa tu mente en no arruinar las cosas —soltó de mala gana—. Y te ayudo porque no quiero morir yo.

A pesar de su actitud, no me enojé ni me alejé como antes. Detecté el aire defensivo que activó y decidí aprovecharlo para hurgar en él, para intentar ver qué podía descolocar al oscuro Damián.

—No te gusta el contacto físico, ¿cierto? —le pregunté también.

—No. —Tiró de su brazo y se soltó de mi agarre.

Me apresuré a atravesarme en su camino.

—¿Por qué? A Poe sí, así que no son todos los Novenos. Solo eres tú. No te agrada que se te acerquen, ni que te toquen.

—Los Novenos somos muy distintos —defendió—. El acercamiento, esas cosas no son lo mío.

Lancé las preguntas muy rápido:

—¿Te disgusta? ¿Te incomoda? ¿O te asusta?

Damián me observó sin comprender qué hacía y por qué me estaba comportando de esa forma. Yo tampoco lo sabía muy bien, pero quería ver su reacción.

—Bueno, ¿este es un maldito interrogatorio o qué?

Di otro paso. Lo que nos separó fueron centímetros. Algo dentro de mí se estremeció. En parte a eso también quería llegar. Quería comprobar si yo podía sentir lo mismo que con El Beso de Sangre y si seguía siendo capaz de evitarlo. Pero sí estaba allí. Era un cosquilleo, una sensación inexplicable de peligro y al mismo tiempo una necesidad asfixiante de arriesgarme. Era algo que gritaba que Damián era un monstruo, pero aun así quería acercarme.

Tal vez era la voz de Poe: «Deberías dejarlo fluir, a lo mejor te termina gustando... y a él también». O tal vez era mi propia voz, porque había escuchado una parecida años atrás cuando también la había seguido y había terminado en...

—No sé qué haces, así que para ya —exigió él. Me observaba desde su altura, atento y un tanto alerta. ¿Pensaba que yo iba a atacarlo o qué?

—Pero estamos saliendo, ¿no? —traje sus mismas palabras—. Las personas que salen se acercan, incluso en el mundo de los Novenos, y si no lo haces creíble...

—Es un teatro nada más, no te emociones —cortó de raíz.

Nuevas preguntas se desbordaron en mi mente: ¿eran cosas de que su naturaleza provenía de otra dimensión? Si reaccionaba de esa forma, ¿nunca ninguna chica se le había acercado demasiado? ¿Por qué tan nervioso? ¿Por qué tan incómodo? ¿Significaba que Damián nunca había...?

—¿Has salido antes con alguien? —pregunté, sosteniéndole la mirada—. ¿O lo dijiste, pero no sabes qué es eso?

Pensé que lo tenía justo en donde quería, pero entonces susurró con mi mismo tono curioso:

—¿Te han tapado la boca con cinta antes? Te verías preciosa en absoluto silencio. Muerta también, quién sabe.

Retrocedí los pasos que había dado como si acabara de darme una bofetada de realidad. Su rostro se relajó, consciente de que había dado en el clavo.

—¿Qué? —me preguntó, con cierta malicia—. ¿De repente ya no te sientes tan valiente? —Y como no supe qué decir, añadió—: Mejor dime, ¿qué estuviste haciendo estos días que no respondiste mis mensajes?

Evitándolo, abriendo tumbas con Eris... ¿Archie se lo había dicho? No me había reclamado nada. Por la forma en la que afincó sus ojos intimidantes en mí, casi sentí que me estaba exigiendo que lo confesara, pero no me delaté y tampoco me mostré asustada.

—Cosas —dije, justo como él se había negado a responderme quién quería matar a Cristian.

Me dio la impresión de que intentó alzar la comisura derecha para formar una sonrisa socarrona. Por primera vez avisté un camino abierto, como si le hubiera agradado esa respuesta. ¿Quizás esa era la forma de manejarlo? ¿Siendo igual a él? ¿Respondiendo tan afilada como él lo hacía? ¿O solo siendo valiente y no una cobarde?

—Vamos —ordenó, y se dirigió a la salida del aula.

Lo seguí. Mientras caminaba a su lado por el pasillo del instituto en dirección a la salida, Alicia volvió a mi mente y recordé lo dicho por Cristian sobre que ella estaba con un chico. Me pregunté si sería muy arriesgado hacerle una llamada, nada más para averiguar quién era.

Pero antes me llegó un mensaje de Eris:

> Recuerda averiguar todo lo que puedas

Habíamos acordado que trataría de buscar más información sobre los Novenos y sus vidas para poder conectar esos datos con las investigaciones de Carson.

—Damián, ¿puedes decirme algo sobre sus orígenes? —Solo probé suerte. Nunca me explicaba nada, pero sentía un dejo de valor después de habérmele acercado sin que se lo esperara y haberlo puesto nervioso.

Me respondió cuando salimos del instituto y no hubo gente cerca:

—Solo sé lo que todos saben, que no hay un origen específico.

¿Entonces no lo relacionaban a otra dimensión?

—¿Nunca te ha interesado saber más sobre tu especie? ¿No quisieras saber exactamente de dónde provienes?

—¿Qué ganaría con saberlo? —respondió, con total desinterés.

—No lo sé… ¿Nunca hubo algo que no te quedara claro? ¿Nunca te preguntaste *por qué*? ¿Nunca tuviste problemas con tu naturaleza?

—No. —Avisté una ligera tensión en su cuello.

—¿Y qué pasa cuando los Novenos entienden por completo quiénes son? ¿Alguien les explica por qué son así y no como los demás? —decidí preguntarle al mismo Damián—. ¿Les dan una charla tipo «de dónde vienen los bebés» o «por qué tienes la menstruación»?

—Nosotros mismos descubrimos quiénes somos. Siempre llegamos a otros Novenos o terminamos por conocer la cabaña. Tampoco hay mucho que explicar: eres un asesino y tienes que mantenerlo en secreto. No tenemos problema con ello.

Cruzamos la calle y tomamos la ruta por el centro del pueblo. A esa hora no había demasiadas personas transitando, no como cuando eran las doce del mediodía y la gente iba de un lado a otro para almorzar o regresar a casa. Estaba entrando otoño con mucha obviedad. Los árboles empezaban a cambiar de color y se percibía cierto frío acogedor.

—Pero ¿los padres no intervienen? —pregunté también—. ¿Qué hay de los tuyos?

Fue como si le hubiera preguntado algo terrible. Su rostro se ensombreció por completo.

—Ya basta, caminemos en silencio —dijo, en una advertencia.

—No sé cómo es que quieres que sea una buena Novena si no me explicas nada. —Giré los ojos.

—Ya te expliqué lo que tienes que saber. Nada de lo que preguntas es necesario para que seas una Novena, son solo tus ganas de saber cosas que no son de tu incumbencia.

Solté una risa absurda, nada divertida.

—Ah, pues discúlpame por tratar de entender por qué es que eres tan difícil —bufé mientras le seguía el paso—. Es obvio que también está en tu naturaleza.

Damián lo repitió con énfasis y dureza:

—Caminemos en silencio.

—Pero quiero…

—¡En silencio, Padme! —rugió finalmente, y lo soltó con una fuerza casi desquiciada—. ¡Haz silencio, aunque sea un rato! Me aturdes, maldita sea.

Un par de señoras que pasaban por nuestro lado se nos quedaron viendo, sorprendidas. Damián solo siguió caminando con la mirada enojada y fija en el suelo. Por un segundo movió el cuello en un ángulo muy extraño que revelaba tensión, pero luego volvió a la normalidad.

—Idiota... —murmuré.

Desvié la vista hacia los establecimientos que dejábamos atrás. Lo cierto era que tenía toda la intención de comenzar a hablar de nuevo para no darle el gusto de callarme, pero eso dejó de importar cuando una motocicleta se detuvo frente al semáforo de la calle y vi a las personas que iban en ella.

Era el tipo que había matado a Beatrice, ese con el cabello violeta y todo el aspecto de chico malo. Detrás, enganchada a su cintura, iba nada más ni nada menos que Alicia.

—No... —salió de mi boca en un jadeo pasmado.

Durante un segundo quise creer que no era cierto. La miré fijo con toda la esperanza de que mi mente estuviera jugando conmigo, pero no era una alucinación. Era ella. Sonreía feliz y la larga cabellera rubia que se le salía del casco brillaba bajo el sol. Hasta me vio. Hasta supo que me había quedado paralizada. Pero solo me ignoró, porque, claro, habíamos peleado, y Alicia también era orgullosa.

Parpadeé con fuerza como si hacerlo fuera a transformar la realidad en otra distinta, como si fuera a servir de algo. Pero en unos segundos el semáforo cambió a verde y la moto arrancó dejándome en el sitio, perpleja, asustada, sin poder creerlo.

Cuando reaccioné fue casi un escándalo.

—¡¿La viste?! ¡¿La viste?! —solté, en dirección a Damián.

—Sí, Padme, tengo ojos —dijo, porque él también se había quedado mirándolos, aunque sin mucho asombro.

—¡Está con...! ¡Ella! ¡Y ese tipo! ¡La va a matar!

Me puse frenética. Las manos se me helaron. El mundo pareció precipitarse en un nivel aturdidor y desesperante, aunque todo alrededor estaba por completo tranquilo.

Alicia. Mi Alicia estaba en manos de un asesino.

—¡Hay que hacer algo! —solté, incapaz de contenerme—. ¡Debo hacer algo! ¡Iré a su casa a advertirle! ¡NO! ¡Primero debo llamar a Eris para que la aleje de ese tipo, pero no le explicaré por qué!

En un impulso estúpido quise correr y sacar mi teléfono al mismo tiempo, pero entonces la mano de Damián me asió el brazo con firmeza y me detuvo. Debió de percibir el temblor de mi cuerpo, pero se aseguró de sostenerme como si tuviera el poder de controlar el mundo entero.

—Haces tanto, pero tanto, tanto ruido —pronunció entre dientes con un tono pausado, tenso y cargado de tedio—. Mejor cállate, respira y deja de llamar la atención de la gente.

No sonó como una orden, sino como la única solución instantánea. De todas formas, di un jalón para zafarme de su agarre.

—Es fácil para ti porque no tienes alma y por eso no lo entiendes —le solté, repentinamente molesta por su insensibilidad.

—Ni me preocuparé por entenderlo. —Y para más indiferencia, alzó los hombros y empezó a caminar con normalidad.

Me angustié. No podían matarla. Era mi amiga desde la primaria, era como mi hermana. Ella... Se me hizo un nudo en la garganta. Y ahí venían los nervios y las ansias otra vez. Lo que había querido evitar estaba sucediendo. ¡¿Por qué estaba sucediendo?!

Corrí para seguirle el paso a Damián.

—¿Es su presa? —le pregunté.

—No lo sé y no me interesa.

—¿Qué hace con ella si no? Los Novenos no tienen relaciones así con las presas. ¿O es posible?

—No —al menos respondió—. Algunos mantienen una relación solo para tenerlas a su disposición, pero es algo falso y termina como ya sabes que va a terminar.

Entre mi desespero interno recordé que la noche de la maratón, Alicia había hablado de un tipo que había conocido en la fiesta de Cristian. Se llamaba Benjamin, ¿era el mismo?

—¿Sabes su nombre? —pregunté también.

—Ni siquiera recuerdo caras, ¿y crees que voy a saber nombres?

Ignoré su sarcasmo.

—Ah, maldita sea, tengo que... —intenté idear algo, pero Damián me interrumpió:

—Tienes que ir a casa y no hacer nada estúpido.

Sus ojos transmitieron mucha más advertencia que un rato atrás, pero no se trataba de cualquier persona del instituto y no iba a ignorarlo solo porque eso era lo que él quería.

Le impedí seguir caminando al atravesarme en su camino.

—Escúchame, Damián —le hablé tan seria que casi soné desesperada—. Pedirte algo no está en mis planes, pero necesito que averigües si ella es su presa. Lo que puedo darte a cambio es ser la Novena ejemplar que quieres.

—No te lo crees ni tú misma... —Resopló y giró los ojos, aburrido.

—Te hablo en serio —insistí.

—Padme —suspiró, harto—. No me importa en lo más mínimo qué pase con ella.

Pasó junto a mí para seguir su camino.

—¡Pero a mí sí me importa! —Quedé ahí plantada, y fue como si en lugar de decírselo a él, hablara conmigo misma—. Si algo les pasa a mis padres o a ellas... no habrá ninguna razón para que yo me esfuerce en esto.

Se detuvo. Por un momento, estuvo dándome la espalda. ¿Lo había hecho enojar? ¿Iba a gritarme? ¿Yo iba a gritarle de vuelta? ¿O solo me quedaría plantada de angustia? El silencio fue tan expectante que casi le exigí que hablara.

—Ve a casa —me ordenó, frío.

—Pero ¿y Alicia...?

—Espera mi mensaje.

Sonó todo lo amenazante posible y se fue.

A pesar de que estaba a punto de tener un colapso, no me quedó de otra que también ir a casa. Lo hice lo más rápido que pude. Al llegar me encerré en mi habitación y le marqué inmediatamente a Eris. Sostuve el teléfono contra mi oreja con ansias, a la espera de oír su voz y que estuviera a salvo.

—¿Hola? —atendió tras un momento.

El alivio me inundó, así que traté de no sonar tan asustada para no preocuparla, pero de todas formas las preguntas me salieron rápido:

—¿En dónde estás? ¿Sigues en clase?

—No, estoy en la casa de Beatrice.

Todo lo contrario, ella me preocupó a mí. Sentí que el corazón se me iba a salir por la boca.

—¡¿Estás ahí sin compañía?! ¡¿Por qué no me dijiste que fuera contigo?! ¡¡Olvidas que nos están vigilando?!

Su voz sonó tranquila al otro lado:

—Necesitaba hacerlo con mucho cuidado y sin riesgos, es decir, sola.

—Necesito que salgas de ahí y vengas a mi casa de inmediato —le exigí. Exhalé y decidí soltarlo—: Alicia está en peligro. La tomaron como presa.

—¡¿Qué?! —casi gritó—. ¡¿Cómo demonios pasó eso?!

—No lo sé, acabo de verla con el tipo que mató a Beatrice, que sospecho es el mismo que conoció en la fiesta de Cristian, ese tal Benjamin —me limité a explicar—. No estoy segura de si estás a salvo afuera y sola.

—No te preocupes, estoy armada.

—¡¿Armada?! —grité con horror—. ¡Espero que sea armada de valor!

—No, tengo un cuchillo y puedo defenderme. Tranquilízate, apenas termine aquí iré para allá, ¿sí?

Y colgó sin darme tiempo de refutar.

Caí sentada en la cama. El teléfono se me resbaló de las manos y solo me mantuve quieta, como si fuera un cuerpo solo capaz de respirar casi a bocanadas. Pensé en Alicia, en cómo habíamos formado una amistad que aún perduraba incluso siendo totalmente distintas. Pensé en lo estúpido que había sido ocultarle todo y haberme alejado de ella. Quizás la estaba subestimando; quizás ella era capaz de entender el mundo de Damián como Eris lo hacía. A lo mejor, si se lo hubiera advertido, ella se habría alejado de ese tipo.

Me di cuenta de que aun fingiendo y esforzándome por ser una Novena, las personas a mi alrededor seguían estando en peligro. Mi esfuerzo no era suficiente. ¿Debía comenzar a tomar acciones más drásticas?

Tal vez no bastaba con guardar el secreto.

Tal vez… ¿tenía que usar las mismas tácticas de los Novenos?

Quizás fue por la impaciencia de encontrar una solución, pero se me ocurrió una idea. Damián había mencionado que una regla impedía que robaran la presa de otro porque causaba problemas. Si era cierto, podía reclamar a Alicia como mía y luego enviarla lejos. Podía reclamarla con decisión y demostrar que si se metían con mis seres queridos yo podía ser una amenaza.

Claro que no lo era. No daba más miedo que ese tal Benjamin, pero podía fingir. Podía aparentar ser capaz de hundir un cuchillo en el pecho de otro Noveno.

¿Justo como había atacado a ese saco de boxeo?

Mi propia voz habló en mi mente: «Eso te gustó, así como también te gustó besar a Damián en el ritual. De hecho, te encantó ponerlo nervioso hoy...».

No...

¿Qué estaba pasando conmigo?

La espera del mensaje de Damián me pareció eterna.

Miré el teléfono muchas veces. Me paseé por la habitación contando los pasos. Ansiosa, hasta bajé a la cocina, y siguiendo la idea de Eris, tomé un cuchillo y practiqué cómo sostenerlo de forma amenazante. Pero estaba temblando como una estúpida por mis nervios, por lo que me sudaba la palma y no era nada hábil.

Recibí el mensaje tres horas después:

> Ven a mi casa, te estamos esperando.

La casa de Damián estaba en la misma calle que la mía, por supuesto. Llegué tan rápido que casi me abalancé contra la puerta. Toqué varias veces con rapidez. Su madre fue quien abrió.

Desde mi perspectiva de vecina, ella era una mujer normal. Según la perspectiva de mi madre, miembro del club de chismorreo del café de los sábados (posiblemente para buscar información sobre si alguien me había visto haciendo algo raro), era una mujer demasiado simple, callada, sumisa y extraña. Ahora aquellas descripciones tenían sentido. Con un hijo como Damián, no le convenía hacerse notar ni un poco. Pero había algo extraño en ella, algo en su mirada que inspiraba una aflicción profunda.

—¿Padme? —preguntó, muy asombrada—. Qué sorpresa.

—¿Cómo se encuentra, señora...? —le pregunté en un gesto de cordialidad. Alguna vez había escuchado su nombre, pero no lo recordaba. Ella se dio cuenta de que no estaba muy claro para mí.

—Diana. —Tenía un aire nervioso—. ¿Tú...? Supongo que vienes porque... ¿por qué?

Entendía por qué estaba confundida. No tocaba a su puerta desde que era una niña insistente. A pesar de que me había asegurado que Damián estaba enfermo y no podía salir, yo siempre volvía. Solo que un día no había regresado más. Ahora estaba allí de nuevo con la misma frase:

—Vine a ver a Damián.

Frunció el ceño, extrañada. Abrió la boca para decir algo, pero una voz masculina habló antes que yo:

—Déjala pasar, ya lo sabe.

Me incliné un poco hacia adelante. Damián estaba parado al pie de las escaleras.

Diana parpadeó varias veces con desconcierto como si no lo creyera. Para mí también fue raro. Después de tantos años había dado con la verdad. ¿Lo había esperado?

Finalmente, se hizo a un lado para permitirme el paso, aunque pareció quedarse preocupada.

La casa en su interior parecía mucho más grande que la mía, quizás porque no había tantas decoraciones. De hecho, todo era simple, casi sobrio. Los colores eran pocos y la mayoría de los cuadros que adornaban las paredes mantenían un concepto abstracto. Si la comparaba con mi casa, aquella era un lienzo en blanco al que a mi madre le habría encantado ponerle su toque.

Seguí a Damián hasta que llegamos al segundo piso. En el pasillo me di cuenta del cuadro que colgaba de la pared. Reconocí a la madre de Damián, a un Damián pequeño, escueto, pálido y repleto de cabello oscuro, y a un hombre detrás de ambos. Estaba rígido y tenía un rostro severo con ojos negros y duros. Debía ser su padre, sin duda alguna, pero yo jamás lo había visto en persona. O no lo recordaba.

Atravesamos una de las puertas del pasillo y entramos en su habitación. La luz de las bombillas era débil, regulada para que algunas esquinas quedaran a oscuras. Encima de la cama todo estaba como debía estar, y en el suelo había algunos zapatos en desorden. Contra una de las paredes había un estante colmado de libros. No había ni un afiche, nada de lo que tendría un chico normal de dieciocho años. Hasta las cortinas eran gruesas para impedir que la luz entrara por las ventanas. También olía un poco raro. No era intenso, sino sutil, como a una mezcla de Damián y de algo descompuesto.

La manada estaba allí, lo cual me tomó por sorpresa. Poe estaba apoyado sobre el escritorio. Tatiana y Archie estaban sentados en la cama, uno al lado del otro.

—¡Pastelito! —saludó Poe, animado como siempre—. Pido disculpas por reunirnos en este... lugar. Aunque, ¿no te parece agradable? Creo que Damián lo arregló un poco para nosotros. Hoy está menos oscuro.

Mi mirada se fue a algo que había en una esquina junto al escritorio. Un saco grande y abultado, quién sabía repleto de qué.

—Se ve... bien —dije, y mi atención continuó en el saco—. No quiero ni imaginar qué hay ahí.

Poe observó el saco con curiosidad. Dio la impresión de que nunca se había percatado de su existencia.

—¡Ah! Ya decía yo que olía a muerto...

—¿Qué? —Mi cara demostró la inquietud que sentí, porque se burló de mí.

—Es broma —me tranquilizó entre risas. Luego me dedicó una mirada de fascinación—. Mírate, qué tierna, pareces un cachorro asustado. Podría comerte...

Pronunció las últimas palabras con un ronroneo casi perverso. Lo miré con desagrado.

—¿Podríamos dejar la puerta abierta? —pedí, medio incómoda por el espacio cerrado y por todas las personas allí.

—No —zanjó Damián, y la cerró de golpe. Se volvió hacia Poe—. Y ya deja de querer comértela y dile lo que averiguaste.

—Sí, pastelito, tu amiga es la presa de Benjamin, el que ya sabes pertenece a la manada de Nicolas —anunció Poe. Un par de rayos de sol que se colaban por una abertura de la cortina, morían sobre su cabello dorado.

—¿Cómo lo sabes? —pregunté, en un tonto intento por escuchar que no era cierto.

—Luego de que Damián me llamó fui a la cabaña, hice algunas investigaciones y me enteré de que Benjamin llevará a una rubia despampanante llamada Alicia —explicó—. Pero aún no la atrapa, solo anda con ella.

Inhalé hondo.

No iba a descontrolarme.

Solo quería una solución.

Solo necesitaba una.

—De acuerdo, vamos a salvarla —propuse.

Todos me miraron de forma extraña. Archie frunció las cejas detrás de las gafas y miró a Tatiana con brusquedad.

—¿A qué se refiere? —le preguntó a ella. Lo susurró, pero aun así pudimos escucharlo.

—A salvarle la vida —le aclaró Tatiana, con paciencia y cariño.

Archie me miró de nuevo. Siguió ceñudo, pero ladeó la cabeza. Volvió a ver a Tatiana.

—¿Algo así como dejar que viva? —le preguntó.

—Sí —susurró Tatiana—. Evitar que la maten.

Archie me miró por tercera vez. Su expresión cambió a una de incredulidad.

—Qué rara eres, Padme —me dijo.

—No podemos meternos con la presa de alguien más. —Poe negó con la cabeza—. Eso es una declaración inmediata de guerra para la manada contraria y nos matarían.

Era obvio que a los Novenos no les gustaba la idea de ayudar a alguien más. En su artículo, Carson había escrito que no eran empáticos. No era ni siquiera simple egoísmo humano, solo no estaba en su naturaleza, pero recordé que Damián había dicho varias veces que la manada siempre estaba junta y siempre actuaban juntos. Por ser parte de ella, ¿podía exigir que me ayudaran?

No era así de exigente, pero si requería de medidas desesperadas…

—Tengo una idea, diré que era mi presa antes y que solo quiero que me la devuelvan —les expliqué—. Sin ningún conflicto. Luego la mandaré lejos, lo juro. Ella no se enterará de nada, pero conseguiré la forma de sacarla de aquí y nadie lo sabrá.

Esa vez fue Damián quien negó con la cabeza como si yo nunca entendiera nada.

—Eso solo funcionaría si Benjamin no llevara tiempo vigilándola e interactuando con ella, pero lo más probable es que sí lo haya hecho —dijo—. Ningún Noveno toma una presa sin asegurarse de si le pertenece a otro.

Hundí las cejas porque de repente me di cuenta de algo. ¿Y si Benjamin llevaba rondando a Alicia incluso antes de la fiesta de Cristian? Tal vez ese día había decidido acercarse a ella, pero le había seguido la pista días o meses atrás.

—Pero entonces… —dije, analizando mis pensamientos en voz alta—, si él ha estado persiguiéndola, ¿no es posible que nos haya visto juntas antes? En ese caso, vio nuestra forma de interactuar y tuvo que haber notado que no soy Novena.

Aún peor que eso, me pregunté: ¿y si era él quien lo sabía todo? ¿Si era de él que el anónimo del mensaje me advertía?

Noté que Damián se había quedado mirando el suelo con cierta consternación. No entendí por qué, pero me dio la impresión de que él no había tomado en cuenta ese detalle, lo cual a su vez fue extraño porque, ¿los Novenos no eran inteligentes y cuidadosos?

—Oigan, tal vez por eso Nicolas se acerca tanto a Padme —comentó Tatiana, pensativa—, porque es muy obvio que se acerca por ella. Él solía ignorarnos. Bueno, luego de que…

No completó lo dicho porque Archie le dio un codazo.

¿Luego de qué?

Iba a preguntar, pero Poe habló.

—Es una posibilidad que sepa quién es Padme —asintió Poe. Sonó serio en ese momento—. Pero ni Benjamin ni Nicolas han dicho algo. No hay ningún reporte de ese tipo en la dirigencia. En todo caso, se lo está guardando.

—Pero ¿por qué razón? —añadió Archie, como si fuera lo importante.

Poe se cruzó de brazos y se recargó en la pared. Volvió a sonreír, pero en ese momento su mirada se vio algo sombría. Un gesto de amarga diversión, uno a punto de pasar al disgusto.

—No lo sé, Damián, ¿tú no conoces un poco a Nicolas? —le preguntó, y el tono que utilizó me dio a entender que había una historia sin contar.

Archie soltó una risa burlona.

—Lo dice tan celoso —le dijo a Tatiana en una invitación a ver la gracia en el gesto de Poe.

—No me conoces celoso —Poe le aseguró a Archie, negando con la cabeza—. E igual puedo estarlo de cualquiera que se acerque a mi mejor amigo.

Pronunció «mejor amigo» con una voz de poder y satisfacción.

—Por más que lo hayas intentado, tu mejor amigo no es tu propiedad —resopló Archie, aún burlándose.

—Tú preocúpate por cuáles cosas son reales o no a tu alrededor. —Poe giró los ojos, hastiado.

Archie se perturbó.

Yo me quedé en: ¿Damián conocía a Nicolas de algún modo? Me pareció ridícula la conversación, sobre todo porque existía la posibilidad de que Benjamin ya le hubiera dicho todo a Nicolas, y como aún no se lo habían contado a Los Superiores, quizás ambos tenían planes más retorcidos. Hasta era posible que Nicolas quisiera matarme con sus propias manos y, por esa razón mantuvieran el secreto.

—¡¿Qué vamos a hacer con Alicia?! —solté, para volver a obtener la atención en lo importante.

—Qué ruidosa eres... —murmuró Damián con fastidio.

—Así como hacer algo específico... no —suspiró Poe—. Benjamin no te ha atacado ni te ha amenazado. No hay razón para meternos con él y quitarle su presa. De hacerlo, sería injustificado y un gran problema.

—Pero tienen a alguien inocente —enfaticé.

Silencio absoluto. Ninguno respondió. No estaban dispuestos a salvarla. No querían. Todos estaban acostumbrados a hacer lo que Benjamin haría con Alicia. Saber que ella moriría no les causaba ni la más mínima lástima. Archie ni siquiera parecía entender por qué aquello era importante.

Me irritó. Mucho. Otra vez, y contra todo mi control, sentí ese enojo peligroso.

—Está bien —bufé—. Sé que no les importa en lo absoluto alguien más que no sea ustedes mismos, así que haré algo por mi cuenta.

Di algunas zancadas hacia la puerta y coloqué la mano sobre la perilla, pero la voz de Poe me detuvo:

—Pastelito, no somos los buenos.

—Pero ¿son los peores? —repliqué, volviéndome hacia ellos—. Me aceptaron, aunque no soy como ustedes. Cualquiera en su posición me habría matado, pero no lo hicieron. No lo han hecho.

—Bueno, ganas no han faltado... —murmuró Archie. Tatiana le dedicó una mirada de reproche. En cuanto lo notó, él se retractó entre risas nerviosas—. Lo siento, Padme, no es personal. Siempre quiero acabar con todo lo que se mueve. Mi madre decía que...

Poe soltó un exagerado resoplido de fastidio que lo interrumpió.

—Ya va a empezar con la mierda esa de su mamá muerta, el fantasma y las alucinaciones porque es un maldito psicótico. Por favor, cállenlo.

—¡Mira quién habla, el imbécil adicto sexual! —le gritó Archie a Poe, enfadado.

—¡¿Me van a ayudar o no?! —bramé por encima de sus voces.

—No podemos, pastelito.

Me enojé tanto que giré la perilla y abrí la puerta. Contemplé el pasillo. No tenía un plan, pero al menos podía hacer una salida digna y luego pensar en cómo rayos sacaría a Alicia de ese rollo, si es que lograba planear algo inteligente junto a Eris.

—Padme —me llamó Damián, como si ya estuviera muy cansado de detenerme—. Sabes que te van a matar un segundo después de que intentes hacer algo, ¿verdad?

—Da lo mismo —repliqué con el mismo malhumor que él usaba para hablarme—. Todo esto es mi culpa. No me quedaré a verla morir. No lo merece. No tiene ni idea sobre este mundo. No puede pagar por algo que yo causé.

Me mantuve allí por un momento con la absurda esperanza de que él dijera que sí, que me ayudaría, que había alguna salida, porque yo sola contra un grupo de asesinos sonaba como un acto suicida. Pero no lo hizo, no dijo más nada.

Justo antes de irme...

—Yo te ayudaré —dijo Tatiana.

Archie casi saltó sobre su lugar con una expresiva cara de susto.

—¡¿Qué dices?! —le reclamó—. ¡Sabes que puede causarnos muchos problemas!

Ella no pareció preocupada por eso.

—No si las cosas se hacen con cuidado —aseguró—. Quiero hacerlo. En realidad, podemos hacerlo.

Archie sacudió la cabeza con severidad y se levantó de golpe. Pareció más aterrado que nunca.

—La última vez que le quitaron una presa a alguien, se armó una guerra de manadas que terminó con la intervención de Los Superiores —contó Archie para que su novia cambiara de opinión—. Sin olvidar que muchos de ambas manadas murieron.

Ella bajó la mirada, pensativa. Un silencio muy extraño se extendió en la habitación. Yo estaba con la puerta abierta a medio salir. Poe miraba el suelo con una expresión poco propia de él: seriedad. La situación no era cualquier cosa, era complicada. Salvar a Alicia sería igual de peligroso para ellos, pero eso no disminuyó mis ganas de hacerlo.

—Matar no es un problema para ustedes —les recordé.

—Matar no, pero que nos maten sí. —Archie negó con la cabeza—. La manada de Nicolas es más grande de lo que podrías creer. Hasta sus padres son del Noveno mes, ¿comprendes? Y nuestra manada solo es... —Nos señaló a todos—: esto.

—Pero si lo planeamos bien podríamos lograrlo sin que se arme un gran lío —planteó Tatiana—. Sabemos ser cuidadosos, por algo la policía nunca se ha enterado de lo que hacemos. O, mejor dicho, por algo la policía nunca ha atrapado a Poe. Cuando lo atrapen, sabremos que no hay opción para nosotros.

—¿Qué insinúas? —Poe frunció el ceño, entre divertido y extrañado.

—Haces cosas más que perversas, no te hagas el santo —replicó ella, retándolo con la mirada.

Pero Poe no se enojó, solo sonrió de forma maliciosa.

—Bueno, no me arrepiento de nada.

—Miren —habló Tatiana con seriedad y firmeza—, Padme solo está pensando en su amiga, pero en realidad hay un verdadero peligro si es que Nicolas sabe quién es ella, y no creo que debas ignorarlo, Damián. Es decir... si es que no queremos que nos maten por tener a alguien normal en nuestra manada.

Archie se estaba estrujando los dedos de forma muy obvia con ansiedad y temor. Sus pies se movían nerviosos sin dirección específica.

—Oh, Padme, esto es culpa tuya —casi sollozó.

—¡No es su culpa! —Tatiana lo corrigió, aún con paciencia—. Es culpa de nosotros, creo que no hemos sido muy cuidadosos.

—Igual no sabíamos que Benjamin rondaba a la amiga de Padme —le recordó Poe.

Pero Archie explotó. Sus emociones volvieron a cambiar con una brusquedad inestable, y el pánico pasó a verse como un enojo peligroso y desquiciado.

—¡¿Tú cómo es que no sabías eso?! —le gritó a Damián—. ¡¿No debías tener todo bien organizado?! ¡Te lo expliqué!

Damián se mantuvo quieto y con los brazos cruzados ante el reclamo. Me desconcertó, porque había tenido el tono suficiente para que él se ofendiera, pero no dijo nada, ni siquiera miró a Archie. Solo desvió la vista, tenso.

Tatiana vio necesario acercarse a Archie. Lo tomó por los hombros a pesar de que cuando él avistó las manos acercarse, sacudió los brazos en un maniático gesto de precaución.

—Tranquilízate —le pidió ella con voz muy suave, encarándolo—. Podemos hacer esto como un secreto, juntos.

Archie susurró algo incomprensible, nervioso y molesto. Yo estaba quieta, pasmada por lo aterrador que era aquella explosión que además debía ser pequeña, porque por alguna razón lo imaginé capaz de explotar de una forma más grave. De todos modos, la atmósfera se tornó muy pesada tras eso y solo volví a esperar por la reacción de Damián. En cierto modo, él me había unido a la manada y él era el mayor responsable si lo descubrían todo. A fin de cuentas, tuvo que haberme matado.

Aún no entendía por qué no lo había hecho si le era tan fácil.

—¿De verdad estás dispuesta a salvar a tu amiga? —me preguntó Damián de repente.

—Sí —dije sin pensarlo.

—¿Eso significa que harías cualquier cosa?

—Sí.

—No creo que sea necesario elaborar un plan muy grande —suspiró y se encogió de hombros—. Si no hay cazador que atrape a la presa, la presa es libre.

—Así que hay que desaparecer a Benjamin —concluyó Tatiana como si ella también lo hubiera pensado.

Damián asintió.

—Morirá —me dijo, como si fuera la única en la habitación—. Pero lo vas a matar tú.

Entonces, la risilla de Poe fue lo único que resonó en la habitación.

15

SI HACES PLANES POTENCIALMENTE PELIGROSOS...

Eris apareció justo después de que salí de la casa de Damián. Llegó con una carpeta llena de papeles. Los puso todos encima de mi cama, y cerramos la puerta con seguro por si acaso a alguien se le ocurría entrar. Ya sabía que hasta Poe podía meterse en mi habitación si se le antojaba.

—Los padres de Beatrice no están en su casa —me dijo ella mientras ordenaba las hojas repletas de tachones, anotaciones extra, cosas encerradas en círculos, números marcados en rojo, etc—. El lugar estaba solo. Tal vez ni se han dado cuenta de que su hija desapareció, y ahora que leí ciertas cosas sobre Asfil, no me parece nada raro.

—¿Qué cosas?

—Carson mencionó que la energía del choque de las dos dimensiones produce efectos en Asfil, ¿no? Bueno, dicha energía no solo hace que nazcan los Novenos, sino que también afecta las actitudes de las personas que viven aquí. Un ejemplo es que los hace prácticamente ignorantes de lo malo que sucede a su alrededor. Esto explica por qué han ocurrido cientos de asesinatos y aun así nadie entra en estado de alerta. La población está en constante error, sus mentes no funcionan bien, no captan todo lo que deberían captar, no evolucionan, solo... fallan. Ni siquiera es loco considerar que los padres de Beatrice se han olvidado de que tenían una hija y que estén muy felices en algún viaje en otro lugar. Cuando regresen, no la buscarán, no pensarán en ella.

Oh, Dios. Por esa razón ni Eris ni Alicia habían entendido al mencionarle el escándalo de Beatrice en la fiesta. Por esa razón, todos la habían olvidado. Por esa·razón, no había carteles de desaparecidos en la estación de policía. Por esa razón, la policía misma no era útil. Por esa razón, los Novenos podían asesinar y nadie prestaría atención a las ausencias. La mala energía de las dimensiones manipulaba todo a su antojo.

—Pero además de estudiar a Asfil, Carson también estudió a los Novenos durante años y le entregó algunas cosas a Beatrice —siguió Eris—. Logró hacerse pasar por uno de ellos, así que no lo descubrieron sino hasta que hizo público el artículo. Lee esto.

Eris revolvió los papeles, cogió uno y me lo entregó. Le eché un vistazo:

En cuanto a lo que son los Novenos:

«Novenos» (por Noveno día del Noveno mes) es el nombre asignado a la raza de humanos nacidos bajo la influencia y energía producida por la colisión de las dos dimensiones de Asfil. En aspecto son similares a nosotros, la diferencia está en su mente más desarrollada, habilidades sensoriales más evolucionadas y en la alteración de la personalidad con un rango emocional limitado.

Ejemplos de emociones casi nulas en los Novenos: empatía o culpa.

Ejemplos de limitaciones en los Novenos: incapacidad para distinguir entre el bien y el mal.

Cada Noveno es absolutamente diferente. Ellos poseen lo que he denominado «característica dominante». La característica dominante se presenta dentro del Noveno como un rasgo emocional, pero en realidad es una inclinación o preferencia que lidera y dirige su conducta. Por ejemplo: un Noveno que siempre está deseando matar, en el fondo puede estar motivado por el «deseo de sangre». La sangre, en sí, es lo que más lo satisface y no solo el acto de asesinar. Por esta razón, la necesidad de verla o sentirla lo impulsará a buscarla de cualquier forma posible. Será considerado entonces un «Noveno sanguinario», y esa será su característica dominante.

Hallar, sentir, dominar la sangre, hará que cualquier otro deseo o motivación pase a segundo o tercer plano, o que en algunos casos se suprima por completo. Ese Noveno solo vivirá, actuará y se moverá para obtener dicha sangre.

Ejemplos: Novenos con la «ambición» (de poder, de conocimientos, de dinero, etc), como característica dominante buscarán obtenerlos a toda costa y esos serán sus únicos deseos. No importará lo que se requiera para llegar a ello, tomarán las medidas y acciones necesarias para satisfacer su ambición.

En el caso de no obtener aquello que satisface a su característica dominante, aquí es donde sucede algo curioso. La característica dominante no se ve saciada y se transforma en algo muy peligroso porque pasa a actuar como un parásito hambriento.

Siempre está dentro del Noveno, pero incuba y despierta si se le intenta reprimir o no se le alimenta. Es como un animalillo al que hay que sustentar. Es exigente, está preparada para quejarse, y tortura a su recipiente en un nivel capaz de causar dolor.

De todas formas, la característica dominante no es el único rasgo que diferencia a los Novenos de nosotros como especie. Así como existen Novenos sedientos de sangre, hay Novenos sedientos de cadáveres, de causar dolor, de coleccionar partes humanas, de satisfacer deseos carnales, de manipular, de mentir, de perseguir, de alimentarse, de crear realidades, de dañarse a sí mismos y muchas más. Hay Novenos soberbios, lujuriosos, avariciosos, vanidosos, perezosos, envidiosos, psicóticos, y en base a esos rasgos saciarán sus necesidades.

Pero aún con características dominantes diferentes, hay una sola cosa que todos los Novenos comparten sin excepción: las intensas e incontrolables ganas de asesinar.

—Me has hablado sobre Poe, y después de leer esto estoy segura de que a él lo motiva la lujuria por sobre todas las cosas —explicó Eris con detenimiento—. Esa es su característica dominante.

—Por eso siempre está coqueteando y sus habilidades producen pensamientos eróticos —dije, asombrada—. Sin olvidar que Tatiana ha dicho que es perverso en otros aspectos.

—Y Archie —añadió Eris, chispeante de entusiasmo—. Parece ser obsesivo con ella, pero también es muy inestable. Me pregunto qué tipo es…

Poe había mencionado que la madre de Archie estaba muerta y él había dicho que la veía en el lago. Bueno, muchas cosas iban mal en ese chico. Era el más perturbador de todos.

Pero ahora la pregunta era:

—¿Y Damián?

Eris puso cara de que no tenía ni idea. Traté de recordar si le había pillado algún gusto o motivación en específico, pero él no era tan obvio como Poe. Todo lo que había percibido era rechazo hacia la mayoría de las cosas.

Eris buscó otra hoja entre todas las que había traído.

—Ahora lee esto —señaló.

Cogí la hoja y leí:

En cuanto a la dimensión originaria de los Novenos y la nuestra:

Existen: Dimensión Alterna (la de ellos) y Dimensión Principal (la nuestra).

La entrada a la Dimensión Alterna podría ser la misma que da acceso al lugar en el que ellos se reúnen, pero es posible que no tengan la más mínima idea de esto. Es decir, puede que ni siquiera sepan que la razón por la que nacieron es el efecto de esa rasgadura entre las dos dimensiones. No he oído a ningún Noveno hablar de eso. Que desconozcan los orígenes de su propia naturaleza es extraño, pues se consideran una raza distinta con líderes y reglas.

Por esa razón me pregunto lo siguiente: ¿y si Los Superiores ocultan la existencia de la Dimensión Alterna? ¿Es un secreto tan importante como para apartarlo de los mismos Novenos? ¿Por qué? ¿Qué ocurriría si todos ellos lo supieran?

—Puede ser cierto —solté, sorprendida—. Si los Novenos mataron a Carson y desaparecieron el artículo por revelar esto de las dimensiones, es posible que Los Superiores lo sepan y necesiten ocultarlo.

Eris tiró de mi brazo para que nos sentáramos en la cama, inhaló hondo y me miró fijamente a los ojos, muy seria.

—No sé si lo es, pero lo que importa es que hay una solución —dijo—. Si pudiéramos cerrar la entrada para que la dimensión alterna desaparezca, los Novenos ya no nacerían. Quedarían algunos fuera, sí, pero Carson hizo una anotación en donde sospecha que luego podrían ir perdiendo fuerza y no tendrían la capacidad de reproducirse. Ellos no pueden existir en este plano porque son peligrosos, no tienen sentimientos y pueden aniquilarnos al contar con habilidades más desarrolladas que nosotros.

Sonaba muy arriesgado, pero si los Novenos tenían dentro de sí un lado monstruoso que les exigía mucho más que matar, era claro que no solo yo estaba en peligro. Yo podía morir y aquello volvería a pasar. Los Novenos estarían siempre en Asfil. La dimensión alterna influiría en las mentes de las personas. Y, como Carson había dicho: llegaría un estallido. ¿Cómo sería?

Más importante:

—Pero ¿cómo se hace?

—Trataré de descifrarlo —aseguró Eris, muy dispuesta—. Seguiré leyendo lo que Carson escribió. Tuvo que haberlo descubierto.

—Antes de eso, debemos salvar a Alicia —le recordé—. Convencí a la manada de ayudarme.

—¿Es un buen plan? —Ella puso cara de duda.

No supe qué responder. Damián había dicho que yo tendría que matar a Benjamin. Me había quedado paralizada ante la idea, pero no me había negado para que no cambiaran de opinión. Ahora no estaba segura de poder hacerlo, pero tampoco podía dejar a Alicia en manos de ese tipo.

Me atacó un pequeño caos mental.

—Padme, ¿me vas a ocultar más cosas? —preguntó Eris ante mi silencio.

No quería, pero seguía preocupándome por ella, porque saber más sobre lo que hacían los Novenos significaba hundirse más en su mundo. Pensar en que luego no podría sacarla, me asustaba. Además, Alicia había caído fácil en las manos de uno de ellos. Las posibilidades de que a Eris le sucediera lo mismo eran altas.

Tampoco nada nos aseguraba que lo de cerrar la entrada fuera a funcionar. Para mí se veía incluso más difícil.

—Va a salir bien —le aseguré—. Luego de que Alicia esté libre, podremos ocuparnos de lo que Beatrice quería hacer.

Me levanté de la cama y me moví hacia la ventana. Afuera, el aire del inicio de otoño era frío. La casa de Damián se veía desde allí, la que debía ser la ventana de su habitación estaba cerrada y cubierta por la cortina desde el interior.

Solo me quedé pensando en lo que había exigido como condición. ¿Y de verdad iba a hacerlo? ¿Yo era capaz de matar a un Noveno? Ni siquiera era un humano normal y en definitiva era peligroso para cualquiera, pero de todas formas era un humano.

Aun así, tuve muchas dudas.

Nos podían matar a todos solo por lo que intentaríamos.

Incluso a la manada de Damián.

Me eché un último vistazo al espejo.

Los pantalones de cuero negro y el suéter ajustado de rayas no me quedaban nada mal. No tenía la figura más curvilínea y perfecta, pero debía admitir que lucía bien. Para dar el toque final me revolví un poco el cabello y me puse un labial de un suave tono rojo que Eris me había prestado mientras repetía el plan en mi mente: iríamos a la cabaña, buscaría a Nicolas y aceptaría su invitación a cazar en el bosque. Les diría que el fin de semana estaría disponible. Ese día, al momento de la caza, me acercaría a Benjamin, lo invitaría a salir y en nuestra cita lo mataría.

Hoy solo tocaba el primer paso, acercarme a la manada de Nicolas.

Cuando salí de casa encontré a Damián y a Poe en la acera de enfrente, esperándome. Estaban fundidos con la oscuridad de la calle, pero de igual modo parecían el sol y la luna. Poe mostraba con orgullo y naturalidad los elegantes colores de su costosa ropa, mientras que Damián apelaba al estilo más sobrio con prendas que eran negras y comunes.

Al verme, Poe ensanchó su intachable sonrisa y los ojos le destellaron de una fascinación pícara.

—No mentiré, tengo una erección —soltó, entre esas extrañas risillas suyas.

—¿Repasaste el plan? —me preguntó Damián, indiferente y gélido como siempre.

Lo repetí como si se tratase de una tarea que había estudiado por días:

—Me acerco a Nicolas y a su manada, acepto la propuesta de ir a cazar y luego regreso a donde estén ustedes.

—Y coqueteas con él —añadió Poe en un tono suave, como si lo disfrutara—. Mucho coqueteo para que no sospeche nada…

—Pero…

—Tienes que meterte en el papel, tu vida depende de esto —me interrumpió Poe. Luego miró a Damián—: dile que no te vas a enojar si coquetea falsamente.

Damián le dedicó una mirada asesina. Después me miró a mí.

—Solo sigue el plan —soltó—. Nicolas es peligroso.

Eso no ayudaba en nada a mis nervios.

Poe de repente suspiró con unas ansias extasiadas.

—Ah, pastelito, ya quiero verte en acción.

—Ya cállate y vámonos —zanjó Damián, y le dio un empujón a Poe para que caminara.

Tomamos la vía al bosque. Poe rio durante todo el camino. Tuvimos que soportar sus lujuriosos y desinhibidos comentarios. No dije mucho al respecto porque, a medida que nos acercábamos, iba sintiéndome más inquieta. No podía evitar hacerme preguntas como: ¿y si todo salía mal? Aunque Damián había asegurado que él y Poe estarían monitoreándome por si las cosas tomaban un rumbo peligroso, estaría sola con el mismo tipo que había asesinado a Beatrice.

Y con Nicolas.

A quien más le temía.

Llegamos más rápido de lo que deseé. Atravesamos la entrada de la cabaña y el mundo alterno de los asesinos nos recibió. El bullicio se alzó por encima de nosotros. Tatiana apareció y en un tono confidencial pasó el dato:

—Nicolas está en el bar, sección VIP del segundo piso.

Allí nos separamos. Damián y Poe se desviaron hacia la sección que siempre tenían reservada del bar y yo me abrí paso entre la gente rumbo al segundo piso.

Ya todo dependía de mí. Era mi momento de actuar como una verdadera Novena. Debía verlo fácil, como si fuera a conversar con cualquier chico en el instituto, nada que no supiera hacer. Además, la idea de Poe era buena. También sabía coquetear a pesar de que había tenido un solo novio en mi vida que me había durado cinco meses.

Llegué al bar. La música retumbó en mis oídos. Esa noche, los colores de las luces habían cambiado. La combinación de rosa y púrpura le daba al lugar un ambiente muy fresco y llamativo.

Subí las escaleras en forma de caracol hacia la sección VIP y me detuve cuando un hombre corpulento me preguntó mi nombre. Debía de ser alguna clase de vigilante.

—Padme Gray —respondí. El tipo quiso revisar su lista—. No estoy en la lista —aclaré—. Solo necesito hablar con Nicolas algo urgente.

Lo señalé porque desde mi posición podía verlo. El vigilante me pidió que esperara y fue a avisarle. Nicolas reparó en mi presencia cuando el tipo se inclinó para decirle que yo lo buscaba. Entonces alzó la mano para indicarme que me acercara.

Llegué hasta la exclusiva mesa que permitía ver todo, desde la pista de baile hasta la barra en donde los impresionantes Andróginos atendían. Había un largo sofá negro en donde Nicolas estaba sentado; a su lado estaba Benjamin, el objetivo, y junto a él estaba el chico que había acompañado a Nicolas en el cementerio y aquella noche en la fogata. Los tres tenían copas de Ambrosía en las manos.

—Esto es muy inesperado —dijo Nicolas, sonriendo—. Siéntate, por favor.

Se hizo a un lado para que me sentara en el gran sofá. Por un momento, mi lado débil quiso hacerme retroceder, pero me empujé a mí misma. Por Alicia. Por Alicia.

—Dijiste que tenían lugar para uno más y aquí estoy —dije, mientras tomaba asiento.

Nicolas se llevó la copa a la boca para tomar un sorbo. Sus ojos azules tenían ese brillo divertido y achispado que producía La Ambrosía en las personas.

—Pensé que no aceptarías —comentó él—. Como perteneces a la manada de Damián y ellos son algo... reservados.

—No lo son tanto como parece. —Recargué la espalda en el sofá y obligué a mi cuerpo relajarse.

Nicolas se dio cuenta de algo.

—Ah, disculpa, qué poco caballeroso —mencionó de pronto—. ¿Quieres una copa de Ambrosía?

Señaló la botella que reposaba sobre la mesa junto a algunos platos con quesos y frutas que habían sido picados con un pequeño cuchillo de mesa. Quería, claro que quería, pero ya conocía el efecto de La Ambrosía en mí, y si me descontrolaba podía arruinar el plan. No podía arriesgarme a hacer lo que fuera que había hecho la noche del Beso de Sangre y que Damián no quería decirme. Pero al mismo tiempo temí que no aceptar se viera sospechoso, porque si era una Novena, beberla era algo normal.

Entré en un debate mental hasta que decidí que aceptaría pero que no la tomaría realmente. Fingiría, pero solo dejaría que mis labios la tocaran. Sería tentador, solo que debía ser cuidadosa.

—Por supuesto —acepté.

Benjamin se inclinó un poco hacia adelante mientras Nicolas servía La Ambrosía. Sus ojos demostraron un interés en mí. Sí que era el tipo de chico que le gustaba a Alicia. Lo que me preocupó fue su altura y los músculos que se le marcaban debajo de la camisa negra. ¿Cómo iba a enfrentarme a esa monstruosidad? Yo, Padme, flacucha de nacimiento, torpe de vocación y cobarde de profesión, ¿podía matarlo?

—Sigo curioso sobre cómo es que pasé por alto tu presencia antes —dijo Nicolas, centrándose en mí— porque cada vez que te veo me pareces... única.

Me sentí rara al oír eso, porque se me hizo entre falso y burlón, como una trampa puesta para pillar a un mentiroso de una forma divertida. ¿Única por no ser Novena?

Seguí en mi papel.

—Es que hice un cambio radical —contesté como si les tuviera mucha confianza—. Era la típica chica invisible, pero una mañana me desperté y dije: quiero verme diferente. Y aquí estoy.

Nicolas me ofreció la copa y tuve que aguantarme para no tomármela de un trago. Solo pretendí beber. El líquido mojó mis labios. Los relamí con disimulo.

Sabía tan bien...

No. Debía aguantar.

—Pues luces increíble —dijo el tercer chico en la mesa.

—Creo que algunas personas por aquí también deberían despertarse con esa idea —agregó Benjamin con diversión.

Lo odiaba. En cualquier ocasión habría tratado de alejar las emociones negativas, porque también me habían exigido no sentirlas, pero ni siquiera reprimí la intensidad con la que desprecié cada palabra suya. Solo quería decirle que era una porquería y que no quería que se acercara a Alicia.

Me di cuenta de que hasta estaba sosteniendo la copa con una fuerza tensa. Aligeré el agarre.

—¿Ya tienes presa para La Cacería? —me preguntó Nicolas.

—No, aún no, pero tengo en la mira a alguien —mentí—. ¿Y ustedes?

—No quiero alardear, pero tengo a unas gemelas —dijo el tercer chico, orgulloso.

—Este año darás de qué hablar, Gastón —le dijo Nicolas, y luego volvió a dirigirse a mí—. Aún no diré nada sobre la mía, pero es especial. Tengo pensado atraparla pronto. No hay que apresurarse.

No logré distinguir si fue mi paranoia natural o que en verdad quiso dar a entender que podía ser yo...

Igual volví la cabeza hacia Benjamin. Me aseguré de poner la mirada más ¿coqueta? que tenía.

—¿Y tú, Ben? ¿Ya tienes a alguien? —le pregunté con una voz más ligera. Aunque, ¿Ben? ¿En serio? Qué vergüenza...

Me miró con una sonrisa en los labios.

—Sí, la tengo —contestó, pero no con entusiasmo, sino más bien con algo de aburrimiento—. Me he divertido con ella más de lo que esperaba, porque es demasiado tonta y vacía.

Sentí otra punzada de molestia, pero no lo demostré. Si lo arruinaba no solo iban a matarme, sino que Damián se les uniría para ayudarles.

—¿Debemos esperar algo grande de tu manada? —me preguntó Nicolas.

Fingí tomar otro trago. Relamí los restos de Ambrosía de mis labios.

¿Y si solo tomaba un poco?

—Es posible —respondí, encogiéndome de hombros—. Poe es muy creativo y Damián también.

Nicolas apoyó un codo en la mesa y se inclinó como si fuera a entrar en un tema un poco más confidencial. Entornó los ojos achispados.

—Poe ha dicho que sale contigo —mencionó—, pero me ha dado la impresión de que hay algo entre Damián y tú. ¿Cuál es la verdad?

Claro, Poe había dicho que yo era su chica y Damián me había salvado de él muchas veces. ¿Cómo le decía que lo único que existía era necesidad de que no me descubrieran?

Tuve que recurrir a algo tan retorcido como lo haría el mismo Verne.

—Es que somos flexibles, es decir... —carraspeé—. No somos egoístas entre nosotros, ¿entiendes?

Demonios, eso sonaba horrible. Hasta la idea de que Poe y Damián me compartieran me revolvía el estómago, pero a Nicolas no le asombró en lo absoluto.

—Ah, entiendo —asintió y sonrió con complicidad—. Aunque no me lo esperaba de Damián. Compartir no parece algo que le gustaría, y que unieran a alguien nueva a su manada, tampoco.

Me confundió su seguridad hasta que recordé la conversación en la habitación de Damián, la pregunta de Poe sobre si conocía a Nicolas y la impresión de que había algo sin contar. Si iban al mismo lugar no era raro que se conocieran, pero ¿era posible que se conocieran más que solo por verse? ¿Acaso habían sido amigos? ¿Eso era posible siendo de manadas diferentes?

—Poe lo convenció, le gusto bastante —mentí, y vi necesario ir a mi objetivo—. Bueno, quiero aceptar la caza que me propusiste. Estaré libre esta semana.

Nicolas hizo un gesto de pesar y miró a sus amigos.

—Esta semana estaremos ocupados.

Hasta sentí un alivio.

Que se fue de inmediato.

—Pero ¿por qué no nos entretenemos justo ahora? —propuso Benjamin, tronando los dedos—. Tengo energía. Quiero cazar algo.

Se me puso el cuerpo frío. ¿Justo ahora? ¿Del tiempo «ya mismo»? ¡No habíamos planeado nada para «justo ahora»!

En un gesto inevitable eché un vistazo hacia las afueras de la sección VIP con la esperanza de encontrar a Damián vigilándome y buscar ayuda en su mirada, pero no estaba por ninguna parte.

—Me gusta la idea —asintió Nicolas. El tercer chico al que habían llamado Gastón, también.

Mi corazón empezó a acelerarse por los nervios. ¿Qué hacía? ¿Qué decía?

—Vi que va a llover —fue lo que salió de mi boca.

Más estúpida…

—Mejor. —Nicolas ensanchó la sonrisa como un niño emocionado—. ¿O solo a mí me gusta cómo la sangre corre por las manos bajo la lluvia?

—No traje cuchillo ni nada —hice otro intento.

Y noté mi error tan pronto lo dije, porque, ¿una Novena sin cuchillo? Damián me lo había explicado miles de veces y por entrar en alerta lo había olvidado.

Ellos lo notaron, y me asusté.

—¿No cargas tu cuchillo siempre? —me preguntó Benjamin, medio ceñudo.

Mis músculos se tensaron. El ambiente se volvió expectante. En ese silencio traté de encontrar una buena respuesta, pero estar ahí con ellos, los Novenos alrededor, la música, mi error... todo me abrumó. Y por un momento lo di todo por perdido.

Gastón me miraba con fijeza. Nicolas me miraba con fijeza. Mis dedos quisieron repiquetear contra la copa en un gesto nervioso.

—¿Te refieres a que tienes cuchillos favoritos para cada momento? —me preguntó Nicolas de pronto. Sus ojos estaban entornados con cierta suspicacia, pero fue como si me diera la respuesta que necesitaba.

—Sí —asentí rápido—. Me gusta usar cuchillos específicos.

—No importa. —Él hizo un gesto de indiferencia, quitándole todo el peso al momento—. Esto no será nada grande, solo nos divertiremos.

Todo pasó muy rápido. Nicolas dejó la copa sobre la mesa y se levantó para salir. Los otros dos le siguieron al instante. Me exigí moverme también para no levantar sospechas, pero antes de dejar mi copa no aguanté más. Fui consciente de que algo no planeado estaba a punto de suceder y mi propio temor me hizo beber La Ambrosía de un tirón, porque al menos recordaba que me había dado valor.

Entonces, sin que se dieran cuenta, cogí el cuchillo de mesa que estaba cerca de las frutas y lo guardé en el interior de la manga de mi suéter. Luego los seguí.

Mientras caminaba, admití que no era buena idea. ¿Y si era una trampa? ¿Y si Nicolas quería llevarme al bosque para matarme? Volví a mirar a mi alrededor. Nadie de la manada a la vista. Quise pensar que estaban monitoreándome de una forma sigilosa como habían asegurado y que me salvarían en la salida, que no me dejarían llegar al bosque.

Pero no sucedió. Salimos a la frescura de la noche en pocos minutos. La luna seguía llena en lo alto, y la brisa nocturna movía las retorcidas ramas de los árboles de manera armoniosa. Ni siquiera iba a llover. Mi mentira había sido estúpida. ¿Se darían cuenta?

La manada enemiga se detuvo cerca de un árbol. Allí formaron un círculo al que me uní. El mismo Nicolas empezó a explicar qué íbamos a hacer. Me mantuve quieta como si fuera parte de ellos, pero escuché por momentos, porque en intervalos caí en el pozo mental de mis miedos y dudas.

Pensé en desviarme y desaparecer, pero esa opción también era mala. Los Novenos no huían.

—… y nada de animales pequeños —indicó Nicolas, mirándonos a cada uno—. Hay algunos venados por ahí y creo que hay un ciervo. Quien lo cace primero, se lleva el premio.

Tatiana me había explicado eso de las cacerías menores. Era como una práctica para mejorar su agilidad al perseguir y ser sigilosos. Atrapaban animales de formas creativas para luego aplicarlo con personas. El problema era, ¿cómo demonios iba a atrapar a un ciervo? Ni siquiera quería hacerlo.

—¿Cuál es el premio? —me atreví a preguntar. Tenía la boca seca.

—La carne —respondió Nicolas con simpleza—. Bien, nos reunimos aquí en una hora. Andando.

Todos tomaron caminos distintos. Me distraje por un instante mirando en todas las direcciones por si alguien de la manada de Damián andaba por allí. Deseaba con todas mis fuerzas que hasta Archie apareciera, pero solo había oscuridad, sonidos nocturnos, árboles que silbaban con el viento y soledad.

O no tanta. De pronto, me fijé en que Benjamin no se había alejado demasiado. Me miraba.

—¿Vienes conmigo? —me preguntó—. Podemos hacer trampa cazando juntos. Siempre es más fácil, y Nicolas se enoja tanto que resulta gracioso.

Sonó amigable y divertido, pero sabía que no podía haber buenas intenciones tras esa petición. No quería ir con él, sin embargo, si escogía ir sola también me arriesgaba a que me saltaran por detrás y me acuchillaran. Estaba entre la verdadera espada y la pared.

O estuve, porque de un momento a otro, como ya había experimentado después del ritual, mis voces internas se apagaron.

Así de golpe, el miedo se desactivó, la paranoia desapareció y empecé a sentir que me elevaba hacia el delicioso y colorido efecto de La Ambrosía. Sentí la ligera corriente de adrenalina, esa misma que me hacía pensar que era capaz de muchas cosas.

Un momento, ¿y si no necesitaba a Damián? Sin el temblor en mi cuerpo y sin escuchar las advertencias mentales de ser una chica normal, tenía valor. El valor de proteger a mi mejor amiga, que moriría si no acababa con aquel que quería llevarla a La Cacería, cosa que tendría que hacer pronto, porque esa era la condición. Aún si lo alargaba, en cierto punto tendría que matar a Benjamin. ¿Y si ese era el momento adecuado?

Tenía el cuchillo. Tal vez podía atacarlo como había atacado al saco de boxeo en la cueva, podía darle en el cuello, en las películas cualquiera moría por una herida así...

—Está bien —acepté.

Benjamin sacó un cuchillo de alguna parte de su ropa. Solo vi la hoja afilada y enorme. Sentí un frío en la espalda.

—Dijiste que no traes cuchillo, así que lo atraparemos y yo lo mataré —dijo.

No la usó contra mí como creí, solo empezó a avanzar con tranquilidad por el interior del bosque sin dejar de mirar a todos lados.

Otra vez, quizás a causa de La Ambrosía, me pregunté qué otras opciones tenía. Hasta volví a pensar en la idea de Poe... El coqueteo podía funcionar para hacerlo confiar en mí.

Intenté entrar en ese modo.

—¿Qué te gusta más? —le pregunté, caminando detrás de él—. ¿Venados o ciervos?

—Humanos —respondió con obviedad—. ¿Y a ti?

—Humanos, claro —mentí entre algunas risas—, pero ahora un venado estaría bien.

—No. Siempre voy por lo grande. Buscaremos al ciervo.

Lancé unos últimos vistazos a los alrededores esperando ver alguna figura oscura y de chaqueta de cuero oculta detrás de un árbol, pero nada.

—¿Sales con alguien? —le pregunté a Benjamin sin rodeos.

—No, justo ahora no —contestó aún avanzando.

—¿Qué tal si hacemos algo este fin de semana? —Me arriesgué.

—¿Algo como qué?

—Tomar algo, no lo sé, ¿qué sueles hacer con la gente a la que no matas? —bromeé.

Lo escuché reír. Al mismo tiempo me preocupó un poco darme cuenta de que probablemente estábamos yendo a zonas del bosque en las que nunca había estado. En definitiva, si tenía que echar a correr, no sabría en dónde terminaría.

—Pensé que ibas por Nicolas —comentó él.

No respondí porque de repente Benjamin se detuvo y estiró el brazo delante de mí para detenerme también. Por un momento me asustó mucho ver el cuchillo en su mano tan cerca de mi cara, pero en cuanto observé su rostro me di cuenta de que él se había quedado mirando el vacío con la cabeza ladeada.

—Escuchaste eso, supongo —susurró.

Quieta y en silencio intenté captar algo. Se oían los grillos, los sonidos nocturnos comunes y nada más. Claro que mi oído no era tan desarrollado como el de los Novenos. Él podía percibir cosas que yo, de ser una Novena real, debía percibir también.

—Puede ser el ciervo —mentí para no afirmar ni negar nada.

Benjamin escuchó un momento más en total silencio y luego giró la cabeza hacia la izquierda, atento.

—Creo que está por aquí —murmuró, y empezó a avanzar en esa dirección.

—No creo que... —intenté detenerlo.

—¿Hay algún problema? —Él me miró, entre ceñudo e incrédulo.

Aguardó por mi respuesta. Podía enumerarle muchos, y uno de ellos era que no sabía qué hacer en caso de que apareciera el ciervo. Pero negué con la cabeza.

Benjamin continuó y me hizo una señal con los dedos para que lo siguiera con la misma cautela. Sospeché que si me daba vuelta e intentaba irme, solo me perdería entre la inmensidad del bosque. Era desconocido, aterrador, un laberinto cargado de la energía del fallo de las dos dimensiones.

Caminé detrás de él con el mismo cuidado. Sus pasos eran lentos y depredadores. Vi que íbamos en dirección a un gran montón de rocas que casi formaban una montaña. En un acto instintivo miré hacia atrás. La esperanza de que fuera alguien de la manada volvió a mí, pero no había nadie.

¿Acaso Damián me había mentido? ¿Estaba sola en eso? ¿Era algún tipo de venganza por exigir que me ayudaran con Alicia?

—¡Está por allá! —susurró Benjamin entre el silencio.

Señaló hacia las rocas y se adelantó un poco más rápido. Aproveché que no me veía para examinar mi entorno en busca de algo que pudiera indicarme cómo volver a la cabaña, pero cada sección de tierra se veía idéntica.

Maldije en mi interior.

De repente, me di cuenta de algo.

Ya no veía la figura de Benjamin por ningún lado. El bosque solo silbaba, respiraba, esperaba.

—¿Benjamin? —le llamé.

Nada.

Avancé un poco más.

—¿Benjamin?

Nada.

Me acerqué más a la montaña de rocas y la rodeé. En cierto punto vi que había una abertura entre ellas. Era un camino abierto en el que se podía descender sobre las rocas. Posiblemente se convertía en una cueva, pero en las profundidades todo estaba muy oscuro. Me di vuelta con toda la intención de alejarme de allí...

Y entonces recibí el puñetazo.

Fue justo en la mejilla, tan fuerte como si una piedra me hubiera golpeado. Un dolor intenso se expandió por el hueso de mi mandíbula mientras me tambaleaba y caía de culo al suelo. Sumado al efecto de La Ambrosía, me desorienté. Vi el mundo borroso por un instante, pero noté que el cuchillo se me había caído de la manga.

—Ah, encontré a una cierva —dijo Benjamin, con divertida maldad—. Una cierva que está jugando a ser Novena.

Intenté alcanzar el cuchillo y levantarme, pero él se dio cuenta y se apresuró a patearlo.

—¿No y que no tenías cuchillo? Eres una mentirosa. —Sin compasión me pateó en el estómago. Me quitó el aire y de forma automática me encogí en el suelo. Al frente, la visión era inestable y extraña.

—No sé de qué hablas —fue lo que pude decir con la firmeza suficiente para que sonara creíble.

—¿Estás segura? Porque yo ya te había visto con esos vestidos cortos y esa sonrisa inocente paseando por Asfil —replicó, burlón, mientras se acercaba a mí—. Dime, ¿quién te metió aquí? ¿Poe o Damián? Me encantará ver la cara que pondrán cuando estén a punto de cortarles la cabeza por eso.

Cerré los ojos con fuerza para aclarar mi visión, pero sentía como si todo se hubiera desequilibrado en el espacio y tiempo.

Así que, en busca de un movimiento de evasión, me coloqué boca abajo y empecé a arrastrarme en dirección al cuchillo.

Solo que él fue más veloz y me cogió del tobillo para impedir que huyera.

—¡Suéltame! —grité. Traté de dar patadas con la pierna que no me inmovilizaba, pero las esquivó.

—¿No querías invitarme a salir? Me coqueteaste, ¿no querías esto? —preguntó, y emitió unas cuantas risas burlonas y pérfidas—. ¿O era toda una farsa? Detesto a las chicas que juegan con mis sentimientos.

Me dio un jalón tan fuerte que me obligó a ponerme boca arriba. Un miedo helado me recorrió la piel. El cuchillo estaba lejos y me encontraba vulnerable. De todas maneras, mis intentos fueron tan desesperados y salvajes que logré atestarle una patada en el abdomen.

Benjamin soltó un quejido de dolor. Creí que podría aprovechar el momento para levantarme y echar a correr, pero solo conseguí enfurecerlo más. Rugió de rabia, se levantó y en un segundo me agarró por el cabello tan fuerte como si fueran cuerdas. Comenzó a arrastrarme.

—¡Te voy a dejar morir como la maldita presa que eres!

Forcejeé para zafarme. Utilicé mis uñas para clavarlas en su mano. Pero se aferraba a mi cabello y los tirones eran fuertes. La fricción de mis brazos contra el suelo me rasguñaba. Era doloroso y desesperante.

Benjamin me sostuvo por el brazo con los dedos hincados en mi piel, me hizo levantarme y luego me dio un empujón. Y no caí en ese nivel del suelo, caí de golpe en algún lugar profundo, que un momento después reconocí que era un agujero.

Me había lanzado a algún hoyo en el bosque. No sabía en qué punto se encontraba o si lo había visto antes. No sabía si él ya lo tenía marcado como un lugar donde arrojar gente, pero las paredes eran más altas que yo, y a pesar de que palpé con desesperación en busca de algo para trepar, no hubo nada que lo permitiera, solo rocas lisas sin grietas.

Benjamin me miró desde arriba, agachado.

—No te preocupes, a lo mejor no se lo voy a contar a nadie —dijo, hinchado de satisfacción por tenerme ahí—. Volveré mañana para que me ayudes a decidir. Mientras, te dejaré bien cómoda.

Entonces se levantó y desapareció. Me atacó un pánico tan desquiciado que no hice más que pedir ayuda a gritos. Di golpes a las paredes sin rendirme hasta que ya no pude más y caí de rodillas. Me miré las manos temblorosas. Estaban sucias y ahora rasguñadas. Me dolían tanto como el resto del cuerpo, aunque no tenía caso preocuparme por ello.

¿Moriría allí?

Algo cayó sobre mí.

Creí que era algo bueno hasta que otra cosa cayó sobre mi cara. La aparté de inmediato con la mano. Era tierra. Volví a mirar hacia las alturas y vi a Benjamin de pie en el borde. Tenía una pala y me estaba lanzando tierra con ella.

—¡No!

El grito salió de mí con desesperación. El «dejarte bien cómoda» adquirió todo el sentido: pensaba enterrarme.

O, bueno, lo intentó.

En un parpadeo lo vi arrojando la tierra y al otro ya no estaba ahí. Después escuché un golpe contra el suelo. Oí otro golpe. También escuché algo parecido a unas voces y con desespero me acerqué a las paredes. Solté un grito para que supieran que estaba ahí.

Pero de pronto no oí nada más. Se hizo un silencio tan denso, tan aterrador, que la idea de que quien estuviera allí se hubiera ido, me hizo latir el corazón en la garganta. El pánico me inmovilizó.

Esperé…

Y entonces, cuando vi que algo enorme iba cayendo en mi dirección, solté un grito de horror y me aferré a la pared como si fuera lo único en el mundo. La cosa aterrizó con fuerza en el suelo y levantó una pequeña nube de tierra. Seguí gritando, pero igual miré para saber de qué debía defenderme.

Era Benjamin. Por un segundo creí que se había lanzado para matarme con sus propias manos en el agujero, pero me di cuenta de que en realidad no se movía. Estaba rígido, con los ojos abiertos de par en par, vacíos. Una raja le atravesaba el cuello. Un montón de sangre había empapado su camisa y su piel.

Estaba muerto.

Una voz habló por encima de mí:

—Ups, se cayó. —Escuché la inconfundible, burlona y extraña risilla de Poe Verne.

Miré hacia arriba, perpleja. Su cabeza estaba asomada en el borde. Tenía una sonrisa amplia y retorcida. El cabello le caía sobre la frente con muchísimo estilo.

Una segunda cabeza se asomó a su lado, sosteniéndose las gafas para que no se le cayeran.

—En realidad, tú lo lanzaste —dijo Archie.

Una tercera cabeza se asomó.

—¿Quién le dio la patada por el culo? —preguntó Tatiana en regaño.

Y una cuarta cabeza apareció. Reconocí ese cabello negro y salvaje, y esa mirada malhumorada.

—Cállense —soltó Damián, obstinado—. ¿Está muerto o no?

—¡Ya, que alguien lance la cuerda! —les ordenó Tatiana.

Lanzaron una cuerda y la sostuvieron mientras me explicaban cómo subir. Me dolía todo el cuerpo y estaba medio desorientada, pero puse mi mayor esfuerzo. Cuando estuve arriba con las manos ardiendo, Damián me miró de arriba abajo, pero no como las otras veces que lo había hecho para reclamar. Esa vez me analizó como si buscara algo en mí, y no entendí qué era hasta que detecté una chispa de… ¿preocupación?

Debía ser que mi cabeza estaba aturdida, porque un gesto así no me pareció propio de él.

—Nos tardamos porque por un momento te perdimos —dijo Tatiana, también preocupada mientras me examinaba—. Fue muy raro, otra manada se acercó a nosotros en el bar y nos retuvo haciéndonos preguntas sobre La Cacería. ¿Estás bien?

No supe qué responder porque todavía temblaba de horror. Parpadeaba y un segundo veía a la manada frente a mí y al otro a Benjamin arrastrándome. Pero también estaba perpleja por mi propia debilidad, porque había sido incapaz de defenderme. Y me causaba cierta rabia. Rabia contra él. Rabia conmigo misma. Una rabia dentro del *shock*. ¿Por qué no había tenido la fuerza para atacarlo si había creído que podía hacerlo?

—¿Qué le pasa? —preguntó Archie ante mi silencio, confundido.

—Padme, lo lamento tanto, esto no fue una buena idea —volvió a hablarme Tatiana—. Debimos haberlo planeado mejor. Debí haberte acompañado.

De nuevo esperó a que yo dijera algo, pero nada salió de mi boca.

La Ambrosía me había dado el valor e incluso había tomado el cuchillo, pero lo había perdido tan rápido…

—Muy bello momento de preocupación —intervino Poe—, pero lo interrumpiré porque hay que cerrar el agujero.

Estuvieron de acuerdo y Damián tomó la pala que Benjamin había usado para empezar a lanzar la tierra.

Pero las cosas no habían terminado.

No estuve segura de si ese chico llamado Gastón, el tercero en la mesa con Nicolas y Benjamin había estado mirando todo el tiempo. Tal vez había estado esperando el momento perfecto para atacar, pero saltó de entre la oscuridad y las alturas de uno de los árboles, aterrizó justo detrás de mí y me tomó por el cuello. En un intento por ahorcarme, me impulsó contra un árbol.

Entonces, todo pasó demasiado rápido. La manada lo notó, pero no fueron ellos quienes llegaron a tiempo para ayudarme. Fue la persona menos esperada, que también salió de la nada antes de que Damián o Poe reaccionaran, se lanzó contra el chico con mucha fuerza y lo apartó de mí.

Lo siguiente que vi fue cómo esos dos cuerpos cayeron al suelo, uno sobre otro, y cómo la persona que me había salvado le clavó un cuchillo en el pecho. No una, sino dos veces. Luego soltó el cuchillo, como si se hubiera dado cuenta de que lo que acababa de hacer era matar.

Todos nos quedamos paralizados.

Sentí que toda la vida se me iba al ver su rostro alzarse hacia mí.

Ese cabello rojo.

Esas pecas.

Esa cara que conocía desde siempre.

Eris.

16

PERO UN MOMENTO,
¿ESO ES UN MENSAJE?

No.

No.

Eris había atacado a un Noveno para salvarme.

Y la manada de Damián lo había visto todo.

Aunque ellos solo estaban quietos y asombrados, yo estaba petrificada. Eris, aún a horcajadas sobre el cuerpo del chico, también. Alrededor, la brisa nocturna soplaba fría y hacía que su cabello se pegara a su cara. Sus labios seguían entreabiertos por el agite, reuniendo aire.

—¡Es Eris! —dijo Archie de repente, animado, fuera de lugar.

Ella se apartó con brusquedad y se puso en pie, como si rechazara lo que estaba ante sí. Me miró. Yo volví a mirar el cuerpo en el suelo. Automáticamente me toqué el cuello, siendo consciente de que un poco más y ese chico me asfixiaba. No lo había logrado, pero ¿a qué costo?

Eris estaba ante los Novenos. En su bosque. Había acuchillado a uno de ellos. Era algo grave, pero en ese instante también había otro riesgo: que la mataran a ella.

Una mezcla de miedo, horror y negación explotó dentro de mí. Di cada paso rápido, irracional e impulsivo.

—¡¿Qué haces aquí?! —le reclamé a Eris, casi histérica—. ¡Te dije que te mantuvieras alejada!

—Quería ayudarte… —se defendió, y por primera vez en la historia de la Eris fuerte e indiferente, sonó torpe, vulnerable, temblorosa.

—¡No tenías que venir a este bosque! ¡¿Por qué hiciste eso?! —La sostuve del brazo para jalarla, aunque ella intentó alejarse, asustada—. ¡Vete!

—¡Necesitaba saber que estabas bien!

—¡Vete ya mismo! —la interrumpí—. ¡Vete de aquí!

El momento se convirtió en un forcejeo del que no fui del todo consciente por mi propio miedo y mi necesidad de ponerla a

ALEX MÍREZ

salvo. Ella solo intentó explicarme cosas que a mis oídos sonaron sin sentido, e incluso sus ojos se humedecieron mientras alternaba la vista entre el cuerpo en el suelo y yo. Yo no lo entendía. No entendía por qué se había puesto en peligro de esa forma, así que todo fue un caos entre mi voz, la suya, mis nervios, mis ganas de correr y llevarla lejos, Eris tratando de liberarse...

—¡Padme, estás alterada! —Tatiana me jaló por detrás para apartarme y hacer que la soltara—. ¡Tranquilízate!

Pero sentirme aprisionada despertó mi necesidad de defenderme, y me sacudí en resistencia.

—¡No la toquen! —solté en una reacción desesperada y asustada—. ¡No dejaré que la toquen!

Incluso pasó por mi mente tomar el cuchillo que Eris había dejado caer al suelo. Mi necesidad de protegerla era ciega. De hecho, me moví como un pez desesperado en un intento por llegar a él, pero Tatiana me sostuvo con fuerza para evitarlo.

—¡Solo te defendí! —insistió Eris, también en busca de que me tranquilizara—. Yo... me asusté, creí que iba a matarte...

—¡¡¡No necesitaba que tú me defendieras!!!

—Pero es que tuve un mal presentimiento, ni siquiera sé por qué yo... —Ella sacudió la cabeza—. Todo esto... es que... ¡Sabía que algo malo iba a pasar! ¡Todo está pasando desde que...!

Ni siquiera pudo completar el resto. Soltó palabras para tratar de explicar por qué había aparecido a pesar de mis advertencias, pero también estaba demasiado angustiada, y tal vez por eso explotó de forma irracional y actuó acorde a su ruda personalidad: contrajo el rostro de rabia, giró la cabeza y fue directo hacia Damián.

Y al estar frente a él, Eris extendió el brazo y le dio una bofetada.

—¡Todo esto es tu culpa! —le soltó, enfadada.

El impacto palma-mejilla produjo un sonido doloroso. El golpe fue fuerte e indetenible. Las reacciones de todos ante eso fueron diferentes. Archie abrió los ojos con mucho asombro. Tatiana, aún sosteniéndome, abrió la boca en un *shock* asustado. Poe, por el contrario, lució fascinado y sorprendido. De hecho, se acercó a Eris con su habitual sonrisa perversa que no armonizaba en lo absoluto con la situación.

—Pero ¿y esta preciosura tan salvaje quién es? —preguntó mientras la observaba de arriba abajo.

247

—La que te va a partir la cara si no te alejas —soltó a la defensiva.

Poe hizo un falso mohín de susto y tomó distancia al mismo tiempo que emitía una risilla.

Miramos a Damián a la espera, quizás porque el hecho de que alguien le hubiera pegado al más amenazante de la manada era inesperado. Pero también muy peligroso.

Él enderezó la cara con lentitud. Su expresión fue la más pura seriedad. Hubo un momento de silencio, un largo, tenso, expectante y raro silencio. Incluso pensé que solo estaba tomando impulso para saltarle encima y acuchillarla. En ese caso, yo estaba dispuesta a soltarme de Tatiana y atravesarme entre ambos.

Aunque su reacción fue la que menos me esperé, pero la que más me asustó.

Observó a Archie, calmado, quieto, serio.

—¿Cómo sabes su nombre? —le preguntó.

Su voz lenta, peligrosa.

Oh, no. Era cierto, la había llamado Eris.

Archie se sorprendió por la pregunta y luego me miró a mí con preocupación, como si nuestro secreto acabara de ponerse en riesgo.

Mis nervios aumentaron.

—Damián, solo déjala ir —le dije con voz suplicante—. No sabe lo que hizo, solo intentó ayudarme, no sabe nada.

—Archie —pronunció Damián a la espera de una respuesta.

Archie desvió la vista, reacio, pero asustado.

Pero Damián sabía qué hacer. Había alguien a quien Archie no podía ocultarle nada.

—Tatiana, pregúntale —le pidió él.

Tatiana se quedó callada un momento. Damián mantuvo los ojos negros e intimidantes en ella. Esperé que no lo hiciera, pero obviamente no iba a traicionar a su manada.

—Archie, ¿cómo sabes su nombre? —le preguntó, y sonó asustada también.

Archie se rascó el cuello, un gesto inquieto. Pareció luchar contra si hablar o no, pero perdió.

—Lo escuché en el cementerio... —dijo—. Las oí durante un rato mientras ellas... desenterraban un cadáver.

Mierda.

Damián volvió a mirarme, las cejas muy hundidas, la boca apretada, los ojos más oscuros y llenos de cólera que nunca. Me transmitió lo mismo que aquel momento en el bosque cuando me había dicho que no tenía más opciones. El mismo disgusto, el mismo aire amenazante, porque entendió que Eris lo sabía todo y que eso solo podía ser mi culpa.

—La única cosa que tenías que hacer era no decir nada —me dijo, conteniendo el enfado.

—Yo lo descubrí sola —soltó Eris con valentía a pesar de que la situación ahora era peor. Solo que eso molestó aún más a Damián.

—¿De verdad? —La miró con mucha rabia—. ¿Qué mentira vas a inventar?

Negué con la cabeza e intenté ir hacia él, pero Tatiana no me soltó.

—No es como crees —traté de mediar—. Ella piensa que estoy en peligro, solo eso.

Pero resultaba que Eris también miraba a Damián con rabia. Era mutuo.

—Como sea que lo haya descubierto, debes saber que me vale tres hectáreas de excremento que seas un asesino, yo no te tengo miedo —lo retó ella.

—Pero deberías tenerlo —Damián ladeó la cabeza, encontrando absurdas sus palabras—. ¿Sabes acaso lo que acabas de hacer?

Eris dio un paso adelante.

—Ayudar a Padme, cosa que no has hecho bien hasta ahora porque ese tipo iba a matarla, y si eso hubiera pasado yo te habría empalado y dejado en medio del pueblo. Una bofetada es poco para lo que te mereces.

Volvimos a quedar asombrados por su actitud desafiante y valiente. Y otra vez, Poe no. Él parecía estar sumido en un intenso nivel de encanto en el que no le importaba en lo absoluto que Eris acabara de confesar que sabía el secreto.

—¿De dónde salió esta mujer? —suspiró él con fascinación—. Estoy enamorado. Acabo de conocer el amor.

Damián ignoró eso. Estaba concentrado en Eris, y una intensa rivalidad chispeaba entre ellos.

—Él iba a matarla y en su lugar lo mataste tú, ¿esa fue tu gran idea? —replicó Damián, enarcando una ceja.

Una jugada mortal, porque fue suficiente para que Eris retrocediera el paso que había dado con valentía. De nuevo fue consciente de que el cuerpo en el suelo había sido acuchillado por ella, y su rostro mostró aflicción.

—No… —murmuró, medio en *shock*— solo no quería que la lastimara… Nunca he querido herir a nadie… Solo quería que él la soltara… No puede estar muerto. No puede…

—Se ve bien muerto para mí —dijo Archie, rascándose la nuca.

—Archie —lo regañó Tatiana para que se mantuviera en silencio.

Él cerró la boca de inmediato, arrepentido.

El cadáver tenía una gruesa línea de sangre corriéndole desde el pecho hasta el suelo, y ahí había un pequeño charco oscuro a su alrededor.

También se veía muy muerto desde mi posición…

Eris había matado a un Noveno.

Eris había matado.

O… ¿no?

—Muy bien, muy bien, un momento —habló Poe de repente como si fuera la única figura capaz de mantener la calma y de poner orden. Caminó hasta detenerse junto al cuerpo y lo analizó, luego se volvió hacia Eris y le dijo con una voz suave y tranquilizadora—: no te asustes, tal vez no lo está. Todos sabemos que los Novenos tienen mucha resistencia, así que podría solo estar en suspensión.

Un término nuevo para mí. Aunque Tatiana y Archie compartieron una mirada extraña, ¿como cuando alguien guarda un secreto?

—¿Suspensión? —repitió Eris, confundida.

—Es un estado en el que el Noveno parece muerto, pero aún hay esperanza si recibe atención rápida —explicó Poe—. Hay… ciertos trucos y secretos médicos entre los Novenos para tratar de prolongar la vida, ya sabes, asuntos de supervivencia. Realmente somos duros de matar, a menos que nos den en los puntos exactos como el corazón o el cuello.

Carson no había mencionado nada de eso en sus notas…

Poe se alejó del cuerpo y caminó hacia Damián. Al detenerse en frente, le puso una mano en el hombro y se lo ordenó:

—Tú cálmate.

—Ella lo sabe. —Damián frunció las cejas, molesto.

—Y ha guardado el secreto, ¿no?

—Es una presa —zanjó Damián, como si la decisión tuviera que ser una sola. Pero Poe no estuvo de acuerdo.

—No vas a tocarla —dijo de forma definitiva, aunque sin perder su aire divertido y juguetón—. ¿Es que no hueles eso?

¿Oler qué?

Poe parecía usar mucho su nariz, y cuando olía algo, su expresión pasaba a ser una de satisfacción, pero no una satisfacción normal, sino una casi… erótica.

—No. —Damián negó con fuerza.

—Yo sí, y me gusta —replicó Poe en un suspiro. Luego nos miró a ambas—. Lo que no me gusta es que todos estamos alterados y que aún estamos aquí donde Nicolas puede aparecer.

Damián perdió la paciencia y apartó de muy mala gana la mano que Poe aún mantenía sobre su hombro.

—¿Qué demonios estás haciendo? —le reclamó.

—Soy un caballero y veo a las damas muy asustadas, así que deberíamos llevarlas a casa —fue lo que respondió, y de forma inesperada se volvió hacia Archie—. Dime, Archie, ¿tienes algún inconveniente con que Eris y Padme regresen a salvo?

Su tono fue amigable, el de una especie de líder que respetaba la opinión de su equipo. En ese caso, de su manada. Aun así, Archie titubeó. Lucía repentinamente nervioso. Su aire paranoico se acentuaba.

—Uhm… Yo… Es que… ¿Tatiana?

La miró, a la espera de que la decisión la tomara ella porque así era su rara relación.

—No —dijo Tatiana muy rápido—. Creo que la idea de Poe es buena.

Aunque también lucía nerviosa…

—Entonces, tres contra uno —anunció Poe.

Damián lo encaró.

—Verne —pronunció, en una advertencia.

—¿Fox?

Ambos se miraron. Tal vez se transmitieron algo. Damián con los ojos entornados. En Poe, por otro lado, no se mostró ni un poco de rivalidad a pesar de que Damián se veía molesto y nada de acuerdo. Parecía que iban a pelear, pero también que habían tenido momentos así antes y que sabían manejarse.

—No eres el único que puede tomar decisiones y cumplir caprichos, aunque eres el más lindo —añadió Poe, y en un gesto juguetón y poco acorde al momento, le pellizcó la mejilla derecha.

—No me toques. —Damián le dio un manotazo de rabia.

Poe soltó una de sus risillas, divertido por esa reacción.

—Tú y yo tendremos una conversación luego —le dijo, y después su atención estuvo sobre Eris otra vez—. No le pasará nada malo a Eris. Al parecer sabe defenderse y guardar secretos. Entonces, podrás seguir guardando el nuestro, ¿no?

Eris mantuvo su expresión desafiante, a pesar de que yo sí notaba que sus manos temblaban. Pero ella nunca iba a mostrar debilidad, no era parte de su personalidad.

—Si me atacan daré la pelea —fue lo que dijo.

—Seguro que sí, y me encantaría verte dando… —suspiró Poe, descarado, ¿con doble sentido? Luego me miró a mí y me habló con voz suave—: Padme, por favor, tranquilízate. Confiaste en Damián cuando lo descubriste todo, ahora confía en mí y ve a casa.

Tatiana todavía me mantenía aprisionada para que no hiciera nada impulsivo, lo cual tenía sentido porque seguía agitada y asustada, y por eso dudé. No. Dudaba porque lo que tenía ante mí eran Novenos, no humanos normales que podían compadecerse de súplicas y promesas. Me hacía sudar la idea de que apenas me diera vuelta, Damián sacara su cuchillo y lo clavara en el pecho de Eris.

Eris. Solo quería que ella estuviera a salvo de la misma forma que lo había querido para Alicia. No quería que nadie muriera por mi culpa. El miedo a eso era lo que pasaba por mi mente, pero de repente sucedió algo muy extraño. Mientras los ojos de Poe estaban fijos en los míos a la espera de mi respuesta y veía ese gris, veía sus pupilas… El miedo perdió fuerza. Fue como que empezó a desvanecerse, e incluso mis músculos comenzaron a perder tensión, como si me hubieran inyectado algún tipo de sedante.

Como había pasado después de que él me besara en el ritual.

—Todo estará bien —añadió Poe, aún con su sonrisa.

Y... ¿por qué creí que sí? Algo dentro de mí lo creyó. Con esa voz tan calmada y divertida a la vida, ¿cómo no podía ser posible?

Los brazos de Tatiana se aflojaron a medida que percibió la disminución de mi tensión. Poco a poco, me fue soltando. Mi cuerpo no quiso reaccionar impulsivamente. Cualquier idea de agarrar el cuchillo, desapareció. Hasta me sentí exhausta, débil, como si hubiera perdido toda mi energía.

Damián, en un gesto inesperado, se quitó la chaqueta de cuero, dio algunos pasos hacia mí y me la ofreció.

—Póntela, hace frío.

La tomé, pero me quedé con ella en la mano.

—Bueno, entonces, nosotros cubriremos el agujero —dijo Archie. De nuevo, su aire nervioso me intrigó, pero muy rápido, eso también se desvaneció de mi mente.

Poe decidió que no se iría sin hacer algo antes. Se acercó al agujero en el suelo y lanzó un escupitajo hacia el fondo.

—Para que te lubriques cuando te follen en el infierno, imbécil —le soltó al Benjamin muerto.

—Vámonos antes de que Nicolas aparezca —habló Damián.

A Eris se le hizo más fácil empezar a caminar, aunque estaba sumida en un extraño estado de confusión, nervios y alerta. Defensiva, pero asustada. Miraba hacia todos lados, como esperando que alguien saltara sobre ella. Quise decirle: «Sí, así es como vivo yo ahora».

Pero todo el camino a su casa, en donde era menos probable que nos vieran llegar, fue silencioso. Ni ella ni yo hablamos, porque yo andaba de forma automática. Otra vez, la única palabra que encontraba para describirlo era como... sedada. El cuerpo ligero, la sensación de estar flotando, la calma. ¿Poe había hecho algo? ¿Cómo era que mis nervios y mis miedos se habían ido tan de repente?

Cuando llegamos, Damián quiso hablarme.

—Padme...

Pero estaba tan sosegada por la extraña voz de Poe que aún podía oír en mi mente, que ni siquiera me detuve. Pasé por la acera junto a él sin mirarlo y entré con Eris a la casa, dejándolo atrás.

Mientras subíamos las escaleras, mi móvil vibró en mi bolsillo. Me detuve un momento en uno de los peldaños. Ella se volteó también, y no sé si fue porque todo era demasiado claro o porque ninguna quería procesar nada en ese momento, pero luego solo siguió su camino.

Saqué el móvil para observar el mensaje:
Número desconocido:

> Puedes salir de esto, pero no mientras él te esté vigilando.

> ¿Quién eres?

> Alguien que quiere ayudarte.

> ¿Ayudarme cómo y con qué condición?

> Solo deseo ayudar.

> De acuerdo, ¿qué es lo que sabes?

> Una salida. Sé cuál es la salida.

> Ven el jueves a la cabaña. Sola. 5:00 p.m. Área de prácticas. Usa este código: f20

Al leer lo de la salida, por un instante sentí algo extraño. Fue como si mi mente quisiera traer algún tipo de recuerdo o pensamiento, pero algo se lo impidiera. Como fuera, no vi nada concreto, pero me quedó la sensación de que debía hacerle caso a esos mensajes.

> ¿Y si alguien me ve?

> Me aseguraré de que nadie que te conozca aparezca por ahí.

Ahí en la escalera, con la sala oscura y la casa silenciosa por lo pasado de la noche, me pregunté si eso en verdad podía ser una ayuda.

¿O era una trampa?

17

¿O ES LA ETERNA BATALLA ENTRE EL HUMANO Y EL NOVENO?

Me desperté unas tres horas después, más que nada por los dolores en el cuerpo.

Y descubrí que Eris ya había despertado también. De hecho, estaba sentada frente a la ventana mirando hacia afuera, rígida, de una forma preocupante, como suspendida en un estado de *shock*. Apenas estaba empezando a amanecer. El gris pálido del cielo llenaba la habitación y el ambiente era frío.

—¿Eris? —La llamé de la forma más suave posible:

—No está muerto, ¿cierto? —respondió sin voltearse. Su voz era susurro.

Por supuesto que hablaba del chico de la manada de Nicolas. La imagen de él tirado en el suelo del bosque, sangrando, seguía clara en mi mente, pero mucho más el momento en el que había reconocido la cara de ella.

—Poe dijo que podía estar en suspensión…

Eris se quedó en silencio. Yo también. Tal vez por nuestra mente pasó lo mismo, el hecho de que, si no estaba en suspensión, significaba que ella había matado a alguien. ¿Y qué se suponía que teníamos que hacer?

—Me asusté —confesó tras un momento—. Estaba aquí y tuve un horrible presentimiento. Fue fuerte, no lo había sentido antes. Pensé: «Algo no saldrá bien», así que fui a buscarte. Cuando vi que él intentaba ahorcarte, supe de lo que sería capaz por todo lo que Carson escribió, así que estuve segura de que la única forma de ayudarte era atacando. Ese chico no era precisamente una buena persona, ni siquiera un humano normal, pero…

Su voz se desvaneció tras la última palabra, afectada. Pensé que lloraría. De hecho, quise recordar algún momento en el que había visto a Eris llorar, pero no encontré ninguno. En ese instante, tampoco vi las lágrimas. Consideré que era aún peor, porque podía estar en un estado de *shock* más profundo del que parecía.

Igual, yo también había reprimido mis lágrimas por muchos años. ¿Ella hacía lo mismo? Aunque sus padres no la trataban igual que los míos a mí. Sus padres, de hecho, siempre habían sido dulces y comprensivos, y respetaban su espacio.

No sabía lo que era tener padres así…

—No somos como ellos —le aseguré, para, de algún modo, reconfortarla.

Pero tras decir eso, mi mente arrojó el recuerdo de mí, histérica, queriendo tomar el cuchillo para defenderla. Había sido una reacción ciega al miedo. ¿Era lo que también le había pasado a ella? ¿Era lo que nos había pasado a ambas? Quise pensar que esa era la razón, porque hasta yo había sentido ese impulso ante el saco de boxeo al imaginar a Nicolas lastimándome y lastimando a mi familia.

Entonces, si yo hubiera logrado alcanzar el cuchillo, ¿qué habría hecho para protegerla?

¿Me habría atrevido?

—No sé qué es lo que siento —susurró Eris—. No sé qué es lo que hice. No tuve que haber ido.

—Alicia ya está a salvo —le recordé, por si eso ayudaba.

—Y a veces las cosas pasan, ¿no?

Bueno, matar a alguien no era algo que solo pasaba. Pero no pude decirle eso. No pude decir nada más, porque tampoco sabía qué había hecho yo. Había estado dispuesta a atacar a Benjamin, pero había fallado.

Cerré los ojos y lo vi atacándome, vi lo asustada que me había sentido en el agujero. Volví a escuchar los gritos y los golpes a la pared, y abrí los ojos solo para mirarme las manos. Tenía rasguños por todas partes. Me toqué el pómulo derecho y me dolió al mínimo tacto, de seguro porque tenía un moretón.

Nunca nadie me había golpeado de esa forma. Ahora me sentía humillada. Y…

Furiosa.

Una furia nueva.

No, no era nueva. Era el mismo enfado que por tantos años había reprimido. Era esa ira vengativa, peligrosa, que se suponía que no debía dejar fluir.

Pero estaba fluyendo…

No supe nada de los Novenos en varios días. Logré librarme de mi madre diciendo que tenía que estudiar mucho para los exámenes. Había dudado, pero yo era una experta en mentirle y en hablar y actuar como si todo estuviera normal. Aunque aún solía querer meterse en todo cuanto pudiera, confié en que en esos momentos estaba muy atareada con el trabajo como para insistir, por lo que mis mentiras funcionaron. En cuanto a la madre de Eris, la evité usando maquillaje.

También tuvimos que ir a clases solo para que no reportaran las faltas, y fue cuando las cosas empezaron a ponerse más raras.

Primero, noté que Alicia estaba faltando a las horas en la que estábamos juntas. Segundo, que Eris estaba muy extraña. Silenciosa. Ausente. Solo me respondía con sonidos. Por primera vez, incluso, no interactuó en clases. Lo peor era que tampoco sabía qué decirle, porque tampoco tenía respuestas. Tal vez las dos pensábamos lo mismo: ¿ese chico había muerto o había sobrevivido?

El jueves, al salir de clases, me atreví a ir a la casa de Alicia. Benjamin estaba muerto y eso significaba que ella estaba libre de ser llevada a La Cacería, pero quería verla al menos un pequeño momento y disculparme por nuestra última discusión. El problema fue que tras llamar a la puerta, abrió la empleada que cuidaba el lugar cuando los padres no estaban. Me dijo que Alicia había salido esa mañana con unas chicas del instituto y que no había dicho a dónde, pero que había dejado un mensaje claro si yo aparecía: que no quería volver a hablar conmigo ni con Eris nunca más, porque no sería amiga de personas que solo la evitaban.

Me quedé de piedra. Incluso la empleada me miró con cierta pena, pero luego cerró la puerta.

Esa tarde volví a mi casa, porque ya los moretones no se notaban casi, aunque mi madre no había regresado del trabajo todavía, por lo que solo me encerré en mi habitación. Pasé todas esas horas mirando el álbum de fotos que Alicia había insistido en hacer de nosotras. A pesar de que ahora todas las fotografías se guardaban en redes sociales, ella había dicho que era *vintage* y que por eso debíamos tener uno.

En todas las fotos, siempre éramos las tres. Excepto por un tiempo en el que solo habían sido Eris y Alicia, porque yo había estado ausente.

Ausente por *aquello* de lo que nunca debía hablar.

Aquel día en el que me habían llevado.

Las había abandonado de nuevo por *la misma razón*. Ahora Alicia nos odiaba y Eris... lo que había hecho para ayudarme... Si ese Noveno estaba muerto y de alguna forma alguien se enteraba, la buscarían y terminaría como Carson. Como Beatrice.

Tomé mi móvil y escribí un mensaje para ella:

> Tal vez deberíamos huir. Pero debemos llevar a Alicia.

No estaba segura de cómo podríamos lograr eso. No estaba segura de cómo convenceríamos a nuestros padres de seguirnos. No estaba segura de nada, pero en ese momento, salir de Asfil y estar lejos de Damián, pareció la mejor opción.

Me desperté en la madrugada con la extraña sensación de que me estaban observando.

Y así era.

Apenas abrí los ojos, vi a Damián sentado en la butaca de la ventana. Me apoyé en mis codos y lo contemplé desde la cama. Los cristales abiertos de par en par dejaban entrar el viento nocturno. No pude calcular cuánto tiempo llevaba allí, solo asumí que había trepado, tan silencioso y peligroso como un Noveno podía serlo.

—¿A dónde piensas huir, Padme? —me preguntó. Las luces de los faroles de la acera delineaban su rostro. Sus ojeras lucían un poco más profundas, dando un sombreado siniestro y algo cansado a sus ojos, y estaba algo más pálido. Pero no parecía enfadado, que era el último recuerdo que tenía de su expresión aquella noche en el bosque, sino serio, sin ninguna emoción reconocible.

Además, ¿cómo lo sabía?

Ni siquiera tenía la mente ordenada para entenderlo.

—Vete —fue lo que respondí.

—Quiero saberlo.

—Y yo no quiero decírtelo porque no es tu asunto.

—Claro que lo es —replicó, ceñudo—. Todo lo que tiene que ver contigo es mi asunto, porque de lo contrario pasan cosas como que le cuentas a alguien lo que descubriste o vas a cementerios en la noche. ¿Qué estabas haciendo allí?

—¿Archie no te lo dijo también? —pregunté de mala gana.

Damián hizo una mueca de amargura.

—Resulta que lo mejor que hace un Noveno no es matar, sino guardar secretos, así que, no quiso hablar.

Eso fue inesperado, aunque no supe si alegrarme o preocuparme porque Archie no había soltado todo. Era obvio que nos había escuchado mucho antes de que nos diéramos cuenta de que estaba en el cementerio. Debía saber el nombre de Carson y que buscábamos un artículo. Si no había dicho nada, tal vez no sabía lo que contenía, lo cual quitaba cierto peligro.

Pero qué curioso... Era el más inestable de todos, pero era bueno en guardar secretos. ¿Qué tantos podía guardar?

Igual tampoco estaba segura de cuánto sabía Damián sobre su naturaleza, pero decirle sobre los descubrimientos de Carson no parecía una buena idea porque aquello revelaba cómo acabar con los Novenos, algo que él no apoyaría nunca.

—Si aún crees que iré corriendo a la policía, estás equivocado, así que no tienes que estar detrás de mí todo el tiempo —le solté de forma concluyente, en un claro tono de que ya no teníamos más que hablar.

Pero él no mostró intención de irse.

—Se lo dijiste todo a tu amiga, ¿eso qué demonios es? —dijo con los dientes apretados.

—No lo hice apenas me lo contaste —me defendí, obstinada—. Ella me siguió aquel día que me llevaste a la cueva. Creía que tú me lastimabas y quería buscar ayuda, así que tuve que decirle algunas cosas para evitarlo, pero luego descubrió lo demás. No es fácil ocultar un cambio tan grande. Me sorprende que mi madre no se haya dado cuenta de nada. Soy buena mintiéndole, pero Eris me conoce, aunque traté de hacerlo también. Ya que sabes que no iré a gritarlo por todo Asfil, quiero que te vayas y me dejes sola.

Otra vez acentué el hecho de que no quería que estuviera ahí, y eso lo hizo apretar más la mandíbula con tensión, como si intentara no perder la paciencia.

—Puedo irme ahora, pero tú no puedes ir a ningún lado —dejó en claro—. Que estés en nuestra manada, por desgracia, nos conecta.

Iba a mostrarme indiferente, pero esas palabras en verdad me asombraron de mala manera. ¿Conectados? ¿De verdad tenía el valor para hablar de conexión?

Salí de la cama mientras lo miraba con una mezcla de desconcierto y enfado.

—¿No puedo hacer un plan improvisado para huir y esconderme? —lo reté, haciéndolo sonar absurdo—. ¿Porque tú vas a perseguirme hasta matarme?

—¡Yo no, Padme, ellos! —se hartó en una mezcla de grito y susurro para que las voces no salieran de la habitación a esa hora—. ¡Ellos son los que van a hacerlo y te lo expliqué antes!

Eso sirvió para reventar la presión de todo lo que estaba conteniendo desde la noche del plan de Benjamin. De una forma mala, porque mi enojo se transformó en uno impulsivo.

Di unos pasos hacia él. Me señalé la cara.

—¡Sé lo que pueden hacer! —le solté, otra vez afectada por la humillación—. ¡Mírame! ¡Él me golpeó! ¡¿Crees que no es igual de malo que ser perseguida o amenazada de muerte?!

—¡Nos desviaron de alguna forma! —Pareció confundido, como si mi comportamiento fuera algo que los de su raza no entendieran—. ¡Hasta creo que fue todo un plan y por eso Benjamin…!

—¡Por eso Benjamin casi me mata, sí, así que no vengas aquí a recordarme qué pueden hacer porque ya lo estoy viviendo! —le interrumpí, y con mucha rabia lo seguí encarando—: ¡¿o es así como debe verse una Novena?! ¡¿Esto te satisface?! ¡¿Eres ese tipo de Noveno sádico que disfruta el sufrimiento?!

—¡Si hubiera llegado antes…! —quiso decir, pero descontrolada por mi furia, lo interrumpí otra vez:

—¡Me dijiste que yo debía matar a Benjamin para salvar a Alicia y luego dijiste que estarías cerca por si necesitaba ayuda, pero cuando la necesité no estabas ahí! ¡Así que la verdadera desgracia es que tú no tienes emociones ni sentimientos ni sabes lo que es estar de verdad conectado con alguien!

Fue fuerte. No sé si incluso hiriente para un Noveno, pero sin dudas algo que jamás pensé que le diría a alguien. Esperé que gritara también para defenderse, pero dio un paso adelante. Sus ojos duros, intimidantes. Su voz sonó ronca y baja del enfado:

—Porque tú sí sabes lo que es conexión, ¿no?

—¡Sí, que a pesar de que eres cruel, creí en ti! —le solté, aún llena de ira.

Damián abrió la boca para soltar algo de inmediato, tal vez un grito, tal vez un reclamo, tal vez lo que le seguía a mi rabia, pero en un súbito gesto de contención, apretó la mandíbula, muy tenso. Afiló la mirada.

—Sabes que no soy como tú. —Bajó la voz, serio.

Lo apunté de forma acusatoria.

—Lo sé muy bien. No eres capaz de ayudar a nadie...

—Padme —me advirtió en un intento de que me callara, conteniéndose todavía más.

—Ni siquiera puedes tocar a una persona del asco que les tienes porque piensas que solo son presas.

Él hizo otro gesto de tensión, pero en el cuello, incómodo, como si le doliera.

—Cállate —exigió con los labios apretados, en una segunda advertencia de que no siguiera hablando.

—¡Y aun así yo pensé que no ibas a dejarme sola porque al menos lo dice ese estúpido beso de sangre! —completé.

—¡No soy como tú! —me gritó en un colapso—. ¡Nunca voy a sentir como tú! ¡Y deja de hablar ya!

Esa explosión tan diferente me hizo cerrar la boca de golpe. La habitación volvió a sumirse en el silencio de la noche. Él caminó hacia la ventana, al parecer enojado conmigo y consigo mismo, y puso su mano en su cuello. Volvió a moverlo de un lado a otro con mayor tensión, como si estuviera sufriendo algún tipo de malestar.

Aun cuando no pude ver su expresión, las nubes mentales de mi enojo se disiparon un poco y admití que no me pareció un simple gesto de enfado. De hecho, se vio preocupante y fuera de lugar.

Pasé del enojo a la confusión. Un momento, ¿había algo que estaba ignorando?

—¿Estás bien? —le pregunté, aún analizándolo.

Su mano apretó su cuello en busca de alivio. Fue como si se le trabaran las palabras. Las empujó:

—No vuelvas a decir que me gusta verte sufrir a manos de alguien más. Me importas.

Pestañeé, todavía tratando de captar su curioso malestar en la semi oscuridad de la habitación. Incluso empecé a dar algunos pasos lentos hacia él para poder captar más.

—¿Y así es como los Novenos demuestran que alguien les importa? ¿Haciéndole sufrir?

—¡No! Puedes decir que soy un monstruo o un idiota, pero...
—Buscó las palabras en su mente, ¿o tal vez le fue difícil pronunciarlas? ¿O por un instante le costó mover la boca?—: Si tú sufres, algo dentro de mí... duele.

Se me formó algo extraño en la garganta, y tuve que tragar saliva para poder hablar, aunque fue casi un aliento:

—¿Duele?

—Cuando no podíamos encontrarte en el bosque, empecé a desesperarme —confesó entre dientes, en parte enojado y en parte ¿vulnerable?—. Pensé que si Benjamin o Nicolas te tocaban, aunque sea un cabello, iba a matarlos...

¿Incómodo? No. ¿Nervioso? No...

—Iba a descuartizarlos, pedazo por pedazo —siguió—. Vivos.

¿Le dolían los hombros? Ahora su mano pasaba por su clavícula, apretando en busca de aliviar la tensión.

—Pero Poe se dio cuenta y se me adelantó —continuó— porque mi rabia era... era tan...

Volvió a hacer ese gesto de tronarse el cuello con un movimiento ligero. Yo casi llegaba a él para poner una mano en su espalda.

—... tan descontrolada que iba a hacerlo frente a ti —completó, y eso sonó aún más tenso, como si ese punto fuera el peor—. Esto... desde hace un tiempo yo... hay algo... que no... es como si yo estuviera...

Justo cuando iba a poner la mano sobre su piel y justo cuando mi expectativa estaba a mil porque parecía que iba a decir algo muy importante...

Alguien tocó repetidamente a la puerta de mi habitación.

—¿Padme? —oí que decían desde el otro lado.

Giré muy rápido la cabeza. No, no alguien. Mi madre.

—¿Estás despierta? —preguntó otra voz—. ¿Qué está pasando? Escuchamos algo.

Y mi padre.

Toda la intriga y el poco enfado que me quedaba se fue, y solo apareció un miedo paralizante, porque la realidad ya no era la discusión o su extraña actitud. Era que Damián estaba justo frente a mí con un aspecto aterrador, de madrugada, y si lo descubrían las dos personas que más me habían sobreprotegido en el mundo, el lío que se iba a armar podía ser igual de grave que alertar a los Novenos.

—Abre la puerta o buscaré la llave —añadió mi madre ante mi falta de respuesta, dando más toques fuertes.

Volví la mirada hacia Damián, pensando que reaccionaría como un Noveno a punto de ser descubierto y saldría por la ventana, pero vi algo peor. Estaba como confundido, desorientado. De hecho, su reacción era lenta y no sabía si ir a la ventana o esconderse en el armario. Pero ¿qué le pasaba?

Sin tiempo para preguntar, fue la primera vez en todas esas semanas que mi cerebro trabajó al máximo y yo pensé en modo supervivencia extrema. Corrí hacia el escritorio en la esquina de la habitación, abrí *YouTube* y seleccioné algún video de algún *show* para reproducir. Luego regresé a Damián.

—Escóndete en el baño —le susurré.

También entendió que era nuestra única salida, y no se negó a hacerlo. Se apresuró a entrar en el baño y se encerró ahí. Al estar segura de que todo en la habitación se veía normal, controlé mi respiración y abrí la puerta.

Mis padres entraron sin aviso ni permiso. Miraron en todas las direcciones, entre somnolientos y alertas. Mi corazón ya estaba latiendo rápido por la discusión con Damián, y por lo alterada que me tenía, pero en ese instante empecé a escucharlo contra mis oídos como en una película de suspenso.

—Escuchamos una voz —dijo mi madre, comprobando cada esquina con la mirada.

—Lo siento, estaba viendo videos —mentí.

—Te dije —suspiró mi padre, cansado.

Pero Grace no era tan fácil de convencer. Reacomodó su bata de dormir, ahora observándome a mí. Sentí que cada músculo de mi cuerpo se ponía rígido, como si algo peor que un depredador estuviera acercándose a mí.

—¿Qué haces despierta a esta hora? —me preguntó. Suave, nada intimidante, porque ese era el tono perfecto para presionar.

—No podía dormir, yo…

—¿Insomnio? —completó, y frunció las cejas—. ¿Desde cuándo?

—Solo he tenido muchos exámenes, tareas, quería distraerme —traté de sonar lo más natural posible.

—No es nada bueno que no tengas ocho horas de sueño, le hace mal a tu cerebro, a tu mente, y lo sabes —dijo, rápido.

«Y lo sabes».

Iba por ese camino...

—Mamá, mi mente está bien —repliqué, controlada—, y la voz era de *YouTube*, es que no encontré mis auriculares.

—También te dije —intervino mi padre hacia ella, cansado.

No me extrañó que la de la idea de ir a ver mi habitación fuera ella y no él. Mi padre ni siquiera tenía voz propia. Era como un ser en gris, apático, con ojeras abultadas y ojos caídos que caminaba o hablaba de forma automática y que solo servía para trabajar. Tenía una pequeña pero significativa cicatriz en la mejilla. Algunas veces había demostrado estar algo exhausto de la sobreprotección, pero al final terminaba dejando a mi madre hacer lo que ella quisiera y apoyándola en sus decisiones extremas sobre mi vida. Lo quería, pero él nunca detendría el control de Grace porque también estaba bajo el suyo.

—Algo está pasando —dijo ella, para mi temor.

—No, claro que...

—Sé que algo está pasando —repitió, segura e inclemente—. Tenía la sospecha, pero quise creer que no. Solo que, por supuesto, contigo siempre es lo contrario.

Busqué alguna mentira de las más elaboradas en mi mente, pero no alcancé a darla porque ella decidió eso que yo tanto había querido evitar:

—Voy a pedir una cita con el doctor.

—¿Qué? —reaccioné, perpleja—. ¡¿Por qué?! ¡No! ¡Yo no estaba despierta por ninguna razón anormal!

Hasta mi padre hundió las cejas que eran del mismo color de mi cabello, igual de desconcertado.

—Grace, Padme no va desde hace años —le dijo, pero ella no cambió de opinión:

—Por eso ya es hora de que vaya de nuevo.

—Estás exagerando —insistió él—. Ya dijo que solo veía videos, no es necesario.

Entonces, mi madre se hartó, avanzó hacia mí y me tomó la mandíbula con la mano en un gesto brusco que yo ya conocía y por el que había pasado muchas veces antes. Giró mi cabeza hacia mi padre.

—Mírala —exigió, severa—. Tiene ojeras, está despierta de madrugada. Otra vez. —Giró mi cara para que la mirara fijamente—. ¿Todo el tiempo en casa de Eris estas semanas? Así empezaste aquella vez, nunca estabas en casa porque estabas...

—No lo estoy haciendo de nuevo —le interrumpí.

Y lo dije seria, por primera vez, porque quizás la rabia me había cambiado. Me sentía muy diferente. En otra ocasión habría llorado por su rudeza en un intento de convencerla de que no necesitaba ir a ningún doctor. En ese momento solo le sostuve la mirada, igual de desafiante.

—Grace... —Mi padre volvió a intervenir, poniendo una mano sobre su brazo para que me soltara—. Ya tiene dieciocho años. No se ha comportado igual desde que sucedió aquello. Entiendo que te preocupes, pero...

Tampoco lo dejó terminar. Solo soltó mi rostro con la misma brusquedad y lo dijo como una decisión indiscutible:

—Si nada pasa, el doctor nos lo dirá, así que mañana llamaré.

Caminó hacia la puerta con todo el poder que ser mi madre le concedía, poder que había usado muchas veces para impedirme salir de la casa o llevarme a ser examinada por muchos doctores, pero otra ola caliente e impulsiva de enfado me dominó.

—¡No iré a ninguna cita médica! —le grité antes de que saliera—. ¡¿Puedes respetar mi decisión por una vez en la vida?!

Se detuvo. Mi padre también. Ambos me miraron, pero los ojos de ella fueron los más severos. Si en otros momentos en verdad parecía una madre atenta y preocupada, en ese momento parecía no poder ser esa mujer nunca.

—Sí, cuando decidas ser una persona normal —dijo, fría.

Me dieron la espalda para salir de la habitación. Supuse que lo harían sin más, pero ella se volvió un momento. Ni siquiera me sorprendió que en esos segundos su mirada había cambiado y que me observó con cierto cariño.

—Es por tu bien, amor —añadió, casi con algo de dulzura y lástima—. Siempre fue por tu bien.

Se fue diciéndole un montón de cosas a mi padre. En cuanto escuché que su puerta también se cerró en el fondo del pasillo, me acerqué a la mía para cerrar de nuevo con seguro. Con la mano en la perilla, me di cuenta de que temblaba porque en mi mente estaba repitiéndose la frase «voy a pedir una cita», y de algún modo todavía me asustaba. Solo que ahora ese pavor estaba mezclándose con el enfado que me había dejado la discusión, y se sentía peor.

Damián salió del baño. Lo vi de reojo. Ya no se percibía algún tipo de malestar en su rostro, como si se hubiera recuperado. Aunque fue lo que menos me importó con la mente tan revuelta.

Hubo un silencio, pero sabía lo que me iba a preguntar.

—¿Qué pasó *aquella vez*?

—Deberías irte —respondí, tajante.

—Así que el problema viene de ahí —mencionó, en lugar de irse—. Es ella. Es el miedo que le tienes.

No era miedo a mi madre, era miedo a lo que podía obligarme a hacer. Otra vez había dicho que me respetaría cuando fuera una persona normal, lo que significaba que para ella aún no lo era.

Y esa palabra: normal. Toda mi vida la había oído de su boca. La tenía grabada en la mente en todos los tonos posibles. La odiaba.

Me frustró que Damián lo hubiera escuchado todo, pero también fui consciente de que era la primera vez que alguien se enteraba de ese tema que perturbaba mi vida.

—Está obsesionada con eso de «la vida normal», de «la chica normal» —dije con la voz medio afectada por el enfado que estaba conteniendo de nuevo.

—Ah, entonces ya muchas cosas tienen sentido —murmuró él.

—¿Qué cosas? —Fruncí las cejas.

—Por qué siempre estás esforzándote por ser una persona genérica y por qué defiendes esos conceptos del bien y la inocencia y la bondad —suspiró—. En serio, Padme, dices que mi mundo te hace sentir atrapada, pero ya veo que siempre has vivido así con tu madre.

Me molestó oír la verdad.

—No sabes nada.

Damián negó apenas con la cabeza como si eso fuera absurdo.

—Lo que sé es que ahora que te das cuenta de que ya no quieres estar atrapada bajo su control, estás llena de rabia.

—No, estoy enojada porque...

—Porque sabes que no eres normal y que no quieres seguir intentando serlo —completó, seguro—. Porque no te sientes libre, porque no quieres ir con ningún doctor, porque esta vida no es la que te gusta. ¿O mentirás también diciendo que me equivoco?

Apreté los labios.

—No te equivocas, pero lo que ella hace no está bien y lo que tú haces tampoco. Entonces no sé qué es lo que…

—Lo que está bien es lo que tú quieras. —Y tras una pausa preguntó con detenimiento—: ¿Has pensado alguna vez en lo que quieres?

No dije nada. Yo era y debía ser la misma siempre. Me lo habían enseñado *aquella vez*… Varios recuerdos sobre eso pasaron por mi mente. Había estado sola. Asustada. Confundida. Culpable.

De acuerdo, estaba llena de ira. Era cierto, porque por mucho tiempo había vivido con el miedo de que un día mi madre decidiera que yo necesitaba ser *corregida* de nuevo.

Pensando en esa palabra, lo que en verdad quería, en el fondo de mi ser era… era tomar algo de la habitación y… arrojarlo contra el cristal de la ventana para que ella lo escuchara y viniera de nuevo y así poder enfrentarla y negarme a sus decisiones absurdas sobre médicos y normalidad y…

Esos pensamientos tan impulsivos desaparecieron de golpe de mi mente, porque de repente noté que Damián ahora estaba detrás de mí. Ni siquiera me di cuenta de cuándo se había movido, pero sentí las puntas de sus zapatos negros contra mis talones descalzos y todo su cuerpo desprendiendo un calor ligero. De forma inesperada puso su mano sobre la mía, que aún estaba sosteniendo la perilla. No, no sosteniendo normalmente, sino apretándola con tanta fuerza que mi piel estaba algo enrojecida. Aun así, la presión de su palma sobre mis nudillos fue suave.

Él se inclinó unos centímetros. Su pecho tocó mi espalda.

—Nuestros mundos no son tan diferentes como crees —susurró—. Y tú tienes el mismo ruido que yo en tu cabeza. Pero puedo ayudarte. Puedo hacer que eso y que mucho más desaparezca.

No, ya no. El caos en mi mente se había calmado al instante del contacto. Y estaba asombrada. ¿Acaso esto era un momento en silencio en la mente que siempre tenía llena de miedos, preguntas y recuerdos? Sin necesidad de La Ambrosía. Sí, solo escuchaba su voz. Solo era consciente de lo inesperado de su cercanía.

—Cuando dijiste que no puedo «tocar a una persona» —añadió cerca de mi oído en un susurro peligroso y pausado—, ¿te referías a esto? ¿Esto es lo que crees que no puedo hacer?

—¿Puedes? —solté, atónita.

—No es que no sea posible para mí...

Su voz se perdió en un silencio. Giré un poco la cabeza para ver su cara. Descubrí que mientras miraba su mano sobre la mía, en sus ojos había una curiosidad confusa. Otra vez daba la impresión de no entender bien qué tenía ante sí pero que le causaba cierta extrañeza y fascinación, como si fuera nuevo para él. Entonces, ¿estaba lanzándose a una nueva experiencia? ¿Probando lo que podía sentir?

Aunque fuera algún tipo de experimento, durante un segundo no pude creer que ese Damián que varias veces había demostrado que le molestaba el contacto físico, me estuviera tocando. Pero era real, y me asustó mucho que acababa de producirme un montón de sensaciones extrañas, pero también... emoción en esa parte de mí que siempre había deseado acercarse a él, a esa fantasía inalcanzable y prohibida.

Intenté reprimirla. Intenté recordarme que estaba mal. Intenté recordarme que Damián era un monstruo a pesar de que justo en ese momento no lo parecía.

—Pero tienes razón, las presas me dan asco —dijo, y esa vez su voz sonó como un susurro hipnotizante—, solo que tú ya no eres una presa para mí.

Otro *shock*. El tiempo se estaba deteniendo. Me sentí suspendida. Solo salió de mi boca:

—¿No?

—No, Padme —respondió igual de bajo, incluso algo fascinado—. Eres más, y definitivamente no la chica que tu madre necesita que seas. Eres curiosa, vas por lo que quieres, te gusta lo que no es común, lo que es oscuro, inexplicable y peligroso, todo lo que te dijeron que no era normal... Por eso me seguiste aquel día y por eso te gusto yo, ¿no?

Mis ojos estaban tan abiertos, incapaz de creer que acababa de decir que me gustaba.

—¿Qué? —solté, de pronto nerviosa—. No, yo...

Ni siquiera pude completar mi defensa porque él pasó de mirar nuestras manos a mirarme a mí desde los centímetros más arriba que me llevaba. Nuestros rostros quedaron tan cerca el uno del otro, como la proximidad de quien iba a contar un gran secreto. Su respiración cálida golpeó mis labios, que estaban entreabiertos por el asombro y la confusión.

—¿Se siente mal? —preguntó, con esos atractivos ojos negros fijos en los míos—. Piensa y dime si en este momento, conmigo aquí en tu habitación, ¿sientes que esto está mal?

Debía estarlo. Siendo él un Noveno, existiendo el riesgo de que mi madre descubriera algo, viviendo con el peligro del secreto, debía sentirse completamente mal. Pero era verdad, siempre me había gustado Damián. Su misterio, su aspecto, lo incomprensible e inalcanzable que era para mí. Me había fascinado la idea de su mundo desconocido, de que no era...

No era normal.

No era lo que debía buscar.

Y por eso mismo lo había buscado. También había sido un escape, como si intentar entrar a su vida me permitiera salir de la mía. Incluso justo ahora lo era. Si mi madre lo supiera...

—Por ser un Noveno, ¿soy desagradable para ti? ¿Te doy asco? —añadió aún más bajo. Ahora miraba mis labios con curiosidad.

También miré los suyos, esos que hacían muecas de amargura.

—No. —Ni siquiera pude mentirle.

—¿Odias que yo esté cerca de ti?

Me salió sin pensarlo:

—Quiero que lo estés.

—Entonces, ¿vas a huir?

—Quiero huir de los Novenos —corregí en un susurro—. Del peligro que son para mis amigas y mi familia.

—No serán un peligro para ellos.

—¿No? —pregunté, confundida.

—No, porque voy a ayudarte, aunque también quiero enseñarte que ni siquiera necesitas esa ayuda.

No lo entendí. ¿Iba a ayudarme con Eris? ¿O mi mente estaba demasiado suspendida en ese pequeño y nuevo espacio entre nosotros que se sentía íntimo y riesgoso?

—¿A qué te refieres?

De pronto, su pulgar y su dedo índice que seguían sobre mi mano, me invitaron con suavidad a soltar la perilla, a soltarme de esa ira.

—He estado haciéndolo todo mal al ser tan duro contigo. Tengo que mostrarte que todo ese miedo y esa rabia que sientes debes drenarla para que dejes salir a la verdadera tú —respondió al mismo tiempo—. A la que puede intentar mantener a su familia a salvo. A la que puede hacer lo que desea. A la que no tendrá que reprimirse.

Mis dedos empezaron a disminuir el agarre por el control de los suyos...

—Puedes dejar de sentirte asustada —añadió.

Mi mano soltó la perilla...

—Puedes dejar de ser el intento de la chica normal —continuó.

—Pero si huyo, podría ser libre —susurré.

Sostuvo mi mano con su pulgar presionando mi palma. Se inclinó más hacia mí como una criatura acercándose a algo fascinante pero desconocido. Miró cada detalle de mi rostro.

—Hay muchas formas de ser libre.

La idea incluso bailó por mi mente, tentadora. No estar luchando contra la furia y el miedo.

¿Por qué tenía que estar mal?

¿Y por qué tenía que sentirse tan bien?

Intenté negarme a lo que sea que estuviera intentando.

—Damián... —Pero el intento fue débil y el nombre me salió solo como un aliento. Todo ese tiempo, las cosas que había sentido en secreto, lo que estaba sintiendo ahora, lo real que era su cuerpo frente a mí, las ganas de perderme en sus ojos negros...

—Quiero que te quedes —me dijo, serio, posesivo—. Conmigo... No dejaré que nadie vuelva a tocarte otra vez. No dejaré que nadie marque tu rostro ni ninguna parte de tu cuerpo. Y no dejaré que te lleven a ninguna parte.

Que no permitiera que me llevaran también sonó muy tentador, pero significaba seguir. Significaba continuar en su mundo. Pero entonces, ¿cuál era la diferencia con el mío? Detrás de mi puerta, al fondo del pasillo, alguien más también me aprisionaba. Siendo la chica que todos conocían, también debía seguir un comportamiento específico y tener una imagen adecuada. No era nada distinto, porque Damián tenía razón. Me sentía asfixiada, atrapada, moldeada, confundida.

Pero él era la regla que, al romper, siempre había intentado liberar algo. Justo como lo estaba haciendo en ese momento con su voz baja pidiendo que no intentara ir a ningún lado. Mis niveles de alerta y defensa se habían apagado y lo único que quería

encenderse era ese deseo culposo por el que me habían condenado. Esa tentación en la que, si volvía a caer, me podía traer otra
condena peor.

Solo que... ¿y si esta vez valía la pena? Ahora él me había alcanzado a mí.

Y, oh, sí que sabía alcanzarme.

Alzó una mano. Sus nudillos apenas tocaron mi mejilla, tal y
como lo habría hecho un creador a su muñeca de porcelana que
podía romperse.

—Eres hermosa, Padme —susurró entre el silencio mientras
admiraba mi expresión de aflicción.

—¿Más que la muerte? —Lo pregunté porque sabía que esa
era su cosa favorita, y porque estaba confundida, mareada, pero
hechizada por sus palabras.

—Tan hermosa como ella.

—¿Y cuál te gusta más?

—Ambas son lo más hermoso que he visto.

—Eso suena macabro...

—Es lo que te gusta a pesar de que el mundo te quiere hacer creer
que no. —La comisura derecha de su labio se alzó de forma sutil, casi
dedicándome una sonrisa. Casi.

En sus ojos oscuros destelló una chispa de emoción, una emoción
maliciosa, diabólica pero atractiva. Su voz fue un susurro incitador:

—Pero podemos detener eso. Puedo encargarme de que ella
deje de vigilarte y puedo mostrarte las otras formas de ser libre.
Solo tienes que dejar de resistirte...

¿Debía aceptar?

—Solo debes olvidar la idea de ser normal...

¿Y si me equivocaba?

—Solo debes liberar a la chica que tanto intentas reprimir...

Lo deseaba...

—Solo debes dejar que te convierta.

¿Pero tenía el valor? O mejor dicho, ¿tenía la crueldad suficiente?

Allí, parado frente a mí como una enigmática sombra, Damián
me ofreció una mano.

—¿Vienes conmigo al lado oscuro? —me preguntó.

—Sí —acepté, hipnotizada—. Te dejaré corromperme hasta el alma.

18

DA IGUAL, TUS AMIGOS SERÁN
SEDUCTORAMENTE RICOS

—Con que aquí vive Poe —dije, e incliné la cabeza hacia atrás para admirar la estructura que teníamos ante nosotros.

Aquel conjunto residencial era conocido por ser muy exclusivo. Solo la gente más importante y adinerada de Asfil podía mantener una vivienda allí. Nosotras creíamos que lo conocíamos porque la casa de Alicia también estaba en esa zona, pero acabábamos de descubrir que se dividía en secciones y que esa era la más profunda, cerca de las montañas.

Era un área mucho más privada y resguardada con casas de varios pisos. Parecían dar vista a todo el bosque también, pero había una notable diferencia. En la primera sección había casas con cristales transparentes o ventanales enormes que permitían admirar los paisajes, mientras que en esa los cristales eran oscuros y las ventanas escasas. Ahora tenía sentido que nadie más que los propietarios pudieran acceder. ¿Tal vez era un nido de Novenos? ¿La mayoría vivía ahí? ¿Lo que sucedía dentro de esas casas era horrible?

Sentí un escalofrío. ¿Y si alguien nos estaba mirando desde alguna de ellas?

—No entiendo por qué tuvimos que venir a su casa —se quejó Eris. Aún estábamos plantadas frente a la puerta de entrada. Ella intentaba sacar algo de su mochila.

—Damián me lo pidió esta mañana —repetí—. Dijo: «Ven con Eris a casa de Poe, es importante. Confía en mí». No explicó nada más.

—«Confía en mí» —repitió ella en un resoplido—. Claro, puede ser un Noveno, pero sigue estando en el género masculino. Esa palabrería para convencer...

Lo que sacó de su mochila fue el cuaderno de Beatrice. Lo abrió y con un lápiz empezó a escribir algo en una de las hojas.

—¿Qué haces? —pregunté, medio perdida.

—Anoto que siempre visitamos este conjunto residencial, pero que nunca vimos a alguien como Poe caminar por alguna acera. Los Novenos parecen tener una gran habilidad para no ser vistos ni descubiertos. ¿Es una especie de sigilo más desarrollado? ¿Sus pasos son menos audibles para nosotros?

—Espera, ¿ahora anotas en el cuaderno de Beatrice? —pregunté también, aún más confundida.

—Solo sigo la investigación —asintió, y lo cerró con determinación—. Nos puede ser útil.

Justo cuando guardaba de nuevo el cuaderno, alguien abrió la puerta. Era un muchacho un par de años mayor que nosotras. Delgado y vestido de traje. De espeso cabello negro y piel muy blanca. Tenía las manos enguantadas de satín perlado, juntas por delante. Era como un mayordomo, pero lo que nos dejó echándole un largo vistazo fue la correa dorada que llevaba en el cuello y la expresión tan sumisa que entonaba su rostro. Por supuesto, algo tan raro solo podía estar ligado a Poe.

—El señor Verne las está esperando en el patio junto al señor Fox —anunció él con voz suave pero maquinal—. ¿Pueden seguirme, por favor?

Eris y yo nos miramos por un momento. Ella con la nariz arrugada por lo que estábamos viendo y yo, asombrada. Pero tras unos segundos, lo seguimos.

El interior de la casa era amplio, de paredes blancas, decorado y pulcro. Había un par de pasillos que se extendían hacia otros lados y una larga y moderna escalera en forma de caracol que llevaba al segundo piso. Había muchas decoraciones en las paredes: cuadros, cosas enmarcadas, objetos de colección. Algunas eran hermosas y otras eran raras, como un hacha sencilla con empuñadura de madera que parecía una reliquia, pero sobre todo un cuadro en donde se mostraba un hombre amarrado con cuerdas, recostado en el suelo bajo un enorme y afilado péndulo que parecía a punto de fileteralo.

Pero no era eso lo que hacía que la casa se sintiera de inmediato como un sitio peculiar. Era el olor. Olía muy bien, como a Poe, a su perfume caro y distintivo, pero de una forma ligera, agradable, sedante, incluso… seductora. Hasta empecé a sentirme extraña, con un suave calor en las mejillas y una inusual sensación de que todos mis sentidos habían caído en un sueño placentero. Así que caminé en una especie de pelea entre eso y no perder los hilos de mi mente como sucedía cada vez que Verne influía en mí, hasta que finalmente atravesamos una puerta al fondo de uno de los pasillos.

Lo primero que pensé fue que ese podía ser su sitio de relajación cuando estaba en casa. Una sala amplia, rodeada por estantes repletos de libros, con una alfombra del color de la sangre cuando se coagulaba, y varios sofás. Un escritorio con un computador y una mesa de centro. Tranquilo, personal, íntimo.

Aunque mis ojos se fueron a un enmarcado en una de las paredes. Detrás del cristal estaba bien conservado un libro titulado *Mi semana con Poe*, de tapa negra. A su lado, un lápiz labial rojo, y junto a este había cinco uñas perfectas, medio largas, hermosas. Me le quedé mirando con tanta rareza que la voz de Poe me explicó qué era:

—Una amiga personal que era una autora muy reconocida escribió ese libro para mí, y ese era su labial favorito y esas sus uñas, siempre me encantaron, así que las conservo de forma especial.

—¿Era su favorito? —Tragué saliva.

Poe sonrió de forma misteriosa.

—Lo seguiría siendo si estuviera viva.

¿Él la había matado? ¿Pero no era su amiga?

Dejé el tema sin profundizar. La manada entera también estaba en la sala. Sentados en los sofás, ni siquiera parecían un grupo de asesinos. Por alguna razón, no me sentí nerviosa. Sabía que podían sacar un cuchillo y matar a Eris ahí mismo, pero no temí por eso.

Desde la noche anterior... ¿por qué me sentía más valiente y menos asustada?

—Gracias, Gatito, ahora trae lo que te pedí —le dijo Poe con elegante educación al muchacho que nos había acompañado.

Pude haberme sorprendido más por el apodo, pero en su lugar me di cuenta de que los ojos de Poe ya estaban fijos en Eris, de nuevo con esa fascinación muy obvia. Y no fui la única que lo notó. El muchacho también. Todavía con la cabeza baja, alternó la vista entre Eris y Poe, entre lo que era él contemplándola de esa forma tan extasiada, y ella seria, aún haciendo un chequeo de nuestros alrededores con cierta prevención. Finalmente, el muchacho volvió a ver a Eris, pero con un destello de celos. Solo que asintió con la cabeza a la orden que le habían dado, obediente, y volvió a la casa.

Bueno, era claro que no veía a Poe solo como su empleador. Aunque, sabiendo que Poe era un Noveno lujurioso, ¿qué otras cosas pasaban entre ellos? ¿Y por qué me lo estaba preguntando?

Poe habló y me sacó de esos pensamientos raros:

—Muy bien, sé que las cosas se han salido de control y están bastante mal...

—Pero van a ponerse peor —soltó Archie de pronto, con los ojos muy abiertos de una forma aterradora.

—¿Eh? —Volteé la cabeza de inmediato hacia él.

Poe se puso los dedos en la frente. Damián frunció el ceño. Tatiana le golpeó el brazo.

—¡Archie! ¡¿Qué dices?! —le reclamó ella.

—Es decir... bueno... —se rio él, nervioso, como intentando corregir su error—. Me refiero a que siempre hay cierto porcentaje de probabilidad de que cualquier situación empeore, ¿no? Hablo de estadísticas y...

—Ya —intervino Damián para callarlo.

Archie apretó los labios al instante, nervioso. Miró al suelo.

—Mmm...

Poe volvió a intentarlo después de aniquilar a Archie con sus ojos grises, e hizo el anuncio:

—Están aquí porque queremos integrar oficialmente a Eris en la manada.

Se hizo un silencio, y sentí un montón de cosas diferentes. Una parte de mí quiso decir: «No, no la metan en este mundo», pero era demasiado tarde, sabía que no era posible porque la única otra opción era que muriera. Otra pequeña parte de mí sí sintió algo de alivio, porque ella estaría conmigo. La última parte se sentía algo sorprendida, porque entendí que Damián había cumplido al ayudarme. ¿Era eso lo que me daba fuerza? Que la noche anterior, de alguna forma, ¿nos habíamos unido? ¿Que eso lo estaba haciendo por mí?

Miré a Eris, su barbilla algo alzada, pero noté los huesos de su mandíbula marcados por la presión de sus dientes. Estaba nerviosa en el fondo, solo que intentaba ocultarlo.

—De acuerdo —aceptó ella, firme.

—Tampoco era como que pudieras elegir —murmuró Damián, medio hastiado. El comentario pudo haber quedado solo en eso, pero Eris lo escuchó y giró la cabeza hacia él con molestia.

—Tampoco es como que pueden obligarme —le respondió, retadora.

—Podríamos matarte. —Damián hundió las cejas, viéndole nada de sentido a eso.

Al segundo que pronunció la palabra, se activó mi estado de alerta y me acerqué a ella por instinto, lista para servir como muro protector.

—De acuerdo, ya... —intenté intervenir.

Pero también se activó el estado de defensa de la Eris sin miedo a nada, ese capaz de no callarse hasta ganar.

—Podrían —asintió ella con odiosidad hacia Damián—, pero yo podría dar la pelea.

Eso lo enojó mucho. Ni siquiera entendí cómo fue que en un segundo Damián estaba normalmente obstinado y al otro su rostro mostró una rabia amenazante. La forma en la que sus ojos debajo de las cejas fruncidas parecieron mucho más oscuros y aterradores, me heló, pero lo que más me confundió fue que las venas de su cuello y el hueso de su mandíbula se tensaron de la misma forma en la que había sucedido la noche anterior en mi habitación.

Solo que, en ese momento, gracias a la luz de la sala, pude ver toda la capacidad y la intención de tomarla por el cuello y rompérselo.

—No darías ni un segundo de pelea —le soltó Damián a Eris con voz sombría—, y sigo creyendo que estarías mejor muerta.

—¡Damián! —le reclamamos Poe y yo al mismo tiempo.

Pero entonces Eris le contestó, igual de afilada:

—¿Crees que no es algo peor que tú, siendo un Noveno, estés vivo?

—¡Eris! —tuvimos que reclamarle también.

—¡Ah, pero no traje mis guantes! —exclamó Archie para completar el caos, preocupado.

Poe se hartó y se puso en medio de ambos, frente a mí. Estaba igual de horrorizado que yo.

—Los guantes no son necesarios porque nadie va a matar a nadie aquí —intentó poner orden. Después señaló a Damián—. Tú, respira.

Damián dio un paso atrás. Me sorprendió que de alguna manera obedeció. Movió el cuello con molestia, como si le doliera. Todos nos lo quedamos mirando. Fue tan difícil de comprender que Tatiana, que lucía muy intrigada, se le acercó para comprobar su estado.

—¿Estás bien? —le preguntó ella, extrañada, pero cautelosa.

Damián asintió de mala gana y tomó distancia de nosotros dentro de la sala, enojado. Pasó la mano por su cabello. La mano estaba tensa, sus venas también marcadas.

Archie se estrujaba los dedos, nervioso.

—¿Sabían que se puede morir de rabia? —soltó, entre el silencio que se había creado.

—Sabemos todas las formas en la que alguien se puede morir, así que ya no hay que perder más tiempo —dijo Poe como si fuera más importante, recuperando su calma—. Empezaremos y no haremos El Beso de Sangre.

Volví a estar a la defensiva.

—¿Por qué no? —pregunté muy rápido.

—Porque esta vez no es necesario —se limitó a decir Poe.

—¿Pero no era la única forma de unirse a la manada?

Poe suspiró, de nuevo con esa aura juguetona.

—Pastelito, haces demasiadas preguntas. Es tierno, pero peligroso.

Tatiana se acercó a mí, consciente de que eso solo estaba empeorando mi estado de alerta. En realidad, era un poco agradable que ella fuera menos indiferente que el resto.

—No pasa nada, Padme —me tranquilizó—. Es que no podemos ir al árbol de los colgados ahora. La manada de Nicolas ha estado buscando a Benjamin y a Gastón. Han hecho rastreos... Es mejor apartarnos del bosque unos días.

La pregunta salió de Eris, medio bajo:

—Entonces, ¿está muerto?

—Muerto, muerto —asintió Archie, rápido.

Se hizo otro silencio.

Recordaba al tal Gastón tendido en el suelo con el cuchillo clavado en el pecho, pero por alguna razón no sentí pena por el hecho de que estuviera muerto. Por un momento, me perdí en la inquietud de mi propia indiferencia...

Eris apretó los labios y miró hacia otro lado. El muchacho con el apodo de Gatito volvió en ese momento. Esa vez venía empujando un carrito plateado de servicio. Lo detuvo frente a nosotros. Solo había una copa. Ya tenía el líquido servido. Un líquido parecido a La Ambrosía. Me pregunté si era eso, y mi cuerpo cosquilleó.

—Aquí está lo que ordenó, señor Verne —anunció—. Y acaban de llamarlo para saber si estará presente en la próxima exposición de textos antiguos. Necesitan su participación como socio de la biblioteca.

—Confirma mi participación —contestó Poe.

El muchacho asintió y se fue. Eris se le había quedado mirando a Poe con confusión.

—¿Eres socio de una biblioteca? —le preguntó.

—Soy beneficiario de unas cuantas —asintió. Mis ojos estaban fijos en la copa.

—¿No es que casi todas las bibliotecas de los estados cercanos son tuyas? —lo delató Archie, confundido también.

—Tengo un gusto muy personal por los libros, sí. —Poe alzó los hombros, reprimiendo una sonrisa pícara.

Aunque no parecía molestarle que ahora la conversación estuviera centrada en él, a Damián sí.

—Bueno, ¿comenzaremos o hablaremos de la supuesta bondad nata de Poe? —se quejó.

—Sí, mejor comencemos —afirmó Eris, sacudiendo la cabeza.

Poe cogió la copa más grande del carrito. Había un elegante y delicado anillo de oro en su dedo índice y otro en su dedo anular. Luego fue hacia Eris y se detuvo frente a ella. Era tan solo un poco más alto. La miró con los ojos gatunos entornados, coquetos, divertidos.

—Lo único que tienes que hacer es beber esto —le dijo al ofrecerle la copa. Como ella dudó un momento, él agregó—: Seguro que te parecerá delicioso, Padme ya lo ha probado.

Eris me miró por un momento. Alrededor, la manada aguardaba en silencio, expectante. Me fijé en la copa. Entonces, sí era Ambrosía. ¿Tal vez mezclada con savia? La confirmación hizo que empezara a sentir sed. Mucha. También quería un poco. Mi propio cuerpo lo pedía. Esas mismas ansias me hipnotizaron.

Asentí con la cabeza a Eris en un: «Hazlo».

Yo me habría tomado un momento más, pero Eris tenía más seguridad. Cogió la copa de la mano de Poe y bebió sin titubear. Iba a apartarla de su boca tras unos tragos, pero Poe negó con la cabeza, susurró «todo», y puso su dedo índice en la base de la copa para animarla a que siguiera bebiendo. Vi su cabeza inclinarse hacia atrás a medida que el líquido bajaba por su garganta.

Le entregó la copa vacía a Poe.

—¿Sientes náuseas o algo así? —le preguntó él, curioso—. Trata de no vomitar. Aunque si te desmayas ten por seguro que yo te voy a atrapar.

—No te atrevas a tocarme —zanjó Eris a la incitante promesa.

Luego pensó un momento, esperando la propia reacción de su cuerpo. Incluso pareció que Damián, Poe y Archie esperaron mucho más su respuesta.

Tras un minuto de expectativa, ella negó con la cabeza para indicar que no sentía nada. La sonrisa de Poe se extendió con satisfacción, declarando un éxito. Eso me hizo preguntarme si al beber el líquido hubo algún tipo de peligro que no había considerado. Aunque de pronto Damián salió de la sala de una forma abrupta que nadie entendió, como si ya lo que necesitaba ver hubiera terminado.

Fui tras él, desconcertada. En el pasillo, lo tomé del brazo para detenerlo. En cuanto se volteó, además de su expresión molesta, otra vez sus venas estaban tensas y apretaba los dientes con una presión muy sospechosa.

No se veía como una reacción normal.

—Pero ¿qué te sucede? —le pregunté, mirándolo de arriba abajo. Su piel estaba muy fría—. ¿Te duele algo?

—Tengo que irme.

—Pero no te ves nada bien, puedes ser honesto conmigo... —No lo solté.

—Padme, no tengo paciencia justo ahora —me advirtió él, y tiró de su brazo para alejarse.

—Pero... —intenté seguirlo.

Solo que una voz por detrás de mí me detuvo:

—Padme, déjalo irse.

Era Tatiana. Alternó la vista dudosa entre Damián que se alejaba y yo ahí parada sin comprender qué demonios había pasado. ¿Era por enojarse con Eris? ¿Otra cosa? Un montón de preguntas pasaron por mi cabeza.

—Pero ¿qué le sucedió? ¿Por qué se fue así? —solté, perdida—. ¿Esto es algo que él hace a veces o qué?

—Bueno, es Damián, ni yo sé mucho sobre su vida...

Aunque su aspecto también estaba raro. Las ojeras más marcadas, esa mueca de malestar...

—¿Ha sido muy difícil tener una relación con él? —Tatiana me preguntó de repente. Fue muy inesperado, pero lo dejé en claro:

—No tenemos una relación.

Ella me miró en un obvio: «¿A quién quieres engañar?».

—La verdad, nunca pensé que fuera posible que Damián se acercara a alguien —confesó, pensativa—. Hemos conocido a muchas chicas de Poe, Novenas claro, pero Damián siempre ha sido diferente, incluso dentro de lo que es ser Noveno. Pero creo que es muy bueno ver que sí puede... sentir algo por alguien. —Sacudió la cabeza—. No importa, nosotras tenemos algo que hacer.

—¿Nosotras?

Se acercó a mí. Su mirada fue cálida, de apoyo. También puso una mano en mi brazo en un gesto reconfortante.

—Sé que lo que pasó con Benjamin fue difícil para ti —suspiró, suave—. Te molestó la forma en la que no pudiste evitar sus golpes, ¿cierto?

En verdad era interesante lo diferente que Tatiana se comportaba. No me hacía sentir cosas negativas. Todo lo contrario, hasta daban ganas de acercarse a ella para hablar. Quizás podía confiar...

—Sí —admití.

—Bueno, voy a enseñarles unas cuantas cosas a Eris y a ti sobre defenderse para que algo así no pase de nuevo. Poe, Damián y Archie son buenos matando, pero la mejor en defensa personal soy yo.

Pestañeé. Ella sonrió, aceptando que era algo imprevisto. Sin embargo, la idea era muy buena. Como había dicho Damián, había una Padme dentro de mí capaz de protegerse y proteger a quienes quería. Y lo sentía. Me sentía capaz. No necesitaba ir a ninguna cita médica o esconderme asustada en el baño reprimiendo el llanto. Necesitaba poder. Poder sobre mí misma.

Sobre Damián... Lo dejé a un lado por un momento. Tatiana, Eris, Archie y yo fuimos al patio, porque Poe pidió estar solo para hacer algunas llamadas. Allí, Tatiana nos enseñó en qué lugares esconder un cuchillo, cómo sacarlo rápido, qué puntos eran los más débiles en un hombre y en mujeres, de qué manera podíamos zafarnos al estar inmovilizadas, cómo podíamos improvisar un arma con lo que tuviéramos cerca. Nos recordó qué cosas no debía decir una Novena, y nos enteramos de que en realidad los Novenos preferían acabar con sus vidas ellos mismos antes que ser asesinados.

Cuando terminó el entrenamiento, Poe nos invitó a quedarnos a comer. Casi dije que sí, porque quería seguir oliendo el delicioso aroma de la casa, pero Eris se negó muy rápido y nos obligó a irnos. Ya afuera fue que mi mente se esclareció y logré recordar que Verne comía cosas de dudosa procedencia.

Además, había algo importante que debía hacer al día siguiente: reunirme con la persona anónima que me había enviado el mensaje.

Si era una trampa, todo estaría perdido.

19

AUNQUE PODRÍAS OLVIDAR O EXPLOTAR
DE REPENTE...

De acuerdo, la persona de los mensajes estaba muy segura de que nadie que me conociera aparecería por la cabaña, pero aun así había un pequeño riesgo. Y otro riesgo era que la manada de Nicolas estaba rondando el bosque. Por supuesto seguí el camino dejado por las viejas granadas de Poe que seguían en su lugar. Me sorprendió que, de hecho, mientras me adentraba no estaba tan nerviosa como las otras veces, quizás porque llevaba dentro de mi bota derecha un cuchillo pequeño que Tatiana me había dado, algo simple para defenderme rápido. ¿O quizás era eso mismo que me había hecho no sentir nada por la confirmación de la muerte del miembro de la manada de Nicolas?

Algo en mí estaba diferente... Mi corazón latía igual. Mis preocupaciones eran las mismas. Mi intención de mantener a mi familia a salvo no había cambiado, pero la idea de tener que entrar en la cabaña o de toparme con otros Novenos ya no era tan aterradora. ¿Por qué?

Llegué. Era la primera vez que iba tan temprano, así que en el enorme vestíbulo de bienvenida casi no había gente. El gran telón ocultaba el fondo de la tarima y los pocos grupos presentes se encontraban muy ocupados en las secciones privadas.

Busqué el área de prácticas. Pasé por el bar en donde los Andróginos estaban preparando todo para la noche. De allí pasé por el casino, que estaba lleno de juegos de azar de todo tipo, tablas en las paredes con puntajes y pantallas con transmisiones deportivas. En el fondo había un enorme pasillo que conectaba con otra parte. Después de eso no sabía qué había, pero continué como si el camino fuera conocido para mí. Me recibió un corredor. Era largo, poco iluminado y las paredes estaban tapizadas de púrpura. El final era una encrucijada de caminos, un espacio circular en donde en el centro aguardaban un par de elegantes mujeres detrás de un reluciente recibidor.

—Vengo al área de prácticas —avisé al acercarme a ellas.

Una de las mujeres, bastante seria, me echó un vistazo como esperando algo. No supe qué, así que ante tanto silencio agregué:

—Me llamo Padme Gray.

—Ajá, Padme, pero ¿qué necesitas exactamente? —Giró los ojos, nada amigable—. ¿El vestíbulo general, una sala compartida o una sala exclusiva? ¿Preparada o no preparada? ¿Tienes un pase Violeta, un código Negro o piensas pagar en Verde? —preguntó en un tono que me intimidó.

Traté de no verme tan desorientada. ¿Verde, violeta, negro? ¿Qué...?

—Tengo un código —dije apenas lo recordé.

La mujer asintió para que se lo dictara. Luego comenzó a teclear algo en una *laptop*. Sus dedos se movían tan rápido que no tenía ni idea de lo que estaba haciendo a pesar de que me incliné un poco con la intención de mirar.

Dejó de teclear y movió un capta huellas sobre el recibidor.

—Pon tu pulgar derecho aquí —me pidió.

Me puso muy nerviosa pensar que mis huellas podían no encontrarse en el sistema, pero Poe había añadido todos mis datos, ¿no? No podía aparecer un letrero enorme de «no Novena». Presioné el dedo, esperé...

Y un pitido de aprobación llenó el vestíbulo. Poe había hecho bien el trabajo. Casi exhalé de alivio.

—Pasillo Negro, sala siete —añadió la mujer, y me ofreció una tarjeta muy parecida a las de crédito con tan solo una franja dorada.

Los pasillos se extendían a ambos lados con pequeños carteles de colores como indicadores. Tomé la tarjeta y avancé por el que tenía el cartel color negro. De nuevo, ese ambiente silencioso y sombrío como si fuera un pasillo del hotel de la película *El Resplandor,* me erizó la piel. Había puertas a cada lado del corredor con números que iban de forma ascendente. Me detuve frente a la puerta número siete. Deslicé la tarjeta que me habían dado y un suave pitido acompañó el movimiento de la puerta al abrirse.

La sala estaba sumida en una espesa oscuridad, pero apenas puse un pie dentro, las luces se encendieron y la puerta se cerró detrás de mí con otro pitido.

Avancé por el interior, llevada por la curiosidad. No había nadie. Olía a desinfectante. En el centro había una camilla de metal con correas que le colgaban a ambos lados. Un par de armarios del mismo material se arrimaban contra una pared, y unos cuantos estantes repletos de recipientes, cuchillos, látigos, mazos, pinzas, ganzúas y herramientas —posiblemente de tortura— se hallaban más hacia la esquina. Un lavamanos, una caja de primeros auxilios y un espejo conformaban una pequeña sección aparte. Y un enorme y ancho armario estaba encajado en una segunda sección.

Fui hasta él y lo abrí. Cuando vi los cuerpos apelotonados contra el fondo me tapé la boca para ahogar el grito.

No, no eran cuerpos. Me tomó un par de segundos entender que en realidad eran muñecos de tamaño real con pieles que podían engañar y cabellos que debían ser de las mejores pelucas. Muñecos tiesos, fríos y escalofriantes que seguramente servían para practicar cómo matar, mutilar o diseccionar.

¿Por qué me había citado allí? El miedo de que acababa de ser atrapada para ser atada en la camilla me dijo que debía salir rápido, pero muy tarde. La puerta emitió otro pitido y se abrió.

Debía ser la persona de los mensajes.

El corazón me latió sin control a la expectativa.

Un momento. ¿Era Tatiana?

La contemplé, confundida. Cerró la puerta con el pie porque traía consigo una pila de toallas blancas, un bote colgando del antebrazo y los audífonos encajados en las orejas.

¿Era ella la que enviaba los mensajes? Pero ¿por qué tanto misterio para decírmelo?

—¿Tatiana? ¿Tú...? —dije, pero ella tarareó algo y avanzó hasta uno de los armarios.

Entonces comprendí que no me había visto y que ni siquiera me escuchaba, así que me le acerqué, le puse una mano sobre el hombro y ella saltó tan de repente que las toallas volaron por los aires y cayeron al pulcro suelo. Sus ojos se abrieron tanto que pareció asustada.

—¡Padme! —exclamó, después de quitarse los audífonos. Se puso una mano en el pecho como para calmarse—. Por todos los Novenos, ¿por qué apareces así? Archie suele hacer eso y créeme que ya casi no tengo nervios por su culpa.

—¿Qué haces aquí? —le pregunté directamente.

Se agachó para recoger las toallas.

—Trabajo aquí por las tardes, ¿no lo sabías? —Soltó algunas risas—. Bueno, hoy era mi día libre, pero aproveché para hacer horas extra. No todos tenemos la suerte de Poe, así que nos toca buscar empleos. Debo abastecer las salas, ya sabes, toallas, guantes y un par de cosillas. ¿Y tú? ¿Damián te organizó una cita para practicar? Pero ¿no es muy pronto este nivel?

Se acercó al armario para colocar todo dentro. Ahora que la veía bien, llevaba una tarjetita con su nombre colgando a la altura derecha del pecho.

No, no era ella quien me había citado allí. No podía serlo porque daba la impresión de no tener ni idea de nada, mucho menos de los mensajes. Además, de ser ella quien los enviaba, estábamos solas y era libre de confesarlo.

—Sí, algo así —mentí—. Creo que le estoy poniendo mucho empeño.

Tatiana cerró el armario y sacó una caja de guantes de látex del bote que aún le colgaba del antebrazo. Los dejó sobre la estantería. Parecía de lo más normal entre todas esas herramientas de tortura.

—¿Volviste a hablar con Damián desde lo de ayer? —mencionó.

—No, y tampoco tengo ni idea de en dónde está.

Comenzó a pasar un pañuelo sobre los cuchillos como si fueran adornos de un hotel al que había que mantener muy limpio para los huéspedes.

—Estaba pensando en eso —confesó, y por un instante sonó preocupada—. De casualidad, ¿él o Poe no te han hablado de algo llamado El Hito?

—¿El qué?

No pudo explicarme, porque la puerta emitió un pitido por tercera vez e interrumpió nuestra conversación.

Y esa vez, quien entró fue Nicolas.

Dos cosas. Uno, el corazón se me aceleró con nerviosismo y con el mismo miedo de antes, lo cual también me indicó que mi temor por él no había cambiado. Dos, Nicolas lució confundido, como si esperara de todo en el mundo menos toparse con nosotras en esa sala.

—Padme —saludó él. Luego pasó a ver a Tatiana—. Y...

—Tatiana —completó ella, dedicándole una mirada de desconfianza y alerta.

—¿Qué hacen aquí? —nos preguntó. Sostenía un maletín negro, tenía las manos enguantadas en cuero marrón y su gabardina. Parecía un socio en alguna película de la mafia, pero también no tener idea de nada.

—Yo cumplo con mi trabajo y Padme pensaba practicar —dijo Tatiana.

—¿Practicar aquí? —Avanzó y dejó el maletín sobre la camilla—. Pero esta sala es privada, ¿o acaso no te lo dijeron?

De tal modo que tampoco él era el autor del mensaje.

—No, la verdad es que no —mentí con mucha seguridad—. Me dieron esta.

—Qué extraño. —Nicolas entró en mayor confusión—. Solo personas autorizadas pueden entrar.

—¿Ahora esta sala es privada? —Tatiana lució medio perdida.

—Sí, ahora es de mi familia —asintió él.

¿Entonces de dónde rayos había sacado el código de autorización la persona de los mensajes? Porque era obvio que no provenía de Nicolas.

—Seguro fue un error, no era mi intención... —Traté de buscar alguna excusa.

—No, no hay ningún problema con que vengas aquí, puedes quedarte —se apresuró a interrumpir con cortesía—. Si fueras alguien más pondría la queja, pero se trata de ti, así que en realidad sería un honor para mí practicar contigo.

Yo no sabía nada de practicar y no tenía intenciones de hacerlo, mucho menos con él. Era posible que fuera quien me estuviera vigilando. Tal vez solo estaba esperando el momento adecuado para tenderme una trampa.

Nicolas agregó ante mi falta de respuesta:

—Vamos, el día de La Cacería de práctica desapareciste tan de repente como Benjamin, quien por cierto no ha aparecido. ¿Viste algo esa noche? No es muy normal que se pierda.

Lo había visto todo, sí, pero debía mentir.

—No, yo los perdí a ustedes, así que me fui —logré elaborar.

No dijo nada por unos segundos. Entornó un poco los ojos, casi con cierta sospecha. Después relajó el rostro.

Dios, me ponía los pelos de punta.

—Bueno, ¿practicamos? —propuso, calmado—. Si dices que no de nuevo, comenzaré a pensar que mi compañía te desagrada lo suficiente como para echar a correr apenas se te presenta la oportunidad.

Dudé de que mi excusa para evitarlo fuera a sonar creíble, y eso mismo me causó cierto miedo.

—No, lo siento. —Tatiana me salvó en el papel de una buena empleada que conocía su trabajo—. Si es como dices, las salas exclusivas tienen reglas estrictas. Si Padme no está autorizada, no puede estar aquí y como representante del área de prácticas voy a sacarla, aunque sea de mi manada.

—Ah, pero no es necesario… —intentó decir él, solo que Tatiana ya me había tomado del brazo.

—Ten buen día —lo cortó.

Me sacó antes de que Nicolas pudiera completar su siguiente oración. La puerta se cerró detrás de nosotras, pero avanzamos por el pasillo como una agente de policía trasladando a una prisionera, hasta que fue seguro soltarme.

—De acuerdo, ¿por qué estabas allí? —susurró, buscando alguna respuesta en mi expresión—. En la recepción nadie se confunde. Son demasiado cuidadosos con los accesos. Pensé que Poe había pagado la sala o algo así, no que era de Nicolas.

—Yo tampoco lo sabía.

—¿Entonces qué sucede?

Dudé. Dudé tanto que se hizo un silencio.

—Padme, en verdad puedes confiar en mí —añadió, seria pero comprensiva—. No nos conocemos desde hace tanto tiempo, pero te entiendo más de lo que crees. Debe ser muy complicado intentar encajar.

Lo era, y que lo tuviera en cuenta me hizo considerar ser honesta. Después de todo, ella había dado el primer paso y se había ofrecido a ayudarme a salvar a Alicia. Se preocupó por mí después de que Benjamin me había atacado. Me había enseñado a defenderme. Nos habíamos reído en el proceso por mi torpeza. Ella era amigable, amable, todo lo contrario al resto de la manada.

¿Me recordaba un poco a Alicia? Quizás por esa razón me tentaba la idea de no mentirle, porque llenaba el espacio que Alicia siempre había ocupado en mi vida. Eso era tan triste...

Además, ¿y si esa persona que me enviaba los mensajes era alguien más peligroso que Nicolas? ¿Y si era algo que yo sola no podía manejar? ¿Y si había cometido un error al responderle?

—Recibí un mensaje de alguien que me citaba en esa sala. —No pude más—. Me dio el código negro y por eso las recepcionistas me dejaron pasar, pero llegaste tú y luego Nicolas, y la persona que envió el mensaje no apareció en ningún momento.

—¿Y para qué te citaba? —preguntó, intrigada.

—No lo sé, quizás para chantajearme porque sabe que soy... Bueno, eso —le susurré—. Primero pensé que podía ser una trampa, pero no pasó absolutamente nada.

Su expresión adoptó un aire preocupado.

—Esto puede ser peligroso... —murmuró—. ¿Damián lo sabe?

—¡No! —Puse cara de horror y la tomé por los hombros en un impulso—. ¡No debería saberlo, por eso vine por mi propia cuenta!

Asumí al instante que había sido mala idea confiar y que mi brusca reacción lo empeoraría, pero ella puso sus manos sobre mis nudillos con la misma paciencia con la que calmaba a Archie, y sus ojos se llenaron de apoyo.

—¡No se lo diré! —aseguró para tranquilizarme, y luego pareció confundida—. Pero ¿ustedes no confían el uno en el otro?

Una buena pregunta para la que no tuve respuesta, porque entendí que a pesar de que Damián me había confiado su secreto, no me confiaba nada más. ¿Significaba que no?

—No le digas nada —me limité a pedir.

Tatiana suspiró, demostrando que la situación no le gustaba. Pero aceptó..

—Investigaré quiénes tienen acceso a la sala, quizás nosotras podríamos averiguar quién es. Pero si es alguien peligroso, en ese caso le contaremos a los demás y atacaremos primero.

Tras eso se preparó para irse, pero antes como que recordó algo.

—Ah, hay algo sobre Damián… —dijo, pero luego frunció el ceño y negó con la cabeza, pensativa—. Olvídalo, lo averiguaré primero.

No entendí a qué se refería, pero siguió su camino hacia otro pasillo de un color distinto, y yo me fui a casa lo antes posible sin saber quién me había citado en la sala privada de Nicolas.

Apenas abrí la puerta de mi casa, la risa de mi madre me llegó a los oídos.

Sospeché que estaba con mi padre, o que tal vez ya había llamado a pedir la cita médica y que estaba feliz por ello. No tenía ganas de verla o de hablarle por la forma en la que me había tratado al entrar en mi habitación, pero por desgracia debía averiguar si lo había hecho y si tendría que lidiar con el doctor, así que, atravesé el pasillo hasta la cocina.

Pero me detuve en seco bajo el marco que separaba una sala de otra. Mis ojos enfocaron dos cosas. Primero: Damián, que estaba allí. Segundo: el cuchillo que tenía en la mano.

El cuerpo se me heló. Vi aquello como la escena más horrible del mundo hasta que caí en cuenta de que en realidad no lo era porque, de hecho, quien hacía reír a mi madre era él y no mi padre porque no se encontraba con ellos.

No supe qué me sorprendió más, si el hecho de verlo en la cocina de mi casa o de que alguien estuviera riendo por algo que él había dicho. Damián no era gracioso, ni siquiera sonreía casi. Pero ahí estaba con un cuchillo en la mano, picando zanahorias. Incluso su expresión facial lucía… ¿agradable?

Mi madre estaba sentada al frente con la barbilla apoyada en la mano, mirándolo como si fuera el mejor comediante del mundo.

—… y yo le dije: ¡corre antes de que descubran que te trajiste la lata del supermercado! Así que, mi madre y yo nos echamos a la fuga —terminó de decir él.

Mi madre soltó una carcajada. Quedé boquiabierta. Me imaginé como una caricatura con la boca llegando al piso y los ojos tan abiertos como dos faroles.

¿Qué estaba pasando?

Ella notó mi presencia entre las risotadas.

—¡Padme, hija! —exclamó. Se levantó de la silla y se acercó para darme un beso en la frente. No fue raro, porque en sus momentos menos controladores podía tener esos gestos. Lo raro fue lo que añadió—: Damián, el vecino, vino a visitarnos. Ya me contó que se han estado juntando. Me parece bueno, es un chico amable y divertido, muy normal.

¿Normal?

¿Damián?

¿Por qué ella sonaba tan animada?

¿Qué?

—Ah, ¿sí? —La voz me salió áspera. Tragué saliva para aligerar.

—Me estuvo contando cómo superó su enfermedad y un par de cosas graciosas que le sucedieron con Diana en el supermercado —asintió.

Y me puso la mano en los hombros y me condujo hacia uno de los taburetes de la isleta de cocina. Me senté por inercia.

—Tu madre estaba preparando la cena cuando vine, así que me ofrecí a ayudarla —dijo Damián, con naturalidad—. Espero que no te moleste.

Más sorprendente todavía: su boca se curvó en una inquietante, ladina, pero encantadora sonrisa. Jamás se la había visto. Fue tan nueva que por un momento quedé atónita mirándolo. Hasta sentí que tenía que frotarme los ojos para creer lo que estaba sucediendo. Eso estaba lejos del Damián que había explotado de forma inexplicable en la sala de la casa de Poe. Eso estaba lejos del Damián real.

¿Que si no me molestaba? ¿Que si no? ¡Ni siquiera entendía qué estaba sucediendo!

—No —logré decir.

—También se quedará a cenar —dijo mi madre, y se volvió hacia la alacena para coger algo.

En lo que nos dio la espalda, mi rostro se transformó en un gesto de absoluto desconcierto. Ante eso, Damián respondió con una expresión distinta: amplió su macabra sonrisa, se llevó el índice a los labios y emitió un *shhh* mudo. El mensaje fue claro: «No te atrevas a decir nada y sígueme la corriente».

Con el cuchillo aún en la mano troceó de forma sonora un pedazo de zanahoria y di un salto sobre el asiento. Mi nerviosismo lo divirtió.

—¿Cenará con nosotros el padre de Padme? —le preguntó él a mi madre.

Ella colocó un tazón cerca de la estufa con mucha tranquilidad. No tenía ni idea… Esa mujer no tenía ni idea de quién era el chico que estaba a su lado, porque de saberlo lo habría sacado a patadas y habría armado un escándalo. Yo nunca se lo había dicho. *Aquel día* ella había preguntado de quién se trataba y yo jamás lo había revelado.

—Oh, no —se lamentó—. Llegará tarde hoy. Seremos solo nosotros tres.

No podía dejar de ver la forma tan ágil y perfecta en la que Damián cortaba los vegetales. Parecía la habilidad de un chef, pero era la habilidad de alguien experto en trocear gente.

—Ah —dijo él. Ni siquiera sonaba tan distante como siempre. Era como si en verdad fuera… normal—. Quería explicarles que si Padme se ha estado ausentando mucho es mi culpa. Me sobrepaso invitándola a pasar las tardes en la cafetería. Hemos estado revisando ciertas universidades y estudiando para las pruebas.

—Ahora que lo aclaras no pasa nada —lo tranquilizó con un gesto de que no se preocupara—. Me parece bien que salga con sus amigos, y mucho más si es para ese tipo de cosas.

—Entonces, ¿no hay ningún problema si seguimos pasando las tardes en el pueblo? —preguntó él.

—En lo absoluto. —Mi madre sonrió, complacida—. Este es el tipo de amigos que Padme necesita, personas sanas que le permitan refrescar su mente. Siempre me han agradado Eris y Alicia, pero a veces se rodean de chicos que no parecen traer nada bueno.

Sí, sobre todo personas sanas…

Sentía que me iba a desmayar.

Pero el timbre de la casa sonó y me hizo recuperar firmeza. Mi madre fue a ver quién era. Justo cuando puso un pie fuera de la cocina, me levanté del asiento y le di un empujón a Damián en el hombro para que dejara de cortar los estúpidos vegetales.

—¡¿Qué haces aquí?! —le solté, en un susurro colérico—. ¡¿Ah?!

—¿Qué? ¿No puedo venir a visitar a mi suegra? —replicó igual de bajo.

¿Suegra? Sí, tal vez iba a desmayarme por lo extraño que era todo eso.

—¡¿Cuál sueg…?! ¡Esto es ridículo! —bufé, apretando los dientes. Le dediqué mi mirada más amenazante—. Damián, no sé qué demonios estás haciendo, pero no te acerques a mi familia así o yo te juro que voy a…

—¿A matarme? —completó con total tranquilidad y aburrimiento. Se apoyó de perfil en la isleta en una postura relajada, muy cerca de mí—. Bueno, eso sería interesante: el cazador cazado. Pero qué lástima que tú no mates ni las esperanzas de alguien.

Buen punto, buen maldito punto.

—Eres un mentiroso —le reclamé—. Le estás mostrando a mi madre algo que no eres y es suficiente, ya deja esto. Ni siquiera debería saber sobre ti.

Sus ojos, que habían estado transmitiendo una serenidad impecable, sufrieron un ligero cambio. De repente, su expresión fue más dura y seria, propia del verdadero Damián y no de esa farsa encantadora.

—¿Estás segura de que el mentiroso soy yo? —Su voz dejó de sonar agradable—. ¿En dónde estabas hace un rato? Porque no aquí con tu madre como dijiste en el mensaje. Así que, ¿quién mintió primero?

Ah, sí. Antes de ir a reunirme con la persona desconocida en la cabaña, él me había enviado un mensaje de texto para reunirnos con Poe en su casa, pero yo le había respondido que mi madre no me quería dejar salir ese día. Pero claro, no había contado con que a él se le ocurriría aparecerse a pretender ser un amigo.

—No tengo por qué decirte en dónde estaba —me limité a decir de mala gana.

Su mano me tomó la barbilla y me enderezó el rostro para que le mirara. Luego él se inclinó hacia adelante, acercó su cara a mi cuello y me olió como si estuviera intentando percibir algo en mí. Una corriente se extendió por mi cuerpo ante la cercanía y el contacto.

—Espera, ¿ese es tu nuevo perfume «estoy a punto de ocasionar otro lío»? —me preguntó—. Porque hueles a puros problemas, Padme. ¿Y qué fue lo que hablamos la otra noche? Que vamos a trabajar esto juntos, ¿no?

—¡Recuerdo bien lo que hablamos! —Le di un manotazo para que apartara la mano—. ¡Y no me huelas como si fueras Poe!

Él frunció más el ceño, molesto.

—¿En dónde estabas? —volvió a preguntar.

—No estoy haciendo nada que pueda causar problemas, ¿entiendes tú? —refuté, y logré dar con una buena excusa—. Estaba con Tatiana entrenando.

—Sabes que se lo voy a preguntar.

Me iba a dar un colapso si mi madre oía algo.

—Todo esto te está divirtiendo, ¿no es así? —le pregunté, ya enfadada. Le arrebaté el cuchillo de la mano—. Oíste lo que mi madre me dijo en mi habitación cuando estabas escondido, te conté que ella me obliga a ser normal y aún así viniste con toda tu crueldad a fingir, a actuar como el mejor tipo del mundo, y ella está encantada contigo que es lo peor...

—Lo está porque eso es lo que necesitamos —me interrumpió.

—¿Eh? —Lo miré sin entenderlo.

—Dije que iba a ayudarte, ¿no? Por eso vine, porque hay una forma de hacer que baje la guardia y que ya no te vigile —susurró como si no valorara su esfuerzo.

—¿Una forma? —Quedé atónita—. ¿Ha existido una forma?

—Es temporal, pero evitará que te lleve a ver a ese doctor al que no debes ir. De hecho, cuando llegué ella estaba a punto de hacer la llamada.

¿Entonces la cita no había sido pautada? ¿No iría al doctor? ¿Cómo era posible?

—¿Cómo lo evitaste? —pregunté, con unos súbitos nervios—. No vas a matarla, ¿no?

Damián giró los ojos con hastío. Así de cerca, los detalles de su cara eran interesantes: varias venitas azules debajo de la piel pálida, las pestañas negrísimas. Demonios, era tan guapo. Odiaba que por fuera no pareciera el monstruo que era.

—No le haré nada a tus padres —aseguró, aburrido—. Hasta llevo una hora aquí. Solo tendremos una agradable cena, ella confiará en mí y podrás salir conmigo todas las veces que sea necesario.

—Pero ¿cómo?

Ladeó la cabeza con malicia, algo entre su personalidad real y la que había inventado para mi madre.

—Tengo mis encantos, Padme, ¿no te lo había dicho? —susurró, misterioso. Su fresco y cálido aliento me acarició los labios a pesar de que entre nuestros rostros había cierta distancia. Durante un segundo caí en un momento de debilidad por ver su boca tan cerca. Una parte de mí ansió un beso, uno más profundo que El Beso de Sangre, uno que no requería pactos, uno real...

Reaccioné por mi salud mental.

—No me dices nada —lo corregí—. Y los encantos los tiene Poe, tú...

—¿Yo qué? —interrumpió, ceñudo—. ¿Vas a decir que Poe es mejor? Lo supero en muchas cosas, solo que no las uso sin una buena razón.

Volvió a girarse hacia la encimera para coger el cuchillo y cortar el resto de los vegetales con naturalidad, y su expresión se transformó de nuevo en el falso y encantador Damián justo cuando mi madre entró de nuevo en la cocina. Por suerte, no se dio cuenta de nada porque traía consigo una gran canasta de frutas y las miraba con encanto.

—Era la vecina Janice que volvió de su viaje y trajo esto como regalo. —Puso la canasta sobre la isleta y nos observó con una ingenua alegría—. Terminemos de preparar la cena entonces. Me ruge el estómago.

—Ni que lo diga, yo hasta podría matar por el hambre —dijo Damián con una ancha sonrisa.

Y sí que disfrutó mi cara en ese momento.

La cena fue lo más surreal que viví en mi vida.

Mi madre, que normalmente era inestable en el sentido de que durante un momento podía ser muy severa y al otro podía ser cariñosa de una forma escalofriante, pareció caer en una especie de encanto. Mientras comíamos se rio de los chistes de Damián —que no tenía ni idea de dónde él había sacado— conversó con él sin parar —sobre temas triviales que no sabía que él podía tocar— y hasta permitió que, mientras ella lavaba los platos, entrara a mi habitación un rato, y eso era algo que nunca habría hecho con un chico.

En todo el rato yo había pinchado los vegetales con nerviosismo, temiendo que de repente saliera de lo que fuera que la tenía ¿hechizada? y se preguntara quién rayos estaba sentado en nuestra mesa y por qué vestía de negro. Pero no sucedió, así que apenas cerré la puerta de mi habitación le exigí explicaciones a Damián:

—¿Qué fue lo que hiciste?

—No tengo por qué decirte. —Usó mi misma frase de un rato atrás cuando él había preguntado en dónde había estado.

—¿Lo disfrutaste? —pregunté, irritada.

Una escasa pero perceptible sonrisita le dio un tinte socarrón a su expresión.

—No te voy a mentir, tu cara fue casi un poema en toda la cena.

—A veces parece que solo quieres fastidiarme la vida —me quejé, y para chocarle añadí—: Es un rasgo humano, de presas.

Damián lo ignoró, solo comenzó a pasearse por mi habitación, mirando cada cosa que se encontraba en ella, sobre todo las fotografías adheridas a un pequeño mural en la pared, rodeadas de decoraciones coloridas. En muchas aparecía con Eris y Alicia, y con mis compañeros de los últimos años de clase. Él no estaba en ninguna. No recordaba haberlo visto ir los días de las fotos escolares.

—No toques nada que se puede romper —le advertí.

—Jamás he roto nada que no quiera —dijo, con indiferencia—. Por cierto, sacarle algunas explicaciones a tu madre fue más difícil de lo que esperé. Ella piensa mucho en lo que pasó *aquel día.*

Un frío me recorrió la espalda. Primero no creí que fuera posible, porque lo sucedido aquel día y los meses posteriores a eso eran un secreto. El mayor de los secretos que con muchas amenazas mi madre me había exigido ocultar. Ni a Eris se lo había dicho.

—¿Cómo la hiciste hablar? ¿Qué te dijo? —exigí saber.

—Es una presa, Padme —dijo, con indiferencia—. Nosotros tenemos muchas formas de atraparlos, tanto para hacerlos decir verdades como para matarlos. Aceptaste mi ayuda, recuérdalo.

—¿Así que te referías a…? —No encontré una palabra adecuada—. ¿Cambiarla?

—Como dije, no fue fácil. Mencionó cosas cuando traté de averiguar sobre ti, pero no todo. Al parecer, cuando eras más pequeña te despertabas en las noches gritando el nombre de alguien. ¿De quién?

Junté las manos por detrás de mi espalda para poder estrujarme los dedos por la inquietud que me producía estar hablando de eso.

—No lo recuerdo —mentí.

—Suena perturbador y perverso para una niña —opinó, en un susurro malicioso con la boca curvada hacia abajo—. Pero ahí empezó todo, ¿no? —Me miró de pies a cabeza, casi como un repaso que me turbó todavía más—. Eso que intentas ser ahora, tu madre lo formó a raíz de lo que pasó *aquel día*. ¿Qué fue eso tan malo que hiciste para que luego te exigiera demostrar que eres normal?

Mis labios se entreabrieron porque mi respiración se dificultó por un momento. Lo que había pasado *aquel día* sí había sido el inicio.

Volví a recordarme más joven, de pie en medio de esa misma habitación. Estaba descalza y mis pies estaban sucios. Mi ropa también, porque llevaba días con la misma y mi madre acababa de llevarme a casa. En ese momento, se había abierto la misma puerta que tenía detrás, y ella había entrado. Mi padre había estado junto a ella, mirando el suelo, avergonzado. Pero la peor mirada había sido la de la mujer que se suponía que debía entenderme, porque en ese instante me estaba juzgando. En ese instante, me odiaba, me despreciaba, me veía como un error.

Y luego había escuchado el vehículo aparcar frente a la casa, y *ellos* habían llegado para llevarme.

La razón era un secreto…

—Mi madre podría subir —le dije a Damián como excusa con la boca seca y la voz casi en un aliento.

—No lo hará. —Damián siguió curioseando desde el escritorio hasta el peinador. Sacó las manos del bolsillo de su pantalón para coger otra vez el llavero con la cabecita de conejo que solía guindar en mis mochilas—. Su mente estará flotando en una nube de intensa relajación. No tendrá preocupaciones ni pensamientos profundos. Claro, mientras dure el efecto. Hay que renovarlo cada cierto tiempo.

Me pregunté de repente si era lo mismo que me habían hecho sentir los ojos de Poe la noche del plan, esa sensación de «sedación».

—¿No te causa cierto alivio? —añadió él—. Pude haberlo hecho antes si me hubieras dicho cómo se comportaba ella.

A pesar de que debía sentirme culpable por el hecho de que estuviera bajo algún tipo de influencia, no la sentía. No sentía nada de culpa. Que la cita con el doctor no sucediera y que su actitud severa y controladora se apagara, era... fantástico. Era lo que había deseado por tantos años, y siempre había estado en el mundo de los Novenos. ¿Y si era la única ventaja?

Su voz diciéndome que solo sería una buena hija mientras yo obedeciera, sonó en mi mente. ¿Era una mala hija por no querer que saliera de ese estado?

Ni siquiera me sentí mal... Me sentí... libre.

—Te contaré lo que pasó si tú también me cuentas algo —dije de golpe.

—¿Sobre qué?

—Sobre ti.

—Ya vas a empezar... —Él puso mala cara.

Obviamente ya había vuelto a esa actitud gélida e impenetrable. Me había dado cuenta de que la reforzaba cada vez que yo intentaba averiguar algo más sobre su vida. Era estúpido, porque ni siquiera entendía a dónde no me quería dejar llegar. Lo peor ya lo sabía, ¿no?

—Creo que soy la única persona en este mundo que te soporta a pesar de lo idiota que eres, ¿te has dado cuenta? —le solté, un tanto irritada por su frialdad—. Además, esto debería ser mutuo. Si yo te revelo algo, tú también a mí. No eres el único que debe obtener respuestas.

Dio algunos pasos hasta llegar al armario y lo abrió para echar un vistazo. No eran cosas que los Novenos no tuvieran, pero todo lo que no fuera de su mundo parecía intrigarle mucho.

—Las respuestas que quiero tienen más lógica. —Alzó los hombros.

—No, no funcionará si no hablas también —me negué con decisión—. Dijiste que estamos conectados, que tenemos el mismo ruido, y te sueles presentar como mi...

—¿Qué? —soltó de lo más tranquilo—. ¿Novio?

Quedé rígida. Sí, de su odiosa boca había salido la palabra «novio».

—Algo así —asentí—. Pero ¿acaso sabes lo que significa eso?

—Es lo que Archie es de Tatiana —contestó, simple.

—Pero ¿sabes lo que implica? ¿Lo que ellos hacen por ser novios?

Damián se mantuvo en silencio un momento. Durante un segundo creí que hundiría las cejas, pero el gesto fue confuso, como que peleó consigo mismo, y luego volvió a verse indiferente.

—¿Cuál es el punto? —preguntó—. ¿Quieres hacer todo eso?

Nos observamos, quietos. Flotó un aire de expectativa entre nosotros. ¿Era posible que pasara lo mismo por nuestras mentes? La idea de acercamiento, besos, contacto… Todo el tiempo estábamos discutiendo o probando nuestros límites. ¿Había un espacio para algo que no fuera estar a la defensiva? Como esa noche que él había entrado por mi ventana, que había puesto su mano sobre la mía, que había experimentado conmigo. Ya sabía que le era posible, y en secreto no había parado de preguntarme qué más sí podía hacer.

Tal vez era la única cosa del concepto de normalidad que me gustaba, la idea de cumplir con el concepto de «novios». Me causaba mucha curiosidad cómo me besaría sin que fuera un ritual. ¿Brusco? ¿Enredaría su mano en mi cabello y lo apretaría y…?

Dios mío, ¿qué estaba pensando?, ¿qué estaba sintiendo?, ¿debía admitirlo en voz alta?

—¿Has tenido novia alguna vez? —decidí decir en lugar de dar una respuesta.

—¿Tú has tenido novio? —contestó igual.

—Sí, porque es…

—Normal —completó él con fastidio—. Por supuesto.

Se dio vuelta para seguir mirando las cosas. Entonces me di cuenta de que él no había afirmado nada.

¡Un momento!

—Tú no has tenido novia nunca —le solté, perpleja y burlona—. ¿Ni siquiera una Novena? Entonces eres totalmente…

—Cállate, eres muy ruidosa —me interrumpió, obstinado.

Traté de reprimir una risa. Damián nunca había estado con una chica en ningún aspecto. Por una parte me gustó saberlo y por la otra también me preocupó. ¿De verdad no tenía las emociones necesarias para sentirse atraído por alguien?

De pronto, me di cuenta de una segunda cosa y quedé asombrada.

—Entonces, el día de El Beso de Sangre yo fui... ¿tu primer beso?

De mala gana se movió desde el armario hacia la ventana, como si con eso pudiera alejarse de la pregunta. Hundió las cejas con molestia, de nuevo en esa actitud de defensa y bloqueo.

Pero asintió. Lo confirmó.

También tuve que reprimir mi cara de sorpresa. Yo había sido su primer beso. Yo.

—¿Y sentiste algo en ese momento...? —me atreví a preguntarle, aunque sin mucha fuerza en la voz porque esa revelación me había llenado de una emoción satisfactoria—. Cuando nos besamos.

—Tenías los labios fríos. —Se encogió de hombros.

—Eso no. Algo dentro de ti.

—Tenía hambre.

—Damián. —Le dediqué una mirada dura, de exigencia.

Como no dijo nada, me frustré. Lo que estaba pasando me tenía el corazón acelerado y, para mi desgracia, sobreexcitada, pero que no fuera sincero también me molestaba. Por mucho tiempo había sido un enorme misterio para mí, ¿por qué se esmeraba en seguir siéndolo? Si ya lo había alcanzado, ¿por qué aún se sentía inalcanzable?

—Pues a mí también me molesta sentir algo —le choqué.

Volvió a mirarme, entre enojado y confundido. Me pareció detectar mucha tensión en su cuello, pero ignoré eso.

—¿Por qué asumes que me molesta?

—Porque me he dado cuenta —solté, muy obvia—. Cada vez que tenemos algún tipo de contacto pones esa estúpida cara.

—¡¿Cuál estúpida cara?! —se irritó.

Y en un impulso, muy dispuesta a retarlo y que no fuera capaz de negármelo, avancé hacia él y me le detuve a solo centímetros, tan cerca que si bajaba su cara un poco más nuestras narices podían rozarse. Por supuesto, se descolocó todo y su expresión fue de pasmo y extrañeza al mismo tiempo.

—¡Esa cara! —señalé, victoriosa, y en otra jugada usé la misma técnica que él había usado al intentar sacarme información sobre mi pasado—. ¿Por qué, Damián? ¿Te molesta darte cuenta de que te da curiosidad lo que pasa?

—Tú sabes mucho de curiosidad, ¿no? —Entornó los ojos.

No le hice caso a su pulla, decidí mantener esa actitud que lo tomaba fuera de base y que al menos daba pase a una entrada. Funcionaba, ya estaba segura de que disfrutaba cuando yo le refutaba. Y… ¿yo también?

Admitirme eso a mí misma me dio valor.

Aproximé mi rostro un poco más al suyo, provocadora.

—Te gustó el beso, pero no vas a aceptarlo —le susurré, lento, desafiante—. Y no tiene sentido, porque ese ni siquiera fue un beso real, pero tú no lo sabes. Nunca has hecho esas cosas con alguien.

Cuando creí que había ganado, su cara de desconcierto desapareció, la sustituyó una que también parecía retarme, y el Damián malicioso logró darle la vuelta a mi intento de valentía.

—Entonces sé lo suficientemente arriesgada y di lo que estás pensando —exigió con simpleza—. Que debería hacerlas contigo.

Lo esperó, porque en realidad yo sí quería decirlo y Damián lo sabía bien. Quería que me besara. Mis fantasías más oscuras le pertenecían a él, mi secreto, que ahora estaba en mi habitación aún con mi madre en el piso de abajo. Aquello solo había sucedido en la imaginación de la Padme que había escrito el diario. Pero no di un paso atrás como esa nerviosa chica habría hecho al ser expuesta. Esa vez me mantuve ahí, porque si no había peligro, ¿podía liberar mis deseos reprimidos? ¿Podía decir sin miedo: «Sí, haz lo que sea conmigo. Experimenta si quieres, pero siente algo por mí»?

No, todavía no. Antes de liberarme de esa forma, debía confesarme. Yo sabía su peor secreto. Debía decirle el mío. Debía enterarse.

—¿Tú confías en mí? —le pregunté ante el silencio, quizás para yo misma responderme la pregunta que Tatiana me había hecho.

—Si no te maté… —refunfuñó.

—Puedo decirte lo que pasó *aquel día*, pero también deberás ser honesto conmigo.

Me alejé como si no necesitara su cercanía y fui a sentarme en la cama. Adopté una posición relajada. Damián tensó la mandíbula, pero no hizo ningún movimiento.

—¿Qué quieres exactamente?

—Algo sobre ti que nunca le hayas dicho a nadie. —Y lo aclaré para que no le diera la vuelta—. Que no sea lo de los Novenos.

—No tengo nada más interesante que contar.

—Pero tienes un pasado. —Pensé un momento. Lo único que se me ocurrió en ese instante fue—: ¿Qué hay con tu padre? Lo vi en una fotografía en tu casa, pero no lo recuerdo del todo…

—Murió. —Desvió la mirada y la fijó en algún punto de la habitación. Su expresión se tornó arisca. Me fijé en lo tensos que estaban sus nudillos, porque acababa de formar un puño con su mano.

—Lo lamento… —dije, como era lo normal al escuchar cuando dicen eso—. ¿Cómo fue?

—Cerró los ojos y dejó de vivir —soltó, de mala gana.

Puse los ojos en blanco. ¿Por qué era tan literal?

—¿A causa de qué murió tu padre? —corregí, con detenimiento.

Él no contestó de inmediato. Se tomó unos segundos. Lo pensó. Lo consideró. Formó una línea con su boca. Pensó y pensó hasta que confesó con simpleza y un ligero encogimiento de hombros:

—Lo maté.

—¡¿Qué?!

Fue inevitable mi reacción, porque aun sabiendo que era un Noveno, eso resultó muy inesperado.

Damián se pasó la mano por la cara como si algo lo frustrara.

—Qué ruidosa eres… —murmuró con hastío.

—¿Por qué lo mataste?

—Ya hiciste suficientes preguntas —se limitó a decir. Tenía los dientes apretados.

En ese preciso instante mi teléfono vibró. Lo saqué de mi bolsillo para echar un vistazo y la notificación emergente me permitió enterarme rápido de qué se trataba:

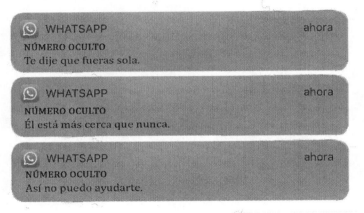

WHATSAPP   ahora
NÚMERO OCULTO
Te dije que fueras sola.

WHATSAPP   ahora
NÚMERO OCULTO
Él está más cerca que nunca.

WHATSAPP   ahora
NÚMERO OCULTO
Así no puedo ayudarte.

Alcé la vista hacia Damián y apagué la pantalla del teléfono antes de que pudiera alcanzar a ver algo. Podía reaccionar al mensaje en cuanto se fuera porque en ese momento estaba impresionada por su confesión.

Así que aquel hombre de aspecto duro que había visto en la fotografía del pasillo de su casa había sido asesinado por él...

—¿Pero por qué lo mataste? —insistí, escrutando su rostro a la espera de sus motivos.

—Ya deja de preguntar. —Sonó como una advertencia.

—¿Fue solo porque eres Nove...?

No me dejó terminar de hablar. Su reacción fue brusca y me hizo sobresaltarme porque dijo cada palabra con una voz alta y muy disgustada:

—¡Damián, por qué esto! ¡Damián, por qué lo otro! ¡Padme, a veces no sé por qué hago las cosas!

—Pero era tu padre —insistí, muy perturbada—, no es posible que no tuvieras una razón...

—¡Y si no la tuve, ¿qué quieres que te diga?! —volvió a casi gritar, exasperado—. ¿Por qué haces tantas preguntas? ¿Por qué siempre quieres respuestas? ¿Por qué no dejas de ser tan curiosa? ¡¿Por qué?!

—Es que yo... —Lo miré, asombrada e inmóvil.

—¡Es que tú quieres saberlo todo! —bramó, harto—. ¡Siempre!

—Damián, escúchame —intenté calmarlo, pero eso lo empeoró.

Entonces, explotó de nuevo como lo había hecho en la casa de Poe. Pasó de la calma a un agite frenético, y en un acto nuevo se puso las manos en la cabeza como si un ruido le molestara mucho o como si algo dentro de su cráneo le doliera, y empezó a caminar de un lado a otro en la habitación.

—¡Solo escucho tu voz en mi mente! ¡Las veinticuatro horas del día, ahí está tu voz y todo es sobre ti! ¡Haces que me duelan los oídos, que me duela la cabeza! —soltó.

—¿Mi voz te causa dolor? —Estaba muy confundida—. ¿Por eso me dices que soy ruidosa y no para fastidiarme?

—¡Cuando voy a dormir, te oigo! —siguió en fuertes reclamos—. ¡Cuando intento hacer algo, te oigo!

La histeria de la que estaba siendo víctima también se manifestó en su rostro con una mueca de ira y angustia, pero lo que me dejó helada fue la forma en la que súbitamente giró el cuello con molestia, un gesto muy similar al de aquella noche que había entrado en mi habitación para preguntarme a dónde pensaba huir. Otra vez, como si algo lo estuviera lastimando o torturando.

—¡Nada más me llamas y me pides cosas que no sé cómo darte!

¿Que yo le pedía qué? ¿Cuándo?

—¡Solo quiero un momento de silencio! —Tensó las manos como garras, como si quisiera romper algo—. ¡Quiero que te calles! ¡Quiero que se calle! ¡Ya cállate!

La forma en la que gritó eso último me hizo sentir que ya no me estaba hablando a mí, que yo no era el objetivo de la rabia.

Claro, hubo silencio tal y como decía quererlo, pero se dio cuenta de cómo lo miraba. Apretó los labios mientras el pecho le subía y le bajaba, y entonces sus ojos se abrieron como si acabara de notar que no solo me había asustado, sino que su explosión había sido casi demencial.

—¿De qué estás hablando? —fue lo que salió de mi boca, aturdida—. No te he llamado para pedirte cosas.

Sus ojos, desorbitados con incredulidad, no pestañearon del pasmo. Me di cuenta de algo, y también se lo pregunté con total confusión:

—¿Oyes mi voz todo el tiempo? ¿Aunque no estoy?

Sin pronunciar palabra, sin aclarar nada, sin dar razones de por qué había explotado de forma tan inestable como el mismísimo Archie lo habría hecho, Damián salió de la habitación a paso rápido. Se escuchó la puerta golpear la pared al abrirla y sus pasos rápidos y pesados bajando las escaleras.

Esperé que mi madre llegara corriendo a mi habitación a exigir respuestas por el escándalo, pero no apareció. Solo me quedé en el sitio, tratando de explicarme a mí misma qué demonios acababa de suceder. Lo mismo otra vez.

¿Había sido una histeria dolorosa por mencionar a su padre? ¿Al padre que él mismo había asesinado?

¿O pasaba algo más?

20

¿DE VERDAD ESTÁS VIENDO LA REALIDAD?

No supe nada de Damián después de su explosión de ira. Me había dado la impresión de que algo se había salido de su control, y quedé muy inquieta, porque tras pasar la noche dándole vueltas al asunto, había notado algo en mis recuerdos que no me terminaba de encajar. Él había dicho que mi voz le causaba dolor, y sí, varias veces lo había visto hacer extraños gestos de malestar, y también había detectado una considerable tensión en sus venas. Sumado a eso, su aspecto cansado era cada vez más acentuado. Aquello no parecía nada normal incluso para la común anormalidad de ser Noveno.

¿Y eso de que me escuchaba todo el día qué significaba? No tenía sentido. Es decir, sí hacía muchas preguntas, pero ¿llamarlo solo para pedirle hacer cosas? ¿A qué cosas se refería?

En definitiva, algo más sucedía, porque no hizo acto de presencia en el bosque el día posterior. Yo fui porque Tatiana me había informado que se reunirían, y ni rastro de él. Estuve con Eris y el resto de la manada, oyendo a Poe y a Archie hablar sobre todas las formas que había de despellejar a un ser humano, y sobre lo indignante que era no poder escribir su propio libro referente a ello sin escandalizar a la sociedad.

Eso hasta que Tatiana me invitó a caminar por las orillas del lago.

—¿Por qué no vino Damián? —me preguntó ella. El agua estaba en calma y los insectos entonaban su coro nocturno.

—No lo sé —confesé en un suspiro—. No lo he visto desde que estuvo en mi casa hace dos días y volvió a explotar de ira como en casa de Poe.

—Espera, ¿pasó de nuevo? —Ella se detuvo, desconcertada.

—Le pregunté cosas sobre su vida —asentí—. Se puso como loco, gritó y se fue. ¿Es algo de Novenos?

El rostro de Tatiana, que siempre era dulce y animado, se llenó de una preocupación seria. Hasta me puso la piel de gallina cómo se notó que eso significaba algo malo.

—Agh, quise pensar que no se trataba de eso —murmuró más para sí misma que para mí.

—Me estás asustando —le advertí.

—No es algo normal —suspiró—. Cuando vi su reacción aquel día, me pareció muy familiar. Tuve la sospecha y quería confirmarlo, pero no me han permitido acceder a la biblioteca en estos días. Igual, su aspecto, su actitud... Creo que Damián podría estar pasando El Hito, y si es así, este es un momento muy crucial en su vida.

Recordé que ella había dicho esa palabra en la sala privada, pero nos habían interrumpido. No tenía ni idea de qué era, pero no sonaba nada bien.

—¿Qué es eso?

—Archie pasó por ello hace poco. —Tatiana lo observó sentado alrededor de la fogata, hablando sin parar—. El Hito es la batalla interna por la que todo Noveno pasa a cierta edad de su vida. Es como un momento agresivo en el paso de la adolescencia a la adultez. Existen especialistas que se encargan de atender esto. Claro, ellos no te explicarían las cosas como debe ser. Según las ordenes de Los Superiores, el Noveno que esté pasando por esta fase debe ingresar a terapia para superarlo con ayuda por lo riesgoso que es. Pero si lo delatas no sabrías más de él hasta que lo consideren curado y si no lo consideran recuperado...

—¿Qué hacen? —pregunté, con un hilo de voz.

—Es que no lo sé. —Ella negó con la cabeza, angustiada—. Son más los casos en los que los Novenos lo superan, pero hay otros que no. Cuando empiezan los ataques de ira sin sentido puede significar que va mal, que el Hito está actuando en su contra.

Los dedos habían empezado a temblarme. No lo entendía del todo.

—Pero ¿esto qué significa? —pregunté, perpleja—. ¿Qué hay que hacer entonces?

La voz de Poe desde cerca de la fogata interrumpió antes de que ella respondiera:

—¡Oigan! —Hacía un ademán para que nos acercáramos adonde estaban ellos—. ¡Vengan a escuchar esto! ¡Eris acaba de admitir que le gusto!

—¡No es cierto! —refutó Eris de forma furiosa. Archie veía la escena entre risas torpes—. Acabo de decir que lo único que podría ser mínimamente interesante en ti es el hecho de que usas tu dinero en algo tan importante como preservar libros. ¿Tienes mierda en los oídos o qué?

—No lo sé, a mí me sonó a que decías que te traigo con las bragas abajo. —Poe se encogió de hombros e hizo un mohín.

—¡Eres detestable, Poe Verne! —exclamó ella, enrojecida de ira—. Lo único que podrías bajarme serían las ganas de vivir en este mundo en el que existes tú.

Empezaron a discutir, aunque él solo se reía, encantado. Eris parecía sentirse muy irritada por su coquetería, pero no me sorprendía. A ella casi nadie le gustaba.

Tatiana y yo volvimos a nuestro círculo confidencial.

—Por cierto, estuve investigando lo de la sala de prácticas —susurró para que nadie pudiera escuchar—. Pero las únicas personas que tienen acceso a ella y que han entrado estos meses son Nicolas, Benjamin, otros dos miembros de su manada, y bueno, tú.

—¿Nadie más?

—Nadie, yo misma revisé. Así que estamos en el mismo punto. —Luego, antes de volver a la fogata porque Archie la llamó, añadió—: Ven mañana a mi casa, ¿sí? Debemos hablar de El Hito a solas.

Pero obviamente, tras oír sobre ese Hito me metí en mis pensamientos durante el resto de la noche, y a pesar de que estaba sentada con los demás, no escuché nada de lo que hablaban, solo vi las bocas moverse y las risas formarse.

A Damián le estaba pasando algo. Algo malo. Aún era confuso para mí, aún no lograba medir la magnitud de la situación, pero me hizo recordar todas las veces que había creído que estaba enfermo, y que ahora parecía una realidad. Aunque, ¿era igual a una enfermedad? En ese caso, lo de que sentía dolor al oírme tenía sentido. Pero ¿por qué mi voz? ¿Por qué precisamente era yo la que lo lastimaba si eso no era lo que deseaba?

Si yo... solo quería acercarme a él. Solo quería saber más sobre el mundo en el que se encerraba. De verdad quería eso. De hecho, admití que lo quería con una fuerza... frustrante, desesperante, ¿insana?

Porque sí, me molestaba que siguiera siendo un misterio, pero mientras más lo era, más quería alcanzarlo.

Ese siempre había sido mi problema.

La obsesión. La fijación.

Por esa razón, *aquel día* me habían llevado. Por esa razón, mi madre se había obsesionado con moldearme a su antojo.

Yo lo había causado todo.

Por... Damián. A quien no podía dejar solo sabiendo por lo que atravesaba. A quien no quería dejar solo por más temible que fuera el concepto de El Hito.

Intenté enviarle un mensaje para saber en dónde estaba, pero la falta de cobertura no se lo hizo llegar hasta que se hizo más tarde, la manada se cansó de estar junta, y Eris y yo volvimos del bosque.

—Poe dijo que me conseguirá otro apellido —mencionó ella mientras íbamos en su auto. La carretera estaba sola—. Y también se ofreció a conseguirme una presa para La Cacería.

—*Wow*, Poe cazará una presa por ti —hice una especie de chiste—. Parece que va en serio.

—Sí, va en serio a recibir un puñetazo en la cara si no me deja en paz —bufó.

Había sido medio divertido para mí, pero la diversión se fue.

—¿Te acosa?

—No, pero es medio molesto —dijo, con el rostro contraído en desagrado—. Cada vez que sube una foto a su Instagram privado me etiqueta para que la vea. No sé por qué cree que quiero verlo entrenando en el gimnasio o comiendo en algún restaurante.

—Da a entender que le gustas mucho, aunque a Poe le gusta mucho todo. ¿A ti te gusta?

—No, no me gustan los hombres que solo piensan en sexo —replicó en un tono bastante convincente—. Y parece que eso es lo único que pasa por su cabeza. Pero tiene sentido, esa parece su característica dominante...

Recordé las sensaciones que experimentaba cuando Verne estaba cerca. No me gustaban, pero seguían siendo curiosas. No sabía si ella también las sentía.

—¿No te pasa que... te hipnotiza? —le pregunté, medio intrigada.

Giró los ojos.

—No, Padme, no me moja las bragas como Damián a ti.

—¡No me moja las bragas!

—Aquella noche que volvimos del bosque dormiste sobre su chaqueta —resopló tipo «por favor, ¿a quién le quieres mentir?».

—Olía bien... —murmuré, avergonzada—. Mira, la cosa es que Poe puede hacer que lo desees, aunque no estés interesada. De alguna forma tiene ese poder.

Sus ojos fijos en la carretera adquirieron cierto brillo de interés, justo como cuando estaba sumida en sus libros y sus proyectos científicos.

—Poderoso... —repitió—. Los Novenos en verdad lo son. Beatrice lo dice en sus anotaciones, pero aún no he descubierto cómo cerrar la entrada. Anotó muchísimas cosas en otros idiomas por si alguien lo robaba. Fue un poco inteligente.

Revisé mi celular por si había recibido alguna respuesta de Damián, pero no había ninguna notificación.

—Creo que Damián no está bien —dije, sin pensarlo mucho. Estaba inquieta.

—Amiga, eso ya es obvio —resopló Eris.

—Me refiero a que... —Iba a decirle lo que Tatiana había mencionado, pero una punzada que no supe identificar, me hizo cambiar de idea—. No lo sé. ¿Carson escribió algo sobre si los Novenos pueden sentir... amor?

—¿Amor? —repitió ella con algo de desagrado—. Es una buena pregunta. No estoy segura, ¿por qué?

Dudé, pero fui honesta:

—Quisiera saber si Damián puede sentir algo real.

Ella giró la cabeza, pero no fui capaz de devolverle la mirada. De todos modos, hasta sentí que su expresión de desagrado cambió.

—Demonios, estás tan enamorada —dijo, tras un momento. Percibí la preocupación en su voz—. No sé si es perturbador o esperanzador.

Más bien debía sonar escalofriante. Me arrepentí de haberlo preguntado, pero al mismo tiempo quise ser honesta. ¿Me juzgaría?

—Es solo... A veces pienso en que yo quisiera mostrarle algo que él no ha conocido jamás.

—¿Los centros de bronceado? —preguntó en tono de broma.

Me causó cierta gracia, pero no tuve ánimos para reírme.

—No. Querer.

La oí suspirar como cuando estaba a punto de decirle algo serio a Alicia, así que me forcé a mirarla. No me equivoqué, tenía la cara de la Eris madura, responsable, capaz de regañar. Hasta me sentí culpable por mis propios sentimientos.

—Sé que está mal, pero… —intenté explicarme, solo que me interrumpió, diciendo cada palabra con una realidad devastadora:

—Damián es un asesino. Un asesino inhumano. No esperes poder cambiarlo como al chico malo de la novela juvenil que leíste a los dieciséis años, porque vas a sufrir la decepción. Lo único que debemos lograr es conseguir la salida para volver a nuestras vidas normales.

Asentí.

Me dejó en casa porque tenía que irse a seguir traduciendo el libro. Al perderse el auto en la lejanía de la calle, pude haber entrado, pero me quedé unos minutos fuera de mi puerta, en la acera, esperando por la respuesta a mi mensaje, pero no la obtuve. Lo pensé un poco y decidí intentar buscar a Damián en su casa.

Diana abrió la puerta con esa mirada preocupada que siempre ponía al verme, como si temiera algo.

—Damián no está —dijo, antes de que yo preguntara. Asentí, e iba a darme la vuelta para irme sin más, pero su voz me detuvo—. Pero ¿te gustaría pasar a tomar un vaso de jugo?

Sus ojos se desviaron durante un instante por encima de mi hombro hacia las afueras en modo de comprobación. Fue extraño.

—Es que tengo que ir a casa y…

—Lo acabo de preparar, realmente deberías probarlo —insistió de una forma algo… ¿sospechosa?

Me lo pensé. No era mala idea si lo veía como una posibilidad para averiguar más sobre Damián. Nadie podría conocerlo con mayor certeza que ella, la mujer que lo había traído al mundo y visto crecer.

—Bueno, está bien —acepté—. Supongo que puedo quedarme un momento.

Entramos en la cocina que era muy sobria a diferencia de la de mi madre que tenía adornitos adheridos al refrigerador y pañuelos y guantes para hornear con dibujos de flores muy coloridas. Entre mi escaneo rápido vi que en una pared, junto a un estante estaba colgado un crucifijo de madera del que, a su vez, colgaba un santo rosario. ¿La madre de Damián era religiosa? Resultó irónico para mí.

—Es de fresa, ¿sí te gusta? —inquirió, acercándose a la nevera. Sus manos largas y huesudas abrieron la puerta para coger una jarra en el interior—. Es el favorito de Damián.

Wow, Damián tenía un jugo favorito.

Por algún motivo traté de imaginarlo dentro de esa casa haciendo cosas normales como sentarse en la mesa a comer o en el sofá a ver televisión, pero no lo logré.

—Sí, claro, me encanta —asentí, obsequiándole una sonrisa—. Mi madre también lo hace todo el tiempo.

Cogió un vaso y vertió el líquido templado en él. Me dio la impresión de que los dedos le temblaban un poco. Pero, según mi madre, ella era siempre así, semejante a un cachorro asustado.

—Todo esto ha sido muy difícil para ti, ¿no? —me preguntó. El vaso quedó moderadamente lleno. Dejó la jarra a un lado.

—Le mentiría si dijera que no —respondí. Ella deslizó el vaso hacia mí y lo cogí—. Pero creo que este asunto no sería fácil para ninguna persona que no sea como ellos. Usted debe saberlo bien.

—Quizás más que nadie —confesó, con una nota de pesar.

Bebí un sorbo tan dulce que me refrescó la garganta. Estaba delicioso.

—¿Fue complicado? —indagué, sin apartar la mirada de sus expresiones—. Me refiero a criarlo, a convivir con su naturaleza.

—Lo fue y lo sigue siendo. —Tomó un pañito que había sobre la isleta de la cocina y de forma maquinal limpió los restos de humedad de la jarra—. A veces creo que soy peor que ellos.

—¿Por qué lo dice? —Fruncí el ceño—. Usted hace algo muy significativo con tan solo ocultar el secreto.

—Un secreto que en ocasiones consideré no esconder más.

Lo murmuró de una forma ahogada, con culpa.

Me pregunté si...

—¿Por lo del padre de Damián? —solté, con cuidado, pero ella alzó la vista de inmediato, casi rígida—. Él me dijo lo que hizo.

Suspiró, quizás para contener alguna emoción. Cada parte de su rostro y de su cuello se tensó. Su mano cogió el pañuelo con mayor fuerza. El asunto era más que delicado, pero no me arrepentí de haberlo sacado a relucir.

—Por distintas razones —dijo, con un hilo de voz y, entonces, en una buena jugada omitió la mención del padre—. Cuando Damián era un niño yo era más joven y en ocasiones no entendía que sus actitudes iban más allá de las de un ser humano normal. Al final pude comprender que su naturaleza era distinta y que él no tenía la culpa de ello. Así que, lo acepté. Además, ¿qué madre no hace lo que sea por sus hijos?

—Entonces, ¿aceptó que Damián asesinara a su padre? —pregunté, esperando que no pudiera darle vuelta a eso.

Ella tragó saliva y frotó el paño por la isleta, aunque no había nada que limpiar.

Y sí, volvió a omitir el tema.

—Espero no estar siendo demasiado imprudente —dijo, haciendo énfasis en la última palabra—, pero debido a las circunstancias que envuelven a mi hijo, quisiera saber si fue él quien te involucró en… ya sabes, en todo esto.

—Oh, no —respondí, y di un trago largo de jugo para hacerla esperar. Luego exhalé como cuando se tomaba una cola muy refrescante—. Fui yo. Yo lo descubrí y él me descubrió a mí. No sé si usted lo notó, pero siempre sentí cierta curiosidad hacia él. Bueno, por esa curiosidad terminé aquí.

—Entiendo —asintió. Bajó la mirada y por un instante su rostro lució abatido, cansado, muy avejentado—. Sí, me di cuenta de ello. De hecho, ese interés tuyo me preocupó desde un principio. Pensé que solo era curiosidad infantil, pero no desapareció, ¿cierto? Temí que esto pasara, hasta creo que llegué a pensar que tarde o temprano iba a suceder —suspiró con agobio—. Siempre me pareciste una muchacha muy inteligente, muy linda, muy normal, justo como yo era, por eso quiero… —Echó un vistazo disimulado a la entrada de la cocina y el momento adquirió el suspenso necesario para inquietarme—. Quiero advertirte algo. Las cosas no son como las ves. Tienes que estar atenta, abrir los ojos, porque estás en un grave peligro en estos momentos.

—Sé que mientras finja ser una Novena estoy en constante peligro, pero…

—No se trata solo de eso —me interrumpió, en un tono mucho más bajo y nervioso—. Tú puedes escapar. ¿No lo has considerado?

—Lo pensé, pero Damián ha dicho que ya no es posible. Los Novenos lo descubrirían tarde o temprano.

Diana miró al suelo con ojos tristes. Siguió limpiando algo que no había que limpiar, pero un poco más lento, como para alargar la acción.

—Siempre lo amé, pero siempre supe que había algo mal en él —confesó, como ausente en su propia tortura—. Desde que estaba en mi vientre. Era una sensación, un mal presentimiento... —Alzó la mirada hacia mí con las cejas arqueadas de temor—. Padme, hazle caso a los malos presentimientos. Si sientes que algo no está bien, aun cuando te dicen que lo está, duda. Igual si es lo contrario, pero duda, y escúchate a ti misma. Si yo me hubiera escuchado, él...

Un escalofrío me recorrió la espalda cuando mi mente, en un gesto de intuición, completó la frase por ella: él no habría nacido.

Se formó un aire lúgubre, espantoso, que me hizo sentirme incómoda estando ahí. Hasta me pregunté por qué me había quedado si parecía el núcleo de la miseria y la infelicidad misma. En esa casa no había alegría, ni esperanzas, ni vida. Nunca la hubo.

Quise encontrar al menos una cosa normal...

—¿Tiene fotos familiares de Damián? —pregunté, al tiempo que forzaba una sonrisa.

—No había momentos para capturar.

Por supuesto, tampoco tenían eso.

Me fui a mi casa, convencida de que no había nada más de lo que pudiéramos hablar. Me quedó una mala sensación, pero admití que también estaba cansada y que necesitaba dormir. O al menos intentarlo.

Entré y pensaba subir las escaleras rumbo a mi habitación, pero de reojo capté una figura en la sala de estar y en una reacción de susto me giré en uno de los escalones para ver de quién se trataba.

Mi padre estaba sentado en uno de los sofás. Y aunque lo conocía, el susto no desapareció, porque la forma en la que estaba ahí era totalmente extraña. Cuerpo muy rígido, manos sobre los muslos, mirada muy cansada y fija en la pantalla de la televisión. Una pantalla que no mostraba nada, solo estática, de seguro porque había algún problema con los canales por cable.

A veces sucedía, los canales dejaban de funcionar, y por primera vez me pregunté si era porque Asfil no era un pueblo normal.

—Hola, papá —lo saludé, porque estaba tan quieto como un maniquí, que necesité oír su voz.

—Padme —reaccionó unos segundos después. Giró la cabeza hacia mí. Sus ojeras eran muy marcadas. Usualmente parecía desanimado, pero si en ese momento me hubieran dicho que le habían succionado el alma, lo habría creído—. ¿Te encuentras bien?

Yo era la que se estaba preguntando eso.

—Sí, ¿y mamá?

—Debe estar trabajando —dijo—. Llegué temprano, y alguien vino a visitarte.

—¿Alicia? —Fue el primer nombre que pasó por mi mente.

—El vecino que es tu amigo.

—¿Damián?

—Da… mián —repitió como si intentara procesar el nombre. Luego asintió—. Sí, me gustaría que lo trajeras a casa a cenar cuando yo esté. ¿De acuerdo?

La única explicación que le encontré a que estuviera pidiéndome eso, fue que Damián había visitado a mi padre para hacer lo mismo que con mi madre. Aún no comprendía cómo lo lograba, pero funcionaba. Con mi madre me impresionaba más. Ella solía querer saber todo sobre mi día, pero desde el día siguiente a la cena, ni siquiera me había enviado un mensaje desde su trabajo para saber qué hacía. Eso ya era un cambio significativo.

Solo que ella no se había quedado suspendida de esa forma tan… inquietante como estaba viendo a mi padre en ese momento.

—De acuerdo —acepté para seguirle la corriente.

Subí otros dos peldaños antes de escuchar que dijo mi nombre:

—Padme.

—¿Sí? —Me detuve.

—Siempre tendremos tiempo para ti si lo necesitas —recitó con una voz maquinal y cansada—. Sabes que puedes llamarnos a la oficina o que por más exhaustos que lleguemos puedes contarnos lo que quieras.

—Lo sé, papá, lo sé —asentí.

—Solo queremos lo mejor para ti —dijo, en el mismo tono ausente—. Te amamos.

Tuve que tragar saliva por el repentino nudo que se formó en mi garganta. Me fijé en la cicatriz que tenía en la mejilla.

—También los amo —le dije.

Subí a mi habitación muy rápido. Al cerrar la puerta y que el sonido de la estática de la televisión desapareciera, solté aire. Me había sentido aliviada con el efecto sobre mi madre, pero ¿por qué se había sentido mal al oír a mi padre decirme que me amaba con una voz vacía? Y verlo así, como sumido en su propia melancolía…

Siempre había detestado cómo mi madre también lo controlaba, y cómo no tenía voz al igual que yo. Ahora la había perdido por completo, y la idea me causaba un malestar en el estómago.

Pero debía aceptarlo, ¿no? Era conveniente. Hacía que bajaran las posibilidades de que se enteraran de que ahora pertenecía al mundo de los Novenos.

Pero…

Tuve un impulso. Saqué mi celular. Intenté comunicarme con el extraño que mandaba los mensajes:

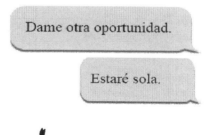

Dame otra oportunidad.

Estaré sola.

Tatiana me envió su dirección al día siguiente.

Como no le dije nada a Eris porque aún no tenía muy claro lo de El Hito, tuve que caminar hacia la parada del bus del pueblo. Solo que antes de llegar, cuando iba por el centro, una motocicleta me interceptó y se detuvo justo al lado de la acera. La persona que iba en ella se sacó el casco.

Era Nicolas.

—Hola, Padme —me saludó con esa sonrisa serena, de que no mataba ni una mosca. Me perturbaba demasiado. Podían cambiar muchas cosas, pero eso no. Seguía sintiendo que había algo en él que era fingido, y que me ponía en peligro.

De todas formas, mantuve una actitud tranquila.

—¿Qué hay?

—¿Quieres que te lleve a casa? —preguntó, cordial.

—Voy bien así, pero gracias.

Quise seguir mi camino, pero volvió a hablarme:

—Hace más de una semana que Benjamin no aparece. Tampoco Gastón, mi otro amigo. La última vez que los vi estuvimos los cuatro juntos. Quería preguntarte si sabes algo al respecto, porque aquel día que íbamos a cazar, te fuiste sin avisarnos al igual que ellos.

Supuse que preguntarme eso directamente podía ser una buena jugada para estudiar mi reacción. Lo sabía todo, claro. Pero no me dejé llevar por los nervios.

—Como te dije en la sala de prácticas, me fui porque todos desaparecieron —mentí.

—Así que, ¿no viste nada raro?

Pero ¿qué esperaba que le dijera?

—No, pero sabes que en el bosque cualquier cosa puede pasar.

—Es cierto —murmuró Nicolas, pensativo. Luego su rostro adquirió un tinte malicioso que me recordó al que tenía cuando lo vi matar—. Entonces, ¿segura que no quieres que te lleve?

—No te preocupes —aseguré, con un gesto de poca importancia.

Él suspiró y negó despacio con la cabeza.

—Rechazas todas mis propuestas, Padme Gray. ¿Me veo muy malvado o qué?

Sabía el apellido. ¿Me había estado investigando?

—Es que las haces cuando no me beneficia en nada aceptarlas —repliqué, y él soltó una risa baja.

—¿Y crees que estar en la manada de Damián sí te beneficia?

La pregunta fue extraña. Mucho. Pero tal vez solo me estaba probando.

—No sé a qué te refieres.

—¿Estás segura de que perteneces a ella? —preguntó con un ligero encogimiento—. Podrías estar confundida.

—¿Por qué lo estaría? —Hundí las cejas.

Nicolas curvó la boca hacia abajo y miró hacia los establecimientos alrededor. El viento no alteraba su cabello peinado hacia atrás, pero un aura misteriosa lo envolvió.

—Porque simplemente pasa —dijo—. Estás en un lugar, pero no deberías.

¿Quién lo estaba?

—Mira, sé que Damián no te agrada, pero intentar ponerme en su contra no va a funcionar —le corté, seria.

Negó con la cabeza junto a otra risa baja.

—No es lo que intento, solo creo que deberías pensarlo mejor. —Fijó los ojos en mí, y también se oyó medio serio—: En mi manada hay espacio para ti, y sí, esto es una propuesta. Quisiera que te unieras a nosotros.

Me dejó atónita.

—Eso no es posible.

—Lo es, Padme. Lo imposible es solo lo que crees. O lo que te hacen creer. —Volvió a ponerse el casco—. Piénsalo, y ten cuidado por ahí. Quién sabe quién podría estar atento a tus movimientos. Este pueblo es un sitio peligroso para alguien como tú.

La motocicleta aceleró y, cuando se perdió de vista, dejé que fluyera la rigidez que había estado conteniendo. ¿Alguien como yo? ¿Alguien que fingía ser una Novena? Se me helaron las manos.

¿Me lo acababa de confirmar?

¿Acababa de decirme que lo sabía?

Por un instante me centré en la frase: «Lo imposible es solo lo que crees, o lo que te hacen creer», y una sensación muy rara me abordó, como si… como si ciertos pensamientos quisieran aparecer en mi mente, pero algo se los impidiera. Y había sentido eso antes, aunque ya no recordaba cuándo o por qué, pero no era nuevo.

Solo que algo más se le sumó. Una sutil impresión de desencaje, la punzada de que algo no estaba bien, y hasta pensé en la madre de Damián diciéndome que me oyera a mí misma…

Pero no tuvo sentido para mí.

Con la confusión de la conversación, seguí a casa de Tatiana. Era un deteriorado edificio ubicado en una parte del pueblo que la gente llamaba Zona Vieja por ser de las primeras edificaciones. Toqué tres veces el intercomunicador en el número cuatro. La puerta zumbó y se abrió. Subí las escaleras. El barandal estaba sucio y desgastado. Las paredes parecían haber sido arañadas y tenían escritas maldiciones, groserías y frases sin sentido. El sitio era una porquería total, pero continué.

Llegué al piso cuatro y toqué el timbre de la única puerta. Tenía una reja por delante. Poco después se abrió. Tatiana apareció, y mis ojos se fueron primero al hecho de que llevaba puestos unos guantes clínicos.

—¡Hola, por favor, pasa! —saludó, con su amabilidad usual. Iba a hacerlo, pero agregó con urgencia—: ¡Quítate los zapatos antes y ponte esto!

Sacó un par de guantes nuevos de su bolsillo y me los entregó. No entendí para qué, pero me los puse. Luego pude entrar.

El interior del apartamento era por completo diferente a las afueras del miserable edificio, empezando por la pulcritud extrema. Todo tenía un aire místico, algunos cuadros de ojos espirituales y escenarios de meditación colgaban de las paredes, pero tanto esos cuadros como las decoraciones de colgantes y cristales estaban cubiertos por un plástico transparente para que nada se ensuciara. Hasta el sofá de la sala estaba protegido. Sumado a eso, el piso estaba exageradamente reluciente y el ambiente olía a una mezcla de desinfectante y alcohol.

Era bonito. Medio perturbador, pero bonito, porque también había un montón de fotografías de ellos dos como pareja: abrazándose, riendo, en algún paseo, disfrutando alguna comida, haciendo caras raras.

—Aquí vivo con Archie —anunció Tatiana, contenta—. Pero está en casa de Poe justo ahora.

—¿Entonces todo está tan limpio porque así le gusta a él? —no pude evitar preguntar. Incluso lo dije con un tono algo divertido, pero ella solo respondió con una corrección:

—Porque así lo necesita para estar tranquilo.

—Y lo demás es tuyo —asumí.

—Sí, puedo decorar como yo quiera. —Avanzó en otra dirección—. Ven.

Fui detrás de ella a través del peculiar departamento. Cruzamos un pasillo. Íbamos hacia la puerta del fondo, pero me fijé en una de las puertas laterales porque esa, en lugar de ser solo madera simple, estaba hecha de acero. Sí, era una puerta de grueso acero gris con seis cerrojos por fuera. Desentonaba tanto con el resto del apartamento que cuando pasé junto a ella tuve que girar la cabeza para seguir mirándola y tratar de entender su razón de estar ahí. Solo que no lo logré.

Atravesamos la puerta del fondo y entramos a una habitación. Una especie de música de frecuencia sonaba por lo bajo desde unos parlantes en forma de emojis. Las paredes eran muy blancas, había un escritorio y también estantes con libros envueltos en plástico, frascos, más cristales, collares.

Wow, a Tatiana le gustaba mucho el rollo espiritual.

—Cuando Archie pasó por El Hito tuve que recurrir a muchos métodos para encontrar información sobre cómo ayudarlo —fue al punto mientras tomaba un libro del estante para quitarle el plástico—. Él no sabía lo que le estaba sucediendo. No sé si Damián lo sabe.

—Tal vez lo sabe, pero como es muy terco no sé si lo dirá —fui sincera.

—Tuve que comprarle este libro por mucho dinero a un Clandestino —reveló al acercarse a mí con él. Se veía muy viejo, y cuando lo abrió me di cuenta de que estaba escrito a mano, no impreso—. Normalmente no hay libros sobre El Hito, al menos no a disposición de los que no son doctores especializados en eso.

Me perdí por un momento.

—¿Clandestino? —repetí, sin saber a qué se refería.

—Son Novenos que no van a la cabaña, que prefieren no vivir en manadas y que se oponen a seguir las reglas.

O sea, ¿existían Novenos rebeldes? No me lo esperé.

—Pensé que todos los Novenos estaban obsesionados con cumplir sus leyes —dije, asombrada.

—Hay algunos que se han cansado, pero no se puede hablar de eso, así que no lo menciones. —Seleccionó una página y se ayudó con lo que estaba escrito para poder darme una explicación—: Bueno, escucha. Las actitudes de un Noveno son en parte humanas, en parte Novenas. Llamemos a la humana «normal», y a la Novena «anormal». Ambas se mantienen en equilibrio a medida que el Noveno crece. Ambas maduran en conjunto y deberían vivir en equidad, pero en cierto momento de su vida se les despierta un conflicto de poder. Se llama El Hito, y es una fase en la que la parte Novena intenta expandirse por encima de la otra. Regularmente, todos pasan por ella, todos la superan y ambas encuentran el balance ideal. El problema está cuando la parte normal se encuentra, digamos, dañada, y es débil. Entonces, la parte anormal es más fuerte, la aplasta y desencadena un desequilibrio mental bastante peligroso en la persona.

—¿A qué te refieres con «dañada»?

—Manchada por algún suceso traumático —aclaró, con cierto pesar—. El Hito hace muy voluble al Noveno mientras sucede la batalla entre las dos partes, pero cuando lo vuelve agresivo, irascible en exceso, incontrolable, significa que su parte Novena está aniquilando a su parte humana y se está expandiendo con éxito en su interior.

Caí en cuenta de que eso sonaba igual a lo que Eris me había explicado sobre la característica dominante de los Novenos, lo que Carson había descubierto. Entonces, entendí que esa parte anormal se trataba de esa misma característica, la que estaba más presente y regía sus preferencias como Novenos. Pero no logré determinar a exactitud cuál era la de Damián.

De todas maneras, eso explicaba muchas cosas. Por esa razón estaba tranquilo un momento y de repente explotaba de rabia. Algo no funcionaba bien dentro de él. Algo latía en su contra.

—¿Esto es como estar enfermo? —pregunté, luego de tragar saliva.

—No debería ser como una enfermedad, pero si los síntomas de que la parte Novena está ganando se hacen más obvios, actúa como una —respondió—. De seguro has oído a Archie hablar de su madre en momentos incoherentes, ¿no?

Pues según, hasta la visitaba en el cementerio.

—Un poco.

—Ella se suicidó frente a él —reveló—. Y... algunas otras cosas más pasaron, pero todo eso dañó su parte humana, así que, cuando pasó por El Hito casi no ganó en el proceso, y eso a su vez dejó consecuencias. Por esa razón es tan inestable.

Mis ojos se abrieron con estupefacción.

—¿El Hito lo dejó así de paranoico e impredecible?

Tatiana asintió, un poco abatida. No vi nada de su ánimo habitual, de hecho, pareció triste, como si padeciera un montón de emociones y recuerdos dolorosos en secreto. Me dio un aire a la imagen de la madre de Damián, desgastada, asustada y nerviosa en la cocina de su tétrica casa.

—Antes era diferente —admitió ella, nostálgica—. Ahora... es muy complicado. A veces no estoy segura de lo que puede hacer y otras veces cuando hace ciertas cosas peligrosas debo... retenerlo.

Tras escuchar esa última palabra, la puerta de acero en el pasillo tuvo todo el sentido para mí. Si estaba entendiendo bien, era para encerrar a Archie. Traté de imaginarlo, pero solo logré formar una escena peor que la del colapso en la habitación de Damián, cuando le había gritado, y se me erizó la piel de una mala manera.

—Padme. —La voz de Tatiana me sacó del inquietante pensamiento. Se había movido hacia el estante para guardar el libro. Ahora estaba de espaldas a mí—. Quiero preguntarte algo.

—¿Sí?

—Eres muy valiente por haberte unido a este mundo, pero ¿tú amas a Damián?

No supe si me quedé en silencio porque no esperaba eso, o porque descubrí que no tenía idea de qué responder. Hasta me confundí a mí misma en un intento por decir algo.

—Creo que nunca me he enamorado —titubeé—, así que no sé bien cómo es el sentimiento...

Sonó como un consejo, pero tuve la impresión de que lo dijo con un nudo en la garganta:

—Pues define lo que sientes y pregúntate si es suficientemente fuerte, porque estar con un Noveno puede sentirse como un paraíso, pero también ser un verdadero infierno.

Me dejó en cierto *shock* porque me pregunté si lo decía por la experiencia propia de tener que encerrar a su novio, y me perturbó la idea, porque entonces, ¿Tatiana era infeliz por muchas otras razones? ¿La imagen de pareja romántica y unida no era toda la realidad?

Así que, cuando llegaban a ese apartamento repleto de fotos suyas, cuando estaban solos, ¿cómo era la convivencia? Los recordé besándose apasionadamente en el bar de la cabaña, su química, los ojos de amor con los que ella miraba a Archie. Quizás por eso había creído que eran cariñosos el uno con el otro todo el tiempo, que eran estables, que no discutían por tonterías, pero acababa de entender que eso podía estar lejos de la completa verdad.

Dudé de si sonaría muy invasivo e imprudente preguntárselo, pero por un lado entendí que no quería saberlo. O no debía. ¿O sí?

—Pero, tú amas a Archie, ¿no? —fue lo que pregunté.

—Lo amo —asintió, segura—. Yo haría cualquier cosa por Archie y él haría cualquier cosa por mí. Solemos hacer muchas cosas por amor, ¿no? Incluso las más tontas nos parecen las correctas, aunque tal vez no podríamos estar más equivocados.

Entonces, ¿ayudar a Damián sería un gesto de amor?

—¿Qué es lo que debo hacer para que la parte Novena no gane? ¿Hay alguna forma? —Estaba un poco perdida.

Ella se giró luego de envolver el libro en su plástico protector.

—La terapia ayuda. Intentan llevarlos a un estado de tranquilidad. Lo ideal es equilibrar las necesidades de su parte Novena, alejarlos de situaciones estresantes, no tocar recuerdos sensibles que puedan causar estallidos y ponerles límites, ya que mientras más libres se sientan de hacer lo que sus impulsos le dictan, más terreno toma la parte Novena. Pero eso requiere tiempo y no sé en qué estado se encuentra Damián, si es muy avanzado o si aún hay posibilidades de que lo supere.

Me imaginé diciéndole todo eso a Damián, algo como: «Vayamos a hablar con los especialistas para que te ayuden», y a él tan solo dándome la espalda o diciendo que mi idea sonaba ridícula, porque si Archie era difícil, Damián lo era mucho más.

—¿Se puede averiguar en qué estado está?

—Se puede intentar —asintió—. Por eso te pedí que vinieras, para darte algo que también tuve que comprarle a Los Clandestinos —Tatiana tomó otra cosa del estante, una pequeña cajita. Se acercó a mí con ella, y del interior sacó una tableta gris con seis pequeñas cápsulas verdes—. Estas píldoras fueron desarrolladas para controlar momentos efusivos de El Hito y facilitar la terapia. Si Damián toma una debería entrar durante un par de horas en un estado de calma profundo. No debería haber agresividad ni necesidad de muerte porque sus dos partes estarían adormecidas. Si no funciona de esa forma significa que la fuerza de su lado Noveno está muy avanzada y es capaz de resistirse a cualquier sustancia, pero si la píldora lo seda, hay oportunidad. En ese momento, habla con él. Pregúntale sobre su pasado, averigua qué dañó su parte humana, y si te lo cuenta podríamos buscar una forma de aliviar sus traumas para que intente superar esto.

Me ofreció una y de forma automática la acepté. La guardé en mi bolsillo.

—¿Cuánto dura El Hito?

—No hay un tiempo específico. —Negó con la cabeza—. Pudo haber empezado hace meses o hace días. El punto es que hoy Damián podría estar bien y mañana ya ni siquiera podría ser él. Es así de grave.

Intenté calcular el tiempo, pero descubrí que no tenía ni pista de cuándo Damián había empezado El Hito. Ni siquiera había esperado que algo así le sucediera a un Noveno, que pasara por una batalla emocional interna en la que sus dos partes pelearían por tomar control de su mente y que fuera decisivo para el futuro de su existencia.

Todas esas revelaciones y esa información tan inesperada acababan de crear un ruido y un caos en mi cabeza. Estaba demasiado desconcertada y, sobre todo, aterrada.

Y no pude ocultarlo. Solo me quedé ahí parada, apretando la píldora en mi bolsillo, con los labios entreabiertos, sin saber qué debía decir. La única persona de mi entorno que me entendía estaba frente a mí, y su gesto fue tomarme una de las manos, otra vez con la confianza que había inspirado al conocernos por primera vez. Sus ojos me transmitieron comprensión y apoyo, algo tan dulce y que se vio tan sincero que, por un segundo, por uno mínimo, los míos se empañaron como si fuera a llorar. Por primera vez en muchos años.

—A veces es mucho más sencillo si ellos no pasan por esto solos, así que tendrás que decidir si estarás a su lado o no —susurró, medio afectada—. Y me duele ser yo quien tenga que decírtelo, pero si El Hito está muy avanzado tendremos que avisarle a Los Superiores, y en ese caso podrías no verlo nunca más.

Asfil no era el pueblo más seguro, eso ya lo tenía claro, pero a pesar de que eran casi las siete de la noche, decidí ir a casa de Alicia por una última vez.

De nuevo, sentía que caminaba como en cierto tipo de irrealidad, como si estuviera dentro de mi cuerpo, pero al mismo tiempo fuera de él. Aun así, quería disculparme y decirle que ya no podíamos ser amigas, pero que de igual forma apreciaba el tiempo que habíamos pasado juntas. O al menos solo quería verla. Solo tenía que verla, asegurarme de que estaba bien para calmar una parte de mí, y luego me iría.

Pero otra mala sensación me comprimió el pecho cuando llegué a su conjunto residencial y vi que justo la empleada de la casa iba saliendo con una maleta en mano. Corrí hacia ella.

—¡Hola! —saludé, antes de que se subiera a su viejo auto que estaba aparcado en la acera—. ¿Está Alicia?

Entonces, me di cuenta de que tenía las mejillas rojas y los ojos hinchados, porque había estado llorando. Pero no estaba triste. De hecho, lucía más como un llanto de rabia.

—¿Qué? —Me miró con obstinación—. ¿No lo sabes?

Mi corazón empezó a latir rápido, asustado.

—¿Qué?

—La señorita Alicia está desaparecida.

Un pitido me punzó los oídos mientras me desconectaba de la realidad por el pasmo, y si yo hubiera sido una caricatura se me habría ido todo el color de la piel hasta quedar blanca como un papel.

—¿Desapareció? —repetí, como si no reconociera la palabra.

—Hace cuarenta y ocho horas —asintió, molesta—. Y lo primero que hicieron sus padres fue acusarme. ¡Yo les avisé que ella no ha regresado en días! ¡Pero solo se enojaron y me humillaron porque creen que se escapó con alguien y que yo...! —Le dio mucha cólera decirlo—. Que yo lo sé y la estoy encubriendo.

Mi mente se nubló y solamente vi claro el recuerdo de nosotras en el instituto, de cómo le había hablado de mala manera y de cómo la había dejado allí sin explicación alguna.

—Si tú sabes algo, debes decírselos —añadió la mujer, afilada, ante mi silencio—. No voy a tolerar que me traten así solo porque son ricos. ¿Qué demonios se creen? ¡Nunca están en casa, ni conocen a su propia hija!

Siguió quejándose y diciendo un montón de cosas con enfado e impotencia, pero no la escuché. Estaba enumerando las posibles razones por las que ella había desaparecido, y ninguna era porque había huido. Alicia jamás habría hecho eso porque era más de despedidas dramáticas.

Consideré a Benjamin, pero era imposible que se tratara de él porque estaba muerto.

¿O no lo estaba? ¿Era posible?

Poe había dicho que los Novenos eran duros de matar...

Aun viendo a la empleada mover la boca y las manos sin parar, por algún motivo pensé en Beatrice. Pensé en su cuerpo rígido y en cómo al día siguiente ese mismo cuerpo no había sido encontrado. Pensé en cómo había sido olvidada, porque había muerto en Asfil, el pueblo en el que todos ignoraban lo malo que sucedía a su alrededor. Así que, si a Alicia le había sucedido algo, era muy probable que al día siguiente eso ya no fuera una preocupación.

La misma energía inexplicable del pueblo haría que nadie en el instituto se preguntara por ella, que nadie la buscara. Hasta sus padres iban a olvidarla.

Mi único impulso fue irme corriendo. Dejé a la mujer ahí, gritándome con confusión.

Mientras corría rumbo a mi vecindario, el mundo a mi alrededor iba a toda velocidad. Ni siquiera quise aminorar el paso a pesar de que empecé a jadear y a cansarme, porque eso a su vez era como una descarga.

No cabía en mi cabeza que lo último que le había dicho a una de mis mejores amigas era que debíamos alejarnos.

Quince minutos después, estaba frente a la puerta de la casa de Damián. No tenía ni idea de si él no quería verme, pero aquello era sumamente importante y estaba dispuesta a insistir.

—Necesito hablar con Damián y es muy urgente —solté, apenas su madre abrió la puerta. Ella arqueó un poco las cejas, afligida.

—Está arriba.

Subí rápido las escaleras rumbo a la habitación. La puerta estaba entreabierta y del interior provenía música. Reconocí algo de rock alternativo, una canción que Eris había oído alguna vez y que sabía que se llamaba *Wrong* de *Depeche Mode*, y bueno, al menos ya veía que tenía un gusto común. Si era sincera, había llegado a pensar que ni siquiera le interesaba escuchar una canción. Eso en cierto modo me alivió.

Entré sin avisar. Damián estaba recostado en su cama mirando el techo. Tenía las manos detrás de la cabeza, una expresión somnolienta y parecía estar cantando en voz baja, pero también estaba sin camisa. Al chocarme con esa imagen me quedé algo impactada. No porque su torso fuera atractivo y porque las líneas naturales que se perdían por el borde de su pantalón fueran intrigantes y masculinas, sino porque por primera vez veía el resto de su piel, y parecía... opaca, algo seca, un detalle que estuve segura no había estado antes ahí.

Lo mismo con sus ojeras. Estaban muy marcadas y ya eran más rojizas que violáceas.

¿Eran síntomas de El Hito?

—Existe algo llamado tocar a la puerta. —Me miró de reojo.

—No te he visto en días —solté sin pensar.

—¿Y me extrañas intensamente? —preguntó en un suspiro.

Claro, era Damián y no perdía oportunidad de molestarme.

No le di la respuesta que esperaba solo para ver su reacción:

—Sí.

Hubo un silencio. No se inmutó.

—Bien, sigue extrañándome —dijo, con indiferencia. Al menos aún tenía esa parte odiosa de él.

—¿Primero te enojas porque no sabes en donde estoy y ahora no quieres saber? —Me crucé de brazos.

—Eres tan ruidosa... —gruñó. Se giró en la cama con desinterés y quedó boca abajo con un brazo cayendo a un lado del colchón y la mitad de la cara aplastada contra la almohada. Su cabello estaba hecho un desastre.

Supuse que otro síntoma de El Hito era estar muy exhausto, pero no podía decirle que lo sabía.

—Tengo una duda —fui al punto.

—¿Una sola? —resopló—. Eso sí es nuevo.

—Como Benjamin está muerto, ¿alguien más puede tener a la que era su presa?, ¿podrías preguntarle a Poe si…?

—¿Atraparon a Alicia de nuevo? —me interrumpió con fastidio.

—Desapareció.

Emitió algo como una risa baja.

—Qué mala suerte tiene, es hasta curioso.

Me paseé con cierta inquietud por la habitación. Él cerró los ojos, parecía tener sueño, pero aun así lo escuché tararear el ritmo de la canción que no sonaba demasiado fuerte.

—¿A dónde llevan a las presas antes de La Cacería? —pregunté.

—Ni lo pienses —me advirtió, severo.

—Solo quiero saber. —Estaba tan tensa que quería moverme por todos lados.

Empezó a irritarse.

—¿Para ir a hacer alguna tontería y que luego tengamos que salir a arreglarla?

—No, no haré nada —aseguré, seria.

Pero me miró con las cejas hundidas.

—Recuerda que sé cada vez que mientes.

—¡Solo dime!

—La verdad es que no lo sé —confesó, hastiado—. Sé que las transportan en camiones blindados, pero eso es muy peligroso, Padme. Si tu idea es sacarla antes de que la transporten, aunque fuera posible te saldría mal porque estaría rodeada de personas mucho más experimentadas que no dudarían en matar a nadie. Así que, solo déjalo pasar. Le haces un bonito funeral y listo.

Me causó un escalofrío la palabra «funeral», por lo que me harté también. Avancé hacia la cama, empujé su cuerpo y me senté en el borde. Para mi sorpresa, no se quejó cuando quedó boca arriba. Fue extraño tocar su piel desnuda. Estaba caliente, casi como palpar la arena de la playa en un día de sol intenso. ¿Fiebre?

—¿Por qué tienes tanta pereza? ¿Te sientes bien?

—Solo tengo sueño.

—Pareciera que algo te está pasando —suspiré, sin intención de ser tan obvia—. Puedes contarme qué es.

Pero tal vez tenía razón y sí sabía cuándo yo mentía.

—Lo dices como si igual ya supieras algo. —Entornó los ojos.

—Damián, de repente explotaste de ira en mi habitación y luego desapareciste —le recordé con obviedad—. También te ves fatal. Eso no es nada normal.

—Pensé que ya tenías claro que no soy normal —se quejó, y pasó su mano por el cabello para apartarlo de su frente. Se notaba que sudaba un poco.

—¡Creo que hasta tienes fiebre!

—¡Que estoy…!

No lo completó, porque súbitamente su expresión cambió a una de asco, salió de la cama y corrió hacia el baño de la habitación. No entendí para qué hasta que escuché cómo empezaba a vomitar en el retrete. Lo seguí de inmediato, preocupada, pero me quedé parada en la entrada del baño porque en cierto modo me impactó la forma en la que su cuerpo estaba arqueado y tenso, vomitando algo asqueroso de color rojizo.

—¿Es sangre? —salió de mi boca, perpleja.

No respondió al instante porque vomitó un poco más. Cuando no quedó nada y sus arcadas terminaron, tiró de la cadena y se movió hacia el lavabo. Se cepilló los dientes con cierto disgusto, y luego se quedó un momento inclinado, con las manos apoyadas en el borde, la boca entreabierta y el pecho convulsionado. En el reflejo del espejo, su rostro estaba agitado también, pero con una pálida expresión de que lo odiaba.

—No, creo que es jugo de fresa y… —Le faltaba el aliento—. Carne. Eso fue lo que comí. No empieces a preguntar un montón de…

No se lo esperó. Yo solo me le acerqué, con el corazón apretado y la impresión de que verlo así era devastador. Lo tomé del brazo para que se enderezara y lo apoyé en mi cuerpo en un abrazo. Rodeé su torso y me aferré como si con eso pudiera quitarle lo malo que fluía por su cuerpo y que lo estaba dañando. Se sintió caliente, delgado, agitado, enfermo, pero cuando moví un poco mi cara para hundir mi nariz en la parte donde su cuello se unía con su clavícula, el olor a él, ese olor natural que definía a una persona, me hizo cerrar los ojos y entender que estaba aterrada, que ni siquiera sabía en dónde estaba mi amiga, que mis padres ya no eran mis padres, que no me sentía estable, que estaba cometiendo de nuevo los mismos errores por los que me habían tratado de corregir, pero que no podía dejarlo solo.

Porque siempre lo había estado. Y yo también. Por esa razón, sin saberlo, había sido mi refugio. El peor y el mejor.

Recordé a Tatiana diciendo que si no se equilibraba existía la posibilidad de que no lo viera nunca más, y todo mi ser se negó. No estaba segura de si esa necesidad de ayudarlo y de no perderlo era el amor. ¿Amaba a Damián? A un asesino. A un Noveno. ¿Era así como se sentía? Ni idea, pero me negué tanto a eso de nunca cumplir mis fantasías que dejé un sutil e inesperado beso sobre su piel.

Lo escuché emitir un pequeño gruñido. Me apegué más a él y puso su mano, que no había respondido a mi abrazo, a palma abierta sobre mi espalda. A propósito dejé otro beso, pero solo con mis labios.

—¿Qué haces? —preguntó, con voz ronca, malhumorada. Pero no me detuve y le di un beso más, esa vez sobre su cuello.

La mano sobre mi espalda subió y con cierta brusquedad se enredó en mi cabello. Sus dedos lo apretaron como una garra, nada doloroso. Echó mi cabeza hacia atrás. Me hizo mirarlo. Tenía las cejas hundidas, los labios apretados, la mandíbula tensa, los ojos cansados, oscuros, pero contrariados. Podía sentir la respiración salir de su nariz de forma muy pesada, muy caliente.

—¿Lo odias? —le pregunté, porque si lo hacía iba a detenerme. Pero yo no lo odiaba. Necesitaba algo normal a pesar de que él no lo era. Necesitaba sentir que era real y no mi sueño más monstruoso.

Incluso busqué acercarme más a sus labios y nuestras bocas quedaron a milímetros. Entreabrió la suya en un gesto de debilidad o tal vez de cansancio, pero inspiró con un deseo contrariado como si quisiera tragar mi aliento, tener mi sabor, atrapar mi alma o lo que quedaba de ella. Cerró los ojos en resistencia.

Tomé la mano que tenía libre y la llevé a mi pecho. Hice que su palma se posara ahí en donde los latidos se habían acelerado de miedo y de excitación. Mi voz sonó vulnerable:

—Siente mi corazón, Damián. Podrías sacármelo y aun así seguiría siendo solo tuyo. Eso es lo peor, que sé lo que eres, pero quiero, siempre he querido...

—No, Padme, no lo sabes —susurró—. No soy quien tú crees. Puedo hacerte mucho daño.

—Entonces nos haremos daño juntos.

Porque sí, mis sentimientos por él eran un error. Eran tan atroces como su inhumana naturaleza, pero ¿no quemaría menos el infierno si íbamos los dos?

Damián quitó la mano de mi pecho y la posó sobre mi espalda baja para apretarme contra su cuerpo como si finalmente cediera ante una necesidad. La mano que aún estaba enredada en mi cabello lo apretó con dominio. Lo sentí como si con ello quisiera decirme que le pertenecía. Volvió a inhalar hondo, profundo, tenso, y rozó la punta de su nariz con la mía para luego acariciar mi mejilla con ella, inundándose de mi olor.

—¿Qué es lo que haces? —preguntó, en un jadeo. ¿Y por qué tuve la impresión de que no hablaba de los besos ni de mis palabras, sino de algo más? Porque incluso el ligero enojo que solía tener su mirada alternó en una sutil angustia, y no logré definir si me lo estaba preguntando a mí—. ¿Qué es lo que yo...?

No supe a qué se referiría porque la voz de su madre proveniente de abajo rompió el momento:

—¡Damián! ¡Alguien está al teléfono y dice que necesita hablar urgentemente contigo porque no atiendes tu celular!

Me soltó como si recordara que aquello no era una buena idea, y salió del baño. Salí también, como si mis piernas no fueran mías, y lo vi ir hacia la cómoda que había contra la pared. Tomó su celular, lo guardó en su bolsillo y luego se dirigió a la puerta.

—Espera aquí —me dijo antes de irse y señaló su cama—. Ahí, quieta.

Cerró la puerta tras de sí y el silencio se volvió casi escalofriante. Su habitación ya era terrorífica a mis ojos, y estando allí sola lo parecía mucho más. Así que, para alivianar mi inquietud comencé a pasear por ella para curiosear un poco.

Las cortinas eran gruesas para que no entrara la luz diurna. El escritorio tenía algo que parecían manchas de sangre seca y rasguños hechos con la punta de algún cuchillo. En el librero había tomos que ni siquiera reconocía porque estaban en... ¿otro idioma? Sí, alguno que no era ni siquiera inglés. ¿Damián hablaba otro idioma? Qué poco sabía de él.

Pasé cerca de la cómoda desde donde había cogido el teléfono, acción un poco extraña porque se hacía eso cuando no querías que alguien tocara tu celular por cualquier cosa. Yo no pretendía chismosear sus mensajes si eso era lo que él creía, pero igual se me hizo raro. O tal vez estaba exagerando.

Había un cajón medio abierto en la cómoda de la que sobresalía una manga blanca. Cogí la tela, tiré de ella y la extendí. Era una bata médica. No quise imaginarme para qué la usaba, así que abrí más el cajón para doblarla en su interior y contemplé varias cosas: una hoja de papel con un montón de números escritos, un bonito anillo plateado con una cabeza de lobo, un frasco sin píldoras, tijeras, cuadernos y unos guantes de cuero negro.

Intrigada, le eché un vistazo más de cerca a la hoja con los números. Eran horas. Algunas decían «casa», otras decían «pueblo», otras solo tenían iniciales que no entendí qué significaban, y las demás eran ilegibles porque algunas manchas rojas en forma de huellas secas las cubrían.

Sentí una corriente extraña en el cuerpo al ver eso. ¿Horas de qué?

Damián se aproximaba. Pude escuchar sus arrastrados pasos. Puse la hoja en el interior del cajón, la bata médica, la manga hacia afuera y la dejé medio abierta. Me volví en dirección a la cama, pero entonces tropecé con una silla, la silla movió el escritorio y un par de hojas cayeron al suelo. Las recogí con rapidez, pero me fijé en lo que había en una de ellas.

Era una hoja de solicitud. Para ser específica: un formulario de solicitud de ingreso a algún centro de atención especial que no tenía nombre. Los espacios aún estaban en blanco, pero en uno era posible rellenar una casilla llamada «Hito».

Un momento, ¿entonces él ya había intentado pedir ayuda?

Damián abrió la puerta y me miró desde ahí.

—Por supuesto que no te ibas a quedar quieta —suspiró, nada sorprendido.

—¿Qué es Hito? —pregunté, con la hoja en la mano. Al menos ya tenía la excusa de que lo había curioseado.

Pensé que no me explicaría nada porque seguía siendo odioso, pero me dio una respuesta:

—Es lo que puede estar sucediéndome.

—¿Y es malo? —Me hice la que no sabía nada.

—Un poco.

No era la verdad, pero no lo reté.

—¿Recibirás algún tratamiento?

—Aún no lo sé. —Avanzó hacia mí y me quitó la hoja.

—Si eso te ayudará, debes hacerlo.

Él dobló el papel y lo dejó sobre el escritorio.

—Lo haría, pero he escuchado que te dan ciertas drogas y no puedo arriesgarme a soltar algún secreto estando bajo el efecto.

—¿Cuál secreto? ¿Que no soy una Novena? —pregunté, buscando su mirada.

Él asintió.

Entonces no iba por mi culpa. Me causó una sensación de tristeza, porque el Damián que tenía en frente no era igual al mismo que había entrado en Ginger Café aquella tarde. Era como si toda su existencia le pesara. El Hito lo había estado desgastando justo frente a mis ojos y yo no me había dado cuenta. ¿Y si era muy tarde?

Necesitaba saber en qué nivel estaba. Consideré hablarle sobre la píldora que Tatiana me había dado, decirle que no lo dejaría solo, que podíamos pasar por eso juntos. Tal vez se enojaría, pero la situación era grave, y si él lo sabía, su única opción era no resistirse a la ayuda.

—Quien me llamó fue Poe —dijo él, antes de que yo mencionara lo de la píldora—. La manada de Nicolas puso una alerta por la desaparición de dos de sus miembros y ahora la dirigencia está investigando a todos.

Un nuevo nivel de estupefacción me congeló el cuerpo y casi, si hubiera sido posible, me detenía los latidos.

Porque, claro, le faltaba añadir lo peor:

—Así que adelantaron La Cacería, y debes asistir —indicó—. Nos iremos mañana.

Solo pensé: sí, se habían llevado a Alicia como presa.

Pero ¿quién?

22

Y EL CIELO PREDICE PELIGRO

Eris y yo pasamos la noche entera al teléfono tratando de decidir cómo encontrar a Alicia y ayudarla.

En la madrugada habíamos decidido dejar de lado los planes del libro de Beatrice y las investigaciones de Carson para encargarnos primero de ella, y habíamos logrado establecer un plan. No sabíamos nada de cómo funcionaba La Cacería ni cómo estaba organizada ni cuánto duraba, pero si mi amiga estaba ahí yo iría a salvarla. Lo habíamos repasado todo meticulosamente. Tampoco tenía ni idea de qué nos esperaba en la mansión Hanson, pero debía funcionar.

Esa mañana preparé todo muy temprano y luego bajé las escaleras para ver a mis padres antes de que se fueran al trabajo. Estaban en la cocina. O parecían estarlo. En realidad, sus cuerpos se encontraban ahí como suspendidos. A pesar de que mi madre intentaba echar café en su taza, solo sostenía la cafetera por encima y el líquido no caía, porque no estaba inclinada lo suficiente. Mi padre, por otro lado, estaba sentado en la mesa con la mano en su tostada y la miraba tan fijo que hasta parecía que se cuestionaba si comerla o no.

—Buenos días —hablé, parada en la entrada con mi equipaje en mano. Esperé por la respuesta, pero el silencio se extendió. Hasta me pregunté si me habían escuchado, solo que la cocina no era muy grande y no tenía sentido. Lo repetí—: ¿Buenos días?

Finalmente, mi madre esbozó una sonrisa ausente.

—Hola —saludó. Sin mirarme, como lanzado a la nada, a cualquier voz.

Se suponía que ella no iba a preguntar nada ni a protestar, pero por costumbre sentí miedo antes de decirlo.

—Voy a salir este fin de semana —y agregué—: Con Damián.

Lo esperé, pero ninguno se alteró. No hubo reclamos. La cocina permaneció en una paz que jamás había conocido y que se sintió extraña.

—Con Damián, sí —fue lo que dijo mi madre de forma mecánica, como si el nombre le trajera buenos recuerdos.

Miré a mi padre por si él también iba a decir algo, pero solo logró llevarse la tostada a la boca, medio lento. No añadió nada. Y a pesar de que siempre había deseado que el control se detuviera, ahora que había sucedido de una forma tan brusca, era tan raro, porque hasta tenía la impresión de que me estaban empezando a… olvidar.

Sí, era lo que presentía, que mi existencia se iría borrando de sus mentes. Pero no era algo que pudiera ni debiera parar. Asumí que solo estaba demasiado acostumbrada a que ellos me dominaran y que pronto entendería que era un beneficio. Además, seguía siendo conveniente. Si no descubrían nada era mucho mejor, ¿no?

Me di vuelta para irme. No hablarían más. Aunque…

—¿A dónde…? —escuché a mi madre decir de pronto.

—¿Uhm? —Me giré, entre nerviosa y expectante por si aún había algo en ella capaz de dudar o sospechar. Hasta vi sus cejas un poco hundidas con confusión. Pero tras un segundo de silencio, las cosas volvieron a encajar en su mente.

—¿En dónde está mi otra taza? —preguntó, y empezó a buscar en la alacena.

Solté el aire sin entender por qué me había causado cierta decepción. Después seguí por el pasillo y salí de la casa. El cielo estaba nublado y el tono plomizo le otorgaba al ambiente un aspecto melancólico y espectral. Eris estaba esperándome en la acera con un pequeño maletín a los pies, porque estaríamos fuera todo el fin de semana. Llevaba suéter, bufanda y guantes para protegerse del frío que empezaba a sentirse.

—¿Y si no está en ese lugar? —preguntó, cuando me situé junto a ella. Hablaba de Alicia, por supuesto.

Dejé mi maleta junto a la suya. No le dije que había empacado un poco más de ropa porque no sabía si iba a regresar.

—Tengo el presentimiento de que sí lo está, y le haré caso —dije, echando un vistazo hacia la calle—. Solo no quiero que lleguemos demasiado tarde.

—Padme… hay algo que quiero decirte…

Un auto que apareció muy rápido por la calle captó toda nuestra atención. Aparcó frente a la casa de Damián. Era uno ostentoso que parecía recién salido del concesionario, negro brillante y elegante, con grandes puertas y cristales ahumados. Sin dudas un auto imponente.

Poe salió de él, y no estaba menos sorprendente que su vehículo. Llevaba gafas de sol estilo aviador, *jeans*, saco informal y camisa negra. No sabía cómo, pero siempre lograba marcar de manera impresionante y distintiva su buen estilo. Además, el cabello rubio se le desordenaba gracias al viento y tenía la punta de la nariz de un color rosáceo debido al frío. Lucía fresco y entusiasmado.

Nos llamó con la mano desde la otra acera para que nos acercáramos.

—¿Qué opinan? Me lo regaló una presa hace un mes —comentó, dándole una palmada al capó apenas llegamos—. Hermoso, ¿cierto? Lo traje para que viajen como las princesas que son.

—¿No es muy escandaloso para un asesino? —pregunté.

—Un auto así no es escandaloso para nadie —resopló. Luego se acercó a Eris y le dedicó una sonrisa de esas perversas, pero encantadoras. Las gafas se le bajaron un poco y la miró por encima de ellas—. Tú vas adelante conmigo, pelirroja. Así te cuento todo lo que fantaseé contigo anoche…

Eris giró los ojos y el rostro se le contrajo de fastidio y repulsión.

—Sí, y así yo te escupo en la cara.

Poe se mordió el labio inferior.

—Sabes que mientras más dura e indiferente, más me gustas, ¿no?

—¡Bueno! —intervine antes de que ella explotara de rabia—. ¿En dónde están Tatiana y Archie?

—Pasaremos por ellos en un rato —contestó Poe—. ¿Y Damián?

—Aún no sale.

Verne se dirigió de nuevo al auto. Se inclinó, metió el brazo por la ventana y presionó la bocina repetidamente.

—¡Bájale, hombre! ¿Te estás maquillando o qué? —gritó hacia la casa—. ¡No me molestaría que lo hicieras pero te ves mejor al natural!

—¿Podemos guardar el equipaje en el maletero? —pedí.

Poe asintió y con el dedo nos indicó que lo siguiéramos. Cuando abrió el maletero del auto no me sorprendió ver un extraño saco dentro de él.

—¿Qué es eso? ¿Traes un cadáver ahí? —inquirió Eris, ceñuda.

—Algo más increíble —murmuró él, se inclinó y abrió el saco para que viéramos lo que había en su interior: un montón de alambres, cuerdas, cadenas, trozos de vidrio, metal oxidado, pinzas, tornillos, madera, cuchillos e incluso un bate envuelto en alambre de púas—. Herramientas. Las necesitaremos.

Lancé mi equipaje en el maletero.

Damián no tardó en aparecer solo con una mochila para el viaje. En verdad, su aspecto estaba peor. Aunque las venas no se le notaban tanto, daba la impresión de estar demasiado cansado. También guardó su mochila en el auto y nos fuimos.

Eris no estaba de acuerdo en ir adelante con Poe, incluso se quejó, pero terminó por ir en el asiento del copiloto escuchando sus comentarios burlones y eróticos. Pasamos por Archie y Tatiana y luego en la parte trasera la distribución fue así: ellos iban en el centro tomados de la mano, y Damián y yo a los extremos, muy lejos el uno del otro tal y como a él le gustaba.

Cuando tomamos carretera, Poe puso canciones de *Panic! at the Disco*. Claro que un rato después, Tatiana contó cómo una vez la manada fue a la playa y un cangrejo se le metió en el bañador a Archie y le picó el culo. Un cangrejo que luego descubrieron fue puesto por Poe con intención de broma.

Todos se rieron excepto Damián y yo. Damián porque casi no tenía alma y yo porque no paraba de pensar en Alicia y en la píldora. Debía encontrar una forma de darle la píldora para entender en qué punto estaba El Hito. Tenía la sensación de que él no me permitiría ponérsela en la boca y que si se la ofrecía la rechazaría. Lo mejor era intentarlo antes de La Cacería, porque luego… bueno, cuando encontrara a Alicia tal vez no habría tiempo para nada más.

A medida que fuimos dejando Asfil atrás, el clima empeoró. El cielo se vislumbraba más oscuro, y las nubes más densas y amenazantes, advirtiendo que lo que venía era una tormenta. Esperé que mejorara al acercarnos al próximo pueblo, pero no fue así, no se despejó ni un poco.

Cuando estuvimos a solo dos horas del lugar de destino, los truenos comenzaron a sonar y las gotas empezaron a caer agresivamente en el parabrisas.

Poe aminoró la velocidad.

—Esto se va a poner feo —comentó, inclinado hacia adelante sobre el volante para ver mejor el cielo—. Y me encanta matar, pero no me quiero morir yo.

—¿Y si nada más es una llovizna? —preguntó Archie, empuján-dose las gafas.

—No, loquito, sé que va a ponerse peor —negó Poe—. Soy más sabio que tú, no me contradigas.

Tatiana sacó su celular y comenzó a buscar algo.

—Hay un motel con restaurante a veinte minutos, ¿y si paramos allí? —propuso ella.

—¿Un motel? —Poe arrugó la nariz. Le echó un vistazo a Eris para decirle—: Lo mío es más algo de cinco estrellas, aclaro, para que no haya malas impresiones.

Eris resopló en el asiento del copiloto.

—¿Crees que eso es lo único que daría una mala impresión de ti? —Tenía los brazos cruzados, malhumorada—. Esperemos en ese motel. No me quiero morir en el mismo auto que tú. Siento que hasta tu espíritu acosaría al mío.

Cuando aparcamos en el estacionamiento del motel, la lluvia ya era fuerte. El frío era intenso y el cielo estaba lleno de nubarrones. Ni siquiera pudimos ver la fachada del lugar, solo salimos del auto y corrimos hacia la puerta más cercana. Por dentro, el sitio no lucía tan mal. Para ser un motel de carretera estaba muy limpio y bien decorado. Tenía incluso un aire acogedor.

Poe se acercó a la recepcionista con todos sus encantos, y ella embobada le indicó que el restaurante estaba después de un pasillo a la derecha y que ahí podíamos esperar. Continuamos y el restaurante tampoco resultó ser terrible, de hecho, hasta olía como si estuvieran horneando una pizza. No había muchas personas y el ambiente era cómodo y cálido comparado con el frío que hacía afuera.

Tomamos una mesa frente al ventanal y, mientras tanto, Archie se encargó de ir a ver si tenían chocolate caliente para que nos deja-ra de tiritar el cuerpo.

—Como que no va a parar hoy —comentó Tatiana. El vidrio esta-ba empañado y afuera no se veía casi nada por la lluvia.

—Qué mal, teníamos que llegar esta noche —suspiró Poe, decepcionado.

—¿Por qué? Si La Cacería es mañana. —A Tatiana le pareció extraño.

—Fuimos invitados a alojarnos en la mansión durante este fin de semana —informó Poe, recién recordándolo—. Eso es un privilegio. Muchos deben conseguir en dónde hospedarse, pero tienen habitaciones exclusivas para nosotros.

Tatiana se inclinó hacia adelante en la mesa.

—¿Nos quedaremos en la mansión considerando que Padme...?

No completó lo demás, pero el vistazo de preocupación que me echó fue suficiente para entender que se refería a que aún lidiaba con eso de no levantar sospechas.

—Claro que intenté rechazarlo porque no está del todo lista —susurró Poe con obviedad—, pero no me lo permitieron.

La expresión de Tatiana adoptó un aire de divertida malicia.

—¿Gea no te lo permitió porque te necesita en su habitación?

La mandíbula de Poe se tensó. Era hasta medio gracioso cómo se molestaban.

—No —aseguró, atacado en su propio juego—. Estaré en mi propia habitación.

—De acuerdo, solo preguntaba —se burló Tatiana, triunfante.

Eris lució extrañada. Caí en cuenta de que yo le había hablado de La Dirigente pero no le había dicho su nombre.

—¿Quién es Gea? —quiso saber.

Hubo dos respuestas diferentes al mismo tiempo:

—La Dirigente —dijo Poe.

—Una de sus mujeres —dijo Tatiana.

Justo como Tatiana quería, Eris miró a Poe con una expresiva cara de desagrado. A él se le fue el color. Sus ojos grises se vieron horrorizados.

—No, no, pelirroja, te voy a explicar...

Intentó arreglar lo de las mujeres asegurando que se había acostado con Gea hace tiempo, como si con eso fuera a hacer que a Eris le diera menos asco. Pude haberme quedado mirando cómo ella giraba los ojos con desinterés, cómo él movía las manos sin parar de hablar y cómo Tatiana disfrutaba del caos que había creado, pero noté que Archie estaba teniendo problemas para traer la bandeja con las tazas humeantes de chocolate caliente, y entonces la encontré.

La oportunidad perfecta, la que necesitaba.

Me levanté rápido pero disimuladamente de la silla, dispuesta a ayudarlo. Nadie sospechó nada de la Padme suave que no podía ver a nadie sufriendo, por lo que le ofrecí llevar tres tazas. Archie asintió, medio nervioso, pero se dirigió con el resto hacia la mesa. Aproveché que la manada estaba hablando y que él estaba colocando las tazas para sacar la píldora de mi bolsillo. Como era de cápsula, solo tuve que abrirla y echar el polvito en el chocolate. Lo mezclé rápido con mi dedo.

Luego llevé las tazas. Puse una frente a Damián. Durante un instante temí que desconfiara, pero estaba oyendo a Poe hablar de algo absurdo y solo la sostuvo para soplarla. Me senté a su lado. Volví a concentrarme en mi taza y me dediqué a menear el líquido con la cucharilla, tranquila.

—Ustedes tienen una relación muy rara, ¿cómo se conocieron? —les preguntó Eris de repente a Archie y a Tatiana—. ¿Se enamoraron en la manada o fuera de ella? ¿Cómo?

Me pregunté si eso le servía para sus investigaciones, pero luego admití que también quería saberlo.

Tatiana iba a explicarlo, pero Poe se le adelantó antes de que pronunciara palabra:

—Es obvio que él la secuestró, la forzó y ella desarrolló un Síndrome de Estocolmo, porque ¿de qué otra manera lo querría? —dijo, con esas habituales ganas de molestar a Archie.

—En realidad, me gustó desde el primer momento en que lo vi y no me forzó a nada —aclaró Tatiana, dedicándole una mirada fulminante a Verne—. Y nos conocimos en una *Comic Con*.

—Ah, mira, en la junta de vírgenes con acné, qué sorpresa —murmuró Poe.

—Yo ya estaba en la manada —agregó Archie—. Después ella se unió.

—Yo pensaba que se conocían todos desde la infancia —confesé.

—Poe y Damián han sido amigos desde que Damián tenía trece años —dijo la Archiepedia—. Yo los conocí hace dos años y diez meses.

—Y mejor no digas cómo o vas a espantar a Padme. —Poe reprimió una risa.

Quise saberlo, aunque le creía. Si se trataba de Archie, de seguro iba a dejarme horrorizada.

En su lugar le eché un vistazo de análisis a Damián en un intento por detectar algo de la sedación, pero solo tenía los brazos cruzados y miraba hacia el ventanal con el ceño fruncido. Según Tatiana antes de salir de su casa el día anterior, la píldora empezaría a hacer efecto en una hora. Claro, si es que lo hacía, que era lo que más deseaba.

En tan solo media hora nos dimos cuenta de que la lluvia había empeorado. Las gotas eran gruesas, como si el cielo llorara de forma incesante o como si supiera que algo terrible estaba próximo a suceder. En un televisor que colgaba de una esquina vimos el reporte del clima y los pronósticos no eran buenos. Lo que se avecinaba era una tormenta más fuerte.

—Deberíamos pasar la noche aquí —propuso Poe.

—Me parece buena idea —asintió Tatiana—. Podemos partir temprano. Siempre es mejor conducir de día que de noche.

Poe paseó la mirada sobre cada uno para comprobar que estábamos de acuerdo. Todos asentimos.

—Entonces, me encargaré de las habitaciones —dijo—. Y no se preocupen, yo pago.

—Era justo lo que esperábamos de ti —sonrió Archie con toda la intención de molestarlo.

Poe le enseñó el dedo medio, Archie se lo devolvió y la absurda batalla de dedos continuó hasta que Poe salió de la recepción. Después, en tan solo minutos trajo consigo tres llaves con unos números marcados en tarjetitas que colgaban de ellas. Las puso sobre la mesa y la sonrisa de *Guasón* que se formó en su rostro casi delató que lo había hecho a propósito.

—Solo quedaban tres habitaciones y somos seis, así que en cada una irá una pareja —indicó. Extendió su dedo índice y con él deslizó una llave en dirección a Archie—. Ahí tienes para que vayas con Tatiana.

La pareja tomó su llave, se levantó y fueron a pedir algo en el bar para cenar antes de irse a la habitación. El dedo de Poe deslizó la segunda llave en dirección a Damián.

—Ahí tienes para que vayas con el pastelito —dijo, y después miró a Eris con picardía, aguantando con todas sus fuerzas una risa satisfactoria—. Mira... queda una sola. Qué casualidad, ¿no? Por descarte, en esa iremos tú y yo, pelirroja.

La expresión de Eris, molesta, era digna de fotografiar.

—Estás alucinando si crees que voy a dormir contigo —bufó ella—. Yo voy con Padme.

Intentó tomar la llave que seguía frente a Damián, pero la mano de Poe la detuvo. Eris lo contempló como si fuera un animal rabioso, pero eso no hizo que la expresión de excitación de Verne por esa riña desapareciera.

De todas formas, tuve que intervenir y le pedí a Eris que habláramos un momento a solas. Ella quitó su brazo de mala gana para que Poe la soltara y me siguió hasta donde estaban las máquinas de café del restaurante para que no pudieran escucharnos. Ahí formamos un círculo confidencial.

—Necesito ir con Damián —le dije a pesar de que sabía que no sonaba bien.

—¿Qué? —Sus cejas rojizas se hundieron en un desconcierto enojado.

—Debemos estar a solas.

—¿Vas a acostarte con él? —se quejó, alternando la vista entre mi rostro y la mesa en donde Poe y él estaban—. ¿Trajiste un condón al menos? Lo que menos necesitamos es un bebé Noveno.

—¡No! —aclaré muy rápido para que bajara la voz—. No pasará eso, solo necesito tener una conversación muy seria e importante con él.

—¿Sobre qué? —Ella no parecía verle sentido.

Pero no podía decírselo. Al menos no en ese momento en el que la necesitaba para ayudar a Alicia. No podía decirle que una píldora determinaría si Damián estaba ganando o perdiendo una batalla que podía transformarlo en… caí en cuenta de que Tatiana no había especificado qué pasaría con él en caso de perder, pero la insinuación de que podía ser en algo mucho peor a un Noveno normal, había quedado clara para mí. Y Eris no iba a comprenderlo. Pasaría lo mismo que en su auto cuando volvíamos del bosque. Me diría que él era un asesino y solo me pediría que avisáramos a Los Superiores cuanto antes.

Porque ella no sentía lo mismo que yo.

La voz de Tatiana resonó en mi cabeza: «Pues define lo que sientes y pregúntate si es suficientemente fuerte».

Lo que sentía por Damián era fuerte. Mucho. Pero ¿qué era con exactitud?

—Por favor —le insistí, incapaz de explicarlo.

Eso no le agradó. Apretó los labios, enfadada, y me miró como solía hacerlo cuando tenía la sospecha de que yo mentía.

—Padme, ¿me estás ocultando algo más? —preguntó, con detenimiento.

Durante un instante sentí que tenía que decir la verdad, que esa presión del rostro severo y los ojos fijos en los míos iba a funcionar como siempre lo había hecho.

Pero sí, algo dentro de mí había cambiado. Ahora lo veía. Al menos una parte ya no estaba dispuesta a ceder ante el control, porque lo odiaba.

—No, lo juro —mentí.

Aguardó unos segundos como si esperara que yo flaqueara o me delatara, pero luego asintió, aunque no muy contenta.

—Bien.

Me acordé de algo antes de que volviéramos a la mesa.

—Antes de salir de Asfil, ¿ibas a decirme algo?

Eris negó con la cabeza y pasó junto a mí.

Nos acercamos de nuevo a Poe y a Damián. Poe tenía las manos detrás de la cabeza, aburrido por la espera.

—Mira, si dudas porque te asusta no despertar mañana, te prometo que jamás te mataría —le dijo él a Eris, tal vez creyendo que nos habíamos alejado un momento para hablar de eso.

—Lo que menos me asusta es que me mates, simplemente no te soporto —soltó Eris con un notable enojo. Tomó de mala gana la llave y mientras caminaba añadió—: Mueve el culo, Poe, y si te atreves a decir algo sobre mi cuerpo de una forma asquerosa, el que no va a despertar serás tú.

Él la siguió sin chistar, emocionado. En verdad disfrutaba mucho de que ella lo rechazara. Ya quedaba más que claro que un rasgo nada sorprendente de Poe Verne es que era masoquista.

Yo tomé la llave que seguía frente a Damián. Teníamos la habitación número diez. Me dediqué a buscarla por los pasillos. Él venía detrás de mí. En uno de ellos escuché dos voces conocidas. Eran Eris y Poe que ya habían entrado en alguna de las habitaciones:

—Te dije que te callaras, ¿no? —le decía ella—. Enciende la televisión, aún es muy temprano para dormir.

Por supuesto, él le respondió en un tono divertido y pícaro:

—¿Estás segura de que teniéndome aquí y con una cama solo quieres ver la televisión? Te enseñaría cosas que jamás verías en un canal.

Eris protestó algo que no entendí. Esperé que no la hiciera explotar pero de ira, y avancé hacia la puerta con el número que nos correspondía. Entré, encendí la luz y descubrí que no estaba nada mal. La cama era grande y el ambiente limpio. Servía para pasar una noche. Por supuesto, yo no era tan exigente como Poe que estaba acostumbrado a los lujos. Yo incluso podía quedarme en una habitación blanca de cuatro paredes, acurrucada en una esquina y dormir allí sin problema alguno.

Damián cerró la puerta. Dejé la llave sobre una mesita y me acerqué a la ventana. El cristal estaba empañado y lleno de gotas.

Era muy difícil reconocer el exterior por tanta lluvia. La oscuridad solo se aclaraba de repente con uno que otro rayo.

Miré mi celular. Ya casi se cumplía la hora.

—Voy al baño —dije de golpe. Damián estaba cerca de la puerta frente a un panel con un par de interruptores, encendiendo la calefacción, pero solo seguí hacia el baño y me encerré ahí.

Esperaría unos minutos y luego saldría. En realidad, no era necesario, pero estaba comenzando a sentirme ansiosa por no saber si la píldora lo sedaría o no, si tendríamos que avisar a Los Superiores o no, si tendría que dejarlo ir con la posibilidad de que no volviera a verlo de nuevo. En mi plan para ayudar a Alicia había una parte peligrosa, pero necesitaba a Damián conmigo, de mi lado.

Porque pasaría el resto de mis días con él, si es que el resto de los Novenos no me asesinaban antes por no cumplir las reglas. Ver a mis padres otra vez sería imposible. Los amaba, pero aun estando bajo ese efecto en el que no intentarían controlarme, si me acercaba a ellos después de lo que haría por Alicia, correrían un peligro mayor.

Entre ese caos de pensamientos, mi mirada se fue al reflejo del espejo sobre el lavabo. Quedé en parte impactada y en parte curiosa, porque, sí, me había visto en el de mi habitación varias mañanas de esas semanas, pero no me había prestado atención a mí misma. Estaba ojerosa y lucía muy cansada. ¿Hasta mi cabello había perdido algo de brillo? Mis ojos también parecían… angustiados, tristes, y me sorprendía porque era una mezcla entre cómo yo veía a Archie y cómo veía a…

—Padme, sal del baño —escuché a Damián decir desde afuera.

Intenté percibir si su voz se oía somnolienta o más débil, pero tenía el mismo tono exigente e intimidante. Así que… ¿no?

Nerviosa, tomé aire. Salí del baño. Me quedé frente a la puerta. Él estaba sentado en el borde de la cama. Se escuchaba el repiqueteo de la lluvia contra la ventana y el techo.

—Ven —me pidió. Al mismo tiempo se quitó su chaqueta negra. Por alguna vergonzosa razón, esas dos acciones juntas me hicieron abrir los ojos con pasmo.

—¿A dónde? —pregunté con torpeza.

—Siéntate aquí.

—¿Junto a ti? —Volví a confundirme.

—A menos que quieras sentarte afuera en la lluvia.

Bueno, su sarcasmo seguía intacto.

Me aproximé y con cierta duda me senté a su lado. Comenzó a desanudar las trenzas de una de sus botas. ¿Por qué se quitaba la ropa? ¿Y por qué me ponía inquieta? ¿Era porque estábamos en una habitación de motel y en parte esas palabras de Eris: «¿Te vas a acostar con él?», habían quedado en mi cabeza?

—Mañana estaremos en una mansión repleta de Novenos experimentados —empezó a decir él, serio—: Cualquier mínimo detalle que les haga sospechar algo, podría costarte la vida. Cualquier duda que despiertes podría costarnos la vida a todos. Cualquier persona que conozcas podría interesarse en ti o simplemente odiarte. A cualquiera que le eches una mala mirada podrías ganártelo de enemigo. Lo sabes, ¿no?

—Lo sé —asentí.

—También recuerdas que te dije que no dejaré que nadie te toque y que soy capaz de descuartizar a cualquiera que intente acercarse a ti, ¿no?

Bajé la mirada. Casi me reí por el dramático recuerdo de esa noche en la que me había pedido que me quedara.

—Sí, como si fueras mi superhéroe personal.

Él consideró el término.

—Villano personal suena mejor —decidió, y durante un segundo creí avistar una pequeña sonrisa en su rostro. Solo que volvió a ser un tema serio cuando añadió—: El punto es que, si hay un momento en el que por alguna razón mayor yo no pueda ayudarte, quiero que tengas esto.

De la bota que había estado desanudando, sacó un cuchillo. No, no era un cuchillo. Tenía una hoja muy afilada, oscura y curva, y una empuñadura dorada y blanca que parecía de mármol con una forma muy curiosa y hermosa que semejaba a unas sutiles alas. Era como una pieza artística pero mortal que solo se vería en un museo.

—Es una daga —dijo él, manteniéndola sobre su palma abierta—. La mandé a hacer solo para ti.

—¿Mandaste a hacer un regalo para mí? —Me costaba creerlo.

—Para que te defiendas como lo hace una Novena —afirmó—. Yo también tengo una. Todos en la manada tienen una como símbolo de que pertenecen a ella, pero uso la mía con frecuencia. Tómala.

Estaba impresionada por el hecho de que me había dado algo especial, así que la tomé de su mano por la empuñadura. Fue un agarre perfecto. No se sentía pesada. Era medio ligera y muy cómoda, y mis dedos la envolvían en un encaje justo.

—Es perfecta para mi mano —susurré, admirándola.

—Lo sé —susurró también, con la mirada medio fascinada—, conozco tus dedos.

¿Eso qué significaba?

Igual era un regalo asombroso.

—¿Por qué las alas? —quise saber.

—Porque cada vez que la uses, te liberarás.

Recordé el momento en la cueva, cuando había acuchillado el saco de boxeo. Lo mucho que había descargado solo con eso, la liberación que había representado. Pretendía que la usara de la misma forma, y acepté que si la necesitaba para sacar a Alicia viva, la usaría, porque no permitiría que sucediera lo mismo que con Benjamin. Esa vez no sería débil. Ya no podía serlo.

—De acuerdo, esto definitivamente es algo de novios —suspiré.

Lo dije más por molestarlo de forma divertida. Él lo entendió y resopló con odiosidad.

—¿En verdad necesitas que diga que eres mi novia? Creo que todos saben que es así.

Lo apunté con la daga como si de verdad fuera una Novena amenazante.

—Tomaré esto como la propuesta oficial, Damián Fox.

Asintió y bajó la daga con su mano.

—Espero que tengas el mismo valor en la mansión porque solo habrá de esas presas que tú llamas «inocentes», cuando se esté dando La Cacería —dijo—. Eso significa que si vas por un pasillo y alguien te ataca, lo matas. Y si atacan a la manada tendremos que pelear juntos. ¿Entiendes eso también?

—Sí.

Su mirada oscura y fatigosa se encontró con la mía.

—Todos haremos lo que sea para que sigas con vida, así que tú debes hacer lo mismo. También recuerda lo más importante: no nos traicionamos, nunca.

Esperó por mi respuesta. Otra vez tuve un mal presentimiento, esa rara, pero no nueva sensación de que había algo que estaba ignorando. Hasta me confundió un poco que me fui al momento en el que Nicolas estaba preguntándome si yo de verdad pertenecía allí, y que lo imposible era solo lo que me hacían creer.

Pero asentí.

Damián de pronto soltó aire, medio molesto por su propio estado, y se pasó los dedos por los ojos en un gesto de agotamiento.

—Estoy muy cansado —se quejó—. Tengo sueño.

Salí de mi súbita confusión para darme cuenta de que tal vez estaba sucediendo lo esperado. Lo analicé de pies a cabeza, nerviosa otra vez.

—¿Tienes mucho sueño de repente? —le pregunté.

—No lo sé, también estoy un poco mareado.

Su voz ahora sonaba algo pesada y baja. ¿La píldora estaba funcionando? El corazón me latió rápido por la expectativa.

—Recuéstate —le propuse al levantarme de la cama—. Puedes dormir hasta mañana.

—Sí, creo… —murmuró.

Me quité la chaqueta que llevaba puesta, guardé la daga en uno de sus bolsillos y la dejé sobre una silla. No le quité los ojos de encima en todos sus movimientos. Damián se quitó la otra bota trenzada y después palpó la cama para proceder a recostarse. Lucía muy exhausto y más somnoliento. Aunque, antes, murmuró algo como que también empezaba a sentir algo de calor y de forma inesperada se quitó la camisa blanca.

Ya acostado, se mantuvo quieto mirando el techo. Con cuidado me moví también hacia la cama y sin decir nada tomé lugar en el otro extremo. Quedé recostada de lado. Desde esa perspectiva descubrí de nuevo lo atractivo que era para mí. Paseé la vista por la punta de su recta nariz, la espesura de sus cejas, un caminillo de tenues lunares muy cerca de su oreja derecha, la forma en que le caían unos mechones de cabello negro en la frente; lo equilibrados que eran

344

sus labios —algo pálidos por El Hito—, y terminé descubriendo una salpicadura de pecas que había sobre sus hombros y que se perdía hacia su espalda.

Por un momento quise extender el brazo para acariciar su cuello, fantaseando con la idea de que la realidad del asesino podía ser una coraza y que con un toque sería capaz de romperla, pero no lo hice, porque eso era: solo una fantasía.

Esperé un par de minutos antes de testear su estado.

—Damián —susurré, con una mano aferrada a la almohada—. ¿Te sientes bien?

—¿Mmm? —Sonó adormilado a pesar de que sus ojos seguían medio abiertos.

—¿Podemos hablar?

El Damián normal iba a negarse, pero el Damián sedado tal vez no. Solo emitió un sonido entre aprobatorio y ausente:

—Ajam.

Decidí arriesgarme.

—¿De cuando eras un niño?

Esperé el estallido. Esperé el desborde de ira. Pero no llegó. Su respiración era tranquila.

—Sí.

Tragué saliva. No era una terapeuta y no sabía bien cómo ir al punto, por lo que apelé por las preguntas más directas.

—¿Hay algo de tu niñez que te haya marcado de forma horrible? Algo que recuerdes que cambió tu vida para siempre...

Hubo un silencio. Hasta pensé que se había dormido, pero pestañeó con lentitud. Sus ojos eran rendijas de cansancio.

—Te dije que maté a mi padre —dijo, tras un momento, arrastrado, muy bajo.

—¿Cuándo fue?

—A los diez años.

Su mirada estaba fija en el vacío y su pecho subía y bajaba de forma apacible.

—¿Por qué lo hiciste?

—Porque si yo no lo hacía antes, él iba a matarnos a mi madre y a mí.

Me había preparado mentalmente para escuchar algo espantoso, pero eso me causó un escalofrío.

—¿Tu padre quiso matarlos? ¿Por qué?

Él inhaló hondo. Por un instante frunció el ceño y temí que experimentara algún tipo de disgusto, pero fue como si se estuviera dando cuenta de algo que no había notado antes, o como si algún recuerdo lo abordara de repente.

—Lo intentó muchas veces —susurró—. Él decía que yo era un demonio, un engendro, y que no merecía vivir. Estaba convencido de que la mujer que le había dado un hijo así tampoco debía seguir con vida porque su vientre estaba… maldito.

—¿Era un hombre muy religioso? —pregunté, perturbada.

—Mucho. Era un pastor.

Recordé el crucifijo en la cocina de la casa y que pensé que era de su madre. Ahora entendía que había sido de su padre.

Un hombre religioso viviendo con un Noveno, lo más antinatural y parecido al concepto de los demonios. No, esa historia no había estado destinada a terminar bien.

—¿Y cómo lo mataste? —Sentí la garganta seca.

—Puse… muchos trozos de vidrio en su jugo favorito y lo hice beberlo. Una jarra entera.

Impactada, mi mente quiso crear ese escenario, pero lo evité.

—¿Te arrepientes de haberlo hecho? —pregunté también, y en ese momento sentí una chispa de esperanza, pero quizás ya no había lugar para seguir sintiéndola.

—No.

—Entonces, ¿por qué te altera tanto ese recuerdo?

Otro corto silencio. Pareció pensarlo. Quise tener el poder de leer su mente para saber qué estaba sucediendo en su interior, cómo eran los recuerdos, qué tan espantosas y traumatizantes eran las imágenes.

—Intentaba contenerme desde que supe quién era, y por esa razón mi madre me trataba como a un niño normal —explicó, como si estuviera relatándose su propia historia a sí mismo—. Se esforzaba en ayudarme. Hasta que ese día no pude más. Puse los vidrios en la bebida y él murió, pero también asesiné una parte de ella. A partir de ese momento empezó a temerme y jamás volvió a ser igual. Me alejó del mundo y del suyo. Cerraba con llave la puerta de su habitación. No me permitía acercarme a la cocina. Decía que por ningún motivo debía relacionarme con los demás porque en cualquier momento lastimaría a las personas. Dejó de verme como su hijo. Ella, al final, se convirtió en él.

Sentí el pecho apretado de tristeza. Su padre lo había odiado por ser un Noveno y su madre había empezado a odiarlo por no poder reprimirlo. Y lo peor era que habían tenido razón en temerle, porque Damián de verdad era un...

No quise pensar en la palabra.

—Siento que tu padre no fuera una buena persona...

—No existen las personas buenas —me interrumpió él, aletargado—. Todos, de alguna forma, hacen daño. La única diferencia es que a veces hay personas como tú que prefieren no hacerlo, y hay personas como yo que solo sabemos ocasionarlo.

Mis intensos sentimientos me nublaron por un momento. Entré en conflicto.

—Pero ¿no has querido ser diferente? —pregunté, inclinándome hacia él, otra vez, con una estúpida esperanza—. ¿No has querido no ser un Noveno?

Negó apenas con la cabeza.

—Ese fue mi error, no querer aceptar lo que era.

¿Por qué soné casi suplicante?

—Damián, podrías intentar controlarte, podríamos...

—No —zanjó. Pero algo no quería permitir que me rindiera.

—No, tú escúchame —también lo interrumpí—. Tal vez es El Hito hablando a través de ti. Puedes intentar ir a terapia, y yo estaré ahí contigo. Puedes dejar de sentir culpa y...

La forma en la que giró su cabeza hacia mí y me miró, adormilado pero también medio atormentando, hizo que mis palabras se desvanecieran, porque percibí la oscuridad y el dolor en sus iris que parecían mezclarse con sus pupilas. Miré cara a cara el conflicto entre su naturaleza maligna y lo que quedaba de su humanidad. Cada palabra de su confesión fue un susurro:

—Cuando lo vi sufrir porque los vidrios rasgaban su garganta, cuando la sangre empezó a salir de su boca mezclada con el jugo de fresa, lo disfruté. Lo disfruté mucho. No hay culpa, Padme, porque me gusta lo que soy. Y me gusta matar. Así que no podré controlarme, porque simplemente no quiero.

Mi boca se había entreabierto para tomar todo el aire posible. No entendí si el sentimiento que me abordó al oírlo era desilusión, tristeza o es que así se sentía la más directa confirmación de que Damián era un monstruo.

Aunque eso no fue lo peor.

Lo peor fue que me pregunté si la solución podía ser que yo me convirtiera en alguien igual a él.

—Debes superar El Hito —le exigí en un hilo de voz, consternada—. Si no equilibras tus partes, te dominará.

—Pero ya lo hace, Padme, ¿no te das cuenta?

Lo único que notaba era que, si la píldora lo había sedado de esa forma, aún había oportunidad.

Me acerqué un poco más a él. Aunque no estaba segura de qué más podía estar sintiendo. Puse una mano en su pecho en busca de comprobarlo. Otra vez estaba muy caliente. Solo me miró entre parpadeos pesados.

—¿Es doloroso? —pregunté.

Inhaló hondo. Su pecho subió con lentitud y luego volvió a la normalidad cuando exhaló.

—Duele mucho. Es como si mis huesos crujieran cuando camino. Mis músculos pesan cuando me muevo. Mi cabeza palpita, no para de pensar. La piel me quema. Las articulaciones se me tensan como si estuvieran exigiendo algo. Esto duele como si fuera un castigo. Es como si estuviera… siendo torturado.

Percibí el ritmo de su corazón debajo de mi palma. Latía muy rápido e irregular de una forma anormal. Le creí. Le creí que dolía, que lo atormentaba. Su cuerpo se había vuelto su propio infierno, y no sabía si en verdad era él en ese momento, si sus partes en guerra representaban dos seres distintos o si en realidad siempre era una sola. Tampoco sabía si era correcto seguir queriéndolo tras oírlo revelar que no odiaba su propia crueldad, pero fui honesta:

—Quisiera poder ayudarte. Solo déjame intentarlo.

Su mano que reposaba sobre su abdomen se dirigió a mí y se enredó con una suave exigencia en mi cabello. Entendí que quería que me acercara a él, y no lo dudé. Permití que me atrajera hasta que mi cuerpo quedó casi apoyado sobre el suyo en la cama. Y hundió su nariz en mi cuello. La sentí deslizarse de arriba abajo mientras inspiraba el aroma de mi existencia, mientras sus dedos se aferraban a mi cabello para controlarme y tener todo el espacio que quisiera.

Su rostro, sus labios entreabiertos y su respiración caliente acariciando mi piel como si desearan alimentarse de mi olor, causaron el mismo efecto de La Ambrosía en mí. Me sentí embriagada, transportada a su dimensión, porque su torso desnudo estaba debajo de mí y sus brazos me envolvían como un peligroso refugio.

Automáticamente cerré los ojos, sumida en la total experiencia de mi fantasía más prohibida, de mi secreto más oscuro y perverso. Que siempre había sido tenerlo a él. Ser su mundo. Que fuera el mío. Que el único control en mi vida fueran sus manos y que mi única debilidad fuera su voz.

Voz que escuché como un susurro ronco sobre mi cuello:

—¿Soy lo único que necesitas?

—Eres lo único que necesito, Damián —jadeó la chica que siempre había estado obsesionada con él.

La chica que mi madre había intentado cambiar. La chica que yo era. ¿La chica que…?

Durante un segundo iba a reaccionar, tal vez a apartarme, pero sus dientes mordieron una parte de mi cuello con suavidad y cierta malicia al mismo tiempo, y el ligero dolor que sentí se sintió tan nuevo, excitante y satisfactorio que me obligó a buscar su mirada o quizás su rostro porque quería que me besara también.

Él, con los ojos como rendijas, somnoliento, se relamió los labios. Una sutil y cruel sonrisa elevó sus comisuras.

Y luego cerró los ojos y cayó en un sueño instantáneo y profundo.

Supe que estaba dormido y no muerto porque lo comprobé, claro. Su corazón seguía latiendo, y a pesar de que estaba ansiosa por un beso, de que en mi cuerpo se había despertado un deseo palpitante y culposo, lo único que hice fue recostarme sobre su pecho a solo escucharlo.

Supuse que también caí en una especie de sueño y vigilia. No estuve segura de por cuánto tiempo, pero de repente, desperté a causa de un ruido. Al alzar la cabeza y chequear a Damián lo encontré aún dormido, apacible.

Me moví despacio hacia el borde de la cama. Sí, había escuchado algo, y si no me equivocaba había sido como si alguien tocara la puerta.

Puse los pies en el suelo, me levanté y me coloqué la cazadora asegurándome de que la daga estuviera dentro de ella. Avancé entonces por la silenciosa habitación y abrí la puerta a medias. Al asomarme hacia el pasillo, me encontré a Eris de pie en la puerta de su habitación.

Miraba hacia todos lados como si buscara algo.

—¿Escuchaste eso? —me susurró cuando me acerqué a ella.

—Sí, alguien tocó —dije, algo inquieta.

Volvimos a mirar hacia los dos extremos del pasillo. La lluvia aún sonaba.

—Deberíamos despertar a los demás —propuse—. Tengo un mal presenti... —No pude terminar la palabra porque Eris señaló el fondo del corredor.

—¡Mira! ¡Alguien pasó por ahí!

Pero no lo pillé al darme vuelta. Estaba vacío.

—Puede ser un empleado del motel.

—Sí, o algún niño que solo quiere hacer una broma —resopló, algo irritada—. Estaba durmiendo muy cómoda cuando tocaron a la puerta dos veces. Voy a quejarme.

Una de las cosas que menos le gustaban a Eris eran los niños, por eso sus ganas de poner una queja no fueron extrañas para mí. Ella se encaminó por el corredor, y yo de tonta la seguí. Claro que intenté detenerla y pronuncié su nombre más de cinco veces, pero no lo logré.

Llegamos a la recepción y con insistencia presionó la campanilla que había sobre el mostrador. La poca luz de la estancia y de los pasillos que se observaban a los lados le daba al ambiente un toque espeluznante. Me di cuenta de que yo todavía seguía descalza y... sí, había algo en todo aquello que no me gustaba, que me estaba poniendo muy nerviosa.

—Eris —le susurré, tocándole el hombro—. Esto me recuerda a *American Horror Story: Hotel*, y como vimos la temporada entera sabes que no termina nada bien.

—¿En serio? Me parece más tipo *Bates Motel*, ¿sabes? —comentó ella, con un gesto de duda.

—Sí, sí, pero mejor volvamos a las habitaciones y le decimos a Poe o a Archie que vengan a quejarse.

—Bueno, ¿y qué les vamos a decir? —replicó, molesta—. No quiero despertar a Poe. Creo que los mejores momentos con él son esos en los que no habla. Igual, seguro es un niño molestando. —Presionó más rápido la campanilla. El sonido agudo me puso los pelos de punta—. ¡¿Hola?! ¡¿Están seguros de que saben quiénes se hospedan aquí?! ¡Necesito que alguien venga!

—Pueden estar dormidos... —mencioné, mirando hacia los lados. Teníamos un corredor justo atrás y se extendía aterrador hacia un fondo totalmente negro.

—Es un motel de carretera, no pueden. —Giró los ojos—. Está abierto a esta hora, esa es la idea. Veinticuatro siete, ¿entiendes?

Mientras ella hacía sonar la campanilla como si no hubiera un mañana, la luz de la recepción se apagó justo cuando un estruendoso trueno sacudió el cielo.

Sentí un miedo punzante porque Eris dejó de producir el tintineo con la campanilla y el silencio se espesó. Ambas nos quedamos quietas en medio de la negrura. La única iluminación que quedó provenía del solitario pasillo que daba al restaurante.

Lo miramos con la horrible expectativa y al mismo tiempo con seguridad de que algo aterrador aparecería ahí.

—Eris, estoy empezando a sospechar que no es solo alguien que está molestando —susurré.

Ella se aferró a mi brazo.

—Te creo —murmuró—. Sí te creo.

—¿Ya podemos llamar a los demás? —Tragué saliva.

—Sí...

Pero antes de que pudiéramos movernos, tras un estrepitoso trueno y un resplandeciente relámpago, una silueta se hizo visible al fondo del pasillo. El salto que dimos fue casi sobrenatural. La figura era alta, masculina, y lucía fuerte y amenazante. Dio unos pocos pasos y cuando la única luz encendida lo iluminó, vi que tenía el rostro cubierto por una horrible máscara de conejo sangriento. Un conejo rosado, pero espeluznante y sobre todo hambriento de muerte.

Toda mi atención se dirigió al hacha que sostenía con su mano derecha. Un hacha enorme con la hoja afilada y manchada de algo oscuro que podía ser sangre seca.

—¿Ahora a qué se te parece? —le pregunté a Eris con voz aguda.

—A que alguien nos quiere rebanar.

La figura emprendió la carrera por el pasillo y en cuanto lo vimos venir hacia nosotras corrimos por el primer corredor que se nos cruzó. Comenzamos a tocar puertas y a soltar gritos para que alguien saliera a ayudarnos. Por lógica, alguna persona debía aparecer pronto por el escándalo.

Pero tras unos segundos caí en cuenta de que nadie salía de las habitaciones.

No nos detuvimos y el hombre con el hacha tampoco. Desesperadas, cruzamos en un pasillo, luego en otro y cuando golpeé con fuerza una de las puertas, la misma se abrió y contemplé a una de las personas hospedadas que había visto en el restaurante horas atrás, tendido en el suelo con un cuchillo atravesándole el pecho.

Algo frío amenazó con dejarme paralizada. ¡¿Ese tipo que nos perseguía se había encargado de matar a los huéspedes para que nadie nos ayudara?!

Cuando llegamos al final del pasillo, una puerta que daba hacia el cuarto del conserje nos impidió continuar. Nos dimos vuelta y observamos al hombre con la espantosa máscara de conejo abalanzarse contra nosotras en un ataque rápido. Buscamos las esquinas ante el embiste y el hacha que sostenía se atascó en la pared. Recordé entonces la daga, la saqué de mi chaqueta y mientras él recuperaba su arma le lancé un cuchillazo impulsivo que le dio en el brazo.

Furioso, el tipo se volvió hacia mí. Elevó el hacha para vengarse, pero Eris logró moverse y le atestó una patada en la entrepierna. Le dolió y eso lo distrajo por un instante suficiente para alejarme de él.

Jalé a Eris del brazo y regresamos por el mismo pasillo. Al voltear descubrimos que el tipo no tenía intenciones de rendirse. Soltó un rugido, volvió a alzar su hacha y corrió tras nosotras como un maniático.

—¡Grita, Padme, grita! —me pidió Eris mientras corríamos—. ¡Grita todo lo que puedas!

Y con la potencia de la necesidad de supervivencia, llamé a la única persona que sentí que podía ayudarnos:

—¡¡¡DAMIÁÁÁÁÁÁN!!!

El enmascarado volvió a lanzarse con todo, logró tirar de la camisa de Eris y la hizo caer en la recepción. Empezaron a forcejear en el suelo, y no me quedé como una inútil espectadora. Me fui contra él y le propiné una patada en la cara. Sentí que algo se le dobló en un crujido, seguramente la nariz. El hacha se le cayó gracias al dolor agudo de una fractura. Quise tomarla, pero aún a horcajadas sobre Eris, me dio un empujón tan fuerte que perdí el equilibrio.

Ella le lanzó manotazos para que se quitara porque al perder su arma quiso intentar ahorcarla, así que sin volver a rendirme tomé un gran impulso y entonces le clavé la daga en el brazo.

La hoja quedó enterrada en el músculo, pero él no se inmutó. Le dio una bofetada a Eris con tanta fuerza que ella pareció quedar inconsciente. Luego se levantó y, blandiendo el hacha, jadeante, sangrando por el brazo, avanzó hacia mí. Retrocedí todos los pasos que pude e intenté trazar un plan rápido, pero el problema era que la daga estaba en su cuerpo y no tenía con qué defenderme.

Damián estaba sedado en la habitación.

No importaba cuanto gritara, él no aparecería.

Cuando pensé que iba a morir en un motel de carretera, alguien apareció. Vi la mano de esa figura nueva, con unos elegantes anillos en los dedos, tomar al enmascarado por la nuca. Entre la oscuridad y la luz del pasillo destacó la ancha y burlona sonrisa de ese que ahora le estaba poniendo al enmascarado la punta de un cuchillo en el lateral de su cuello.

Los dos se quedaron quietos.

—Un asesino en un motel, de noche, con un hacha... ¿No te parece demasiado cliché? —le dijo Poe, con un tonillo divertido—. Ah, pero ¿qué tal si aparece un segundo asesino que acaba con el primero? Tremendo giro argumental, ¿no te parece?

Entonces Poe no le permitió decir nada y le cortó el cuello. Deslizó la hoja en lateral de forma rápida y experta, y la sangre brotó de tal manera que incluso un delgado chorrito me manchó la camisa. Tras soltar una especie de carraspeo de ahogo, el enorme cuerpo de ese desconocido se desplomó en el suelo y un gran charco de sangre se formó a su alrededor.

Exhalé el aire que había estado conteniendo, atónita, todavía con el corazón en la boca.

—Bueno, esto no habría pasado en un hotel cinco estrellas —comentó Poe, mirando con desagrado el cuerpo bajo sus pies.

Tenía aspecto de recién despertado. Se agachó y le quitó la máscara de conejo sangriento al tipo. No lo reconocí. Era un hombre de cabello oscuro y piel morena.

—Qué interesante —dijo Poe, pensativo—. No recuerdo su nombre, pero lo vi varias veces con Benjamin.

—¿Qué? —pregunté, aún agitada—. ¿Entonces eso significa que…?

—Tal vez sabe quién lo mató y vino a cobrárselas. O quizás solo estaba de paso y quiso divertirse.

—¿Con todo el hotel? —Estaba impactada—. En las habitaciones hay gente muerta.

Poe se pasó la mano por la nuca, algo avergonzado.

—Eh, sí, en parte ese fui yo —confesó entre risas—. Estaba algo aburrido antes de irme a dormir.

—¡Eris! —Mi mente reaccionó y la recordó de repente. Fui hasta ella. Estaba tendida en el suelo, inconsciente y con el labio roto y la mejilla enrojecida por la bofetada. Le di unas cuantas palmaditas en la cara, pero no reaccionó.

Poe se acercó, puso una mano en mi hombro y me apartó.

—No, pastelito, en este caso hay que recurrir a medidas extremas para salvar su vida.

Puso una rodilla en el suelo, se inclinó hacia ella, le apretó la nariz y la besó. Bueno, supuse que era una maniobra de reanimación, pero unió sus labios con los de Eris en algo que pareció más un largo beso. Alcé las cejas con sorpresa y reprimí una extraña risa ante aquel acto, tal vez porque seguía asustada.

Ella abrió los ojos súbitamente y al entender lo que pasaba, frunció el ceño. Poe estaba tan sumido en el beso con los ojos cerrados, que no vio que Eris elevó la mano hasta que le propinó el manotazo en la cabeza. El golpe lo sacó de su papel de príncipe de *La bella durmiente* y lo hizo alejarse.

—¡¿Qué te pasa, imbécil?! —bramó ella, furiosa, apenas sus bocas se separaron—. ¡¿Piensas pegarme sífilis o qué?!

Poe emitió una risilla y se masajeó la cabeza en el lugar del golpe.

—¿Ves? —me dijo, con un guiño—. Técnicas de primeros auxilios y eso.

Pero Eris estaba llena de ira y lo amenazó con fiereza:

—Vuelves a poner tu sucia boca sobre la mía y la que va a buscar un hacha para rebanarte hasta los huesos seré yo.

La ayudamos a levantarse y contemplamos el escenario que ahora era la recepción. La sangre había formado un enorme charco y el gran cuerpo del Noveno reposaba sobre él, inmóvil, con los ojos abiertos y una larga abertura en el cuello que dejaba a la vista la carne entre un espacio negro. Además, había otros cadáveres en las habitaciones. Y todo había pasado en pocas horas.

—Creo que tendremos que irnos ya —dijo Poe, mirando la sangre.

—¿Por qué ese tipo quería matarnos? —preguntó Eris, y luego le dedicó una mirada de disgusto a Verne—. ¿Los demás por qué no escucharon todo el escándalo?

—Yo escuché al pastelito llamar a Damián y pensé que él las ayudaría —explicó, cruzado de brazos, como si los gritos no hubieran sido graves—. Pero luego no escuché que Damián saliera de la habitación y decidí intervenir. Claramente él no es como los héroes que aparecen hasta cuando la damisela respira fuerte. En cambio yo... acudo si mi damisela está en riesgo.

Le guiñó el ojo a Eris para darle a entender que con «damisela» se refería a ella, pero ella solo resopló y negó con la cabeza.

—Lo único que está en riesgo son tus testículos si no me dejas en paz —soltó, de mala gana—. Despertemos a los demás y vámonos antes de que llegue alguien y nos pille aquí con todo este desastre.

Poe asintió y emitió una risilla de las suyas.

—Tengo mucho sueño, pero sí, creo que podría conducir.

23

NI MODO, HABRÁ MÁS PLANES PARA LA OCASIÓN

En el asiento trasero, Damián seguía medio adormilado a pesar de que ya estaba despierto.

Me había costado hacer que abriera los ojos. Hasta había tenido que sentarlo en la cama para explicarle que debíamos irnos y había tardado bastante en reaccionar. Luego, en el auto, le habíamos contado todo sobre el Noveno de la manada de Nicolas.

—No entiendo por qué no me desperté —se quejó él.

Yo sí lo entendía, pero no iba a decir lo de la píldora, aunque Tatiana me echó una mirada furtiva, tal vez sospechándolo.

—Creo que hicimos muchísimo ruido —comentó Eris como una pulla. Esperé que Damián le refutara porque ya era obvio que no se llevaban nada bien, pero miraba por la ventana, enfadado.

—Nosotros intentamos salir de la habitación apenas las escuchamos —intervino Tatiana—. Oímos los gritos, pero la puerta estaba cerrada desde afuera. Archie tuvo que darle golpes hasta que cedió.

Archie, por cierto, estaba medio dormido con la cabeza sobre el hombro de ella. Los demás ya habíamos perdido el sueño. Poe conducía y tarareaba una canción extraña como si estuviera de muy buen humor. Matar a una parte del motel lo había dejado feliz.

—Sospecho que ese tipo sabía lo que le hicimos a Benjamin y a Gastón, y planeó esto —añadió Tatiana, con cierta preocupación—. Es normal que miembros de las manadas venguen la muerte de sus compañeros.

—Es cierto, los Novenos somos impulsivos y siempre nos parece mejor encargarnos nosotros mismos de las soluciones y venganzas —dijo Poe—. Si Nicolas lo sabe, esa podría ser la razón por la que no ha dicho nada ante Los Superiores. O quiere asustarnos lo suficiente antes de hablar.

Consideré decirles que Nicolas me había pedido unirme a su manada. Yo había sentido eso como una estrategia para ver qué tan débil era, pero una punzada en mi interior me hizo guardármelo a pesar de que Damián había dicho que la manada no se ocultaba nada.

—He estado atento —agregó Verne—. En la dirigencia no ha habido ningún reporte de este tipo.

—¡Fue *Linterna Verde!* —soltó Archie de repente, alzando la cabeza. Las gafas se le pusieron en una posición extraña. Abrió mucho los ojos y luego volvió a cerrarlos. Tatiana le palmeó la mejilla.

—Sí, cariño, lucha contra todos ellos —le murmuró ella. Él se acurrucó sobre su pecho.

Tuve un temor repentino.

—Nicolas no estará en la mansión, ¿cierto? —pregunté—. Solo en La Cacería, ¿no?

—No pertenece a la dirigencia, así que no tiene invitación exclusiva —respondió Poe.

Pero tuve la impresión de que esa duda también le quedó en la mente y de que alteró un poco su energía. Quizás también en la de los demás. Menos en Archie que tenía ocupaciones mayores en sus sueños.

El resto del viaje me dediqué a mirar por la ventana del auto, inquieta. El clima fue mejorando un poco, pero el frío y las nubes oscuras no desaparecieron. No determiné en qué momento me quedé dormida por las horas de sueño que había perdido, pero me desperté por la animada voz de Poe que hizo el anuncio:

—¡Hemos llegado!

El auto esperaba frente a un enrejado alto. Poe le mostró su identificación a un vigilante vestido de traje que aguardaba dentro de una caseta y entonces las enormes, plateadas y elegantes rejas se deslizaron y permitieron nuestro paso. Asomé la cabeza por la ventana y observé, al fondo, la mansión Hanson bañada de ese tono gris propio del clima nublado. La rodeaba mucho pasto verde y árboles menos aterradores que los de Asfil.

El auto aminoró la velocidad mientras entrábamos. Había un estanque y los arbustos lucían elegantes, pero rebeldes. Finalmente, aparcó frente a la entrada. Otro hombre con aspecto de guardia de seguridad le pidió las llaves a Poe para llevar el vehículo al garaje, y por otro lado un par de guardias abrieron el maletero para sacar nuestro equipaje.

Por mi parte, contemplé la fachada. La mansión debía tener más de tres pisos y muchas, pero muchas habitaciones, aunque eso ya lo había visto con Eris en internet; pero mirar las fotos no se comparaba al estar ante tal maravilla arquitectónica. Estaba pintada por completo de color hueso; los cristales de las enormes ventanas eran relucientes; la escalinata de entrada parecía de piedra antigua, y unas impresionantes columnas flanqueaban la puerta de vidrio pintado que llevaba al interior.

De no saber que en ese sitio presenciaríamos cosas horribles, habría sentido que estábamos a punto de pasar unas lujosas vacaciones.

Descubrí que no fui la única deslumbrada. Eris estaba tomando una foto con su celular.

—Es para los informes de la investigación —explicó, cuando se dio cuenta de que la miraba.

El hombre que le había pedido la llave a Poe nos indicó que podíamos pasar. Antes de poder cruzar la puerta, alguien la abrió para nosotros. Parecía un mayordomo. Extendió el brazo hacia el interior y de forma mecánica dijo:

—Sean bienvenidos a la mansión Hanson.

Admiré desde el piso de mármol hasta el techo de espejo; la decoración impecable, los cuadros colgados de las altas paredes, y la enorme escalera que estaba frente a nosotros y que se dividía en dos direcciones.

Escuché un silbido proveniente de Poe:

—No está nada mal.

—Tu casa parece un chiste delante de esta. —Eris se burló.

Pero esa burla no hizo efecto en él. Solo se encogió de hombros.

—Lo que hay en mi sótano no te parecería ningún chiste, pelirroja —le dijo.

Ella quedó confundida, y yo ni traté de imaginar a lo que se refería.

—¡Ah, hay altavoces! —Archie señaló con entusiasmo las esquinas en el techo en las que sí se veían unos altavoces modernos quién sabe para qué—. ¿Van a poner música? No, no, ¿pueden dejarme conectar mi celular y elegir la música? Me pone nervioso si alguien más la elige… Hay sonidos que te pueden matar…

—No, no está permitido conectarse a los altavoces. —El mayordomo negó, calmado, con la cabeza.

Eso desanimó mucho a Archie.

—Disculpe… —le habló Tatiana de forma cordial al hombre—. ¿Ya han llegado los demás?

—Oh, sí, pero no todos. La tormenta no les permitió a muchos trasladarse y todavía hay retrasos —respondió—. Supongo que ustedes están cansados por el viaje. Serán guiados directo a sus habitaciones. Allí podrán darse un baño y prepararse para disfrutar de la estadía. ¿Me dicen sus nombres, por favor?

Él hundió la mano en el bolsillo de su uniforme para sacar un puñado de tarjetas de color dorado. A media que le dijimos nuestros nombres nos entregó una a cada uno.

—Estas tarjetas les indicarán cuáles son sus habitaciones —explicó, después de entregarle la última a Damián—. En ellas hemos dejado el itinerario, tendrán que revisarlo.

—A mí me gustaría conocer la mansión antes —dijo Eris, llena de curiosidad.

El mayordomo fue claro:

—Los paseos no están permitidos por ahora.

Todos nos miramos las caras. Hasta Poe lució extrañado.

—¿No? —preguntó él, confundido.

—No —asintió el hombre, como si hubiera aprendido esa regla de memoria—. Y en caso de que tengan alguna duda o deseen algo, encontrarán un intercomunicador junto a cada cama para que puedan hablar con cualquiera de los empleados.

—Vaya, gracias —dijo Tatiana, alzando las cejas con algo de asombro.

—Yo tengo una duda —volvió a hablar Eris. El mayordomo asintió con obediencia—. ¿De quién es la mansión? Porque al buscar en *Google* dice que no se sabe exactamente a quién le pertenece. Bueno, es simple curiosidad.

Otra vez, el hombre respondió de manera mecánica:

—La mansión tiene propietario, por supuesto, pero no estoy autorizado a dar esa información.

—¿Es secreto o algo por el estilo? —Eris frunció las cejas.

Él permaneció tranquilo, semejante a un muñeco que solo debía verse cordial y cumplir con sus modales. Hasta mantuvo un misterioso silencio que nos hizo esperar la respuesta con atención.

—Los guiaré a sus habitaciones —fue lo que nos dijo, con una serenidad inquietante—. Y deben mantenerse en ellas hasta que den las horas indicadas en el itinerario.

Sin dar oportunidad de preguntar más, avanzó hacia la escalera para que lo siguiéramos. Aun así, nadie se movió de inmediato porque todos miramos nuestras tarjetas. Un escalofrío me recorrió la espalda al ver que la mía tenía una única palabra escrita: «Miedo».

ALEX MÍREZ

—¿Miedo? —leí, inquieta—. Esto no suena acogedor.

—La mía dice: «Poder» —dijo Eris, también algo perdida.

Pensé que los demás leerían las suyas en voz alta, pero Archie y Tatiana solo compartieron una mirada preocupada. Después entrelazaron sus manos. Damián, por su lado, guardó la suya, inexpresivo, pero al mismo tiempo algo ausente. Tal vez era porque sus ojos aún se veían somnolientos. El efecto duraba bastante, ¿eh?

—Escuché algo como que iban a hacer la estadía temática —mencionó Poe. Aunque tuve la ligera impresión de que había perdido cierto color y de que su ánimo se había ido para dar paso a cierta incomodidad—. Vamos.

Seguimos al mayordomo que nos esperaba en la escalera. Subimos, y el corredor que nos recibió parecía un largo camino de puertas a las que le seguían otras más. Muy normal. El techo seguía siendo de espejo, pero las puertas se mostraban como una fila que se extendía hacia el fondo dando la impresión de ser interminable. Todas eran blancas.

O eso creímos. Ahí lo normal desapareció, porque cuando llegamos a la que se suponía que era la puerta de Tatiana, la suya no era de ese color. De hecho, no era una simple puerta de madera. Tenía pintadas un montón de suturas sobre lo que parecía ser una boca. El cerrojo era una manija con una ranura muy delgada para introducir la tarjeta que nos habían dado. Era aterradora, pero muy artística, y tenía una pequeña placa con el número de habitación y la palabra «mentira» debajo.

Supuse que esa era la palabra que ella tenía en su tarjeta.

—¿Habían visto algo así antes? —preguntó Archie, ahora atónito y asustado en partes iguales.

—Ni en los mejores hoteles —contestó Poe, estupefacto—. Y eso que he estado en muchos.

Noté que Tatiana se había quedado paralizada, aún con la mano entrelazada con la de Archie. Damián estaba confundido. Eris, intrigada.

El mayordomo estaba quieto junto a la puerta. Al notar que nadie hacía nada, la señaló, en una clara indicación de que ella debía entrar.

—Un momento. —Archie revisó su tarjeta antes, ceñudo. Alzó la vista, pero en dirección a la puerta que le seguía a la de su novia—. ¿Y se supone que esa es la mía?

359

Nos movimos hacia ella de forma automática, intrigados. Para mí, era peor que la de Tatiana. Sentí que transmitía lo mismo que ver al propio Archie, porque tenía pintado un caos errático de cadenas, todas manchadas de sangre. Desde mi perspectiva parecía una prisión de la que algo quería salir con desesperación.

La pequeña placa con el nombre decía: «Culpa».

—¡¿Qué es eso?! —Archie sonó casi al borde de un colapso.

—Su habitación; por favor, debe entrar —respondió el mayordomo.

—¡No, claro que no voy a entrar ahí! —dijo Archie, decidido.

Tatiana se apresuró a envolver su brazo para ser su refugio antes de que empezara a explotar.

—¡Cálmate! —le pidió ella, consciente de que no era buena idea que se alterara. Luego miró con preocupación al empleado y a Poe—. ¿Esto qué significa? ¿Por qué no son como las demás puertas?

El mayordomo se mantuvo inmóvil y obediente junto a la puerta de Tatiana. Poe seguía mirando la de Archie con las cejas rubias ligeramente fruncidas y los ojos analíticos. Hasta yo sentí que él era la figura más sabia de la manada, y que entonces podía tener respuestas.

Pero… en realidad, Verne estaba tan turbado y confundido como nosotros.

—No lo sé —admitió—. Ni yo lo entiendo…

Pasó a mirar al mayordomo.

—Cada uno debe entrar en sus habitaciones asignadas —repitió el hombre, estático pero tranquilo—. De lo contrario, tendré que reportarlo.

Archie se aferró al brazo de Tatiana, asustado.

—No, yo quiero ir contigo —le exigió—. Quiero estar en tu habitación. No quiero tocar esa puerta…

Poe estaba en verdad desconcertado.

—¿Por qué se haría un reporte solo por eso? —le preguntó al mayordomo.

—Porque al estar dentro de la mansión Hanson se deben cumplir las reglas impuestas en ella —respondió él—. Así lo decidió la dirigencia.

Poe revisó su tarjeta. Al parecer, su habitación estaba dos puertas más allá de las de Tatiana y Archie. La buscó con desconfianza, y yo, sumida en el impacto de no entender lo que estaba sucediendo, lo seguí.

Cuando la encontró, Poe se le quedó mirando, inmóvil. Lo que habían pintado en ella eran un par de manos cuyas muñecas se unían como si tuvieran unas esposas invisibles. Los dedos de las manos estaban manchados de algo espeso y oscuro que parecía suciedad y sangre al mismo tiempo. Era grotesco y también espeluznante.

La palabra de la habitación era: «Traición».

Intenté buscar alguna respuesta en su expresión, pero a pesar de que Tatiana estaba intentando todo lo posible por tranquilizar los nervios de Archie, diciéndole cosas muy bajito, él de repente perdió el control y nos sobresaltó. Se zafó de su agarre y se puso las manos en los oídos como si hubiera un ruido muy fuerte y tormentoso a su alrededor.

—¡No, esto no me gusta! —soltó, y lo siguiente se lo dijo con molestia a alguna voz que tal vez solo él podía escuchar—. ¡Ah, deja de decir que algo malo va a pasar! ¡Ya lo sé, ya lo sé!

El mayordomo finalmente deslizó la mirada mecánica hacia Archie. Y no fui solo yo la que percibió que eso era un riesgo, Poe también. Entonces, fue hacia Archie, tomó su brazo y lo acercó de nuevo a Tatiana.

—Cálmalo y vayan a sus habitaciones —le dijo a ella en lo que sonó a una orden. Después nos miró a los demás—. Buscaré a Gea para hablar de esto.

—Como he di... —intentó repetir el mayordomo sobre los paseos.

Pero pasó algo escalofriante. Poe Verne se puso serio. Serio de verdad. Serio de una forma que se vio amenazante, como el Noveno peligroso que en realidad era, y también como el líder que ya había perdido la paciencia y que podía arrancar una cabeza. Hasta noté cómo sus dedos adornados con anillos caros formaron con tensión un puño cuando se giró hacia el hombre. Sus zapatos relucientes dieron unos pasos hacia él.

Descubrí que era escalofriante sin el rastro de su sonrisa de *Guasón* o sin su teatral ánimo habitual.

—Estás haciéndome perder la paciencia, y eso es algo muy, pero muy difícil —le dijo al mayordomo, lento, pero con énfasis—. Lo que has dicho me importa menos que manchar este perfecto piso, así que ve a avisarle si quieres, pero veremos si llegas a la mitad de la escalera.

—Las amenazas no están...

—Yo no amenazo, yo prometo y cumplo —le interrumpió Poe—. Así que, si fuera tú, lo único que haría sería perderme ya mismo.

Hasta yo quedé sin aire porque la tranquilidad de su voz, pero al mismo tiempo la amenaza de las palabras, fueron lo suficientemente intimidantes para crear una atmósfera de peligro, y entre todos flotó el anticipo de que, si el mayordomo no hacía lo que Poe le había dicho, algo grave iba a pasar.

El hombre estuvo seguro de eso. Solo lo miró, pestañeó y luego avanzó por el pasillo con las manos juntas por detrás.

Poe lo siguió con los ojos grises, sombríos. Solo cuando el hombre se perdió, avanzó con la intención de buscar a Gea para pedir explicaciones. Aunque antes de alejarse se volvió hacia Damián y le dijo con mucha seriedad:

—Alerta.

Damián asintió. Luego, Verne siguió por el pasillo y también desapareció. Quedó el embelesador aroma de su perfume de una forma mucho más intensa, casi como si su enfado hubiera aumentado su efecto cautivador.

Pero se rompió en segundos.

—Tenemos que irnos —dijo Archie, que ya se había quitado las manos de los oídos, pero miraba los alrededores con paranoia—. Tenemos que irnos ya.

Miré a Damián por primera vez en un rato. Él se había mantenido muy callado, de seguro por su estado. Los restos de la somnolencia seguían en su cara, pero con un poco más de lucidez.

—¿Qué dice tu tarjeta? —me atreví a preguntarle.

—Entremos a las habitaciones —fue lo que respondió para todos—. Poe averiguará qué está pasando.

Archie dio unos pasos hacia atrás, pero Tatiana tiró de su brazo con suavidad para que la acompañara. Al parecer, iban a entrar en la misma habitación a pesar de que no debían. Pero lo vi conveniente, porque Archie estaba comenzando a alterarse mucho más. Sus ojos detrás de las gafas estaban muy abiertos con terror, y sus manos temblaban. Era impresionante y preocupante.

—Escúchame, nos iremos tan pronto podamos... —le dijo ella para tranquilizarlo, pero Archie soltó más alto:

—¡Soñé con esto! ¡Tuve un sueño, te lo dije!

—No va a pasar lo que soñaste... —asintió Tatiana, muy segura para transmitirle esa energía.

Archie negó y dijo un montón de cosas rápidas y nerviosas. Como ella también le hablaba al mismo tiempo e intentaba tomar su rostro con su mano, ni siquiera lo entendí, pero todo se resumía a que algo le decía que debíamos irnos y que él había tenido un sueño en donde cosas malas sucedían. Pasaron un momento así, entre que ella lo convencía y que no. Nosotros solo miramos en silencio, porque no había nada en lo que pudiéramos ayudar.

Al fin, Tatiana logró jalarlo hacia su puerta. Casi iban a entrar y casi iba a ser un éxito, cuando de pronto Archie se zafó del agarre y se acercó con desespero a Damián. Lo sostuvo de los hombros con sus manos enguantadas en un gesto angustiado. Lució desquiciado con los ojos desorbitados y las cejas arqueadas, muy fuera de sí mismo.

—Te dije que te equivocarías —le reclamó a Damián, al borde del sollozo—. Te dije lo difícil que es. ¡Te lo dije, ¿cierto?!

Fue tan inesperado y brusco que pensé que Damián reaccionaría mal y que lo empujaría para quitárselo de encima. Pero no hizo nada. Se dejó sacudir, mirando a Archie, como si entendiera su colapso o fuera incapaz de atacarlo, aunque el chico se veía desesperado y alterado.

Tatiana a su vez tomó a Archie por los hombros, dispuesta a detenerlo.

—Archie, déjalo por favor —le pidió ella, atrayéndolo hacia sí misma—. No tiene la culpa. Nadie la tiene, porque nada va a pasar. Está todo en tu cabeza...

Al parecer, con esa frase de que todo estaba en su cabeza, dio en algún punto que lo devolvió a la realidad de forma espantosa e impactante para él. Entonces, Archie soltó a Damián, y Tatiana consiguió alejarlo en dirección a la puerta. Solo que no dejó de mirarlo. Incluso mientras se iba, Archie mantuvo los ojos asustados y vulnerables en Damián.

—Me sentía seguro con ustedes... —lo escuché murmurar.

Tras eso, Tatiana cerró la puerta de la habitación. Su última mirada fue hacia mí, desanimada. Por alguna razón lo sentí como un «sí, esto es lo que puede hacer El Hito».

El pasillo de la mansión volvió a quedar en silencio. Solo estábamos parados Eris, Damián y yo, frente a las horribles puertas. A mí me quedó una mala sensación, una mezcla entre pena y... comprensión.

Por el contrario, Eris había quedado con un mohín de impacto y desagrado al mismo tiempo.

—Ese chico está muy... dañado —dijo ella.

Tenía el tono de su habitual personalidad crítica, pero a Damián le molestó. De hecho, le dedicó una mirada de rabia.

—No deberías hablar de personas dañadas —le soltó él, y de forma intencional y con énfasis añadió—: Asesina.

Obviamente, eso atacó justo en la herida que, estaba segura, Eris no había sanado aún. Por supuesto, lo proyectó con una actitud defensiva y enojada.

—¡¿Qué demonios tienes en contra de mí?! —le reclamó a Damián. También sonó a reto, y él iba a responder, pero intervine:

—¡Vayamos a las habitaciones como dijo Poe! —Incluso me situé entre ambos para evitar cualquier riesgosa posibilidad.

La rivalidad entre ellos chispeó de una forma tensa y muy obvia. Pero, Eris apretó los labios en un gesto de contención y avanzó por el pasillo para buscar su habitación. No fui tras ella porque Damián la siguió con la mirada en un gesto desconfiado de vigilancia, y sentí que debía mantenerme atenta.

Por alguna razón, la puerta de Eris estaba más lejos, así que no pude verla a pesar de que la escuché cerrarla de un portazo.

—Eso fue innecesario —le reclamé a Damián apenas estuvimos solos.

—Ella es innecesaria —replicó, con una rabia que le marcó la tensión en la mandíbula—. Ni siquiera la conoces, aunque crees que sí, y la verdad es que si no fuera porque Poe me lo prohibió y porque tu control depende de que ella esté viva, ya la habría matado.

Lo dijo con tal firmeza y crueldad que hasta sentí que había hablado una mezcla de El Hito y de su propia personalidad. Quise defender a mi amiga y sus derechos, pero si Poe le había prohibido tocarla, él iba a respetar eso y me era suficiente.

Miré mi tarjeta de nuevo y decidí buscar entre las puertas la palabra «miedo».

Al encontrarla entendí que ninguna de las otras puertas era tan aterradora como esa, porque lo que tenía dibujado no era un simple intento de asustar. Era un hecho. Significaba algo. Algo tan claro para mí que me bajó la temperatura del cuerpo y por un instante me alejó de mi propia realidad por el pasmo.

Era blanca. Cuatro paredes blancas. Y vacío. Soledad. Realmente: miedo.

Damián se detuvo detrás de mí.

—Tengo la sospecha de que, si intentamos irnos, no nos lo permitirán —dijo muy bajo—. ¿Quieres que entre e inspeccione primero?

Admití que ese ofrecimiento me tomó por sorpresa porque había sonado como una preocupación. Pero tuve que tragar saliva y frotar mis dedos con disimulo, porque mis labios se habían quedado entreabiertos y mis manos habían empezado a temblar.

—No, está bien. —Traté de no sonar afectada—. Puedo gritar si pasa algo.

Damián entendió que eso era una referencia a lo sucedido en el motel.

—Ah, intentaré oír esta vez… —respondió, ¿también en un intento de chiste?

Extendí la tarjeta hacia la ranura de la puerta y la mano hacia la manija. Por un momento, no me creí capaz de tocarla porque sentí que significaba volver a tener contacto con *aquel lugar*. Pero me repetí que era solo madera, que era solo una perilla, y que no podía recaer o debilitarme en ese instante. No con Damián esperando y no con Alicia en peligro.

Metí la tarjeta. Presioné la manija. La puerta se abrió. Antes de cerrarla delante de mí, vi a Damián dudar un instante ahí parado. Frunció el ceño, no muy convencido, pero luego lo relajó.

—Nos vemos en un rato —murmuró.

Cerré mi puerta. Lo primero que hice fue recargarme en ella y soltar un montón de aire, notando que mi corazón estaba demasiado acelerado porque me había asustado. O, mejor dicho: había comprendido algo. Es decir, sí, lo de las puertas había estado demasiado raro desde el principio, pero la persona que había pintado la mía, no tenía ni idea de quién, sabía algo grave. Lo sabía todo. Sabía uno de mis secretos. Mi pasado.

Porque eso era lo que estaba reflejado en la madera.

Eso había sucedido *aquel día.*

Mi mente quiso irse al pánico, tan marcado como el de Archie. Quiso irse a ese momento de mi vida como tantas veces me había ido antes de dormir, pero me obligué a pensar en Alicia. Había un plan y si lo cumplíamos rápido tal vez podía salir de ahí. No iba a dejarla por mis miedos. No otra vez.

Exploré la habitación. Era hermosa. La ventana grande cubierta por una cortina delicada, la cama enorme y llena de almohadas y sábanas esponjosas, una mini nevera, un armario amplio, y un baño impecable y elegante que olía a aromatizante. El techo era de espejos.

Mi equipaje ya estaba en una esquina, y en la mesita de noche había una cartilla que tenía escrito el itinerario del día que el inquietante mayordomo había mencionado:

16:30 merienda en el jardín. (No faltar).

19:30 cena formal en el comedor. (No faltar).

La puerta sonó detrás de mí mientras leía. Sentí un escalofrío y casi no la abrí por los nervios que aún latían dentro de mí, pero era Eris. Entró furtiva, porque al parecer había salido de su habitación a pesar de que no debíamos. Se quedó boquiabierta al verlo todo. Abrió tanto los ojos que resaltó el color verde en ellos.

—¡Es diferente a la mía! —exclamó, asombrada—. De acuerdo, esto es impresionante, lo admito, y eso que yo esperaba algo distinto. Ya sabes, todo el ambiente gótico y siniestro y eso. Pero esto es elegancia, simplicidad y al mismo tiempo lujos. ¿Viste que hasta la bañera tiene chorros de hidromasaje?

—Sabes que es demasiado bueno para ser cierto, ¿no? —le recordé—. Algo pasa. Algo malo. Esto de las puertas fue intencional.

—Lo sé, sospeché algo desde que el tipo ese dijo que no podemos pasear, pero quiero ignorarlo por un momento. —Echó la cabeza hacia atrás y se vio en el espejo del techo. Las ondas rojizas cayeron como cascada sobre su espalda—. ¿Sabes? Alicia se volvería loca aquí.

—¡Sí, Alicia! —enfaticé el punto importante—. Mientras estamos aquí disfrutando, ella debe de estar... debe de estar... en... No tengo ni idea de en dónde puede estar.

Eris finalmente dejó de admirar la habitación y volvió a su postura seria y centrada.

—De acuerdo, tengo lo que necesitamos. —Sacó el teléfono celular del bolsillo de su chaqueta—. Encontré el plano de la mansión después de tanto buscar y buscar. Qué bueno que tiene una historia, porque de no ser así no habría encontrado nada.

Nos sentamos en la cama, una junto a la otra. En la pantalla del celular se mostraba un plano arquitectónico muy elaborado de todas las habitaciones del lugar.

Con su dedo, Eris deslizó la imagen y la amplió.

—Si lo que quieren es mantener cautivos a un gran grupo de personas, lo ideal sería tenerlos aquí. —Señaló un área en específico—. La mansión existe desde la segunda guerra mundial, así que hay unas mazmorras y toda una red de celdas que se dice que se usaban para mantener prisioneros. Si están allí es algo curioso porque demasiadas personas encarceladas podrían ser un riesgo si alguno es tan inteligente como para escapar. Quisiera saber cómo lo evitan...

—¿No hay nada más grande además de las mazmorras?

Pasó a otra imagen. Había un área muy grande señalada como «terrenos».

—Sí, es una zona aislada de la mansión que está por los jardines, muy cerca de un pequeño lago. Se suponía que era un depósito de armas, pero luce lo bastante grande como para albergar personas.

—Entonces: o están en las mazmorras o en el antiguo depósito de armas.

Ella me miró con cierta duda. No hacía mucho tiempo nuestras preocupaciones se reducían a reunirnos para planear maratones de películas o salidas al centro comercial, pero ahora estábamos planeando burlar a un montón de asesinos para rescatar a nuestra amiga. Eso era abrumador.

—No sé de cuántas personas se trate, pero serán muchos rehenes los que tengan en algunos de esos lugares —murmuró—. ¿Estás segura de esto?

—¿Tú no? —Hundí las cejas.

Eris frunció un poco los labios.

—Sí, bueno, por Alicia claro que sí —dijo, fijando la vista en la pantalla del celular—. Solo que no podemos descartar las probabilidades de fallar. El plan es muy bueno, pero ¿nosotras seremos lo suficientemente buenas como para lograrlo?

Me levanté de la cama y froté mis manos. De repente, comenzó a hacer mucho frío o así lo sentí. No quería que ni el miedo ni los nervios me dominaran a pesar de que ya los estaba sintiendo. Había vivido durante toda mi vida con ellos, y ahora que mi madre no estaba encima de mí, que su voz había disminuido en mi cabeza, que hasta había sido capaz de defenderme en el motel, no quería permitirme retroceder.

Sentía cierto valor, uno que me incitaba a pensar que podía arriesgarme. Quería poner a Alicia a salvo y luego encontrar una forma de ayudar a Damián con El Hito. Después... claro, si no me atrapaban y si él lo superaba, intentaría vivir como una Novena. Ese era el orden de las cosas, porque luego de tanto pensar había llegado a la conclusión de que ese mundo me daba... libertad. Una libertad a la que le había temido y a la que por esa razón me había negado.

—Funcionará —dije con firmeza—. Sigamos con la otra parte. ¿Trajiste lo demás?

Ella asintió, y de nuevo del interior de su chaqueta sacó un par de pequeños *walkie talkies* que teníamos desde que habíamos organizado un evento en el instituto. Me entregó uno.

—Nos servirán, pero no podemos salir de los terrenos de la mansión porque tienen su límite —indicó—. Tú serás «cachorro» y yo «ave roja».

Me crucé de brazos.

—¿En serio? ¿Tú con un código normal y yo «cachorro»?

—Es que eres la que más se asusta, entonces queda contigo. —Se encogió de hombros con obviedad.

Bueno... no era tan falso.

—Como sea, haremos esto: tú vas al depósito y yo a las mazmorras —le expliqué—. ¿Sacaste la llave?

—Claro. —Mostró una sonrisa triunfal. Hundió la mano en el bolsillo de su pantalón y sacó una llave plateada—. Es de repuesto, la saqué del auto de Poe cuando se detuvo en aquella gasolinera.

—Lo que me preocupa un poco es el tema de la seguridad. ¿Viste a los hombres en la entrada? Deben ser Novenos.

—Sobre eso, pensé que tal vez yo podría intentar atacarlos —dijo Eris. Miraba al suelo—. Poe me dio una daga y con lo que nos enseñó Tatiana...

—¿De verdad? —Me sorprendió, y luego caí en una pequeña confusión—. ¿Dar una daga es su forma de demostrar que alguien les gusta?

Eris soltó aire, seria.

—La cosa es que puedo hacerlo.

Pestañeé. No supe qué estaba entendiendo, pero me causó un escalofrío.

—¿Te refieres a matarlos?

Recordé a Damián diciéndole «asesina». Incluso recordé aquel momento en el bosque cuando Gastón iba a ahorcarme y ella apareció. Estuve segura de que eso también pasó por su mente, porque un aire de inquietud y vulnerabilidad surcó su cara. Pero luego se levantó como si alejara esas imágenes y sus ojos encontraron los míos con determinación.

—Mira, hice lo que hice, lo sé —admitió—. Pero fue para salvarte. No me arrepiento de que estés viva ahora y que él esté muerto. Y lo haré por Alicia. Si necesitamos esto para ayudarla, no dudaré.

Me quedé quieta. Un pensamiento cruzó mi mente. Uno muy perturbador. Estaba enamorada de un asesino que ni siquiera era por completo humano, y mi mejor amiga había matado a alguien.

Aun así, todavía había una inocente. Suspiré por ella. Solo por ella traté de transformar la inquietud en positivismo, y asentí.

—Entonces, esta noche buscamos a Alicia y la primera que la encuentre se la lleva al garaje en donde la segunda estará esperando para sacar el auto de Poe y luego...

—Huimos —completó Eris, lentamente, en voz baja.

—Huimos.

Bueno, yo tendría que volver después con Damián para explicarle lo que había hecho, pero por el momento me llevaría a Alicia lejos.

—Padme —habló Eris de repente, recordando algo—. ¿Por qué tu puerta es así? Vi el dibujo...

Aguardó por una aclaración. Casi me dio la impresión de que esperaba que yo fuera sincera en algo.

Pero tuve que mentir.

—No lo sé.

24

YA VA, ¿EN DÓNDE DEMONIOS ESTAMOS?

Después de que Eris se fue y volví a quedar sola en la habitación, le eché un vistazo al plano de la mansión que ella me había compartido. La entrada a las mazmorras estaba al pasar la biblioteca. Lo mejor era darme una vuelta antes para examinar el camino y actuar en la noche, porque La Cacería sería al día siguiente.

Sería riesgoso por el hecho de que no debíamos pasear por la mansión, pero si alguien me encontraba estaba dispuesta a decir que todo había sido culpa del mayordomo por no decirnos que no podíamos salir de las habitaciones.

Me aseguré de tener la daga en el interior de mis zapatos y abrí la puerta. Eché un vistazo al largo pasillo. Estaba vacío. Avancé a paso silencioso y bajé las escaleras. El vestíbulo en donde nos habíamos detenido a hablar con el mayordomo también estaba solo. Volví a examinar el plano de la mansión y continué por el primer pasillo a la izquierda. Dejé atrás unas cuantas puertas cerradas, pero me fue imposible no detenerme por un instante cuando pasé frente a la entrada a la biblioteca.

El marco que daba paso hacia el interior estaba tallado con un montón de rostros antiguos que no reconocí. La biblioteca se extendía hacia el fondo con altos estantes de madera repletos de libros y un techo abovedado. Hasta donde estaba parada me llegaba ese ligero olor a hojas e historias que tanto le gustaba a cualquier lector. Sentí mucha curiosidad por entrar y ver el resto, pero me concentré.

Continué por el pasillo. Llegué al fondo y me encontré con una puerta parecida a una reja. Por alguna razón estaba abierta. La deslicé con cuidado sin causar el más mínimo ruido y luego descendí por unas estrechas escaleras. A medida que bajé, la distancia se hizo más profunda y la iluminación fue decayendo. Las paredes dejaron de ser impecables y pasaron a ser de piedra. Era un camino espeluznante, casi claustrofóbico.

Finalmente pisé el último escalón y me encontré ante otra reja. Los barrotes de esa eran más gruesos.

Antes de intentar abrirla escuché algo que reconocí de forma perturbadora: sollozos.

Eran una mezcla de llantos provenientes del interior de las mazmorras. Se oían apagados, dolorosos y cargados de angustia. Intenté entonces abrir la reja, pero descubrí que estaba cerrada. Maldije por lo bajo y luego me apegué a los barrotes con intención de observar desde allí lo que pudiera.

Alcancé a ver varios pasillos que debían conducir hacia las celdas y un par de brazos humanos moviéndose lentamente, como si fueran zombis que quisieran salir de algún lugar. Me imaginé el interior repleto de personas, todas aglomeradas en esos calabozos preguntándose por qué estaban ahí.

Tomé aire, acerqué mi rostro a la reja de tal modo que quedara entre los barrotes y la llamé:

—¡Alicia! ¡¿Alicia?! ¡Si estás aquí, responde!

Confié en que gracias a la distancia nadie de arriba podría escucharme, así que esperé. Los sollozos solo se hicieron un poco más fuertes ante mi llamado. Sonaban a que alguien les estaba ejecutando una lenta tortura porque ese era el tipo de sufrimiento que le gustaba a las mentes más perversas, pero también en un tono forzado y casi apagado, como si costaran ser pronunciadas.

Después de unos segundos, las únicas respuestas que obtuve fueron:

—¡Ayuda!

—¡Sáquenme de aquí!

—¡Piedad!

—¡Déjenme ir!

Ninguna era de Alicia. Lo volví a intentar y al no obtener la respuesta que esperaba, regresé sobre mis pasos. Deslicé de nuevo la reja por la que había entrado y me encontré otra vez en el pasillo decorado con cuadros.

Intenté trazar un plan alterno en mi mente. Primero, ¿cómo abrir la reja? Aunque había llamado y ella no había respondido, no podía descartar que estuviera allí sin verlo con mis propios ojos. De todas maneras, si era todo lo contrario y no estaba en esa área, aún había que revisar el antiguo depósito de armas y de eso se encargaría Eris.

Cuando pasé de nuevo justo frente a la entrada de la biblioteca, una voz conocida e inesperada me tomó por sorpresa:

—Padme Gray.

Salí de mis pensamientos a una velocidad paralizante. Casi que giré la cabeza como una muñeca rota.

Era Nicolas. Sí, estaba en la mansión.

No quise creerlo. Quise pensar que era una jugarreta de mi mente, pero se veía por completo real: su gabardina, su cabello peinado hacia atrás, su altura intimidante. Avanzó desde el interior y se detuvo debajo del marco dorado que servía de entrada. Frunció un poco el ceño y con esa mirada misteriosa pero tranquila, observó el lugar por el que había venido.

—¿Qué hacías por allá? —me preguntó. Una cálida pero escalofriante sonrisa se formó en sus labios, y bajo sus ojos azules me sentí evaluada, como si él pudiera saber todo lo que pensaba.

—La curiosidad a veces me lleva a lugares en los que no debería estar —fue lo que dije, medio pasmada.

Nicolas alzó las cejas y curvó la boca hacia abajo, una expresión relajada de «tiene sentido».

—Confieso que a mí también —asintió—, pero te recomiendo que no explores demasiado. Esta mansión no es el mejor lugar turístico. Por cierto, me alegra verte.

Se dio vuelta y se internó de nuevo en la biblioteca. Lo vi hacerme una señal con el dedo para que lo siguiera. Todo mi cuerpo gritó «¡demonios, claro que no!» pero mi instinto de supervivencia, que debía tener muy encendido en ese momento y en ese lugar, me hizo considerar que huirle tanto podía levantar más sospechas de las que ya debía tener por pillarme viniendo de las mazmorras, y que no estaba como para arruinar el plan.

Lo seguí. A mi alrededor, los estantes repletos de libros me parecieron mucho más altos.

—Sé que se supone que no debemos pasear, pero estaba demasiado aburrido en la habitación, así que me escapé para ver esta belleza —comentó, mientras avanzaba a pasos tranquilos, admirando la biblioteca.

—Sí, yo también me aburrí —mentí—. Por esa razón salí a explorar.

—Supongo que viste a las presas en las mazmorras. Hay una red de ventilación allá abajo que expide un gas adormecedor. De esa forma no pueden controlar bien sus sentidos y no pueden intentar escapar. ¿Sabías eso?

Entendí por qué las voces sonaban tan débiles, y eso a su vez explicaba lo que Eris había querido saber.

—No lo sabía.

—Tuviste suerte de no aspirarlo.

Deslizó la mano sobre una larga fila de tomos y me llamó bastante la atención el anillo que llevaba en uno de sus dedos. Era de plata y tenía tallado algo parecido a la cabeza de un lobo. Me pareció tan familiar que busqué con intensidad entre el caos de mis recuerdos y preocupaciones... Tanta ansiedad hacía que las personas olvidaran con facilidad las cosas y por ese motivo a veces me costaba acordarme de algo, pero esa forma de lobo la había visto...

Detuvo la mano para coger un libro de tapa de cuero azul con grabados dorados que decían «*Grandes Novenos de la historia*».

—Mis amigos desaparecieron —mencionó, aunque sin molestia. Abrió el libro en la primera página y le echó un vistazo—. Mi manada está casi destruida.

—Vaya, ¿será que estaban metidos en serios problemas? —fingí ser ajena a la situación.

—O quizás estaban metidos en el serio problema de alguien más.

Miré los lomos de los libros para no delatar mis nervios. Él no me observó, continuó atento al texto que tenía en la mano.

—Pero de igual modo —agregó—. No me agradaban tanto.

Lo miré de golpe, confundida.

—¿No?

—No. —Se encogió de hombros con desinterés—. Creo que eran muy salvajes. Crueles. Tontos.

¿Crueles? Ni siquiera logré ocultar mi asombro.

Nicolas finalmente me miró con cierta diversión y complicidad.

—Te pregunté si me veía muy malvado y no respondiste. Sé que sí luzco así, pero podrías estar equivocándote.

—¿Podría? —repliqué, de manera absurda—. Cada vez que te apareces me ves como si... como si...

—¿Supiera algo?

Tragué saliva por lo acertado que fue. Era una alerta para alejarme rápido, pero algo me impulsó a encararlo.

—Sí.

No se inmutó. Siguió sereno, aunque hubo un ligero cambio. Por primera vez no se vio tan amenazante, porque flotó un aire de sinceridad y confesión entre nosotros. Y todo lo contrario, fue como si por un instante y de forma brusca pudiera percibir algo más, que sus ojos azules podían suavizarse y no intentar intimidarme.

—Que aún no haya dicho eso que sé, ¿no te parece extraño? —señaló con obviedad en voz algo baja.

La confirmación que tanto había temido. Mi cuerpo se puso tenso. Actué de acuerdo a lo que me habían indicado.

—No sé de qué estás hablando.

Esperé que sacara un cuchillo y me acorralara contra el estante para obligarme a admitir que no era una Novena, pero Nicolas solo suspiró. Un suspiro de cierta... ¿frustración? Desvió la mirada y lució algo ausente, semejante a alguien que ahondaba en sus pensamientos y recuerdos.

—No entiendo por qué tú —murmuró—. En ese pueblo, entre todas esas personas, tú parecías muy diferente. Había algo en ti que los demás no tenían. Me pregunto si fue por eso mismo, y no quisiera que fuera de esta forma...

Él echó un vistazo por encima de mi hombro y sus palabras se desvanecieron. Al girarme vi que un mayordomo se acercaba a nosotros. No era el mismo que nos había recibido, pero se veía casi igual. El mismo uniforme, los mismos pasos mecánicos y las mismas manos juntas por detrás.

—Lamento interrumpir —se disculpó con una sonrisa cordial al llegar—. Pero justo ahora están sirviendo la merienda en el jardín y tengo órdenes de avisarle a todos los huéspedes para que estén presentes.

Nicolas cerró el libro. El sonido de la tapa contra las hojas casi me sobresaltó porque estaba atónita. Lo devolvió a su lugar.

—Por supuesto —dijo, y luego extendió una mano para señalarme la entrada—. ¿Vamos?

Mi cabeza era un repentino lío.

—Tengo que avisarle a mi manada —fue lo que solté sin saber por qué. O tal vez sí, porque ir por Damián podía hacer desaparecer la súbita confusión y malestar que me había abordado por sus palabras.

—Yo puedo hacerlo —se ofreció el mayordomo—. Los paseos...

—Están prohibidos —completó Nicolas con suavidad, dejando en claro que lo sabía—. Pero mejor dejemos que ella vaya por su manada.

Miró al mayordomo por un momento, y de algún modo, tras unos segundos, el hombre le obedeció y asintió para permitir que me fuera.

Me fui de allí sin decir más. Subí las escaleras a paso apresurado. ¿Qué demonios había querido decir con eso de por qué yo? Igual eso no era lo más importante, el punto grave era que me había confirmado que sabía que yo no era una Novena.

Debía decírselo a Damián. Caminé rápido por el pasillo dispuesta a contarle todo. Toqué a la puerta con urgencia.

Y alguien abrió.

Pero no era él.

Me quedé en el sitio, desconcertada, como si me hubieran engrapado los talones al suelo. Frente a mí estaba una mujer de largo cabello castaño claro repleto de ondas y ojos grises delineados de una forma que le daba un aspecto gatuno. Sus labios tenían forma de corazón y era simplemente impactante. Alta, intimidante, confiada. Yo, frente a ella, pude ser descrita como un total *moscorrofio*.

—¿Sí? —pronunció ante mi silencio.

Por detrás se asomó Damián poniéndose su chaqueta negra.

—¿Qué pasa? —me preguntó con suma tranquilidad mientras metía el brazo en la manga.

Alterné la mirada entre ambos. Fui incapaz de pronunciar palabra porque, ¿una mujer? ¿En la misma habitación que Damián? ¿Ese Damián que odiaba a todo el mundo? ¿Qué?

—¿Vas a pasar o qué? —habló ella, con una ceja enarcada.

—¿Padme? —volvió a preguntar Damián, a la espera. Al ver que intenté decir alguna palabra pero que se atoraron en mi garganta, la mujer se burló con una pequeña risa.

Comprendí lo estúpida que de seguro me veía ahí parada sin entender nada y sin formar una oración.

—No —logré soltar—. Solo pasaba para avisar que tenemos que bajar a la merienda.

—De acuerdo, iremos en un momento —asintió ella.

Y me cerró la puerta en la cara.

Durante un segundo no procesé lo que acababa de suceder, así que solo fui hacia la puerta de Tatiana en donde ella había entrado con Archie. Toqué para avisarles. Estando ahí parada, Eris salió de su habitación y se aproximó desde la lejanía del pasillo. Me dijo algo, pero como que no la escuché. Y aun cuando Tatiana y Archie aparecieron y ella me explicó que Archie ya se había calmado, yo seguía confundida por no saber quién era la mujer que estaba con Damián y qué había estado pasando. Incluso esperé a que salieran de la habitación mientras iba con los demás hacia las escaleras, pero nada.

Bajamos solo los cuatro y por indicaciones de un mayordomo que estaba esperando en el vestíbulo, llegamos al jardín. Era una maravilla. Un paraíso verde adornado con colores naturales por flores y muchos arbustos. El clima seguía nublado, así que los metros de pasto bien podado que se extendían hasta perderse, todavía tenían ese aspecto nostálgico y frío. Había muchas mesitas de jardín sobre las que reposaban juegos de platos y tazas relucientes. También había unas cuarenta personas conversando, tomando lo que los empleados repartían en bandejas o solo sentados disfrutando de alguna bebida. Algo como en La Cabaña, pero más reducido y selecto.

Y con mucha seguridad. En el perímetro caminaban los guardias vestidos de traje. Mis ojos buscaron a Nicolas con el miedo de que aprovechara ese momento para revelar que había una presa entre ellos, pero no lo vi por ninguna parte. Solo noté que Poe apareció por otra de las puertas que daban al jardín.

—¿No han dado rollos de carne? —nos preguntó al acercarse, muy normal.

—Espero, de verdad espero, que no den de la carne que te gusta —dijo Tatiana, con desagrado.

—Ustedes y sus gustos tan poco sofisticados —resopló Poe, con un giro de ojos.

Archie se estaba estrujando las manos con inquietud. Sus ojos cautelosos se iban a todos lados.

—¿Qué te dijeron? —le preguntó en un susurro—. ¿Está todo bien?

—Eso parece —respondió, con una voz muy baja y una actitud disimulada—. Gea me dijo que no tiene ni idea de por qué las puertas están pintadas así, y se veía muy convincente.

Archie no le encontró sentido.

—¿No lo sabe? Pero es La Dirigente, ¿cómo no lo sabe? ¿Es posible?

—La verdad es que tengo la sensación de que… —Poe tuvo que interrumpirse porque miró hacia la puerta y se dio cuenta de algo que no comprendió—. Esperen, ahí viene.

Me giré para entender que la misma Gea de la que estábamos hablando venía hacia nosotros, y que lucía magnífica con un largo vestido azul cielo que ondeó en la cola con cada paso debido al viento del clima. Llevaba el cabello recogido en una coleta y la piel le brillaba en los hombros. Tuve que admitir que cada vez que la veía era difícil apartar la mirada.

Se detuvo frente a nuestro grupo. Sus ojos eran de un color caramelo intenso, llamativos, seductores. Me sentí atrapada en todo su aspecto. Quise tocarla solo para saber si era real.

—Poe —lo saludó apenas se detuvo a su lado. Supuse que se habían visto hace un momento y que por esa razón él no sabía qué hacía allí—. ¿Esta es la manada que mencionaste?

—Sí. Falta Damián que aún debe estar en su habitación, aunque le dije que estuviera atento a... —Me miró a mí con cierta suspicacia—. Al horario.

Sí, yo había escuchado que le había ordenado estar atento, pero ¿cómo le decía que Damián estaba con una mujer en su habitación y que ni yo lo entendía?

Gea hundió las cejas en un gesto sutil. Había estado paseando la vista sobre cada uno de nosotros.

—¿No eran solo cinco?

—Olvidé mencionar que ahora somos seis —sonrió Poe, encantador como siempre.

Gea asintió apenas. La forma en la que entornó los ojos levemente me hizo sentir que sospechaba algo. Pero fue confuso. Al mismo tiempo pareció convencida.

—Una manada grande es una manada fuerte —dijo, con cierta sabiduría, y devolvió su atención a Verne—. Me acerqué porque quería verlos, saber de quiénes me hablaste. Deben estar orgullosos de ti por haber solicitado con éxito un puesto en el área de Los Superiores.

—Lo estamos —le sonrió Tatiana a Gea y a Poe—. Somos sus fans número uno.

A Archie le hizo gracia y terminó esbozando una sonrisa entre inquieta y divertida, pero al instante lo disimuló.

—Tardaremos al menos treinta días en saber si será elegido o no, pero que la solicitud sea aceptada ya es un gran logro —explicó Gea.

—Supongo que contaré con tu apoyo —le dijo Poe, con una voz que hasta a mí me sonó seductora.

Ella emitió algunas risas suaves. Fue extraño que llevó su mano de uñas perfectamente pintadas al rostro de Poe y lo acarició con cierta sutileza, pero al mismo tiempo con algo de nostalgia.

—Siempre has sido mi favorito —susurró, con complicidad.

Un aire íntimo que me hizo sentir sobrante flotó entre ellos. Solo que de pronto un carraspeo me hizo girar la cabeza y pasar mi atención a quien lo había hecho: Eris.

—Me parece que no nos hemos presentado—intervino. Dio un paso hacia adelante y le ofreció la mano a La Dirigente—. Eris Cohen.

Noté que Tatiana había abierto mucho los ojos por lo inesperado y tal vez erróneo de eso. Gea, por su parte, le dedicó una mirada muy curiosa, pero Eris no apartó la mano y no bajó la barbilla hasta que a La Dirigente no le quedó de otra que estrechársela.

—Pocas personas me han estrechado la mano —comentó—. No es algo que… se ofrezca.

Poe había vuelto a perder color. Miraba las manos apretarse como si fuera el choque del caos.

—Eris es muy interesante —dijo, después de tragar saliva.

Gea soltó su mano. Permaneció tranquila, pero poderosa. De hecho, tuve la impresión de que ambas se retaron con la mirada, que se desafiaron por alguna razón. Pero tras unos segundos, La Dirigente volvió a centrarse solo en Poe.

—Pasa por mi habitación antes de la cena —le pidió.

Poe asintió con elegancia. Gea nos dedicó un último vistazo analítico y entonces se fue. Todos la vimos alejarse, medio helados y un poco confundidos por lo que acababa de suceder.

Excepto Eris.

—Y así, señoras y señores, es como un hombre se vende solo por un puesto —comentó.

Archie y Tatiana se miraron con inquietud. Poe puso cara de: «¿Qué acabas de decir?».

—¿Qué? —Hasta le pidió repetirlo.

—Es obvio que te vas a acostar con ella solo para conseguirlo —replicó Eris, y pronunció cada palabra como si Poe fuera un niño al que le costara entenderlas.

—Mira. —Él se acercó tanto a ella que la tomó desprevenida y no le dio tiempo de retroceder—. Yo no me acuesto con nadie para lograr algo. Puedo conseguir ambas cosas tan fáciles como quiero. Mi solicitud tiene unas treinta páginas escritas por mí, haciendo total referencia a las ventajas de mi candidatura junto con nuevas visiones y misiones que beneficiarían a los Novenos y a Los Superiores. Superiores a los que, por cierto, no se les ofrece la mano nunca. Así que es simple: no tengo sexo con alguien a quien no deseo. Elijo a quien me provoca, ¿y qué te parece? Quiero hacerlo con ella antes de la cena. Entonces, ¿tienes algún problema con eso, Eris?

Ni siquiera le dijo «pelirroja», para mayor impacto de todos. Eris, desconcertada, no supo qué decir. Y se suponía que Eris siempre tenía algo que soltar, algo inteligente que señalar, una forma de callar a otros, pero Poe la dejó sin palabras, de modo que lo único que logró hacer fue endurecer su expresión.

—Eres repugnante —le soltó, y sin más se dio la vuelta y se alejó hacia algún lugar del jardín.

Tatiana, Archie y yo nos miramos las caras como si fuéramos unos extras en el guion. Incluso el miedo de Archie fue sustituido por la perplejidad.

—Y así, señoras y señores, es como confirmas que tienes flechada a una mujer —dijo Poe, que había recuperado su sonrisa burlona. Como gesto triunfante nos guiñó el ojo y fue hacia otro grupo para saludar.

Como si ese pequeño caos no fuera suficiente para la merienda, Damián finalmente hizo acto de presencia en el jardín. Otra vez me sentí confundida, porque apareció junto a la misma mujer que me había lanzado la puerta en la cara. Un momento, ¿hasta se había bañado? Tenía el cabello mojado.

Todo junto me hizo sentir una punzada de molestia.

Se dio cuenta de dónde estábamos y se acercó a nosotros. La desconocida tomó otra dirección.

—¿Ha pasado algo? —me preguntó al detenerse junto a mí.

—Vete a la mierda. —Mi súbito enojo me sacó un impulso.

Quise darle la espalda y alejarme, pero me tomó del brazo para retenerme.

—¿A dónde vas? —preguntó entre dientes—. Tenemos que mantenernos juntos.

—¿Por qué esta vez no te guardas tu complejo dominante en el culo?

—Pero ¿qué demonios te pasa? —Lo tomó muy desprevenido.

Sí, normalmente no era nada grosera, pero con la ira removiéndome hasta los órganos pasaba de ser pasiva-pasiva a agresiva-agresiva, lo cual se suponía que siempre debía evitar. Aunque en ese momento estaba muy dispuesta a decirle otra grosería a pesar de que no era muy propio de mí, pero alguien había notado que teníamos un pequeño desacuerdo.

—*Wow*, Damián, parece que estás experimentando por primera vez las complicaciones de la vida en pareja —dijo la voz de Nicolas por detrás de nosotros.

Damián contuvo todo el enojo de ser interrumpido por él. Yo di unos pasos hacia atrás. Nicolas se había acercado mientras discutíamos, y quedó en medio de ambos, alternando la mirada divertida, pero relajada entre nuestras diferentes expresiones. Tenía una mano en su bolsillo y con la otra sostenía una copa, tal vez de Ambrosía.

—Piérdete —le ordenó Damián, dejando en claro que era el peor momento para su presencia.

Nicolas solo hundió las cejas, curioso. Se le quedó mirando.

—Me acerqué porque me llamó la atención que con esta luz del día no luces nada bien —le dijo.

—De nuevo, piérdete antes de que yo pierda la paciencia —le advirtió Damián.

—Pero ¿estás enfermo? —insistió.

—¡¿No entiendes la palabra «piérdete» o qué, maldita sea?! —le soltó a Nicolas, harto.

Nicolas y yo nos quedamos quietos. Yo, sorprendida; él, con una pequeña sonrisa de triunfo. Chequeamos nuestros alrededores por si alguien había escuchado, porque su voz había sonado más fuerte. Pero la gente seguía en lo suyo.

Nicolas suspiró con un pesar fingido.

—Ah, recuerdo el tiempo en el que no me hablabas así.

Esa vez mi sorpresa fue por eso. ¿Había sido una broma o una revelación?

—¿Eh?

—Vamos. —Damián me tomó del brazo para que nos fuéramos. Y casi, casi logró llevarme. Solo que Nicolas lo soltó antes:

—Espera, ¿no le has dicho que hubo un bonito tiempo en el que éramos amigos?

Me zafé del agarre al instante. Alterné la mirada atónita entre ambos, y por último la dejé sobre Damián, que se había quedado tenso y enojado por esa confesión. Un enojo que yo ya estaba empezando a compartir.

—¿Es en serio? —pregunté a la espera de que lo desmintiera.

Pero Damián no dijo nada. Solo desvió la mirada.

Nicolas notó lo que había causado e hizo un gesto de «ups».

—Supongo que parte de la vida en pareja también es tener secretos —dijo, inocente—. O, espera, creo que no...

Pensativo, se dio la vuelta y se movió hacia otro lado, dejando el caos encendido con total razón.

—¿Eran amigos? —le exigí respuestas a Damián. Estaba quieto, sus labios apretados.

—Hace años.

Entonces lo recordé. Recordé a Poe diciendo algo de que Damián conocía bien a Nicolas, y a Archie diciendo que sonaba celoso, pero más importante, recordé el anillo con la cabeza de lobo. Lo había visto en su habitación, en uno de sus cajones, justo antes de leer la hoja con los horarios de quién sabía qué.

Si Nicolas llevaba uno, ¿significaba que él se lo había dado? Pero ¿cuándo?

Una rabia caliente me hizo apretar las manos.

—¿Qué más no me has dicho? —solté, enfadada. Pero no podía oírlo o la ira aumentaría, así que no esperé por su respuesta y solo me alejé.

Dejé a Tatiana y a Archie otra vez pasmados y confundidos porque habían escuchado la situación, pero es que necesitaba un momento para respirar. Estaba empezando a enojarme de forma riesgosa. Por eso fui hacia la mesa de la comida solo para distraerme, para hacer lo que siempre me habían recomendado: encontrar un objeto y concentrarme en él. Debía alejar toda la rabia o podía...

¡Agh! ¡¿Por qué estaba sintiendo todas esas cosas tan negativas e impulsivas?! ¡¿En dónde estaba el porcentaje de autocontrol que todavía debía mantener?

Alicia. Pensé en ella. Dije su nombre en mi mente para traerme buenos recuerdos. Estaba en esa mansión para ayudarla. Ya luego tendría una discusión con Damián. Traté de centrar mi mente en el plan, aunque también se esmeraba en llevarme a recordar la puerta en mi cara y a llamarme a mí misma estúpida por no haber podido exigir una explicación sobre quién era esa mujer. Porque tenía el derecho, ¿no? Yo era su novia. Lo había admitido.

Pero ahora estaba considerando algo que no me gustaba: ¿Damián tenía más secretos? ¿Y nuestra conexión?

Mi celular vibró en mi bolsillo de repente. Casi me ahogué con el trocito de tarta que había tomado de la mesa cuando vi que, tras no haberme respondido por días, la persona desconocida me había enviado un mensaje de nuevo.

Desconocido:

> Necesitarás ayuda para entrar en las mazmorras.

Le respondí rápido.

> ¿Puedes dármela?

Esperé una respuesta, pero pasaron unos minutos y no recibí ninguna. Igual, ¿también estaba en la mansión? Entonces, sí era un Noveno o una Novena. Alcé la mirada e hice un escaneo panorámico. Todos estaban en lo suyo. Ningún rostro parecía siquiera despertar una sospecha. Nadie con un celular en la mano. Nicolas solo estaba conversando y riendo en un grupo.

No podía perder más el tiempo.

Encontré a Eris cerca de un par de Novenos que hablaban sobre los posibles ingredientes de La Ambrosía. Escuchaba con disimulo, de seguro para recopilar la información que tanto le gustaba registrar. La alejé un poco para que creáramos un círculo confidencial.

—Fui a las mazmorras, pero hay una reja cerrada —susurré. Eché un vistazo rápido a los alrededores e hice como si estuviéramos charlando muy a gusto—. Tienen a mucha gente. Llamé, pero ninguna voz como la de Alicia respondió. Además, la ventilación expulsa un gas adormecedor. Entrar será demasiado difícil.

—Eso tiene sentido —comentó entre dientes—. Podría estar muy sedada como para gritar.

—Creo que deberías ir antes de la cena a la antigua armería —propuse—. Si Alicia no está allí tendríamos tiempo de concentrarnos en cómo abrir esa reja y evitar el gas.

Eris asintió. Era una buena idea. De todos modos, sacó un punto importante.

—¿Y si no está en ninguno de los dos lugares?

Eso era lo que más me temía. No tenía una respuesta. O sí la tenía, pero no quería pensarla.

—¡Atención, por favor! —habló alguien de repente.

Era Gea, y ante su petición las demás voces disminuyeron. Tardé un segundo en comprender que una persona acababa de hacer acto de presencia en el jardín y que no lo habíamos notado. Ese alguien ahora se encontraba de pie junto a ella.

—Quisiera hacer un especial agradecimiento al anfitrión de este evento —empezó a decir, aparentemente muy complacida—. Muchos no lo saben, pero organizar La Cacería de este modo fue casi un reto. Se sabe que como Dirigente tengo la capacidad de liderar nuestra comunidad como vea necesario, pero cada uno de mis actos debe ser aprobado por Los Superiores. Así que, aunque tuve que insistir en muchísimas ocasiones, logré demostrarles a todos que esta es la mejor vía para preservar nuestras costumbres. Y, por supuesto, no pude haberlo logrado sin la ayuda de uno de ellos: Aspen Hanson, dueño de la mansión.

Gea se giró hacia el tal Aspen y le aplaudió. Los presentes aplaudieron también de forma moderada. El hombre buscó una de sus manos y le dejó un caballeroso beso en los nudillos.

A simple vista daba una impresión de poder con un toque de elegancia, algo superior al porte de Gea. Era pelirrojo natural. Una barba poblada enmarcaba su mandíbula y un esmoquin azul le daba el toque de hombre con mucho dinero. Además de eso, una sonrisa amplia estaba dibujada en su rostro. Una sonrisa suficiente, confiada, orgullosa. Pero lo más sorprendente, lo que me dejó muy quieta tratando de analizarlo, fue la chispa de familiaridad en sus ojos verdes; una chispa casi reconocible en un ser al que no conocía en lo absoluto.

—Parece que el misterio del dueño está resuelto —comentó Eris, terminando de aplaudir—. Es de uno de Los Superiores.

—Es extraño —comenté, sintiendo una mala espina—. ¿No te parece extraño?

—¿Que esos fulanos Superiores sean algo así como *influencers*? No, para nada. Me he dado cuenta de que en el mundo de los Novenos la posición social es muy importante. No me extrañaría que hasta hubiera rebeldes en su contra, siempre es así en estos casos.

Un recuerdo llegó a mi mente.

—Los hay, Tatiana me lo dijo una vez. Pero el punto es que parece que a Hanson no lo conocía casi nadie. —Hice un gesto disimulado para señalarlo. Se estaba moviendo entre la gente, interactuando y asintiendo mientras la gente pronunciaba sus nombres—. Mira, apenas se está presentando. ¿Significa que a Los Superiores no los ve nadie?

—*Shh*, como que viene para acá.

Tuvimos que callarnos porque llegó muy rápido hasta donde estábamos. De cerca era mucho más intimidante, aunque seguía pareciéndome familiar...

Nos dedicó un asentimiento con cordialidad y carisma.

—Eris Cohen.

—Padme Gray —me presenté después de ella.

—Qué nombre tan interesante, como...

—En esa película, sí —asentí. Él me sonrió con cordialidad, pero me corrigió:

—Me refería a Eris, como la diosa griega del caos y la discordia.

Fue curioso porque a Eris siempre le había gustado que su nombre fuera como el de esa diosa. Lo había mencionado mucho.

—Ah, sí, pero no creo que mis padres me lo pusieran por ella —admitió—. Es lo que menos les gusta.

—¿Y les has preguntado si lo escogieron ellos? —preguntó él. Su voz era distinguida.

Un gesto sutil hundió las cejas de Eris. La dejó pensativa.

—No.

—Ambas se ven muy jóvenes —mencionó él.

—Somos de la manada de Poe Verne —expliqué.

Hanson entornó un poco los ojos, divertido.

—Claro, Verne. Recuerdo que una vez perdí una subasta por su culpa, pero no hay resentimientos. La gente astuta es de mi agrado. ¿La mansión ha sido del suyo?

—Sí, sobre todo por el misterio que hay a su alrededor —asintió Eris antes de que yo pudiera decir algo. De nuevo tenía ese brillo en los ojos, como cuando hacía sus investigaciones—. Hablando de eso, ¿por qué tantas ansias de ocultar que usted es el dueño?

No sentí que fuera una buena pregunta. De hecho, al desviar la atención me di cuenta de que Tatiana, Archie, Damián y Poe nos miraban desde cierta distancia con algo de alerta. Asumí que no se acercaban porque iba a ser demasiado obvio.

Pero no hubo peligro. Todo lo contrario, Aspen miró a Eris con algo de fascinación por haber señalado eso. Soltó una risa moderada.

—Es que los secretos a veces no solo sirven para mantener algo oculto, sino para crear curiosidad —respondió, con simpleza—. Por ejemplo, yo creo que el anonimato le da vida a esta mansión. Permanece mucho tiempo a oscuras por todos los viajes que hago.

—Curioso —murmuró Eris, y después en voz más alta añadió—: Entonces, de seguro no le molesta que haya algunos artículos haciendo referencia a que el dueño es alguien lo suficientemente enigmático como para no mostrarse.

Parecía que le estaba haciendo una entrevista, y me sentía muy incómoda con el simple hecho de tener a ese hombre en frente siendo presas que fingían. Pero Eris lucía muy interesada.

—Por supuesto que no —respondió él.

—¿Y no le preocupa que después alguien de aquí revele que usted es ese hombre? —preguntó también.

—Confío en todas las personas que están aquí en este momento.

—Se nos quedó mirando. Eris entonces lo captó. Sintió la misma inquietud que yo y no soltó ninguna otra interrogante. Ante eso, Aspen amplió su turbadora sonrisa—. Fue un placer conocerlas. Disfruten la merienda.

Aspen pasó a otro grupo de personas. Descubrí que había estado aguantando la respiración.

Era un hombre raro. No como Gea, que fascinaba y al mismo tiempo te atraía. No me daba buena espina.

—Padme, debería aprovechar ahora —susurró Eris cuando él estuvo lejos—. Iré a la armería. La mayoría de los guardias están aquí, así que es posible que esté despejado.

Dudé un momento, pero tenía razón. Había bastantes guardias en el jardín. La mansión no estaba asegurada de pies a cabeza, pero tenía su vigilancia riesgosa. Quizás eso dejaba otras zonas con más fácil acceso. También era bueno que los demás Novenos estuvieran en el mismo sitio, porque evitábamos que alguien la viera por las ventanas.

—De acuerdo —le susurré.

Simuló que iba al baño, aunque nadie le prestó atención. Yo me quedé aún cerca de la mesa de la comida y revisé mi celular otra vez. Nada del desconocido.

Al voltearme vi que Damián pretendía acercarse a mí, pero me moví en otra dirección para evitarlo. No era bueno enojarme con todos esos Novenos y guardias allí. En realidad, no era nada buena la manera en la que mis emociones se estaban desatando. Quería ser valiente, no impulsiva y mucho menos colérica, porque la cólera dentro de mí era peligrosa.

Aunque las cosas estaban a favor de ponerme los nervios de punta, porque Hanson había terminado de saludar a la gente y volvió a pedir toda la atención.

—¿Vamos al segundo piso para ver la práctica? —pidió con carisma a todos.

Me quedé pensando: «¿La práctica de qué?» y sentí un escalofrío. Me pregunté si notarían que Eris no estaba y me preocupé mientras miraba a la gente que sostenían sus copas, dirigirse hacia las puertas. Hasta me confundí, pero lo que me trajo de vuelta fue que alguien puso una mano en mi brazo. Un gesto suave, de invitación. Al mirar a mi lado, Nicolas me sonrió.

—¿Vamos juntos? —Y como tal vez notó mi cara de perdida, añadió—: Es para el entretenimiento de los huéspedes.

Su mano indicaba que siguiéramos a los demás. Por detrás de su hombro vi a Tatiana, Archie y Damián. Sus ojos duros y ojerosos me advirtieron que me alejara de él, pero el enfado que todavía corría dentro de mí, esa impotencia, me controló en otro impulso. No fui capaz de dominarme. Todo el miedo que usualmente sentía hacia Nicolas fue sustituido por el arranque del enojo.

Acepté. Nicolas y yo fuimos juntos, y alcancé a ver la rabia contenida de Damián antes de que siguiéramos a todos.

Subimos las escaleras, pero no tomamos el corredor de las habitaciones, sino el contrario. Era distinto y conducía hacia otras áreas de la mansión, como un gran balcón que permitía ver el jardín en donde habíamos estado, las zonas que se extendían detrás de él como un majestuoso laberinto y una parte exclusiva que contaba con dos grandes piscinas.

Nicolas se acercó al borde del balcón y nos detuvimos ahí. Me puse nerviosa por Eris, pero por suerte no se veía aquello que debía ser la armería.

Los Novenos empezaron a sacar unos pequeños binoculares. Hasta Poe, en una esquina, había sacado los suyos desde el interior de su costosa chaqueta.

—Para poder ver bien el laberinto tienes que usarlos —me indicó Nicolas. Puso una mano sobre mi espalda y me ofreció compartir los suyos.

Al tomarlos, otra vez me fijé en que Damián no nos quitaba los ojos de encima. Se ubicaba al otro extremo con la manada, pero era impresionante la forma en la que percibí toda la tensión de su cuerpo. Él estaba odiando eso. Estaba odiando que yo estuviera cerca de Nicolas, que lo prefiriera, y por un instante no me sentí bien con lo que había hecho, porque en realidad lo quería a él y en realidad estaba dolida por lo que había pasado.

Pero ese dolor pasó a quinto plano cuando miré a través de los binoculares. Enfoqué las áreas del laberinto, los muros de arbustos que lo formaban y las luces que puestas en sitios estratégicos servían para librarlo de la oscuridad que entraba en el atardecer. Detecté una figura corriendo por uno de los pasajes. Apenas se distinguía, pero se notaba que era un hombre. Corría a toda velocidad, girando la cabeza con horror para ver lo que dejaba atrás.

No tardé en entender que corría porque estaba huyendo, porque intentaba no ser atrapado por una segunda persona que a pocos metros de distancia sostenía una motosierra.

Eran un Noveno y una presa. Esa era la práctica. Una práctica pre-Cacería.

Aferré las manos a los binoculares cuando la presa dio un salto sobre un obstáculo que estaba en medio del camino y cayó de bruces. Por la velocidad a la que iba, su cuerpo se arrastró sobre el pasto. Trató de levantarse, pero sus piernas le fallaron posiblemente por el pánico, y pareció luchar contra su propia inestabilidad.

El Noveno con la motosierra aprovechó el fallo, corrió aún más rápido y de manera triunfal logró su objetivo. La hoja le cortó una extremidad, y luego otra.

Lo desmembró.

Lo disfrutó.

Cuando quedó satisfecho, se perdió por otro pasaje del laberinto en busca de más.

Aparté los binoculares de mis ojos y se los pasé a Nicolas. Estaba fría y aterrada, y quería irme corriendo, pero me forcé a mantener mis piernas ahí, porque los demás espectadores estaban a mi alrededor, mirando con mucha satisfacción. Hacían comentarios de disfrute o de calificación al método utilizado para matar.

Los bloqueé de mi entendimiento.

—Antes, lo mejor de La Cacería no era matar, sino el hecho de hacerlo en grupo —comentó Nicolas, mirando hacia el laberinto—. La historia de los Novenos es... curiosa.

—¿Qué tanto sabes de ella? —le pregunté—. No es como si hubiera muchísimas referencias.

—La he estudiado lo suficiente como para saber que somos más que unos asesinos.

—Así piensa Damián —murmuré.

—La diferencia es que él lo ve con fascinación. Yo lo veo con criticismo.

Sonó misterioso, pero no lo entendí.

—¿Eso qué significa?

Nicolas suspiró. Habló más bajo.

—Damián y yo no somos iguales a pesar de que fuimos amigos. Precisamente por eso dejamos de serlo. Nos dimos cuenta de que ambos teníamos perspectivas muy diferentes, en especial con el concepto de ser Noveno.

—¿Así que un día pelearon, ahora se odian y por eso me quieres en tu manada? ¿Para molestarlo? —Quise ponerlo en evidencia—. Porque veo que eso te gusta.

—Me gusta molestarlo, pero te ofrecí estar en mi manada porque... —Hizo un silencio, buscando la palabra ideal, pero solo lo completó de forma extraña—: porque ahí vas a estar mejor. Y sí, un día peleamos, pero no fue por algo tonto. Algo pasó, Padme.

La seriedad con la que sonó eso último me hizo comprender que se trataba de algo importante.

—¿Qué fue lo que pasó?

—Te lo contaré en la cena si aceptas sentarte junto a mí —dijo, y otra vez les agregó el tono serio y confuso a sus palabras—: Por favor, acéptalo. Tengo mucho para decirte.

Lo pensé un momento. Por lógica y lealtad a mi manada debía rechazarlo, pero... algo me incitó a no hacer eso. Fue lo mismo que me había impedido decirle a los demás que él me había invitado a su manada. Fue esa misma rara sensación que me había abordado en la acera del pueblo, luego de que me lo había encontrado en su motocicleta. Una punzada inexplicable, incierta.

—Está bien —asentí. La risa de Aspen Hanson resonó en el balcón—. ¿También tienes mucho para decir sobre el dueño?

—La verdad es que no. Es un hombre que viaja mucho y deja poco rastro. ¿No te agradó?

—Se ve poderoso.

«Y sospechoso», dije en mi mente.

—Como debemos vernos los Novenos —mencionó, y como seguía mirando con los binoculares, añadió—. Ah, mira, creo que van a llevarse el cadáver.

Señaló el laberinto y le pedí los binoculares para observar. Un par de hombres se habían acercado al cuerpo de la presa, o a lo que quedaba, y estaban poniendo sus restos en el interior de alguna enorme bolsa negra.

—¿Qué hacen con los cadáveres? —pregunté.

—Los llevan a un sitio que está por aquí cerca. Creo que era una armería en tiempos de la guerra, pero ahora solo sirve de depósito. En un rato irán a dejarlos allá, los huéspedes se darán un paseo para verlos y ese tipo de cosas.

Quedé paralizada. Eris. Solo pensé en ella.

Si iban a dejar los cadáveres en la armería, si los huéspedes se darían un paseo por ahí y ella estaba explorando en busca de Alicia...

—Te pusiste pálida —señaló Nicolas, que me miraba con ligera preocupación.

¿Qué hacía? ¿Cómo le avisaba? ¡¿Cómo lo evitaba?! Si sacaba mi teléfono para enviarle un mensaje con Nicolas así de cerca de mí, iba a ser demasiado obvio.

—Me duele el estómago —mentí de golpe.

—¿Eh? —Nicolas no comprendió.

—Quiero ir al baño —reafirmé, rápido—. Comí tarta y la harina le hace mal a mi colon.

Dejé muy implícito que se trataba de una urgencia de baño de tipo dos.

—Oh. —Nicolas contuvo una risa.

No expliqué más. Tampoco pensé en la manada o en si Damián aún me miraba. Salí con disimulo del balcón y luego eché a correr por el pasillo rumbo a mi habitación. Traté de no resbalarme por la pulcritud del suelo. Cuando llegué, con el mundo transcurriendo a una velocidad de pánico, busqué el *walkie talkie* debajo de mi almohada. Con desesperación presioné el botón:

—Cachorro a ave roja, cachorro a ave roja —repetí, y al no obtener respuestas insistí—: ¡Eris, demonios, responde!

Di pasos de un lado a otro, a la espera. Escuché muchos crujidos de interferencia. Tras unos segundos pude entender su voz:

—Aquí ave roja.

—Los Novenos irán para allá, repito, irán a la armería —sostuve con fuerza el dispositivo cerca de mi boca, agitada.

Ella no me entendió. La interferencia era muy ruidosa. ¿Estábamos demasiado lejos?

—¡Hay mucha gente aquí! Están dormidos, muy sedados.

—¡No, Eris, esos cuerpos no están sedados, están muertos! —volví a hablar un poco más alto—. ¡Tienes que salir de ahí de inmediato antes de que te vean!

—Me lleva el...

Y se cortó.

Y sentí un miedo terrible.

Presioné el botón de nuevo e intenté comunicarme varias veces más, pero no obtuve respuesta. Consideré ir a ayudarla, pero también consideré que podían verme. Igual antes de llegar a la mansión habíamos conversado sobre este tipo de cosas. Es decir, si algo salía mal, si todo se complicaba, una tenía que huir con Alicia incluso si eso requería dejar a la otra atrás. A mí me había sonado egoísta, pero luego me pareció la única opción, sobre todo porque había asumido que la que tendría que quedarse sería yo, no ella.

Entré en un conflicto de terror. Supuse que la situación no podía ponerse peor.

Pero claro que sí podía.

Tocaron a mi puerta. Unos toques fuertes que me sobresaltaron.

¿Nos habían descubierto?

25

DE ACUERDO, TAL VEZ SOLO IMPORTA QUE EL SABOR DE LA MUERTE ES TENTADOR

Abrí la puerta tras tomar aire.

No, no eran los guardias ni Hanson ni los demás Novenos como había creído mi paranoia por un momento. Era Damián.

El alma me volvió al cuerpo al reconocerlo. Respiré de nuevo.

—¿Puedo pasar? —preguntó él.

—¿Qué quieres? —solté de mala gana.

—Pasar, lo acabo de decir, ¿no me oyes nunca? —Frunció el ceño.

—No, y llévate tu sarcasmo junto con tu presencia a otro lado.

Traté de lanzarle la puerta en la cara para volver a intentar comunicarme con Eris, pero me lo impidió al atravesar la mano.

—Voy a pasar igual —decidió y, después de ganarme con un empujón a la puerta, entró.

Tuve que cerrar de portazo porque ya no podía sacarlo. Por suerte, no me había bloqueado y había ocultado el *walkie talkie*. No quería que él supiera nada del plan. Además, era obvio que estaba enojado. Su rostro y sus cejas siempre eran perfectas para demostrar esa emoción.

—¿Qué te dije sobre Nicolas? —me reclamó, severo.

—Aparentemente casi nada, porque ni siquiera sabía que eran amigos.

Se quedó medio atónito por mi respuesta, porque la dije con el mismo tono de dureza que él, y eso fue porque en ese momento no tenía los ánimos para ser la sumisa que debía protegerse de los Novenos. Eris estaba en peligro, me había enterado de cosas que no esperaba, y el enfado que había empezado a correr dentro de mí estaba tomando territorio de una forma que no estaba logrando controlar.

Me frustraba que la Padme que mi madre tanto había intentado reprimir, se estaba saliendo de mis manos, porque, ¿eso significaba que había tenido razón y yo era una peligrosa bomba de tiempo?

—Lo importante es que ya no lo somos y que no tienes que estar cerca de él —se limitó a decir.

Que no lo explicara me irritó el doble.

—En un momento me dijo más de lo que me has dicho desde que nos conocemos —lo apunté.

—¡Porque quiere ponerte en mi contra! —soltó él con obviedad—. ¡¿No te das cuenta?! ¡¿O es que sí lo estás?!

—¡¿Debería?!

Eso lo horrorizó y molestó en partes iguales.

—Te recuerdo que somos un equipo, una manada, y Poe piensa que debemos irnos lo antes posible.

—¿Qué? —Bajé mi guardia por un instante.

—Algo raro está pasando. —Damián caminó por la habitación. Lo escuché nervioso por primera vez—. La Dirigente le dijo que no tenía ni idea de nada, pero no lo cree.

—¿Le mintió?

—Es lo que sospecha. Él estará con ella antes de la cena y aprovecharemos para tratar de salir de aquí.

No. No me gustaba la idea. Es decir, sí quería salir de esa mansión, también sentía que algo no estaba bien, pero eso debía ser luego de encontrar a Alicia. Aún no la teníamos. Si la manada tenía que irse tan rápido, no lo lograría.

—¿Estás seguro? ¿No es peligroso si faltamos a la cena?

—Tal vez lo es, pero fue un error haber venido y es un error que estés tan cerca de Nicolas.

Volvió a traer mi enojo.

—¿Y no es un error que tú estuvieras con alguien más hoy? —solté, sin pensarlo—. ¿Yo no puedo acercarme a nadie, pero tú puedes estar con personas que me lanzan la puerta en la cara?

El tono de reclamo y furia fue tan claro que Damián detuvo sus pasos para mirarme. Sus ojos detallaron cada parte de mí, porque me conocía, y se dio cuenta de que estaba tensa. Notó mis manos apretadas, el enfado que transmitían mis ojos, lo inestable de todo mi cuerpo. Y lo entendió. Entendió algo que lo confundió, pero que despertó toda su curiosidad. Algo que de nuevo hizo que me contemplara como su pieza favorita de un museo.

Me lo preguntó mientras se acercaba a mí con pasos depredadores:

—¿Estás... celosa? ¿Es por eso?

—¿Tú no estás celoso de Nicolas? —rebatí. Esa respuesta también lo sorprendió. Pensó algo por un instante, pero despúes relajó su expresión, seguro.

—No, porque, aunque se esfuerce, él no tendría el mismo efecto que tengo yo en ti.

Llegó hasta mí. Entonces, con una de sus manos tomó mi mandíbula y me sostuvo el rostro. Recorrió mi cara con su mirada fatigada, analizándome.

—Me preguntaba cuándo ibas a mostrar toda la ira que reprimes, pero no pensé que fuera por celos —susurró, medio fascinado—. Qué... interesante.

—Suéltame —dije, de mala gana.

—Pero no dejas de mentirme a pesar de que te dije que sé cuándo lo haces. —Puso una expresión de fastidio.

Traté de alejar la pregunta. Traté de no decirla. Incluso apreté los labios para contenerla, pero no pude. Necesitaba saberlo:

—¿Quién es ella?

Damián hizo un silencio intencional, quizás para molestarme más.

—Es alguien que conozco desde hace tiempo. Solo necesitábamos hablar.

—¿De qué?

El condenado alzó un poco la comisura de sus labios en una sonrisa maliciosa.

—Los celos son una emoción muy tóxica para la chica buena y tranquila —dijo, porque lo chocante no se le quitaba nunca—. ¿Qué diría tu madre, Padme?

—Mi madre te odiaría.

—Recuerdo bien que me ama —contradijo, y acercó sus labios a los míos con sus ojos oscuros sosteniendo mi mirada—. A mí, no a Nicolas ni a nadie más.

A pesar de que se refería a mi madre controladora, sentí que esas palabras querían recordarme que era cierto que nadie tenía el efecto que él causaba en mí. No era una mentira. Ahora que su boca estaba tan cerca de la mía, mi ira y su efecto habían empezado a pelear. Por un lado, era de nuevo como La Ambrosía. Me sedaba. Su toque, sus manos, su exigencia, me dominaban. Por el otro, algo quería hacerme caer en cuenta de que había otras emociones en mi interior que no podía olvidar.

Y se convertía en una batalla. Una guerra entre lo que quería y no debía dejar fluir.

—Estoy enfadada contigo… —susurré, en un intento por no ceder.

Pero subestimaba el poder de Damián.

—No, no lo estás, porque yo soy lo que necesitas —murmuró sobre mis labios, una referencia a la pregunta que me había hecho en la habitación del motel.

—¿Y lo que tú necesitas? —lo reté—. ¿Lo que tú quieres? ¿Soy yo? Si lo fuera no…

Su brazo me envolvió la cintura sin aviso y me impidió completar la oración. Me apegó a él.

—¿Qué vas a saber tú sobre lo que siento o quiero? —se quejó—. No tienes ni idea de cómo quiere un Noveno…

Entonces me besó.

Hizo lo que tanto ansiaba y que llegué a pensar que no iba a suceder. Hasta me pareció irreal por esa misma razón y tardé un momento en reconocer que era su boca lo que estaba sintiendo, pero luego fui transportada a la entera realidad del momento.

No nos besamos de una forma común. Tampoco a un ritmo lento. Fue un beso con fuerza, necesidad y ansias. Fue un beso enojado, pero también apasionado y reclamante. Un beso de primera vez, pero de «finalmente». Su mano apretó con una suavidad dominante mi mandíbula y su otra mano en mi espalda trató de apretarme todavía más contra sí. Sus labios se movieron sobre los míos mezclando nuestros alientos, como si estuviera probando algo adictivo y delicioso, y tuviera que obtener más.

Mi mente se nubló. Mi cuerpo se debilitó. Solo existió el sabor de su beso, la húmeda fricción de su lengua con la mía, su respiración pesada contra mi rostro. Me hizo olvidar a cualquier persona. Me hizo olvidar que estábamos en peligro. Me hizo olvidar que debía controlarme. No quise que me soltara. Deseé que me tocara, que su boca se deslizara desde mis labios hacia otras partes de mí. Despertó todo aquello que como una chica de dieciocho años sentía, un deseo intenso, una indiferencia hacia el hecho de que él era un asesino, un «no me importa en quien me convierto solo si estoy contigo, así, para siempre».

Porque entendí que aquello definitivamente no era el cielo. Era el infierno llamado Damián y quemaba de forma excitante en cada parte del cuerpo. Y eso era lo que más me gustaba.

No podía negarlo. Él me hacía perder el control, olvidar mi moral y odiar la idea de ser normal. Y yo también lo descontrolaba de alguna forma. Algo se encendió en él, porque de repente dio algunos pasos hacia adelante. Me dejé guiar, aún entre el beso, y caímos en la cama. Su cuerpo caliente y duro se acomodó sobre el mío con unas intensas ganas de sentirlo debajo. Subió la mano que había estado en mi espalda hasta mi cuello. Lo envolvió con sus dedos y lo apretó con suavidad. Su pulgar presionó sobre el punto en el que podía percibirse el pulso. Un incontenible jadeo salió de mi boca y no pude evitar separar mis labios de los suyos para abrir los ojos en busca de su expresión.

Era por completo nueva, extasiada, pero fascinada. Le gustaba. Eso que nunca había hecho, ese contacto al que se había negado, ahora lo estaba haciendo sentir algo poderoso, porque su boca estaba entreabierta y tomaba aire por ella como si el deseo lo agitara en un nivel peligroso.

Por mi mente pasó la perversa idea de que apretara mi cuello un poco más, y sin pensarlo, con todo el atrevimiento puse mi mano sobre la suya en una invitación a hacerlo. De esa forma, solo mirándome, solo con sus ojos negros fijos en los míos y el cabello oscuro cayéndole sobre la frente, sus dedos largos y dominantes comprimieron mi piel. Percibí mi propio pulso acelerado bajo su presión.

—¿Es esto lo que te gusta? —le pregunté, en un susurro. Mi voz sonó algo ansiosa.

Un jadeo salió de entre sus labios sin su permiso en un gesto de excitada vulnerabilidad. Le encantaba, pero lo sorprendía. Era una mezcla demasiado atractiva.

—Ah, Padme, no... —intentó decir algo porque la satisfacción que estaba sintiendo era también un riesgo. Pero no lo dejé terminar:

—También me gusta.

Cerré los ojos automáticamente. O más bien, sumida en esa sensación de que yo misma estaba permitiendo que me apretara de esa forma. Así, Damián volvió a besarme con ganas, haciéndome entender que su intención ya era ir más allá de ese pequeño acto de control.

¿Lo haríamos? Lo quería. Quería más. Estaba dispuesta, cegada, atrapada, muy excitada ante la idea de saber cómo luciría su cara de placer, si se veía débil o aún más intimidante, o si...

Solo que nos recordaron que no era el momento.

Tocaron a la puerta.

Damián alzó la cabeza en un gesto de alerta y desconfianza ante el sonido. Yo también volví a la realidad de forma brusca. Lo caliente del momento desapareció en un segundo. Todo volvió a mí. La manada. La mansión. Nicolas. Alicia. Eris. ¿Había logrado irse? ¿Y si no?

Él me miró otra vez, desconcertado. Sus ojos alternaron entre mis labios, mis ojos y su mano apretando mi cuello. Pestañeó, tragó saliva, consciente de su propio descontrol, de que acababa de experimentar un montón de sensaciones nuevas e intensas. Incluso bajó la mirada y observó la propia reacción de su entrepierna.

Volvieron a tocar a la puerta con insistencia.

Damián se apartó de mí y se levantó. Sentí la ausencia de su cuerpo como un balde de agua fría, pero también me puse en pie y en un acto de precaución, pasé la daga de mi zapato a mi cinturón. La cubrí con mi camisa y mi pantalón. Lo vi dirigirse a la puerta. Tomó aire unos segundos y la abrió.

—Tenemos órdenes de escoltarlos hacia la terraza para la cena.

La voz desconocida, seria y profunda me trajo de nuevo todos mis nervios. También caminé hacia la puerta, aterrada, hasta que vi que había dos guardias ahí parados.

—Nadie solicitó escoltas —dijo Damián.

—Es solo una formalidad —aclaró el guardia.

—No lo necesitamos. —Intentó cerrar la puerta, pero el segundo guardia lo impidió con una mano.

—Me temo que deberán asistir siendo escoltados —dijo, con detenimiento—. Es necesario, así que, ¿están listos?

A Damián le molestó.

—Es absurdo, ¿y si no quiero?

—Tendremos que insistirle, y si no da resultado nos veremos obligados a insistir de una forma más... brusca —replicó—. Pero no es lo que el señor Hanson quiere.

Estuve segura de que por mucha rabia que causara, Damián pensó lo mismo que yo al escuchar el apellido: Aspen había mandado a buscarnos y la razón podía ser lo que Poe había sospechado.

Los guardias se mantuvieron ahí, indirectamente amenazantes, hasta que no nos quedó de otra más que salir. Apenas lo hicimos vimos otro par de guardias en el pasillo.

—Tú vienes conmigo —le dijo uno de ellos a Damián.

—¿Qué? —reaccioné a la defensiva—. ¿Por qué?

—Porque son las órdenes —me respondió el guardia.

Intenté acercarme a Damián como si pudiera servir de impedimento para que se lo llevaran, pero él alzó una mano para que me detuviera. Entendí que quería decirme que ellos eran capaces de lastimarme si me alteraba o me oponía.

—¿A dónde? —les preguntó, serio.

—A la terraza.

Hubo un silencio. No me lo creí, y Damián tampoco. Entonces, cuando sus ojos cansados se encontraron con los míos, también entendí que estábamos acorralados.

Por un instante, odié que el tiempo no se hubiera detenido en la cama. Odié que lo que nos rodeaba no era normal, sino peligroso. Y quise que peleara. Quise que hiciera algo de Noveno y noqueara a los cuatro hombres que estaban en ese pasillo. Pero no podía. Por más fuerte que fuera o por más débil que lo pusiera El Hito, cuatro contra uno era una desventaja enorme.

Así que Damián no tuvo más opción que irse con el guardia, que mientras se lo llevaba le dijo al resto:

—Ustedes esperen a los demás.

Vi a Damián irse por el pasillo con el corazón acelerado y angustiado. Aunque no esperamos demasiado, porque un par de minutos después nada más ni nada menos que Eris salió de su habitación. Por un lado, me alivió saber que había logrado escapar de la armería, pero por otro solo me horroricé y confundí más porque, ¡¿es que cada cosa se tenía que poner peor?!

Ya no vestía su ropa normal. Llevaba puesto un vestido rojo y lucía estupenda porque había dejado sueltas sus ondas naturales y le caían de forma voluminosa hasta los hombros. Estaba incluso maquillada y sus ojos verdes resaltaban entornados por la espesura de las pestañas cargadas de rímel. Pero ¿por qué?

Pude acercármele a pesar de que el pasillo estaba vigilado.

—¿Qué es ese vestido? —le susurré—. ¿Qué está pasando?

—No lo sé —murmuró ella, confundida, en un intento de que no nos escucharan—. Volví a mi habitación y estaba este vestido en mi cama. También maquillaje y una nota que decía que tenía que prepararme para la cena. No iba a hacerlo, pero los guardias aparecieron en el pasillo y me dijeron que si no me ponía la ropa, ellos me obligarían. —Me echó un vistazo confundido—. Tú no tienes uno.

No entendí qué estaba oyendo. Tampoco pude pedir más detalles porque otra de las puertas se abrió. Apareció Poe, y si yo no me había esperado ver a Eris así, él menos. Toda la seriedad y preocupación que debía estar sintiendo porque estábamos siendo obligados a asistir a la cena, desapareció de su rostro.

—¡Demonios! —salió de su boca, y hasta me pareció que fue inconsciente. Avanzó a paso impactado. Observó a Eris de pies a cabeza de una forma que alternaba entre la fascinación, la admiración y la lujuria. Soltó un silbido.

—Verne… —le advirtió ella para que no dijera nada.

Pero obviamente Poe no le hizo caso.

—Ese cabello como fuego, esos ojos como aceitunas, ese cuerpo como creado por Afrodita, esos labios como cerezas, esas pecas como chispas de chocolate... —dijo, en un tono muy sugerente y seductor. Y de repente, para sorpresa de ambas, la tomó por la cintura y la acercó a él. La inclinó como si fuera a besarla y, muy cerca de los labios, le dijo—. Mujer, tú me tienes más loco de lo que ya estoy, y si muero hoy moriré feliz porque te vi así.

Eris le dio un empujón y lo alejó. Poe se mordió el labio inferior, deleitado. Después reparó en mí y pareció confundido.

—Y tú estás muy… muy sana —me dijo luego de pensar qué adjetivo usar—. Para que no te sientas excluida. A ti ese estilo sobrio y simple te sienta bien. Es cuestión de saber apreciar la sensualidad incluso en lo sencillo.

Lo que menos sentía era exclusión. Estaba confundida y asustada hasta el cuello.

—Andando —ordenó uno de los guardias.

—Faltan Tatiana, Archie y Damián —avisó Poe.

—A Damián se lo llevaron antes —no me lo guardé. Sonó peor que pensarlo.

Cualquier emoción desapareció bruscamente del rostro de Verne. Poco a poco, sus labios formaron una línea seria. Se pareció mucho al Poe que había amenazado al mayordomo.

Pero no dijo nada.

—Los demás ya están en la terraza —completó el guardia.

Otra vez no nos quedó más opción que obedecer. Subimos el resto de las escaleras con los guardias por detrás y por delante de nosotros. Mientras caminábamos quise tomar la mano de Eris, solo como un gesto de que necesitaba fuerza y de que estábamos juntas en eso, pero por alguna razón, al volver a ver el vestido, la voz de la madre de Damián pidiéndome que les hiciera caso a mis malos presentimientos sonó en mi mente, y no lo hice.

Para entrar en la terraza atravesamos una puerta de vidrio pintado con muchos colores. Nos recibió un espacio muy amplio con paredes cubiertas por enredaderas que se unían en formas decorativas. El cielo se encontraba al descubierto porque no había techo, y la noche se vislumbraba estrellada y fría.

En el centro de todo había una mesa. Era larga, los cubiertos y los platos estaban bien puestos y tenía exactamente seis sillas de las cuales tres estaban ocupadas. Dos por Tatiana y Archie, y una por el propio Aspen Hanson. Parecían dispuestos a tener una maravillosa cena, hasta que reparé en el rostro de Tatiana y confirmé que sí, algo estaba muy pero muy mal.

Su expresión era muy asustada y sus ojos estaban fijos en el plato vacío que tenía en frente. Archie también estaba atemorizado. No dejaba de mirar a Aspen con terror. Tenía los labios muy fruncidos.

—Por favor, tomen asiento —nos pidió Aspen, sonriendo de la misma forma inquietante que en la merienda—. Sean bienvenidos.

Al girar la cabeza vi que los escoltas se situaron a ambos lados de la puerta con las manos juntas por delante.

Todos nos sentamos. Quedé al lado de Poe. Tatiana, Archie y Eris frente a nosotros. Hanson en la cabecera. Me removí sobre la silla y me arrepentí de haber permitido que se llevaran a Damián solo. ¿En dónde estaba?

—¿Y Damián? —pregunté, extrañada—. ¿No lo trajeron antes?

—Damián vendrá en un rato —aseguró Aspen, muy tranquilo—. Mientras tanto, demos comienzo a esta cena que es exclusiva por varias razones.

—¿La Dirigente no estará presente? —preguntó Poe. La habitual diversión que entonaba su rostro se había esfumado.

—Ah, sí, Gea —asintió Aspen, como si acabara de acordarse de esa persona a pesar de que había demostrado ser muy amigo de ella en la merienda. Chasqueó un dedo en dirección a uno de los guardias y dijo—: ¡Tráiganla!

El guardia volvió un minuto después, pero la esperada Gea no venía con él. Nadie venía con él, solo una gran caja de madera entre sus brazos. La puso sobre la mesa justo frente a Poe que seguramente ya se esperaba lo que iba a ver, porque su seriedad se mezcló con una tensión enojada.

El guardia abrió la caja. Un olor extraño salió de ella. Metió la mano y sacó la cabeza de Gea, cortada justo debajo de la línea que unía las clavículas con el cuello. La sangre estaba coagulada en la base. Su piel bronceada estaba medio gris y sus ojos color caramelo ya no tenían el brillo atrayente. Una línea roja le salía desde una de las comisuras de la boca. La puso sobre el plato de Poe.

Se me revolvió el estómago.

—Ahí la tienes —le dijo Hanson, sonriente—. Tuvimos un desacuerdo por ti, Verne. Ella quería salvarte. Ya veo que no es mentira eso de que causas conflictos a las mujeres. Pero como tienes muchas, espero que esto no te moleste.

Los ojos grises de Poe observaron la cabeza de Gea, y luego a Hanson.

—Para nada. —Sonó calmado—. Pero ¿cómo es esto? ¿Solo llegas, haces un evento y matas a La Dirigente?

Hanson hizo un gesto de desinterés.

—No era buena para el puesto porque mintió y no se lo ganó por herencia. Además, tenía un desastre y se dejaba llevar por las emociones, pero ya no tendré que irme y podré poner el orden que faltaba.

—¿En dónde estaba antes? —Poe pareció algo confundido.

—Viajando, porque buscaba algo muy… —Se debatió entre si decirlo o no, y sus ojos chispearon de una manera aterradora—. Importante para mí. Pero ya lo encontré, así que puedo quedarme, y la forma en la que mantendré el sagrado orden de los Novenos es ocupándome de limpiar cualquier crimen contra nuestras leyes. Por esa razón están aquí. Ustedes han incumplido algunas, ¿no?

Aspen apoyó los antebrazos sobre la mesa y paseó su vista sobre cada uno. Esperó alguna confirmación de nuestra parte, pero todos nos mantuvimos en silencio.

Oh no. Oh no.

—Creo que esto es algo que ustedes ya sabían —suspiró al no obtener respuesta—. Una vez, los Novenos estuvimos en un grave peligro de ser descubiertos. En esa época no teníamos las mismas reglas que luego crearon los Hanson. Había unas pocas, pero por esa razón éramos muy vulnerables...

Eris lo interrumpió:

—¿Su familia creó las reglas actuales de los Novenos?

Aspen la miró. Le sonrió como si ella fuera algo valioso.

—Sí, lo hicieron. —Y corrigió de forma extraña—: Lo hicimos. Pero en ese entonces, cuando no estaban establecidas de forma estricta, una sola persona, una sola presa, casi nos destruye. Un muchacho curioso. Tenía veinte años. No sabía nada de la vida ni de lo que acababa de descubrir.

Eris y yo conectamos lo mismo. El problema fue que ella no se lo guardó.

—¿Carson? —completó—. ¿Y su artículo?

Pero ¿por qué lo decía? No iba a mencionar también lo de la otra dimensión, ¿no?

No hallaba a quién mirar, si a ella o a Hanson. A su lado, Poe tenía la mirada fija en la cabeza de Gea. Sus cejas estaban medio fruncidas.

—Podría decirse que sí, pero lo cierto es que fue la forma en la que lo descubrió —explicó Aspen—. Fue nuestra culpa. Fue por un Noveno que le contó su propio secreto. Debido a eso tuvimos que imponer la regla de que quien lo revela debe pagar con la muerte inmediata. Pero esa regla debía tener cierta protección, ya que los Novenos somos muchísimos y la única forma de saber qué hacen en realidad es monitoreándolos, siguiéndoles la pista, pero al mismo tiempo haciéndoles creer que nadie los ve. La mejor forma de lograr eso, sin duda, ha sido tener aliados, algo así como ojos en todos lados. Y les digo esto porque así fue como me enteré de que ustedes no han cumplido esta sagrada orden. —Entonces, se quedó mirando a una persona en la mesa—: ¿Cierto, Tatiana?

El impacto de la pronunciación de ese nombre fue como una bomba nuclear que cayó sobre cada uno de nosotros. Eris se asombró mucho. Poe alzó la mirada, horrorizado y pasmado. Tatiana escuchó que había sido mencionada, pero mantuvo las manos formando puños sobre la mesa y la mirada baja.

Lloraba.

Lloraba en silencio por una razón horrible:

Había traicionado a su manada.

Entre mi aturdimiento, las palabras que ella me había dicho aquella tarde en su apartamento adquirieron un sentido diferente para mí: «Yo haría cualquier cosa por Archie y él haría cualquier cosa por mí. Solemos hacer muchas cosas por amor, ¿no? Incluso las más tontas nos parecen las correctas, aunque tal vez no podríamos estar más equivocados».

Aspen soltó una risa áspera, se recargó en el espaldar de la silla como si estuviera muy relajado y estudió nuestros rostros con suma diversión.

—Pero para pagar su ayuda, por una vez me salté las reglas y le concedí una indemnización —añadió—. Por eso sigue aquí.

—¿Ella lo dijo todo? —preguntó Poe, boquiabierto.

—Todo —asintió Hanson.

—¿Que hizo qué? —soltó Archie, la persona más importante en ese tema, aún sentado al lado de su novia.

Escuchar su voz me hizo girar la cabeza muy rápido hacia él. Sentí el terror más intenso, porque caí en cuenta de lo peligroso que podía ser esa revelación para el Archie inestable que conocíamos. Estaba pasmado, como si por un lado lo creyera y por el otro se negara a aceptar que era real. Sus ojos, desorbitados detrás de las gafas, se veían muy abiertos de una forma escalofriante y se habían enrojecido y humedecido.

—Archie, escúchame, es que… —musitó Tatiana. La voz le salía torpe, ahogada entre el llanto—… ellos se enteraron de lo que hiciste conmigo e iban a matarte… así que yo… les juré que iba a guardar el secreto. Les supliqué, pero no estaban seguros y tuve que…

—¿Que hiciste qué? —repitió Archie. Su voz se oyó vacía, como si se lo estuviera preguntando a sí mismo.

Tatiana también reconoció el riesgo. Miró con fiereza a Hanson, llorando.

—¡Me dijiste que no ibas a decírselo así! —le reclamó en un grito.

—Esa parte no la prometí —aclaró él, muy tranquilo—. Tenías que haberte asegurado de que dijera esa palabra.

El horror dejó la cara de Tatiana en una mueca de espanto, pero cerró los ojos y trató de controlar sus sollozos para explicarlo al mismo tiempo.

—Archie, no iba a permitir que te mataran —le dijo. Su voz sonaba arrepentida y débil—. No iba a dejarlos lastimarte, yo solo...

Él lo completó, aún en el impacto:

—Tú nos traicionaste.

—Yo no lo llamaría traición —comentó Hanson, entretenido con la escena—. Es lealtad. Esta muchacha, aun sin pertenecer a nuestra especie, es mucho más leal que todos ustedes.

—¿Ella no es una Novena? —preguntó Eris, otra vez asombrada.

—No lo es. —Hanson negó con la cabeza—. Hay dos presas en esta mesa.

No pude apartar la vista atónita de Tatiana, y por un momento ella me miró también. Vi el dolor y la desesperación en sus ojos, y pensé otra vez en aquel día que habíamos hablado en su apartamento, cómo yo no me había dado cuenta de que su búsqueda de ayuda para Archie había sido porque ella tampoco entendía por completo a los Novenos. Había dudado, pero había terminado confiando en ella. En quien menos debía. ¿Por qué solo no me lo había dicho?

Oh, Dios. Iban a matarnos a todos. Mis manos estaban temblando ya. Tenía la boca seca. Mi corazón se escuchaba en mis oídos. Un impulso...

—¡¿En dónde demonios está Damián?! —solté, levantándome de la silla, pero entonces Aspen alzó una mano con demanda y se apresuró a decir:

—Te recomiendo que vuelvas a sentarte porque si haces otro movimiento extraño, cualquiera de los cuatro francotiradores que están apostados en puntos estratégicos de las torres que rodean la mansión te volará la tapa de los sesos.

¿Francotiradores?

Volví a sentarme con lentitud.

—Damián Fox —suspiró Aspen, y con un dedo se acarició la barbilla en un leve gesto pensativo—. Está pasando por El Hito desde hace nueve meses. Es sorprendente, ¿sabías? Considerando el tipo de Noveno que es, su edad y su entorno, lo ha soportado de forma excelente.

—Está controlado —se apresuró a explicar Poe—. Conseguí los nuevos medicamentos para él a tiempo.

—Ah, ese nuevo y costoso tratamiento que los doctores han desarrollado, ¿no? —Hanson entornó los ojos con curiosidad—. Según, si lo recibes cuando El Hito está iniciando puede tener un desarrollo exitoso. Bueno, o no ha funcionado o él te engañó y no lo tomó como un chico bueno.

La expresión de Poe se congeló en una de desconcierto. Fue tan sorpresivo para él que solo bajó la mirada como si buscara una explicación en su mente a algo que se le había pasado por alto.

Yo estaba peor.

—¿Qué? —salió de mi boca.

Hanson movió la cabeza de arriba abajo con pesar.

—Siempre he pensado que El Hito es lo peor que puede pasarle a un Noveno, y no porque te convierte en un monstruo, sino porque te convierte en uno que tú mismo no puedes controlar. Eso es un desperdicio de habilidades y un riesgo para las demás manadas. —Me miró con interés—. No había forma de que supieras eso, Padme. Un Noveno al perder El Hito es capaz de hacer cosas que no podrías soportar ver. Por eso, cuando ya no se puede hacer nada, hay que eliminarlos.

Entonces se habían llevado a Damián para matarlo.

—Fue mi culpa, yo le pedí que me metiera en este mundo, él no quería hacerlo —dije, en un tonto y desesperado intento de convencerlo.

Aspen giró los ojos con fastidio.

—Suenas a Tatiana ahora, y no va a funcionar dos veces. De todos modos parecías muy interesada en averiguar cosas, cavar tumbas, salvar personas... —Emitió una risa burlona que luego pasó a ser casi de lástima—. Sí, lo más entretenido quizás fue ver cómo creías que nadie se iba a enterar. Pero no fue tu error. Sorprendentemente, no lo fue. El error estuvo en él.

Eris intervino en ese momento en un tono muy desafiante:

—Si ya lo sabía y pretendía matarnos a todos, ¿para qué nos trajo a la mansión y para qué organizó todo esto?

La sonrisa de Aspen desapareció en un segundo. Se centró solo en ella. Sus ojos cambiaron otra vez, y por fin entendí la razón.

—Porque necesitaba traerte a donde perteneces —le dijo él.

Poe, que había estado escuchando en silencio, cerró los ojos e inhaló profundo en claro: «Esto no puede estar pasando».

Por mi parte, sentí que me iba de la realidad, que ni siquiera lo entendía o no quería entenderlo.

—¿Qué? —Eris hundió las cejas.

—No estaba en mis objetivos investigar a Padme. Sabía que ella era tu amiga, pero pensé que siempre sería una presa, hasta que Damián la metió entre nosotros —explicó Hanson—. Pero antes de eso, Eris, yo ya estaba vigilando tus pasos. Mi plan era tratar de atraerte a tu verdadera naturaleza, pero eso sucedió solo, así que me senté a esperar. Intentaste ayudar a Padme y buscando una solución solo descubriste lo mucho que te interesa el mundo de los Novenos.

Los viejos mensajes:

> Él te vigila

> No puedo ayudarte mientras él te esté vigilando

¿El desconocido se había referido a Aspen?

—Eris, tú perteneces a este mundo desde que naciste. Eres una Novena, una Hanson. Eres mi hija. —Él se lo reveló.

Sofoqué una exclamación de asombro. Eris negó con la cabeza, aunque con más calma de la que pude haber tenido yo. Miró a Hanson como si fuera alguien desagradable y pronunció algo en un tono tan bajo que fue incomprensible para todos, pero después elevó el volumen de su voz.

—No, tengo padres, así que eso es absurdo. Y si fuese así, ellos me lo habrían dicho. Además, me les parezco mucho.

—Estuvo planeado para que tuvieras una familia similar a ti, pero no por mí, sino por mi padre —se apresuró a responder Aspen, muy serio—. Tú y yo tendremos una cena especial a solas, y te lo explicaré todo. Por esa razón estás vestida de forma tan especial. Eres más valiosa y poderosa que todos los que están en esta mesa. Tú brillas más.

Él se quedó en silencio, esperando a que ella aceptara su propuesta.

Todo dentro de mí decía «no, no, NO», y terminé pronunciándolo en voz alta:

—No, Eris, nada de eso es cierto, debe ser una trampa. —Giré la cabeza hacia Hanson, empezando a perder la paciencia—. ¡¿De verdad piensa que nos vamos a creer esa porquería?!

Poe de pronto se levantó de la silla como si no le importara nada. Algún impulso lo llevó a atacar a Hanson, pero los guardias se acercaron a una velocidad urgente. En cuanto uno de los tipos le puso una mano en el hombro, Poe le propinó un puñetazo en la cara. Lo dejó tan desorientado que el otro se apresuró a sujetarlo. En ese mismo momento la puerta se abrió y entraron dos más para inmovilizarlo. Después de varios forcejeos lograron sentarlo, atarle los brazos al espaldar de la silla e incluso lo amenazaron con un cuchillo en el cuello.

Poe finalmente se quedó quieto con el cabello revuelto, respirando de forma agitada como un animal dispuesto a atacar. No había ni un pequeño rastro de su lado burlón y perverso. Estaba furioso y daba miedo.

Los hombres entonces se acercaron a Archie, a Tatiana y a mí y nos ataron también. Logré rasguñarle la cara a uno de ellos tratando de impedirlo, pero me dio una bofetada que a Aspen le causó mucha gracia.

Al final nos sometieron a todos, menos a Eris. Incluso Tatiana notó que se le había volteado la tortilla. Es decir, aun trabajando para Aspen, él ignoró por completo sus quejas.

—Ya no me sirves para nada —fue lo que le dijo. Y a ella no le quedó más que sumirse en su llanto.

Hanson se levantó de la silla, concentrado en Eris. Estaba claro que no le haría lo mismo que a nosotros, pero ¿era realmente cierto?, ¿ese era su verdadero padre? Comprendí por qué los ojos verdes de aquel hombre me habían parecido familiares. Eran los mismos de Eris, la misma mirada aceituna que había visto desde que la había conocido en la escuela.

—Te alejaron de mí porque hace diecinueve años cometí el error de acostarme con una presa y antes de matarla, ella escapó —dijo él, en un tono tan calmado que pudo haberlo hecho pasar como un padre preocupado por el bienestar de su hija—. Mi padre creyó que habías nacido siendo normal, pero no fue así. Naciste el noveno día del noveno mes, y aquí es donde perteneces.

—¡No! ¡No es cierto! —le grité. Me removí, pero los nudos que me aferraban a la silla estaban bien hechos.

—¿No, Eris? —le preguntó Hanson, mirándola con cierta complicidad—. ¿No tenías las actitudes propias de un asesino? ¿No mataste a alguien hace poco y lo disfrutaste? Puedes ser sincera.

Volví la cabeza hacia ella, segura de que diría que aquello no era real, que no había disfrutado de matar a Gastón, pero encontré algo nuevo en su expresión. Estaba desconcertada, indecisa, casi perdida.

No fue capaz de negar nada.

—Sé todo lo que has hecho —siguió él—. Asesinaste a tu gato y al gato del vecino a los once años. Los escondiste debajo de tu cama y en cuanto tenías la oportunidad jugabas con los restos. Siempre sentiste la necesidad de matar, pero la reprimiste. Los cuerpos sin vida, el sufrimiento ajeno, hacer sentir a otros inferiores, la superioridad que te da el saber más que los demás, todo eso te gusta mucho. Ahora este mundo te atrae demasiado y pensaste que ayudando a Padme podrías tener una justificación para unirte a los Novenos y dejar fluir tus instintos, ¿o me equivoco?

—No, no es así. Yo te conozco, nunca has hecho nada de eso —dije con rapidez, sacudiendo la cabeza de un lado a otro, tratando de que me escuchara a mí—. Dile que es mentira. ¡Tú eres inteligente y eres buena! ¡Me ayudaste! ¡Hicimos planes para salir de esto! Alicia, tú y yo somos casi una familia, siempre lo hemos sido, y tus padres son personas que te han dado todo lo que has necesitado. Ellos son los verdaderos. Este tipo solo miente por lo que hicimos.

Pero entonces la persona que consideraba mi mejor amiga bajó la mirada y no aclaró que lo dicho por aquel hombre fuera falso, porque en realidad era cierto y su silencio me bastó para comprenderlo. Eris sí era como Damián, siempre había sido como él. Era una Novena. Y tal vez yo lo había sospechado. Tal vez, al verla sobre el cuerpo de Gastón con el cuchillo había tenido la certeza de que ella era una asesina, pero me lo había negado a mí misma porque esa verdad me destruiría.

Ahora estaba estampado contra mi cara: la duda reflejada en su pecoso rostro. Ella estaba de acuerdo con todo lo que Hanson decía. Le había agradado. Estaba a punto de ser convencida por él.

—Jamás haré nada para dañarte —añadió Aspen en un tono muy suave—. Eres mi hija, acepto tu naturaleza y no creo que debas reprimirla más. Así que ven conmigo, Eris, tenemos mucho de qué hablar.

Rodeó la mesa y deslizó su silla hacia atrás para que ella se levantara. Le puso una mano en el brazo como si quisiera guiarla a la salida, pero Eris lo apartó.

—¿Qué va a pasar con Padme? —le preguntó. Hanson sonrió de forma tranquilizadora.

—Nada por ahora.

—¿Por ahora? Quiero que los suelten —exigió ella en un tono firme, aunque parecía ser víctima de una confusión terrible.

—¿Solo a ellos? ¿Y Damián?

Él supo que la pregunta iba a tener una respuesta dolorosa para mí, y lo disfrutó. Disfrutó que los ojos verdes de Eris se encontraron con los míos, una a cada lado de la mesa, una muy diferente a la otra. Disfrutó que mi mirada casi le suplicó que lo ayudara y que no creyera en lo que le decían. Disfrutó que mi expresión se vio afectada porque en unos súbitos recuerdos nos escuché a ambas planeando salvar a Alicia. Nos escuché riendo, nos escuché en el centro comercial, en las pijamadas, en las fiestas.

Pero Eris pareció borrar todo eso de su memoria, porque había encontrado su verdadera razón de ser.

Y le gustaba.

—Damián no me importa —dijo.

—Entonces prometo que estarán aquí mientras tú y yo conversamos —propuso Aspen—. Nada les sucederá.

No confié en eso, no confié en ninguna de sus palabras, pero ella sí y aquello me decepcionó por completo. Nada pudo igualar el quiebre que experimenté, la tristeza, el dolor emocional que me dejó postrada en aquella silla. Volví a buscar su mirada, traté de que me observara y de traerla a mí con eso, pero ella no lo hizo en ningún momento. Todo lo contrario, se levantó de la silla y lo siguió.

Eris salió de la terraza junto al hombre que decía ser su padre, y fue como verla ir por un camino sin retorno.

Los guardias también salieron del lugar diciendo que estarían al otro lado de la puerta.

Se me hinchó la cabeza tratando de asimilar lo sucedido. Había estado tan preocupada por Damián que había ignorado que Eris no era lo que parecía ser. Y a pesar de todo, su naturaleza no era el completo problema. Yo lo habría aceptado. El lío estaba en las intenciones de Aspen, en su confesión tan repentina, en la debilidad que aquello le había causado a alguien tan fuerte como ella.

—Ese hijo de puta no va a soltarnos —gruñó Poe, forcejeando.

—Pero podríamos... —intentó decir Tatiana, solo que Poe la interrumpió en un grito:

—¡Tú, cállate, que si no te arranco la maldita lengua es porque tengo las manos atadas!

Pero eso no fue más escalofriante que lo que dijo Archie con la voz vacía, aún en su aterrador estado de *shock*:

—A ella no la matará nadie más que no sea yo.

Tatiana sollozó. Otra vez intentó explicarle sus razones y empezó a decirle un montón de cosas con desesperación mientras que él estaba tieso, casi sin parpadear, con los ojos fijos y enormes en alguna parte. Ese silencio y esa inmovilidad parecían peores que uno de sus escandalosos estallidos, y Tatiana lo sabía bien.

Sentí pena por ella. Sentí pena por todos nosotros: estúpidos, traicionados, atrapados, a punto de morir. La manada que había parecido fuerte y unida. La manada que Damián me había dicho que se debía proteger porque era como su familia. ¿Qué habría hecho él al enterarse de la traición? ¿Cómo habría reaccionado? ¿Le habría dolido?

A pesar de esas dudas, mi mente buscó una opción. Se activó, segura de que no podía quedarme ahí mientras mataban a Damián y a Alicia. Ella seguía siendo inocente. Aun sin Eris, ella necesitaba ayuda.

Y tuve una idea.

—Poe —le hablé. A mi lado, había estado mirando a Tatiana como si quisiera acuchillarle los ojos, pero reaccionó a mi voz—. Se me ocurre algo para salir de aquí, pero es muy arriesgado.

—«Arriesgadas» me gustan las cosas. —Su expresión se relajó, otra vez propia de su personalidad—. Te escucho.

—Bien, tengo una daga oculta debajo de mi camisa. Tienes que venir a sacarla y usar tus habilidades para cortar la cuerda.

Pareció que le hice la propuesta más sucia de su vida, porque las comisuras se le ensancharon con malicia.

—¿Y cómo voy a sacarla? —Le temblaron los labios por reprimir la risa.

—Con la boca —dije entre dientes.

—Si hubiera sabido que tendríamos que estar en una situación así para que me dejaras meterme debajo de tu ropa, le habría pagado a alguien para que nos secuestrara —suspiró, encantado—. Pero sí, es una increíble idea porque a Archie y a mí nos quitaron las armas después de la merienda, justo antes de enviarnos a las habitaciones.

—¡No es el momento para tus insinuaciones! —lo regañé—. ¿Puedes hacer lo que digo o no?

—Bueno, no quiero presumir, pero con la boca soy más hábil que con las manos. —Me guiñó el ojo.

—Entonces tendrás que arriesgarte y lanzarte al suelo.

Existía el enorme riesgo de que al moverse los francotiradores le dispararan, pero al final de eso se trataba, ¿no? De arriesgarse a morir por intentarlo, porque ya no podíamos entrar en una situación peor. Él fue consciente de esa posibilidad, así que se tomó un momento, respiró y luego con valentía se tiró hacia un lado.

Lo esperé. Esperé el fuerte sonido y hasta ver la sangre.

Pero no recibió ningún disparo. No sonó nada. Nadie fue herido.

Me extrañó, pero no me detuve a pensar por qué. La ventaja era que no nos habían atado los pies, solo las manos por detrás al espaldar. Un error, consideré yo, pero aprovechable, por lo que eso le permitió moverse mejor con todo y silla. Al mismo tiempo, traté de deslizarme hacia atrás para darle todo el espacio posible. El espaldar no era demasiado grande, por lo que cuando logró arrodillarse su cabeza quedó entre mis piernas.

—Esta situación es bastante interesante, ¿no crees? —murmuró con picardía al notarlo—. Confieso que me imaginé estar en esta posición, pero no en este escenario.

—Solo busca la daga, Poe —dije, y evité mirarlo.

Se acercó un poco más, mordió el borde de mi camisa para alzarlo y se las ingenió para meter la cabeza debajo. Su cabello dorado quedó cubierto por la tela. El espaldar de su silla golpeó la mesa y las copas se estremecieron. Sentí su rostro rozar mi piel desnuda.

Al frente, Tatiana no paraba de intentar que Archie reaccionara o la mirara o siquiera la entendiera.

—Tu piel huele bien, pastelito —comentó Poe desde abajo.

—Ni siquiera me he bañado en un día —contradije.

—Así es mucho mejor...

—¡Hazlo rápido!

—Ya... —expresó de forma ahogada.

Sacó la cabeza. Sostenía con la boca la empuñadura de la daga como si fuera una paleta de helado.

—De acuerdo, ahora intenta cortar la cuerda —le indiqué.

Fue otro proceso para lograr quedar detrás de mí. Tuve que escucharlo soltar quejidos que parecían gemidos, hasta que por fin encontró una mejor posición, acercó la hoja hacia los nudos que me inmovilizaban las muñecas contra el espaldar y empezó a hacer movimientos provocando que el filo rasgara la cuerda.

Tardó, pero exhalé de alivio cuando se soltó. Le quité la daga y corté el de la otra mano.

—Ahora cortaré las demás y nos iremos.

—Muy mandona, Padme, muy mandona —comentó con diversión—. Me encanta.

Rápidamente hice lo mismo, pero por precaución me ubiqué frente a él para rodear su torso con mis brazos. Es decir, quedé entre sus piernas. Me esforcé por cortar las cuerdas. Poe me veía desde arriba bastante entretenido.

—No te atrevas a decir algo —le amenacé, frotando la hoja contra los nudos.

—Contigo en esa posición no estoy ni siquiera pensando, pastelito, ¿cómo podría? —se burló—. De todas formas, esta manera de amarrarnos no fue muy inteligente. Me pregunto por qué.

Terminé y le entregué la daga para que cortara las de Archie. Al liberarlo, él se levantó de la silla. Bueno, seguía consciente al menos. En un *shock* perturbador, pero consciente de su alrededor.

—¿Y yo? —preguntó Tatiana al darse cuenta de que Poe no tenía intenciones de desatarla a ella—. No pueden dejarme aquí.

—Ah, sí que podemos y eso es lo que haremos —dijo Poe con mucha tranquilidad—. ¿Sabes? Siempre pensé que era Archie quien te torturaba con su tóxica necesidad, pero mira, tú resultaste ser la que succionaba su alma.

Ella iba a protestar, pero:

—Desátala —pidió Archie.

—¿Estás seguro? —le preguntó Poe, con una expresión de desagrado.

No la miró. No se movió.

—Sí.

—Bien...

Tatiana sollozó otra vez. Evité mirarla a la cara. No podía. No sabía qué decir.

—¿Sabes en donde tienen a Damián? —le preguntó Poe.

—No, juro que no lo sé —respondió Tatiana. Dudé porque ya no confiaba en ella, pero sonó convincente.

Poe ignoró a Tatiana y miró en dirección a las torres con una repentina suspicacia.

—Tampoco dispararon —murmuró. Se movió hacia la puerta que daba salida a la terraza. Se suponía que los guardias estaban al otro lado, pero Poe pegó la oreja al cristal que por su diseño no permitía ver cuantas figuras había.

Aunque, para nuestra sorpresa, no había nadie. Poe lo percibió tras intentar captar algún sonido. Presionó las manijas y la abrió, y vimos que las escaleras estaban vacías. Nadie en las torres, ¿y nadie en la puerta? ¿Por qué?

Bajamos los peldaños con cuidado. Pensé que aparecería un guardia a gritarnos «¡hey, ¿cómo se escaparon?!» pero nada. Ni un alma y ni un sonido hasta que llegamos al pasillo de las habitaciones. Allí, una figura venía apresurada.

La reconocí. Era la mujer que había estado en la habitación de Damián, la misma que me había cerrado la puerta en la cara. Arrastraba el saco que había visto en el maletero del auto de Poe, justo cuando guardábamos nuestro equipaje para viajar. En ese momento no lucía pretenciosa, sino muy preocupada.

—Logré sacarlo; y no, yo no estoy del lado de Aspen —le dijo directamente a Poe al llegar a nosotros. En un gesto aún más confuso para mí, le acarició la mejilla con afecto maternal—. Me escapé del salón en donde todos están reunidos.

Yo no entendía nada. ¿Los Novenos estaban reunidos en un salón?

—Danna, ¿qué demonios es lo que está pasando? —le preguntó Poe, liado—. ¿De dónde salió Hanson? ¿Y para qué quiere a Eris? ¿En verdad es su hija?

—Al parecer él es uno de los nuevos Superiores —explicó Danna—. Estaba trabajando junto a Gea para organizar La Cacería, pero hace un momento reunió a todos en un salón, les reveló que ella había mentido sobre su herencia para ser Dirigente y que la mataron por esa razón. Ahora la gente está hablando de una heredera legítima y de que habrá toda una revolución en la cabaña para que Hanson sea un nuevo líder.

Me preocupó y me horrorizó comprender que cuando Eris se enterara de que el puesto que Gea había tenido debía ser de ella, la idea de ese poder la seduciría de una forma irrevocable.

A Poe lo angustió más.

—¿Los otros Superiores están de acuerdo con esto?

—No lo sé. —Danna también estaba un poco perdida—. Nadie lo sabe. Todo sucedió muy de repente y supongo que hay que esperar a ver si alguno se pronuncia, pero... —Miró con severidad a Poe—. Tú sabías que tratar a una presa como algo más que una simple presa es muy grave. ¿Por qué lo permitiste? ¿O al igual que Damián tampoco vas a dar una respuesta?

Poe apretó los labios. No necesité ser experta en leerlo para entender que prefería guardársela.

—Eso ya no importa —dejó el tema atrás para resaltar un punto beneficioso—. Hanson dijo que tuvo a su heredera por acostarse con una presa. Eso también es un crimen. Quiero que vayas y se lo hagas saber a todos para que llegue hasta la cabaña. Van a escucharte, eres parte de los círculos influyentes.

Danna asintió, aun así, la cara de cierta pena que puso me advirtió que iba a decirnos algo que no nos gustaría:

—Puedo intentarlo, pero eso no les dará tiempo para nada. Se lo dije a Damián antes de la merienda. Fui a verlo precisamente porque se estaba corriendo el rumor de que habían hecho algo malo, y Aspen ya se lo dijo a todos en el salón. Nadie los va a ayudar porque él ordenó que se hiciera una Cacería... con ustedes.

—¿Nos convirtió en...? —Los ojos grises de Poe se abrieron con horror.

—Presas —completó Archie.

Entendí por qué no nos habían disparado los francotiradores y por qué los guardias no nos habían atado bien. Hanson le había mentido a Eris al decir que no nos harían nada y nos había permitido escapar con facilidad solo para que fuéramos directo a algo peor. Ese había sido su objetivo.

—Cuando intenten salir de aquí empezará la Cacería y los demás Novenos los van a asesinar por haber cometido traición —resumió Danna.

Tatiana volteó a ver con tristeza y temor a Archie, porque su voz había sonado aún más en *shock*, pero él reaccionó. Obviamente lo hizo como lo esperábamos. En un impulso abrupto y desquiciado, la empujó hacia la pared y la acorraló. Le puso una mano amenazante en el cuello. Se notaban las venas hinchadas bajo su piel y unas inesperadas lágrimas de rabia salían de sus paranoicos y aterradores ojos.

—Esto es tu culpa —le reclamó, lleno de ira.

—A-Archie s-suéltame... —intentó decir ella, pero él le apretaba el cuello con la suficiente fuerza para que su rostro empezara a adquirir un tono rojo.

—Me llevaste a la muerte aun cuando yo evité llevarte a ti —pronunció él. Su mandíbula estaba tan apretada.

—L-lo hice pa-para que eso no-no sucediera...

Pero él ignoró sus palabras. O estaba demasiado sumido en la horrible realidad de la traición de su novia como para entenderlas. El rostro de Tatiana estaba mojado por todas las lágrimas, su boca abierta tratando de respirar, sus ojos casi saltaban de las cuencas por la presión.

—Dormí contigo y confié —le dijo él, lento y decepcionado—. Sabías mis miedos. Te los dije todos. Te dije que ellos eran los únicos que me hacían sentir aceptado, y los sacrificaste.

—¡¿C-crees que Damián p-pensó en ti?! —se descargó ella, alterada—. ¡¿No entiendes que él no lo hizo por tu misma razón?! ¡Yo lo entendí en la mesa con lo que Hanson dijo! ¡Fue por algo peor y eso fue lo que te puso en peligro, no yo!

El grito de Archie fue tan fuerte que hasta me hizo retroceder:

—¡¡¡Tuve que haberte matado en lugar de enamorarme de ti!!!

Pensé que iba a hacerlo, que le iba a partir el cuello y que lo vería todo, la sangre, la piel destrozada, el colapso de Archie. Entre eso, durante unos segundos, Tatiana me miró a mí. Solo a mí. Sus cejas estaban arqueadas. Logró decirme algo:

—¿E-es a-así como q-quieres v-vivir?

Fue tan raro que me desconcertó. Pero Poe acudió rápido y tiró de Archie.

—¡No, aquí no! —le pidió sin soltarlo.

Se esforzó para que dejara de ahorcarla, y tras un forcejeo ella se soltó de su agarre y pudo tomar aire entre un ataque de tos. Pero aun con Tatiana libre, lo que Poe quería era evitar que Archie se fuera de la realidad, que era lo que parecía inminente, así que lo sostuvo con fuerza por los hombros y buscó su mirada.

Archie estaba destrozado y agitado. Sus lágrimas, su ira, su pánico, su paranoia, su desconcierto, todo se había mezclado y ahora sus manos y su cuerpo temblaban y se movían de forma irracional demostrando una tortuosa incapacidad para hacer algo en específico.

—Estamos en peligro, tenemos que irnos —le recordó Poe.

—Nos van a matar de todas formas. —Archie sacudió la cabeza. Sus palabras eran demasiado rápidas—. Nos van a matar de una manera horrible, tal vez nos van a torturar, nos harán lo mismo que me hicieron y es mi culpa porque yo no me di cuenta, no noté que ella estaba haciendo algo a nuestras espaldas, simplemente confié y la dejé sola y…

Poe lo interrumpió con la fuerte voz de alguien más sabio y, sobre todo, protector:

—Escúchame, ¡escúchame! No es tu culpa y yo no dejaré que nada te pase. Te lo dije el día que te pedí unirte a esta manada. Recuérdalo. Recuérdalo y repítelo. ¿Qué fue lo que te dije?

Como Archie no quería mirarlo porque le era difícil enfocarse en una sola cosa y porque tenía miedo de lo que pudiera venir por las escaleras, Poe lo tomó con severidad y firmeza por la nuca y le enderezó la cara. La mirada asustada de Archie se encontró con su mirada poderosa. No había burla ni diversión en su rostro. Había una seriedad nueva que me asombró presenciar. Una seriedad de responsabilidad, de apoyo.

—Dime qué fue lo que te dije —le exigió a Archie.

Movió la boca temblorosa hasta que lo repitió de su memoria:

—Damián y yo somos lo más importante para ti.

—Porque yo me di cuenta de que tú eres… —lo invitó a completar la frase.

—Más poderoso que mis miedos.

—Y eso significa que…

—Puedo usarlos para defenderme.

—Y para…

—Defender el lugar al que pertenezco.

—El lugar en el que...

—Nunca voy a ser rechazado ni lastimado ni juzgado.

—¿En dónde?

—Con ustedes.

—Conmigo —reafirmó Poe.

Tras eso último me di cuenta de que la boca de Archie había dejado de temblar, y que sus ojos habían encontrado cierta estabilidad. Se habían apaciguado y entendí por qué. En algún momento, Poe Verne le había dado a Archie lo que ya era obvio nunca había tenido: la seguridad de una familia, el apoyo de una amistad, la promesa de una responsabilidad sobre su vida, y se la acababa de recordar, lo cual lo ayudaba a encontrar un centro.

—Vamos a intentarlo —decidió, en cuanto soltar a Archie pareció seguro—. También buscaremos a Damián porque no nos iremos sin ese imbécil.

—Podrían no salir de aquí si intentan encontrarlo —dijo Danna. Alternaba la vista entre todos.

Poe asintió y esbozó una sonrisa nostálgica, muy consciente de eso, pero también de que algo era más importante para él:

—La manada es la manada. Vivimos juntos, matamos juntos, morimos juntos.

Danna exhaló. La preocupación volvió a dominarla. Se acercó de nuevo a Poe, y otra vez resaltó ese brillo maternal.

—Sabes que no puedo acompañarte, ¿cierto? —le dijo, triste.

—Quiero que mi tía favorita siga viva —sonrió Poe—. Nadie reúne chismes en el mundo de los Novenos como tú, y además el apellido Verne debe prevalecer.

Oh, era su tía. Esa mujer era sangre de Poe. Quedé sorprendida.

—Muy bien —aceptó ella—. Mi auto está sin seguro. Lo que puedo hacer es tratar de ir al garaje para sacarlo y dejarlo encendido cerca de la entrada. —Regresó al saco que había traído, lo abrió y vimos que ahí estaban los cuchillos, tubos, el bate, todo lo que Poe había puesto en él—. Necesitarán con qué defenderse, así que tomen lo que manejen mejor.

Nos arremolinamos alrededor. Archie se guardó unos trozos de vidrio en el bolsillo y cogió el tubo de hierro. Tatiana se puso sus guantes de cuero negro y enroscó unos alambres de púas en sus nudillos, porque como había dicho era buena en defensa personal y en lanzar puñetazos. Poe cogió el bate que tenía muchas puntas de tornillos saliendo de él.

Yo empuñé la daga que me había dado Damián y me la quedé en la mano derecha.

—Escuché que a Damián pueden tenerlo en las mazmorras, en las celdas del fondo —indicó Danna.

—¿Y el gas? —pregunté.

—Entraré yo para sacarlo si es necesario —dijo Poe, y luego nos pidió que nos acercáramos para explicar—. Estamos en el último piso. Nos atacarán mientras bajamos. Iré al frente porque puedo defender más rápido si alguien se lanza sobre nosotros. Padme, irás en el centro porque al no ser Novena tus reflejos son más lentos, y porque tú serás quien saque a Damián de la mansión en caso de que yo no pueda. Archie, cuidarás la espalda de Padme y nuestros laterales. Tatiana, tú irás al final porque si alguien nos sorprende por ahí, es mejor que te mate a ti antes. ¿Quedó claro? —Todos asentimos—. No se separen en ningún momento. Tampoco se detengan; iremos matando y avanzando hasta llegar a las mazmorras. Después de eso... ya veremos. Somos expertos en esto, así que podemos salir con vida si somos rápidos y ágiles.

—No tengan compasión con nadie —añadió Danna.

Sentí que eso me lo dijo a mí, pero sostuve con firmeza mi daga, sintiéndome más decidida que nunca a ayudar. Llegar a las mazmorras sería como entrar en la casita del terror de la feria: algún monstruo podía aparecer de repente y no tenías ni idea de cuál podía ser.

La Padme tranquila y nerviosa debía desaparecer. Debía dejar salir a la chica que Damián había querido liberar.

Avanzamos hacia el final del pasillo, justo en donde empezaban las escaleras. Nos detuvimos, armados. Sí, Tatiana nos había traicionado y Archie podía colapsar de nuevo, pero en ese momento teníamos que ser una manada.

Poe inhaló hondo y luego exhaló con una sonrisa perversa:

—Que empiece La Cacería.

TERCERA PARTE

¡BIENVENIDOS A LA CACERÍA!

26

AQUÍ TODO EL MUNDO PUEDE
TRAICIONAR A CUALQUIERA

Tres espeluznantes campanadas resonaron a través de los altavoces de la mansión, de seguro en cada pasillo y en cada habitación como una alerta. Fue justo cuando bajamos los escalones aplicando la formación que Poe había establecido. Al menos ya sabíamos para qué los habían puesto.

En ese momento me di cuenta de lo perjudicial que era la arquitectura de la casa para nosotros. Las escaleras no seguían a otra, sino que una escalera daba a un piso y luego había que cruzar ese piso para llegar a la otra escalera y así poder llegar al principal.

Tras las campanadas todo quedó en un profundo silencio, como si las personas se hubieran puesto de acuerdo para no emitir sonido alguno, y eso hizo que el ambiente se sintiera más siniestro e impredecible. Pero a pesar de la desventaja, caminamos atentos a cualquier movimiento extraño.

—No sabía que Danna era tu tía —le mencioné muy bajito a Poe que iba cerca de mí, arrepentida por mi actitud. Él no lo había visto, pero me sentía mal—. Yo... me enojé porque la encontré con Damián en su habitación. ¿Es confiable?

—Lo es —asintió él, nada sorprendido—. Danna es muy inteligente. Se asegura de estar cerca de los círculos sociales de los Novenos para tener una imagen confiable. A la gente le agrada tenerla cerca. No es tan influyente, pero la oyen, le cuentan cosas y ella sabe usarlas a su favor. También somos los únicos Novenos con el apellido Verne.

—Me asombra que tengas una familia de sangre, no sé por qué —fui sincera.

Cruzamos en un pasillo con salas que podían verse desde afuera. El hecho de que no tenían puertas me puso más nerviosa y también más alerta, pero pasamos con éxito frente a un gimnasio privado e incluso un área para practicar esgrima.

Estaba odiando mucho que la mansión fuera tan enorme y que estuviera repleta de pasillos en nuestra contra.

—Bueno, a mi familia de sangre la mantengo muy alejada de mí, excepto a ella —confesó Poe. No demostró pesar o inquietud por eso.

Sentí que debía dejar de hablar, pero eso me causó curiosidad.

—¿Por qué? ¿No se llevan bien?

—Digamos que me consideran un peligro —contestó, con un encogimiento de hombros—. Eso es lo que piensan, y no sé por qué. Nunca los he lastimado a pesar de que saben lo que soy. Ah, pero solo porque siendo un niño una vez le incendié el cabello a mi madre y me vieron, ya soy el diablo... Pff, eso lo hace cualquiera.

Lo miré en un notable: «¿Qué demonios dices?».

—Claro que no, Poe. Nadie le incendia el cabello a su madre.

—Como sea. —Giró los ojos.

Ambos chequeamos el interior de una sala antes de pasar frente a su entrada. Luego Poe le echó un vistazo a Archie que había apartado su brazo de mala gana porque Tatiana había intentado tocarlo para susurrarle algo.

No había atmósfera romántica ni de equipo entre ellos. Percibí que aquello se había roto para siempre, y Poe también.

—Ah, él va a desatar toda su locura si salimos vivos de aquí y no podré contener eso —murmuró con lástima—. Supongo que esa relación tan peligrosa estaba destinada a terminar así, a morir por amor.

Otra vez estuve segura de que no debía tratar de sacar conversación, pero... la propia inquietud que de repente sentí al escuchar esa frase, me impulsó a preguntarlo muy bajo:

—¿Tú crees que lo que tienen realmente es amor?

Poe negó con la cabeza y soltó una pequeña risa.

—Cualquier cosa puede cambiar según el concepto que se tenga, y el concepto de amor para los Novenos es obsesión, fijación, dolor y muerte.

Un escalofrío me erizó la piel.

—Yo creo que el amor debería tener siempre el mismo concepto —dije más para mí misma, pero Poe me escuchó.

—En tu mundo piensan que el amor debe ser algo puro y bueno. Los Novenos saben que a veces es malo, tormentoso, pero que por eso no deja de ser amor. Cual sea el correcto, la verdad es que el hecho de que se vea hermoso y estable no asegura que terminará bien, y que sea una locura inestable no significa que no sea real. Al final es un sentimiento subjetivo.

—Entonces es real para Archie, aunque desde nuestra perspectiva luzca espantoso.

Poe me miró de reojo. Lo sentí. Sentí cada palabra:

—Bueno, para un demente su obsesión parece amor, ¿no?

Tuve que ignorar lo que mi mente me arrojó y lo que mi propia sensatez casi gritó, porque nos detuvimos frente a la última sala que estaba antes de llegar al final del pasillo. Si pasábamos frente a él con éxito, lograríamos bajar las escaleras. Poe examinó el interior desde la esquina de la entrada. Estaba sospechosamente vacío también. Dio un paso adelante con precaución y, tan rápido como lo hizo, retrocedió de un salto porque una ráfaga de cuchillos salió disparada desde el fondo de la sala. Las filosas y asesinas puntas se encajaron en la pared al otro lado.

Todos quedamos atónitos.

—¡¿Eso era una trampa?! —soltó Tatiana.

Sin tiempo para procesar la respuesta o lo cerca que había estado, del interior de las últimas puertas que habíamos dejado atrás, comenzaron a salir Novenos y Novenas.

De nuevo, no solía decir groserías, pero sí, la situación estaba como para cagarse de miedo.

Salieron alrededor de ocho, todos con distintas armas en las manos y muy deseosos de satisfacer su necesidad de sangre con el grupo de supuestos traidores. Más que nada tenían cuchillos, pero un trío cargaba unos enormes machetes oxidados. Nos observaron de forma amenazadora y espeluznante, como si estuvieran a punto de disfrutar el más macabro de los juegos. Su favorito.

Poe empuñó bien su bate con ambas manos. Él, encabezando a la manada, amplió su encantadora sonrisa. El brillo de ansias de sangre en sus ojos grises lo hizo ver poderoso y desquiciado.

Se acordó de algo de repente.

—Archie, ya que no estamos cumpliendo las reglas, ¿pones algo de ambiente? —le pidió.

Archie pasó de asustado a entusiasmado en un segundo.

—¡Ah, sí, sí! —asintió—. Ya lo había intentado de todos modos.

Metió la mano en su bolsillo y sacó su celular. No tardó nada en dar *play* y por los altavoces empezó a sonar la canción *24k Magic* de *Bruno Mars*.

Y entonces, bajo ese ritmo y la risa emocionada e inestable de Archie, el caos inició.

La tanda de asesinos al otro lado del pasillo avanzó rápido hacia nosotros, y lo que siguió después fue la necesidad de matar y no ser asesinados. Unos contra otros. Armas contra cuerpos. Bramidos contra quejidos.

Un tipo arremetió contra Archie, pero no hubo rastro de su pánico. Cantó con un baile lo mismo que la canción: «*Pop pop, it's show time (show time). Show time (show time)*», y fue más veloz y le dio un tubazo en la nuca. Por otro lado, un Noveno con un cuchillo se abalanzó sobre Poe, pero justo cuando la canción decía «*Oh shit, I'm a dangerous man with some money in my pocket (keep up)*», sus reflejos fueron impresionantes, fluidos y elegantes. Lo confundió, se agachó, se irguió y le propinó un fuerte batazo en la parte trasera de la cabeza. El cuerpo cayó al suelo y formó un charco de sangre proveniente del interior del cráneo roto. Justo al lado, Tatiana le lanzó un puñetazo a una Novena que le iba a dar un cuchillazo a Poe por detrás. Las púas de sus guantes se le incrustaron en la cara. Pero muy rápido, ambos fueron sorprendidos por un tipo enorme que blandía uno de los machetes. Yo aproveché el arranque que sentí y me abalancé para clavarle la daga en la espalda. Quedé guindando. Archie llegó con urgencia y con el tubo le partió la nariz. Tatiana estaba encima de la mujer que ya tenía el rostro deformado y no alcanzaba a ayudarme, pero por suerte Poe sacó un cuchillo y en un impulso se lo enterró en el cuello al gigante. La punta filosa le atravesó la cabeza y la vi justo frente a mis ojos.

Un chorro de sangre que no duró más que unos segundos le empapó la cara.

De repente sentí un golpe en la espalda. Perdí el equilibrio y caí al suelo. Traté de levantarme y comprender qué había sucedido, pero un cuerpo se situó delante de mí. Era Tatiana que, con mucha agilidad, pudo detener el inminente machetazo que habría podido partirme en un instante. Poe le dio en la espalda con el bate y los tornillos se le incrustaron en la piel, pero un segundo Noveno fue muy veloz y llegó de la nada y le dio un fuerte puñetazo. Hizo que la blanca tez de Poe se enrojeciera. Un fino hilo de sangre le brotó de la comisura derecha del labio. Se la lamió, y seguidamente fue contra el Noveno con todo lo que tenía. Recibió apoyo de Archie.

Tatiana me ayudó a levantarme. El pasillo que antes se había visto reluciente, se había convertido en una grotesca escena de alguna película de horror. Había sangre por todas partes. La última enemiga salió de sorpresa para acuchillarme, pero con mucha fuerza le pegué en el rostro. Escuché el crujir de algo, me dolieron los nudillos. Ella retrocedió, pero Tatiana demostró que a pesar de que no era una Novena, sus habilidades eran poderosas. Ejecutó un combo de defensa, uno de ataque, la rodeó y con sus propias manos y sin piedad le partió el cuello.

Un escalofrío de triunfo y de impacto me dejó postrada.

La voz de Poe me devolvió a la realidad:

—¡Sigamos!

Dejamos los cuerpos atrás y corrimos hacia las escaleras, pero de improviso apareció un Noveno sosteniendo una vara eléctrica. Nos tomó tan de sorpresa que Tatiana chilló por el susto y el sonido de la electricidad fue mucho más amenazante que la expresión de desequilibrio del asesino. Archie intentó encargarse de él, pero el tipo fue muy ágil y lo golpeó en el brazo con la vara eléctrica. Archie se estremeció por la quemadura del voltaje. Una marca horrible y dolorosa se le vio en la piel. Tatiana acudió y lo sostuvo, porque pareció perder todo el equilibrio.

La furia de Poe al notarlo fue indescriptible. Atacó al Noveno con el bate sin piedad, con una fuerza alterada, y tan fieros fueron los golpes que terminó destrozándole la cabeza en el suelo. Fue un desastre de piel y sangre, que le salpicó la cara y a él no le importó en lo absoluto.

Tatiana me llamó con urgencia para que no me quedara mirando. Tuvimos que ayudar a Archie a bajar las escaleras mientras los estremecimientos se iban de su cuerpo. Poe nos alcanzó un momento después. Su pecho estaba agitado como el de todos nosotros. Llegamos al piso de las habitaciones que estaba justo por encima del principal. De nuevo un par de pasillos a ambos lados: izquierda y derecha; pero al menos estábamos más cerca. Poe nos encargó a Archie y se apresuró a evaluar el perímetro entero, por si también había trampas. Luego nos indicó que podíamos seguir, pero habríamos tenido demasiada suerte si hubiera resultado tan fácil.

De una puerta salieron un montón de Novenos. Había otro con un hacha y, para empeorar el asunto, de entre ellos se abrió paso un tipo enorme con una motosierra que producía un sonido agudo y aterrador.

Era el mismo que había visto en la práctica desmembrar a una presa.

Entonces las luces se apagaron.

Todo quedó a oscuras. De hecho, fue la oscuridad más espesa y aterradora de mi vida. Abrí los ojos tanto como pude para reconocer algo entre la densa negrura que nos rodeaba. Agudicé mi oído, que no era Noveno, pero que necesitaba en su máximo potencial justo en ese momento, porque la motosierra sonaba en alguna parte y no sabía si el tipo se había movido o no. Tomé con las dos manos la daga y me puse en posición de defensa.

Respiraba por la boca. Escuchaba mis jadeos de miedo contra mis oídos. Pensé que tendríamos que luchar a oscuras, pero el plan era otro porque un segundo después escuché a Poe decir:

—¡Corran!

Y eso fue lo que hicimos. Corrimos por el pasillo. No se veía casi nada, corría el riesgo de tropezar con algo, pero seguí derecho, siempre derecho. Poco después, la luz que provenía del abovedado recibidor de la mansión nos permitió observar algo de nuestros pasos. Llegamos hasta donde se alcanzaba a ver el piso principal y las enormes escaleras, y algo horrible nos estaba esperando.

Habían puesto una reja a cada lado, en cada uno de los accesos a la escalera. Estábamos enjaulados.

Al voltear avistamos a la manada de Novenos sádicos corriendo también en nuestra dirección. Eran muchos y nosotros tan pocos. Sentí que no había posibilidad, que íbamos a morir. El de la sierra iba a cortarnos en pedazos.

No. Un momento. Alguien subía corriendo las escaleras. Era...

¿Danna?

¡Había vuelto y traía nada más ni nada menos que una pistola! Decidida y poderosa como era imposible no admitir que se veían los de su especie, se detuvo al otro lado de la reja. Apuntó el arma de forma experta y comenzó a dispararle a los Novenos con mucha precisión. Tuve que cubrirme los oídos por lo cerca que sonaron los balazos. Esos disparos atravesaron a varios, pero todavía quedaban más.

—¡¿De dónde sacaste un arma?! —soltó Poe, entre asombrado y agitado. Su rostro estaba sucio de sangre y sudor, pero se veía magnífico.

—Es un delito para los Novenos usarlas contra ellos mismos, lo sé, pero en casos de extrema emergencia como este... —dijo ella.

Uno de los tipos llegó muy cerca, Danna le disparó en una pierna y Poe corrió a reventarle la cabeza de un batazo. Se le cayó un hacha y en un impulso aproveché para recogerla.

—¡¿Cómo abrimos la reja?! —Tatiana recordó el punto más importante.

—¡Poe, vas a tener que quitarle la motosierra a ese imbécil! —le ordenó Danna por encima de los disparos—. ¡Puedo distraer a los demás y tratar de no herirte, pero tendrás que encargarte de ese!

Verne suspiró con pena, tocó su ropa llena de sangre, medio triste.

—Ah, esta camisa era *Louis Vuitton*...

Archie también era un desastre de sangre y cabello alborotado, y su quemadura se veía horrible, pero se había recuperado un poco. Se soltó de Tatiana como si cayera en cuenta de que estar cerca de ella era un error, y sostuvo mejor el tubo de hierro. Se paró junto a Poe.

—Vamos —le ofreció su apoyo.

Poe asintió. Ambos se prepararon para ir. Aunque, antes, Poe recordó algo de nuevo.

—Espera, ¿puedes poner algo de *Måneskin* esta vez? —le pidió a Archie, tipo una conversación normal en una situación común.

—Claro. —Archie volvió a sacar su celular para elegir la canción—. Los empecé a escuchar recientemente y me gustan...

—¡Poe! —lo regañó Danna, que luchaba por recargar rápido la pistola—. ¡Te quiero, pero no tengo todas las balas del mundo!

Archie reprodujo la música y entonces ambos se lanzaron al ataque. Era mejor que Tatiana y yo nos quedáramos cerca de la reja por si teníamos que ayudar a abrirla, pero me generó mucha desesperación tener que esperar y verlos pelear con los Novenos que se les abalanzaban encima. Luchaban de forma impresionante, por supuesto. Ni siquiera parecían reflejos comunes, era una habilidad natural y evolucionada para percibir si un golpe venía o para lanzar uno. Pero en momentos conseguían darle algún puñetazo o confundirlos.

Danna le dio justo en la pierna al de la motosierra. Archie aprovechó y le dio un batazo en la cabeza, solo que eso no lo tumbó y Poe tuvo que soltar el bate para poder forcejear en un intento por quitarle la motosierra. La lucha nos puso el alma en un hilo a Tatiana y a mí porque la sierra casi, casi se acerca al valioso rostro de Poe.

A nuestro lado, a Danna se le acabaron las balas.

Pero Archie fue más listo. Sacó los trozos de vidrio que había guardado en sus bolsillos y con dos de ellos, tan filosos que podían penetrar y cortar cualquier cosa, sorprendió al Noveno por detrás y se los clavó en los ojos. Visto desde nuestro lugar pareció que solo se los estaba cubriendo, pero el dolor para el tipo fue tan agudo que soltó la motosierra para intentar quitarse a Archie de encima y arrancarse el vidrio. Unos gruesos hilos de sangre le salieron como lágrimas.

Poe aprovechó y se robó la motosierra. Archie soltó al enemigo que sufría y luchaba por sacarse los vidrios de los ojos, y ambos corrieron de vuelta desde la mitad del pasillo. Se detuvieron frente a una de las rejas. Poe alzó la sierra que giraba con agresividad y que de seguro había rasgado muchas extremidades, y trató de cortar el metal en la parte del cerrojo. El sonido chirriante y las chispas saltaron. Sus brazos hicieron el mayor esfuerzo de su vida. Tatiana tuvo que golpear y forcejar con una Novena que llegó a nosotros.

La expectativa de si lo lograría o no, casi me sacó el corazón por la boca.

Pero el metal se rompió y la reja pudo abrirse. Claro, eso no significaba que había terminado.

Desde el otro lado del pasillo aparecieron corriendo más Novenos. ¡¿Es que eran infinitos?!

—No podemos dejar que bajen o nos acorralarían en el pasillo de las mazmorras —dijo Danna—. Poe, sigue con la chica, nosotros nos encargaremos de retenerlos tanto como podamos.

—¡No! ¡No nos vamos a separar, sería peor! —no estuve de acuerdo.

—No podemos perder más tiempo o matarán a Damián —habló Archie—. En las mazmorras no habrá Novenos. Nos ocuparemos de estos.

Yo dudé. Poe dudó. Estábamos trabajando en equipo. Si nos separábamos...

—¡Solo llévatela! —ordenó Danna. Apuntó un último disparo que tenía reservado y la pistola quedó por completo sin munición. La dejó caer—. ¡Busquen a Damián! ¡Intentaremos encontrarnos en el garaje!

Poe me tomó por el brazo y tiró de mí en dirección a las escaleras. Por un momento no quise, pero después comprendí que tenía razón. Quise echar un último vistazo hacia atrás. Habían quedado varios enemigos en pie después de los balazos de Danna y venían más. ¿Podrían con todos?

Bajamos a paso rápido, aunque el hacha pesaba en mis manos. El vestíbulo y la sala principal estaban vacíos. Tomamos el camino de la izquierda. Daba al pasillo de la biblioteca y las mazmorras. Poe lo examinó primero. Nadie. Nada. Aprovechamos eso y corrimos.

Pero justo antes de llegar, justo antes de poder decir que habíamos logrado aunque fuera la mitad de todo, una puerta se abrió por detrás de nosotros y un tipo con un largo alambre enrollado en ambas manos tomó a Poe por la espalda.

Como fue tan inesperado y ágil, el Noveno logró rodearle el cuello con el alambre. Lo apretó con una fuerza asesina. Poe soltó el bate y usó sus manos en un desesperado gesto por quitarse aquello que lo estaba asfixiando. Pero tan rápido como había salido, el tipo lo arrastró hacia atrás y aunque él forcejeó para no ser ahorcado, lo metió en la habitación.

Antes de desaparecer, creí escuchar que Poe logró decirme:

—¡B-búscalo!

Y la puerta se cerró.

En un segundo, ese Noveno se lo llevó.

Me apresuré a tratar de abrir la puerta repitiendo muchos «no, no, no», pero el seguro había sido puesto. En un inútil intento por hacer algo que pudiera ayudarlo, golpeé la cerradura con el hacha que había tomado, pero mi fuerza no era suficiente para romperla porque me temblaban las manos y mis brazos estaban cansados.

Dejé a un lado las armas y también golpeé la puerta con mis puños. Grité y lo llamé y pegué la oreja a la madera para tratar de escucharlo forcejear o algo que me indicara que estaba vivo, pero nadie salió ni se oyó nada más.

Me recargué en la pared. Mi respiración salía por mi boca con pánico. Sudaba. Poe no podía estar muerto, no así. ¿Cómo iba a entrar en las mazmorras? ¿Cómo abriría la puerta? Durante un instante flaqueé, pero entonces mi celular vibró en mi bolsillo con insistencia.

¿Eris?

Tuve la fuerte esperanza de que fuera ella. Quise que fuera un mensaje suyo diciendo: «Es broma, nos vemos afuera». Lo saqué con prisa alternando la mirada entre él y el final del pasillo por si alguien aparecía.

Pero no era Eris. Era un mensaje del desconocido que decía:

Te dejé una máscara antigás y una llave dentro del jarrón dorado.Úsalas para sacar a Damián.

Busqué con desesperación el jarrón dorado. Estaba al fondo, en donde el pasillo terminaba, sobre una mesa de madera antigua. Me apresuré a comprobar si era cierto. Metí la mano en el interior del gran jarrón. Mis dedos tocaron los objetos y cuando saqué lo que sí era una máscara y una llave, mi asombro se mezcló con alivio.

Recordé las palabras de Poe. Debía ayudar a Damián, y debía hacer todo lo posible por Alicia.

Tomé aire, cogí de nuevo el hacha y fui hacia la puerta hecha de reja que daba hacia las mazmorras. Por un momento, me quedé parada en el inicio de las escaleras que descendían hacia lo más profundo, sola. Sin protección de la manada, sin ayuda, sin un guía. Debía ser valiente y demostrarme a mí misma que el miedo, aunque lo sintiera, no podía dominarme. Ya no. No más.

Me limpié el sudor de la frente con la manga larga de mi camisa y bajé. Llegué al final y me encontré ante la reja de gruesos barrotes. La abrí con la llave que me había dejado el desconocido de los mensajes y me coloqué la máscara antigás. Luego eché un vistazo hacia el interior para examinar los pasillos. Los lamentos y pedidos de ayuda que antes se habían escuchado con más fuerza ahora eran inquietantes susurros sin lógica. Pero no vi a nadie peligroso.

Me adentré en las mazmorras. Parecía una antigua cárcel con paredes de piedra y calabozos de barrotes oxidados. Al mismo tiempo me daba las vibras de un cementerio oculto, frío, sombrío, en donde debía haber restos consumidos de cientos de personas. Tenía varios pasajes que se conectaban entre sí. Recordé entonces que Danna había dicho que tal vez tenían a Damián en las celdas del fondo, pero ¿cuál era exactamente el fondo de aquel lugar?

A paso apresurado comencé a buscar por los pasillos tanto a Damián como a Alicia. Con el hacha hice marcas en las paredes para saber por dónde había pasado y así poder regresar a la entrada con facilidad. Me encontré con muchas personas en las celdas tendidas en el suelo, recostadas en la pared o sentadas, pero todas atontadas y somnolientas debido a los efectos del gas. Sus ojos se abrían y cerraban con lentitud, sus palabras salían como balbuceos y sus lamentos como si de almas en pena se tratase.

Incluso pensé: «Si veo a Cristian, el chico del instituto, trataré de ayudarlo también». Pero no lo vi por ningún lado.

Crucé en un pasillo, luego en otro y en otro, y sentí como si toda esa mansión estuviera hecha de pasajes tediosos e interminables. Poco después, aún sin encontrar a Damián o a Alicia, comencé a sentirme más cansada. Temí que el gas estuviera haciendo algún efecto aun con la máscara puesta y me apresuré. Pero también empecé a verlo difícil, y consideré que quizás Danna podía haberse equivocado. ¿Y si no tenían a Damián en las mazmorras? Peor todavía, ¿y si ya lo habían matado?

Mi cuerpo se tensó cuando me topé con una única celda al final de un pasillo. Corrí hacia ella con toda esperanza y cuando me detuve frente a los barrotes lo vi.

Era él. Estaba sentado contra la pared del fondo, encadenado de manos y con una mordaza en el rostro como si de un animal se tratara. Además, tenía la cabeza inclinada hacia adelante y los ojos cerrados. El cabello le caía desordenado y empapado en sudor sobre la frente.

—¿Damián? ¡Damián! —lo llamé, pero no reaccionó.

No supe qué hacer por unos segundos. Luego tuve un impulso. Me alejé de los barrotes y aunque ya sabía que mi fuerza no era la mejor, le empecé a dar un montón de hachazos a la cerradura. Hachazos con una potencia dolorosa y una ira desmedida.

Hasta que, por estar oxidada, cedió. Tuve que empujar y patear la reja varias veces para que se abriera un poco más. Cuando lo logré, solté el hacha y corrí hacia Damián. Me arrodillé, le quité la mordaza y sostuve su rostro. Estaba débil y somnoliento.

—Despierta, Damián, te sacaré de aquí, ya estoy aquí —le dije, con insistencia. Balbuceó algo que no entendí, pero igual le respondí—: no iba a dejarte aunque seas un idiota, así que saldremos de este lugar, y cuando estemos muy lejos, te daré el puñetazo que te mereces por ciertas cosas.

Abrió los ojos lento. Quedaron como rendijas y su mirada desorbitada me buscó. Después no pudo más y volvió a cerrarlos. En ese estado no podía hacer nada por su propia cuenta, así que dependía de mí: una Padme que comenzaba a sentirse cansada, que sentía las manos como gelatina.

Fui a coger el hacha de nuevo y se sintió muy pesada, pero con esfuerzo la alcé para coger impulso y con mucho más esfuerzo di un hachazo a una de las cadenas. Luego di otro, y otro más. Y se partió. En sus muñecas aún quedaron los grilletes, pero solo necesitaba poder moverlo, así que hice lo mismo con la segunda cadena. Requirió de más energía, pero finalmente logré liberarlo.

Su cuerpo se deslizó hacia un lado y cayó al suelo. Me incliné para ayudarle, pero abrió un poco los ojos, miró por detrás de mí y con lentitud elevó el brazo. Su dedo índice señaló algo. Me giré y, tan pronto como lo hice, tuve que lanzarme hacia la derecha porque un tipo protegido por una máscara antigás arremetió contra mí con un hacha más grande que la que yo tenía.

Me levanté rápido del suelo y lo primero que pensé fue en que asesinaría a Damián, pero en su lugar se fue contra mí. Alzó el hacha y, antes de que me partiera la cabeza, lo esquivé. Ni siquiera supe cómo lo logré y tampoco fue el esquive perfecto, de hecho, tropecé y choqué contra la pared de la celda. Fue muy doloroso para mi espalda, pero no pude detenerme a procesar el golpe porque tuve que esquivar otro hachazo. Aún sin ganas de rendirme me lancé hacia delante y caí de rodillas al suelo. Intenté ponerme de pie y las piernas me temblaron, así que gateé lo más rápido que pude.

Quería alcanzar mi hacha, pero el Noveno me alcanzó a mí primero. Me dio una bofetada, me tumbó al suelo y con éxito se colocó a horcajadas sobre mí. Recordé mi daga en mi pantalón, pero sus piernas bloqueaban mi alcance. Además, en mis aturdidos parpadeos se pareció a Benjamin. Por un instante volví a estar en el bosque de Asfil y no en la mazmorra de la mansión.

Y eso me paralizó. No logré hacer nada para defenderme, por esa razón sus manos asesinas rodearon mi cuello con tanta fuerza que comenzó a quitarme el aire y a comprimirme la garganta. Clavé las uñas en sus nudillos en un intento por hacer que me soltara, pero aun así no fue suficiente. Mi cuerpo estaba tan débil que la ventaja fue suya. No, estaba más que débil. Mi visión ahora era borrosa y doble, y mis músculos se sentían lánguidos y fuera de mi control, como si se hubieran adormecido. Era una sensación de agotamiento mezclado con sueño. ¿Era el gas?

Lo que fuera, mi mente iba cediendo ante esa sensación.

Ya no podía intentar defenderme…

No podía tratar de salvar a Damián o a Alicia…

Lo último que vi fue el rostro del Noveno y detrás de él, entre la oscuridad, una sonrisa amplia y burlona, rodeada por manchas de sangre.

Luego todo se volvió oscuridad.

27

ASÍ QUE EL CAZADOR HA SIDO CAZADO

Abrí los ojos y ante mí todo estaba borroso e inestable. No sabía si estaba muerta. Sentía el cuerpo pesado y adolorido. Me dolía la cabeza y la garganta me ardía. Pero reconocí que alguien estaba inclinado frente a mí. Parpadeé con fuerza para poder detallarlo. Poco a poco, la sonrisa de la persona se aclaró. Los cabellos dorados, los ojos grises, la ropa elegante pero sucia...

—¿Poe? —pronuncié, débil—. ¿No estás muerto...?

—Soy duro de matar, pastelito —emitió una risilla mientras me ayudaba a levantarme.

Logré sentarme. Miré a ambos lados y encontré a Damián tendido junto a mí. Se veía espantoso. Su piel estaba exageradamente pálida. Alrededor de sus ojos, las ojeras parecían un sombreado oscuro y rojizo intenso. Sus labios se habían agrietado. Pero Poe se agachó a su lado y empezó a darle palmadas en la cara para despertarlo. Con todo más claro comprendí que nadie había muerto y que estábamos otra vez en el pasillo de la mansión fuera de las mazmorras porque él nos había sacado.

Damián tardó varios minutos en reaccionar.

—¿Cómo te sientes? —le pregunté, al mismo tiempo que trataba de recuperar mi aliento.

Él tosió y frunció el ceño. Se movió con letargo. Tenía un moretón en la comisura derecha del labio y otro en el pómulo.

—Padme... —pronunció con cierta dificultad—. Haces preguntas estúpidas. Me siento fatal.

—Al menos no deja de ser él —murmuré.

Poe lo ayudó a levantarse y probar si podía mantenerse en pie. No estaba por completo equilibrado, pero esperamos a que ganara un poco de estabilidad y al mismo tiempo le dimos un rápido resumen de todo lo que había sucedido, incluyendo la traición de Tatiana y la ayuda de Danna.

—Tenían que haberse ido —comentó con disgusto—. Y sabía que Eris iba a...

ALEX MÍREZ

—Damián —Poe lo interrumpió, como si no fuera el momento para decir nada de eso—. Ahora nos vamos todos, así que debemos movernos porque de seguro ya los demás están esperando por nosotros en el garaje.

Le di mi hacha a Damián para defenderse, ya que Poe también la había rescatado. Nos encaminamos a la cocina, porque tal vez por ahí se podía acceder al garaje. Solo que cuando llegamos y Poe intentó abrir la puerta, descubrió que estaba bloqueada. El sonido del cerrojo fue como una aclaración de que la huida no sería fácil.

—¿Y la entrada principal? —pregunté, dudosa.

—Es posible que nos estén esperando ahí —contestó Poe, mirando hacia todos lados en busca de alguna otra opción—. Iríamos directo a una pelea que no sé si podríamos ganar.

Saqué mi daga de mi pantalón.

—Entonces les daremos con todo —propuse.

Damián y Poe compartieron una mirada de rareza. Luego me miraron a mí. Poe, reprimiendo una risa de burla, pasó a mi lado y me palmeó el hombro.

—Ya sé por qué no naciste el nueve del noveno mes, pastelito. Las frases te quedan terribles —me susurró.

Salimos de la cocina muy atentos a cualquier movimiento extraño. Damián ya había recuperado una buena parte de sus sentidos. Seguía un poco lento y su aspecto era muy preocupante, pero bastaba con que pudiera mantenerse en pie, así que, vi las posibilidades de huir un poco más factibles. Sin embargo, había alguien a quien aún no tenía conmigo: Alicia.

Por un instante me pregunté si en realidad había sido raptada para la Cacería, porque no la había encontrado en las mazmorras, y si era así lo mejor sería irme, pero existía la otra duda: ¿y si la estaba dejando atrás? No había tenido oportunidad de revisar otras áreas de la mansión. Intentarlo ahora era poner en peligro a Poe y a Damián y lanzarme a una muerte segura. ¡¿Qué tenía que hacer?!

Una estúpida parte de mí aún tenía la esperanza de que Eris se hubiera librado de Aspen y también nos estuviera esperando en el garaje.

Pero mi pequeña esperanza murió cuando pisamos el vestíbulo de entrada y escuché su voz. Me di vuelta rápidamente y la vi de pie al final de las majestuosas escaleras. Estaba intacta y hermosa bajo la luz de la elegante lámpara que colgaba del techo, aún con su vestido rojo. Parecía que tenía algo en sus manos tras la espalda, pero no pude ver bien qué era. Mi sentido de reconocimiento me dijo que igual se trataba de mi mejor amiga, pero al mismo tiempo la realidad me hizo entender que ya no era la misma.

Media vida de amistad me bastó para detectar en sus ojos verdes que algo importante había cambiado.

—¡Pelirroja, sabía que les patearías el culo! —exclamó Poe, con mucha alegría—. ¡Rápido, baja, nos largamos ya de todo este lío!

Pero ella no dijo nada. Se mantuvo ahí, mirándonos. Yo di algunos pasos hacia adelante para detenerme al inicio de las escaleras.

—Eris —la llamé, temiendo que todas mis sospechas fueran ciertas—. Baja.

—No —respondió en seco—. Padme, me quedaré aquí.

—¡¿Pero te volviste loca, mujer?! —bramó Poe, horrizado—. ¡Solo baja ya!

Eris lo repitió con énfasis:

—Que me quedaré aquí.

Poe no se lo creía o no se lo quería creer.

—¡Pero si tenemos todo un futuro! —Soltó una risa entre nerviosa y divertida—. Ya, bonita la broma, pero lo de nosotros sería una relación seria, así que no hagas esto.

—Hablo en serio —aclaró ella. Dejó de mirar a Poe y me observó a mí—. Sí es mi padre, Padme, era todo cierto. Me mostró pruebas.

—Pero es que no tiene sentido —fui sincera y le dejé ver toda mi angustia y confusión—. Nosotras hablamos, pudiste haberme dicho cómo te sentías, lo que sentías que querías hacer...

Me interrumpió con el ceño fruncido, medio enojada:

—¿De verdad? ¿Yo tuve que haberte dicho esto, pero está bien que tú no me hayas dicho lo que ocultabas?

Ese «lo que ocultabas», me advirtió que Hanson le había revelado mucho más que el hecho de que era su hija, y sentí un vuelco en el corazón.

—Si piensas que debes quedarte con ellos porque no te voy a aceptar...

—Me da igual si me aceptas o no —soltó ella sin dejarme terminar—. Es cierto, siempre he sido así, siempre he sentido estas ganas de matar, pero más que eso, siempre he querido tener poder. Ahora que sé que es mío, no pienso soltarlo. Este es mi mundo, aquí debo estar.

—Te van a mutilar apenas te des la vuelta —le dijo Poe, como si sus palabras fueran muy absurdas.

—No me harán nada —aseguró Eris, alzando el rostro con superioridad—. Yo puedo dar las órdenes.

Damián la miraba con odio. Un odio asesino que daba la impresión de que si él no hubiera estado tan afectado y débil, habría ido a por ella para matarla.

—Entonces da la maldita orden de que no nos maten —exigió él—. ¿Padme no era tu amiga?

Eris le devolvió la misma rabia.

—Tú ni siquiera debiste acercarte a ella —le dijo, con desprecio. Volvió a poner su atención en mí. Entonces mostró que lo que había estado sosteniendo por detrás de su espalda era el libro de Beatrice—. Lo descubrí. La forma de cerrar la entrada. Lo hice justo antes de que saliéramos de Asfil e iba a decírtelo, pero... estás tan cegada por Damián que entendí que no ibas a hacerlo, porque lo único que quieres como una estúpida ilusa es quedarte a su lado.

—Acepté guardar su secreto para proteger a Alicia y protegerte a ti —intenté recordarle—. Para que no las lastimaran. Igual a mi familia, yo...

—¿Solo por eso? —soltó, con la seguridad de alguien que sabía una verdad—. ¿Estás segura?

Ante mi silencio, Eris abrió el libro en una página en específico para poder hacer referencia a una parte exacta:

—Esto que Beatrice escribió aquí: «Es este lugar. Saca lo peor de nosotros, porque solo respiramos su maldad. Si sigue existiendo, seguiremos siendo monstruos». ¿Sabes por qué lo hizo? Porque se dio cuenta de que, aunque los Novenos son poderosos, Asfil es mucho más poderoso que ellos. Así que su existencia no es el único error, nosotros también lo somos. Tú lo eres. Cualquier persona que nazca allí, lo será. Cualquier persona que nazca bajo la energía que flota sobre este pueblo, aún si no es el nueve del noveno mes, siempre estará dañada. —Y entonces lo siguiente lo enfatizó con rabia—: ¿No tienes un secreto también, Padme? Un secreto que no le dijiste ni siquiera a quienes se suponía que eran tus amigas.

No me dio tiempo de defender nada. Los altavoces ubicados en las esquinas de la mansión empezaron a reproducir algo que casi me sacó el alma del cuerpo. Y no era música, porque esa vez no era Archie quien lo había ordenado. Era una vieja conversación:

—Padme, ¿por qué estás aquí hoy?

—Porque me trajeron —dijo mi propia voz en esa grabación.

En realidad, la voz de una yo de trece años. Lo recordaba perfectamente. Lo recordaba todo.

No pude moverme ni parpadear mientras lo escuchaba.

—¿Y por qué te trajeron?

La Padme en la grabación no quiso decir nada.

El hombre insistió:

—Si no cooperas te devolveremos a la habitación y lo intentaremos de nuevo mañana. Pero entonces siempre será así: solo volverás a la habitación y nunca terminará.

—Me trajeron porque hice algo.

—¿Algo bueno o malo?

—Malo.

—¿Qué hiciste?

Otro silencio.

—Me fui de casa.

—¿A dónde?

—Escapé.

—¿Por cuántos días?

—Una semana.

—¿Y por qué escapaste, Padme?

La voz sonó asustada y a punto de llorar:

—¿Mi mamá va a venir por mí?

—Tus padres no van a venir por ti hasta que sepamos con exactitud todo lo que hiciste esa semana. Ellos necesitan saberlo y nosotros también. Así que, ¿para qué escapaste, Padme?

—Quería... encontrar algo.

—¿Algo? ¿O alguien?

En el vestíbulo de la mansión, antes de que la grabación revelara la respuesta que yo les había dado a los doctores, le grité a Eris con desesperación:

—¡¡¡No, detenlo!!!

Los altavoces no reprodujeron lo siguiente. Mis manos estaban frías por el *shock*. Eris me veía con una expresión inclemente, sin un ápice de empatía, y enfadada.

—Desapareciste una vez —me dijo ella, lento—. Tu madre no nos dijo nada. Tú no nos dijiste nada. Llamábamos a tu casa preocupadas, íbamos a preguntar por ti, pero no nos abrían la puerta, ¿y fue porque estabas encerrada en un centro psiquiátrico?

Sí, esa era la verdad. Faltaba una gran parte, por supuesto, pero era cierto. Años atrás, yo me había escapado de casa. Cuando al fin me encontraron, mis padres me condujeron de vuelta, pero esa misma tarde, *aquel día*, llamaron al centro para que me internaran. Era ese recuerdo el que nunca se iba de mi cabeza. El momento en el que mi madre, sin clemencia, había entrado a mi habitación mientras yo estaba asustada por mi propio error y había dicho que ellos me llevarían.

Yo había visto desde mi ventana el transporte blanco aparcar en la acera, así que había preguntado:

—*Mamá, ¿quiénes son esas personas?*

—*Vienen por ti.*

—*¿Para ir a dónde? No hagas esto.*

—*¿Por qué te escapaste? ¿Esto es lo que en verdad eres, Padme? ¿Esto es lo que quieres ser? No, así que vamos a corregirlo y si alguna vez vuelves a sentirlo, tú misma sabrás cómo impedirlo.*

—*¿Por cuánto tiempo?*

—*Todo el que sea necesario para arreglarte.*

Me obligué a salir del recuerdo. Damián y Poe me miraban, pero fui incapaz de darles la cara.

—Era necesario. —Mis palabras fueron temblorosas.

—¿Recuerdas que te dije que tiene que haber una consecuencia si pasas de una dimensión a otra? —mencionó—. La hay. Cada vez, tu mente se irá dañando más. Con cada paso, irás empeorando. Serás más débil y perderás tu moral y tu racionamiento. ¿Lo sentiste? ¿Sentiste más tentación y menos control?

Oh, Dios. ¿Por esa razón se me había hecho más difícil contener mi personalidad obsesiva? ¿Por esa razón mis impulsos de rabia se habían intensificado hasta tal punto que luchaba por no explotar? Y tal vez... ¿Por esa razón el mundo de Damián se había visto más seductor? Había estado perdiendo lo que me mantenía en equilibrio por la influencia de la dimensión alterna...

—Eris, no soy la misma chica que tuvo que ser llevada a ese centro —le aseguré—. Yo cambié.

—No. —Ella negó con la cabeza—. Nunca cambiaste ni vas a poder cambiar, y ni siquiera es tu culpa, pero ahora es tu castigo.

—¡No! —solté con fuerza, negada a aceptar todo lo que estaba diciendo—. ¡No importa lo que haya pasado, no te vas a quedar aquí! ¡Todo es mentira y es una trampa! —Me quebré al decir lo último—: ¿No estábamos juntas en esto hasta el final?

Eso no la alteró. No le removió ninguna emoción. Todo lo contrario, su enfado se disipó y una indiferencia cruel se vio en su rostro. Miró a Damián por un momento.

—Mentir es muy fácil para los Novenos, ¿no? —Luego lo dejó muy claro para mí—. No voy a salvar a un montón de personas crueles. No voy a decirte cómo cerrar la entrada y voy a tomar todo el poder que me corresponde.

Me negué de forma irracional a dejarla, así que avancé en un impulso ciego con intención de subir las escaleras y traerla a rastras, pero entonces dos figuras salieron del pasillo derecho de la escalera y me detuve en seco.

Hanson.

Y Alicia.

Él la sostenía por el cabello. A mi Alicia. A mi amiga. A la única inocente. Estuve segura de que ella se habría sacudido como loca para intentar liberarse, pero venía tranquila y sumisa porque también la habían sedado. El mismo efecto del gas hacía que sus parpadeos fueran lentos y que caminara sin saber hacia dónde iba. Aunque aún tenía los ojos enrojecidos por haber llorado. Al ser atrapada, de seguro se había asustado mucho.

Hanson la empujó y la obligó a arrodillarse junto a Eris.

—Alicia... —dije yo, estupefacta—. ¿Alicia?

Su cuerpo trató de mantenerse en ese lugar. Incluso echó la cabeza balanceante hacia atrás para intentar reconocer a quien tenía en frente. Balbuceó algo.

Supe de inmediato lo que iba a pasar. El mundo se aceleró de miedo para mí. Supliqué para que no se cumpliera:

—No, Eris, a Alicia no, por favor —intenté convencerla—. No a ella. No lo permitas. No tiene culpa de nada, queríamos salvarla...

—Tú querías salvarla —me corrigió Eris, cruel—. Yo siempre la odié, y tú te diste cuenta de eso, ¿no?

Aspen sonrió con satisfacción. Giró la cabeza y observó a su hija con complicidad. Subí un escalón muy rápido dispuesta a pelear hasta la muerte por ayudarla, pero no pude llegar al otro lado porque él lo hizo a la velocidad de un Noveno: sacó su cuchillo, apartó a Eris y teniendo a Alicia arrodillada justo en frente, le cortó el cuello.

Pasó en cámara lenta ante mis ojos. Las piernas me flaquearon. Sentí que me iría de la propia realidad, pero evité perderla porque era lo único que me sostenía. Su cuerpo cayó inerte en el suelo, boca arriba. Quedó mirando a la nada. Un charco espeso y brillante se formó debajo de lo que había sido su hermoso cabello rubio, y la sangre empezó a deslizarse hacia el borde de la escalera.

Atónita, contemplé a Eris, pero ella estaba inmóvil, solo mirando hacia otro lado. Su expresión era seria, pero al mismo tiempo ausente. Comprendí que sí era su lugar. Su mundo era ese en donde no había remordimiento ni empatía, porque tenía justo a sus pies el cadáver de la persona que conocíamos desde la infancia, la persona con la que habíamos vivido miles de momentos, y no expresaba dolor alguno.

—Una lástima que no estarán para presenciar la verdadera Cacería —nos dijo Aspen, pensativo—. Aunque no sería mala idea darles una segunda oportunidad para morir. Podría lanzarlos mañana. ¿Qué te gustaría, Eris?

Eris no respondió, pero dentro de mí se activó una corriente de rabia y dolor que no sabía cómo iba a descargar.

—¿Vas a dejar que nos maten? —le pregunté con furia.

—No, ella no dejará que los maten. —Hanson negó con la cabeza—. Ella los matará a ustedes.

En ese instante todo dentro de mí se derrumbó. Todo se destruyó, porque la amistad que teníamos, la amistad en la que yo había creído, estaba rota.

Eris ya no era mi amiga y no volvería a serlo nunca más.

La miré a los ojos.

—Eres una maldita asesina —le dije, pronunciando cada palabra con detenimiento.

—Y tú una maldita presa —soltó Eris, sin nada de culpa.

No sabía si solo ella iba a venir por nosotros o si otros Novenos se le unirían, pero antes de que sucediera algo, un cuchillo pasó a toda velocidad junto a mí, dio vueltas en el aire y aterrizó con puntería perfecta en el hombro de Hanson, penetrando la carne.

Un segundo cuchillo le dio a Eris en una pierna.

Al girar la cabeza vi que Damián y Poe los habían lanzado y que ahora me gritaban que corriera. Y eso hice, bajé los escalones mientras escuchaba los gritos de Aspen pidiendo ayuda porque se había agachado para ver en qué estado se encontraba su hija.

Damián abrió la puerta de la entrada y la atravesamos.

Justo antes de largarse, Poe se detuvo debajo del marco y le gritó con mucha tristeza:

—¡Me dueles, Eris, me dueles!

Salimos sin detenernos. Otra vez llovía. Llovía con una fuerza torrencial, y el frío era intenso. Era difícil ver, pero a toda prisa corrimos por el lateral derecho de la mansión, pisando pasto y flores. Vimos una pequeña estructura adosada a ella y unas enormes puertas de garaje. Estaban abiertas y parecían la salida de aquel infierno.

Llegamos y encontramos que junto a un auto ya encendido estaban Archie y Tatiana. Sus caras de susto cambiaron a cierto alivio al vernos.

Pero también estaba alguien inesperado: Nicolas. Iba al volante.

—¡Rápido, suban! —Tatiana abrió las puertas traseras.

—¡¿Qué demonios hace él aquí?! —soltó Damián al reconocer a Nicolas, muy desconfiado y sorprendido de mala manera.

—¡Nos ayudó! —reveló Tatiana—. De verdad nos ayudó. ¡Ahora vamos, matamos a todos los guardias posibles, pero no sabemos si aparecerán más!

¿Qué? ¿Nicolas estaba de nuestro lado?

—¡¿Y Danna?! —preguntó Poe. La buscaba en el interior del auto, pero no había nadie más.

Fue Archie quien le dio la noticia:

—Está muerta.

—¡Solo entren al auto! —nos gritó Nicolas.

—¡No, no vamos a ir contigo! —se negó Damián, furioso.

A Nicolas le pareció estúpido.

—¡Es el peor momento para que te niegues a cualquier ayuda!

Pero Damián perdió la paciencia de una forma aterradora y se lo gritó con una fuerza monstruosa:

—¡¡¡No te quiero cerca de ella!!!

Por alguna razón como que perdió el juicio y quiso jalarme del brazo para ir a no sé dónde, pero entonces Nicolas se hartó, salió del auto y en un acto mucho más inesperado que el de su ayuda, le dio un gran puñetazo a Damián. Fue tan fuerte que Poe tuvo que apurarse a sostener su cuerpo porque el golpe sumado al efecto del gas que aún estaba en su sistema, sumado también al Hito por el que estaba pasando, hizo que perdiera la conciencia.

—Métela al auto, necesitan salir de aquí y yo soy el único que puede ayudarlos —le ordenó Nicolas a Poe, muy serio—. Ya basta de niñadas. ¿Quieres morir o vivir?

Poe alternó los ojos impactados entre Damián desmayado en sus brazos y Nicolas.

En ese momento, la puerta de la cocina que daba al garaje se abrió y al menos ocho Novenos salieron armados y listos para atacarnos. Pareció una interminable pesadilla y por desgracia Poe entendió que ya no podíamos perder más tiempo y que había que arriesgarse. La necesidad de supervivencia lo empujó a no cuestionar más la opción y se apresuró a meter el cuerpo de Damián en el auto.

Luego, el resto también se acomodó atrás. Poe quedó de copiloto. Tatiana iba a ser la última en meterse. Uno de los Novenos nos lanzó algo que pensé que iba a herirla, pero ella logró caer adentro, ilesa. La puerta quedó aún abierta y Nicolas no esperó a que la cerrara, solo arrancó y las llantas chirriaron. Pisó el acelerador y no fue por la salida principal porque la reja estaba cerrada. Giró por encima del pasto y condujo hacia la parte trasera de la mansión, por donde se extendían kilómetros de terreno. El vehículo saltó debido a las protuberancias del suelo y nos sacudimos cuando bajó por una pendiente muy corta. Después se llevó por en medio un muro de rejas.

Al mirar por la ventana me di cuenta de que tomamos una carretera. En el cielo, un trueno resonó. De todas formas, Nicolas no aminoró la velocidad.

En el interior, estábamos agitados y nerviosos. El agrio olor de la sangre se percibía en el ambiente. Mi corazón latía muy rápido, me sudaba la frente y parecía poco creíble que había visto morir a Alicia y que acababa de dejar a Eris en esa mansión. Además, Damián estaba inconsciente a mi lado.

—¿Ahora qué va a pasar? —pregunté—. ¿Nos buscarán?

—No lo sé —contestó Nicolas, mirándonos a todos por el retrovisor—. Es posible. No pueden regresar a Asfil. Deberían ocultarse.

—Tengo algunas casas en otros pueblos, pero podrían buscarnos allí —dijo Poe, preocupado.

—Yo puedo ayudarlos —se ofreció Nicolas, serio—. Tengo... bueno, supongo que ya guardar el secreto no sirve de nada. Tengo un par de propiedades a mi nombre que sirven de refugio.

Poe no entendió. Yo tampoco.

—¿Para qué?

—Para gente que no es Novena —confesó Nicolas.

Todos en el auto quedamos tan sorprendidos que nos mantuvimos en silencio durante unos segundos.

—¿Escondes presas? —preguntó Poe, estupefacto—. Pero si tú provienes de padres par.

—¿Padres par? —pregunté, confundida.

—Sí, ambos nacidos el nueve del noveno mes —aclaró Poe.

Las manos de Nicolas se aferraban al volante.

—No voy a explicarte por qué lo hago, Verne. Ya es mucho que te lo diga. ¿Quieren ir o no? Se pueden quedar ahí por un par de días.

El asombro dejó a Poe desorientado por un momento. Luego volteó hacia la parte trasera en donde estábamos los demás. Miró específicamente a Damián, que seguía con los ojos cerrados, noqueado. Me pareció avistar algo de tristeza en su expresión, como cuando alguien debe tomar una decisión difícil que tendrá una consecuencia catastrófica.

—Supongo que es lo que tengo que hacer —murmuró Poe.

—Él está muy mal y lo sabes —le reclamó Nicolas de golpe.

—¡Intenté ayudarlo! —defendió Poe—. ¡Busqué el maldito tratamiento para él!

—¡¿Y no pudiste darte cuenta de que te mentía y no lo usaba?! —rebatió Nicolas, enfadado—. Porque sí, Hanson les dijo a todos que Damián está en El Hito y a punto de perderlo. Nadie va a volver a aceptarlo en la cabaña porque saben que es un peligro y también un traidor. Este siempre fue el problema con la amistad de ustedes dos. Le crees todo, le permites todo, dejaste que esto llegara a este punto solo para complacerlo.

Poe se vio alterado e indignado.

—¡Claro, ¿porque tu amistad con él fue lo mejor?! —le gritó—. ¡Querías cambiarlo y alejarlo de lo que era! ¡Le estabas metiendo en la cabeza que él era malo!

—¡Lo es y ya no puedes seguir justificándolo porque estamos huyendo ahora por su culpa! —rugió Nicolas.

Eso hizo que Poe perdiera la paciencia, y las cosas sucedieron muy rápido: con el lateral de su puño rompió el cristal de la ventana del copiloto, rasgó un pedazo y lo apuntó directo al cuello de Nicolas de una forma amenazante. Desde mi asiento, vi la mandíbula de Verne apretada y la expresión furiosa.

—Voy a sacar a mi manada de tu auto de mierda si llegas a decir una palabra más o si llegas a soltar más de lo que debes —le advirtió—, pero antes me daré el gusto de matarte.

Sonó a una promesa. Sonó a que deseaba hacerlo, solo que Nicolas no le tuvo miedo.

—Matarme no va a cambiar el hecho de que nunca tuvo que haber formado una manada contigo.

—¿Entonces por qué no lo convenciste de que se quedara en la tuya? —Poe ladeó la cabeza. Su sonrisa fue de rabia—. No, espera, porque nunca te consideró su amigo ni mucho menos su familia.

—Si a ti te considera eso, ¿por qué puso primero a...?

Poe no lo iba a dejar terminar. Vi cómo agarró el impulso asesino con el trozo de vidrio, y yo estaba en automático, solo pasando la atención de uno a otro sin comprender el verdadero punto de la discusión, pero tuve que intervenir también con un grito para evitarlo:

—¡Dejen de pelear! ¡¿Qué demonios es esta conversación?! ¡¿No nos estamos ayudando?!

Poe apretó los labios para contenerse y miró hacia la ventana rota, muy enfadado y con el puño sangrando. Las manos de Nicolas en el volante estaban tensas y las venas marcadas por la rabia con la que lo apretaba. No había nada del Noveno sereno que tanto me había intimidado.

Se quedaron callados al menos, pero una extraña tensión de las más inquietantes flotó en el interior del auto. Algo dentro de mí me reprendió por haber detenido la pelea, ya que tuve la sospecha de que tal vez se habría revelado algo importante, pero asumí que solo era mi paranoia.

—Hanson no puede ganarse el poder solo porque sí —refunfuñó Poe—. Debo hacer algo. Debo mostrarles la verdad a los demás. Conozco a mucha gente y también puedo intentar encontrar una forma de ayudar a Damián...

—Ya no hay forma de ayudarlo, Poe —dijo Nicolas entre dientes—. Entiéndelo de una buena vez.

—Nicolas —le habló Archie de repente—. A Tatiana y a mí nos dejarás en el pueblo más cercano.

—¿Qué? —soltó ella.

Se veía muy pequeña ahí sentada. Estaba asustada.

—Lo que oíste —asintió Archie, seco—. Tú no irás a ese refugio. No iremos.

—Archie... —intentó mediar Poe.

—Es mejor si nos separamos —dijo Archie, con inteligencia—. Van a buscarnos creyendo que estamos juntos. Si nos dispersamos les será más difícil. —Como Poe no lució de acuerdo con eso, él añadió—: Tú puedes intentar usar tu influencia y yo volveré a buscarlos si puedo.

Poe soltó aire. Apoyó el codo en la puerta del copiloto y se frotó los ojos con los dedos manchados de sangre seca, frustrado.

—Esto no tenía que terminar así... —lo escuché susurrar.

Sentada junto a Archie, Tatiana temblaba. Se lo preguntó en un hilo de voz:

—¿Vas a matarme?

—Eso sería tenerte piedad y no te la mereces —murmuró él.

Hasta a mí me puso los pelos de punta que sonó como un juramento de que la haría sufrir.

—En veinticinco minutos haremos una parada en uno de los puntos de evasión para cambiar de auto —informó Nicolas—. No podemos seguir con este, podrían rastrearlo. Haremos eso varias veces para impedir que nos sigan.

Miré de nuevo a Damián a mi lado. De todo lo que habían dicho en la discusión, solo una frase se había quedado en mi mente: «Ya no hay forma de ayudarlo». Y no quería creerlo. No quería aceptarlo. No quería ni siquiera pensar en tener que entregárselo a los Novenos para que lo eliminaran.

Me sentí impotente. Puse mi mano sobre su mejilla. Su piel estaba excesivamente caliente. Con afecto, pasé mis dedos por su cabello húmedo para echárselo hacia atrás y que el viento que entraba por la ventana lo refrescara. Era más guapo si mostraba su frente por completo, nunca lo había notado.

Era lo único que me quedaba. Ya no podía volver a casa. Ya no podía hablar otra vez con mis padres. Ya no tenía amigas. Mis razones para pelear se habían desvanecido.

Pero Damián seguía allí.

Si ya no tenía nada, debía arriesgarlo todo por él.

Eso significaba que, si se lo querían llevar, si querían lastimarlo, me tendrían que matar a mí primero.

28

Y AL FINAL, DAMIÁN SIEMPRE OBTUVO LO QUE QUISO

En algún momento del camino me quedé dormida. Y sentí que en esos pocos minutos tuve un sueño. O no sé si fue un recuerdo. Había un montón de sangre, personas desmembradas, personas acuchillando a otras, una muchacha con el cuello cortado, la madre de Damián llorando y yo, decidida y cruel, asesinando a alguien que quería asesinarlo a él.

Pero dejé de cabecear porque sentí que el auto aminoraba la velocidad. Vi a Damián todavía inconsciente a mi lado y a Poe medio llevado por el sueño pero tratando de mantenerse alerta. Tatiana lucía aterrorizada como una prisionera a la que solo le faltaba ser metida en la celda. Archie permanecía quieto, otra vez ese silencio que era más perturbador y peligroso que sus colapsos.

—Llegamos —anunció Nicolas.

Era difícil ver por la ventana porque la lluvia estaba furiosa y la noche muy oscura, pero con esfuerzo reconocí una casa abandonada en un camino alterno a la carretera principal. No era tan enorme como la mansión Hanson, pero en algún momento había sido bonita. Estaba rodeada por unos salvajes y descuidados muros de hierba y parecía más de un estilo victoriano. Las ventanas estaban selladas por madera.

Salimos corriendo del auto apenas aparcó. Poe se ocupó de sacar a Damián cargado como si fuera un saco. Sí, solo se lo lanzó al hombro sin demasiado esfuerzo. Seguimos a Nicolas hacia la entrada de la casa. Subimos las escalinatas y con una llave especial que había estado oculta como un collar debajo de su gabardina, abrió la puerta.

Una sala de estar muy amplia y con olor a polvo y a encerrado nos recibió. Los muebles eran viejos y gastados. El techo era alto. Algunas sábanas blancas cubrían el resto de las decoraciones. Era bastante escalofriante.

—Tengo un auto escondido en el depósito —nos explicó Nicolas—. Debo ir por él, pero necesitaré ayuda para abrir las puertas porque se traban. Poe, acompáñame.

—Lo dejaré primero en el sofá —asintió Verne. Fue hacia uno de los muebles más grandes para recostar a Damián.

—Archie, hay una caja con armas en el sótano —le indicó Nicolas—. Ve por ellas. Nos servirán si algo sucede.

Archie aceptó. Antes de ir, tiró con rudeza del brazo de Tatiana para que lo acompañara, pero ella trató de negarse, temblorosa.

—Me quedaré a cuidar a Padme.

—Ya dije que vienes conmigo. —Archie volvió a jalarla de forma amenazante—. No te voy a dar la ventaja de escapar.

No pudo protestar, porque él se la llevó con brusquedad. Al mismo tiempo, Poe y Nicolas se fueron por un pasillo. Quedé sola en la sala, y cuando los pasos dejaron de escucharse sobre la madera del suelo, el silencio se sintió aún más aterrador. Claro, la lluvia sonaba con una fuerza agresiva contra el techo, pero no era un escenario nada cómodo.

En busca de calmar mis nervios, me arrodillé junto al cuerpo de Damián en el sofá. Respiraba, pero era como si el efecto del gas aún no quisiera irse de su organismo y lo hubiera tumbado otra vez. Tomé su mano con la mía, manchada de sangre, para sentir su calor, para asegurarme de que seguía ahí.

Habría dado lo que fuera por escucharlo decirme algo odioso en ese momento.

Me di cuenta de que su celular se estaba saliendo del bolsillo de su pantalón. Lo saqué para acomodarlo. La pantalla estaba medio rota y una parte se había puesto de un color negro.

Justo cuando iba a volver a guardarlo en su ropa, Nicolas llegó apresurado por el mismo pasillo por el que se había ido. Estaba empapado por la lluvia. Estaba muy agitado y su boca sangraba por algún golpe que había recibido. Y no venía con Poe.

Un escalofrío me hizo levantarme.

—¿Y Poe? —pregunté, alerta.

—Logré noquearlo y lo encerré en el depósito, pero es fuerte así que se despertará y saldrá en algún momento —explicó muy rápido—. También bloqueé la puerta del sótano para que Archie y Tatiana no salgan. Tampoco sé cuándo Damián va a reaccionar, pero si ellos están contigo no podré decirte lo que tienes que saber.

Pensé que estaba jugando conmigo porque mi sentido defensivo, ese que siempre le había temido, asumió que nos había engañado y que no quería ayudarnos, sino matarnos. Pero se veía bastante serio. De hecho, había un brillo de preocupación en su mirada.

—¿De qué hablas?

—Escucha, Padme, cuando te pedí que te unieras a mi manada, era porque quería ayudarte solo a ti. De hecho, por esa razón estoy aquí. Siempre quise ayudarte.

Mi instinto me empujó a dar unos pasos hacia adelante para crear una distancia en el caso de que, si él se atrevía a lastimar a Damián, yo pudiera evitarlo.

—No te entiendo —fui sincera.

—Los mensajes, era yo —reveló.

—¿Eres el desconocido que me ofreció una salida? —Hundí las cejas con desconcierto.

Él asintió.

—Desde que me viste en el bosque intenté acercarme, pero tú solo echaste a correr. Cuando te encontré ya estabas con Damián y me tuviste miedo. Todo el tiempo me tenías miedo, así que pensé que enviar mensajes podía servir como un primer paso.

¿Qué? ¿Entonces él me había ayudado con la máscara de oxígeno y la llave? ¿Y además me había citado en la sala de prácticas? Recordé que había aparecido ese día, pero que había fingido muy bien.

Exhalé, tan ofuscada que no sabía qué asimilar primero, si el hecho de que había noqueado a Poe o de que estaba revelando que no era tan malvado como siempre me había parecido.

—Pero... —Me sentí perdida—. Pudiste ofrecerme tu ayuda directamente.

—Si te lo decía de esa forma no me ibas a creer. Además, existía el peligro de que él te estaba vigilando en todo momento. Por esa razón traté de ser cuidadoso. Primero quería convencerte de que aceptaras estar a solas conmigo para poder demostrártelo.

—Pero si sabías que Aspen nos vigilaba, ¿por qué no nos advertiste? Eso habría demostrado por completo que estabas de nuestro lado.

—No, no entiendes. —Nicolas negó con la cabeza con cierto pesar—. Estoy solo de tu lado porque yo nunca me referí a Aspen, y no me refiero a él ahora.

Una punzada de temor me dejó postrada en medio de la sala.

—Entonces, ¿a quién te refieres?

—A Damián.

—¿Qué? —La palabra solo salió de mi boca, muy confundida.

—Mis padres crearon los refugios de presas para mi hermano que nació siendo normal, pero que sabía de nuestro mundo —empezó a explicar—. Lamentablemente, alguien descubrió en dónde estaba oculto y lo asesinó. Debido a eso, ellos decidieron ayudar a más personas para que no les pasara lo mismo y muchos Novenos se les unieron. Así que hay más. Hay más refugios y una vez le confesé eso a Damián. Le dije que yo ayudaba presas, le ofrecí unirse a mí y luego de que se negó, pactamos un silencio.

Afuera, en el cielo lluvioso, sonó un trueno. El reflejo del rayo iluminó el interior de la sala y luego la dejó semioscura de nuevo.

—¿Por esa razón dejaron de ser amigos? —pregunté.

—Por eso y porque traté de convencerlo de que dejara de hacer ciertas cosas que él hacía...

—¿Qué cosas?

Nicolas suspiró. No lo dijo de inmediato porque sabía que, tras revelarlo, no habría marcha atrás. De todas maneras, estaba decidido a hacerlo:

—Desde que lo conozco, Damián ha seguido tus pasos. Yo lo descubrí años atrás. Siempre te ha vigilado, así que si creíste que antes de enterarte de la verdad de los Novenos eras invisible para él, te equivocas.

—¿S-siempre? —repetí la palabra, estupefacta.

Nicolas hizo un asentimiento ligero.

—Cuando le pregunté por qué te vigilaba, él dijo que era solo porque le causabas curiosidad. Confié en que era eso nada más y lo dejé en paz. Pensé que si veía la vida de una presa se sensibilizaría y querría ayudarme, pero perseguirte no lo volvió más empático, solo hizo que su fijación por ti empeorara. Y de un momento a otro se transformó en algo... mucho más peligroso.

No pude moverme. Sentí que por el pasmo un párpado se me cerraba y el otro no. Hasta sentí que me iría de la realidad, que aquel era el último y más grande golpe emocional que me provocaría ese quiebre tan horrible en el que veía mi cuerpo desde afuera, y cuando eso sucedía... Si no me contenía...

Quise mirar hacia donde Damián estaba inconsciente porque tuve la impresión de percibir algo que la oscuridad podía ocultar, pero tampoco pude.

—No puede ser cierto —intenté negarme como si con eso pudiera calmar el peligroso estallido que quería suceder dentro de mí—. Él y yo tenemos una conexión.

Claro que no era lo único que Nicolas tenía para confesar.

—Mira, un día tuvimos una fuerte pelea por todo y tomamos caminos distintos por años —dijo. Dio unos pasos hacia mí para decírmelo con gravedad—: Hasta ese día en el bosque. Yo los escuché. Él te dijo que solo tenías dos opciones: unirte o morir, y la forma en la que lo hizo, aun sabiendo que esas no eran las únicas salidas, me llevó a sospechar que algo había planeado. Además, sus nervios me dejaron en claro que en ese plan no estaba que yo te viera, y así entendí que no habías llegado solo porque sí.

—¿Te refieres a que la tarde que entró a Ginger Café no fue casualidad? —Mi voz se escuchó casi desvanecida.

—No lo fue —confirmó Nicolas—. Él supo exactamente cómo atraerte. Eso era lo que quería. Y te mintió, porque siempre hubo una salida segura. Damián pudo haberme pedido ayuda y pudo haberte llevado a uno de los refugios para que tuvieras una vida normal, pero no eligió eso porque no era lo que había planeado. ¿Entiendes lo que quiero decir?

—No, yo...

Nicolas lo enfatizó para que aceptara la realidad:

—Padme, nunca estuviste atrapada por el mundo de los Novenos. Quien te atrapó en él fue Damián.

En lo que pude parpadear, un par de lágrimas salieron de mis ojos. Fui consciente de ellas, atónita. Incluso me llevé una mano a la mejilla para sentirlas, para sentir que estaba llorando. Después de años, estaba llorando porque me estaban revelando que Damián me había mentido.

O mejor dicho, porque lo último que me quedaba, lo último a lo que había querido aferrarme, también acababa de derrumbarse.

Me lo pregunté a mí misma: ¿todas las personas en las que había confiado me habían traicionado? Y algo en lo profundo de mi interior me dio una respuesta: «Incluso tú te traicionaste a ti misma».

—Mira su celular —sugirió Nicolas entre el silencio—. Lo tienes en la mano. Yo no necesito revisarlo para saber lo que de seguro encontrarás en la galería de fotos.

Desbloqueé el celular con las manos temblorosas. Accedí a la galería de imágenes. Había un álbum entero llamado: «Padme», que se desplegó con cientos de fotos mías: yo entrando al instituto, saliendo, en el jardín de mi casa, hablando con Eris y Alicia, en el parque, en el centro comercial, en Ginger Café...

El recuerdo llegó a mi mente de una manera aturdidora. Las hojas en el cajón de su habitación, aquellos números anotados que yo no había entendido eran... eran mis horarios. Las horas en las que solía visitar algún sitio.

Eché un vistazo a los detalles de las fotos. La primera tenía fecha de muchos meses atrás. También había videos de mí caminando y comentarios sobre lo que hacía guardados en la aplicación de notas.

Hice ciertas conexiones mentales. Me fui al momento en el que Archie había explotado en su habitación y le había preguntado a Damián si él no había previsto que Nicolas se enteraría de la verdad, que él debía tener todo bien organizado porque se lo había explicado. Casi lo había delatado porque Damián de seguro le había pedido ayuda para meterme en su mundo de la misma forma que él a Tatiana.

Damián lo había planeado todo. Desde un principio él había sido... ¿el verdadero peligro?

—Muchas personas que ahora viven en los refugios pasaron por lo mismo que tú, y tanto ellos como sus familiares siguen con vida —dijo Nicolas.

Entendí eso. Lo que no entendí fueron las razones. También me lo pregunté mentalmente, pero mi boca lo susurró con debilidad:

—Pero ¿por qué?

Los ojos azules de Nicolas parecieron transmitir algún intento de consuelo, como si ya de por sí fuera difícil que él tuviera que decírmelo.

—Porque Damián es manipulador —reveló—. Eso es lo que más lo satisface y lo que lo hace muy peligroso. Y en este momento, pasando por El Hito, lo es mucho más porque eso mismo intensifica sus actos irracionales y obsesivos. No creo que pueda hacerte daño, pero quizás si las cosas no salen como él quiere... Su intención es tenerte a su lado y hará lo que sea para que siga siendo así.

Volví a escuchar la voz de su madre, pero esa vez entendí por qué me había preguntado si Damián me había metido en ese mundo. Entendí por qué me había pedido hacerles caso a mis malos presentimientos, y entendí que yo los había tenido, que varias veces había sentido una punzada de duda, que algo no encajaba, pero que lo había ignorado. Comprendí que cada cosa que ella había dicho, había sido una advertencia, y de repente un súbito arranque de lucidez me permitió darme cuenta de lo que siempre hubo detrás de las acciones de Damián: el haberme besado en la mansión, el haber aparecido en mi habitación para evitar que escapara, el haber dicho que quería que me quedara, su deseo de escuchar que yo lo necesitaba, el haber mencionado cosas sobre mí que sabía muy bien porque en secreto nunca había sido ajeno a mi vida...

Así que él también debía saber *aquello*...

—Puedo ayudarte a escapar antes de que Damián despierte y de que Poe aparezca porque tanto él como Archie van a defenderlo a toda costa y no es una pelea que yo podría ganar —me ofreció Nicolas—. Debes decidir ya mismo si te quedarás con ellos o si quieres huir de esto.

—Tenías que habérmelo dicho antes...

—Lo habría hecho, pero tú creías que era yo el malo y él habría logrado convencerte de que sí. En realidad, lo logró. —Nicolas se acercó a mí y me puso las manos en los hombros en un gesto de apoyo—. No sé si estamos a tiempo, pero tú no tienes el instinto inhumano de una Novena, Padme, y tampoco debes serlo solo porque él así lo quiere. Cuando Damián te veía, a veces yo también, y siempre me di cuenta de que hay una humanidad especial en ti. Por esa razón discutimos, porque yo le pedí que no acabara con eso.

Mi pecho se contrajo de tristeza por esas palabras y también porque entendí la razón por la que Damián me había pedido no acercarme a Nicolas, pero sobre todo porque con estas revelaciones tuvo sentido el porqué yo le había tenido tanto miedo a pesar de que nunca había sido el malo y de que nunca me había atacado.

Todo ese tiempo le había temido porque me había enamorado del verdadero villano, y mi propia necesidad de no reconocer que lo era, se había esforzado por bloquear a cualquiera que quisiera alejarme de él.

Porque como había dicho Eris, yo también estaba dañada. Aún con Nicolas viendo algo especial en mí, siempre lo estuve, y las palabras que me había dicho en la escalera de la mansión tenían toda la razón: «No es tu culpa, pero ahora es tu castigo».

Otro trueno sacudió el cielo y me sacó de mi nube de perplejidad. Fue más fuerte y el resplandor del rayo hizo que toda la sala abandonada se iluminara. En ese instante vi cómo una mano pálida y tensa le rodeó el cuello a Nicolas desde atrás. Por supuesto, mi sensación de que algo había sucedido a mis espaldas no había sido errónea. En algún momento, Damián se había levantado y entre lo sumidos que estábamos en la conversación no lo habíamos notado. Ahora estaba detrás de él.

Le acercó el rostro al oído. Un rostro enfermizo y enojado, enmarcado por el húmedo y desordenado cabello negro. Un rostro con las pupilas muy dilatadas y el color rojizo alrededor de los ojos mucho más intenso, como sangre.

—Creo que dije que no te quería cerca de ella, ¿no? —le susurró a Nicolas.

Y sin darle tiempo de nada, más poderoso que nadie en ese momento, alzó la otra mano y le clavó un cuchillo en la parte trasera del hombro. Lo hizo tan fuerte que la expresión de Nicolas se congeló de dolor mientras me miraba fijamente. En un segundo, Damián sacó la hoja de su piel y se la clavó en otro punto de la espalda. Así, varias veces, lo acuchilló con crueldad hasta que el cuerpo cayó de frente en el suelo, justo sobre mis pies.

Mis lágrimas todavía salían sin parar, incontrolables, pero mi cara estaba inmóvil y el resto de mis músculos también. Solo miré a Nicolas tendido ante mí, con los brazos extendidos y la sangre manchando su gabardina. Luego alcé la vista hacia Damián. Su mano apretaba con fuerza el cuchillo. Tenía las fosas nasales dilatadas y una mirada salvaje, casi desquiciada.

Debía estar asustada, pero por mi cabeza pasaron una ráfaga de revelaciones: jamás olvidaría la traición de Eris. No volvería a cerrar los ojos sin escuchar los lamentos de las personas en las mazmorras o sin recordar cómo había visto a Hanson cortarle el cuello a Alicia. Mis padres, las únicas personas que tal vez me habían amado de verdad, no volverían a ser los mismos debido a lo que Damián les había hecho y que yo misma había aceptado, ciega. No tendría un hogar, no tendría un futuro y no sería capaz de controlar nunca más a la verdadera yo, porque ya no tenía razones para hacerlo.

La única verdad, la única realidad era que, aunque me esforcé, jamás me había convertido en una Novena.

Siempre fui la presa de uno.

Siempre sería su presa.

—Tenemos que irnos —me dijo Damián, con una desequilibrada desesperación—. ¿En dónde están Archie y Poe?

Sabía a quiénes se estaba refiriendo y que, si aparecían, yo tendría las de perder, pero sus nombres, sus existencias y lo que había vivido con ellos, desaparecieron de mi mente.

Admití que la única que quizás había intentado decirme algo, había sido Tatiana. La recordé en su apartamento. Me había pedido que aclarara mis sentimientos porque los necesitaría para soportar la verdad. O no, no para soportar la verdad, sino para soportar a quien la ocultaba, porque lo mismo le había pasado a ella. Al quedarse en el mundo de Archie había empezado a vivir la verdadera tortura que significaba amar a un Noveno.

Recordé su pregunta: «¿Así es como quieres vivir?». A su vez me vi de nuevo a mí misma en aquel centro psiquiátrico. Me habían encerrado en una habitación blanca, sola, porque mis padres lo habían ordenado, porque tal vez «el susto la hará cambiar». Pero fue más que un susto. Me dejaron durante meses y todos los días los doctores iban a tratar de arreglarme. Me habían dado medicamentos y terapia, y con malicia me habían metido en la cabeza que era mi culpa, porque yo había hecho cosas malas.

Pero después de tanto tiempo, en ese preciso momento, no sentía que fuera mi culpa. No sentí que aquel error había sido causado por mí. Solo sentí que el origen de todos los problemas estaba ante mí, y que era capaz de causar muchos más. Por esa razón, nadie más me importó, y esos impulsos que tanto me habían obligado a reprimir formaron una riesgosa nube roja y densa en mi cabeza.

—Escuchaste esa grabación en la mansión, ¿no? —le dije a Damián, muy quieta, con la voz neutral—. Esa en donde alguien me preguntaba por qué había escapado.

Él asintió. Al mismo tiempo giró el cuello con algo de dolor.

—Sí, pero, Padme, no podemos quedarnos aquí…

No lo dejé hablar. Empecé a decírselo todo con la mirada fija en la oscuridad del vacío:

—Antes de escaparme, yo llevaba meses escribiendo un diario sobre ti. Había empezado una investigación. ¿Qué podía tener de malo? Nada. Yo lo veía normal, pero era porque mi realidad estaba alterada. Creía que eso no era un error, pero estaba mal en todos los sentidos, solo que no era capaz de notarlo. Mi mente estaba muy ocupada pensando en ti. Nunca escribí tu nombre por precaución, pero llené cuadernos, hice dibujos. Demasiado intrigada, te analizaba en las clases y no volvía a casa hasta que te perdía de vista. Empecé a aislarme y a alejarme de las personas para centrarme en eso, y si salía era solo con intención de seguirte y descubrir algo. Si tú faltabas, yo me quedaba cerca de tu casa para ver si seguías allí. Intenté robarte tu mochila muchas veces, intenté comprar una cámara fotográfica solo para tratar de captar algún comportamiento en ti que me revelara quién eras. En las noches, junto a mi cama, en una parte escondida de la pared, escribía tu nombre. Soñaba contigo. Dejé de comer porque no tenía respuestas. Y un día, tú desapareciste dos semanas. Lo recuerdo muy bien. Todos esos días que no apareciste, todos esos días que no te vi, me hicieron explotar. Al no saciar mis ansias de ti, tuve un colapso de desesperación. Un colapso de ira, de rabia, y después de gritarle a mis padres, de arrojarles un montón de cosas y de que una de esas le causara una herida a mi padre en la cara, tomé una mochila y me fui sin saber a dónde. Me fui porque necesitaba buscarte.

Un trueno sacudió el cielo tras mi última palabra. La claridad del rayo me permitió ver que Damián tenía la mirada fija en el suelo, medio encorvado, oscuro, aterrador como lo que en realidad era: el verdadero monstruo.

Dentro de mí estaba fluyendo. Todo aquello que habían intentado corregir. No podía más. No iba a reprimirlo. Pero en mi historia había otra parte y la seguí con los dientes apretados:

—Mi madre descubrió los diarios, los dibujos, los planes de seguimiento, mis bajas calificaciones, todo a pesar de que lo escondí bien en mi habitación. Hubo un diario que nunca vio y ese aún lo guardo, pero lo demás fue suficiente para que ella entendiera que yo estaba... obsesionada con alguien. Yo, una niña, obsesionada de forma insana con alguien. —Afinqué mis ojos en Damián, llorando, con las manos tensas y todo mi cuerpo temblando de rabia y decepción—. La razón por la que me escapé fuiste tú. La razón por la que me encerraron en ese centro fue porque estaba obsesionada contigo. Y tú lo sabías. Siempre supiste lo que pasó *aquel día*, ¿cierto?

El cuchillo jugueteó en sus dedos con inquietud, preparado para defenderse de los fantasmas de la paranoia.

No quiso responder, así que insistí:

—¿Cierto, Damián?

—Tal vez... sí.

—¿Entonces para qué querías que yo te lo dijera? —le pregunté. Pero, otra vez, su silencio fue un claro «no voy a decírtelo», y eso aumentó el enfado que ardía en mi interior—. ¿Sabes cómo viví después de eso? Mi madre me encerraba cada vez que creía que yo escaparía. Me amenazaba con mantenerme en mi habitación si la más mínima cosa no estaba en orden. Revisaba mis cosas para asegurarse de que yo no ocultara nada. No tuve ni la más pequeña privacidad o confianza. Solo tenía miedo de equivocarme porque un solo error volvería a llevarme al centro.

Él hizo un gesto de dolor parecido al de un muñeco roto. Me di cuenta de que en donde habría sentido lástima ahora había un profundo desprecio, que no me importaba en lo absoluto si estaba sufriendo o no. Que la Padme que *aquella tarde* había tenido un ataque de ira y no había pensado en si lastimaba a alguien o no, estaba ahí de nuevo.

—¿Qué pasa? —le pregunté, tranquila—. ¿El Hito te está carcomiendo los huesos?

—No lo sé, creo que... —pronunció con cierta dificultad.

—Te volverás oficialmente loco —completé.

—No voy a lastimarte —pronunció. Le temblaban los labios.

—¿Por qué no tomaste el tratamiento que Poe consiguió para ti?

—Lo intenté.

—Pero...

—No era yo —se quejó, irritado—. No me gustaba cómo se sentía. Era como si... como si estuviera arrancando una parte de mí, y eso...

—¿No estaba en tus planes? —volví a completar en su lugar—. ¿Por qué empezaste eso de meterme en tu mundo justo cuando aún eras tú mismo, pero también cuando ya te estaba dominando El Hito?

—¡No lo sé, ya no me acuerdo! —casi gritó.

No me inmuté. Alcé el celular que todavía estaba en mi mano para que lo viera.

—Este es tu celular, ¿no?

Sus ojos se abrieron tanto que se notó que estaban inyectados en sangre. Esperé a que respondiera, mirando su oscura silueta, esa que siempre me había intrigado.

¿Qué escondía aquella figura?

¿Qué escondía aquel rostro?

¿Qué escondía aquella mente?

Esas habían sido mis preguntas durante tanto tiempo. Ahora tenían respuesta. Damián era un universo de crueldad, un cosmos de egoísmo, de muerte.

Él no dijo nada, así que tragué saliva por el nudo que se estaba acumulando en mi garganta y hablé:

—Estuviste muy seguro de que te seguiría aquella tarde en Ginger Café, ¿no? Soltaste la identificación de forma intencional. —Yo sostenía el teléfono con tanta fuerza que se me enrojecieron los nudillos, pero mis palabras aún eran tranquilas—. Esa es tu verdadera característica dominante. Eres manipulador, mentiroso y obsesivo.

Soltó un quejido y se pasó una mano por el cuello, tenso, casi como un demente que se hincaba las uñas en sí mismo.

—Tú también eres obsesiva —replicó, y cerró los ojos con fuerza—. Querías estar conmigo. Siempre lo quisiste. Yo lo vi. Vi cómo me buscabas, cómo intentabas acercarte, cómo te distraías por mí. Sí, vi a esa niña obsesionada. Fue cuando entendí que éramos el uno para el otro.

En verdad estaba haciendo todo lo posible por no estallar. Ya mi piel ardía. Lo que veía a mi alrededor estaba empezando a difuminarse. La rabia, la tristeza, la impotencia y el haber sido lastimada estaban mezclándose en mi cuerpo para elaborar una bomba emocional que explotaría en cualquier momento.

—Supiste planearlo bien —lo felicité, dolida—. Me hiciste pensar que no te interesaba, jugaste al chico misterioso para atraerme más y cuando notaste que eso podía alejarme de ti, cambiaste. Cambiabas cada vez que te veías amenazado por algo, ¿no? Como en el instituto con Cristian o cuando fuiste a mi casa para evitar que escapara. O cuando me viste tan furiosa que temiste que prefiriera la muerte antes que quedarme en tu mundo. Y sobre todo cuando viste que mi madre quería mandarme de nuevo a ver a los doctores.

Damián apretó los dientes y esa vez se puso una mano en la cabeza. Soltó un gruñido y se pasó los dedos por los cabellos en un gesto inestable e impaciente.

Solté el celular, pasé por encima del cadáver de Nicolas y avancé a pasos lentos hacia él.

—¿Cómo fue que me dijiste? «Si tú sufres, algo dentro de mí... duele» —repetí, haciendo referencia a eso que de seguro recordaba muy bien. La voz se me quebró por un momento, pero carraspeé la garganta y continué—: ¿A qué te referías? ¿Qué te dolía? ¿El Hito? ¿O la idea de que tu plan fallara?

—Ya cállate y vámonos —intentó darme la orden. Sus ojos se fueron hacia la puerta de entrada, entre paranoico y enfadado.

—«No vuelvas a decir que me gusta verte sufrir a manos de alguien más» —repetí también—. Eso sí sé qué significa: que lo que en realidad no te gustaba era que me hiciera sufrir alguien que no fueras tú.

Negó rápido y errático con la cabeza.

—No, tú no sabes... no lo sabes... —balbuceó, mientras su rostro se contraía como si estuviera aguantando un dolor terrible—. Ya cállate.

Seguí acercándome, todavía calmada.

—¿Y por qué te molestaba tanto mi voz? ¿Era porque nunca pudiste sacar tu obsesión de tu cabeza? ¿Porque, de hecho, El Hito solo la hace más intensa y suena como una yo que te pide que me busques y me mantengas a tu lado?

—Siempre fue intenso —rugió—. Lo que siento por ti...

—¿Vas a decir que el chico malo se enamoró de la chica buena? —lo interrumpí, y solté una risa tan burlona como falsa—. Deberías corregirlo por: el chico cruel y enfermo se obsesionó con la chica tonta y manipulable.

—¡Cállate, maldita sea! —me gritó, en un estallido.

Quizás me lo esperé, aunque realmente me sorprendió la fuerza que tenía. Damián avanzó hacia mí y me aventó contra la pared de la sala, acorralándome. Soltó el cuchillo y me puso una mano en el cuello. Respirando como un animal rabioso y salvaje, me miró a los ojos.

—¿Estás dudando solo por todo esto? ¿Otra vez quieres huir? ¿Qué más tengo que hacer para que eso salga de tu mente? —reclamó con una rapidez impaciente entre cada pregunta.

No forcejeé. Cada uno de mis muros emocionales, levantados para mantenerme en pie y protegerme, estaban derrumbándose.

—¿Todo lo que hiciste fue solo para que no me alejara de ti?

—¡¿Ves por qué no te quería cerca de él?! ¡Metió toda esta mierda en tu cabeza! —gritó de nuevo, muy enfadado. Pero notó que su voz tan fuerte me asustó y me hizo cerrar los ojos a la espera de un ataque, así que la suavizó de forma inestable—: Padme, escúchame. Escucha mi voz y olvida lo que Nicolas te dijo. Mi voz calmará tu ruido. Te dije que puedo calmarlo, ¿no?

Al menos eso no era una mentira. Su voz y sus palabras tenían un efecto hipnotizador en mí. Él me sedaba como la misma Ambrosía, y lo sabía. Por desgracia, también había sido una de sus tácticas y por ese motivo estaba tratando de usarla, pero era muy obvio que El Hito ya no le permitía estar tan calmado como para manejarla de forma convincente.

—¿Padme? —pronunció mi nombre en una súplica—. Mírame, no voy a hacerte daño por más que me hagas enojar. Somos nosotros dos. Él ya está muerto. Nadie te tocará como lo prometí.

Aun así, no sentí que suavizara la presión en mi cuello.

—Quiero saber si todo era falso —fue lo que pude decir.

Al abrir un poco los ojos vi que sus cejas fruncidas se arquearon.

—La verdad nunca será la que quieres escuchar —dijo. Su voz salía muy áspera, extraña, entre enfadada y agobiada—. Yo te quise dejar ir, Padme, pero te quedaste, y si te quedaste... entonces tú lo escogiste. Siempre me escogías. Lo querías de la misma forma. Querías que te corrompiera, que te ensuciara el alma, que te hiciera como yo. —Se relamió los labios y sonrió de una forma retorcida—. Ahora eres mi asesina, y estás conmigo o estás muerta.

Entonces, ¿eso era lo que tanto deseaba? ¿Que yo fuera una asesina igual que él? Había intentado moldearme, convencerme, y en muchas ocasiones lo había logrado. Yo había ido a la mansión Hanson segura de matar para defender, y en el auto con Nicolas también había estado decidida a matar a cualquiera que intentara llevárselo por El Hito. Casi... casi me atrevía a hacerlo para no perderlo.

Las imágenes de ambos abrazados en la cama del motel, de ambos en mi habitación, de su beso, de lo bien que se había sentido que me tocara, pasaron por mi mente. Me hicieron soltar más lágrimas, porque ya podía ver que todo había sido una manipulación en la que había caído como una tonta.

Era tan tonta... Por mi ciega obsesión, había sacrificado lo que en verdad debí haber salvado.

—Hice cosas terribles, fui en contra de mi moral, dejé que manipularas a mis padres, perdí a mis amigas... —me lamenté. Cada palabra punzaba mi garganta porque él la estaba apretando—. Por ti. Y tú me mentiste.

—Hiciste lo que tenías que hacer para que estuviéramos juntos —defendió, alternando entre la risa y el dolor que sentía—. Ahora crees que es un error, pero volverás a entender que no es así. Saldremos de aquí, nos iremos lejos y volverás a entender que estás incompleta sin mí.

Pegó su frente húmeda a la mía y cerró los ojos. Inhaló mi olor mezclado con la sangre seca de mi ropa como si fuera el más delicioso alimento. Sentí su respiración hirviendo cuando exhaló, y tuve un momento de vulnerabilidad.

—¿Alguna vez me amaste al menos? —pregunté, en un aliento.

—Siento esto desde la primera vez que te vi, y creció mientras te veía desde lejos —confesó—. Tu obsesión era igual a la mía y me encantaba. No quería que se acabara. Quería tenerte, Padme, controlarte, saber que me necesitabas, y sabía que era insano, que era peligroso; pero entonces te vi explotar por mí. Te vi ir contra todo porque deseabas verme y entendí que yo quería ser tu mundo entero, incluso si necesitaba hacerte temer. —Sus dedos se aferraron con más fuerza a mi cuello y solté un quejido—. Muchas veces soñé con tenerte así y luego no tenerte más, con rodearte con mis manos hasta que tu vida fuera solo mía, pero aprendí a controlar el deseo de matarte... Así que sí, lo que yo siento por ti jamás podría ser bueno ni sano, pero es real. Es real desde que era un niño. —Abrió los ojos y un hilillo de sangre brotó de uno de ellos como una lágrima—. Te has metido tanto en mí que nada te haría salir, y eso no es amor, es un sentimiento mucho más grande e inexplicable. Un sentimiento mejor, más puro.

Intenté obtener aire porque sentí que necesitaba más, pero mi capacidad se estaba reduciendo. Su mano me comprimía la garganta. Su cuerpo era enorme comparado con el mío, y su rostro era espeluznante, hermoso y aterrador.

Y era un monstruo. Estaba perdido. Tal vez Damián había nacido siendo malvado, pero ahora El Hito y su propia naturaleza lo habían consumido de forma irrevocable. No importaría cuánto tratara o cuántas ilusiones me forzara a mantener, justo como

Hanson había dicho, lo que saliera de aquella casa iba a ser un riesgo. Él sería capaz de lastimar a cualquiera, y gente inocente como Alicia moriría si se atravesaban en su camino.

La única opción que de nuevo me estaba dando era unirme a su monstruosidad, a su crueldad, y luego ser igual a él.

—Hice mi mayor esfuerzo, y puedo seguir haciéndolo —suspiró, apretando los dientes con fuerza. De repente, comenzó a sonar desesperado—. Sé que en algún momento voy a querer ceder. En algún momento me será muy difícil aguantarme y voy a querer hacer lo mismo que hice con mi padre, lo mismo que tantas veces quise hacer con mi madre, porque lo disfruto, porque me gusta, porque la única razón por la que nunca dejé que nadie te lastimara era porque deseaba hacerlo yo. Pero haré lo que sea por prohibírmelo. ¿Lo ves, Padme? ¿Lo ves ahora? ¿Ves que eres importante para mí? Entonces, podemos estar juntos para siempre como has querido.

—Tú y yo no merecemos ser felices… —dije, como pude. Elevé una mano temblorosa, la puse sobre su pálida mejilla y mis dedos tocaron la sangre que como una hermosa línea se había deslizado hacia el borde de su boca—. No sabemos amar, no sabemos lo que es la felicidad, somos… nada, un error.

—¡Somos todo! —rugió y apretó más mi cuello. Su rostro se tornó borroso por un segundo—. Esto no tiene que ser ese estúpido amor que crees conocer, no tiene que ser nada más que permanecer uno al lado del otro, que sentir la sangre juntos, que hacernos daño. Te gusta este daño, Padme, siempre te gustó y mataré a quien quiera decirnos que está mal o a quien quiera separarnos.

Suavizó un poco el agarre y atrapó mi boca en un beso, uno muy intenso y demencial que sabía a muerte y a manipulación. Me mordió los labios hasta que nuestras bocas quedaron impregnadas de sangre, y sobre ellos, con la suya manchada, susurró:

—No te voy a dejar jamás, mi Novena.

—¿Q-qué pasaría si… me voy ahora mismo? —le pregunté, temblorosa.

—Sabes que tendría que atraparte…—Damián buscó mis ojos con unas intensas ansias—. Pero eso no va a pasar porque sabes que soy el lugar al que perteneces. Di que eres mía, Padme. Di que soy lo único que necesitas.

Aguardó con la respiración acelerada. No pensó que huiría porque confiaba en mí. O, mejor dicho, confiaba en mi debilidad por él. Por ese motivo me estaba poniendo en el mismo punto de partida.

De nuevo, la misma presión de tomar una decisión.

El mismo deseo.

Pero no la misma chica.

Ya estaba segura de lo que debía hacer.

—Soy tuya, Damián, y voy a darte lo que quieres —le susurré—. Voy a ser la asesina que tanto deseas y mataré a quien es capaz de hacernos mucho daño.

A él.

Quedó pasmado cuando la misma daga que me había regalado para defenderme como Novena, atravesó su pecho. Había aprovechado su descontrol y el hecho de que se había pegado a mi cuerpo para sacarla de debajo de mi camisa. Acababa de usarla como arma en su contra. Tal vez consciente de eso mismo, sus ojos se abrieron tanto que parecieron a punto de salirse, y aunque emitió un extraño quejido, solo pudo apretar mi cuello con las últimas fuerzas que le quedaban.

Sí, Damián me había hecho dudar de mi propia humanidad por mi obsesión. Ese misterio que había armado para mí me sedujo durante toda mi vida. Al estar con él me había cuestionado mi moral. Un poco más y habría logrado consumirme, porque aún presionando la daga, no quería perderlo. Mis sentimientos eran fuertes y los suyos también.

Pero no era amor.

Nunca lo había sido. Y no iba a permitir que lastimara a nadie más, porque Nicolas había tenido razón. Yo no tenía la crueldad inhumana de los Novenos. No era como Damián. No quería ser como él y odiaba todas las cosas que había hecho para estar a su lado. Odiaba que lo que desataba en mí era tan peligroso y demencial como su propia naturaleza. Aunque se sintiera bien, no podía permitir que lo hiciera salir, porque todavía existía algo diferente dentro de mí.

—Aquí tienes —murmuré sobre su boca entreabierta con voz quebrada—. Mi propio monstruo. Lo que tanto querías liberar es lo que te está matando ahora.

Mientras su conciencia y su vida se desvanecían, me pareció ver algo en el aire. Chispas. Partículas pequeñas y borrosas. Damián se inclinó hacia adelante, colocó sus labios sobre los míos en un débil intento por besarme y esas chispas fueron muchas más, blancas y luego rojas. Eran partículas de sangre, partículas de un «amor» desvaneciéndose por lo mismo que lo había creado: la obsesión.

Sí, una muerte nos había unido, y una muerte nos separaría.

Solté la daga con la hoja ya enterrada en lo más profundo de su cuerpo. La mano de Damián también soltó mi cuello y él cayó al suelo de rodillas. Intentó quitársela, pero sus dedos temblaron tanto y su debilidad fue tanta que solo se deslizaron de la empuñadura y, mirándome con lágrimas de sangre, se desplomó.

Lo que hice después fue rápido, automático e impulsivo. Con la respiración agitada sonando contra mis oídos y la realidad descontrolada de una forma demencial a mi alrededor, corrí fuera de la casa. La lluvia me empapó. Todo se veía distorsionado, enloquecido. Un montón de voces enojadas y asustadas se mezclaban en mi cabeza, pero me metí en el auto que Nicolas había dejado. Lo encendí. Aunque nunca había tenido uno, Eris me había enseñado a conducir un año atrás.

Así que me fui. Pisé el acelerador y conduje lejos. A toda velocidad y con la carretera oscura por delante, miré por el retrovisor. En un parpadeo, Damián me sonreía. En otro, ya no. Luego, durante un instante, creí percibir que la lluvia estaba cayendo sobre el techo del auto con furia por mi decisión. Con reclamo, como un manto dimensional. Y durante unos segundos me pareció escuchar la risa de una pequeña. La risa de tres pequeñas. La risa de la ingenuidad, y luego la ingenuidad corrompida por un secreto oscuro y perverso.

Qué tonta había sido esa niña.

Qué retorcido había sido ese misterio.

Qué amor tan enfermizo había sido aquel.

Una obsesión llamada Damián.

EPÍLOGO

El mundo era un lugar enigmático. Eris siempre había dicho eso.

El mundo era un lugar divertido. Alicia siempre la había contradicho.

El mundo era un lugar aterrador, había pensado yo.

Abrí los ojos de repente. Mi respiración volvió a mí con ahogo. Lo primero que vi fue un techo pintado de color crema. Me incorporé sobre el colchón y reconocí todo aquello que había en esa habitación: mi armario, mi peinador, mi alfombra, mi escritorio, mi cartelera vacía, la ventana que daba vista hacia la calle y mi cama.

Estaba en mi casa.

Puse los pies en el suelo. Se sentía frío y real. Lo comprobé por unos segundos. Después avancé con tranquilidad y luego salí de la habitación. Bajé las escaleras y escuché el sonido de algo cocinándose. Olía bien, como al salteado de vegetales de mi madre y a mi *pie* favorito.

Desconcertada, continué hacia la cocina y la encontré allí. Estaba como todas las noches después de que llegaba del trabajo, preparando una cena saludable, porque la gente normal debía preferir eso.

Se dio cuenta de que la estaba observando y se giró para sonreírme. Una sonrisa amplia, dulce. Su cabello estaba suelto. Era igual al mío.

—Hola, cariñito, ¿tienes hambre? —me preguntó.

Pestañeé, confundida. Recordaba estar en un sitio diferente. Recordaba un montón de cosas extrañas.

—¿Cuándo llegué? —pregunté.

—¿Cómo que cuándo llegaste? —se burló ella—. ¿De dónde? ¿No estabas tomando una siesta?

—¿Una siesta? —Mi piel se erizó.

Vio absurda mi pregunta, como si estuviera jugando.

—Mañana es la feria, ¿no? —cambió el tema a algo más importante—. Si vas a ir con Eris y Alicia, ¿me traes una de esas tartas que me gustan?

¿Eris y Alicia? ¿Estaban... ahí?

Había un caos en mi cabeza. También una lluvia de recuerdos confusos. Nicolas... Damián... Yo había descubierto sus mentiras, lo había visto a punto de ser consumido por El Hito. Él me había apretado el cuello con una fuerza asesina. Y luego yo... Yo lo había...

Me fui de la cocina, y aunque estaba descalza y vestía un pijama que ni siquiera recordaba haberme puesto, salí de la casa. Corrí por el caminillo de la entrada y crucé la acera rumbo a la casa de Damián.

A medida que me fui acercando mi velocidad disminuyó porque noté algo muy extraño. El pasto frente a la que debía ser su casa era más abundante y todo en ella estaba a oscuras detrás de las ventanas. El buzón estaba oxidado. No tenía apellido escrito.

Me detuve frente a la puerta. Toqué con mucha fuerza, pero nadie salió. Después de un par de minutos intentando, sin entender lo que estaba pasando, escuché una voz por detrás de mí:

—Oye, niña.

Me giré y contemplé a una anciana que iba pasando por la acera. Traté de reconocerla, pero su cara no tenía nada familiar para mí.

—¿Piensas comprar la casa? —me preguntó ante mi silencio.

—¿Comprarla? —repetí, aturdida—. No, esta casa tiene dueños.

—¿Cuáles dueños? —Frunció el ceño como si yo estuviera demente. Apenas noté que iba paseando a un pequeño y esponjoso perro—. Esa casa no ha tenido dueños desde hace ocho años. Nadie ha querido comprarla por lo que pasó y es una pena porque es muy hermosa.

—¿Ocho años? —pregunté, atónita—. ¿Qué fue lo que pasó?

Me miró con cierta molestia.

—Estos jóvenes de ahora solo se burlan de los ancianos… —refunfuñó.

Obstinada porque pensó que le había estado mintiendo al no saber nada, siguió su camino.

Me acerqué a una de las ventanas de la casa, coloqué ambas manos sobre el cristal y acerqué mi rostro para mirar hacia el interior. No había nada, estaba oscura y vacía. Me alejé y sentí mi cuerpo helado. Luego pareció que iba a desplomarme. Me dolía la cabeza.

Ese lugar no podía llevar ocho años vacío.

Corrí de nuevo a mi casa y abrí la puerta. Fui hasta la cocina y me quedé viendo a mi madre. Ya estaba sentada en la mesa, comiendo aquello que se había preparado. Quieta, feliz.

—Mamá. ¿En dónde está Damián? —le pregunté.

Ella alzó la mirada hacia mí. Hundió las cejas, confundida, pero aún con una sonrisa.

Y lo que me respondió fue:

—¿Damián? ¿Quién es Damián?

Este pueblo se llama Asfil.

Una vez viví aquí. Una vez descubrí los secretos que esconde. Y una vez me asesinaron por eso.

Bueno, están a punto de hacerlo. No creo que nadie encuentre este libro, porque ellos se encargarán de eliminarlo para siempre. Es lo que hacen: eliminan lo que se les antoja.

Solo que no son los únicos.

Este pueblo hace lo mismo. De una forma un poco distinta, claro. Imagina que te lo estoy mostrando. Imagina que una cámara invisible recorre cada parte: el centro en donde hacen las ferias, la avenida principal, el instituto, el cementerio, el asilo, Ginger Café, los vecindarios, el enorme y grotesco roble, una cabaña abandonada. Ves todo cerrado, vacío, silencioso, frío, porque las personas están en sus casas, aunque, en realidad, dentro de esas casas, algo espantoso puede estar sucediendo.

Y algo espantoso también sucede afuera. Las calles confunden a la gente. Los árboles escuchan y guardan horribles confesiones. El bosque espera y luego se alimenta de lo que entre en él. Al final, las personas que aquí habitan son solo trebejos y cada kilómetro es el tablero de juego. Quien lo controla no es un fantasma, no es un villano, no es un hombre millonario ni una chica curiosa, es una energía siniestra y desconocida. Es algo que nuestras mentes no serían capaces de entender y que, quien busque comprender, podría solo encontrar la locura.

Creo que yo la encontré. Primero no lo entendía, pero luego descifré lo más importante: en Asfil, cada historia puede ser diferente, pero ninguna será buena.

Porque aquí existe un mal. Aquí hay un error.

Y la única forma en la que vas a poder salir, es muerto, porque pase lo que pase, el pueblo es el verdadero enemigo.

Así que, si un día te atreves a venir, si un día de casualidad encuentras mi libro, llévatelo y dile al mundo que este lugar debe arder. Corre, no mires atrás y diles que traigan todo el fuego posible, porque Asfil debe ser quemado hasta las raíces como el infierno que es.

Llegaste hasta aquí, pero no es el final. Quería que tu experiencia con este libro fuera distinta, por eso, tengo una sorpresa para ti. Lo que debes hacer es escanear este código QR, y seguir leyendo. Esa será nuestra página especial, la página que nos mantenga unidos con los NOVENOS. En ella encontrarás contenido exclusivo para ti que has adquirido este libro, y que te has sumergido conmigo en este mundo que ahora nos pertenece.

DAMIÁN

«Un libro que te deja con ganas de leer más y que me devoré en un día. Pude sumergirme en el mundo de los Novenos hasta un punto en el que los odiaba y amaba al mismo tiempo. Sin dudas una historia sin desperdicios, con personajes completos y un esquema narrativo bien estructurado».

Escritora Nacarid Portal

«Una historia donde tienes que mantener tu mente abierta, no dejes escapar ningún detalle, todo aquí es importante, no te dejes engañar y no te dejes convencer por ninguno. Mantente alerta. Todos aquí son una clave».

Georgina, mitragalibrosfavori

«Damián me hizo viajar a otro mundo. La historia es completamente cuestionable, empiezas a pensar hasta si tú realmente existes. Adicción, misterio y oscuridad, donde los Novenos atrapan tu mente y no puedes alejarte, no puedes volver».

Antonia Muñoz - KM

«Damián es el libro perfecto si quieres aventurarte en la ficción más oscura. Sin contar que te conquista con una seducción que solo tienen los Novenos».

Sofía Schuler.

Escanea este código QR y descubre lo que otros lectores opinan de este libro.

WWW.EDICIONESDEJAVU.COM

EDICIONES DÉJÀ VU

Somos un sello editorial enfocado en crear libros únicos y convertirlos en líderes en ventas. El 80% de nuestros libros publicados son *best sellers*. Los diseños hacen de cada lectura una experiencia única, con ilustraciones de artistas de diferentes nacionalidades: Rusia, Turquía, Ecuador, Venezuela, México, Irán, España, entre otros. Nuestros libros han sido traducidos en diferentes idiomas como el inglés, portugués, francés, e italiano.

Nos centramos en hacer sueños en papel y transformar la vida de nuestros lectores. Algunos de nuestros libros son:

WWW.EDICIONESDEJAVU.COM

Made in the USA
Columbia, SC
16 August 2024